JANE AUSTEN

Emma

JANE AUSTEN

Emma

ADRIANA SALES ZARDINI
Tradução e notas

MARTIN CLARET

Emma

Capítulo 1

Emma Woodhouse, bonita, inteligente e rica, morava em uma casa confortável e tinha excelente caráter, parecia reunir algumas das melhores bênçãos da vida e viveu por cerca de vinte e um anos com quase nada que a afligisse ou chateasse. Era a caçula das duas filhas de um pai muito carinhoso e benevolente, e, em virtude do casamento de sua irmã, tornou-se a senhora da sua casa desde muito cedo. Sua mãe havia falecido havia muito tempo para que Emma pudesse ter mais do que uma distante recordação de suas carícias. O lugar da mãe fora substituído por uma excelente governanta, que era como se fosse uma mãe.

A srta. Taylor já trabalhava na família do sr. Woodhouse havia dezesseis anos, mais como amiga do que como governanta, e gostava muito das duas meninas, particularmente de Emma. Entre as duas havia mais afinidade do que entre irmãs. Mesmo antes de a srta. Taylor encerrar suas funções como governanta, a brandura do seu caráter dificilmente lhe permitia impor uma proibição ou algum traço de autoridade havia algum tempo, pois as duas viviam juntas como amigas muito unidas. Emma fazia o que queria, tendo sempre muita estima pelo julgamento da srta. Taylor. Porém, seguia suas próprias decisões.

Na verdade, os reais perigos da situação de Emma eram, em parte, ter o poder para satisfazer todas as suas vontades e, por outro lado, ser propensa a ter uma autoconfiança extremamente exagerada — essas eram as desvantagens que ameaçavam misturar-se com muitas de suas qualidades. Entretanto, até o momento, os perigos eram tão imperceptíveis que não poderiam ser considerados inconveniências de caráter.

Então, ocorreu um infortúnio — um triste infortúnio — ainda que inconsciente: a srta. Taylor se casou, e perder a amiga foi apenas o primeiro de seus dissabores. Foi justamente no dia do casamento da sua querida amiga que Emma começou a alimentar alguns pensamentos tristes de certa importância. Assim que a cerimônia terminou e os convidados foram embora, ela e seu pai jantaram sozinhos, sem a presença daquela que alegrava a longa noite. Após o jantar, seu pai foi deitar-se e, como de costume, Emma apenas se sentou e começou a pensar no que havia perdido.

O casamento era uma promessa de felicidade para sua amiga, uma vez que o sr. Weston era um homem de caráter irrepreensível, fortuna considerável, idade adequada e modos bastante agradáveis. Além disso, havia uma satisfação pessoal em considerar que foi sua amizade desinteressada e generosa, além do desejo de felicidade que nutria pela amiga, que acabou por promover a união de ambos. Entretanto, a manhã seguinte foi um tanto triste. A ausência da srta. Taylor era sentida a todo momento e em todos os dias que se seguiram. Emma se lembrava do carinho e do afeto que recebeu por dezesseis anos, do modo que a srta. Taylor a educara e como brincou com ela desde seus cinco anos... Lembrava-se também de como a governanta se esforçou para serem amigas, para distraí-la, bem como dos inúmeros cuidados que recebeu em vários momentos de enfermidade em sua infância. Sentia imensa gratidão por esses momentos, porém, nos últimos sete anos, a proximidade e a intimidade entre elas aumentou, principalmente após o casamento da sua irmã, Isabella, quando, então, ambas permaneceram com o pai de Emma, e isso tornou essas lembranças ainda mais queridas e agradáveis. A amiga e companheira possuía qualidades preciosas: inteligente, bem informada, prestativa, gentil, era íntima da família, interessada no bem-estar de todos e, particularmente, interessada em Emma e em cada um de seus projetos. Enfim, era alguém com quem podia falar de suas ideias assim que estas surgiam, e que lhe tinha tanto carinho que nunca poderia decepcioná-la.

Como suportaria tamanha mudança? Na verdade, sua amiga viveria a apenas oitocentos metros deles, mas Emma entendia que haveria uma grande diferença entre a sra. Weston, a menos de um quilômetro deles, e a srta. Taylor, que morara em sua casa. Com todas as qualidades da amiga, Emma corria o risco de sentir-se intelectualmente só. Apesar de amar o pai, ele não era uma boa companhia. Ele não conseguia acompanhá-la em uma conversa, fosse ela formal ou informal.

Essa diferença de idade, pois o sr. Woodhouse não se casou muito jovem, aumentou consideravelmente pelos costumes e os hábitos dele, pois, como sua saúde foi frágil grande parte da sua vida, sem nenhuma atividade física ou intelectual constante, aparentava ser mais idoso do que realmente era. Embora todos o amassem por sua amizade, bondade e seu temperamento agradável, não era um homem que pudesse ser reconhecido por seus talentos.

Sua irmã, apesar de o casamento não tê-la afastado tanto da sua antiga casa, uma vez que morava em Londres, distante apenas vinte e seis quilômetros, estava muito longe para uma visita diária de Emma. E ela ainda teria de viver as longas horas de outubro e novembro, antes que o Natal trouxesse Isabella, juntamente com seu marido e filhos, e enchesse a casa de alegria e felicidade novamente.

Highbury, um vilarejo grande e populoso, quase uma cidade, ao qual Hartfield[1] pertencia, não lhe oferecia grandes atrativos. A família Woodhouse era a mais importante do lugar. Todas

---

[1] Por ser uma propriedade rural, as casas e as mansões tinham nomes próprios.

as pessoas os consideravam superiores. Emma tinha muitos amigos no vilarejo, pois seu pai era amável com todos, porém ninguém poderia substituir a srta. Taylor, nem por pouco tempo. Era uma mudança melancólica e não podia fazer nada além de suspirar e desejar que coisas incríveis acontecessem, até que seu pai acordasse e fizesse algo para se alegrar. Ele sempre necessitava da ajuda dos outros para se animar. Era um homem inquieto, que se deprimia com facilidade, gostava de todos com os quais estava acostumado e detestava separar-se das pessoas. Enfim, odiava mudanças de qualquer espécie. Para o pai de Emma, os casamentos eram sempre muito desagradáveis porque significavam mudanças. E ele ainda não havia assimilado o casamento da sua filha Isabella, de quem — apesar de ela ter-se casado por amor — sempre falava com certa compaixão; e agora também se via obrigado a se separar da srta. Taylor. Seus hábitos um tanto egoístas e sua incapacidade de supor que as outras pessoas poderiam pensar diferente dele, faziam-no pensar que a srta. Taylor havia tomado uma triste decisão, tanto em relação a si quanto aos Woodhouse, e que ela seria muito mais feliz se tivesse escolhido passar o resto da sua vida em Hartfield.

Com o propósito de manter o pai longe de tais pensamentos, Emma sorriu e conversou tão alegremente quanto pôde. No entanto, quando o chá foi servido, foi impossível para ele não repetir exatamente o que havia dito no jantar:

— Pobre srta. Taylor! Eu gostaria que ela voltasse a viver conosco. É uma lástima que o sr. Weston esteja pensando em se casar com ela!

— Infelizmente, não posso concordar com o senhor, papai, bem sabe que eu não posso. O sr. Weston é um homem bem-humorado, agradável e uma excelente pessoa; certamente ele merece uma boa esposa. Suponho que o senhor teria preferido que a srta. Taylor vivesse conosco para sempre, sendo obrigada a suportar todas as minhas manias, mesmo sabendo que ela poderia ter sua própria casa?

— A própria casa! Qual é a vantagem de ela ter uma casa para si mesma? A nossa é três vezes maior e você não tem manias, minha querida.

— Pense em quantas vezes poderemos visitá-los, e eles a nós! Sempre estaremos juntos! Devemos tomar a iniciativa, vamos fazer a primeira visita em breve.

— Minha querida Emma, como posso ir tão longe? Randalls[2] é muito longe. Não posso andar nem metade do percurso.

— Não, papai, não pensei que o senhor fosse caminhando. Com certeza, iremos em uma carruagem.

— A carruagem! Certamente James não gostará de atrelar os cavalos para percorrer um caminho tão curto. E onde ficarão os cavalos durante nossa visita?

— Provavelmente, no estábulo do sr. Weston, papai. O senhor sabe que já está tudo organizado. Ontem à noite, nós conversamos com ele sobre a visita.

E, quanto a James, pode ter certeza de que ele sempre gostará de ir a Randalls, pois a filha está trabalhando lá. Só tenho dúvida se ele nos levará a outros lugares. Ninguém pensou em Hannah para o trabalho até que o senhor a mencionasse. O senhor foi o responsável por ela ter conseguido essa oportunidade tão boa, e James é muito agradecido ao senhor, papai!

— Estou muito feliz em ter pensado nela. Foi muita sorte, porque por nada no mundo eu gostaria que o pobre James ficasse preocupado. Tenho certeza de que ela será uma ótima criada, pois é uma moça educada e que sabe conversar, por isso tenho uma boa opinião dela. Todas as vezes que a vejo, ela é sempre educada e me pergunta sobre minha saúde de maneira bastante gentil. Quando você a convidou para alguns trabalhos de bordado e costura, observei que ela sempre abria a porta de forma educada e silenciosa, nunca fez nenhum

---

[2] Residência do senhor e da senhora Weston.

ruído. Certamente, será uma ótima criada, e muito ajudará a pobre srta. Taylor ter alguém que ela já está acostumada a ver. Todas as vezes que James for visitar a filha, tenha certeza de que ele enviará notícias nossas. Ele será capaz de contar a ela como estamos.

Emma não poupou esforços para manter esse feliz fluxo de ideias e esperava, com a ajuda do gamão, que seu pai se comportasse toleravelmente durante a noite, sem ser atacada por mais pesares do que os seus próprios. A mesa de gamão foi preparada, mas, logo em seguida, uma visita foi anunciada e o jogo não foi mais necessário.

O sr. Knightley, um homem sensato, de trinta e sete ou trinta e oito anos, não era apenas um amigo da família, mas também estava intimamente ligado a ela, uma vez que era o irmão mais velho do marido de Isabella. Morava a aproximadamente um quilômetro e meio de Highbury, e era uma visita habitual e sempre bem recebida. Nesse momento, era mais do que bem-vindo, pois trazia notícias de seus familiares de Londres. Após alguns dias de ausência, ele retornou um pouco depois do jantar, e agora visitava Hartfield para contar como estavam todos na Brunswick Square.[3] Era uma ocasião feliz, e isso animou o sr. Woodhouse por algum tempo. O sr. Knightley era alegre, e suas boas maneiras sempre agradavam ao pai de Emma, ao responder a suas perguntas a respeito da "pobre Isabella" e de seus filhos com a maior satisfação. Quando o rapaz terminou seu relato, o sr. Woodhouse, agradecido, comentou:

— É muito gentil de sua parte, sr. Knightley, sair de casa tão tarde para nos visitar e trazer algumas notícias. Receio que tenha sido uma péssima caminhada.

— De modo algum, senhor. Está uma bela noite de luar, e tão agradável que devo afastar-me do calor da sua lareira.

---

[3] A casa de Isabella e John Knightley ficava nessa praça em Londres.

— Mas deve ter percorrido um caminho muito úmido e enlameado. Espero que não se resfrie.

— Lama, senhor? Veja meus sapatos. Nem há respingos sobre eles.

— Bem! Estou bastante surpreso, choveu muito nos últimos dias. Durante o café da manhã choveu forte por mais de meia hora. Eu até gostaria que eles tivessem cancelado o casamento.

— A propósito, ainda não lhe dei os parabéns. Tenho apenas uma noção da alegria que devem estar sentindo, e por esse motivo não tive pressa em felicitá-los, mas espero que tudo tenha ocorrido sem complicações. Como todos se comportaram? Quem chorou mais?

— Ah! Pobre srta. Taylor! Esse é um assunto triste.

— Se me permite, seria melhor dizer pobre senhor e senhora Woodhouse, pois não posso dizer "pobre srta. Taylor". Tenho grande estima pelo senhor e por Emma, mas, quando se trata de uma questão de dependência ou independência... sem dúvida, deve ser melhor ter apenas uma pessoa para agradar do que duas.

— Especialmente quando uma dessas pessoas é uma criatura tão fantasiosa e problemática! — exclamou Emma, fazendo uma brincadeira. — Sei que é o que tem em mente e o que diria se meu pai não estivesse presente.

— Creio que o que diz é bem verdade, minha querida, estou certo disso — concordou o sr. Woodhouse, suspirando. — Receio que, às vezes, eu seja muito fantasioso e problemático.

— Querido papai! Não acredito que o senhor esteja pensando que eu falava a seu respeito, nem sequer o sr. Knightley quis dizer isso. Que ideia horrível! Ah, não! Eu me referia a mim mesma. O senhor sabe que o sr. Knightley gosta de apontar meus defeitos, sempre fazendo piadas. Nós dois sempre dizemos o que pensamos um ao outro.

De fato, o sr. Knightley era uma das poucas pessoas que podiam ver os defeitos de Emma Woodhouse e o único a apontá-los. Ainda que isso não fosse particularmente agradável a ela, sabia que, para seu pai, não era falta grave; e ele dificilmente suspeitaria que houvesse alguém que não pudesse achá-la perfeita.

— Emma sabe que não sou de bajulações — disse o sr. Knightley. — Entretanto, não me referia a ninguém em particular. A srta. Taylor estava acostumada a ter duas pessoas para entreter, agora tem apenas uma. Na realidade, ela saiu ganhando com isso.

— Bem... — disse Emma, desejando mudar de assunto. — Sei que gostaria de ouvir sobre o casamento. Ficarei muito contente em lhe contar por que todos nos comportamos admiravelmente bem. Todos foram pontuais e estavam muito bem-vestidos. Não houve sequer uma lágrima, e dificilmente viu-se um rosto sério. Ah, não! Todos nós sabíamos que viveríamos a cerca de oitocentos metros de distância uns dos outros e estavámos seguros de que iríamos ver-nos todos os dias.

— Minha querida Emma suporta tudo tão bem — disse o pai. — Mas, sr. Knightley, ela está realmente muito triste por ter perdido a srta. Taylor e tenho certeza de que sentirá sua falta muito mais do que imagina.

Emma desviou o rosto, dividida entre lágrimas e sorrisos.

— É impossível que Emma não sinta a falta de tal companhia — concordou o sr. Knightley. — Nós não gostaríamos tanto dela se não supuséssemos algo assim. Mas Emma sabe muito bem quanto esse casamento é vantajoso para a srta. Taylor, quanto é importante, na sua idade, ter uma casa só sua, e quanto é importante ter um futuro seguro e confortável. Portanto, não se permita sentir piedade em vez de alegria. Todos os amigos da srta. Taylor devem alegrar-se pelo fato de ela estar tão feliz casada.

— E você esqueceu um motivo de alegria para mim — disse Emma. — Um motivo muito importante, uma vez que eu mesma fui a responsável por esse casamento. Eu planejei esse momento, como bem sabe, há quatro anos. Vê-lo agora realizado, e todos vendo meu acerto, mesmo quando muitas pessoas diziam que o sr. Weston não se casaria novamente, por certo é uma satisfação pessoal.

O sr. Knightley inclinou a cabeça em reverência para ela. Seu pai carinhosamente respondeu:

— Ah! Minha querida, desejo que você não tente mais casar ninguém, nem faça mais previsões, porque tudo que diz sempre acaba acontecendo. Por favor, não tente unir mais ninguém.

— Papai, prometo a você que não farei nada em meu benefício, mas farei em favor de outras pessoas. É o melhor divertimento do mundo! E depois de ter sido tão bem-sucedida, o senhor bem sabe como é! Todos diziam que o sr. Weston não se casaria novamente. O sr. Weston, viúvo há tempos, e que parecia tão conformado sem uma esposa, constantemente ocupado ora com seus negócios na cidade, ora entre os amigos, tão bem recebido onde quer que fosse, sempre tão alegre, não precisava passar uma única noite do ano sozinho se não quisesse. Oh, não, o sr. Weston certamente não se casaria novamente. Algumas pessoas até falaram de uma suposta promessa que ele teria feito à esposa, em seu leito de morte, enquanto outras diziam que o filho e o tio não permitiriam. Todo tipo de tolices disseram sobre esse assunto, mas eu não acreditei em nada disso. Comecei a pensar no assunto desde o dia — há mais ou menos quatro anos — em que a srta. Taylor e eu nos encontramos com ele, na Broadway Lane,[4] quando começou a chuviscar e ele logo se antecipou, muito cavalheiro, a nos emprestar dois guarda-chuvas da loja Farmer Mitchell. Planejei o casamento desde aquele momento e, como fui bem-sucedida, papai, o senhor não pode esperar que eu vá abandonar o cargo de casamenteira, não é?

---

[4] Uma das ruas de Highbury.

— Eu não entendo o que você quer dizer com "sucesso" — comentou o sr. Knightley —, pois, para se alcançar o sucesso, é preciso esforçar-se. Se seu tempo tivesse sido adequado e delicadamente bem empregado, se você tivesse se esforçado nos últimos quatro anos para contribuir para esse casamento, que bom emprego de tempo para uma jovem! Entretanto, se foi como imagino, e suas funções de casamenteira, como bem disse, reduziram-se apenas a planejar o casamento, afirmando a si mesma, um dia em que não tinha mais nada em que pensar, "acho que seria ótimo para a srta. Taylor se o sr. Weston a pedisse em casamento", repetindo isso para si mesma de vez em quando, como poderia ter sucesso? Qual é o seu mérito? De que está orgulhosa? Você apenas teve sorte e só.

— E você nunca conheceu o prazer e o triunfo de um palpite de sorte? Que lástima, pois pensei que fosse mais inteligente. Depender de um palpite não é apenas uma questão de sorte. Sempre há algum talento nisso. E quando uso a singela palavra "sucesso", pela qual você me repreende, não sei se estou inteiramente sem razões para não poder atribuí-la a mim mesma. Você imaginou duas situações, mas acredito que exista uma terceira, entre o não fazer nada e o fazer algo. Se eu não tivesse promovido as visitas do sr. Weston a esta casa, se não tivesse dado certos encorajamentos, nem amenizado certas dificuldades, ao final nada teria acontecido. Penso que você conhece Hartfield o suficiente para compreender isso.

— Um homem objetivo e de bom coração, como o sr. Weston, e uma mulher racional e sem afetações, como a srta. Taylor, seguramente poderiam conduzir seus próprios destinos. É mais provável que, com a sua interferência, você tenha feito algum mal a si mesma do que algum bem a eles.

— Emma nunca pensa em si mesma, se pode fazer o bem aos outros — interferiu o sr. Woodhouse, compreendendo apenas em parte o que estavam conversando — mas, por favor, querida, peço que não faça mais nenhuma tentativa de unir possíveis casais; são coisas tolas e abalam gravemente nosso círculo familiar.

— Apenas mais um papai, apenas para o sr. Elton! Pobre sr. Elton! O senhor gosta tanto dele, papai, devo procurar uma esposa para nosso pastor. Não há ninguém em Highbury que o mereça. Ele já está aqui há um ano inteiro, e mobiliou a casa tão confortavelmente que seria uma pena vê-lo solteiro por mais algum tempo. E hoje, enquanto dispensava suas bênçãos sobre o casal, parecia querer que alguém fizesse o mesmo por ele. Tenho grande apreço pelo sr. Elton, e esse é o único modo de prestar-lhe algum favor.

— O sr. Elton é um homem muito bonito, com certeza, e muito jovem, tenho um grande respeito por ele. Mas se você quer ser atenciosa, minha querida, convide-o para nos visitar e jantar conosco. É uma ideia melhor. Certamente, o sr. Knightley terá o prazer de nos fazer companhia.

— Com todo prazer, senhor, a qualquer momento — respondeu o sr. Knightley, rindo. — E concordo inteiramente com o senhor: essa será a melhor coisa a fazer. Emma, convide-o para jantar, Sirva a melhor refeição, mas deixe que ele escolha a própria esposa. Tenho certeza de que um homem de vinte e seis ou vinte e sete anos já pode cuidar de si mesmo.

Capítulo 2

O sr. Weston era natural de Highbury, nascido em uma família respeitável, a qual, nas últimas duas ou três gerações, tinha alcançado títulos de nobreza e fortuna. Ele recebeu uma boa educação, mas, desde muito cedo, por ter certa independência, não foi capaz de desempenhar nenhuma das atividades da família a que seus irmãos se dedicaram. Por ser um homem de temperamento ativo, alegre e bastante sociável, ingressou na milícia do condado.

O Capitão Weston era querido por todos e, quando as circunstâncias da vida militar levaram-no conhecer a srta. Churchill, de uma grande família de Yorkshire,[1] ela se apaixonou por ele. Ninguém ficou surpreso com esse sentimento, com exceção do irmão e da cunhada da moça, que nunca se esforçaram em conhecê-lo, uma vez que o casal era cheio de orgulho e ostentação, e por isso certamente eles se sentiam ofendidos com esse relacionamento.

No entanto, uma vez que a srta. Churchill era maior de idade e gozava plenos poderes sobre sua fortuna — apesar de sua fortuna não ter nenhuma conexão com as propriedades da família —, ela não se permitiu ser dissuadida do enlace. O casamento foi realizado, para grande desgosto do sr. e da sra. Churchill, mas eles se portaram com o devido decoro. Era uma união inadequada e não traria muita felicidade.

---

[1] Condado do norte da Inglaterra.

A sra. Weston poderia ser muito feliz, pois tinha um esposo cujo afeto e doçura faziam-no crer ser devedor de sua mulher simplesmente por ela ser apaixonada por ele. Embora ela tivesse caráter, esse não era um de seus melhores méritos. Ela teve iniciativa suficiente para agir de acordo com sua própria vontade, contrariando o irmão na época do casamento, mas não o suficiente para reprovar os irracionais ataques dele, nem mesmo para deixar os luxos da sua antiga casa. Os Weston viviam acima de suas possibilidades, mas nada se comparava a Enscombe:[2] ela nunca deixou de amar seu esposo; contudo, além de ser a esposa do Capitão Weston, gostaria de ser a srta. Churchill, de Enscombe.

O Capitão Weston, a quem consideravam, especialmente a família Churchill, ter feito um casamento vantajoso, acabou ficando com a pior parte da barganha. Quando sua esposa morreu, após três anos de união, ele tinha menos dinheiro do que quando solteiro, e ainda precisava sustentar um filho. Entretanto, por causa das despesas com a criança, foi obrigado a entregá-lo para que fosse educado pela família da esposa. O menino, em virtude da doença da mãe, acabou por ser o meio de reconciliação entre o sr. e a sra. Churchill, pois eles não tinham filhos e nenhum parente jovem que pudessem criar. Então, ofereceram-se para tutelar o sobrinho logo após a morte da sua mãe. Alguns escrúpulos e certa relutância foram sentidos por parte do pai viúvo. No entanto, como ele estava ocupado com outras obrigações, a criança foi enviada aos cuidados da rica família Churchill. Assim, pôde preocupar-se apenas com seu bem-estar e melhorar sua situação financeira o quanto antes.

Foi preciso uma mudança completa de vida. Ele abandonou a milícia e dedicou-se ao comércio, pois os irmãos, já morando

---

[2] Nome da propriedade da família.

em Londres, o auxiliaram nesse recomeço. Foi um negócio que lhe proporcionou mais do que apenas uma ocupação. O sr. Weston ainda tinha uma pequena casa em Highbury, onde passava a maior parte de seus dias livres — e, entre suas tarefas e as distrações da sociedade, passaram-se alegremente cerca de dezoito ou vinte anos da sua vida. Com o tempo, ele conseguiu restabelecer-se, o que lhe permitiu comprar uma pequena propriedade próxima a Highbury — um lugar que ele teve interesse em adquirir, casando-se com uma moça sem dote, do local, a srta. Taylor, vivendo de acordo com sua disposição amigável e sua condição social.

Já havia algum tempo a srta. Taylor influenciava seus planos, contudo, não era a influência opressiva da juventude para prosseguirem, por isso não abalou sua determinação de continuar seus ideais até comprar Randalls. A aquisição dessa propriedade era algo que ele desejava havia muito tempo, por isso manteve esse objetivo em mente até que fosse concretizado. O sr. Weston conseguiu aumentar sua fortuna, comprou uma casa e conquistou uma esposa. Esse era o início de um novo período em sua vida, com grande probabilidade de alcançar uma felicidade que nenhum outro homem jamais havia experimentado. Ele nunca fora infeliz, seu temperamento lhe garantia isso, até mesmo em seu primeiro casamento. Mas o segundo compromisso mostrou-lhe quão agradável, sensata e amável uma mulher pode ser, e lhe proporcionou a mais afável prova de que é muito melhor escolher do que ser escolhido, despertar gratidão do que senti-la.

Ele só podia agradecer a si mesmo por suas escolhas: tinha sua própria fortuna, pois, no que se referia a Frank, seu filho, foi acertado que o rapaz seria herdeiro do tio, que o adotara, e por isso ele passou a usar o sobrenome Churchill ao chegar à maioridade. Portanto, era pouco provável que algum dia viesse a precisar da ajuda do pai; o sr. Weston não tinha nenhum temor em relação a isso. A tia era uma mulher caprichosa, que governava o marido por completo. Contudo, o sr. Weston não poderia imaginar que nenhum capricho, por mais afetado que fosse, seria capaz de atingir alguém tão querido e, segundo acreditava, merecidamente querido. Anualmente eles se encontravam em Londres, e ele tinha muito orgulho do filho; seus comentários a respeito do rapaz, como um jovem cavalheiro, fizeram Highbury inteira também orgulhar-se, a ponto de que seus méritos e perspectivas fossem vistos como algo de interesse geral porque ele pertencia ao lugar.

O sr. Frank Churchill era motivo de admiração em Highbury, e existia uma viva curiosidade de que ele fizesse uma visita ao local, apesar de tal admiração nunca ser correspondida: nem sequer uma vez o rapaz passara por lá, em toda a sua vida. Uma visita ao pai sempre foi cogitada, mas nunca realizada.

Agora, após o casamento do sr. Weston, era a opinião comum que o rapaz lhes fizesse uma visita. Não houve sequer uma voz discordante sobre o assunto, nem mesmo quando a sra. Perry tomou chá com a senhora e a srta. Bates, nem quando estas retornaram da visita. Agora era o momento certo para o sr. Frank Churchill visitá-los, e a esperança aumentou quando ele escreveu uma carta à sua nova mãe sobre essa situação. Durante alguns dias, em cada visita matinal feita a Highbury, a linda carta que a sra. Weston recebeu era mencionada. "Suponho que você já tenha ouvido falar da linda carta que o sr. Frank Churchill escreveu para a sra. Weston. Tenho certeza de que é uma carta maravilhosa. O sr. Woodhouse falou-me a respeito, tendo lido a carta, e disse-me que nunca lera uma carta tão bonita em toda a sua vida."

Foi, de fato, uma carta altamente valorizada. A sra. Weston, naturalmente, formou uma opinião muito favorável a respeito do jovem. Essa agradável atenção foi uma prova irresistível do seu bom-senso e aumentou ainda mais todas as felicitações que já havia recebido por conta do seu casamento. Sentiu-se uma mulher ainda mais afortunada. Além disso, vivera o suficiente para saber quanto pensariam bem dela, que tinha como único lamento a separação parcial de seus queridos amigos, cujo sentimento nunca arrefeceu, e quanto fora difícil despedir-se deles.

Ela sabia que sentiriam sua falta e não pôde pensar nisso sem sofrer pelo fato de Emma perder um único momento de prazer ou entediar-se pela falta de sua companhia. Mas sua querida amiga não era uma pessoa de caráter débil; saberia superar a situação melhor do que a maioria das moças da sua idade e teria sensatez, ânimo e energia para suportar, da melhor maneira possível, as pequenas dificuldades e contrariedades. Além disso, era consolador pensar na pequena distância entre Randalls e Hartfield — muito conveniente para uma jovem fazer uma caminhada solitária. E nas circunstâncias à disposição da sra. Weston, na estação que se aproximava, certamente não haveria nenhum obstáculo para passarem juntas, semanalmente, boa parte das tardes.

Dessa forma, sua situação era, em alguns momentos, motivo de gratidão para com a sra. Weston, e por outro lado, em outros momentos, representava apenas arrependimento. E sua satisfação, mais do que satisfação, sua imensa alegria era tão justa e tão aparente que Emma, apesar de conhecer seu pai tão bem, às vezes se surpreendia ao ver que ainda era capaz de lamentar a "pobre srta. Taylor", quando a deixaram em Randalls em meio ao maior conforto doméstico ou observaram-na partir à noite, ao lado do bondoso marido, em sua própria carruagem.[3] Mas ela nunca se despedia do sr. Woodhouse sem que ele, com um suspiro gentil, dissesse:

— Ah, pobre srta. Taylor! Ela seria muito feliz se ficasse aqui.

---

[3] Naquela época, apenas as pessoas com certa fortuna possuíam carruagem. As pessoas sem muitas posses, no entanto, sem dinheiro suficiente para comprar uma carruagem, acabavam alugando esse meio de transporte em caso de necessidade.

Não havia jeito de recuperar a srta. Taylor, nem deixar de lamentar sua perda. Entretanto, poucas semanas após o casamento trouxeram algum alívio ao sr. Woodhouse. As felicitações de seus vizinhos terminaram, já não era mais torturado pelos elogios ao acontecimento que, segundo ele, era algo tão penoso. O bolo que lhe causou grande sofrimento, fora consumido por completo. Seu estômago não suportava nada muito pesado, e ele não poderia acreditar que para as outras pessoas fosse diferente. O que era prejudicial para o sr. Woodhouse ele considerava impróprio para qualquer outra pessoa e, portanto, tentava inutilmente convencer a todos que qualquer bolo de casamento era nocivo. E quando via que seus esforços eram em vão, fazia o possível para que os outros não provassem nem uma pequena fatia do bolo. Já se preocupara em consultar o sr. Perry, o boticário,[4] sobre o assunto. O sr. Perry era um cavalheiro muito inteligente, cujas visitas habituais serviam para o conforto do sr. Woodhouse. E, ao ser consultado, não poderia ao menos admitir, apesar de parecer ser contra a sua vontade, que o bolo de casamento por certo prejudicaria muitas pessoas, talvez a maioria, a menos que fosse consumido moderamente. Com base em tal opinião, e em sua própria, o sr. Woodhouse esperava influenciar cada convidado dos recém-casados, mas, apesar de tudo, todos comeram o bolo e não houve descanso para seus nervos benevolentes até que não sobrasse um pedaço sequer.

Houve um estranho rumor em Highbury de que todos os filhos do sr. Perry foram vistos com pedaços de bolo nas mãos, mas isso foi algo em que o sr. Woodhouse nunca acreditou.

---

[4] Naquela época, a profissão de farmacêutico não era regulamentada, o boticário era responsável por receitar medicamentos e, muitas vezes, avaliar os enfermos.

Capítulo 3

À sua maneira, o sr. Woodhouse gostava da companhia dos outros. Ele gostava muito que seus amigos viessem visitá-lo e, em virtude de inúmeros fatores, como sua longa presença em Hartfield, seu bom caráter, sua fortuna, sua casa e sua filha, era capaz de administrar seu pequeno círculo de amizades, em grande parte, do modo como gostava.

Ele não tinha muito contato com outras famílias além das habituais; seu horror a visitas à noite e a longos jantares o impediam de ter mais amigos além daqueles que estavam dispostos a visitá-lo, conforme seus próprios termos. Felizmente para ele, Highbury, incluindo Randalls, na mesma paróquia, e Donwell Abbey,[1] onde vivia o sr. Knightley, na paróquia vizinha, abrangia a maior parte de seus conhecidos. Raramente era convencido por Emma a convidar alguns de seus mais queridos amigos para jantar. Entretanto, o que ele mais apreciava eram as reuniões no fim da tarde. A menos que sentisse falta de companhia, apenas uma noite por semana Emma podia reunir pessoas para jogar cartas com o pai.

Um verdadeiro e antigo apreço trouxe à sua casa os Weston e o sr. Knightley. E o sr. Elton — um jovem que vivia sozinho e

---

[1] Abadia, em português. Durante o reinado da família Tudor (de 1485 a 1603), principalmente na época do Rei Henrique VIII, grande parte dos monastérios e propriedades eclesiásticas passou a ser de propriedade da Coroa, mais tarde transformando-se em casas particulares.

não gostava dessa solidão, se sentia privilegiado de trocar suas noites solitárias pelas visitas ao sr. Woodhouse e pelos sorrisos de sua adorável filha — não corria o risco de ser expulso dali.

Depois desses, num segundo grupo entre os mais assíduos estavam a sra. Bates e sua filha, a sra. Goddard, três senhoras que estavam sempre dispostas a aceitar os convites vindos de Hartfield, e tantas vezes foram conduzidas à casa que o sr. Woodhouse considerava um esforço muito grande, tanto para James quanto para os cavalos. E, se ocorresse apenas uma vez por ano, ainda assim seria um sacrifício.

A sra. Bates, viúva de um antigo pastor de Highbury, era uma dama muito idosa, incapaz de realizar qualquer atividade, com exceção do chá e do *quadrille*.[2] Vivia de modo bastante simples, em companhia da filha solteira, era benquista por todos e tinha todo o respeito que uma senhora da sua idade podia suscitar. Sua filha possuía a mais incomum popularidade para uma jovem que não era tão jovem, bonita, rica ou sequer casada. A srta. Bates encontrava-se em uma das piores situações para ter tantas simpatias, não tinha o brilho intelectual que lhe compensasse os outros defeitos ou para surpreender os outros nem para que pudessem odiá-la por outras questões. Nunca fora uma moça de grande beleza. Sua juventude havia passado sem despertar nenhuma atenção e, agora, já na maturidade, dedicava-se à mãe idosa, além de se esforçar para que seus poucos rendimentos durassem o maior tempo possível. Entretanto, era uma mulher feliz, a quem todos tratavam com benevolência. Era graças à sua boa vontade e ao temperamento amável que tal popularidade acontecia. Ela gostava de todos, interessava-se pela felicidade dos outros e ponderava a respeito dos méritos de cada um. Considerava a si mesma uma pessoa afortunada, cercada de bênçãos, como uma mãe excelente, de

---

[2] Jogo de cartas para quatro jogadores aperfeiçoado na França e famoso na Europa do século XVIII.

vizinhos bondosos, e morava em um lugar que supria suas necessidades. A simplicidade e a alegria do seu caráter, seu espírito jovial e agradecido eram uma recomendação para todos e uma felicidade para si mesma. Gostava muito de falar a respeito de assuntos triviais, o que agradava bastante ao sr. Woodhouse, já que ele sempre conversava sobre temas comuns e boatos inofensivos.

A sra. Goddard, por sua vez, era proprietária de um internato. Não se tratava de um simples educandário, uma instituição ou algum outro lugar que professasse frases longas e cheias de tolices refinadas que combinassem conhecimentos liberais com a moral elegante a respeito de novos princípios e novos sistemas, e onde as jovens, ao pagarem grandes quantias, perdem a saúde e ficam vaidosas. Na verdade, era um lugar real, honesto, um daqueles antigos internatos onde uma quantidade razoável de conhecimentos era transmitida a preços justos, onde as moças que não haviam tido preceptores em sua casa[3] podiam ampliar seus conhecimentos sem nenhum perigo de se tornarem prodígios. A escola da sra. Goddard tinha ótima reputação, e muito merecidamente, pois Highbury era considerado um lugar muito saudável. A escola localizava-se em uma casa ampla, com jardim, oferecia comida abundante às jovens e estas podiam aproveitar livremente o verão; no inverno, vestiam roupas que elas mesmas costuravam. Não era de se admirar que uma fila de vinte jovens caminhasse em direção à igreja. A sra. Goddard era uma mulher simples e maternal, que trabalhara muito quando jovem e agora encontrava-se no direito de ter

---

[3] Geralmente as moças de famílias ricas eram educadas em casa por uma boa governanta. A função da governanta era alfabetizar e transmitir conhecimentos razoáveis a respeito de história, geografia e literatura. Além disso, era necessário ensinar habilidades como costura, bordado, pintura, desenho e, em alguns casos, música e canto. Uma moça para ser considerada prendada tinha de possuir esses conhecimentos, principalmente para poder manter uma conversa educada com os convidados de seu pai ou de seu marido.

alguns momentos de folga para receber amigos para o chá. E como desde algum tempo devia muito à gentileza do sr. Woodhouse, sentia-se particularmente obrigada a deixar sua sala de visitas limpa, decorada com um belo arranjo, e ganhar ou perder alguns trocados no jogo de cartas, diante da lareira, com o seu velho amigo.

Essas eram as senhoras com quem Emma encontrava-se frequentemente. A jovem exalava felicidade, principalmente em consideração ao pai, porém, esses encontros não remediavam a ausência da sra. Weston. Ela ficava contente ao ver que seu pai parecia confortável, e muito satisfeita consigo mesma por conduzir a situação tão bem. Mas a conversa tão monótona das três mulheres fazia Emma sentir que cada noite passada dessa maneira eram as intermináveis horas que tanto receara.

Certa manhã, quando pensava que o dia terminaria da mesma forma, recebeu um bilhete da sra. Goddard, perguntando, respeitosamente, se era possível levar a srta. Smith consigo. De fato, foi um pedido muito bem-vindo, uma vez que a srta. Smith era uma jovem de dezessete anos que Emma conhecia apenas de vista e com quem, havia algum tempo, interessava-se em manter amizade, principalmente em virtude da beleza da moça. Em resposta, um gentil convite foi enviado, e Emma não mais temia a noite.

Harriet Smith era filha natural de alguém,[4] que, alguns anos antes, a colocou na escola da sra. Goddard e, recentemente, elevara-a da condição de simples estudante à condição de moradora da casa. Isso era tudo que se conhecia de sua história. Harriet não tinha muitos amigos, apenas aqueles que conhecia em Highbury, e acabara de voltar de uma longa visita ao interior, onde esteve hospedada na residência de algumas jovens que estudaram com ela.

---

[4] Filha ilegítima, fora do casamento.

Era uma moça bonita, com uma beleza que Emma particularmente admirava: baixa, não muito magra nem muito gorda, de pele clara como uma fina flor, olhos azuis, cabelos claros, feições regulares e um olhar de grande doçura. Antes do fim da noite, ela já estava satisfeita com suas maneiras e bastante determinada a manter essa amizade.

Emma não havia percebido nenhum traço muito inteligente na fala da srta. Smith, mas achou-a muito envolvente — sem ser inconvenientemente tímida ou sem reservas para conversar — ainda assim sem ser inoportuna, sabendo portar-se sem precisar da aprovação dos outros, sentindo-se feliz e agradecida por ter sido recebida em Hartfield. Estava tão sinceramente impressionada por tudo, tão superior em relação às pessoas com que ela estava acostumada, que, provavelmente, a moça tinha bom-senso e merecia ser encorajada. E encorajamento lhe foi dado. Aqueles olhos azuis e toda aquela graça natural não deveriam ser desperdiçados com um grupo de pessoas tão inferiores quanto a sociedade de Highbury. As amizades que Harriet havia conquistado eram inferiores a ela. As amigas de quem acabara de se despedir, apesar de serem boas moças, provavelmente a prejudicariam. As moças pertenciam à família Martin, que Emma conhecia apenas de nome. A família Martin arrendava uma parte da grande fazenda do sr. Knightley, frequentava a paróquia de Donwell e tinha boa reputação. Emma sabia que o sr. Knightley estimava muito a família, entretanto, deviam ser pessoas incultas e sem elegância. Emma faria Harriet melhorar seu nível social, tentaria separá-la de amizades inadequadas, apresentaria a amiga à boa sociedade, modificaria suas opiniões e maneiras. Certamente seria um compromisso interessante e gentil que mudaria completamente a vida de Harriet, seus passatempos e suas possibilidades.

Emma estava tão ocupada admirando aqueles olhos azuis, conversando e escutando, formulando todos esses planos enquanto ficava em silêncio, que a noite passou bem mais rápido do que de costume. E o jantar, que ocorreu quase no final dessa reunião, no qual ela se ocupou apenas em observar, terminou tão rápido que logo se sentaram perto da lareira, sem que ela pudesse notar a passagem do tempo. Com uma vivacidade muito incomum em um caráter como o seu, nunca fora indiferente a lidar com as situações da melhor maneira possível e sempre fora atenciosa, com a boa vontade de uma mente feliz com as próprias ideias. Emma, então, fez todas as honras da refeição, recomendando o picadinho de frango e as ostras cozidas, com uma urgência que sabia ser necessária e aceita, naquele momento, entre os escrúpulos de seus convidados.

Em tais ocasiões, os pobres sentimentos do sr. Woodhouse estavam a salvo de um penoso combate. Ele gostava que a toalha de mesa fosse estendida, assim como era costume em sua juventude, mas sua convicção sobre o fato de que as refeições noturnas eram muito prejudiciais levava-o a se arrepender ao ver a mesa preparada. E, enquanto sua hospitalidade incentivava seus convidados a comerem tudo, sua preocupação a respeito da saúde de cada um fazia-o lamentar enquanto eles comiam.

O único alimento que recomendava era uma tigela de mingau, pois era tudo o que ele poderia comer, embora se sentisse constrangido enquanto as senhoras comiam rapidamente os outros pratos deliciosos, apenas para dizer:

— Sra. Bates, permita-me oferecer um destes ovos. Um ovo cozido comido lentamente não é prejudicial. Serle sabe cozinhar os ovos como ninguém. Não recomendo mais de um ovo cozido, mas você não precisa ter receio, estes são muito pequenos. Um de nossos pequeninos ovos não lhe fará mal. Srta. Bates, deixe que Emma lhe Sirva um pedaço de torta, um pedacinho bem pequeno. Só servimos tortas de maçã. Não precisa preocupar-se, não servimos conservas que possam fazer algum mal aqui em nossa casa. Só não lhe aconselho o pudim. Sra. Goddard, o que me diz de uma taça de vinho?

Meia taça de vinho misturada à água?[5] Não creio que possa fazer-lhe mal.

Emma permitiu que seu pai falassse, mas servia seus convidados de modo muito mais satisfatório e, nesta noite, tinha um interesse especial para deixá-los contentes. A felicidade da srta. Smith era compatível com suas intenções. A srta. Woodhouse era uma figura tão importante em Highbury que a perspectiva de que seriam apresentadas lhe trouxera tanto pânico como prazer. No entanto, a humilde e agradecida moça foi embora com os melhores e mais sinceros sentimentos, maravilhada com a amabilidade com que a srta. Woodhouse a tratara durante toda a noite e finalmente viu-a estender as mãos para se despedirem![6]

---

[5] Naquela época, as mulheres costumavam tomar vinho misturado com água para que o sabor não ficasse tão forte.

[6] Na época retratada no livro, o cumprimento de mãos significava intimidade e afeição.

Capítulo 4

A intimidade de Harriet Smith em Hartfield logo veio a ser um fato. Rápida e decidida em suas ideias, Emma não perdeu tempo em convidá-la e encorajá-la a visitar sua casa mais vezes e, à medida que a amizade entre as duas crescia, crescia também a satisfação que ambas sentiam por estarem juntas. Como companheiras de caminhadas, Emma logo percebeu quanto a moça lhe seria útil. Nesse assunto, a ausência da sra. Weston fora muito importante. Seu pai nunca caminhava além dos arbustos, onde duas divisões do terreno eram o máximo que ele conseguia alcançar, ou, no máximo uma divisão, dependendo da estação do ano. Desde o casamento dos Weston, suas caminhadas haviam diminuído. Ela se aventurou a fazer uma caminhada solitária até Randalls, mas não foi agradável. Portanto, Harriet Smith, uma pessoa que ela poderia solicitar a qualquer momento, seria uma valiosa aquisição para seus caprichos. Em todos os aspectos, quanto mais observava e aprovava a amiga, mais seus propósitos afetuosos eram confirmados.

Harriet certamente não era brilhante, mas tinha um temperamento doce, boa disposição, era completamente livre de vaidade e desejava apenas ser guiada por alguém de *status* na sociedade. Sua espontânea ligação com Emma foi muito afetuosa, sua disposição por boa companhia e a capacidade de apreciar o que era elegante e inteligente demonstraram que não lhe faltava bom gosto, embora não se esperasse que tivesse um entendimento minucioso dos temas. Em resumo, Emma não estava completamente convencida de que Harriet Smith era exatamente o tipo de amiga que ela procurava — exatamente o que necessitava em sua casa. Era algo completamente diferente, um sentimento distinto e independente. A sra. Weston era uma amiga, uma relação baseada em gratidão e estima. Harriet poderia ser amável e útil. Entretanto, não havia nada a ser feito pela sra. Weston; já em relação a Harriet, poderia ajudá-la em tudo.

Suas primeiras tentativas de ser útil a Harriet foram buscar descobrir quem eram seus pais, porém a moça não pôde dizer. Ela poderia comentar tudo que estivesse ao seu alcance, mas questões a respeito desse assunto eram em vão. Emma foi obrigada a imaginar do que ela gostava, mas não podia convencer-se de que, se estivesse na mesma situação, não teria revelado a verdade. Harriet era impenetrável. Estava satisfeita em ouvir e em acreditar apenas no que a sra. Goddard lhe contou, e não se preocupou em ir além.

A sra. Goddard, os professores, as demais moças e os assuntos comuns da escola ocupavam grande parte da conversa e, se não fosse por sua amizade com a família Martin, da fazenda Abbey Mill, não falariam de outra coisa. Mas a família Martin ocupava boa parte de seus pensamentos, pois passava dois meses felizes em companhia deles, e agora amava falar dos prazeres dessa visita e descrever os diversos confortos e as maravilhas do lugar. Emma incentivava seu discurso, divertindo-se com a descrição de um estilo de vida tão diferente do seu e desfrutando a simplicidade da qual a amiga podia falar com entusiamo.

"A sra. Martin tem duas salas, duas salas grandes. Uma delas é tão grande quanto a sala de visitas da sra. Goddard. Tinha uma criada que estava há mais de vinte e cinco anos com eles, possuía oito vacas — duas da raça Alderney,[1] uma outra da

[1] Raça de vacas leiteiras.

raça Welch, muito bonita — a sra. Martin gostava muito dessa e a chamava de 'minha vaquinha'. Além disso, a casa ficava extremamente bonita quando o jardim florescia no verão, e, no próximo ano, poderiam tomar o chá diante de uma linda casa de verão, grande o suficiente para abrigar doze pessoas."

Por algum tempo, ela se divertiu, sem pensar em mais nada, mas quando passou a entender melhor a família, outros sentimentos surgiram. Emma estava enganada, pensando que na casa viviam juntos a mãe, a filha, o filho e uma nora. Porém, quando percebeu que o sr. Martin, nome que estava sempre presente nas conversas e era mencionado com grande aprovação pelo fato de ser um rapaz de bom temperamento, era solteiro e que não havia nenhuma jovem sra. Martin, nenhuma esposa em vista, começou a suspeitar do perigo que a pobre amiga corria diante de tanta hospitalidade e gentileza, e que, se não a ajudasse, Harriet poderia perder-se para sempre.

Tendo isso em mente, suas perguntas aumentaram em número e significado, levando Harriet a falar especialmente a respeito do sr. Martin e, evidentemente, a moça gostava disso. Ela sempre estava pronta para falar sobre suas caminhadas à luz da Lua e sobre os alegres jogos, além de gastar boa parte do tempo falando sobre como ele era um homem bem-humorado e amável. Uma vez ele caminhou cerca de cinco quilômetros para trazer-lhe algumas nozes, só porque ela disse que gostava delas. Em todos os aspectos, ele era muito amável. Uma noite, trouxe um filho de um pastor à sua casa apenas para cantar para Harriet, que gostava muito de música. Robert Martin também cantava um pouco, e Harriet acreditava que ele era inteligente e entendia de tudo. O rapaz possuía um rebanho notável e, enquanto ela esteve na companhia da família Martin, ele recebeu por suas lãs um lance maior do que qualquer outra fazenda do país. Todos falavam bem do rapaz; a mãe e as irmãs gostavam muito dele. Um dia, a sra. Martin lhe disse, apesar de corar, que era impossível alguém ser tão bom quanto seu filho, e tinha certeza de que, ao se casar, seria um excelente marido. Não que ela quisesse que o filho se casasse; pelo contrário, não tinha o menor interesse nisso.

"Muito bem, sra. Martin! Você sabe o que faz" — pensou Emma.

— E quando voltei para casa, a sra. Martin foi tão gentil que já havia enviado à casa da sra. Goddard um belo ganso, o mais belo ganso que ela já tinha visto. No domingo, a sra. Goddard preparou o ganso e convidou três professoras: as srta.s Nash, Prince e Richardson, para cearem com ela.

— O sr. Martin, suponho, não é um homem que possua mais conhecimentos além do que o trabalho lhe exige, não é? Ele lê? — perguntou Emma à amiga.

— Ah, sim! Isto é, não, não sei. Mas acredito que ele leia muito, mas nada do que você já leu. Ele lê o Jornal de Relatórios Agrícolas e alguns outros livros que se encontram próximo à janela; lê, mas não faz comentários sobre os livros. Às vezes, à noite, antes de jogarmos cartas, ele lia alguns trechos do *Elegant Extracts*[2] e realmente era algo muito divertido. Também sei que ele já leu o *Vigário de Wakefield*,[3] porém nunca leu *O romance da floresta*[4] ou *As crianças da abadia*.[5] O sr. Martin nunca sequer ouviu falar de tais livros antes que eu lhe falasse sobre eles, mas estava determinado a consegui-los o mais rápido que pudesse.

A pergunta seguinte de Emma foi:

— Qual é a aparência do sr. Martin?

— Oh! Ele não é bonito, nem um pouco bonito. No princípio, eu o achei muito simples, mas não o vejo da mesma forma agora. Com o tempo, você sabe, tudo muda. Você nunca o viu?

---

[2] Uma série de livros sobre prosa e verso publicados por Vicesimus Knox.

[3] Romance do escritor irlandês Oliver Goldsmith, produzido entre 1761 e 1762 e publicado em 1766.

[4] Romance gótico de Ann Radcliffe, publicado em 1791.

[5] Romance da irlandesa Regina Maria Roche, publicado em 1796, em quatro volumes.

Ele vem a Highbury sempre que pode e certamente passa todas as semanas por este caminho quando vai para Kingston. Provavelmente, já se encontraram muitas vezes.

— É bem provável... talvez eu já o tenha visto umas cinquenta vezes, mas não fazia ideia do seu nome. Um jovem fazendeiro, a pé ou a cavalo, é uma das últimas pessoas a despertarem minha curiosidade. Os proprietários de terras são exatamente o tipo de gente que não faz parte do meu círculo de amizades. São pessoas de uma classe social inferior,[6] cuja aparência não me interessa. Espero ser útil às suas famílias algum dia, mas um fazendeiro nunca precisará da minha ajuda e, portanto, não faz parte de meus pensamentos.

— Com certeza. Oh, sim! É bem provável que você nunca tenha prestado atenção nele, porém ele a conhece muito bem, quero dizer, de vista.

— Não tenho dúvida de que ele seja um jovem muito respeitável. Tenho certeza de que, de fato, é assim e lhe desejo tudo de bom. Quantos anos você acha que ele tem?

— Ele fez vinte e quatro no último dia oito de junho, e meu aniversário é no dia vinte e três, exatamente quinze dias de diferença, o que é muito estranho.

— Apenas vinte e quatro anos. É muito jovem para se casar. Sua mãe está completamente certa ao dizer que não precisa ter pressa. Eles parecem muito confortáveis como estão e, se ela tivesse pressa para que ele se casasse, certamente mudaria de ideia. Em seis anos, ele poderá encontrar uma boa moça, do mesmo nível social, com um pequeno dote, e isso seria muito agradável.

— Seis anos! Querida srta. Woodhouse, então ele terá trinta anos!

---

[6] Na época de Jane Austen, as pessoas que precisavam trabalhar para se sustentar (fazendeiros, comerciantes, empregados, etc.) eram consideradas de posição social inferior aos proprietários de terras ou às pessoas que viviam de rendimentos.

— Bem, essa é a idade que a maioria dos rapazes que não nasceram ricos espera ter para se casar. O sr. Martin, creio eu, ainda precisa construir sua fortuna, não pode depender do mundo. Qualquer que seja a quantia que seu pai lhe deixou quando morreu, por maior que seja sua parte na propriedade da família, eu me atreveria a dizer que está com tudo investido e assim por diante. Apesar disso, com diligência e sorte, poderá enriquecer com o tempo, mas é quase impossível que isso seja agora.

— Com certeza, isso é verdade. Contudo, eles vivem muito confortavelmente. Não possuem nenhum criado para a casa, mas isso não lhes faz falta, e a sra. Martin pretende contratar um rapaz no próximo ano.

— Espero que não encontre dificuldades, Harriet, se um dia ele se casar. Refiro-me à sua relação com a futura esposa dele, pois, uma vez que suas irmãs receberam boa educação e não se opuseram a nada, não quero dizer que ele possa casar-se com alguém que não seja digna de ser sua amiga. O infortúnio do seu nascimento deveria torná-la mais cuidadosa em relação às pessoas com as quais tem relações. Não há dúvida de que você é filha de um cavalheiro e deve manter esse posto a todo custo, ou haverá muitas pessoas que teriam o prazer de rebaixá-la.

— Sim, com certeza, suponho que há muitas pessoas assim. Porém, quando visito Hartfield, ele é tão gentil comigo, srta. Woodhouse. Não tenho medo do que os outros possam fazer comigo.

— Você entende a força da influência muito bem, Harriet, mas eu desejo que você esteja firmemente estabelecida na boa sociedade e independente da srta. Woodhouse e de Hartfield. Almejo vê-la definitivamente bem relacionada e para isso é aconselhável que tenha o mínimo possível de amizades estranhas, de classe inferior. Além disso, se você deseja ficar bem por estas redondezas, quando o sr. Martin se casar, seria melhor que sua intimidade com as irmãs desse rapaz não a obrigassem a ser amiga da esposa dele, que provavelmente será filha de um simples granjeiro, sem nenhuma educação.

— Oh, sim, sem dúvida. Não creio que o sr. Martin se casaria com alguém sem educação ou sem berço. No entanto, não quero que minha opinião seja contrária à sua e tenho certeza de que não desejarei ter nenhum tipo de relação com a esposa dele. Sempre terei uma grande consideração por suas irmãs, especialmente Elizabeth. Eu ficaria muito decepcionada se precisasse desistir dessa amizade, pois elas são tão bem-educadas quanto eu. Mas, se ele se casar com uma mulher muito ignorante e vulgar, claro que, se eu puder evitar, nunca farei uma visita a ela.

Emma observou-a em meio às oscilações do seu discurso e não viu nenhum sintoma alarmante de amor. O jovem rapaz foi seu primeiro admirador, mas acreditava que não haveria grande dificuldade da parte de Harriet em se opor a algum arranjo amigável.

Elas encontraram o sr. Martin no dia seguinte, enquanto caminhavam pela estrada de Donwell. Ele estava a pé e, após olhar respeitosamente para Emma, voltou o olhar com uma satisfação sincera para sua companheira. Emma não se arrependeu por ter uma oportunidade para analisar a situação e, ao caminharem mais alguns passos, avaliou o sr. Martin e teve uma ideia geral do seu caráter. Sua aparência era muito simples, parecia ser um homem sensato, mas não tinha nenhum outro atrativo. Se viesse a ser comparado com outros cavalheiros, Emma acreditou que ele perderia todos os créditos que tinha recebido de Harriet. A amiga não era insensível ao modo como era tratada pelas pessoas; voluntariamente percebera a gentileza do pai de Emma com admiração e encantamento. O sr. Martin a fitou como se não soubesse o que eram boas maneiras.

Permanceram juntos por mais alguns minutos, uma vez que não podiam fazer Emma esperar. Então, Harriet correu na sua direção com um sorriso, o qual a srta. Woodhouse não tardou em compreender.

— Pense como foi casual nosso encontro! Que coincidência! Ele me disse que foi uma questão de sorte não ter escolhido caminhar pelos lados de Randalls. Ele jamais imaginaria que caminhássemos por esta estrada. Pensou que fôssemos a Randalls todos os dias. Disse-me que ainda não conseguiu encontrar o livro *Romance da floresta*. Estava tão ocupado da última vez que esteve em Kingston que se esqueceu por completo, mas voltará lá amanhã. Foi muita concidência nos encontrarmos! Bem, srta. Woodhouse, ele é do jeito que você imaginava? O que pensa a respeito dele? Acha que é muito simples?

— Ele é muito simples, sem dúvida, notavelmente simples. Mas não é nada comparado à falta de requinte. Eu não tinha direito de esperar mais e não esperava muito, mas não tinha ideia de que ele fosse tão rude, sem nenhuma graça. Confesso que o imaginei um pouco mais refinado.

— De fato — disse Harriet, com a voz mortificada —, ele não é tão gentil como os cavalheiros de verdade.

— Harriet, uma vez que está em nossa companhia, você teve, por inúmeras vezes, a oportunidade de estar na presença de verdadeiros cavalheiros e deve ter ficado impressionada com a diferença entre eles e o sr. Martin. Em Hartfield, você tem bons exemplos de rapazes bem-educados e distintos. Eu ficaria surpresa se, mesmo após vê-los, você estivesse na companhia do sr. Martin novamente sem perceber que ele é alguém de nível muito inferior... sem se assombrar pelo fato de que antes o achava agradável. Não consegue perceber isso agora? Não ficou impressionada? Tenho certeza de que ficou chocada ao perceber seu olhar, seus modos grosseiros e seu tom de voz rude que, daqui de onde estou, não percebi conter nenhum tipo de entonação.

— Certamente, ele não é como o sr. Knightley. Não tem um ar tão distinto, nem sabe andar como ele. Vejo uma grande diferença. O sr. Knightley é um homem muito fino!

— O sr. Knightley é extraordinariamente tão distinto que não é justo que você o compare com o sr. Martin. Você nunca encontrará entre cem cavalheiros um que mereça essa descrição como o sr. Knightley. No entanto, ele não é o único cavalheiro com o qual você teve contato recentemente. O que me diz do sr. Weston e do sr. Elton? Compare o sr. Martin com os dois. Compare o modo como se portam, como caminham, falam, e até mesmo quando estão em silêncio. Você notará a diferença.

— Ah, sim! Há uma grande diferença, mas o sr. Weston já é um homem mais experiente, deve ter entre quarenta e cinquenta anos.

— O que torna suas boas maneiras ainda mais valiosas, Harriet. Quanto mais velha fica uma pessoa, mais importante é que seus modos não se tornem rudes porque ficam mais evidentes e desagradáveis quaisquer grosserias ou atitudes estranhas. O que é tolerável na juventude é detestável na velhice. Se agora o sr. Martin já é estranho e rude, como será quando tiver a idade do sr. Weston?

— De fato, não sei o que dizer — respondeu Harriet solenemente.

— Mas é muito fácil de adivinhar. Ele será um fazendeiro completamente bruto e vulgar, totalmente desatento à aparência e não pensará em mais nada além de ganhos e perdas.

— Será que ele realmente será assim? Seria uma lástima.

— Até que ponto, inclusive agora, os negócios ocupam tanto seu tempo que até o fizeram esquecer-se de procurar o livro que você recomendou! Estava tão preocupado com seus afazeres que não pensou em mais nada, o que é justamente o que deve fazer quem espera prosperar. O que isso tem em comum com os livros? Não tenho dúvida de que ele vai prosperar e, com o tempo, será um homem rico e nós não temos com que nos preocupar se for iletrado e grosseiro.

— Eu me pergunto por que ele se esqueceu do livro... — Foi a resposta de Harriet, e em sua voz havia um tom de contrariedade que Emma não quis interpelar. Portanto, não disse sequer uma palavra por alguns minutos, mas depois continuou:

— Talvez em um aspecto os modos do sr. Elton sejam superiores aos do sr. Knightley e aos do sr. Weston: eles são mais gentis. Seguramente, podem ser considerados um modelo para nós. O sr. Weston é um homem de mente aberta, vivaz e muito franco, por isso todos gostam dele, principalmente por causa do seu bom humor, mas não é motivo para ser copiado. O mesmo ocorre com os modos perfeitos, decididos e dominantes do sr. Knightley, e, embora isso lhe caia muito bem, se algum jovem resolvesse imitá-lo seria um completo desastre. Ao contrário, acredito que qualquer jovem tomará uma ótima decisão se adotar como modelo o sr. Elton. Ele tem bom caráter, é alegre, amável e cortês. Parece-me que tem andado especialmente gentil. Não sei se ele tem o objetivo de chamar a atenção de alguma de nós, Harriet, redobrando suas amabilidades. Mas parece-me que seus modos estão ainda mais gentis do que constumam ser, e certamente são para agradar a alguém. Não lhe contei o que ele disse sobre você outro dia?

Ela repetiu uma série de elogios que o sr. Elton havia feito e Harriet sorriu, ficou corada, e disse que sempre achou o sr. Elton muito agradável.

Para Emma, o sr. Elton era a pessoa certa para fazer Harriet esquecer o jovem fazendeiro, porque acreditava que formariam um lindo casal. E que seria muito desejável, natural e provável que tudo fosse planejado por ela. Porém, teve receio de que todos pensassem do mesmo modo. Não era provável, no entanto, que alguma pessoa tivesse essa ideia antes dela, pois surgiu em sua mente na primeira noite em que Harriet visitara Hartfield. E, quanto mais pensava a respeito, mais acreditava ser conveniente. A situação do sr. Elton era mais adequada porque ele era um cavalheiro sem ligações com pessoas de nível social inferior e, ao mesmo tempo, não tinha familiares que pudessem colocar objeções a respeito do duvidoso nascimento de Harriet. Ele tinha uma confortável casa para oferecer à amiga, e Emma acreditava que também possuía uma boa renda; embora a paróquia de Highbury não fosse muito grande, ele era conhecido por ter uma propriedade independente. Ela o considerava um homem de bom humor, boas maneiras, respeitável, sem nenhuma deficiência de entendimento útil ou conhecimento do mundo.

Estava segura de que ele achava Harriet uma moça bonita, e confiava que suas visitas frequentes a Hartfield, de início, seriam suficientes para que o sr. Elton se interessasse pela amiga. E quanto a Harriet, não restava dúvida de que a ideia de ser admirada por ele teria a influência e a eficácia que tais circunstâncias exigiam. A verdade é que ele era realmente um jovem muito agradável, que certamente seria apreciado por qualquer mulher que não fosse melindrosa. Era bonito, todos o admiravam, apesar de não despertar interesse em Emma pelo fato de não possuir encanto em suas feições, o que ela considerava imperdoável. Mas a moça que ficara agradecida pelo simples fato de o sr. Martin percorrer o interior à procura de nozes seria completamente conquistada pela admiração do sr. Elton.

Capítulo 5

— Sra. Weston, eu não sei qual seria a sua opinião a respeito da grande intimidade entre Emma e Harriet Smith, mas acredito que não será algo bom — disse o sr. Knightley. — Algo ruim! Realmente acredita nisso? Por quê?

— Creio que não trará benefícios para nenhuma das duas.

— Você me surpreende! Emma pode fazer muito bem a Harriet e, ao proporcinar novos interesses, Harriet fará muito bem a Emma. Vejo a amizade entre as duas com grande satisfação! Percebo que pensamos de modos distintos! Acredita que nenhuma das duas será beneficiada! Sr. Knightley, sem dúvida isso será motivo de discussões entre mim e você, a respeito de Emma.

— Talvez pense que vim com o propósito de discutir com você, sabendo que o marido dela está fora e está disposta a se defender sozinha.

— O sr. Weston, sem dúvida, me apoiaria se estivesse aqui, pois pensa do mesmo modo que eu a respeito desse assunto. Ontem mesmo conversávamos sobre isso e concordamos que Emma é muito afortunada e que certamente deveria haver em Highbury uma moça para ela fazer uma nova amizade. Sr. Knightley, não vou permitir que seja juiz neste caso. Está tão acostumado a viver só que não dá valor a uma boa companhia e, talvez, um homem não consiga entender quanto a companhia de uma mulher faz bem à outra, uma vez que ela está acostumada a isso a vida inteira. Até imagino o juízo que tem de Harriet Smith, não sendo uma moça tão brilhante quanto Emma para ser sua amiga. Mas, por outro lado, como Emma quer vê-la bem informada, será um incentivo para que ela leia mais. As duas lerão juntas, sei que esse é o objetivo.

— Emma sempre desejou ler mais desde que tinha dez anos. Eu já vi diversas listas de livros pelos quais ela se interessava. Eram listas boas, repletas de ótimas escolhas, muito organizadas — às vezes organizadas alfabeticamente ou por outra regra. Quando ela estava com quatorze anos, fez uma lista, lembro-me bem, pois dei muito crédito à iniciativa e a conservei por muito tempo; atrevo-me a dizer que agora fará uma nova lista muito boa. Mas já perdi as esperanças de ver Emma terminar suas leituras. Ela nunca se dedicará a algo que necessite esforço e paciência, seus caprichos comandam sua razão. Os comportamentos que a srta. Taylor não conseguiu estimular, certamente, Harriet também não conseguirá. Você nunca conseguiu convencê-la a ler tanto quanto desejou. Sabe que não conseguiu.

— Ouso dizer — respondeu a sra. Weston, sorrindo — que eu pensava desse modo. Mas, desde que deixei Hartfield, não consigo lembrar-me sequer de um desejo meu que Emma tenha deixado de satisfazer.

— Não há necessidade de você evocar certas recordações — disse o sr. Knightley, comovido.

Ele ficou em silêncio por alguns momentos e acrescentou:

— Mas eu, que não sofri os efeitos de seus encantos tão diretamente, ainda devo ver, ouvir e me lembrar. Emma foi mimada por ser considerada a mais inteligente da família. Aos dez anos, teve a infelicidade de ser capaz de responder a questões que sua irmã de dezessete não conseguiu. Ela sempre foi rápida e garantia que Isabella fosse lenta e tímida. E, desde que tinha doze anos, Emma tornou-se a dona da casa e de todos vocês. Ao perder a mãe, perdeu a única pessoa que seria capaz de lidar com ela. Emma herdou os talentos da mãe e certamente seria educada sob sua autoridade.

— Eu sentiria muito, sr. Knightley, se dependesse de sua recomendação, se tivesse deixado a família Woodhouse e procurasse outra oportunidade. Não acredito que você tenha feito sequer um elogio a meu respeito para outra pessoa. Tenho certeza de que sempre me achou inadequada para a função de que me incumbiram.

— Sim — disse ele, sorrindo. — Você está muito melhor aqui, muito adequada para ser uma esposa, mas não uma governanta. Você se preparou para ser uma boa esposa ao longo de todos os anos que viveu em Hartfield. Talvez não tenha dado a Emma uma educação completa como prometeu, mas certamente recebeu uma boa educação por parte dela, uma magnífica educação para a vida matrimonial, de submeter sua própria vontade, fazendo o que lhe era pedido. Se o sr. Weston me tivesse consultado a respeito de uma esposa, sem dúvida alguma eu teria recomendado a srta. Taylor.

— Obrigada. Há poucos méritos em ser uma boa esposa para um homem como o sr. Weston.

— Para dizer a verdade, receio que você tenha desperdiçado o seu tempo, estando disposta a suportar tudo que na verdade não tinha de ter suportado. No entanto, não vamos desesperar-nos. Weston pode chegar a pensar em viver uma vida cheia de confortos, ou seu filho pode dar-lhe desgostos.

— Espero que isso não aconteça. Não, sr. Knightley, não faça previsões sobre esse assunto.

— Certamente, não. Apenas citei algumas possibilidades. Não tenho a pretensão de que Emma possa fazer previsões ou adivinhações. Espero, de todo o coração, que o jovem rapaz tenha os méritos de Weston e a fortuna da família Churchill. Mas, Harriet Smith... ainda não concluí minhas impressões a respeito de Harriet Smith. Penso que ela é a pior companhia que Emma poderia ter. A moça não conhece muito de si mesma e acredita que Emma sabe de tudo. É uma aduladora, e o pior, acredito que não seja premeditado. Sua ignorância é uma bajulação contínua. Como Emma pode imaginar que possa aprender algo se Harriet mostra-se deliciosamente inferior? E quanto a Harriet, ouso dizer que ela não tem nada a ganhar com essa amizade. Hartfield só vai distanciá-la de todos os lugares aos quais pertence. Acabará por se tornar uma moça refinada, mas apenas o suficiente para que se sinta incomodada com aqueles com os quais terá de viver em virtude de seu nascimento e posição. Estaria muito equivocado se acreditasse que os ensinamentos de Emma pudessem acrescentar algo à personalidade de Harriet ou que fizessem que a moça pensasse de modo mais racional diante das situações que viverá. Apenas lhe dará um pouco de brilho.

— Confio mais no bom-senso de Emma do que você, ou talvez esteja mais preocupada com o bem-estar de agora, pois não lamento a amizade entre as duas. Como ela estava bem na noite passada!

— Oh! Você prefere falar do exterior em vez do interior, não é mesmo? Muito bem, não posso negar que Emma seja bonita.

— Bonita! Seria melhor dizer maravilhosa! Você consegue imaginar alguém que chegue tão próximo da perfeição quanto ela? Tanto em rosto como em aparência?

— Não sei o que posso dizer, mas confesso que, às vezes, já vi um rosto ou figura muito mais agradável do que ela. Mas sou um velho amigo parcial.

— E seus olhos! Olhos cor de avelã, tão brilhantes! Emma possui traços regulares e um semblante muito bonito, realmente tem uma pele maravilhosa! Oh! Parece um botão de rosa, saudável, com as devidas proporções de peso e altura, sempre ereta e firme! Além disso, não é bela apenas na aparência; seus modos, sua cabeça e os olhares são sempre encantadores. Às vezes, é possível ouvir uma criança dizer que "ela é um retrato da perfeição". E, agora que está crescida, transmite exatamente esse retrato fiel. Ela é a encarnação da beleza. Não é mesmo, sr. Knightley?

— Não consigo encontrar um defeito sequer — respondeu ele. — Acredito que Emma é tudo isso que descreveu. É um prazer poder admirá-la e vou acrescentar este elogio: não a considero vaidosa. Levando em consideração quanto é bonita, parece que está pouco preocupada com isso; na verdade, sua vaidade dá-se por outros motivos, sra. Weston, mas não retiro minha opinião de que não aprovo a amizade entre Emma e Harriet Smith, nem sequer escondo meu receio de que essa relação lhes causará algum dano.

— E eu, sr. Knightley, mantenho a minha opinião de que nada lhes fará mal algum. Apesar de seus pequenos defeitos, Emma é uma excelente pessoa. Onde mais encontraremos uma filha tão boa quanto ela, irmã gentil ou amiga verdadeira? Não, não... ela possui qualidades que devem ser levadas em conta. Emma não seria capaz de causar nenhum dano a ninguém, não cometerá nenhuma tolice relevante. Para cada vez que Emma comete um erro, há cem vezes em que age corretamente.

— Muito bem, não vou aborrecê-la mais. Emma será um anjo e guardarei meus receios comigo mesmo até que John e Isabella cheguem para os festejos de Natal. John ama Emma, mas não é um sentimento que o deixe cego, e Isabella sempre pensa do mesmo modo que o marido, exceto quando ele se assusta o suficente a respeito de algum assunto relacionado às crianças. Tenho certeza de que os dois pensarão do mesmo modo que eu.

— Eu sei que todos vocês a amam muito, a ponto de serem injustos ou duros com ela, mas me perdoe, sr. Knightley, já que tenho o privilégio de falar a respeito de Emma, assim como uma mãe o faria, e tomo a liberdade de dizer que não acredito que dê algum resultado uma conversa entre vocês a respeito dos benefícios da amizade entre Emma e Harriet Smith. Perdoe-me, novamente, mas supor que alguns inconvenientes surgirão por causa desse relacionamento é algo que não se pode esperar de Emma, que não tem de prestar contas a ninguém a não ser ao pai, que aprova totalmente a amizade. É difícil acreditar que ela dê fim a isso, sendo algo que lhe dá muito prazer. Há muitos anos que tenho a missão de aconselhá-la, e você não se surpreenderia, sr. Knightley, se eu ainda tivesse autoridade para isso.

— De maneira nenhuma — exclamou ele —, sou muito grato a você por tudo isso. É um ótimo conselho e certamente terá um destino melhor do que os conselhos que costuma dar, pois estou certo de que será seguido.

— A sra. John Knightley se preocupa com facilidade e poderá ficar triste pela irmã.

— Fique tranquila — disse ele. — Eu não farei nenhum protesto, guardarei meu mau humor. Sinto um interesse muito sincero por Emma. Não considero Isabella, minha cunhada, mais irmã do que Emma. Além disso, ela nunca me despertou muito interesse. Sinto-me ansioso e curioso em relação a Emma e me pergunto o que será dela!

— Eu também me preocupo muito — disse a sra. Weston gentilmente.

— Ela sempre afirma que nunca irá casar-se, porém isso não significa nada. Não faço a menor ideia se algum homem já despertou o interesse de Emma. Não seria má ideia se ela se apaixonasse por alguém do seu nível. Gostaria de ver Emma apaixonada e com dúvida se é correspondida; isso certamente lhe faria bem. Mas não há ninguém nas redondezas que esteja à sua altura, e ela raramente sai de casa.

— De fato, são bem poucas as tentações que a fariam desistir da sua resolução — concordou a sra. Weston. — E, enquanto ela for feliz em Hartfield, não desejo nenhum compromisso que crie alguma dificuldade para o pobre sr. Woodhouse. No momento, não recomendo a Emma que se case, embora não tenha nada contra essa ideia, posso assegurar-lhe.

Na verdade, ela desejava ocultar, o máximo possível, alguns pensamentos de si mesma e do sr. Weston. Em Randalls, existiam certas intenções a respeito do futuro de Emma, mas não seria desejável que ninguém soubesse. E a mudança de assunto, por parte do sr. Knightley, ao dizer "O que Weston pensa a respeito do clima, será que teremos chuva?", convenceu-a de que nada mais precisaria ser dito sobre Hartfield.

Capítulo 6

Emma não tinha a menor dúvida de ter dado a Harriet uma boa direção e elevado a sua gratidão para o delírio da sua vaidade juvenil, uma vez que a moça era agora muito mais sensível do que antes ao fato de que o sr. Elton era um homem notavelmente bonito e de maneiras agradáveis. E ela não hesitava em assegurar à amiga que o rapaz a admirava, por meio de pistas discretas, e assim passou a acreditar que Harriet estava tão interessada quanto possível. Ela estava plenamente convencida de que o sr. Elton estava a ponto de se apaixonar, isso se já não estivesse enamorado. Não havia nenhuma hesitação em relação aos sentimentos dele. O sr. Elton conversava com Harriet e elogiava a moça tão calorosamente que Emma acreditava não haver nada que o tempo não fosse capaz de acrescentar. Os comentários dele ao observar que Harriet aprimorara seus modos desde que chegara a Hartfield não poderiam ser mais do que gratas provas do seu crescente interesse.

— Você deu à srta. Smith tudo o que ela necessitava — disse ele. — Agora, ela está mais graciosa e tranquila. Harriet era uma bela moça quando chegou aqui. Contudo, em minha opinião, os toques que você acrescentou são infinitamente superiores aos que ela recebeu ao nascer.

— Estou feliz pelo fato de você pensar que fui útil a ela, mas Harriet só precisava de orientação e algumas pistas... poucas, na verdade. Ela já nasceu com graça natural e temperamento suave. Não precisei fazer muito para ajudá-la.

— Como se fosse possível contradizer uma dama — comentou o galante sr. Elton.

— Talvez, se eu lhe tivesse dado um pouco mais de firmeza de opinião, ela fosse capaz de refletir a respeito de coisas em que sequer pensaria antes.

— Exatamente! Isso é o que mais me impressiona. Como conseguiu ficar mais firme em suas opiniões! Certamente foi sua ajuda habilidosa que contribuiu para isso!

— Garanto-lhe que foi um grande prazer ajudá-la, pois nunca estive com alguém tão atenta e verdadeiramente amável.

— Não tenho dúvida disso — concordou o sr. Elton, seguido de uma espécie de suspiro animado, como de um homem apaixonado.

Em um outro dia, Emma ficou ainda mais satisfeita quando ele sugeriu repentinamente que ela pintasse um retrato de Harriet.

— Você tem algum retrato seu, Harriet? — perguntou Emma. — Já posou para uma pintura?

Harriet estava a ponto de sair da sala e só parou para dizer, em um tom bastante ingênuo:

— Oh, querida! Não, nunca.

Assim que ela saiu de vista, Emma exclamou:

— Um retrato dela seria uma requintada aquisição! Pagaria qualquer quantia por isso. Quase me atrevi a pintá-la. Acredito que não deve saber, mas há dois ou três anos eu tinha uma grande paixão pela pintura de retratos. Cheguei até a fazer alguns retratos de amigos e muitos me disseram que eu tinha um dom para o trabalho. Mas, por uma razão ou outra, acabei desistindo, desgostosa. No entanto, poderia aventurar-me a fazer um retrato de Harriet se ela aceitar posar para mim. Seria um prazer ter um retrato dela!

— Permita-me suplicar a você! — exclamou o sr. Elton. — De fato, seria um deleite! Imploro, srta. Woodhouse, que exercite tão encantador talento em favor da sua amiga. Conheço suas pinturas. Como poderia imaginar que as desconheço? Não apenas esta sala está repleta de suas paisagens e flores, como a sra. Weston possui inimitáveis telas em sua sala de visitas, em Randalls, não é mesmo?

"Sim, bom homem!", pensou Emma. "Mas o que tudo isso tem a ver com retratos? Você não conhece nada a respeito deles, não venha com entusiasmo para o meu lado. Deixe seu êxtase para o rosto de Harriet." Em seguida respondeu-lhe:

— Uma vez que me encoraja tanto, sr. Elton, creio que posso arriscar o meu melhor para fazer um. As feições de Harriet são muito delicadas, o que torna sua reprodução em um retrato muito difícil. Além disso, há as singularidades, como o formato dos olhos e os traços dos lábios, nos quais preciso concentrar-me

— Exatamente! O formato dos olhos e as linhas ao redor dos lábios, não tenho dúvidas do seu sucesso. Por favor, por favor, diga que vai tentar. E, ao fazê-lo, certamente será, como disse anteriormente, uma aquisição requintada.

— Mas receio, sr. Elton, que Harriet não vá gostar da ideia de posar. Ela não valoriza sua própria beleza. Você não percebeu pela maneira como ela me respondeu? Soou como se dissesse: "Por que fariam meu retrato?".

— Oh, sim! Garanto-lhe que observei isso. Não me passou despercebido. Mas, ainda assim, acredito que ela poderá ser persuadida.

Tão logo Harriet voltou para a sala, a proposta foi feita e ela não tinha argumentos contra a insistência dos outros dois. Emma quis começar o trabalho imediatamente. Foi buscar um portfólio contendo uma série de rascunhos de retratos e, uma vez que nenhum deles sequer foi terminado, foi possível examiná-los para escolher qual seria o tamanho ideal para o de Harriet. Seus rascunhos foram apresentados: miniaturas, retratos de meio corpo, corpo inteiro, a lápis, carvão e aquarela. Emma sempre quis fazer de tudo um pouco e conseguiu mais progresso na música e no desenho do que muitos alcançaram com tão pouco esforço como ela. Ela tocava e cantava em quase todos os estilos, porém sempre lhe faltava perseverança. E em nada conseguiu alcançar um nível de excelência que fosse capaz de exercer ou preferisse falhar. Não se iludia a respeito de seus talentos, tanto o artístico como o musical, mas não estava disposta a permitir que os outros soubessem ou que se apiedassem por sua reputação, a respeito de suas realizações, estar muito acima do que de fato merecia.

Todas as pinturas possuíam seu mérito; talvez as melhores fossem as inacabadas. Seu estilo era vibrante; porém, se a quantidade de desenhos fosse menor ou fosse dez vezes mais, não faria diferença para o fascínio e a admiração de seus dois amigos. Eles estavam em êxtase. Os retratos agradaram a todos e "as obras da srta. Woodhouse eram esplêndidas".

— Não há grande variação de rostos para vocês verem — disse Emma. — Tenho apenas minha família para observar. Aqui está um retrato do meu pai, outro também dele, mas a ideia de posar para um retrato deixou-o tão nervoso que só pude fazer meu trabalho enquanto ele se distraía, e nenhum deles se parece mesmo com o original. Tenho muitos retratos da sra. Weston; três, como podem ver! Querida sra. Weston, sempre minha amiga mais gentil em qualquer situação. Ela posaria sempre que eu pedisse. Aqui está um retrato da minha irmã, e muito próximo de sua elegância natural. O rosto não ficou muito parecido, eu deveria ter-me esforçado mais, e ela deveria ter posado por mais tempo, mas ela estava tão apressada, para que eu fizesse um retrato de seus quatro filhos, que não conseguia ficar quieta. E as quatro tentativas que fiz das crianças, aqui estão, Henry, John e Isabella, na mesma folha de papel, veja como são parecidos. Minha irmã estava tão ansiosa por estes desenhos que não pude recusar. Mas, como vocês devem imaginar, não existe criança de três ou quatro anos que consiga ficar parada por muito tempo. Tampouco foi fácil desenhá-los, a não ser pelos modos e as feições, a menos que fossem retratados de maneira grosseira, bem diferentes de qualquer outra criança. Aqui está o meu esboço do quarto filho, quando ainda era bebê. Tentei desenhá-lo como se ele estivesse dormindo no sofá, e veja como é grande a semelhança com o adorno que usava! Veja como ele acomodou a cabeça de forma tão conveniente. Muito próximo do real, estou muito orgulhosa do pequeno George. Além disso, o canto do sofá ajudou muito. Bem, aqui está meu último desenho — anunciou, mostrando o desenho de um cavalheiro de baixa estatura, que representava o corpo inteiro de um homem. — Meu último e melhor desenho: meu cunhado,[1] o sr. John Knightley. Faltava muito pouco para que eu pudesse terminá-lo quando desisti da ideia. Deixei-o de lado e prometi a mim mesma que nunca mais voltaria a fazer retratos. Não suporto quando me provocam, ainda mais depois de tanto esforço da minha parte, e quando eu realmente consegui desenhá-lo. A sra. Weston e eu concordamos que se parecia muito com ele... apenas um pouco mais bonito, um pouco exagerado, mas foi um deslize positivo. Depois de tudo isso, a pobre Isabella aprovou friamente dizendo "sim, está parecido com ele, mas certamente não lhe faz justiça". Além disso, tivemos um grande trabalho para convencê-lo a se sentar, e mais parecia que eu lhe prestava um grande favor. Tudo isso foi bem mais do que eu pude suportar, então, nunca consegui terminá-lo e evitei que precisassem desculpar-se pela falta de semelhança, toda vez que uma visita o observasse na Brunswick Square. E, como já lhe disse antes, jurei nunca mais fazer um retrato. Porém, em consideração a Harriet, ou melhor, em meu benefício, pois não há maridos ou esposas por perto para dar palpites, quebrarei minha promessa.

---

[1] No original, *brother*, que significa irmão. Naquela época, era costume chamar o cunhado de irmão.

O sr. Elton parecia muito impressionado e encantado com a ideia e foi logo repetindo:

— Como você bem observou, não há nenhum marido ou esposa que possa palpitar. Certamente, ninguém — disse isso de maneira tão consciente que Emma começou a pensar se não seria melhor deixá-los a sós. Mas, como Harriet queria o retrato, essa ideia precisou esperar um pouco mais.

Ela logo decidiu a respeito do tamanho e do tipo de retrato, seria de corpo inteiro e em aquarela, assim como o do sr. John Knightley, e estava destinado, para o benefício de Emma, a ficar sobre a lareira.

A sessão começou, e Harriet, sorrindo e corando, temerosa por não conseguir manter sua postura e fisionomia, ofereceu uma expressão que era uma doce mistura de jovialidade para os olhos atenciosos da artista. Como não tinha mais nada para fazer, o sr. Elton ficava atrás de Emma, observando cada linha traçada. Ela permitiu que ele ficasse onde quisesse, porém foi obrigada a pedir-lhe que se sentasse em outro lugar. Então, teve a ideia de sugerir que ele fosse ler algum livro.

"Seria tão bom se ele fosse ler! De fato, seria uma gentileza! Não me atrapalharia e deixaria a srta. Smith menos ansiosa."

O sr. Elton ficou muito feliz. Harriet atendeu à sugestão e Emma desenhou em paz. Ela permitiu que ele olhasse o desenho com certa regularidade; era o mínimo que podia oferecer a um jovem apaixonado. Assim que ela descansava o lápis, ele estava disposto a olhar, ver o progresso do trabalho e ficar maravilhado. Não houve nenhum tipo de reclamação, pois ele a encorajava, uma vez que sua admiração permitia que ele percebesse qualquer semelhança antes mesmo de ser possível detectá-la. Ela não podia confiar em seu olhar, pois seu amor e complacência eram indiscutíveis.

A sessão foi muito satisfatória. Emma estava muito contente com os esboços do primeiro e não quis seguir adiante. Não era necessário que fosse uma cópia fiel de Harriet e já era afortunada por ter tomado a decisão de fazer o desenho. Pensava em dar pequenos retoques para fazê-la um pouco mais alta, com mais elegância; estava decidida que essa era a melhor maneira de fazer um belo quadro, com o direito de ser reconhecida como a autora de tal obra. Seria um memorial permanente à beleza de uma, à habilidade da outra, e à amizade de ambas. Sem contar outros tantos elogios agradáveis que o sr. Elton acrescentaria.

No dia seguinte, Harriet posou mais uma vez, e o sr. Elton, como era de se esperar, implorou para que lhe fosse permitido assistir à sessão.

— Certamente. Todos ficaremos felizes ao recebê-lo em nosso grupo.

No dia seguinte, os mesmos bons modos e as cortesias, o sucesso e a satisfação acompanharam o progresso rápido e feliz do retrato. Todos que o viram ficaram satisfeitos, mas o sr. Elton permaneceu em êxtase contínuo e o defendeu de qualquer crítica.

— A srta. Woodhouse deu à amiga a única beleza que lhe faltava — a sra. Weston fez essa observação ao sr. Elton, sem suspeitar que se dirigia a um apaixonado. — A expressão dos olhos está muito benfeita, mas a srta. Smith não tem essas sobrancelhas e esses cílios. É a única falha no rosto.

— Você acha? — perguntou ele. — Não posso concordar. Para mim, parece a semelhança perfeita em cada detalhe. Nunca vi um retrato assim em minha vida. Devemos levar em conta os efeitos da sombra, entende?

— Você a desenhou muito alta, Emma — disse o sr. Knightley.

Emma sabia disso, mas não reconheceria tal deslize. Em seguida, o sr. Elton calorosamente acrescentou:

— Oh, não, certamente não está muito alta, de modo nenhum. Reflita, ela está sentada, o que, naturalmente, faz uma diferença, mas já dá uma ideia. As proporções devem ser mantidas. Proporções, encurtamentos... oh, não! O desenho dá a ideia exata da altura da srta. Smith. Com certeza!

— Está muito bonito — comentou o sr. Woodhouse. — Muito benfeito! Assim como todos os seus outros desenhos, minha querida. Não consigo imaginar ninguém que desenhe tão bem como você. O único detalhe que não me agrada é que ela esteja sentada ao ar livre, com apenas um xale sobre os ombros. Faz-me pensar que vai pegar um resfriado.

— Mas, querido papai, foi feito assim para dar a ideia de um dia quente de verão. Veja a árvore!

— Mas nunca é seguro ficar ao ar livre, minha querida.

— O senhor, sim, pode dizer qualquer coisa! — exclamou o sr. Elton. — Mas, confesso, considero essa uma feliz ideia: colocar a srta. Smith ao ar livre e a árvore foi desenhada com uma graça inimitável! Qualquer outro lugar teria sido menos apropriado. A ingenuidade da srta. Smith, enfim, tudo que há nela, é admirável! Não consigo tirar os olhos do desenho, nunca vi tamanha semelhança.

O próximo passo seria emoldurar o retrato, e aí surgiram algumas dificuldades. É um serviço que precisaria ser feito com urgência, em Londres, e a encomenda deveria ser feita por uma pessoa inteligente e de bom gosto. Contudo, Isabella, que geralmente recebia todas as encomendas, não deveria ser incomodada, pois já estavam no mês de dezembro, e o sr. Woodhouse não suportaria a ideia de vê-la sair de casa com a neblina comum nessa época. Entretanto, nem bem o sr. Elton soube das dificuldades, logo decidiu que ele iria. Seu porte galanteador estava sempre em alerta.

— Podem confiar-me essa tarefa. Seria um prazer! Além disso, posso cavalgar até Londres a qualquer momento — seria impossível dizer quanto ele ficara agradecido por receber tal tarefa.

"Como ele é bom!", ela não conseguiu evitar tal pensamento!

— Não deveria ter-lhe dado tal incumbência! — Esse comentário de Emma trouxe inúmeras repetições e, em poucos minutos, tudo já estava acertado.

O sr. Elton ficou encarregado de levar o retrato a Londres, emoldurá-lo e passar as instruções necessárias. Emma teve a ideia de embalá-lo, para que não causasse nenhum incômodo, embora ele não tivesse nenhum receio disso.

— Que preciosa incumbência! — disse ele, suspirando ao receber o quadro.

"Este homem é extremamente galante para estar apaixonado", pensou Emma. "Isso é o que me parece, mas devo acreditar que há outras maneiras de estar apaixonado. Ele é um ótimo jovem e corresponderá a Harriet adequadamente. 'Exatamente assim', como ele mesmo costuma dizer. Mas o modo como suspira e faz elogios é mais do que eu poderia suportar em um homem. Não me importa porque não são direcionados a mim. Entretanto, é a sua gratidão a Harriet que conta."

Capítulo 7

No mesmo dia em que o sr. Elton partiu para Londres, Emma teve uma nova oportunidade de ajudar a amiga. Harriet esteve em Hartfield, como de costume, e voltou para casa a tempo de jantar.

Porém, retornou à casa da amiga, demonstrando agitação e pressa, anunciando que algo extraordinário havia acontecido e ela estava ansiosa para contar. Em meio minuto, disse tudo: assim que voltou à casa da sra. Goddard, ouviu que o sr. Martin estivera à sua espera uma hora antes e, ao descobrir que ela não estava e não tinha hora para voltar, deixou-lhe um pacote, enviado por uma de suas irmãs e foi embora. Ao abrir o pacote, além das duas partituras que emprestara a Elizabeth para fazer uma cópia, encontrou uma carta endereçada a ela, escrita pelo sr. Martin, com uma proposta de casamento.

Quem poderia imaginar tal proposta? Surpresa, Emma não sabia o que fazer. Sim, de fato era uma proposta de casamento e, pelo menos, a carta estava muito bem redigida. O sr. Martin escreveu-a como se realmente amasse muito Harriet. Entretanto, a amiga tinha dúvidas a respeito desse amor e imediatamente perguntou à srta. Woodhouse o que fazer. Emma ficou um pouco envergonhada pelo fato de sua amiga parecer tão feliz e insegura.

— Veja isso! — exclamou Emma. — O jovem rapaz está determinado a não perder nada por não perguntar. De todo modo, ele quer fazer um bom casamento.

— Leu a carta? — perguntou Harriet. — Imploro para que leia. Gostaria muito que a lesse.

Emma não se incomodava em ser pressionada. Leu a carta e se surpreendeu. O estilo estava muito além de suas expectativas. Não havia sequer um erro gramatical e a composição não desmereceria nenhum cavalheiro: a linguagem, embora simples, era enfática, sem afetações e transmitia exatamente os sentimentos do autor. Era uma carta breve, mas escrita com bom-senso, com afeto, liberalidade, propriedade e delicadeza de sentimentos. Emma fez uma pausa, enquanto Harriet esperava ansiosamente sua opinião, e então disse:

— Bem, então... — e foi forçada a complementar: — é uma boa carta? Ou é um pouco curta?

— Sim, de fato, foi muito bem escrita — respondeu Emma, lentamente. — É uma carta tão boa, Harriet, que, se considerarmos todos os aspectos, creio que uma das irmãs do sr. Martin deve tê-lo ajudado a compor. Não consigo imaginar que o jovem rapaz que vi conversar com você, dias atrás, fosse capaz de se expressar tão bem sem o auxílio de outra pessoa. Além disso, não se parece com o estilo feminino. Não, certamente não, é um estilo muito forte e conciso, não está difuso o suficiente para ser escrito por uma mulher. Não tenho dúvida de que ele é um homem de sensibilidade, e suponho que tenha um talento natural para isso, pensamentos fortes e claros. Assim, quando toma uma pena para escrever, seus pensamentos naturalmente encontram as palavras adequadas. Isso é comum em certos homens. Sim, eu entendo esse tipo de mente. De fato, é muito vigoroso, cheio de sentimentos e também não é grosseiro. Harriet, esta é uma carta muito bem escrita, bem mais do que eu esperava — respondeu enquanto devolvia a carta à amiga.

— Bem — disse Harriet ainda aguardando um resposta decisiva. — Então... o que devo fazer?

— O que deve fazer? Em que sentido? Em relação a essa carta?

— Sim.

— Mas do que você tem dúvida? Deve respondê-la imediatamente.

— Certo. Mas o que direi? Querida srta. Woodhouse, por favor, me ajude.

— Oh, não, não! A carta deverá ser escrita por você. Tenho certeza de que conseguirá expressar-se muito bem. Não há perigo de ser mal compreendida, isso é o mais importante. Você deve escrever claramente, sem dúvida ou dificuldade. Acredito que algumas expressões de gratidão e da dor que você está sentindo expressarão muito bem seus pensamentos. Não precisa ser encorajada a escrever como se sentisse tristeza por desapontá-lo.

— Então... você pensa que eu devo recusá-lo? — perguntou Harriet, baixando o olhar ao chão.

— "Devo recusá-lo!" Minha querida Harriet, o que você quer dizer com isso? Tem alguma dúvida? Eu pensei... bem, peço-lhe perdão, talvez eu tenha cometido um erro. Certamente não pude entendê-la, não imaginei que estivesse em dúvida quanto à sua resposta. Imaginei que me consultasse apenas em relação ao modo como responderia a carta.

Harriet permaneceu em silêncio. E um pouco mais reservada, Emma continuou:

— Penso, então, que você deseja responder de maneira favorável.

— Não, não quero, não é meu objetivo. O que devo fazer? O que me aconselha a fazer? Por favor, querida srta. Woodhouse, diga-me o que devo fazer.

— Não posso dar-lhe nenhum conselho, Harriet. Não tenho nada a ver com isso. É uma decisão que você deve tomar com base em seus sentimentos.

— Não imaginava que ele gostasse tanto assim de mim — disse Harriet, contemplando a carta.

Por alguns momentos, Emma ficou em silêncio, mas, ao perceber o efeito encantador da carta, achou melhor comentar:

— Harriet, eu tenho uma regra pessoal: se uma mulher tem dúvida se aceita ou não um pedido de casamento, certamente deve recusá-lo. Se ela hesita em dizer "sim", então, deve dizer "não" imediatamente. Não é uma situação para questionar os sentimentos, não ter certeza. Penso ser meu dever, como amiga e mais experiente do que você, dizer-lhe algumas palavras. Mas não pense que quero influenciá-la.

— Oh, não, tenho certeza de que você é muito gentil... mas se ao menos pudesse me aconselhar, sobre a melhor atitude a tomar. Não, não... não quis dizer isso. Como disse, eu já deveria decidir, não poderia hesitar, pois é uma decisão muito séria. Talvez seja melhor dizer não. Você não concorda que seria melhor?

— Por nada neste mundo — disse Emma, sorrindo graciosamente — eu a aconselharia a tomar alguma decisão. Você é a pessoa mais adequada para julgar sua própria felicidade. Se prefere o sr. Martin a qualquer outro rapaz, se acredita que ele é o homem mais agradável que você já conheceu, por que hesitar? Você está corada, Harriet. Não lhe ocorreu, neste momento, algum outro rapaz para tal comparação? Harriet, Harriet... não se iluda, não se deixe levar por gratidão ou compaixão. Em quem está pensando neste momento?

Os indícios eram favoráveis... em vez de responder, Harriet estava confusa e virou o rosto pensativamente em direção à lareira. Embora a carta ainda estivesse nas suas mãos, era amassada sem que ela percebesse. Emma esperou impaciente a resolução, mas sem grandes esperanças. Finalmente, um pouco hesitante, Harriet disse:

— Srta. Woodhouse, como não me dará sua opinião, devo prosseguir de acordo com meu próprio julgamento. Estou muito determinada e quase já me decidi a recusar a proposta do sr. Martin. Acha que estou agindo corretamente?

— Perfeita, perfeitamente certa, minha querida Harriet, você está fazendo o que deve. Enquanto esteve em silêncio, mantive minhas opiniões para mim, mas agora que está completamente decidida, não vejo motivo para não aprovar sua decisão. Querida Harriet, fico muito feliz com sua decisão. Ficaria muito triste se perdesse sua amizade, o que seria a consequência se você se casasse com o sr. Martin. Enquanto estava prestes a vacilar, não lhe disse nada, porque não queria influenciá-la, mas, certamente, seria a perda de uma amiga. Eu não seria capaz de visitá-la na fazenda Abbey Mill. Agora, estou segura de que seremos amigas para sempre.

Harriet não havia imaginado tal situação, mas a ideia de que algo parecido pudesse acontencer deixou-a paralisada.

— Você não poderia visitar-me! — exclamou Harriet, com os olhos horrorizados. — Não, com certeza não poderia visitar-me, mas nunca pensei a respeito disso. Seria terrível! Teria sido um ato impensado! Minha querida srta. Woodhouse, por nada neste mundo eu desistiria do prazer e da honra de ser sua amiga.

— Na verdade, Harriet, seria uma dor terrível perdê-la, mas seria o nosso destino. Você não faria parte da nossa sociedade, e eu precisaria desistir de você.

— Meu Deus! Como eu poderia suportar isso? Seria a morte não poder voltar mais a Hartfield!

— Pobre criatura! Tão carinhosa! Você, exilada na fazenda Abbey Mill! Confinada à companhia de iletrados e pessoas simplórias a vida toda! Pergunto-me como um jovem rapaz teve coragem para lhe fazer tal proposta. Ele deve ter uma boa opinião de si mesmo.

— De modo geral, não acredito que seja vaidoso — disse Harriet, cuja consciência era contrária a essa censura. — Pelo menos, ele tem boa índole, sempre lhe serei muito grata e o terei em grande consideração. Mas é uma questão muito diferente, entende, embora ele goste de mim, não quer dizer que eu sinta o mesmo. Devo confessar que, desde que passei a visitar sua casa e conhecer novas pessoas... sempre faço comparações entre pessoas e atitudes, e vejo que não há comparação possível, pois aqui encontrei pessoas muito bonitas e agradáveis. No entanto, realmente acho que o sr. Martin é um jovem muito amável e tenho uma boa opinião a respeito dele. Apesar de ele estar tão apaixonado por mim e de ter escrito esta carta tão linda, está fora de questão me separar de você.

— Obrigada, obrigada, minha doce e querida amiga. Não vamos nos separar. Uma mulher não deve casar-se com um homem apenas porque ele lhe fez o pedido, ou porque ele está apaixonado por ela e é capaz de escrever uma carta aceitável.

— Oh, não! Além disso, é uma carta muito breve.

Emma percebeu o mau gosto da sua amiga, mas não insistiu no assunto e disse:

— É verdade, seria de pouco consolo ter uma carta assim, mas também um marido que, apesar de escrever uma linda carta, a ofenderia a cada hora do dia com seus modos grosseiros.

— Oh! Sim, é verdade. Ninguém se preocupa com uma carta, o importante é estar na companhia de pessoas agradáveis. Estou determinada a recusá-lo. Mas, como devo proceder? O que devo dizer?

Emma garantiu-lhe que não seria difícil escrever uma resposta e aconselhou-a a fazer isso imediatamente. Harriet concordou rapidamente na esperança de que a amiga a ajudasse. Embora protestasse, afirmando que não era necessária nenhuma assistência, na verdade, Emma a ajudou a escrever cada frase. Ao reler a carta, Harriet quase esmoreceu, o que a ajudou a escrever frases mais decisivas. A amiga estava tão preocupada se o deixaria triste, o que sua mãe e suas irmãs pensariam ou diriam, estava tão temerosa de que a considerassem ingrata, que fez Emma acreditar, caso o rapaz chegasse naquele momento, que finalmente apesar de tudo seria aceito.

A resposta, a despeito de tudo, foi escrita, lacrada e enviada. A questão estava encerrada e Harriet estava a salvo. Ela ficou triste o resto da noite, mas Emma ouviu pacientemente suas lamentações e tentava aliviá-las falando a respeito do afeto que sentia e, às vezes, trazia a lembrança do sr. Elton.

— Nunca mais serei convidada à fazenda Abbey Mill — disse em tom de profundo pesar.

— E, se você fosse convidada, eu não saberia o que fazer sem você aqui, minha querida Harriet. Você é tão importante para mim e para Hartfield que seria um desperdício de tempo ficar em Abbey Mill.

— Tenho certeza de que nunca sentirei desejo de visitar aquele lugar novamente, uma vez que nunca fui tão feliz quanto sou aqui em Hartfield — e em seguida continuou: — Acho que a sra. Goddard ficaria muito surpresa se soubesse o que aconteceu. E a srta. Nash também... ela acredita que a irmã está muito bem casada e o marido é apenas um vendedor de tecidos. Seria uma lástima ver tamanho orgulho e refinamento em uma simples professora, Harriet. Ouso dizer que a srta. Nash teria inveja de você se soubesse que recebeu uma proposta de casamento. Inclusive, essa conquista seria valiosa aos olhos dela. Porém, o que é mais valioso para você, Harriet, ela seria incapaz de imaginar. As atenções de certa pessoa dificilmente são motivos de mexericos em Highbury. Imagino que eu e você somos as únicas pessoas para as quais seus olhares e modos têm sido suficientemente explícitos.

Harriet corou, sorriu e disse algo a respeito de estranhar o fato de que todos gostassem tanto dela. Certamente era muito agradável pensar no sr. Elton, mas, em poucos minutos, ela se comovia ao pensar na recusa que dera ao sr. Martin.

— Ele já deve ter recebido minha carta — disse Harriet suavemente. — Fico imaginando o que estão fazendo agora, se suas irmãs já sabem da minha resposta... se ele estiver triste, elas também ficarão. Espero que ele não se importe tanto com minha resposta.

— Vamos pensar em nossos amigos ausentes porque assim aproveitaremos melhor nosso tempo! — exclamou Emma. — Talvez, neste momento, o sr. Elton esteja mostrando seu retrato para a mãe e as irmãs, dizendo o quanto você é mais bonita pessoalmente. E, ao ser indagado por cinco ou seis vezes, permitirá que ouçam seu nome, seu querido nome.

— Meu retrato! Mas ele o deixou na loja da Rua Bond para ser emoldurado.

— Acho que sim! Mas não conheço o sr. Elton muito bem. Não, minha querida e modesta Harriet, tenha certeza de que seu retrato não estará na Rua Bond tão logo ele monte em seu cavalo para voltar amanhã. Será sua companhia, durante toda a noite, seu consolo e deleite. O retrato servirá para mostrar sua intenção à família, para que a conheçam, para difundir entre seus parentes os agradáveis sentimentos de sua natureza, sua ativa curiosidade e boa disposição. Como devem estar alegres, animados, curiosos e pensativos!

Harriet sorriu novamente e seus sorrisos foram ficando francos.

Capítulo 8

Naquela noite, Harriet dormiu em Hartfield. Havia algumas semanas, passava metade do tempo lá e não demorou muito para ter um quarto reservado exclusivamente para ela. Emma julgava que seria melhor, em todos os aspectos, tanto para sua segurança como para seu conforto, que a amiga ficasse o máximo de tempo possível em sua casa. Na manhã seguinte, precisou ir à casa da sra. Goddard, mas logo ficou combinado que ela voltaria a Hartfield para permanecer ali por alguns dias.

Enquanto ela estava fora, o sr. Knightley fez uma visita a Hartfield e sentou-se um pouco em companhia do sr. Woodhouse e de Emma. Naquele momento, o sr. Woodhouse, que já havia tomado a decisão de fazer uma caminhada, foi convencido por sua filha a não adiá-la. Foi influenciado pela súplica dos dois a manter seu exercício, embora fosse um pouco contra a sua boa educação deixar o visitante. O sr. Knightley, que não era de fazer cerimônias, com suas respostas curtas e decididas, oferecia um engraçado contraste com as educadas desculpas e prolongadas hesitações do anfitrião.

— Bem, acredito, se o senhor me desculpar e não me considerar rude, sr. Knightley, que vou seguir o conselho de Emma e caminhar por quinze minutos. Como o Sol já saiu, creio que devo dar as minhas três voltas no pátio, como de costume. Não faço cerimônias, sr. Knightley. Afinal, nós, os inválidos, pensamos que somos pessoas privilegiadas.

— Meu caro senhor, não me trate como um estranho em sua casa.

— Deixo minha filha como uma excelente substituta. Emma ficará feliz em entretê-lo. E, portanto, peço-lhe que me desculpe e farei minha caminhada.

— Excelente ideia, senhor.

— Eu o convidaria para me acompanhar, sr. Knightley, mas sou muito lento e meu ritmo será entendiante para um jovem saudável. Além disso, você fará uma longa caminhada de volta a Donwell Abbey.

— Obrigado, senhor, muito obrigado! Mas não me demorarei. Penso que quanto antes sair para seu passeio, melhor. Buscarei seu casaco mais quente e abrirei o portão do jardim.

Finalmente, o sr. Woodhouse saiu. Mas, em vez de o sr. Knightley deixar a casa, sentou-se novamente e estava disposto a conversar. Começou falando a respeito de Harriet e falava da moça com muito mais louvor do que Emma jamais ouvira antes.

— Não posso avaliar a beleza de Harriet como você faz — disse ele. — Mas sei que ela é uma linda moça e estou disposto a acreditar que tenha um ótimo temperamento. Seu caráter depende muito das pessoas que a cercam, mas, em boas mãos, ela se tornará uma mulher de valor.

— Estou feliz que você pense assim. E não hão de faltar-lhe boas mãos que a ajudem.

— Cá entre nós — continuou ele —, você está ansiosa por um elogio, por isso vou dizer-lhe como você a ajudou. Você conseguiu acabar com aquela risadinha de adolescente, por isso, realmente, ela já lhe deve muito.

— Obrigada. Ficaria horrorizada se soubesse que não fui de grande ajuda, mas nem todas as pessoas nos elogiam quando merecemos. Você não costuma fazer isso.

— Você disse que espera Harriet esta manhã, não é?

— Ela deve chegar a qualquer momento. Já está fora há mais tempo do que o previsto.

— Penso que algo aconteceu para justificar seu atraso, talvez alguma visita.

— Fofocas de Highbury! Como são cansativas!

— Harriet talvez não considere todos tão entendiantes como você pensa.

Emma sabia tão bem que isso era verdade que, não podendo contradizê-lo, não disse nada. O sr. Knightley, sorrindo, continuou:

— Não tenho a pretensão de me fixar a datas ou locais, mas devo dizer-lhe que tenho boas razões para acreditar que sua amiga, em breve, receberá uma boa notícia.

— É mesmo? Como assim? Do que se trata?

— Algo muito sério, posso garantir-lhe — continuou sorrindo enquanto respondia.

— Algo muito sério! Só posso imaginar uma única coisa. Quem está apaixonado por ela? Quem lhe fez confidências?

Emma tinha quase certeza de que o sr. Elton dera uma pista. O sr. Knightley era uma espécie de amigo e conselheiro de todos, e ela sabia que o sr. Elton o tinha em grande consideração.

— Tenho razões para pensar — respondeu ele — que Harriet Smith, em breve, receberá uma proposta de casamento, e de alguém que nem sequer suspeitamos: Robert Martin. A visita de Harriet a Abbey Mill, no verão passado, surtiu efeito. Ele está desesperadamente apaixonado e desejar casar-se com ela.

— Ele é muito amável — disse Emma. — Mas tem certeza de que ela corresponde?

— Bem, bem, parece que ele fará a proposta. Será? Ele veio à minha casa, há duas noites, com o propósito de me consultar a respeito do assunto. Robert Martin sabe que tenho um grande apreço por ele e sua família, e creio que me considera um de seus melhores amigos. Ele me perguntou se seria imprudente de sua parte comprometer-se tão cedo, se eu considerava Harriet muito jovem. Em resumo, se eu aprovaria sua decisão, uma vez que ele estava receoso de que a moça fosse além de suas possibilidades, principalmente pelo fato de você tê-la ajudado tanto. Fiquei muito contente com tudo que ele me disse. Nunca vi alguém tão franco quanto Robert Martin. Ele é sempre honesto, vai direto ao ponto e tem bom julgamento. O rapaz me contou tudo, sua situação, seus planos e quais eram os propósitos do seu casamento. Ele é um ótimo jovem, além de ser bom filho e bom irmão. Não tive nenhuma dúvida ao aconselhá-lo a seguir com os planos de casamento. Martin me comprovou que pode casar-se e, àquela altura, eu já estava convencido de que era a melhor coisa a ser feita. Também fiz elogios à srta. Smith e, em seguida, ele saiu muito feliz. Se nunca considerou minha opinião antes, passaria a considerá-la ainda mais agora. Ouso dizer que ele deixou minha casa pensando que eu sou o melhor amigo e conselheiro que alguém já teve. Isso aconteceu anteontem. Agora, como suspeitamos, não deixará que se passe muito tempo até que converse com Harriet. E como parece que ele não conversou com ela ontem, não é difícil acreditar que esteja na casa da sra. Goddard e que ela, ao ser detida por tal visita, não pense que ele seja enfadonho.

— Por favor, sr. Knightley — disse Emma, que sorria para si mesma ao longo de toda a conversa. — Como pode saber que o sr. Martin não se declarou ontem?

— É óbvio! — respondeu ele, surpreso. — Não tenho certeza, mas posso imaginar. Ela não passou o dia todo com você?

— Veja bem — disse Emma. — Vou contar-lhe algo, em consideração ao que você me disse. Ele a pediu em casamento ontem, de fato: ele enviou uma carta e foi recusado.

Emma precisou repetir a frase inúmeras vezes até que ele conseguisse acreditar. O sr. Knightley parecia corado, surpreso e descontente quando se levantou indignado e disse:

— Então, é mais boba do que eu imaginava. Como pôde ser tão tola?

— Oh! Para ser franca — exclamou Emma — é quase impossível para um homem acreditar que uma mulher possa recusar uma proposta de casamento. Os homens sempre pensam que as mulheres estão dispostas a aceitar qualquer proposta, de quem quer que seja e a qualquer momento.

— Tolice! Um homem não imagina tal coisa. Mas qual é o significado disso? Harriet Smith recusar Robert Martin? Loucura, se for verdade. Espero que você esteja enganada.

— Eu vi a resposta dela! Não poderia ser mais clara.

— Você viu a resposta de Harriet! Certamente, escreveu-a também. Emma, isso é coisa sua. Conseguiu convecê-la a recusar o rapaz!

— Se eu tivesse feito isso, embora esteja longe de reconhecê-lo, estou certa de que não teria agido erroneamente. O sr. Martin é um jovem muito respeitável, mas não posso admitir que esteja no mesmo nível de Harriet. E estou realmente muito surpresa que ele tenha-se atrevido a fazer tal proposta. Talvez para você ele tenha algumas qualidades. É uma pena que nunca tenham sido superadas.

— Não está à altura de Harriet! — exclamou o sr. Knightley o alto e bom som, porém alguns minutos depois acrescentou de maneira mais calma: — Não, realmente eles não são iguais, ele está muito acima do bom-senso e da situação de Harriet. Emma, você está cega de amores por essa moça. O que julga que Harriet tem que seja superior a Robert Martin? Berço, natureza, educação? Ela é filha ilegítima de Deus sabe quem, provavelmente sem recursos financeiros, e certamente sem nenhum tipo de relação respeitável. Ela é conhecida apenas por morar em um internato. Não é uma moça sensível, não tem cultura. Não lhe foi ensinado nada que tenha serventia, além disso, é muito jovem e simples para exigir algo para si mesma. Na idade em que se encontra, não possui experiência, e, com a pouca inteligência que tem, não é muito provável que esta lhe Sirva para algo. Ela é bonita, tem bom temperamento e isso é tudo. O único escrúpulo que tive ao aconselhá-lo foi pensando nele, uma vez que ela, sendo inferior a ele, seria um péssimo relacionamento para sua família. No que diz respeito à questão financeira, também me parece que ele está fazendo algo vantajoso; quanto ao fato de ter escolhido uma companheira racional e prestativa, creio que fez a pior escolha. Mas não posso esperar algo racional vindo de um homem apaixonado, e passei a acreditar que, não havendo nela nada que fosse inteiramente ruim, deveria possuir certas inclinações que, se fossem bem trabalhadas, poderiam transformar-se em algo realmente bom. Na minha opinião, Harriet seria quem se beneficiaria com esse casamento, e eu não tinha a menor dúvida, como não tenho agora, de que todos chorariam de felicidade ao perceber quanto ela seria afortunada. Tinha certeza de que até você ficaria satisfeita. Passou pela minha cabeça que você não se arrependeria de perder a companhia da sua amiga, em favor de um bom casamento. Lembro-me do que disse a mim mesmo: "até mesmo Emma, com todo apreço que tem por Harriet, pensará que esta será uma ótima união".

— Não consigo imaginar quanto você não me conhece para dizer tal coisa. O quê? E pensar que um fazendeiro, porque o sr. Martin não passa disso, seria a melhor opção para minha amiga íntima; por mais bom-senso e méritos que tenha, não passa de um fazendeiro! Nem devo arrepender-me ao vê-la deixar Highbury por causa de um casamento com um homem com quem eu jamais admitiria relacionar-me. Não acredito como você pensou ser possível que eu tivesse tais sentimentos. Garanto-lhe que os meus são completamente diferentes. Creio que suas afirmações não são justas, de modo algum. Você não está sendo justo com Harriet. Certamente, as outras pessoas pensam de modo diferente, assim como eu. O sr. Martin pode ser o mais rico dos dois, mas, sem sombra de dúvida, é inferior em relação à sua posição na sociedade. Harriet está em uma esfera social muito superior a ele. Seria uma humilhação.

— Uma humilhação para a ilegitimidade e a ignorância ser casada com um fazendeiro respeitável, inteligente e cavalheiro!

— E quanto às circunstâncias do seu nascimento, embora em sentido legal ela possa ser considerada filha ilegítima, nem todos concordariam. Ela não deve pagar pelos erros dos outros, ser rebaixada ao nível daqueles que a educaram. Há certa dúvida de que o pai dela seja um cavalheiro, um homem de posses. Os rendimentos que recebe são generosos, nunca lhe faltou nada, nem em educação nem em conforto. Não tenho dúvida de que ela seja filha de um cavalheiro, que tenha relações com filhas de cavalheiros, ninguém pode negar. Ela é superior a Robert Martin.

— Quem quer que sejam seus pais — disse o sr. Knightley — ou as pessoas que a educaram, não parece ter sido parte de seus planos introduzi-la ao que chamamos de boa sociedade. Após receber uma educação bastante indiferente, ela foi deixada sob os cuidados da sra. Goddard para que fosse educada de qualquer maneira, apenas para se relacionar com seus amigos. E seus amigos obviamente acreditavam que isso seria o suciente para ela e foi. Não desejava nada além disso para si, até que você decidiu transformá-la em sua amiga. Harriet não tinha nenhuma ambição para si mesma. Foi muito feliz na companhia da família Martin, no último verão. Até aquele momento, não tinha nenhuma noção de superioridade. Se agora pensa de modo diferente, é porque você a convenceu disso. Você não tem sido amiga de Harriet, Emma. Robert Martin não teria ido tão longe se ele não tivesse certeza de seus sentimentos. Conheço-o muito bem. Ele tem sentimentos verdadeiros para poder declarar-se a uma mulher de forma tão egoísta. E quanto à presunção, ele é o último homem que pensaria tal coisa. Pode estar certa de que ele foi encorajado.

Era mais conveniente para Emma não dar uma resposta direta a essa afirmação, por isso ela preferiu mudar de assunto.

— Você é um grande amigo do sr. Martin, mas, como eu disse antes, está sendo injusto com Harriet. O direito de Harriet de querer um casamento melhor não é tão desprezível quanto diz. Ela não é uma moça brilhante, mas tem mais bom-senso do que você pensa, e não merece que se falem de seus dotes cognitivos de maneira tão superficial. Deixemos isso de lado e suponhamos que ela seja exatamente do jeito que você afirma, apenas uma moça bonita, de bom temperamento. Devo dizer-lhe que, de modo geral, suas feições não são triviais. De fato, ela é uma moça bonita, e creio que praticamente todos concordam comigo. Embora pareça que os homens são muito mais filosóficos em relação à beleza do que eles realmente supõem, até que um deles se apaixone por uma moça de mente bem informada e bonita; uma moça tão adorável quanto Harriet tem a certeza de que será admirada e desejada e poderá escolher entre os pretendentes que aparecerem. Seu temperamento agradável também não é uma característica desprezível, sobretudo, como ocorre em seu caso, com sua doçura natural e modos agradáveis. Ela tem uma opinião muito humilde de si mesma e está sempre pronta a ficar satisfeita pelos outros. Eu estaria muito enganada mesmo se os homens, em geral, não pensarem que beleza e temperamento são os maiores atributos que uma mulher pode ter.

— Dou a minha palavra, Emma, que só de ouvi-la abusando do bom-senso que tem é o suficiente para que pense assim também. Melhor seria não tê-lo do que usá-lo como você faz.

— Com certeza! — exclamou ela, brincando. — Sei que todos pensam assim. Sei que uma moça como Harriet é o desejo de todos os homens... uma mulher que não apenas encanta seus sentidos, como também seu julgamento. Oh! Harriet pode escolher à vontade. Se um dia você tiver a intenção de se casar, ela será a mulher certa para você. E, aos dezessete anos, quando mal chegou a ser conhecida, terem dúvidas a respeito dela só porque não aceitou a primeira proposta que recebeu? Não, por favor, deixe que ela tenha tempo de olhar ao seu redor.

— Sempre achei uma tolice essa intimidade entre vocês duas, disse o sr. Knightley, em seguida, apesar de eu ter guardado minhas impressões para mim mesmo. Agora, vejo que trará muita infelicidade a Harriet. Você a iludirá com tantas ideias a respeito da sua beleza, sobre quanto ela merece que, em pouco tempo, ninguém que esteja ao seu redor será um bom partido para ela. A vaidade trabalhando em uma mente fraca produz muitos tipos de danos. Nada mais fácil para uma jovem moça do que ter suas expectativas elevadas. A srta. Harriet Smith provavelmente não receberá propostas de casamento tão rápido, apesar de ser uma moça bonita. Homens de bom-senso, ou qualquer outra coisa que você mencionar, não desejam esposas tolas. Rapazes de boa família não esperam ter um relacionamento com uma moça de passado tão obscuro... e o homem mais prudente teria receio de que o mistério do seu nascimento fosse revelado e trouxesse inconvenientes e desgraça aos demais envolvidos. Deixe que se case com Robert Martin e ela estará segura, será respeitada e feliz para sempre. Mas, se você encorajá-la a esperar por uma proposta melhor, ensiná-la a não ficar satisfeita com menos do que um homem de boa família e grande fortuna, ela será seguidora da escola da sra. Goddard para o resto da vida. Ou, pelo menos, já que Harriet é uma moça que deverá casar-se de um modo ou de outro, até que ela fique desesperada e se dê por satisfeita por conquistar o filho de alguma velha professora.

— Temos pensamentos tão divergentes sobre essa questão, sr. Knightley, que não adianta continuarmos a discussão. Ela o recusou, e foi tão decidida que duvido que pense no assunto novamente. Ela manterá a recusa, seja como for. E quanto à recusa, não vou fingir que não tive influência sobre ela, mas lhe garanto que foi muito pouca e qualquer outra pessoa o faria da mesma forma. A aparência do sr. Martin não o valoriza, seus modos são rudes e, se algum dia ela esteve disposta a aceitá-lo, hoje, certamente, não pensa mais assim. Posso imaginar que, se ela não tivesse visto nenhum outro cavalheiro, certamente o toleraria. Ele é irmão de suas amigas e se propôs a agradá-la. E, sem nenhuma opção melhor por perto, o que o ajudou muito, Harriet foi capaz de achá-lo agradável enquanto esteve em Abbey Mill. Mas a situação agora é outra. Ela sabe muito bem como um cavalheiro se comporta, e nada além de um cavalheiro bem-educado e de boas maneiras conquistará o coração de Harriet.

— Tolices, nunca ouvi tantas tolices! — exclamou o sr. Knightley. — O sr. Martin tem bom-senso, é sincero e bem-humorado. Além disso, sua mente é muito mais genial do que Harriet pode imaginar.

Emma não respondeu, tentou parecer despreocupada e alegre, mas no íntimo sentia-se desconfortável e queria que ele fosse embora. Ela não se arrependeu do que fez, ainda considerava ter um julgamento melhor a respeito de direitos e refinamentos do que ele poderia ter. Mas, de modo geral, respeitava tanto a opinião do amigo que desejava que não exercesse tal poder sobre ela. Era muito desagradável vê-lo sentado bem à sua frente e tão irritado com ela. Alguns minutos se passaram até que o desagradável silêncio foi quebrado quando Emma tentou falar sobre o tempo, mas não obteve resposta. Ele estava pensando. Finalmente, o resultado de seus pensamentos foi traduzido em palavras:

— Robert Martin não perdeu muita coisa... se ele pensar claramente. Espero que não demore a perceber. Suas opiniões a respeito de Harriet devem ser guardadas para si mesma, mas como faz questão de não manter em segredo o fato de ser uma casamenteira, posso imaginar quais são os seu planos e o que pretende para sua amiga. E, como amigo, devo alertá-la: se você tem em mente o sr. Elton, será um esforço em vão.

Emma riu e negou. Então, ele continuou:

— Tenha certeza de que o sr. Elton não seguirá seus planos. Ele é um homem muito bom, um pastor muito respeitado em

Highbury, mas não é tolo o bastante para fazer um casamento imprudente, e conhece como ninguém o valor de uma boa renda. Pode até ser sentimental, mas agirá de modo racional. Elton conhece tão bem seus objetivos pessoais quanto você conhece os de Harriet. Ele sabe que é um homem bonito e, por onde passa, todos gostam dele. Do modo como fala, quando estão apenas cavalheiros presentes, estou convencido de que não desperdiçará seus dotes naturais. Já o ouvi falar, com muito entusiasmo, a respeito de algumas moças pertencentes a uma grande família, com a qual ele tem boas relações e cada uma possui vinte mil libras de dote.

— Sou muito grata pelo aviso — respondeu Emma, rindo novamente. — Se eu estivesse decidida a casar o sr. Elton com Harriet, você estaria fazendo-me um grande favor abrindo meus olhos. Mas, no momento, desejo que Harriet permaneça ao meu lado. Agi como um cupido algumas vezes. Mas não imagino conseguir tanto êxito quanto consegui em Randalls. Devo abandonar essa profissão enquanto tudo está bem.

— Bom-dia para você — disse ele, levantando-se e caminhando abruptamente. Saiu muito irritado. Ficou preocupado com a decepção do sr. Martin e mortificado por fazer parte disso, por ter incentivado o pedido de casamento. E o fato de que Emma tinha parte nisso tudo o irritava ainda mais.

Emma também ficou aflita, mas suas razões eram mais distintas do que as dele. Ela nunca se sentiu tão satisfeita consigo mesma, tão convencida de que suas opiniões estavam certas e que as de seu adversário, no caso o sr. Knightley, erradas. Ele deixou a casa muito mais convencido de ter mais razão do que Emma. Entretanto, ela não se dava por vencida, bastava um pouco de tempo e o retorno de Harriet para que se recuperasse. A amiga já estava fora há tanto tempo que começou a se preocupar. Havia a possibilidade de o sr. Martin fazer uma nova visita à casa da sra. Goddard naquela manhã e, ao se encontrar com Harriet, poderia defender sua causa, o que era algo alarmante. O pavor que sentiria caso fracassasse acabou por ser o motivo pricipal de suas preocupações. Quando Harriet retornou, cheia de alegria, sem justificar sua prolongada ausência, Emma sentiu uma enorme satisfação e se convenceu de que deixaria o sr. Knightley pensar o que quissesse porque ela não fez nada de errado, nada que a amizade e os sentimentos de uma mulher não pudessem justificar.

Ele a assustara um pouco a respeito do sr. Elton, mas, quando considerou que o sr. Knightley não poderia ter feito as mesmas observações que ela fez, nem com o mesmo interesse, nem mesmo, insistia em dizer a si mesma, apesar das pretensões do sr. Knightley, com a habilidade de observadora tão perspicaz como ela em assuntos como esse, concluiu que ele havia dito tudo aquilo no calor da discussão, movido pela raiva, e ela não estava disposta a acreditar que tais palavras tivessem sido ditas apenas por ressentimento, desejando estar certo, apesar de a verdade ser outra. O sr. Knightley certamente ouvira o sr. Elton falar com mais naturalidade do que ela já presenciara, mas ele não seria imprudente, não seria tão descortês em relação aos assuntos financeiros. Talvez fosse possível que ele prestasse atenção a esses detalhes, mas o sr. Knightley não percebia a influência de uma paixão avassaladora, capaz de lutar contra a influência de interesses financeiros. O sr. Knightley enxergava tal paixão e, claro, não pensava em suas possíveis consequências. Mas Emma já havia observado muito tempo para duvidar de que o sentimento venceria todas as incertezas que a razão pudesse oferecer. Estava muito certa de que o sr. Elton, a respeito de suas paixões, não era um homem excessivamente racional nem prudente.

O olhar alegre e as atitudes de Harriet tranquilizaram Emma. Ela retornara, não para pensar no sr. Martin, mas para falar sobre o sr. Elton. A srta. Nash lhe contara algo que ela fez questão de repetir, com grande prazer. O sr. Perry foi até o internato, para visitar uma criança doente, e a srta. Nash acabou encontrando-se com ele. O sr. Perry contou-lhe que, ao passar no dia anterior por Clayton Park,[1] encontrara-se com o sr. Elton. Ficou muito surpreso, pois o sr. Elton ainda estava a caminho de Londres, sem nenhuma previsão de retorno até o dia seguinte, embora aquela noite fosse a noite de jogos, que ele nunca perdera sequer uma vez. O sr. Perry chamou-lhe a atenção, dizendo-lhe quanto isso era lamentável, uma vez que o melhor jogador não estaria presente, e tentou convencê-lo a ficar e adiar a viagem apenas por um dia. Mas não foi bem-sucedido, pois o sr. Elton estava determinado a seguir os planos originais e comentou, de modo bastante particular, que cumpria uma promessa que não poderia adiar por nada neste mundo. Disse também que se tratava de uma incumbência invejável e era portador de algo muito precioso. O sr. Perry não conseguiu entender o que ele dizia, mas tinha certeza de que havia uma moça envolvida na questão, e até chegou a dizer isso ao sr. Elton, que, por sua vez, não disse nada, mas parecia muito satisfeito e saiu com um ótimo humor. A srta. Nash contou a Harriet toda a história, comentando um pouco mais a respeito do rapaz, e acrescentou mais um detalhe, olhando muito significativamente para ela: não pretendia compreender que tipo de encargo seria, mas sabia que a mulher que o sr. Elton escolhesse seria a mais afortunada do mundo, uma vez que, sem sombra de dúvida, ele não tem concorrentes tanto em beleza como em amabilidade.

---

[1] Nome de uma propriedade rural, diferente dos parques que conhecemos hoje em dia. *Park*, na Inglaterra do século XIX, indicava uma grande propriedade rural.

Capítulo 9

O sr. Knightley poderia brigar com ela, mas Emma não poderia brigar consigo mesma. Ele estava tão contrariado que passaria muito tempo até que retornasse a Hartfield. Quando se encontraram, seu silêncio deixou claro que ainda não a perdoara. Ela estava triste, mas não poderia arrepender-se. Pelo contrário, seus planos e suas atitudes eram cada vez mais justificados e motivados para os próximos dias.

O retrato, elegantemente emoldurado, chegou em segurança pelas mãos do sr. Elton. Ao ser pendurado sobre a lareira, ele o contemplava e suspirava ao dizer algumas palavras de admiração. E quanto aos sentimentos de Harriet, cresciam tão fortes e intensos quanto sua juventude e mente lhe permitiam. Emma logo se deu por satisfeita ao perceber que o sr. Martin já não era lembrado, a não ser quando a amiga fazia alguma comparação com o sr. Elton, obviamente destacando as vantagens desse último.

Seus planos de cultivar a mente da sua amiga, por meio de uma dose diária de leitura e conversas, não avançou mais do que alguns poucos capítulos, sempre com a intenção de continuarem no dia seguinte. Era muito mais fácil conversar do que estudar, muito mais agradável deixar sua imaginação fazer planos a respeito do futuro de Harriet do que contribuir para sua instrução ou exercitá-la em questões mais densas. A única intenção literária da amiga no momento, sua única disposição mental, era reservar uma coleção de enigmas transcritos por ela mesma para os encontros à noite e anotava tantos quantos fosse possível encontrar. Os enigmas eram escritos em papéis delicados,[1] confeccionados por sua amiga, enfeitados com iniciais e vinhetas.

Naquela época, havia uma coleção muito grande de livros dedicados a enigmas. A srta. Nash, principal professora da escola da sra. Goddard, já havia escrito pelo menos uns trezentos. E Harriet, que imitara a professora, esperava, com a ajuda da srta. Woodhouse, conseguir muitos mais. Emma apoiava a iniciativa, seu bom gosto e sua boa memória. E, como Harriet tinha uma caligrafia muito bonita, seria muito provável que essa coleção de enigmas se transformasse em um conteúdo relevante, tanto em qualidade como em quantidade.

O sr. Woodhouse estava tão interessado nos enigmas quanto as moças, e tentava sempre acrescentar algo de valoroso à sua coleção. Recordava-se de que, em sua juventude, havia enigmas muito inteligentes e espantava-se pelo fato de não conseguir lembrar-se deles. Mas esperava que, com o tempo, fosse possível lembrar-se de ao menos um, porém sempre terminava a tentativa com a seguinte frase: "Kitty, uma moça linda, porém fria".[2]

Seu bom amigo Perry, com quem já havia conversado sobre o assunto, também não conseguiu lembrar-se de nenhum enigma. Mas o sr. Woodhouse pediu que o sr. Perry ficasse atento, uma vez que visitava tantas casas, pensando que o amigo pudesse ajudar as moças nesse sentido.

Emma não desejava, de modo nenhum, que toda Highbury se ocupasse de tais afazeres. O sr. Elton foi a única pessoa convidada a ajudá-las. Ele deveria contribuir com qualquer tipo de enigma, charadas ou adivinhações de que pudesse

---

[1] No original, "thin quart of hot-pressed paper".

[2] Publicado por David Garrick, ator e escritor, no jornal *London Chronicle*, em 1757.

lembrar-se. Emma teve o prazer de vê-lo dedicar-se tão atentamente e, ao mesmo tempo, como ela podia perceber, era muito sincero e cuidadoso, não era descortês, e nenhum enigma de conteúdo erótico era dito por seus lábios. Deviam-lhe dois ou três enigmas muito galantes, e a alegria e o júbilo eram tais que, finalmente, lembrou-se e pôde recitar sentimentalmente uma charada muito conhecida:[3]

Minha primeira[4] *denota a aflição,*
Que minha segunda está destinada a sentir
E todo o meu ser é o melhor antídoto
Que suaviza e cura tal aflição...[5]

Lamentaram ao reconhecer que haviam transcrito o mesmo enigma algumas páginas antes.

— Por que não escreve um enigma de sua autoria, sr. Elton? — perguntou Emma. — Será a única garantia de ser algo inédito, e nada pode ser mais fácil para o senhor.

Oh, não! Ele nunca havia escrito nada parecido em sua vida. Como se sentia estúpido! Estava preocupado, pois nem mesmo a srta. Woodhouse — parou e pensou um momento — nem mesmo Harriet poderiam inspirá-lo.

Entretanto, o dia seguinte trouxe alguma inspiração. Ele fez uma visita rápida, apenas para deixar um pedaço de papel sobre a mesa, contendo, como disse, uma charada que um amigo seu enviou a uma srta., objeto de sua admiração. Porém, do jeito que se portava, Emma logo percebeu que falava dele mesmo.

---

[3] No original, "My first doth affliction denote, / Which my second is destind' to feel / And my whole is the best antidote / That affliction to soften and heal".

[4] Neste caso, "primeira" e "segunda" referem-se às sílabas que compõem a palavra que é a solução do enigma.

[5] A solução para a charada é *woman*, mulher.

— Não ofereço este papel à coleção da srta. Smith — disse ele. — Sendo do meu amigo, não tenho o direito de expor o conteúdo aos olhos de terceiros, mas talvez a srta. goste de ler.

As palavras eram dirigidas mais a ela do que a Harriet, foi o que Emma entendeu. Havia tanta certeza da parte dele que pensou ser mais fácil deixar Emma ler do que a amiga. Em seguida, ele partiu.

— Veja isso — disse Emma sorrindo e entregando o papel para Harriet. — É para você, leia.

Entretanto, Harriet estava aterrorizada, nem conseguia tocar o papel. E Emma, sem se preocupar em ser a primeira, viu-se obrigada a lê-lo.

À srta....

Charada

Minha primeira mostra a riqueza e a pompa dos reis,
Senhores da terra! Seu luxo e seus confortos.
Uma outra visão do homem introduz a minha segunda
Eis ali o senhor dos mares!

Mas, ah! Juntas... que revés temos!
O homem ostenta poder e liberdade, tudo já se extinguiu;
Senhor da terra e do mar, ele se curva como um escravo
E a mulher, adorável mulher, reina sozinha.

Tua sagacidade logo descobrirá a palavra,
Espero que tua aprovação brilhe em seus doces olhos![6]

---

[6] No original, "My first displays the wealth and pomp of kings, / Lords of the earth! their luxury and ease. / Another view of man, my second brings, / Behold him there, the monarch of the seas! / But ah! united, what reverse we have! / Man's boasted power and freedom, all are flown; / Lord of the earth and sea, he bends a slave, / And woman, lovely woman, reigns alone. / Thy ready wit the word will soon supply, / May its approval beam in that soft eye!".

Emma leu, ponderou, conseguiu entender o significado, leu novamente e estava segura, quase dona das palavras. Passou o papel para Harriet. Enquanto a amiga confundia-se sobre o que estava escrito no papel, cheia de dúvidas e esperanças, ela se sentou, feliz e sorridente, e disse a si mesma: "Muito bem, sr. Elton, muito bem. Já li charadas piores. Fazer a corte...[7] é uma sugestão muito boa. Ganhou muitos pontos comigo. Isso é saber o que sente, e manifestar-se de modo muito objetivo. Por favor, srta. Smith, deixe-me dedicar os versos a você. Aprove minha charada e minhas intenções com o mesmo olhar".

"Espero que sua aprovação brilhe em seus doces olhos!"

"Só poderia ser para Harriet. 'Doces' é a palavra certa para descrever seus olhos. De todas as descrições, esta era a mais justa."

"Tua sagacidade logo descobrirá a palavra"

"Hum... a sagacidade de Harriet! Tanto melhor. Um homem deve estar realmente apaixonado para descrevê-la assim. Ah! sr. Knightley, como eu queria que você pudesser ler isto! Seria o bastante para convencê-lo. Pela primeira vez na vida, seria obrigado a reconhecer que está enganado. Uma charada muito boa! E muita adequada, a propósito. As coisas devem acontecer rapidamente agora."

Emma foi obrigada a deixar tão agradáveis divagações, que seriam longas e demoradas, pela ansiedade de Harriet ao lhe fazer tantas perguntas:

— O que poderá ser, srta. Woodhouse? O que será? Não tenho a menor ideia... Jamais conseguirei decifrar. O que pode significar? Tente descobrir, srta. Woodhouse. Por favor, me

[7] No original, "courtship".

ajude. Nunca li algo tão difícil. Acha que a palavra é "reino"? Gostaria de saber quem é o amigo e quem deve ser a jovem a quem ele se dirige. Você acha que é uma boa charada? A palavra não seria "mulher"?

"E a mulher, adorável mulher, reina sozinha."

— Seria Netuno?

"Eis ali o senhor dos mares!"

— Ou um tridente? Ou uma sereia? Ou um tubarão? Oh, não! Tubarão não pode ser. Deve ser algo muito inteligente, ou ele não escreveria. Oh, srta. Woodhouse, acredita que algum dia conseguiremos decifrá-la?

— Sereias e tubarões! Tolice! Minha querida Harriet, em que está pensando? Qual seria a utilidade se o amigo escrevesse uma charada com palavras como sereia e tubarão? Dê-me o papel e ouça: "À srta."... leia, srta. Smith.

"Minha primeira mostra a riqueza e a pompa dos reis,
senhores da terra! Seu luxo e seus confortos."

— Isso significa corte, a corte de um rei.

"Uma outra visão do homem introduz a minha segunda.
Eis ali o senhor dos mares!"

— O que está escrito na segunda sílaba "ship", um barco. É muito simples. Agora vem a melhor parte.

"Mas ah! Juntas [courtship = fazer a corte]... *que revés temos!*
O homem ostenta poder e liberdade, tudo já se extinguiu;
Senhor da terra e do mar, ele se curva como um escravo
E a mulher, adorável mulher, reina sozinha."

— Um belo elogio! E logo segue o pedido, o qual, suponho, não será muito difícil você entender. Leia você mesma, calmamente. Não resta dúvida de que foi escrito para você.

Harriet não conseguiria mais resistir à deliciosa persuasão. Ela leu as linhas finais, e chegou a ficar trêmula de tanta felicidade. Não conseguia falar, embora isso não lhe fosse pedido. Já era suficiente sentir. Emma falou em seu lugar.

— É um elogio tão direto e tão íntimo, e eu não tenho dúvida das intenções do sr. Elton. Você é o centro de suas atenções... e em breve receberá a prova disso. Creio que acontecerá logo. Estranharia muito se eu estivesse enganada, mas agora está muito claro. Suas intenções são óbvias e decididas, assim como minhas aspirações em relação a você desde o dia em que a conheci. Sim, Harriet, há algum tempo eu desejava que isso acontecesse. Não sei dizer se a atração mútua entre vocês dois era algo tão desejável quanto natural. Em certos aspectos, igualam-se em probabilidade e legitimidade! Estou muito feliz. Parabéns, minha querida Harriet, de todo o meu coração. Esse é o tipo de relaciomento que deixaria qualquer mulher orgulhosa. Além disso, ele lhe trará muita felicidade, terá tudo o que precisa: respeito, independência e uma boa casa. Certamente a colocará como o centro das atenções de todos os nossos amigos, bem próxima a Hartfield e a mim, o que fará que nossa amizade seja eterna. Essa é uma aliança, Harriet, que nunca trará descontentamento para nenhuma de nós.

— Querida srta. Woodhouse!

"Querida srta. Woodhouse" era tudo o que Harriet conseguia dizer ao abraçar a amiga inúmeras vezes. Mas, quando começaram a conversar novamente, estava claro para a amiga o que ela viu, sentiu, antecipou e foi lembrada como deveria. A superioridade do sr. Elton foi reconhecida inúmeras vezes.

— Tudo o que disser estará certo! — exclamou Harriet. — Portanto, suponho, acredito e espero que seja assim, pois, do contrário, eu não teria imaginado. É muito além do que eu mereço. O sr. Elton... um rapaz que pode escolher qualquer moça para se casar! Todos gostam muito dele. É muito elegante e educado. Pense nesses doces versos... "à srta....". Meu Deus, como é inteligente! É possível que tenha escrito realmente para mim?

— Não posso ouvir uma pergunta como essa! É fato. Pode acreditar em mim. É como um prólogo de uma peça, uma frase para um capítulo, e logo será seguido por uma bela narrativa.

— É o tipo de coisa que ninguém poderia esperar. Tenho certeza de que, há um mês, eu não faria ideia! Como tudo pode mudar de repente!

— Quando a srta. Smith e o sr. Elton se encontraram, e isso de fato aconteceu, tudo poderia mudar, tudo poderia acontecer. Realmente, é algo inesperado, não é evidente, porém muito desejado... e tão óbvio, que foi necessária a intervenção de outras pessoas para que seguissem o rumo natural dos acontecimentos. Você e o sr. Elton foram chamados pelo destino, pertencem um ao outro. O casamento de vocês será como o de Randalls. Parece que paira algo no ar de Hartfield que conduz todos à direção correta, e encaminha tudo aos seus devidos lugares.

"O curso do verdadeiro amor nunca corre suavemente..."[8]

— A edição de Shakespeare de Hartfield certamente teria um grande comentário sobre essa passagem.

— O sr. Elton está realmente apaixonado por mim... por mim... depois de ter conhecido e conversado com tantas moças na festa de São Miguel![9] Ele, o homem mais bonito, o homem que todos notam, tanto quanto o sr. Knightley! Ele, que sempre é

---

[8] Citação de *Sonho de uma noite de verão* — Ato 1, cena 1 (Peça de William Shakespeare).

[9] Celebrada em 29 de setembro.

requisitado, aquele que, de todos, só faz suas refeições sozinho se assim quiser, pois todos se lembram dele e há sempre mais convites do que os dias da semana. E na igreja, como são lindos os seus sermões! A srta. Nash copiou todos eles desde que ele se mudou para Highbury. Meu Deus! Quando penso na primeira vez em que o vi! Nem poderia imaginar! As irmãs Abbott e eu corremos para a janela da sala e o observamos pela cortina quando o ouvimos aproximar-se; a srta. Nash veio e nos repreendeu, mas também ficou espiando. Entretanto, logo depois, permitiu que eu olhasse também, o que foi muito delicado. Como o achamos lindo! Ele estava próximo ao sr. Cole.

— Essa é uma união que todos os seus amigos, sem distinção, devem apreciar, demonstrando que têm bom-senso, e não precisaremos direcionar nossas condutas para pessoas tolas. Eles esperam vê-la feliz e casada, e o sr. Elton é um homem cujo caráter é indiscutível. Se eles desejam que você se estabeleça na mesma região e nos mesmos círculos de amizades, esse sonho se tornará realidade. E se suas únicas aspirações forem as de que faça apenas um bom casamento, aqui há um exemplo que irá contentá-los: o sr. Elton possui uma fortuna razoável e uma posição respeitável na sociedade.

— Sim, é verdade. Como você é gentil, gosto muito de ouvi-la falar. É tão brilhante. Você e o sr. Elton são muito inteligentes. Esta charada! Ainda que a estudasse por duas semanas, jamais seria capaz de entendê-la.

— Pensei que ele provaria sua habilidade pelo modo como se negou a fazê-lo ontem.

— Penso, sem exceção, que é a melhor charada que já li.

— Com certeza nunca li nada tão oportuno.

— É uma das mais longas que temos.

— Creio que é particularmente longa, mas tais enigmas, geralmente, nunca devem ser muito curtos.

Harriet estava tão distraída, lendo novamente o enigma, que não ouviu Emma. Surgiam em sua mente as mais felizes comparações.

— Uma coisa — disse ela, bastante corada — é ter bom-senso, como todas as pessoas, e se há algo a ser dito, sentar, escrever uma carta e dizer justamente o que se deve. Porém, é algo muito diferente escrever versos e charadas como esta.

Emma não poderia ter desejado tão grande rejeição à carta do sr. Martin.

— Que belos versos! — continuou Harriet. — E esses dois últimos, como são lindos! Mas, como eu poderia ser capaz de responder a ele ou ao menos dizer-lhe que decifrei a charada? Oh, srta. Woodhouse, o que faremos?

— Deixe comigo. Você não precisa fazer nada. Ele estará aqui esta noite, tenho certeza, e então poderei devolver-lhe o papel, falaremos sobre algumas bobagens e você não será comprometida. Seus doces olhos encontrarão o momento certo para bilharem, confie em mim.

— Oh! Srta. Woodhouse, é uma pena que eu não possa escrever esta linda charada em meu livro! Tenho certeza de que não tenho nada tão bom.

— Não escreva as duas últimas linhas, e tenho certeza de que não haverá razões para não copiá-las no seu livro.

— Ah, mas essas duas linhas são...

— ... as melhores de todas. Obviamente, para deleite pessoal, e para que você possa desfrutá-las é melhor guardá-las. Você bem sabe que os versos não são de todo mal escritos se separá-los. Os dois versos não causarão nenhuma mudança no entendimento. Mas, se retirar as duas últimas linhas, conseguirá retirar o tom pessoal. Assim, permanecerá uma charada muito galante, adequada para qualquer coleção. Entenda que ele não gostaria de ver sua charada menosprezada, tampouco sua paixão. Um poeta apaixonado deve ser encorajado em todos os sentidos possíveis. Dê-me o livro, vou escrever, e não haverá nenhum rastro seu aqui.

Harriet se submeteu, embora sua mente não fosse capaz de separar em partes a charada, até que teve a certeza de que sua amiga não estava escrevendo uma declaração de amor. Era algo muito precioso para oferecer qualquer tipo de publicidade.

— Nunca deixarei este livro sair das minhas mãos! — garantiu Harriet.

— Muito bem — concordou Emma. — É um sentimento muito natural e, quanto mais durar, mais contente ficarei. Meu pai está vindo, deixe que eu leia a charada para ele, lhe dará tanto prazer! Ele adora essas coisas, especialmente qualquer verso que faça elogios a uma mulher. Ele é muito generoso e cavalheiro conosco! Permita que eu leia para ele.

Harriet olhou séria.

— Minha querida Harriet, você não deve preocupar-se tanto com esta charada... Irá, inadequadamente, trair seus sentimentos se ficar muito nervosa e sagaz; estará dando à charada mais valor do que ela merece ter. Não se sinta dominada por uma simples demonstração de admiração. Se ele desejasse que fosse segredo, não teria deixado o papel comigo em vez de entregá-lo a você. Não vamos dar tamanha importância ao assunto. Ele tem incentivos suficientes para seguir adiante, não é necessário suspirarmos o dia todo.

— Oh, não! Não serei tão ridícula. Faça como achar melhor.

O sr. Woodhouse entrou, e logo trouxe o assunto à tona ao repetir a pergunta:

— Bem, minhas queridas, como está o livro de charadas? Escreveram alguma coisa nova?

— Sim, papai, nós temos algo para ler, uma charada novinha. Encontramos um pedaço de papel sobre a mesa esta manhã, creio que uma fada o deixou aqui, e continha uma linda charada, acabamos de copiá-la no livro.

Ela leu para o pai, como ele gostava: devagar e distintamente. Emma repetiu mais duas ou três vezes, explicou cada passagem. Ele ficou muito satisfeito e, como ela havia previsto, ficou especialmente impressionado com o lindo final.

— Sim, muito justo, de fato, está muito bem escrito. Muito bem. Mulher, adorável mulher. É uma charada muito bonita, minha querida, que facilmente consigo adivinhar qual fada a trouxe. Ninguém poderia ter escrito algo assim tão bonito, se não você, Emma.

Emma concordou com a cabeça e sorriu. Após um breve momento de reflexão, ele suspirou suavemente e acrescentou:

— Ah! Não é difícil perceber com quem você se parece! Sua querida mãe era tão inteligente para essas coisas! Se ao menos eu tivesse sua memória! Mas não consigo lembrar-me de nada... nem mesmo de um enigma especial que você me ouviu contar, só consigo lembrar-me da primeira estrofe, porém há muitas que não consigo lembrar.

Kitty, uma moça linda, porém fria,
Acendeu uma chama que agora é apenas sofrimento,
O menino com capuz chamei para ajudar,
Apesar de temer sua abordagem,
Antes, tão fatal para minha corte.[10]

— E isso é tudo de que me lembro... Mas sei que é muito inteligente. Acredito, minha querida, que você já tenha essa estrofe.

— Sim, papai, está escrita aqui na segunda página. Copiamos bem depois dos *Extratos elegantes*. Garrick é o autor, lembra?

— Sim, é verdade. Gostaria de me lembrar de mais algumas linhas.

[10] No original, "Kitty, a fair but frozen maid, / Kindled a flame I yet deplore, / The hood-wink'd boy I called to aid, / Though of his near approach afraid, / So fatal to my suit before".

Kitty, uma moça linda, porém fria,

— O nome me lembra nossa pobre Isabella, pois quase a batizamos Catherine em homenagem à avó. Espero que ela chegue na próxima semana. Você já pensou, minha querida, em qual quarto vamos colocá-la? E qual quarto será o das crianças?

— Oh, sim... ela terá seu próprio quarto, é claro! O mesmo de sempre... e haverá um berçário para as crianças, como de costume. Por que faríamos alguma mudança, papai?

— Eu não sei, minha querida... já faz tanto tempo que ela nos visitou! Foi na Páscoa e somente por alguns dias. O fato de o sr. John Knightley ser um advogado é muito inconveniente. Pobre Isabella! Infelizmente, ela se separou de nós! Imagino como ficará triste ao chegar e não encontrar a srta. Taylor!

— Mas não ficará surpresa, papai.

— Eu não sei, minha querida. Tenho certeza de que fiquei muito surpreso quando soube que ela ia casar-se.

— Devemos convidar os Weston para jantarem conosco quando Isabella estiver aqui.

— Sim, minha querida, se houver tempo. Mas... — disse em um tom um pouco deprimido — ela ficará apenas uma semana. Não teremos tempo para nada.

— É lamentável que não possam ficar mais tempo... mas parece um caso de necessidade. O sr. John Knightley deve voltar a Londres no dia 28 e devemos agradecer, papai, pois poderemos desfrutar com eles todos os momentos que poderão ficar conosco. Espero que não nos privem da sua companhia nos dois ou três dias que estiverem na casa do sr. Knightley. Ele me prometeu que neste Natal abdicaria de seus direitos. Embora o senhor saiba que ele está há mais tempo sem vê-los do que nós.

— Na verdade, seria muito difícil, minha querida, se nossa pobre Isabella ficasse em outro lugar que não fosse Hartfield.

O sr. Woodhouse nunca permitiria as reivindicações do sr. Knightley em relação ao irmão, ou em relação a Isabella. Permaneceu sentado, meditando, e então disse:

— Não vejo razões para que Isabella volte a Londres tão cedo, embora o marido precise voltar. Pense, Emma, devo tentar convencê-la a ficar um pouco mais. Ela e as crianças ficarão muito bem conosco.

— Ah, papai! Isso é algo que o senhor nunca conseguiu e não creio que conseguirá. Isabella não suporta ficar longe do marido.

Isso era uma verdade indiscutível. Embora fosse contrário às suas opiniões, o sr. Woodhouse só poderia suspirar passivamente. E, quando Emma percebeu quanto o pai ficara incomodado pelo apego que a filha tinha ao marido, ela imediatamente mudou de assunto.

— Harriet nos visitará o máximo possível enquanto meu cunhado e minha irmã estiverem aqui. E tenho certeza de que ela gostará das crianças. Temos muito orgulho delas, não é mesmo, papai? Estou muito curiosa sobre quem ela achará mais bonito, Henry ou John?

— Sim, também pergunto-me qual será. Pobrezinhos, como ficarão alegres por vir. Eles gostam muito de Hartfield, Harriet.

— Aposto que sim, senhor. Não sei quem poderia pensar o contrário.

— Henry é um bom rapaz, mas John é muito parecido com a mãe. Henry é o mais velho, recebeu o nome em minha homenagem, não em homenagem ao pai. John, o segundo filho, foi batizado em homenagem ao pai. Algumas pessoas se surpreendem, creio eu, que o mais velho não tenha recebido o nome do pai, mas Isabella preferiu que o chamassem Henry, e foi muito bonito de sua parte. De fato, ele é um menino muito inteligente. Todos são extremamente inteligentes, e também muito bem-educados. Certamente, ao chegarem, ficarão próximos à minha cadeira e dirão: "Vovô, pode nos dar um pouco de corda?". Uma vez, Henry me pediu uma faca, eu lhe disse que facas são feitas apenas para os avós usarem. Acho que o pai é muito duro com eles.

— Ele parece duro para você — disse Emma — porque você é sempre muito gentil. Mas, se compará-lo com os outros pais, verá que ele não é tão rude assim como pensa. A única coisa que ele deseja é que os meninos sejam ativos e fortes e, se eles se comportam mal, é necessário que lhes diga uma palavra enérgica de vez em quando. Apesar disso, é um pai muito amoroso, tenho certeza de que o sr. John Knightley é um pai maravilhoso. As crianças o adoram.

— E logo chega o tio e joga os meninos no ar de modo assustador!

— Mas eles gostam disso, papai. É de que mais gostam. Para eles é só diversão e, se o tio não tivesse imposto regras a respeito de quem seria o primeiro a brincar, jamais um deixaria que o outro brincasse.

— Bem, não posso entender isso.

— Esse é maior dilema de todos, papai. Metade do mundo não consegue entender os prazeres da outra metade.

No fim da manhã, justo quando as moças se separaram para se preparar para a habitual refeição das quatro,[11] o herói da charada inimitável voltou à casa. Harriet baixou o rosto, mas Emma pôde recebê-lo com o habitual sorriso e logo percebeu que fizera uma jogada importante... ela pensou que ele havia retornado para ver a reação à charada. Porém, limitou-se apenas a perguntar ao sr. Woodhouse se ele poderia ser dispensado da reunião dessa noite, ou se, de alguma forma, seria necessário em Hartfield. Se fosse o caso, tudo poderia esperar. Entretanto,

---

[11] No original, *dinner*, que significa jantar. Naquela época, era comum fazer uma refeição mais pesada antes de o sol se pôr e, à noite, comia-se algo mais leve. Essa refeição se chamava *supper*, ou ceia, em português.

seu amigo, o sr. Cole, já o convidara inúmeras vezes para um jantar e fez tanta questão que foi impossível recusar.

Emma agradeceu, mas não permitiu que desapontasse o amigo, seu pai poderia encontrar outro jogador. Ele insistiu, mas Emma recusou. Quando ele se preparava para se despedir, ela pegou o papel sobre a mesa e disse:

— Oh! Aqui está a charada que o senhor amavelmente deixou para nós, obrigada por tamanha gentileza. Nós a admiramos tanto que me atrevi a escrevê-la no livro da srta. Smith. Espero que seu amigo não fique chateado. Obviamente, eu não escrevi além das oito primeiras linhas.

O sr. Elton realmente não sabia o que dizer. Fitou-a bastante confuso, e disse algo sobre "honra"... alternou o olhar para Harriet e, ao ver o livro aberto sobre a mesa, pegou-o e o examinou atentamente.

Com a sensação de ser necessário fazer algo para encerrar aquela situação embaraçosa, Emma, sorrindo, disse:

— O senhor deve pedir minhas desculpas ao seu amigo, mas uma charada tão boa não poderia ficar apenas entre duas pessoas. Ele pode ter certeza de que qualquer mulher o aprovaria por ter escrito algo tão galante.

— Eu não hesito dizer — respondeu o sr. Elton, embora hesitasse bastante enquanto falava. — Não tenho nenhuma hesitação ao dizer, pelo menos se meu amigo tiver os mesmos sentimentos que eu... não tenho a menor dúvida de que ele possa sentir-se um pouco honrado, como o vejo agora. Ele considerará o maior orgulho da sua vida.

Contemplou o livro novamente e, em seguida, deixou-o sobre a mesa.

Após esse discurso, saiu assim que pôde. Emma não pensou antecipadamente, uma vez que, em todas as suas boas e agradáveis qualidades, havia algo no discurso do sr. Elton que a fazia rir. Saiu da sala para rir, e Harriet ficou sozinha, desfrutando a ternura e o sublime prazer do momento.

Capítulo 10

Embora estivessem em meados de dezembro, o clima ainda proporcionava às moças a oportunidade de caminhar diariamente. E, no dia seguinte, Emma tinha uma caridade a fazer: visitaria uma família pobre e doente, que vivia um pouco distante de Highbury. Para chegar ao chalé, passaria pela estrada da casa paroquial.[1] O caminho em linha reta, embora irregular, era o maior da vila. E, supostamente, era também o caminho para a abençoada moradia do sr. Elton. Deveriam passar diante de algumas casas simples e depois, cerca de quatrocentos metros, era possível ver a casa do pastor. Era uma casa antiga e sem muitos confortos, muito perto da estrada. Não tinha nenhuma arquitetura especial, mas o atual morador fez algumas melhorias e, do jeito que estava, não foi difícil para as duas amigas manterem o ritmo e olharem apenas de relance para ela. O comentário de Emma foi:

— Aí está. Um dia desses, você e seu livro de enigmas estarão aqui.

Ao que Harriet respondeu:

— Oh, que casa agradável! Como é bonita! Veja as cortinas amarelas que a srta. Nash tanto admira.

— Não passo muito por este caminho, ultimamente — disse Emma, enquanto se aproximavam. — Mas, em breve, terei

---

[1] Casa do vigário ou pastor.

motivos para visitar e logo estarei familiarizada com as sebes,[2] os portões, os tanques e as árvores desta parte de Highbury.

Harriet descobriu que nunca em sua vida tinha visitado uma casa paroquial. A curiosidade em conhecê-la era tão grande que, considerando o exterior e as possibilidades da casa, Emma pôde classificá-la como uma prova de amor, como se o sr. Elton estivesse preparando a casa para a amiga.

— Poderíamos inventar uma visita — disse ela. — Mas, no momento, não temos nenhuma razão específica para isso, não há nenhuma criada a quem eu possa fazer perguntas a respeito da governanta do sr. Elton... nem mesmo uma mensagem do meu pai.

Ela ponderou, mas não conseguiu pensar em nada. Após alguns momentos de silêncio entre as duas, Harriet perguntou:

— Pergunto-me, srta. Woodhouse, por que você não se casou ou não deseja se casar? É tão bela!

Emma riu, e respondeu:

— Minha encantadora Harriet, não tenho motivos suficientes que me tentem a casar. Posso até admirar alguns homens bonitos... um ou outro. Só não tenho planos de me casar no momento, não tenho intenção de me casar nunca.

— Ah! Isso é o que você diz, mas não posso acreditar.

— Acredito que eu precisaria encontrar alguém muito mais culto e elegante do que costumo ver para me sentir tentada. O sr. Elton, como sabe, está fora de questão. Não tenho o menor interesse em encontrá-lo. Prefiro ficar como estou. Acredito que não tenho como ser mais feliz. Se eu me casasse, certamente me arrependeria.

— Meu Deus! É tão estranho ouvir uma mulher falar assim!

— Não tenho nenhum motivo que me levasse ao casamento. Se eu estivesse apaixonada, aí seria diferente! Mas nunca me

---

[2] Cerca viva.

apaixonei, não é da minha índole nem da minha natureza. Acredito que nunca me casarei. E, sem amor, tenho certeza de que seria uma tola ao trocar meu conforto por um casamento. Não preciso de fortuna nem de ocupação, muito menos de posição na sociedade. Acredito que pouquíssimas mulheres são, verdadeiramente, donas de suas casas como eu sou de Hartfield. E nunca, jamais poderia esperar ser tão amada e tão considerada como agora sou, a favorita e a única aos olhos do meu pai.

— Mas, então, ficará solteira, como a srta. Bates!

— Isso é o máximo que consegue imaginar, Harriet? Imagine... terminar como a srta. Bates! Tão tola... acomodada... sorridente, sempre falante, tão confusa e entendiante... mas disposta a falar da vida dos outros. Se fosse por tudo isso, sim, eu me casaria amanhã. Mas, cá entre nós, estou convencida de que não temos nenhuma semelhança a não ser o fato de não sermos casadas.

— Mas, ainda assim, você será uma mulher solteira! E isso é terrível!

— Não se preocupe, Harriet, não serei uma pobre criada. E é a pobreza que torna o celibato desprezível! Uma mulher solteira, sem renda, seria uma velha criada, ridícula e desagradável! Seria motivo de piadas. Mas, uma mulher solteira com boa fortuna é sempre respeitada, sensível e gentil, tanto quanto os demais do seu nível. Não pense que essa distinção seja contra a pureza e o senso comum, como parece ser. Porque uma renda pequena sempre oferece uma tendência a se ter uma mente fraca e um temperamento desagradável. Aqueles que mal conseguem manter-se e que convivem com pessoas de nível inferior podem muito bem ser abatidos e mal-humorados. Obviamente, isso não se aplica à srta. Bates; ela tem boa índole e é muito inocente para se encaixar nesse perfil. De modo geral, todos gostam dela, embora seja simples e pobre. A pobreza por certo não prejudicou sua mente. De fato, acredito que, se ela tivesse ao menos um centavo, seria capaz de doar mais da metade. E ninguém tem medo dela, o que é um grande encanto.

— Meu Deus! Mas o que fará? De que deverá ocupar-se quando for mais velha?

— Se me conheço bem, Harriet, tenho uma mente ativa, cheia de recursos. Não creio que precisarei de outros afazeres quando tiver quarenta ou cinquenta anos, além dos que tenho aos vinte e um. As ocupações e os trabalhos manuais de uma mulher serão os mesmos para mim como o são agora, sem grandes variações. Se eu desenhasse menos, poderia ler mais. Se desistisse da música, conseguiria terminar um trabalho de tapeçaria. Quanto aos objetos de interesse, pessoas a quem devemos direcionar nossa afeição, sua ausência é o maior perigo que devem evitar aqueles que não se casam. Ficarei muito bem, principalmente com tantos sobrinhos para cuidar. Terei muitos afazeres para suprir qualquer esperança ou medo. E, embora meu afeto não possa igualar-se ao afeto dos pais, atende às minhas noções de conforto melhor do que se fosse um sentimento mais forte ou cego. Oh, meus sobrinhos e sobrinhas! Com certeza, uma das minhas sobrinhas me fará companhia.

— Você conhece a sobrinha da srta. Bates? Isto é, eu sei que você já deve tê-la visto centenas de vezes, mas você a conhece?

— Oh, sim! Sempre nos encontramos todas as vezes que ela visita Highbury. A propósito do que falamos, esse é um exemplo de orgulho que se pode esperar de uma sobrinha. Deus permita! Espero que, ao menos com tantos sobrinhos que tenho, não aborreça as pessoas nem a metade do que a srta. Bates faz ao falar de Jane Fairfax. Toda carta que recebe da sobrinha é lida mais de quarenta vezes, as saudações que faz aos amigos são repetidas seguidamente. E se ela não enviar à tia um modelo de peitilho,[3] ou um par de meias para a avó,

[3] Traje feminino muito usado entre os séculos XV e XVII.

não se ouve falar de Jane por um mês. Desejo tudo de bom a Jane Fairfax, mas ela me irrita profundamente.

Agora, elas se aproximavam do chalé e todas as conversas vãs foram deixadas de lado. Emma era muito compassiva, e as angústias dos pobres eram supridas não apenas por seu dinheiro, mas também por sua bondade e atenção, seus conselhos e sua paciência. Tentava compreendê-los, aceitava as ignorâncias e as privações. Não tinha expectativas românticas em relação às virtudes daqueles que não tinham educação. Interessava-se por seus problemas, sempre os ajudava com inteligência e boa vontade. No caso dessa família, especificamente, foram a doença e a pobreza os motivos da visita e, depois de permanecer no chalé tempo suficiente para dar-lhes conforto, partiu tão impressionada com a cena que, ao se afastarem da casa, disse a Harriet:

— Esses são os melhores lugares, Harriet, para se fazer o bem. Comparado a isso, como tudo parece tão trivial! Sinto como se não pudesse pensar em mais nada além dessas pobres criaturas o resto do dia. E ainda, quem poderá dizer que tal assunto desaparecerá tão cedo da minha mente?

— É verdade — concordou Harriet. — Pobres criaturas! Não se pode pensar em mais nada.

— Realmente, não creio que essa impressão desaparecerá tão fácil — disse Emma, enquanto atravessavam a sebe a passos cambaleantes, até que deixaram o escorregadio jardim da casa e conseguiram chegar à estrada novamente. — Não creio que isso vá acontecer tão cedo — repetiu enquanto observava a desgraça do lugar e lembrava quanto ainda era pior por dentro.

— Oh! Querida, não — disse Harriet.

Elas continuaram em frente. A estrada fazia uma ligeira curva ao passar por essa parte do caminho, e imediatamente encontraram o sr. Elton, o que impossibilitou Emma de dizer qualquer outra coisa.

— Ah! Harriet, veja. Aqui está a prova de nossa perseverança e bons pensamentos. Bem — disse sorrindo. — Espero que sua compaixão tenha trazido alívio aos sofredores. Se tiver conseguido isso, terá feito algo muito importante. Se temos compaixão pelos miseráveis e fazemos tudo que podemos por eles, o resto é ilusão, apenas nos angustia ainda mais.

Harriet não conseguia responder direito, apenas disse:

— Oh! Querida, sim!

Até que o cavalheiro se juntou a elas. O primeiro assunto que conversaram foi a respeito das necessidades e dos sofrimentos da pobre família. Ele também estava a caminho do chalé para fazer-lhes uma visita, que precisaria ser adiada por agora, mas tinham muito o que falar a respeito do que poderia e deveria ser feito. O sr. Elton acompanhou as moças, logo em seguida.

"Encontrar com ele em uma situação como esta", pensou Emma, "com finalidades caridosas, aumentará o amor de um pelo outro. Não me espantaria se trouxesse uma declaração. Se eu não estivesse aqui, certamente é o que aconteceria. Gostaria de estar em outro lugar".

Ansiosa por separar-se deles assim que fosse possível, ela tomou um desvio, à margem do caminho principal. Nem bem caminhara por dois minutos quando percebeu que Harriet tinha cedido ao costume de imitá-la em todos os aspectos e, no fim, estavam atrás dela. Assim não daria certo, então, tratou de ficar parada, fingindo amarrar os laços da bota, e pediu-lhes para seguir sem ela, que logo em seguida os acompanharia. Eles obedeceram e, após fingir ter dado o laço na bota e estar um pouco atrás do casal, teve a sorte de precisar parar mais uma vez por causa de uma criança que morava no chalé. Emma havia recomendado que fosse até Hartfield buscar um pouco de caldo e, com uma jarra nas mãos, a criança a alcançou. Caminhar ao seu lado e conversar com ela era algo muito natural para Emma e seria algo ainda mais natural se ela não estivesse agindo de propósito. Com isso, os outros ficaram a certa distância, sem necessidade de esperar por ela. Por fim, conseguiu alcançá-los, uma vez que o ritmo da criança era muito rápido e o do casal, muito lento. Emma estava mais preocupada com a conversa deles. O sr. Elton falava com animação, Harriet ouvia tudo atentamente. E Emma, após deixar a criança caminhar sozinha, já pensava em outra ideia para se atrasar um pouco mais, quando os dois olharam para trás e ela foi obrigada a se juntar a eles.

O sr. Elton ainda falava sobre alguns detalhes interessantes. Emma ficou desapontada ao perceber que ele apenas contava sobre a noite anterior, quando se encontrara com o amigo, o sr. Cole. Ele falava apenas do queijo Stilton, do norte de Wiltshire, da manteiga, do aipo, da beterraba e das sobremesas.

A consoladora reflexão de Emma foi: "Espero que essa conversa conduza a algo mais agradável, qualquer coisa que seja de interesse de ambos, qualquer assunto que seja motivo para tocarem no segredo que guardam no peito. Se ao menos eu pudesse ajudar... mas preciso manter distância".

Agora eles caminhavam juntos em silêncio, quando conseguiram avistar a casa paroquial e, naquele instante, Emma resolveu que ao menos Harriet entraria na casa. Então, parou novamente para amarrar o laço da bota. Emma estragou propositalmente o cadarço, de modo que foi obrigada a pedir-lhes que parassem mais uma vez e acabou reconhecendo que não conseguiria chegar em casa daquela forma.

— Perdi parte do meu cadarço — disse ela. — Não sei o que fazer. Realmente, sou a companhia mais problemática para ambos, mas creio que nem sempre sou tão desastrada. Sr. Elton, devo pedir-lhe para pararmos em sua casa e ver se sua governanta tem um pedaço de fita ou cordão, ou qualquer outra coisa para manter minha bota no devido lugar.

O pastor ficou feliz com a proposta e colocou-se em estado de alerta, cheio de atenções ao conduzi-las para dentro da casa, esforçando-se para que tudo estivesse a contento. O cômodo onde elas entraram era o único que ele ocupava regularmente e, do outro lado, havia um outro cômodo que fazia ligação com o salão por uma porta, que estava entreaberta. Emma cruzou a porta, em companhia da criada, para receber ajuda com seu calçado. Foi obrigada a deixar a porta do jeito que encontrou, mas tinha esperança de que o sr. Elton a fechasse. No entanto, a porta não foi fechada e permaneceu entreaberta. Iniciando uma conversa animada com a empregada, tinha a intenção de que ele tomasse a iniciativa no outro cômodo. Por dez minutos, ouviu apenas a voz dele. A situação não poderia prolongar-se por mais tempo. Emma foi obrigada a concluir seu serviço e voltar à sala onde os dois a esperavam.

Os enamorados estavam de pé, um ao lado do outro, perto de uma das janelas. A cena tinha o aspecto mais favorável, e durante meio minuto Emma sentiu a glória de ter planejado algo tão bem-sucedido. Mas aquilo não saiu como ela esperava: ele não se declarou. Foi muito agradável, contou a Harriet, tê-las visto quando elas passaram diante da sua casa e propositalmente as seguiu. Ele disse outros galanteios, mas nada que fosse importante.

"Cauteloso, muito cauteloso", pensou Emma. "Ele avança centímetro a centímetro e não colocará nada em perigo até que julgue estar seguro."

Ainda assim, contudo, apesar de seu objetivo não ter sido alcançado, ela não poderia deixar de se vangloriar por ter proporcionado um momento de prazer entre os dois, e os preparava para o grande evento que aconteceria em breve.

Capítulo 11

A iniciativa, agora, deveria partir do sr. Elton. Não estava mais nas mãos de Emma cuidar de sua felicidade ou de suas decisões. A visita da sua irmã estava tão próxima que, primeiro em sua imaginação e depois na realidade, veio a ser sua principal preocupação. Durante os dez dias que Isabella e sua família permaneceriam em Hartfield, não era de se esperar que pudesse ajudar os enamorados com nada mais do que assistência furtiva e ocacional. Esperava que eles avançassem sozinhos, de todo modo, pelo menos em algum sentido. Emma não lamentava não ter mais tempo para eles. Algumas pessoas, quanto mais fossem auxiliadas, menos fariam por si mesmas.

O sr. e a sra. John Knightley, pelo fato de estarem havia muito tempo longe de Surrey,[1] pareciam muito mais animados do que de costume. Até esse ano, desde que se casaram, todas as férias prolongadas eram divididas entre Hartfield e Donwell Abbey. Porém, as desse outono haviam sido dedicadas aos banhos de mar para as crianças, e, portanto, tinham transcorrido muitos meses desde a última vez que visitaram seus conhecidos em Surrey, ou os encontraram na casa do sr. Woodhouse. Por sua vez, ele não poderia deixar de reclamar quão distante era Londres, como lamentava pela pobre filha. Consequentemente, estava muito mais nervoso e apreensivamente feliz ao esperar por essa curta visita.

---

[1] Condado do sudeste da Inglaterra.

Ele pensou muito a respeito dos malefícios que a viagem traria à filha, sem contar o cansaço dos próprios cavalos e do cocheiro, que conduziria o grupo por, pelo menos, metade do caminho. Entretanto, suas preocupações eram desnecessárias. O percurso de quase vinte e seis quilômetros foi facilmente percorrido, e o casal, as cinco crianças, além de um razóavel número de criados, alcançaram Hartfield com segurança. A agitação e a alegria da sua chegada, a presença de tantas pessoas com as quais poderia conversar, a quem dar boas-vindas, entreter e acomodar dentro da casa, causaram tanta confusão à mente do sr. Woodhouse que ele não suportaria mais nada. Isabella respeitou tão bem os modos e os sentimentos do seu pai que, apesar da maternal solicitude em benefício imediato dos pequenos para que ficassem bem acomodados e pudessem desfrutar total liberdade e os cuidados que requeriam, arranjou todos os detalhes relacionados a comida, bebida, sono e brincadeiras para que não esperassem mais e, assim, não pudessem perturbar o avô.

Isabella Knightley era uma mulher bonita, pequena e elegante, suave em suas maneiras, com disposição admiravelmente amável e carinhosa. Amada pela família, esposa devotada, mãe atenciosa, era tão ternamente ligada ao pai e à irmã que nenhum outro vínculo mais forte lhe parecia possível. Não conseguia ver defeitos neles. Não era uma mulher muito culta nem ágil e, além dessas características do pai, herdara também sua constituição física. Por ter uma saúde delicada, preocupava-se excessivamente com o bem-estar dos filhos, tinha muitos temores e sofria dos nervos. O sr. Wingfield, boticário que a atendia em Londres, era adorável, assim como o sr. Perry, que atendia seu pai. Eles também eram muito parecidos, tanto em bondade como em temperamento, e tinham um grande respeito pelos velhos amigos.

O sr. John Knightley era um homem alto, cavalheiro e muito inteligente. Com a carreira em ascensão, gostava de ficar em casa, era muito respeitável mas muito reservado, o que o impedia de ser agradável e bem-humorado. Não era um homem agressivo nem irritadiço para merecer alguma reprovação, mas seu temperamento não era dos melhores e, de fato, com uma esposa tão zelosa, não foi difícil que seus defeitos naturais aumentassem ainda mais. A extrema doçura da mulher devia incomodá-lo um pouco. Ele possuía toda clareza e agilidade de mente que faltavam a Isabella e, por vezes, podia ser displicente ou dizer algo que a magoava.

Não era uma das pessoas favoritas da sua cunhada. Nenhum defeito seu escapava a Emma. Ela rapidamente percebia as pequenas injúrias a Isabella, as quais a própria nem sequer notava. Talvez pudesse ser mais Condescendente com o cunhado se ele agisse de modo diferente com a irmã. Porém, Emma e John mais pareciam dois irmãos amigos distantes, sem grandes elogios ou amor incondicional. Dificilmente, algum elogio de sua parte faria Emma vê-lo com outros olhos, principalmente porque, às vezes, faltava-lhe tolerância e respeito pelo sr. Woodhouse. Ele nunca tivera muita paciência com o sogro. As peculiaridades e as inquietações do sr. Woodhouse, às vezes, irritavam-no e ele lhe dirigia palavras ásperas. Isso não acontecia regularmente, porém, uma vez que o sr. John Knightley tinha uma grande consideração pelo sogro e um forte sentimento de gratidão. Mas, na opinião de Emma, John era grosseiro na maioria das vezes, especialmente quando precisavam resolver algum problema, embora não houvesse ofensas. No início da visita, porém, reinaram os melhores sentimentos e, como era uma hospedagem curta, esperava-se que tudo acontecesse natural e cordialmente. O casal e os filhos nem bem estavam acomodados quando o sr. Woodhouse, balançando a cabeça melancolicamente, suspirou e chamou a atenção da filha ao mencionar a triste mudança que ocorrera em Hartfield desde sua última visita.

— Ah, minha querida — disse ele —, pobre srta. Taylor. É uma situação muito triste.

— Oh, sim, papai — exclamou Isabella, com simpatia. — Você deve sentir muito a falta dela! Imagino o quanto Emma sente também! Que perda terrível para os dois! Fico tão triste por vocês. Não consigo imaginar como conseguem viver sem ela. De fato, é uma mudança muito triste. Mas espero que ela esteja bem, papai.

— Muito bem, minha querida... também espero que esteja muito bem. Não sei como, mas aquele lugar agradou muito a ela.

O sr. John Knightley, nesse momento, perguntou a Emma se havia alguma dúvida a respeito do clima de Randalls.

— Oh, não! De modo nenhum. Nunca vi a sra. Weston tão bem; de fato, nunca esteve melhor. Papai fala assim porque sente muito a perda.

— Sente tanto que não é capaz de felicitá-la — foi a resposta amável do cunhado.

— E o senhor a vê regularmente, papai? — perguntou Isabella usando o mesmo tom lamentoso do pai.

O sr. Woodhouse hesitou e disse:

— Não tão frequentemente como eu gostaria, minha querida.

— Oh! Papai, deixamos de vê-los apenas um dia, logo que se casaram. Na verdade, encontramos com os Weston às vezes, pela manhã, outras vezes, à tarde, e quando não é em Randalls é aqui em casa. E, Isabella, como deve supor, eles nos visitam regularmente. São sempre muito gentis em suas visitas. O sr. Weston tem sido muito amável, assim como a esposa. Papai, se continuar falando nesse tom melancólico, dará a Isabella uma falsa impressão. Todos sabem quanto sentimos a falta da srta. Taylor, mas todos realmente sabem que o senhor e a senhora Weston fazem o possível para impedir que sintamos sua falta, como bem imaginamos... e isso é a mais pura verdade.

— Assim como deve ser — disse o sr. John Knightley. — Exatamente como eu esperava ao ler suas cartas. Não há dúvida de que ela é atenciosa com vocês, e o fato de o esposo ser um homem sem desprendimento social facilita tudo. Sempre lhe disse, meu amor, que acredito que a mudança não foi tão drástica em Hartfield como você imaginava. Agora que ouviu o relato de Emma, pode ficar mais tranquila.

— Não entendo os motivos — disse o sr. Woodhouse —, mas não posso negar que a sra. Weston, a pobre sra. Weston, sempre vem visitar-nos, mas, infelizmente, é obrigada a nos deixar rápido.

— Seria muito difícil para o sr. Weston se ela não agisse assim, papai. O senhor quase se esqueceu dele.

— De fato, penso que o sr. Weston também tem algum direito — disse John Knightley agradavelmente. — Você e eu, Emma, precisamos defender o pobre marido. O fato de eu ser casado e você ser solteira faz que as reinvindicações desse pobre homem nos atinjam igualmente. E quanto a Isabella, ela já está casada há tempo suficiente para perceber como o sr. Weston é deixado de lado.

— Sim, meu amor? — perguntou sua esposa, que só escutou e compreendeu metade do assunto. — Estão falando de mim? Tenho certeza de que ninguém poderia ser, nem deveria ser, maior defensor do casamento do que eu. Se não fosse pela infelicidade de deixar Hartfield, somente pensaria na srta. Taylor como a mulher mais feliz do mundo. E quanto ao pobre sr. Weston, aquele excelente homem, creio que merece o melhor. Penso que ele é um dos homens mais agradáveis que já conheci. Com exceção de você e do seu irmão, não conheço ninguém tão educado e bondoso. Nunca me esquecerei de quando levantou a pipa de Henry, na Páscoa passada. Assim como sua gentileza, há um ano, ao escrever-me aquele lindo bilhete, à meia-noite, com o propósito de me garantir que não havia ninguém com escarlatina em Cobham. Estou convencida de que não poderia existir um coração tão sincero e um homem melhor! Se alguém deve merecê-lo, essa pessoa é a srta. Taylor.

— E o sr. Frank Churchill? Onde está o jovem rapaz? — indagou John Knightley. — Ele certamente veio para as bodas, ou não?

— Ele ainda não esteve aqui — respondeu Emma. — Havia uma grande expectativa de que viesse logo após o casamento, mas adiou a viagem. E, ultimamente, ele nem tem sido mencionado.

— Mas você falou a respeito da carta, minha querida — disse o sr. Woodhouse. — Ele escreveu uma carta à pobre sra. Weston para felicitá-la e, embora fosse curta, era muito bonita. Ela me mostrou a carta. De fato, acho que o rapaz agiu corretamente. Se realmente foi uma ideia sua, não temos como confirmar. Ele é muito jovem, e seu tio talvez...

— Meu querido pai, ele tem vinte e três anos. O senhor se esquece como o tempo passa rápido.

— Vinte e três... é mesmo? Bem, nunca imaginaria isso... Além disso, ele tinha apenas dois anos quando sua pobre mãe faleceu! Bem, o tempo passa rapidamente, é verdade! E tenho péssima memória. Entretanto, a carta era muito bonita e deu ao casal um grande prazer. Lembro-me de que foi escrita em Weymouth[2] e enviada em quinze de setembro. Começava assim: "Minha querida senhora"... mas já esqueci do restante. Lembro-me perfeitamente de que foi assinada por "F. C. Weston Churchill".

— Que ato gentil da parte dele! — exclamou a bondosa sra. John Knightley. — Não tenho dúvida de que seja um homem agradável. Mas é muito triste que não possa morar com o pai! É muito chocante quando as crianças são levadas da casa dos pais! Nunca entendi como o sr. Weston conseguiu separar-se

[2] Cidade inglesa, pertencente ao condado de Dorset.

dele. Desistir do seu único filho! Nunca tive boa opinião a respeito de alguém que fizesse semelhante proposta a quem quer que seja.

— Acho que ninguém teve uma opinião positiva a respeito da família Churchill — observou o sr. John Knightley, friamente. — Mas você não precisa imaginar que o sr. Weston sentiu o mesmo que você sentiria se estivesse no lugar dele. Ele é um homem simples, alegre e bem-humorado, possui sentimentos fortes, enfrenta as dificuldades bravamente. E, de um modo ou de outro, aproveita as circunstâncias e creio que, para ele, isso que chamamos de "sociedade" é um conforto. Ou seja, é preferível comer, beber, jogar com os amigos cinco vezes por semana, do que depender da afeição familiar, ou de qualquer assunto relacionado ao lar.

Emma não aceitava qualquer coisa que afetasse a reputação do sr. Weston. Estava decidida a dar sua opinião, porém relutou e preferiu calar. Ela deveria manter a paz a qualquer custo. Havia algo de honrado e valioso a respeito dos costumes domésticos, os quais seu cunhado tinha predisposição a desdenhar: o trato pessoal e os costumes da sociedade, e até mesmo as pessoas para quem tais costumes eram muito importantes. Por conta disso, eram fortes as suas razões para tolerar as atitudes do cunhado.

Capítulo 12

O sr. Knightley foi jantar com eles, motivado principalmente pela insistência do sr. Woodhouse, que não gostava de compartilhar as atenções de Isabella no primeiro dia de sua visita. O bom-senso de Emma decidiu a questão e, além da consideração que era devida ao irmão do cunhado, ela sentia um prazer particular ao convidá-lo, uma vez que tinham-se desentendido na última ocasião em que se encontraram.

Ela esperava que pudessem fazer as pazes, pois já era tempo de tudo voltar ao normal. Na verdade, nada seria como antes. Ela não seria capaz de confessar seu erro, e ele nunca admitiria que errou. Não havia possibilidade de qualquer tipo de concessão, mas já era hora de esquecerem as desavenças, e Emma esperava que o convite restaurasse a amizade entre eles. Quando ele entrou na sala, ela estava com a sobrinha mais nova no colo, uma linda garotinha de apenas oito meses, que visitava Hartfield pela primeira vez. A menininha estava muito contente ao ser embalada nos braços da tia. O convite foi favorável e, embora no início ele estivesse sério e fizesse apenas perguntas curtas, logo passou a agir como de costume. Tomou a criança dos braços de Emma, sem a menor cerimônia, na mais perfeita amizade. Emma sentiu que tudo estava bem entre eles e essa convicção deu-lhe não só muita satisfação, mas também um ligeiro incômodo. Enquanto ele admirava o bebê, ela não pôde evitar o comentário:

— É um conforto saber que pensamos da mesma forma, ao menos em relação aos nossos sobrinhos e sobrinhas. Mas, como homem e mulher, nossas opiniões são, às vezes, muito diferentes. Porém, em relação a essas crianças, nós nunca iremos discordar.

— No que diz respeito aos adultos, se em vez de se deixar levar por sua imaginação fértil e por seus caprichos preferisse guiar-se pelos sentimentos naturais, como faz com essas crianças, realmente, sempre estaríamos de acordo.

— Então, para ser sincera, nossas desavenças sempre surgem porque você acha que eu estou errada, não é?

— Sim — respondeu ele, sorrindo. — E por um bom motivo: eu tinha dezesseis anos quando você nasceu.

— Uma diferença de idade — respondeu Emma. — E não restam dúvidas de que você era muito superior a mim naquela época de nossas vidas. Mas você não acredita que os vinte e um anos que se passaram, desde o meu nascimento, tenham-me trazido algum benefício?

— Sim, você melhorou bastante.

— Mas, ainda assim, não sou tão superior a ponto de estar certa quando temos ideias divergentes.

— Eu ainda tenho a vantagem de ter dezesseis anos a mais de experiência e não sou uma moça bonita e mimada. Vamos, minha querida Emma, vamos ser amigos e não falaremos mais sobre o assunto. Diga à sua tia, pequena Emma, que ela deve ser seu exemplo de conduta ao perdoar antigas queixas e que, se ela não errou antes, errou agora.

— É verdade! — exclamou Emma. — Certamente, a pequena Emma será uma mulher bem melhor do que sua tia. Será infinitamente mais inteligente e não tão vaidosa. Agora, sr. Knightley, tenho mais algumas palavras a dizer e depois daremos o caso por encerrado. Como tínhamos as melhores intenções, creio que ambos estávamos certos e devo lhe dizer que nenhum dos meus argumentos se mostrou falso. Só quero saber se o sr. Martin não ficou muito desapontado.

— Um homem não poderia ficar mais desapontado — foi a resposta curta e grossa.

— Ah! Sinto muito, de verdade. Venha, vamos dar as mãos.

Apertaram as mãos com grande cordialidade. Em seguida, John Knightley apareceu e pôde saudar o irmão. Cumprimentaram-se no estilo inglês mais requintando, mostrando uma calma que mais parecia indiferença quando, na verdade, tinham um grande afeto entre si e, se fosse necessário, fariam qualquer coisa pelo bem um do outro.

A noite foi tranquila e sociável. Como o sr. Woodhouse se recusou a jogar cartas para se sentar confortavelmente e conversar com sua querida Isabella, o pequeno grupo se dividiu em dois. De um lado, ele e sua filha; do outro lado, os irmãos Knightley. Uma vez que os assuntos entre os dois grupos eram muito diferentes e raramente se misturavam, Emma juntava-se ora a um, ora a outro.

Os irmãos falavam de suas próprias preocupações e trabalhos, mas principalmente os relativos ao mais velho, que era muito comunicativo e sempre fora um grande orador. Como magistrado, normalmente precisava perguntar a John algo relacionado às leis e ao Direito; ou, pelo menos, tinha alguma anedota para contar. Como administrador da fazenda de Donwell, a ele cabia comentar a respeito das expectativas para os campos e as plantações para o próximo ano. Além disso, deveria informar todas as notícias locais e não poderia falhar, pois o irmão passara a maior parte da sua vida ali e tinha fortes sentimentos pelo lugar. O projeto para fazer uma drenagem para as águas, a mudança de uma cerca, a queda de uma árvore, e como utilizaria cada acre de terra para plantar trigo, nabo e milho foram assuntos celebrados com júbilo por John, tanto quanto seu jeito frio de ser permitia. E se o relato do irmão gerava alguma dúvida, suas perguntas eram muito entusiasmadas.

Enquanto eles estavam confortavelmente ocupados, o sr. Woodhouse externava, ao lado da filha casada, os mais felizes lamentos e apreensivas demonstrações de afeto.

— Minha querida Isabella, pobrezinha — disse ele, tomando a mão da filha com carinho, e só era interrompido quando algum de seus cinco netos aparecia. — Quanto tempo se passou, longos e terríveis dias desde a última vez que esteve aqui! Imagino quanto deva estar cansada após tão longa viagem! Deve deitar-se cedo, minha querida... Eu lhe recomendo um pouco de mingau antes de ir dormir. Você e eu tomaremos uma pequena tigela de mingau juntos. Minha querida Emma, creio que todos tomaremos um pouco de mingau.

Emma não poderia supor tal coisa, pois sabia que os irmãos Knightley não suportavam mingau, da mesma forma que ela. Sendo assim, foram servidas apenas duas tigelas. Após falar muito bem do mingau por alguns minutos, tentando imaginar por qual motivo aquela iguaria não era servida todas as noites e para todos os presentes, o sr. Woodhouse disse, em tom bastante reflexivo:

— Foi uma péssima escolha, minha querida, passar todo o outono em South End[1] em vez de ficar aqui. Nunca tive boas opiniões a respeito do ar marítimo.

— O sr. Wingfield recomendou essa viagem insistentemente, papai... caso contrário, não a faríamos. Ele recomendou o ar marítimo para todas as crianças, principalmente para a garganta da pequena Bella, aliás, recomendou tanto o ar como os banhos de mar.

— Ah, minha querida! Perry tem muitas dúvidas a respeito dos benefícios da região costeira. E, quanto a mim, estou bastante convencido, embora talvez nunca lhe tenha dito, de que o mar raramente traz algum benefício às pessoas. Juro que quase morri uma vez.

[1] Também conhecida como Southend-on-Sea, a maior cidade do condado de Essex, na Inglaterra.

— Ora, imagine! — exclamou Emma, percebendo que aquele era um assunto perigoso. — Papai, imploro para que não fale nada a respeito da costa. Isso me faz sentir inveja e infelicidade... pois nunca conheci o mar! Por favor, esse assunto está proibido. Minha querida Isabella, até agora não ouvi você perguntar sobre o sr. Perry, ele nunca se esquece de você.

— Oh! O bondoso sr. Perry, como ele está, papai?

— Bem, muito bem, mas não tão bem assim. O pobre Perry sofre do fígado e não tem tempo para se cuidar. Ele mesmo me disse que não tem tempo para si, o que é muito triste, mas sempre atende a todos por aqui. Creio que não há homem com tamanha experiência em nenhum lugar do mundo. Além disso, não há ninguém tão inteligente quanto ele.

— E a esposa e os filhos, como estão? As crianças cresceram? Tenho grande consideração pelo sr. Perry. Espero que ele nos faça uma visita em breve; ficará encantado com meus pequenos.

— Espero que ele venha amanhã, pois tenho importantes dúvidas a meu respeito para que me esclareça. E, minha querida, quando ele chegar, é melhor que veja a garganta de Bella.

— Oh! querido papai, a garganta da menina está tão melhor que eu nem me preocupo mais com isso. Até mesmo os banhos de mar lhe foram ótimos, mas o que surtiu efeito mesmo foi o emplastro que o sr. Wingfield nos recomendou, ainda usamos todos os dias, desde agosto passado.

— Não é muito provável, minha querida, que os banhos no mar tenham sido bons para ela... e se eu soubesse que você estava usando um emplastro, teria indicado...

— Parece que você se esqueceu da senhora e da srta. Bates, minha irmã — disse Emma. — Até agora não fez nenhuma pergunta sobre ambas.

— Oh! As bondosas Bates! Estou bastante envergonhada... Mas você fala tão bem delas na maioria de suas cartas... Espero que estejam bem. Como é bondosa a querida sra. Bates. Amanhã farei uma visita às duas e levarei meus filhos. Elas sempre ficam contentes quando se encontram com meus filhos. E a dignníssima srta. Bates! Como estão, papai?

— De modo geral, estão muito bem. Mas a pobre sra. Bates ficou muito resfriada há mais ou menos um mês.

— Sinto muito ouvir isso! Mas os resfriados estão mais constantes neste outono. O sr. Wingfield me disse que nunca viu tantas pessoas resfriadas e tão seriamente acamadas, exceto quando estão gripadas.

— De fato, foram muitos casos, minha querida, mas não na quantidade que você menciona. Perry disse que os resfriados são generalizados, mas não são tão graves como os que acometem as pessoas em novembro. Ele não acredita que esta é uma estação cheia de doenças.

— Não, não creio que o sr. Wingfield também considere esta uma das piores estações, exceto...

— Ah! Minha pobre filha, a verdade é que, em Londres, nunca há uma estação realmente boa. Ninguém é saudável naquele lugar, nem poderia ser. É uma coisa terrível você ser obrigada a viver lá, tão longe! E o ar é tão ruim!

— Não, isso não é verdade, papai... nós não moramos em um lugar insalubre. O lugar onde vivemos é muito melhor do que qualquer outro na região! O senhor não deve confundir-nos com quem vive na pior parte de Londres! A vizinhança da praça Brunswick é muito diferente de todo o resto. Nossa casa é bem arejada! Recuso-me a viver em outra parte da cidade. Não há outro bairro onde eu me contentaria em morar com meus filhos. Nossa casa é ótima! O sr. Wingfield pensa que é a praça que torna o ar mais favorável.

— Ah! Minha querida, não é o mesmo ar de Hartfield. Você pode dizer o que quiser, mas, após uma semana em Hartfield, verá que todos estarão revigorados, nem terão a mesma aparência. Não que eu esteja dizendo que vocês não estejam com um aspecto bom, no momento.

— Sinto muito ouvi-lo dizer isso, mas lhe asseguro, com exceção das dores de cabeça e das palpitações que sinto em todos os lugares, estou muito bem! E se meus filhos estão um pouco pálidos, antes de irem para a cama, é porque estão um pouco mais cansados do que o costume, uma vez que estavam muito contentes com a viagem. Espero que amanhã o senhor os veja melhor. Garanto-lhe que o sr. Wingfield me disse que todos estavam com boa saúde. Pelo menos, espero que o senhor não pense que John esteja doente — ao dizer isso olhou afetuosamente para o marido.

— Pois bem, minha querida, infelizmente, não posso fazer um elogio. Acho que o sr. John Knightley está muito longe de parecer bem.

— Qual é o problema, senhor? Falou comigo? — indagou o sr. John Knightley ao ouvir seu nome.

— Meu amor, lamento dizer-lhe que meu pai não acha que você esteja com boa aparência... mas espero que seja apenas por estar um pouco cansado. Entretanto, insisti para que você se consultasse com o sr. Wingfield antes de viajarmos.

— Minha querida Isabella! — exclamou ele rapidamente — Por favor, não se preocupe comigo. Conforme-se em se medicar e mimar as crianças e deixe-me ter a aparência que eu quiser.

— Eu não consegui entender completamente o que dizia ao seu irmão — interrompeu Emma — a respeito da intenção de seu amigo, o sr. Graham, vir a ser um oficial de justiça na Escócia e assim poder cuidar da sua nova propriedade. Qual será o resultado disso? O preconceito não seria grande demais?

E conversaram sobre isso animadamente, até que foi obrigada a dar atenção novamente ao pai e à irmã, e não se importou de ouvir algo tão desagradável quanto Isabella perguntando a respeito de Jane Fairfax. Embora a moça não estivesse entre as suas favoritas, naquele momento estava muito feliz ao fazer-lhe elogios.

— A doce e amável Jane Fairfax! — disse o sr. John Knightley. — Já faz muito tempo que não a vejo, com exceção de uma vez ou outra em que a encontro em Londres! Como a boa avó e a tia devem ficar felizes quando ela as visita! Sempre lamento, para o bem de Emma, que ela não venha a Highbury com tanta frequência. Mas, agora que a filha dos Campbell se casou, creio que eles não tenham planos de se separar de Jane. Ela seria uma companhia maravilhosa para Emma.

O sr. Woodhouse concordou com tudo, e ainda acrescentou:

— A nossa jovem amiga, Harriet Smith, no entanto, é exatamente esse tipo de pessoa. Vocês gostarão dela. Emma não poderia ter escolhido companhia melhor.

— Ficarei muito feliz em ouvi-la... mas apenas Jane Fairfax sabe ser tão prendada e elegante! E tem a mesma idade de Emma.

Esse assunto foi alegremente discutido e, em poucos minutos, passaram a falar de outros assuntos com a mesma harmonia. Porém, a noite não terminou sem um pouco de agitação. Serviram o mingau, seguido de muitos comentários e elogios a respeito de suas inúmeras propriedades para qualquer pessoa, e teceram severas críticas às casas que não podem servir um mingau decente. Mas, infelizmente, entre as preocupações enumeradas por Isabella, a mais importante estava relacionada à sua cozinheira que acompanharia a família ao sul do país, uma mulher contratada apenas para a viagem, que nunca conseguira entender como preparar um bom prato de mingau, ralo, mas não ralo demais. Isabella desejou inúmeras vezes comer um minguau assim, mas a empregada nunca foi capaz de preparar algo tolerável. Esse era um assunto perigoso.

— Ah! — disse o sr. Woodhouse, balançando a cabeça enquanto olhava fixa e ternamente para a filha. — Os infortúnios dessa visita a South End são intermináveis. Nem vale a pena comentá-los.

Por alguns momentos, ela esperou que o pai não tocasse mais no assunto. Ele ficou balbuciando algo para si e, quando olhou novamente para o mingau, foi o bastante para retomar o assunto após alguns minutos:

— Sempre ficarei triste ao me lembrar de que vocês passaram o outono na região costeira em vez de ficarem aqui conosco.

— Mas por que o senhor ficaria triste, papai? Garanto que fez um bem enorme às crianças.

— E, além disso, se você precisava passar alguns dias próximo ao mar, que não fosse em South End. Não é um lugar saudável. Perry ficou muito surpreso ao ouvir que você estava em South End.

— Eu sei que muitas pessoas pensam assim, mas é um grande erro, papai. Todos passamos muito bem lá, não sentimos nenhum inconveniente por causa da lama. O sr. Wingfield acredita que é um grande erro pensar que o lugar não é saudável, e estou segura de que ele está certo, pois entende muito bem de natureza e clima. Além disso, seu próprio irmão esteve lá inúmeras vezes com a família.

— Você deveria ter ido para Cromer,[2] minha querida. Perry, certa vez, ficou uma semana por lá e considera a melhor cidade costeira do país. Ele me disse que o mar é tranquilo e o ar é muito puro. E, pelo que sei, poderiam alojar-se bem longe da praia, a cerca de quatrocentos metros, e muito confortavelmente. Deveriam ter consultado o sr. Perry.

— Mas, meu querido pai, pense como seria uma viagem diferente, considerando apenas a distância, cerca de cento e sessenta quilômetros em vez de apenas sessenta e cinco.

— Ah! Minha filha, como disse Perry: quando se trata de saúde, nada mais é importante. E, se uma pessoa precisa viajar, tanto faz percorrer sessenta e cinco ou cento e sessenta

---

[2] Cidade costeira, localizada no norte do condado de Norfolk, Inglaterra.

quilômetros. Seria melhor não ter viajado e ficado em Londres do que viajar sessenta e cinco quilômetros e ir em busca de um ar cuja qualidade é a pior. Foi o que Perry disse. Para ele, vocês tomaram uma decisão errada.

As tentativas de Emma interromper seu pai foram em vão. E, como a conversa chegou a esse ponto, ela não ficaria surpresa se o cunhado fizesse uma intervenção brusca.

— O sr. Perry — disse ele, com um tom de voz bastante contrariado — deveria manter sua opinião para si mesmo até que alguém a peça. Por que ele não cuida de seus negócios em vez de se intrometer nos meus? O que lhe diz respeito se eu levo minha família para uma cidade ou outra? Espero que o senhor me permita emitir minha opinião, assim como fez o sr. Perry. Não preciso dos conselhos, nem dos medicamentos dele.

Ele fez uma pausa, acalmou-se um pouco e completou, de modo sarcástico e frio:

— Se o sr. Perry me disser como transportar uma esposa e cinco filhos por cento e sessenta quilômetros, sem grandes gastos e inconvenientes, quando comparados a uma distância de sessenta e cinco quilômetros, certamente eu escolheria Cromer em vez de South End.

— É verdade! — exclamou o sr. Knightley, interrompendo apressadamente a conversa. — Certamente! De fato, é algo a ser levado em conta. Mas, John, como eu lhe dizia, a respeito de minhas intenções de desviar o caminho de Langham um pouco mais para a direita, para que não atravesse os campos da casa, não vejo nenhuma dificuldade. Não tomarei essa decisão se causar algum inconveniente aos moradores de Highbury, mas se você se recorda dos contornos do caminho... o único modo de comprovar isso, entretanto, é conferir nossos mapas. Espero vê-lo amanhã em minha casa e, assim, teremos a oportunidade de analisá-los e você poderá dar-me sua opinião.

O sr. Woodhouse ficou bastante agitado pelas severas reflexões a respeito de seu amigo, o sr. Perry, a quem, na verdade, mesmo que inconscientemente, havia atribuído muitas de suas próprias ideias e seus sentimentos. Entretanto, as doces atenções que sua filha lhe prestou foram suficientes para remover qualquer perigo. E a intervenção imediata de um dos irmãos e o reconhecimento do outro evitaram que a conversa fosse adiante.

Capítulo 13

Não poderia existir alguém mais feliz do que a sra. John Knightley, durante sua breve estadia em Hartfield, ao visitar, na companhia dos cincos filhos, todos os seus conhecidos, além de ouvi-la contar o seu dia, todas as noites, ao pai e à irmã. Ela não desejava nada mais, a não ser que aqueles dias não passassem tão rapidamente. Foi uma visita deliciosa, perfeita, apesar de muito breve.

Geralmente, recebiam menos amigos à noite do que pela manhã. Mas, um convite para um jantar ou uma visita a outra casa não eram de todo evitados, pois era Natal. O sr. Weston não aceitaria um "não" como resposta, então todos jantariam em Randalls pelo menos uma noite. Até mesmo o sr. Woodhouse foi convencido a aceitar o convite em vez de dividirem o grupo.

Uma vez que todos foram convidados, ele não poderia recusar, ainda que quisesse. Porém, a carruagem do genro e da filha estava em Hartfield, e ele foi capaz apenas de fazer uma pergunta sobre o assunto, de modo que não criou nenhum conflito. E Emma não teve dificuldade ao convencê-lo de que poderiam levar Harriet em uma das carruagens.

Harriet, o sr. Elton e o sr. Knightley eram seus convidados especiais. O jantar começaria cedo e o número de convidados seria reduzido. Consultaram o sr. Woodhouse em todos os detalhes.

Na noite anterior ao grande evento, pois era um grande acontecimento o sr. Woodhouse passar a ceia de Natal fora de casa, Harriet passou todo o dia em Hartfield. Ao voltar para casa, estava tão indisposta e resfriada que, apesar dos cuidados da sra. Goddard, Emma não permitiu que ela deixasse a cama. Fez-lhe uma visita no dia seguinte e encontrou-a tão prostrada que logo percebeu que a amiga não poderia ir ao jantar em Randalls. Ela estava com febre alta e muita dor de garganta. A sra. Goddard estava cheia de cuidados e atenções, e até o sr. Perry foi chamado. Harriet estava doente demais para resistir à autoridade que a impediu de participar de tão alegre comemoração e, ainda que não pudesse falar, derramou muitas lágrimas.

Emma fez companhia à amiga o quanto pôde para que a sra. Goddard tivesse tempo para realizar suas outras tarefas. Tentou animar Harriet, dizendo que o sr. Elton ficaria muito aborrecido quando soubesse do seu estado. Emma deixou-a um pouco mais confortável, com a esperança de que ele lhe fizesse uma visita agradável e com a impressão de que todos sentiriam sua falta. Emma mal saiu da casa da sra. Goddard e encontrou com o sr. Elton, que, evidentemente, se dirigia à casa, e seguiram juntos por algum tempo, conversando a respeito da paciente. De acordo com o pastor, ao saber que era uma doença grave, fora à casa da sra. Goddard se inteirar dos fatos, a fim de levar notícias de Harriet a Hartfield. Logo depois, foram alcançados pelo sr. John Knightley, que retornava de sua visita matinal a Donwell, acompanhado de seus dois filhos mais velhos, cujo aspecto saudável e faces coradas demonstravam todos os benefícios de uma caminhada no campo, e pareciam ansiosos pelo almoço com o assado de carneiro e o pudim de arroz que os esperava em casa. Eles se uniram a Emma e continuaram a caminhada juntos. Ela descrevia os sintomas da sua amiga, comentando que a garganta estava muito inflamada, a febre era alta e a pulsação, rápida e descompasada. Disse também que ficou muito triste quando a sra. Goddard contou-lhe que Harriet era muito suscetível a inflamações na garganta e que muitas vezes ficaram alarmados por isso. O sr. Elton a olhou assustado e comentou:

— Uma inflamação na garganta! Espero que não seja infecciosa. O sr. Perry já lhe fez uma visita? De fato, você precisa cuidar-se, tanto quanto cuida da sua amiga. Permita-me dar-lhe esse conselho para que não corra riscos. Por que o sr. Perry ainda não foi vê-la?

Emma, que de modo algum estava alarmada, tranquilizou esses excessos de temores, garantindo-lhe que a sra. Goddard tinha muita experiência e cuidado. Mas, como havia certa preocupação, que ela não fazia questão de alimentar nem deixar transparecer, disse, logo em seguida, mudando de assunto:

— Está muito frio, tão frio... parece que vai nevar, tanto que, se fosse em outro lugar, na companhia de outro grupo, certamente tentaria não sair de casa nesta noite, e ainda tentaria dissuadir meu pai de participar de tal aventura. Mas, como ele já se decidiu e parece não sentir tanto a baixa temperatura, não desejo interferir, pois sei que será motivo de um grande desapontamento para os Weston. Mas, dou-lhe minha palavra, sr. Elton, se eu fosse o senhor, daria uma desculpa. Você já me parece um pouco rouco e se pensar em quanto precisará da sua voz e quanto isso o deixará fatigado amanhã, acredito que fosse muito prudente ficar em casa e repousar esta noite.

O pastor a fitou um tanto quanto confuso sobre qual seria a melhor resposta e, na realidade, era isso que acontecia; apesar de estar muito agradecido por tamanha preocupação vinda de uma jovem dama, sem o menor desejo de resistir aos seus conselhos, não teve a menor hesitação em recusar a visita. Mas, Emma, tão ansiosa e agitada com suas próprias ideias, não conseguiu ouvi-lo imparcialmente e dar-se conta do seu estado de ânimo naquele momento. Apenas o ouviu dizer que estava fazendo muito frio, de fato, muito frio. Assim, continuaram caminhando, e ela, muito animada, pensando que o tinha afastado de Randalls, garantindo que fosse visitar Harriet a qualquer hora da noite.

— Faz muito bem — disse ela. — Nós enviaremos suas desculpas aos Weston.

Entretanto, nem bem acabara de dizer tais palavras, quando seu cunhado, gentilmente, ofereceu ao sr. Elton um lugar na sua carruagem se fosse apenas o clima o motivo para o pastor não ir à festa. O convite foi aceito rapidamente e com grande alegria. Era a coisa certa, o sr. Elton deveria ir à festa, nunca sua fisionomia demonstrou tanto prazer quanto naquele momento... nunca seu sorriso tinha sido tão encantador nem seus olhos tinham sido tão exultantes quando ele olhou para Emma.

"Bem", pensou ela, "isso é muito estranho! Depois de conseguir convencê-lo a não ir, mudou de ideia, e agora vai acompanhar-nos e deixará Harriet sozinha! De fato, é muito estranho! Creio que haja, em muitos homens, especialmente nos solteiros, certa inclinação, uma vontade enorme de participar de eventos sociais. Creio que um convite para jantar seja algo mais prazeroso do que qualquer outra coisa, e esse deve ser o caso do sr. Elton. Um jovem tão querido, amigável e agradável que, sem sombra de dúvida, está apaixonado por Harriet. Mas, ainda assim, não consegue recusar um convite para jantar quando é convidado. Como o amor é estranho! Ele está interessado em Harriet, mas não pode jantar sozinho em consideração a ela".

Logo depois, o pastor saiu, e Emma não deixou de lhe fazer justiça ao perceber que ele tinha um grande sentimento pelo modo como falara sobre Harriet na partida; no tom de sua voz, enquanto ele lhe garantia que poderia fazer uma visita à sra. Goddard em busca de notícias da amiga, e que seria a última coisa que ele faria antes de terem a felicidade de se encontrarem novamente, quando esperava ser capaz de dar as melhores notícias. E, ao sair, suspirava e sorria de um jeito que demonstrava o equilíbrio da aprovação em seu favor.

Depois de alguns minutos no mais completo silêncio entre os dois, o sr. John Knightley comentou:

— Nunca, em toda minha vida, vi um homem tão interessado em ser agradável quanto o sr. Elton. Quando se trata de jovens moças, é um prazer para ele. Na companhia de homens, ele pode ser racional e despretensioso, mas, entre as mulheres a quem deseja agradar, qualquer recurso funciona.

— As maneiras do sr. Elton não são perfeitas — respondeu Emma. — Mas, quando há o desejo de agradar, um homem faz o possível. Quando um cavalheiro age da melhor forma possível, sem grande esforço, ele terá a vantagem de se destacar. O sr. Elton tem um ótimo, perfeito temperamento e tanta boa vontade que não é possível deixar de valorizá-lo.

— De fato — disse John Knightley, em um tom um tanto astuto. — Parece que ele tem uma grande dose de boa vontade em relação a você.

— A mim! — ela exclamou, com um sorriso espantado. — Você pensa que sou objeto de interesse do sr. Elton?

— Tive essa impressão, Emma, e, se você nunca percebeu isso, deve considerar a partir de agora.

— O sr. Elton apaixonado por mim! Que ideia!

— Não posso afirmar tal fato, mas você perceberá se ele está ou não apaixonado ao observar seu comportamento. Creio que você age de modo a encorajá-lo. Eu lhe digo isso como amigo, Emma. Deve prestar atenção em você mesma, na maneira como age e o que pretende transmitir com suas atitudes.

— Eu lhe agradeço, mas garanto-lhe que está completamente equivocado. O sr. Elton e eu somos bons amigos, e nada mais.

E assim Emma continuou caminhando, divertindo-se com os erros que as pessoas cometem ao analisar parcialmente as circunstâncias, os erros nos quais as pessoas que se julgam superiores caem. Entretanto, não ficou muito satisfeita com o cunhado por sua imaginação ser tão cega e ignorante, tão pouco recomendada. Ele não disse mais nada.

O sr. Woodhouse, decidido a fazer a visita, apesar de a temperatura ter caído muito, parecia não perceber quanto estava encolhido, e pontualmente pronto para entrar em sua carruagem, sem ao menos prestar atenção ao tempo. Ele estava tão empolgado com seu passeio, e com o prazer que proporcionaria aos Weston, além de estar muito bem agasalhado, que nem sequer percebia o frio. Este, entretanto, era intenso; e, assim que a segunda carruagem deixou Hartfield, começaram a cair pequenos flocos de neve, e o céu parecia tão carregado como se precisasse de apenas um sopro de ar para que cobrisse tudo de branco em pouco tempo.

Emma logo percebeu que seu companheiro não estava de bom humor. A preparação e a saída de casa em um tempo como aquele, além do sacrifício de precisar deixar os filhos, eram inconvenientes muito desagradáveis que de modo algum o sr. John Knightley apreciava. Durante todo o percurso até a casa paroquial ele só falou do seu descontentamento.

— Um homem — disse ele — deve ter uma boa opinião de si mesmo quando é obrigado a deixar sua própria lareira, deparar com um dia como este, apenas para que as pessoas o vejam. Ele deve achar que é a companhia mais agradável de todas, e não consigo ser assim. É um grande absurdo... na verdade, já está até nevando! Quanta loucura em não permitir que as pessoas fiquem em suas residências. Maior sinal de loucura, porém, é alguém não ter a permissão de ficar confortavelmente em casa se assim desejar! Se nos obrigassem a sair em uma noite como essa para cumprir algum dever ou negócio, seria uma desgraça. E aqui estamos, provalvemente vestindo roupas mais finas do que de costume, seguindo por nossa própria vontade, sem desculpas, desafiando a natureza, que nos dá claros sinais de que devemos permanecer sob nosso teto e o mais agasalhados possível... Mas aqui vamos nós, para uma festa que terá cerca de cinco horas de tediosa duração, na casa de outro homem, sem nada a dizer que não possa ser dito amanhã. Saímos nesse tempo com a probabilidade de que, quando voltarmos, esteja ainda pior. E ainda obrigamos quatro cavalos e quatro empregados a levar cinco pessoas desocupadas a um lugar ainda mais frio, quando poderiam estar repousando.

Emma não estava disposta a responder-lhe a contento, como ele estava acostumado, e disse apenas: "É verdade, meu querido!". Frase que foi dita apenas para acalmar seu companheiro de viagem. Além disso, Emma estava bastante decidida a não fazer mais nenhum tipo de comentário. Ela não poderia concordar, mas queria evitar brigas, por isso, manteve-se em silêncio. Permitiu que ele falasse enquanto ajeitava os óculos, mas ela selou os lábios.

Eles chegaram à casa paroquial. A carruagem deu uma volta, o estribo foi baixado, o sr. Elton ajeitou seu traje negro e entrou sorridente. Emma ficou feliz por serem obrigados a mudar de assunto. O sr. Elton estava muito atencioso e cheio de cortesias. Ele estava muito alegre, tanto que fez Emma imaginar que ele deveria ter recebido boas notícias a respeito de Harriet, diferentes daquelas que eram do seu conhecimento. Enquanto se vestia para a festa, ela pediu que fossem ter mais notícias da amiga e teve como resposta: "está do mesmo jeito, não houve alterações em seu estado".

— As notícias que tenho da sra. Goddard — comentou ela nesse momento — não foram tão agradáveis como eu esperava... disseram apenas que ela não havia melhorado.

Seu rosto se abrandou imediatamente e, com um tom de voz repleto de sentimento, respondeu:

— Oh! Não... fiquei tão triste ao descobrir... eu estava a ponto de lhe contar que, ao bater na porta da sra. Goddard, um pouco antes de eu me vestir para o jantar, disseram-me que a srta. Smith não havia melhorado, mas sim que tivera uma leve piora. Fiquei muito triste e preocupado... imaginei-a melhor depois da cordial visita que recebeu esta manhã.

Emma sorriu e agradeceu:

— Minha visita tinha o objetivo de acalmar seus ânimos, pois de modo nenhum conseguiria curar uma infecção na garganta e um resfriado tão forte. O sr. Perry a visitou, como já deve saber.

— Sim... eu imaginei isso... quer dizer... não pensei nisso...

— Ele está acostumado com tais moléstias, e espero que, amanhã de manhã, tenhamos melhores notícias. Mas é impossível não lamentar sua ausência. É uma grande perda para o nosso grupo hoje à noite!

— Terrível! Certamente! Você disse a verdade! Sentiremos a falta de Harriet a cada momento.

Essas palavras foram muito adequadas, e o suspiro que as acompanhou também, mas deveria ter sido um pouco mais demorado. Emma ficou muito consternada, quando, alguns minutos depois, ele começou a falar de outros assuntos, com mais prazer e em um tom de voz ainda mais entusiasmado.

— Que excelente ideia — disse ele — usar pele de carneiro para cobrir os assentos das carruagens. Como ficam confortáveis; é impossível sentir frio diante de tais precauções. Os artifícios modernos, de fato, tornam perfeito o meio de transporte de um cavalheiro. Estamos tão protegidos contra o tempo que nem um sopro de ar consegue atravessar o assento. O clima já não tem a menor importância. É um fim de tarde muito frio, mas aqui nem percebemos o que se passa lá fora. Ah! Está nevando um pouco, posso ver.

— Sim — concordou John Knightley. — Acho que vai nevar muito.

— Clima natalino — observou o sr. Elton. — Bem adequado para a estação, e veio na hora certa, se pensarmos que poderia ter chegado ontem, e impossibilitaria nossa festa de hoje, o que certamente teria acontecido, uma vez que o sr. Woodhouse dificilmente se aventuraria a sair de casa diante de tanta neve cobrindo o caminho, mas agora não há perigo. Esta é estação adequada para encontros amigáveis. No Natal, todos convidam seus amigos, e as pessoas se preocupam muito com o clima. Já fiquei preso na casa de um amigo por uma semana, em virtude de uma nevasca. Nada poderia ser mais agradável. Fui para ficar apenas uma noite e não pude sair até que se completassem sete dias.

O sr. John Knightley olhou para ele como se não compreendesse tal prazer e apenas disse, friamente:

— Não posso desejar ficar preso em Randalls por uma semana.

Em outra situação, Emma até se divertiria, mas agora estava muito surpresa pelo modo como o sr. Elton se dedicava a outros sentimentos. Harriet fora esquecida apenas pela expectativa de uma festa agradável.

— Podemos ter a certeza de que teremos ótimas lareiras — continuou ele. — E tudo estará muito confortável. Os Weston são pessoas encantadoras! A sra. Weston está acima de qualquer elogio e o marido é uma pessoa cheia de qualidades, tão hospitaleiro e sociável. Será uma festa pequena, mas nas reuniões em que há poucos convidados, e estes são escolhidos com muito cuidado, é o melhor grupo de todos. A sala de jantar do sr. Weston não acomoda mais de dez pessoas com conforto e, na minha opinião, nestas circunstâncias, é melhor que sobre espaço. Creio que você concordará comigo — olhando docemente para Emma — já que, talvez, o sr. John Knightley, por estar acostumado às grandes festas de Londres, não possa ter a mesma opinião que a minha.

— Não sei nada a respeito das grandes festas de Londres, senhor... Nunca saio de casa para jantar.

— Não diga! — disse isso em um tom de admiração e pena. — Não fazia ideia de que a advocacia pudesse escravizar dessa forma. Bem, senhor, chegará o dia em que será recompensado quando tiver pouco trabalho e muita diversão.

— Meu único prazer — respondeu John Knightley, enquanto eles cruzavam o portão dos Weston — será poder voltar a Hartfield em segurança.

Capítulo 14

Os cavalheiros foram obrigados a mudar o semblante ao entrarem na sala de estar da sra. Weston. O sr. Elton deveria parecer alegre e o sr. John Knightley teria de dispersar o mau humor. O pastor deveria sorrir menos, e o sr. John Knightley precisaria sorrir mais para se adequarem ao local. Emma só precisava agir naturalmente e mostrar-se tão feliz quanto realmente estava. Para ela, era um verdadeiro prazer estar na companhia dos Weston. O sr. Weston era seu amigo e não havia pessoa no mundo com a qual ela pudesse falar sem reservas a não ser sua esposa; ninguém em quem ela confiaria mais e por quem saberia ser ouvida e compreendida, sempre muito interessada e disposta, desde os assuntos mais corriqueiros, os planos, as perplexidades, os seus prazeres pessoais e os do seu pai. Não podia falar nada a respeito de Hartfield sem que a sra. Weston não tivesse um interesse imediato. Após meia hora de conversa sobre aqueles assuntos comuns que traziam felicidade à vida, as duas ficaram muito satisfeitas.

Esse foi um prazer que talvez uma visita de um dia inteiro não fosse capaz de despertar, uma vez que meia hora não seria suficiente. Porém o suspiro da sra. Weston, seu sorriso, seu modo de agir, sua voz, tudo era motivo de muita satisfação para Emma. Ela estava determinada a pensar o mínimo possível a respeito das esquisitices do sr. Elton ou sobre qualquer outra coisa desagradável para desfrutar o máximo da festa.

Antes da sua chegada, muito já havia sido comentado a respeito do estado de saúde de Harriet. O sr. Woodhouse estava confortavelmente sentado, havia um bom tempo, para que pudesse contar toda a história, além de relatar o que aconteceu durante o percurso entre Hartfield e Randalls. Ao anunciarem a chegada de Emma, ele já terminara sua história e foi possível ver a satisfação de James ao encontrar a filha. E, quando os outros apareceram, a sra. Weston, que havia dedicado boa parte do seu tempo a dar atenção ao sr. Woodhouse, pôde voltar-se e dar as boas-vindas à querida Emma.

A tentativa de Emma de esquecer o sr. Elton por alguns momentos foi em vão, pois, lamentavelmente, ela descobriu que, assim que todos os convidados se sentaram, ele estava bem próximo a ela. Foi difícil suportar seu comportamento estranho em relação a Harriet enquanto estava bem ao seu lado. Não obstante, com um sorriso estampado no rosto, solicitamente se dirigia a ela por qualquer motivo. Em vez de esquecê-lo, o comportamento do jovem pastor a fez duvidar e até se questionar: "Será realmente apenas imaginação do meu cunhado? Será possível esse homem oferecer para mim as atenções que deveria dar a Harriet? Que absurdo! É insuportável!".

Em seguida, ele estava tão preocupadamente ansioso em saber se ela estava aquecida, tão cheio de cuidados sobre o sr. Woodhouse e tão amável com a sra. Weston... Não bastasse isso, começou a admirar os desenhos de Emma com tanto zelo e tão pouco conhecimento que dava a nítida impressão de um apaixonado; então, ela precisou de um esforço muito grande para ser educada. Para seu próprio bem, não deveria ser rude; e, para o bem de Harriet, na esperança de que tudo terminasse como esperava, ela foi bastante civilizada. Contudo, era um grande esforço, especialmente quando estava interessada em escutar a conversa dos outros. Foi então que o sr. Elton mostrou-se ainda mais inconveniente. Emma entendeu apenas parte do que o sr. Weston falava do filho, pois ouviu as palavras "meu filho" e "Frank" repetidas vezes. E as últimas sílabas que conseguiu escutar sugeriam que o sr. Weston esperava uma visita do filho em breve. Antes que ela conseguisse silenciar o sr. Elton, o assunto já havia encerrado e seria descabido pedir que repetissem.

Agora, apesar de resolvida a nunca se casar, havia algo no nome, na lembrança do sr. Frank Churchill que despertava seu interesse. Ela frequentemente pensou... especialmente após o casamento do pai dele com a srta. Taylor... que, se ela tivesse de se casar, ele seria a pessoa mais adequada, tanto no que dizia respeito à idade como ao seu caráter e condições. Parecia que, por serem de famílias amigas, ele estava muito próximo a ela. Emma não poderia supor que essa união seria algo que todos à sua volta desejassem. Estava convicta de que os Weston pensavam no assunto; embora não acreditasse que nenhum homem, nem mesmo o próprio Frank, pudesse fazê-la desistir da vida cheia de confortos que levava, sentia certa curiosidade em vê-lo, achá-lo agradável ou que ele ficasse atraído por ela, além de sentir prazer diante da ideia de que seus amigos imaginavam os dois juntos.

Diante de tais sensações, as cortesias do sr. Elton eram terrivelmente inoportunas, mas o conforto de Emma é que ela parecia muito educada, mesmo se sentindo incomodada. Pensava que o resto da festa não poderia passar sem que o assunto viesse à tona novamente, ou que, pelo menos, um resumo fosse dito pelo falante sr. Weston. Foi exatamente o que ocorreu. À mesa de jantar, Emma sentou-se ao lado do sr. Weston, livre do inconveniente pastor, e foi nesse momento que ele, aproveitando um intervalo no seu papel de bom anfitrião, disse a Emma:

— Faltam apenas duas pessoas para nossa mesa ficar perfeita. Gostaria muito de vê-los aqui: sua linda amiga, a srta. Smith, e meu filho. Só assim eu poderia dizer que nosso grupo está completo. Creio que você não pôde escutar enquanto eu falava aos outros, na sala de estar, sobre nossa expectativa pela chegada de Frank. Recebi uma carta dele esta manhã, e ele estará conosco dentro de quinze dias.

Emma comentou, com muito prazer, o que ele havia dito a respeito do sr. Frank Churchill e da srta. Smith não estarem presentes.

— Nós o esperamos desde setembro — continuou o sr. Weston. — Todas as suas cartas falavam sobre essa visita, mas, infelizmente, ele não é dono do seu próprio tempo. Deve sempre agradar a certas pessoas que, cá entre nós, só podem ser agradadas a custo de muitos sacrifícios. Mas agora não tenho dúvida de que ele virá na segunda semana de janeiro.

— Que grande alegria para o senhor e para a senhora Weston! Ela está tão ansiosa em conhecê-lo, deve estar muito feliz.

— Sim, ela ficaria muito feliz, mas pensa que ele adiará novamente a visita. Ela não confia tanto que ele venha, mas eu tenho plena convicção. O caso é... e este é um segredo entre nós dois, não disse nada a respeito disso enquanto estávamos na sala de estar, você compreende que existem segredos em todas as famílias... Bem, a verdade é que um grupo de amigos foi convidado para uma visita a Enscombe, em janeiro, e a vinda de Frank depende de confirmar se essa visita se concretizará ou não. Se esse grupo de amigos não desistir da viagem, ele não poderá ausentar-se da casa dos Churchill. Mas tenho certeza de que desistirão, pois pertencem a uma família que certa dama de Enscombe, muito distinta, não vê com bons olhos. E, embora seja necessário convidá-los ao menos a cada dois ou três anos, eles sempre adiam a visita quando a data se aproxima. Não tenho a menor dúvida sobre essa questão. Estou tão certo de ver Frank aqui, antes mesmo da segunda quinzena de janeiro, quanto estou certo de eu mesmo estar aqui agora. Mas a sua amiga ali — enquanto apontava com a cabeça em direção à outra extremidade da mesa — tem tão poucos caprichos, e também estava acostumada a tê-los em

Hartfield, que não prevê os efeitos que podem ter, da mesmo forma que eu tenho prática a respeito de tais assuntos.

— Lamento que haja dúvidas a esse respeito — respondeu Emma. — Mas estou do seu lado, sr. Weston. Como conhece tão bem os costumes de Enscombe e acredita que ele virá, então eu também acredito.

— Sim. Posso dizer que conheço, embora nunca tenha estado lá em toda a minha vida. A sra. Churchill é uma mulher muito estranha! Mas nunca me permiti falar mal dela em respeito a Frank, e pelo fato de que ela gosta muito dele. Antigamente, eu acreditava que ela não seria capaz de gostar de ninguém, exceto de si mesma. Mas sempre foi gentil com meu filho... a seu modo, permitindo-lhe pequenas extravagâncias e caprichos, e querendo que tudo fosse do jeito que ela gosta. Na minha opinião, não é fácil despertar uma afeição dessas, pois, embora eu não tenha dito isso a ninguém, de modo geral, ela tem um coração muito duro e seu temperamento é um tanto quanto demoníaco.

Emma gostou tanto do assunto que, logo em seguida, quando retornaram para a sala de estar, desejou à sra. Weston toda a alegria possível. Em seus comentários, observou que, provavelmente, o primeiro encontro entre os dois seria algo que causasse alarde. A sra. Weston concordou e acrescentou que ficaria muito contente, apesar da ansiedade que o primeiro encontro causaria, ao dizer:

— Eu não acredito que ele venha. Não consigo ser tão otimista como meu marido e imagino que ele já tenha colocado você a par da situação.

— Sim. Parece que ele depende apenas do mau humor da sra. Churchill, que imagino ser a coisa mais natural do mundo.

— Minha querida Emma! — exclamou a sra. Weston, sorrindo. — Que segurança podemos ter em um capricho?

Então, voltando-se para Isabella, que não participava da conversa, disse:

— Você deve saber, minha querida sra. Knightley, que não temos plena certeza de vermos o sr. Frank Churchill, como meu marido acredita. Sua vinda depende inteiramente do bom humor e dos caprichos da tia. Em resumo, depende até de seu temperamento. Para vocês duas, que são como filhas para mim, devo dizer a verdade. Quem dita as ordens em Enscombe é a sra. Churchill, e ela é uma mulher muito mal-humorada. Por esse motivo, a vinda de Frank só será permitida se ela estiver disposta a se afastar dele por alguns dias.

— Oh, a sra. Churchill! Todos a conhecem! — respondeu Isabella. — Tenho certeza de que nunca pensei naquele pobre homem sem sentir uma grande compaixão. Deve ser terrível viver ao lado de uma mulher tão mal-humorada. É algo que nunca vivenciamos, mas deve ser uma vida miserável. Foi uma bênção ela nunca ter tido filhos! Pobrezinhos, imagino quão infelizes poderiam ter sido!

Emma desejava estar a sós com a sra. Weston. Ela certamente lhe contaria mais detalhes, uma vez que conversavam com menos reservas do que faziam com Isabella. E realmente acreditava que a amiga não lhe ocultaria quase nada a respeito dos Churchill, exceto suas intenções a respeito do rapaz, pois sua imaginação já se ocupara disso. No momento, não havia mais nada a ser dito, e o sr. Woodhouse logo se sentou com elas. Permanecer sentado por tanto tempo, durante e após o jantar,[1] era algo que ele não conseguia suportar. Nem mesmo o vinho ou a conversa foram bons motivos para ele ficar na companhia dos outros cavalheiros e, de bom grado, juntou-se àquelas que lhe traziam mais felicidade.

Enquanto ele conversava com Isabella, Emma teve a oportunidade de dizer à sra. Weston:

---

[1] Os homens tinham o costume de ficar um pouco mais de tempo sentados à mesa de jantar para tomarem alguma bebida ou fumarem charutos enquanto conversavam. Por outro lado, as mulheres se retiravam da mesa e iam para a salar de estar para conversarem.

— Então, você não considera como certa a visita do seu enteado. Sinto muito por isso. Esse primeiro encontro poderá ser estranho, quando quer que ocorra, mas, quanto antes acontecer, melhor.

— Sim, e cada adiamento nos deixa mais apreensivos. Mesmo se essa família, os Braithwaite, desistirem da visita, ainda receio que ela encontre uma desculpa que nos desaponte. Não consigo imaginar que ele tenha alguma relutância em vir, mas estou certa de que há um grande desejo por parte dos Churchill em mantê-lo só para si. Há certa inveja, eles sentem ciúmes até mesmo do pai do rapaz. Em suma, não tenho esperança de que ele venha, e gostaria que o sr. Weston fosse menos otimista.

— Ele deveria vir — disse Emma. — Poderia ficar apenas dois dias, mas deveria vir. E dificilmente há um jovem que não gostaria de fazer isso. Uma jovem, se caísse nas mãos erradas, seria caçoada e mantida longe daqueles com os quais ela deseja estar. Mas não é possível entender um jovem ser sujeitado a tais restrições e não ser capaz de passar uma semana com o pai, se assim o desejar.

— Ele deve permancer em Enscombe, conhecer os costumes da família, antes que alguém decida o que deve fazer — respondeu a sra. Weston. — Deve-se ter o mesmo cuidado, talvez, em julgar a conduta de uma pessoa ou de uma família, mas Enscombe, creio eu, não deve ser julgada por regras comuns: aquela senhora é tão irracional... tudo depende de suas vontades.

— Mas ela estima tanto o sobrinho... é seu favorito. Agora, de acordo com a opinião que tenho a respeito da sra. Churchill, seria o mais natural que, enquanto fizesse um sacrifício para agradar ao marido, a quem deve tudo, fosse guiada pelo sobrinho, a quem não deve absolutamente nada.

— Minha querida Emma, não pretenda, com seu dócil temperamento, entender alguém que tem um péssimo gênio, ou estabelecer regras sobre isso; você deve deixar que sigam seus próprios caminhos. Não tenho dúvida de que ele, por vezes, tenha uma influência considerável, mas seria perfeitamente impossível saber de antemão quando virá.

Emma ouviu e, depois, calmamente, respondeu:

— Eu não ficarei satisfeita, a menos que ele venha.

— Ele pode ter grande influência sobre alguns assuntos — continuou a sra. Weston —, mas pouca sobre outros e com esses últimos, que estão fora de seu alcance e são os mais prováveis de então encontrar um jeito de nos visitar.

Capítulo 15

O sr. Woodhouse estava pronto para tomar o chá e, tão logo terminou, já estava disposto a voltar para casa. Não havia muito que fazer, antes de os outros cavalheiros voltarem à sala de estar, para que suas três companhias pudessem entretê-lo e evitassem que ele percebesse como estava ficando tarde. O sr. Weston estava falante e amigável, nem um pouco disposto a se separar dos amigos tão cedo, pois somente naquele momento puderam unir-se ao grupo que estava na sala. O sr. Elton foi o primeiro a entrar. A sra. Weston e Emma estavam sentadas no mesmo sofá e, sem ao menos ser convidado, ele se sentou entre as duas.

Emma, bem-humorada e ainda encantada com a expectativa da vinda do sr. Frank Churchill, estava disposta a esquecer as imprudências do jovem pastor e ser agradável com ele, como antes, ao pensar que Harriet poderia ser o único objeto de seu desejo. Assim, dispôs-se a ouvi-lo e sorrir-lhe cordialmente.

Ele, por sua vez, mostrou-se extremamente preocupado com sua querida e adorável amiga, e até perguntou:

— Teve alguma notícia? Recebeu alguma novidade enquanto estamos aqui em Randalls? — ele parecia muito ansioso e continuou: — Devo confessar que sua aparência me assustou consideravelmente.

E continuou falando nesse tom por um tempo, sem esperar que lhe fizessem perguntas, e bastante preocupado com aquela terrível situação de Harriet. Até Emma teve compaixão dele.

Mas, por fim, pareceu algo muito estranho. Era como se ele estivesse preocupado, porém, mais preocupado com Emma, caso ela tivesse uma infecção de garganta, do que com Harriet. Mostrava-se tão cauteloso a respeito de como ela deveria escapar de tal doença, como se não existisse outra pessoa doente por quem lamentar. Ele seriamente começou a suplicar-lhe para não voltar a visitar a doente, pelo menos por um tempo... tentou fazê-la prometer não se aventurar em tal perigo até que o sr. Perry fizesse uma visita a Harriet e lhe desse alta. E, embora ela tentasse mudar de assunto, rindo dos absurdos, não conseguiu colocar um ponto final nos inúmeros cuidados dele. Emma sentia-se angustiada. Parecia que ele não tinha o menor interesse em esconder sua paixão por ela em vez de estar apaixonado por Harriet. Se isso fosse verdade, seria uma inconstância desprezível e abominável! Ela já não conseguia agir com calma. O sr. Elton implorou a ajuda da sra. Weston:

— Ajude-me, por favor! Ajude-me a convencer a srta. Woodhouse a não ir à casa da sra. Goddard até termos certeza de que a doença da srta. Smith não é infecciosa. — Ele não ficaria satisfeito até que ela prometesse e acrescentou: — A senhora não pode usar de sua influência sobre a srta. Woodhouse? Ela é tão preocupada com os outros enquanto é tão descuidada consigo mesma! Queria que eu ficasse em casa, tentando curar-me do meu resfriado, mas não quer prometer ficar longe de uma infecção desse porte. Isso é justo, sra. Weston? Seja a nossa juíza nessa questão. Eu não tenho direito de reclamar? Conto com seu gentil suporte.

Emma viu quanto a sra. Weston ficou surpresa, e percebeu quanto estava espantada diante daquelas palavras e, pelo modo como foram ditas, davam a entender que o sr. Elton pensava ter o direito de se interessar pela saúde dela. E, quanto a si mesma, sentia-se muito exposta e ofendida para dizer qualquer coisa. Restava-lhe apenas olhar para ele, deixar o sofá e sentar-se com a irmã para dar-lhe um pouco mais de atenção.

Ela nem teve tempo de observar como o sr. Elton recebeu a repreensão e começou outro assunto rapidamente, uma vez que o sr. Knightley, ao entrar na sala, anunciou-lhes que o solo estava coberto de neve, a neve ainda caía forte, e o vento também estava muito forte. Olhou para o sr. Woodhouse e concluiu:

— Será um bom começo para suas visitas de inverno, senhor. Algo relativamente novo para seu cocheiro e seus cavalos: atravessar uma tempestade de neve.

O pobre sr. Woodhouse ficou em silêncio, consternado, porém todos os outros tinham algo a dizer; alguns estavam surpresos, enquanto outros não, mas todos tinham uma pergunta a fazer ou um consolo a oferecer. A sra. Weston e Emma tentaram animá-lo de qualquer maneira para que ele desviasse suas atenções do genro, que seguia seu triunfo implacável:

— Eu admirei muito a sua decisão, senhor, de se aventurar a sair com um tempo como esse, e provalvemente acreditou que não nevaria tão cedo. Todos devem ter visto a neve chegar. Admirei muito a sua perseverança, e ouso dizer que voltaremos para casa muito bem. Uma hora ou duas de neve dificilmente deixará a estrada intransitável. E, como temos duas carruagens, se uma atolar, teremos outra para usar. Ouso dizer que, à meia-noite, todos chegaremos em segurança em Hartfield.

O sr. Weston, também triunfante, só que por outros motivos, confessou que sabia que poderia nevar a qualquer momento, mas não tinha dito uma palavra para que o sr. Woodhouse não se sentisse desconfortável e usasse isso como motivo para partir com urgência. E quanto ao fato de ter nevado o suficiente para impedi-los de retornar, era apenas uma brincadeira, tinha certeza de que não encontrariam nenhuma dificuldade. Ele desejou que a estrada estivesse intransponível e que fosse capaz de manter todos em Randalls; e, na maior demonstração de boa vontade, garantiu aos amigos que havia acomodações para todos. Pediu que a esposa confirmasse que, com algumas alterações, seria possível acomodar todos. A sra. Weston não sabia como isso seria possível, uma vez que tinham apenas dois quartos de hóspedes na casa.

— O que faremos, minha querida Emma? O que podemos fazer? — foram as primeiras exclamações do sr. Woodhouse, e as únicas que ele foi capaz de dizer por algum tempo. Parecia buscar conforto na filha. Ao garantir que estavam seguros, possuíam excelentes cavalos e um bom cocheiro, Emma conseguiu que o pai se animasse um pouco.

Isabella também ficou muito preocupada. O medo de ficarem presos em Randalls, enquanto os filhos estavam em Hartfield, ocupou toda a sua mente. Ao imaginar que a estrada estava transitável, sem demora, Isabella ansiava para que tudo fosse resolvido: que seu pai e Emma ficassem em Randalls, enquanto ela e o marido saíssem imediatamente antes que mais neve bloqueasse o caminho.

— Meu querido, você deve chamar o cocheiro imediatamente — disse ela. — Ouso dizer que conseguiremos atravessar qualquer contratempo e chegaremos ao nosso destino. Não estou preocupada, de modo nenhum. Não me incomodaria se tivesse de andar metade do caminho. No momento em que eu chegasse em casa, poderia trocar os sapatos, não é mesmo? Não é o tipo de coisa que me dá frio.

— De fato! — respondeu ele. — Então, minha querida Isabella, é a coisa mais extraordinária do mundo, visto que você é muito friorenta. Veja só, caminhar até Hartfield! Seus sapatos não são adequados para caminhar na neve, tenho certeza. Creio que será péssimo também para os cavalos.

Isabella olhou para a sra. Weston na esperança de que ela concordasse com o plano. A sra. Weston só poderia aprová-lo. A irmã se aproximou de Emma; esta, por sua vez, não queria desistir da esperança de partirem juntos, e eles ainda discutiam a questão quando o sr. Knightley, que havia deixado a sala assim que o irmão anunciou a neve, voltou e contou-lhes que ele havia saído por alguns momentos para examinar e ser capaz de dizer que não havia a menor dificuldade em voltarem para casa, mesmo que decidissem sair agora ou daqui a uma hora. Ele caminhou até a curva da estrada de Highbury e disse que a neve estava abaixo de dois centímetros de profundidade, e, em alguns lugares, o chão nem sequer estava coberto. Apesar de alguns flocos de neve ainda caírem no momento, as nuvens já se dissipavam e tudo indicava que seria uma breve precipitação. Também conversou com os cocheiros, e os três concordaram com ele que não tinham o que temer.

Para Isabella, a notícia trouxe grande alívio. Já Emma escutou-a com prazer, principalmente por causa do pai, a quem ela traquilizou e tentou acalmar os nervos. Porém, o susto que teve ao saber da neve não lhe permitia ficar confortável em Randalls. Ele ficou contente em saber que não havia nenhuma dificuldade para voltarem para casa, mas nenhuma garantia poderia convencê-lo de que estavam completamente seguros; e, enquanto os outros ainda faziam perguntas e davam conselhos entre si, o sr. Knightley e Emma resolveram a questão em frases curtas:

— Seu pai não vai se acalmar; por que vocês não partem agora?

— Estou pronta, se os outros estiverem.

— Devo tocar a sineta?

— Sim, por favor.

Tocaram a sineta e chamaram os cocheiros. Dentro de alguns minutos, Emma esperava ver seus dois companheiros problemáticos em casa: o sr. Elton deveria ficar sóbrio e tranquilo, enquanto o pai recuperaria sua calma e felicidade assim que a visita acabasse.

A carruagem parou diante da casa, e o sr. Woodhouse, que era sempre o primeiro a entrar, foi auxiliado pelos senhores Knightley e Weston. Entretanto, por melhor que fosse a situação, nada poderia evitar que ele ficasse novamente alarmado ao ver a neve no chão e a descoberta de que a noite estava muito mais sombria do que ele estava preparado para enfrentar.

— Receio que não faremos uma boa viagem. Temo que Isabella não vá gostar; além disso, a pobre Emma nos seguirá em outra carruagem. Não sei qual é a melhor decisão a ser tomada. Devemos permanecer bem próximos uns dos outros, e James já foi instruído a conduzir a carruagem bem lentamente para que os outros possam acompanhar-nos.

Isabella subiu na carruagem logo após o pai; John Knightley, esquecendo-se de que não pertencia a esse grupo, entrou logo após a esposa, muito naturalmente. Então, Emma percebeu, assim que a porta da carruagem foi fechada, que teria apenas o sr. Elton como companhia e teriam bastante tempo para conversar. Teria sido uma ótima oportunidade, se não fosse tão embaraçosa em virtude dos acontecimentos do dia. Poderia conversar com o sr. Elton a respeito de Harriet, assim o percurso pareceria curto. Mas, nesse momento, ela desejou que isso não tivesse acontecido. Acreditava que o pastor bebera vinho demais, e tinha certeza de que ele só falaria bobagens.

Para evitar que ele fizesse qualquer besteira, Emma já estava preparada para falar com requintada calma e certeza a respeito do clima e da noite. Porém, nem bem começara, mal atravessaram o portão dos Weston e alcançaram a outra carruagem, foi bruscamente interrompida. Ele agarrou sua mão, procurando sua atenção, e agiu como um fervoroso apaixonado, acreditando ser essa uma oportunidade preciosa, declarando sentimentos que imaginava ela conhecer. Esperava, temia, e a adorava... mas morreria se ela o rejeitasse. Entretanto, tinha plena confiança de que sua inigualável, sem precedentes e ardente paixão fosse correspondida e, em resumo, estava muito disposto a ser formalmente aceito assim que fosse possível. A situação era essa. Sem nenhuma hesitação, sem pedir desculpas, sem a menor timidez... o sr. Elton, o amor de Harriet, declarava-se a Emma. Ela tentou impedi-lo, mas foi em vão, e ele queria continuar e falar tudo que tinha para ser dito. Ela estava muito irritada e, apesar da situação, conteve-se apenas em responder a ele. Acreditava que ele agiu desse modo, em boa parte, por causa da embriaguez e, portanto, era de se esperar que fosse algo passageiro. Assim, com uma mistura de seriedade e de brincadeira, tentou adequar-se ao estado de sobriedade dele, dizendo:

— Estou muito impressionada, sr. Elton. Você se dirige a mim? Deve estar confuso... está pensando que sou Harriet! Ficarei muito feliz em enviar qualquer mensagem sua para a srta. Smith, mas chega de pensar que sou ela, por favor!

— Srta. Smith! Uma mensagem para a srta. Smith! O que quer dizer com isso? — ele repetiu as palavras de Emma com tanta ênfase, tanta pretensão e arrogância, tão espantado, que ela não podia deixar de responder:

— Sr. Elton, sua conduta é muito estranha! Acredito que você não esteja em seu juízo perfeito, nem pode falar sobre mim ou Harriet desse modo. Tenha a prudência de não dizer mais nada e me esforçarei para esquecer tudo isso.

Entretanto, o jovem bebera apenas para elevar seu espírito, não para confundir sua mente. Ele sabia muito bem o que fazia e, depois de protestar calorosamente, considerando as suspeitas de Emma muito ofensivas e de mencionar rapidamente seu respeito apenas como amigo da srta. Smith... reconhecendo que Emma tinha o costume de mencionar a amiga em todas as conversas... ele concluiu suas declarações de amor e esperava ardentemente por uma resposta positiva.

Como Emma percebeu que seu discurso não era apenas por causa da embriaguez, mas também em razão de sua inconstância e presunção, tentando ainda ser mais educada, respondeu:

— É impossível para mim continuar tendo dúvidas. O senhor foi bem claro. Meu espanto vai muito além do que as palavras podem expressar. Diante do seu comportamento neste último mês em relação à srta. Smith, depois de tantas atenções que eu mesma observei diariamente, o senhor se dirigir a mim dessa maneira... de fato, me parece uma instabilidade de caráter que eu não imaginava ser possível! Acredite em mim, senhor, estou longe, muito longe de ser grata por ser o objeto de suas atenções.

— Deus do céu! — exclamou o sr. Elton. — O que significa isso? A srta. Smith! Nunca pensei na srta. Smith em toda minha vida, nunca prestei a menor atenção nela, a não ser pelo fato de ser sua amiga. Não me importo se está viva ou morta, apenas se é sua amiga. Se ela imaginou de outra forma, seus próprios pensamentos a levaram ao erro. Sinto muito! Lamento profundamente! Mas a srta. Smith... Oh, srta. Woodhouse! Quem pode pensar na srta. Smith quando a srta. está por perto? Não... dou-lhe minha palavra de honra, não sou um homem volúvel. Pensei apenas em você. Eu lhe garanto que nunca prestei a menor atenção em nenhuma outra moça. Tudo o que eu disse ou fiz, nas últimas semanas, foi com o único propósito de expressar a adoração que você me despertou. Não pode duvidar disso. Não! — O sr. Elton disse isso pretendendo ser insinuante. — Tenho certeza de que você percebeu e me compreendeu.

Seria impossível descrever o que Emma sentiu ao escutar as palavras do sr. Elton... sentia as mais desagradáveis sensações. Estava tão abatida que não tinha forças para lhe dar uma resposta imediata. E o breve momento de silêncio que seguiu foi o suficiente para que ele recuperasse o ânimo e, ao tentar pegar outra vez a sua mão, exclamou alegremente:

— Minha encantadora srta. Woodhouse! Permita-me interpretar esse interessante silêncio como sinal de que me compreende perfeitamente.

— Não, senhor! — exclamou a moça. — Meu silêncio não reconhece coisa nenhuma. Estou longe de conseguir compreendê-lo; até este momento, eu estava muito enganada a respeito de suas intenções. Quanto a mim, lamento que tenha nutrido tais sentimentos. Nada poderia estar mais longe da minha vontade... O senhor se casar com minha Harriet, seu interesse por ela, pois pareceu interessado, sim, tudo isso me deu um grande prazer e sempre fui sincera ao lhe desejar que tivesse êxito. Mas, se eu soubesse que Harriet não era o motivo pelo qual você se sentia ligado a Hartfield, certamente pensaria que se equivocava ao nos visitar com tanta assiduidade. Quem sou eu para acreditar que nunca dirigiu suas atenções à srta. Smith? Que o senhor nunca pensou seriamente em Harriet?

— Nunca, minha senhora — exclamou ele. — Nunca pensei em sua amiga desse modo, posso garantir-lhe. Imagine, eu pensar seriamente na srta. Smith! A srta. Smith é uma moça muito boa, e ficarei muito feliz ao vê-la respeitavelmente estabelecida. Desejo que ela seja feliz, sem dúvida devem existir homens que não fariam objeções... a alguém que fosse do seu nível. Quanto a mim, não, acredito que é uma grande perda de tempo. Não estou tão desesperado para me unir a alguém em posição tão inferior quanto a srta. Smith! Não, minha senhora, minhas visitas a Hartfield foram apenas por sua causa e pelo encorajamento que recebi.

— Encorajamento! Quando eu o encorajei? O senhor está inteiramente enganado a esse respeito. Eu apenas o via como admirador da minha amiga. De nenhum ponto de vista poderia ser considerado mais importante para mim do que um simples amigo. Estou extremamente triste, mas é melhor que as coisas fiquem do jeito que estão. Se continuasse com esse comportamento, a srta. Smith seria levada ao erro e interpretaria mal suas intenções; sem talvez estar consciente, assim como eu, da enorme diferença à qual o senhor dá tanta importância. Bem, é uma decepção, não posso negar, mas certamente não será a última. Não tenho a menor intenção de me casar no momento.

Ele estava zangado demais para dizer qualquer coisa; seu orgulho estava muito ferido para suplicar. Permaneceram nesse estado de profundo ressentimento e tormento por mais alguns minutos, já que o receoso sr. Woodhouse não permitia que os cavalos corressem. Se não fosse a raiva, seria muito constrangedor, mas, ao serem tão diretos, o embaraço tomou conta da situação. Sem que percebessem, a carruagem já fazia a curva do caminho para a casa paroquial; assim que pararam diante da casa, ele desceu sem dizer uma única palavra. Emma, então, achou indispensável desejar-lhe boa noite. Ele apenas lhe respondeu cordial e orgulhosamente; e, sob uma indescritível irritação, ela foi conduzida para Hartfield.

Ao chegar a casa, foi recebida com muito prazer por seu pai, que sofria por imaginar como foi solitário e perigoso o percurso da casa paroquial até lá, além de ter de passar por aquela horrorosa curva, conduzida por um cocheiro estranho e não por James. O regresso de Emma só significava que tudo correra bem. O sr. John Knightley, temendo o mau humor do sr. Woodhouse, agora estava todo gentil, atencioso, e tão solícito em relação ao conforto de seu sogro... só não poderia juntar-se a ele para uma tigela de mingau, apesar de conhecer todas as excelentes propriedades do alimento.

O dia foi encerrado na mais perfeita paz e conforto para o restante do grupo, exceto para Emma. Ela nunca se sentiu tão perturbada, e precisou de um esforço muito forte para parecer alegre e atenciosa, até que se separaram e ela pôde refletir silenciosamente.

Capítulo 16

Após terminar os cachos em seu cabelo e dispensar a criada, Emma começou a pensar nos problemas. De fato, uma situação infeliz! Uma reviravolta a respeito de algo que ela desejava tanto! Era algo inconcebível! Seria um golpe para Harriet! Isso era o pior que poderia acontecer. Todos os detalhes da história do sr. Elton trouxeram dor e humilhação, por um motivo ou outro, mas, comparado ao mal que faria a Harriet, seu sofrimento não era importante. Ficaria mais feliz se pudesse estar enganada, errar, sofrer por seu mau julgamento, contanto que fosse ela a única a sofrer as consequências de seus erros.

"Se eu não tivesse convencido Harriet a gostar daquele homem, poderia suportar qualquer coisa. Ele até poderia ter sido muito presunçoso comigo... pobre Harriet!"

Como pôde enganar-se tanto! Ele protestou que nunca pensara em Harriet, nunca! Tentou pensar sobre o que ocorreu nas últimas semanas, mas tudo ficou ainda mais confuso. Ela concebeu a ideia, fez suposições e se baseou nelas. Contudo, as atitudes do sr. Elton deveriam ter sido hesitantes, incertas, duvidosas ou, do contrário, ela não poderia ter-se equivocado tanto.

O desenho! Como ele desejou aquele desenho! E a charada? E muitas outras circunstâncias... Como pareciam ser direcionadas a Harriet. Na verdade, a charada, com aquelas palavras "sagacidade" e "doces olhos", não era muito adequada; eram palavras sem bom gosto e não eram verdadeiras. Quem conseguiria enxergar com clareza toda aquela sucessão de besteiras?

Obviamente, ela já havia percebido, principalmente nos últimos dias, que as atenções dele eram excessivamente galantes, mas parecia uma característica pessoal, um erro de julgamento, de conhecimento e de bom gosto. Uma prova de que ele não veio de uma boa família, e que, apesar de todas as suas gentilezas, às vezes faltava-lhe um pouco de elegância. Mas, até aquele dia, nunca suspeitara, nem por um instante, que tudo aquilo significava algo mais do que um grato respeito à sua amiga Harriet.

Devia ao sr. John Knightley o fato de ele ter sido a primeira pessoa a notar a situação. Não se pode negar a inteligência dos irmãos Knightley. Ela se lembrou do que o sr. Knightley disse a respeito do sr. Elton; ele a alertara e tinha certeza de que o sr. Elton nunca faria um casamento imprudente. Ficou ruborizada ao pensar quanto o caráter do pastor ficou exposto aos seus olhos e ela não foi capaz de vê-lo. Era algo terrivelmente humilhante, mas agora o sr. Elton se apresentava, em muitos aspectos, o oposto do que ela pensava ou acreditava sobre ele: orgulhoso, arrogante, vaidoso; preocupado apenas consigo mesmo, sem a menor preocupação com os sentimentos dos outros.

Diferentemente do que ele esperava, ao tentar declarar-se, acabou destruindo a opinião que ela tinha a seu respeito. Suas declarações e suas proposições não lhe serviram para nada. Emma não deu nenhum crédito aos seus sentimentos e sentiu-se insultada por suas tolas esperanças. Ele desejava fazer um bom casamento e teve a arrogância de focar suas atenções nela, fingindo estar apaixonado, mas ela estava convicta de que ele não sofreria nenhuma profunda decepção que exigesse cuidados. Não havia sinais de um sentimento verdadeiro, tanto em suas palavras como em suas atitudes. É verdade que ele suspirou e disse muitos elogios... mas ela dificilmente conceberia que esse tipo de expressão, ou tom de voz, estivesse relacionado a um amor verdadeiro. Não teve nenhuma dificuldade para não lamentar por ele, que só queria enriquecer. E, se a srta. Woodhouse de Hartfield, a herdeira de uma renda anual de trinta mil libras, não fosse tão fácil de conquistar, como ele havia imaginado, em breve tentaria casar-se com uma moça com uma renda de vinte ou até de dez mil libras.

Todavia como pôde falar de encorajamento? Como pensou que ela soubesse de suas pretensões? Por que acreditou que aceitaria suas atenções e ainda concordaria em se casar com ele? Provavelmente, imaginaria estar na mesma situação de Emma, tanto em posição na sociedade como intelectualmente. Veja Harriet, que compreende tão bem a posição que ocupa em relação a ele. Mas o jovem mostrara-se tão cego para tudo que estava além de suas possibilidades que não poderia considerar presunção conquistá-la! Era muito chocante!

Talvez não fosse justo esperar que ele percebesse quanto era inferior a ela em talento e inteligência. O fato de não serem parecidos deveria preveni-lo a esse respeito; porém, devia pensar que ela fosse superior apenas em fortuna e posição social. Provavelmente, sabia que os Woodhouse já estavam estabelecidos em Hartfield há várias gerações e representavam uma família muito antiga... enquanto os Elton não eram ninguém. Era sabido que as propriedades latifundiárias que dependiam de Hartfield eram poucas e representavam apenas uma parte da propriedade de Donwell Abbey, à qual pertencia todo o restante de Highbury. Mas a fortuna dos Woodhouse, além de outras fontes de rendas, ficava em desvantagem apenas em relação aos proprietários de Donwell Abbey, e a família conquistara um enorme respeito na vizinhança. O sr. Elton se mudara para lá havia menos de dois anos para viver como pudesse, sem nenhum tipo de boas relações a não ser com famílias de comerciantes, ou qualquer outra ligação que o recomendasse, além da sua profissão e educação. No entanto, fora capaz de fantasiar que ela se apaixonara por ele, e provavelmente isso fora a sua garantia. Passou a delirar um pouco sobre a incongruência aparente de suas gentis maneiras e mente vaidosa, embora fosse obrigada a admitir que seu comportamento em relação a ele fora muito complacente e prestativo, tão cheio de cortesia e atenção, supondo que ele não percebia qual era o real motivo dela, que poderia justificar a um homem de pouca observação e delicadeza agir daquela maneira e pensar ser seu pretendente favorito. Ele interpretara seus sentimentos erroneamente, e teria um pouco de direito de imaginar que, cego por seu interesse, também interpretara mal os sentimentos dela.

Entretanto, o primeiro e grande erro fora o seu. Era tolice e errado tentar, tão ativamente, unir duas pessoas. Ela fora longe demais, assumira muitos riscos, tratara algo sério como um fato corriqueiro, um artifício para o que deveria ser natural. Emma estava muito preocupada e envergonhada, e decidiu não fazer tais coisas jamais.

"Fui eu", dizia a si mesma, "que convenci a pobre Harriet a se sentir atraída por esse homem. Provavelmente, ela nunca pensaria nele se não fosse por minha causa; e, certamente, não pensaria nele com esperança, se eu não lhe garantisse que ele estava apaixonado, pois é uma moça modesta e humilde, assim como eu acreditava que ele fosse. Ah! Se eu apenas tivesse ficado satisfeita em convencê-la a não aceitar o jovem Martin. Nesse caso, especificamente, estou certa. Agi corretamente. Mas deveria ter parado por aí e deixado tudo por conta do tempo e do acaso. Comecei apresentando-a às boas companhias, dando-lhe oportunidade de sentir prazer com coisas que valem a pena... não deveria ir além disso. Porém, agora, pobre garota, ficará sem paz por algum tempo. Eu não tenho sido uma boa amiga, e se não fosse a decepção que sentirá, tenho certeza de que não poderia encontrar um outro rapaz para ela... William Coxe.... Oh! Não, não suporto William Coxe... ele é um jovem advogado presunçoso".

Ela corou e, por alguns momentos, pôde rir de seu próprio lapso e então continuou a refletir mais seriamente, apesar de pouco otimista sobre o que fora, poderia ser ou deveria ter acontecido. A explicação angustiante que ela precisaria dar a Harriet e quanto a amiga sofreria, constrangida por futuras reuniões, as dificuldades em continuar ou romper uma amizade, subjugar os sentimentos, escondendo o ressentimento e evitando o triunfo, já eram suficientes para ocupar suas melancólicas reflexões por tanto tempo que Emma se deitou sem decidir nada, apenas convencida de ter cometido um terrível engano.

Para uma moça cheia de alegria como Emma, embora tivesse sofrido durante a noite, a chegada de um novo dia dificilmente deixaria de trazer-lhe animação. A juventude e a alegria da manhã pareciam em perfeita sintonia; e, se sua angústia não fora suficiente para manter seus olhos fechados, certamente estariam abertos às sensações mais agradáveis e às esperanças mais radiantes.

Ela se levantou mais disposta a encontrar soluções que quando se deitara, estava pronta a ver com mais tranquilidade o que teria de enfrentar, e confiante de que conseguiria resolver os problemas de maneira adequada.

Era um grande consolo o fato de o sr. Elton não estar realmente apaixonado por ela, e não ser particularmente amável para que ela ficasse incomodada ao desapontá-lo, e que Harriet não tivesse sentimentos tão profundos e que não houvesse necessidade de que os outros soubessem o que se passara, com exceção dos três envolvidos e, especialmente, que seu pai não tivesse um momento de tribulação por causa desse assunto.

Esses eram pensamentos muito agradáveis, e a neve que se amontoara no chão prestou-lhe um favor, uma vez que era motivo imparcial para que os três ficassem separados por um tempo.

O clima era mais favorável para Emma, apesar de não poder ir à igreja no dia de Natal. O sr. Woodhouse teria sofrido muito se a filha saísse de casa, então, uma vez que não podia ir à igreja, ficou a salvo de receber qualquer notícia emocionante ou saber de ideias inadequadas. O solo coberto de branco e o clima instável, entre o gelo e o degelo, de fato, tornava-o mais perigoso para a prática de qualquer exercício. Cada manhã começava com chuva ou neve e, ao entardecer, o frio era implacável. Desse modo, ela ficou muitos dias em casa, como se fosse uma prisioneira. Não teve nenhum contato com Harriet a não ser por meio de bilhetes, nem pôde ir à igreja aos domingos, como aconteceu no Natal. Tampouco houve necessidade de o jovem pastor inventar desculpas para sua ausência.

Era o tipo de clima que obrigava todos a ficarem em suas residências, embora Emma acreditasse que o pai encontraria consolo caso alguém o visitasse. O sr. Woodhouse ficou muito contente e satisfeito, recolhido em seu lar. Foi muito sábio em evitar sair no frio, além de ouvi-lo dizer ao sr. Knightley, a quem nem o pior clima seria capaz de entocar:

— Ah! Sr. Knightley, por que não fica em casa como o pobre sr. Elton?

Aqueles dias de confinamento passaram tranquilamente para todos da família, exceto para Emma, que ainda estava perplexa com os acontecimentos recentes. Os dias de reclusão foram perfeitos para seu cunhado, cujos sentimentos eram de grande importância para os familiares. Além disso, ele já se desvencilhara do mau humor que todos presenciaram em Randalls e, durante sua estadia em Hartfield, nunca deixou de ser amável. Ele se mostrava prestativo, agradável e era cortês com todas as pessoas. Apesar das alegres expectativas e do alívio que a separação lhe causava, Emma ainda temia o encontro com Harriet e a hora de contar à amiga toda a verdade, o que a impedia de ficar tranquila.

Capítulo 17

O senhor e a senhora John Knightley não ficaram muito tempo em Hartfield. O tempo logo melhorou e eles puderam voltar para Londres. O sr. Woodhouse, como sempre, tentou convencer a filha a ficar com as crianças, mas foi obrigado a vê-los partir e a lamentar o destino da sua pobre filha... a pobre Isabella, que passava a vida cercada de pessoas que a adoravam, completamente dedicada, não enxergava nenhum defeito nos outros e, sempre inocentemente ocupada, deveria ser um modelo perfeito de felicidade feminina.

Ao entardecer daquele mesmo dia, quando partiram, chegou um bilhete do sr. Elton para o sr. Woodhouse. Era um texto longo, educado e cerimonioso; e, com os melhores cumprimentos do jovem pastor, dizia que estava disposto a deixar Hartfield, naquela manhã, para se dirigir a Bath,[1] onde passaria algumas semanas na companhia de amigos. Ele lamentava muito que, em virtude de inúmeros afazeres e do clima, não fosse possível avisá-lo da viagem pessoalmente, cuja amabilidade seria sempre motivo de gratidão... E se o sr. Woodhouse tivesse algum desejo, estaria pronto a atendê-lo.

Emma ficou agradavelmente surpresa. A ausência do jovem pastor, justamente nesse momento infeliz, era algo muito bom.

---

[1] Balneário muito famoso na época de Jane Austen, principalmente por suas fontes termais, benéficas à saúde. Bath localiza-se no condado de Somerset, sudoeste da Inglaterra.

Admirou-o por tal decisão, embora não concordasse com a maneira como a notícia foi anunciada. Não poderia estar mais ressentido ao se dirigir educadamente apenas ao seu pai e excluí-la da mensagem. Ela nem sequer foi mencionada nos cumprimentos iniciais... seu nome não foi mencionado... e isso parecia uma marcante mudança de atitude, mas o final do bilhete estava repleto de tantos graciosos elogios que ela pensou que despertaria suspeitas no seu pai.

No entanto, ele apenas ficou curioso. E também ficou muito preocupado com a notícia de uma viagem tão repentina; temia que o sr. Elton nunca pudesse chegar com segurança ao seu destino e nem sequer notou algo de extraordinário na sua linguagem. Era um bilhete muito útil, pois lhes ofereceu motivo para conversa durante o resto da noite. O sr. Woodhouse falou a respeito de seus temores, e Emma estava disposta a afugentá-los, com sua prontidão usual.

Agora estava decidida a contar tudo à amiga. Tinha motivos para acreditar que ela já estava curada do resfriado, e era desejável que tivesse tempo para se recompor do susto que a notícia traria até que o cavalheiro retornasse. No dia seguinte, foi até a casa da sra. Goddard para submeter-se à necessária penitência de comunicar o lamentável acontecimento à amiga, era um momento difícil... destruiria todas as esperanças que ela mesma, diligentemente, havia alimentado... e faria o ingrato papel de dizer que era a preferida do sr. Elton... além de reconhecer que havia cometido um grande erro e interpretado equivocadamente todas as questões sobre o assunto, todas as suas observações, convicções e previsões das últimas seis semanas.

Ao fazer a confissão, Emma ficou menos envergonhada... mas, ao ver as lágrimas de Harriet, pensou que nunca deveria tentar ajudá-la novamente.

Harriet aceitou a notícia muito bem, sem culpar ninguém e a todo momento demonstrava ingenuidade e uma opinião muito humilde de si mesma. A amiga passou a vê-la com outros olhos.

Emma estava disposta a apreciar sua simplicidade e modéstia, e tudo que fosse amável, que pudesse ser levado em consideração e que vinha da parte da amiga, não dela mesma. Harriet não acreditava que tinha algo a reclamar. A afeição do sr. Elton seria uma grande distinção, ela jamais o mereceu, e ninguém, a não ser a gentil srta. Woodhouse, seria capaz de pensar que isso fosse possível.

As lágrimas caíam abundantemente... sua tristeza era verdadeiramente ingênua, nenhuma outra atitude poderia ter impressionado mais Emma... ela escutava a amiga e tentava consolá-la de todo o coração e compreensivamente. Naquele momento, reconhecia quanto Harriet era superior a ela... e, se seguisse o modelo da amiga, ficaria mais feliz e confortável do que todo seu talento e inteligência seriam capazes de lhe proporcionar.

Era tarde demais para ser simplória e ignorante, mas Emma se convenceu de que deveria ser humilde e discreta, além de reprimir sua criativa imaginação pelo resto da vida. Sua segunda obrigação, agora, além de cuidar do pai, seria promover o bem-estar de Harriet e se esforçar para provar sua afeição de outro modo que não fosse agir como casamenteira. Ela convidou Harriet para uma visita a Hartfield e agiu com muita gentileza, tentando diverti-la e ocupar seu tempo com livros e conversas, evitando que pensasse no sr. Elton.

Ela sabia que o tempo curaria as feridas. Acreditava que seria uma juíza indiferente em questões comuns e seria inadequado simpatizar com os sentimentos do jovem pastor. Mas, para ela, parecia razóavel, na idade de Harriet, e uma vez que já não tinha esperança de que retomasse a compostura, assim que ele voltasse. E quando se encontrassem novamente, nas rotinas diárias, não haveria nenhum perigo de trair seus sentimentos ou que eles aumentassem.

Harriet acreditava que ele era o homem mais perfeito e não poderia ser comparado a ninguém, nem em personalidade nem em bondade. E, na verdade, mostrava-se muito mais apaixonada do que Emma poderia imaginar. Ainda assim, pareceu-lhe algo tão natural, tão inevitável, lutar contra uma inclinação não correspondida como aquela, que ela conseguiria lutar por tanto tempo e com a mesma força.

Se, ao voltar, o sr. Elton demonstrasse sua indiferença de modo tão evidente e indubitável como Emma não tinha dúvida de que ele o faria, ela não poderia imaginar que Harriet ainda persistiria em se sentir feliz apenas por se lembrar dele ou mesmo vê-lo.

O fato de morarem no mesmo lugar era uma situação péssima para os três. Nenhum deles poderia mudar de residência. Portanto, deveriam agir da melhor maneira possível.

Harriet teria pouca sorte na casa da sra. Goddard, pois todas as professoras, e a maioria das moças, tinham verdadeira adoração pelo sr. Elton. E apenas em Hartfield ela poderia ter alguma chance de ouvir e falar dele com moderação e honestidade. E enquanto estivesse ferida precisaria ser curada; portanto, Emma sentiu que, até que a amiga estivesse completamente restabelecida de sua dor, não ficaria em paz consigo mesma.

Capítulo 18

O sr. Frank Churchill não veio... Quando a data se aproximava, os receios da sra. Weston foram justificados com a chegada de uma carta de desculpas. Naquele momento, apesar da grande vergonha e arrependimento do rapaz, ele não poderia afastar-se de casa, mas ainda tinha esperança de visitar Randalls em breve.

A sra. Weston estava extremamente decepcionada... muito mais decepcionada do que o pai do rapaz, que, apesar de desejar muito ver o filho, possuía um temperamento otimista, esperando que o melhor ocorresse, e não deixou que suas esperanças fossem levadas pela tristeza. Rapidamente superou o assunto e voltou a ter esperanças. Por cerca de meia hora, o sr. Weston ficou surpreso e triste; mas, então, começou a perceber que se Frank os visitasse em dois ou três meses seria ainda melhor, pois o clima e a época do ano também seriam melhores do que os de agora. E, sem sombra de dúvida, ele poderia ficar mais tempo do que se viesse mais cedo.

Esses sentimentos rapidamente restauraram seu ânimo, enquanto a sra. Weston, muito mais apreensiva, previa apenas uma repetição de desculpas e atrasos. Ela, além de se preocupar com os sentimentos do marido, sofria ainda mais por si mesma.

Emma não estava em condição de lamentar profundamente o atraso do sr. Frank Churchill, exceto pelo desapontamento em Randalls. No momento, não estava interessada em conhecê-lo. Preferia ficar quieta, livre de qualquer tentação; mas ainda era importante que demonstrasse, como sempre fazia, certa preocupação e algum interesse pelo assunto, além de tentar aliviar o sofrimento dos Weston, como deveria corresponder à amizade que os unia.

Ela foi a primeira a anunciar a notícia ao sr. Knightley; e fez tantas exclamações quantas foram necessárias a respeito da conduta dos Churchill em manter o rapaz preso a eles, talvez exagerando um pouco, uma vez que fingia parte de suas emoções. Então, ela passou a falar muito mais do que sentia sobre o benefício de estarem confinados em Surrey; o prazer de conhecerem pessoas novas; a alegria que sua visita produziria em toda Highbury. Emma terminou por fazer, novamente, algumas considerações a respeito dos Churchill, contrariamente à opinião do sr. Knightley que, para seu divertimento, percebeu que ela estava defendendo tudo aquilo que era contrário à sua opinião, utilizando contra si mesma os argumentos da sra. Weston.

— É provável que os Churchill estejam agindo incorretamente — concordou o sr. Knightley, com calma. — Mas ouso dizer que, se ele quisesse visitar-nos, certamente encontraria um jeito de vir.

— Não sei por que você fala assim. Ele deseja ardentemente nos visitar, mas os tios não permitem.

— Eu não posso acreditar que, se ele se empenhasse um pouco, não viria. É muito difícil de acreditar sem ter provas.

— Como você é estranho! O que o sr. Frank Churchill fez para você supor que seja uma pessoa tão ingrata?

— Eu não estou supondo que ele seja uma pessoa ruim, ao suspeitar que foi criado para acreditar que estava além de seus conhecidos, e que não se importasse com nada a não ser seu próprio prazer, vivendo com aqueles que sempre lhe serviram de exemplo. É muito mais natural do que desejar que um jovem criado entre pessoas tão orgulhosas, egoístas e que só vivem no luxo, queira agir do mesmo modo. Se Frank Churchill quisesse ver o pai, ele deveria ter vindo entre os meses de setembro e janeiro. Um homem dessa idade... quantos anos tem? Vinte e três ou vinte e quatro? Um homem dessa idade não pode ficar preso às dificuldades. É inadmissível!

— Para você é fácil sentir e dizer isso, pois sempre foi dono do próprio nariz. Você é o pior juiz do mundo em relação às dificuldades dos outros, sr. Knightley. Não sabe como é ser obrigado a controlar o próprio temperamento.

— É inconcebível que um homem na idade dele não tenha a liberdade, física ou moral, de tomar suas próprias decisões. Não lhe faltam dinheiro nem tempo. Pelo contrário, sabemos que ele dispõe de ambos, e que tem o prazer de dizer isso aos quatro cantos do reino. Sempre ouvimos dizer que ele está visitando algum lugar. Há pouco, estava em Weymouth. Isso é uma prova de que ele pode deixar os Churchill.

— Sim, às vezes ele pode deixá-los.

— E, nessas horas, quando ele pensa que vale a pena, sempre se sente atraído por alguma diversão.

— É muito injusto julgar a conduta dos outros sem o menor conhecimento da situação. Ninguém que jamais viveu com aquela família é capaz de falar a respeito das dificuldades de um indivíduo ou da família inteira. Teríamos de conhecer Enscombe, o temperamento dos Churchill, antes de falar o que Frank Churchill pode ou não fazer. Sei que, às vezes, ele é capaz de fazer muito mais do que em outras circunstâncias.

— Emma, se existe uma coisa que um homem pode fazer, se ele quiser, é cumprir com seu dever, não por meio de manobras ou astúcia, mas apenas com vigor e decisão. É uma obrigação que Frank Churchill deve ao pai. Ele sabe disso, como demonstra em suas promessas e mensagens, mas, se quisesse, já teria visitado o sr. Weston. Outro homem, na mesma situação, diria à sra. Churchill, de modo direto e simples: "Estou pronto a fazer qualquer sacrifício para satisfazer seus desejos, mas partirei amanhã". Se ele tivesse dito isso à tia, desde a primeira vez, como homem que é, não haveria nenhuma objeção.

— Não — concordou Emma, rindo. — Mas talvez tenha dito para ele retornar. Um homem que depende da boa vontade dos parentes não pode falar desse modo! Ninguém, além do sr. Knightley, poderia imaginar que isso seria possível. O senhor não tem a menor ideia do que é ser cobrado, pois nunca viveu situações como essa. O sr. Frank Churchill não faria um discurso como esse para o tio e a tia, pois eles o criaram e deixaram toda sua herança para ele! Imagine... ficar de pé, no meio da sala, falando tão alto quanto pudesse! Como é capaz de imaginar esse tipo de conduta?

— Acredite, Emma, um homem sensato não teria a menor dificuldade em tomar uma atitude. Frank deveria pensar em seus direitos; e a declaração feita de modo adequado, claro, como qualquer outro homem de bom-senso faria, certamente lhe cairia bem, pois ele seria mais respeitado e as pessoas que o educaram perceberiam quanto seus desejos são importantes para ele. Com certeza, ele conseguiria melhores resultados, bem melhores, do que escrever cartas adiando o compromisso. Os tios sentiriam que podem confiar nele, pois, se o sobrinho tem tanta consideração pelo pai, certamente terá a mesma consideração com eles, pois sabem, como ele próprio sabe, aliás, como todos devem saber, que ele tem obrigação de fazer essa visita ao pai. E se continuar mesquinhamente adiando seu compromisso, os tios não pensarão bem dele, ainda mais se ele se submeter a todos os seus caprichos. As pessoas respeitam quem age corretamente. Se ele agir dessa forma, de acordo com seus princípios, com firmeza, consistência e regularidade, seus tios se inclinarão perante sua vontade.

— Duvido. Para você parece ser muito fácil que eles inclinem suas mentes mesquinhas, mas, quando se trata de gente ignorante, rica e autoritária, penso que são difíceis de lidar e se tornam incontroláveis. Imagino se o senhor, caro sr. Knightley, do jeito que está agora, caso se encontrasse em uma situação semelhante à do sr. Frank Churchill, seria capaz de dizer ou fazer o que recomenda. No seu caso, é muito provável que as consequências fossem boas. Os Churchill não teriam uma única palavra a dizer; mas o senhor não teria de passar por cima de hábitos de obediência e consideração. Para ele, não deve ser fácil se transformar em uma pessoa completamente independente e não demonstrar gratidão e respeito. Ele deve ter um forte sentido do que é certo, assim como você, mesmo sendo tão diferentes e vivendo situações distintas.

— Então, ele não tem bom-senso. Se não conseguiu ser firme e agir é porque não tem convicção.

— Oh, e a diferença de situação e de costumes? Espero que você possa tentar entender o que um jovem agradável pode sentir ao contrariar pessoas que cuidaram dele desde criança.

— Nosso agradável jovem é um homem muito fraco se essa é a primeira ocasião que tem de chegar até uma resolução para cumprir com seu dever e de contrariar a vontade dos outros. Até o momento, pode até ser seu costume, em vez de apenas obedecer. Posso entender os temores de um menino, mas não os de um homem. À medida que amadureceu, deveria ter despertado e percebido tudo que não é digno na autoridade dos tios. Ele deveria ter feito oposição à primeira ideia que tiveram de mantê-lo afastado do pai. Se tivesse agido como deveria, não teria dificuldades agora.

— Nós nunca teremos a mesma opinião sobre ele — exclamou Emma. — Mas não é extradiornário. Não acredito que ele seja um homem fraco, tenho certeza de que não é. O sr. Weston não poderia ser um cego em relação ao próprio filho. Mas ele é muito Condescendente e predisposto a ceder, o que não se encaixa no seu perfil de homem perfeito. Estou quase certa de que é assim; embora possa privá-lo de algumas vantagens, é certo que conseguirá outras.

— Sim, todas as vantagens de ficar quieto enquanto poderia visitar outros lugares, e viver uma vida ociosa de prazer, além de se achar extremamente esperto por encontrar desculpas para tudo. Ele pode sentar-se e escrever uma carta cheia de floreios, pretensões e falsidades, e até se convencer de que encontrou a melhor maneira de manter a paz em casa, além de prevenir qualquer motivo para que o pai se decepcione. Suas cartas me enojam.

— Seus sentimentos são singulares, porque parece que todos ficam encantados com as cartas dele.

— Eu suspeito que não satisfazem à sra. Weston. Essas cartas dificilmente atendem a uma mulher de bom-senso e inteligência, uma vez que ela ocupa o lugar da mãe, só que sem estar cega de amores como a verdadeira mãe estaria. A visita de Frank a Randalls é exclusivamente por causa dela, e a sra. Weston deve sentir muito essa omissão. Se ela tivesse sido uma pessoa de posição e nobreza, tenho certeza de que ele já teria feito essa visita, e seria insignificante a discussão sobre se ele viria ou não. Você não imagina que sua amiga já tenha feito essas considerações? Não supõe que ela já se fez essas mesmas perguntas? Não, Emma, o jovem que você diz ser tão amável só pode ser "gentil" como se diz em francês, não em inglês.[1] Ele pode ser muito "gentil", ter boas maneiras e ser muito agradável, mas não tem, não possui o que chamamos de "delicadeza" em relação aos sentimentos dos outros, e, nesse sentido, ele não é amável.

— Você parece determinado a pensar mal dele.

— Eu? De maneira nenhuma! — respondeu o sr. Knightley, um pouco contrariado. — Não desejo pensar mal dele. Estou tão disposto a reconhecer seus méritos quanto os demais; mas, até agora, não ouvi falarem nada, exceto comentários pessoais

---

[1] Nesta passagem, o sr. Knightley faz uma distinção entre a palavra francesa *aimable,* que significa "ser cortês", com a palavra inglesa *amiable*, que significa uma característica nata, uma pessoa afetuosa e bem-disposta.

de que ele está crescido, tem boa aparência e modos elegantes e agradáveis.

— Bem, se ele não tiver mais nada que o recomende, será considerado um tesouro em Highbury. Raramente encontramos jovens com boa educação e agradáveis. Não deve ser prudente exigir que ele tenha todas as qualidades necessárias. Não consegue imaginar, sr. Knightley, a sensação que será a visita dele? Será o único assunto nas paróquias de Donwell e Highbury. O sr. Frank Churchill será motivo de interesse e curiosidade; provavelmente não falaremos nem pensaremos em mais ninguém.

— Você terá de me desculpar se não estou tão dominado por tais pensamentos. Se eu perceber que posso manter uma conversa agradável com ele, ficarei contente em ser seu amigo, mas, se for apenas esnobe, ele certamente não ocupará meu tempo, nem fará parte dos meus pensamentos.

— A ideia que tenho dele é que conseguirá adaptar-se a qualquer conversa e, certamente, terá capacidade de agradar a todos. Com o senhor, ele conversará a respeito de fazendas; comigo, falará sobre desenho ou música; e fará o mesmo com as outras pessoas. Por ser bem informado sobre todos os assuntos, será capaz de liderar qualquer conversa, assim como a boa educação exige, e conversará muito bem sobre qualquer assunto; essa é a ideia que faço dele.

— Em minha opinião — argumentou o sr. Knightley, calorosamente —, se ele for como diz, será a pessoa mais insuportável do mundo! O quê? Um rapaz de vinte e três anos ser o mais importante de todos... o grande homem, experiente orador, que pode analisar o caráter de todos e fazer que os talentos das pessoas sejam desprezados em função da sua superioridade? Alguém que faça desaparecer qualquer elogio à sua volta só para que os outros pareçam tolos em comparação com sua pessoa? Minha querida Emma, seu bom-senso não suportará uma pessoa tão mimada.

— Não direi mais nada. — exclamou Emma. — O senhor sempre transforma tudo em maldade. Ambos somos tendenciosos: você contra, e eu a favor. Não temos como chegar a um acordo até que ele realmente venha visitar-nos.

— Tendencioso? Eu não sou tendencioso!

— Mas eu sou e não tenho vergonha de ser. O amor que tenho pelos Weston me deixa totalmente a seu favor.

— Ele é o tipo de pessoa que não ocupa meus pensamentos — comentou o sr. Knightley, um tanto agitado, o que fez Emma mudar o rumo da conversa imediatamente, embora não compreendesse o motivo pelo qual ele estava tão zangado.

Mostrar tanta antipatia por um jovem que apenas parecia ser diferente dele era algo muito estranho e algo que Emma não estava acostumada a observar no caráter do sr. Knightley. Apesar de ele ter uma grande opinião sobre si mesmo, nem por um momento ela o vira ser injusto com os méritos de outra pessoa.

Capítulo 19

Emma e Harriet caminharam juntas por quase toda a manhã e, na opinião de Emma, conversaram o suficiente a respeito do sr. Elton. Não conseguia acreditar que o consolo da amiga era falar muito mais do que o necessário sobre seus pecados — portanto, assim que o assunto voltava à tona, tentava diligentemente mudar o teor da conversa. Mas quando pensou que o assunto fora encerrado e passou a comentar sobre como as pessoas mais humildes sofrem no inverno, Harriet voltou a falar do jovem pastor: "ele é tão bom com os pobres!". Então, Emma decidiu que deveria fazer algo para mudar essa situação.

Elas estavam bem próximas da casa onde moravam as senhoras Bates, e Emma decidiu fazer-lhes uma visita e distrair a amiga. Sempre havia uma boa razão para fazer-lhes uma visita e as senhoras adoravam receber os conhecidos. Além disso, Emma sabia que as poucas pessoas que presumiam conhecer seus defeitos a consideravam negligente e responsável por não contribuir como deveria para o conforto das Bates.

O sr. Knightley lhe falara sobre o assunto, e ela mesma já percebera essa deficiência... mas nada poderia neutralizar a impressão de que visitá-las era algo muito desagradável, uma perda de tempo, pois eram mulheres muito cansativas, além de sentir certo horror ao pensar que ali poderia encontrar as pessoas de classes inferiores de Highbury, que constantemente visitavam a família Bates. Contudo, hoje estava disposta a fazer-lhes uma visita... observando, ao convidar Harriet, que, segundo seus cálculos, estavam completamente salvas de serem obrigadas a ouvir a leitura de uma carta de Jane Fairfax.

A casa pertencia a uma família de comerciantes. As senhoras Bates ocupavam a sala de estar e ali, em um apartamento de tamanho moderado, que significava muito para elas, as visitas eram recebidas com muita cordialidade e gratidão. A senhora, mãe da srta. Bates, muito tranquila e elegante, estava acomodada no canto mais quente da casa com o seu tricô, porém desejava ceder o lugar à srta. Woodhouse. A filha, muito falante e ativa, quase sufocando-as com cuidados e atenções, agradeceu a visita, preocupou-se com os sapatos das moças, fez perguntas a respeito da saúde do sr. Woodhouse, deu-lhes boas notícias sobre a saúde da sua mãe e, em seguida, ofereceu-lhes um pedaço de bolo, dizendo:

— A sra. Cole acaba de sair, veio fazer-nos uma visita de dez minutos, mas teria sido tão bom se tivesse ficado uma hora conosco; comeu um pedaço de bolo e foi tão amável ao dizer que estava muito saboroso. Diante disso, espero que a srta. Woodhouse e a srta. Smith sejam gentis e também aceitem um pedaço.

A menção da família Cole garantia que o próximo assunto seria a respeito do sr. Elton, uma vez que eram amigos e o sr. Cole recebia notícias do pastor desde a sua partida. Emma sabia o que estava por vir; leriam a carta mais uma vez, refletiriam a respeito de quanto tempo ele estava fora, quem seriam suas companhias, os lugares que frequentava e qual deles, sem dúvida, seria o seu favorito e quanto o mestre de cerimônias do baile esteve ocupado apresentando-o aos demais. Entretanto, Emma passou muito bem por essa situação, com interesse e comentários, quando necessários, sempre se colocando à frente de Harriet caso ela fosse obrigada a comentar algo.

Estava preparada para tudo isso quando decidiu visitar as Bates, mas acreditava que, uma vez que terminassem de elogiá-lo, não seriam mais importunadas com nenhum outro assunto incômodo ou problemático, e poderiam divagar a respeito das senhoras e srta.s de Highbury e seus encontros para jogar cartas. Não estava preparada para falar de Jane Fairfax logo após a conversa sobre o sr. Elton. Porém, a srta. Bates encerrou abruptamente o assunto sobre o rapaz, passou a falar dos Cole e depois começou a falar de uma carta da sobrinha.

— Oh, sim, o sr. Elton! Ouvi dizer que foi visto dançando... a sra. Cole me contou sobre as danças nos salões de Bath... foi tão gentil ao sentar um pouco conosco para conversar, falar sobre Jane, pois, assim que chegou aqui, quis saber da minha sobrinha... como sabe, todos por aqui gostam de Jane. Sempre que ela está conosco, a sra. Cole não faz outra coisa senão enchê-la de atenções; ouso dizer que Jane merece isso e muito mais, merece mais do que qualquer outra pessoa. Então, a sra. Cole perguntou diretamente: "Sei que você não tem recebido notícias recentes de Jane porque não é a ocasião em que ela costuma escrever suas cartas". Ao que imediatamente eu retruquei: "de fato, recebemos uma carta dela, chegou esta manhã". Nunca vi uma pessoa tão surpresa; em seguida ela disse: "Receberam? Mesmo? Bem, isso é algo bastante incomum. Deixe-me ouvir o que ela nos conta".

Emma precisou ser educada para comentar, sorrindo:

— Recebeu notícias de Jane Fairfax recentemente? Estou muito feliz. Espero que ela esteja bem.

— Obrigada. Você é tão gentil! — respondeu a tia, feliz e encantada, enquanto procurava pela carta. — Oh! Aqui está. Eu tinha certeza de que não poderia estar muito longe, coloquei sem querer minha caixinha de costura sobre a carta sem ao menos ter percebido, estava bem escondida, mas, como eu a segurei há poucos momentos, tinha certeza de que estava sobre a mesa. Eu li a carta para a sra. Cole e, assim que ela saiu, li e reli várias vezes para mamãe; ela sente tanto prazer em ouvir notícias de Jane que nunca se cansa. E, como eu lhe disse, sabia que a carta não estava longe e aqui está, sob minha caixinha de costura. Como você é gentil ao desejar escutar notícias de Jane, espero que a perdoe por ter escrito uma carta tão curta... apenas duas páginas, como pode ver... geralmente, ela preenche todo o papel e também no verso.[1] Mamãe sempre tenta imaginar como consigo entender tão bem a letra de Jane, não é mesmo, mamãe? Quando abro uma carta pela primeira vez, costuma dizer: "Bem, Hetty, acredito que agora você precisará resolver esse quebra-cabeça", não é assim que a senhora fala, mamãe? Então, eu digo para ela que se estivesse sozinha, se não houvesse ninguém para ajudá-la... tenho certeza de que se esforçaria e conseguiria decifrar cada palavra. E, de fato, embora os olhos da minha mãe já não sejam tão bons quanto eram, ainda consegue enxergar muito bem, graças a Deus! Com os óculos é uma verdadeira bênção! Na verdade, minha mãe tem uma boa visão. Quando está aqui, Jane costuma dizer: "Vovó, tenho certeza de que para ver o que enxerga agora, seus olhos são muito bons... e veja, como borda lindamente! Desejo que meus olhos sejam assim como os seus".

Ao falar com tanta rapidez, a srta. Bates foi obrigada a fazer uma pausa e respirar, e Emma, muito cortês, fez um elogio à caligrafia de Jane Fairfax.

— É extremamente gentil — respondeu a srta. Bates. — Logo a srta., que é uma pessoa de tão bom julgamento e tem uma caligrafia maravilhosa. Estou certa de que ninguém pode fazer elogios como os seus. Minha mãe não ouve muito bem, está um pouco surda — voltou-se para a mãe e continuou: — A senhora escutou o lindo elogio que a srta. Woodhouse fez à caligrafia de Jane?

Assim, Emma teve o prazer de ouvi-la repetir seu elogio por duas vezes antes que a senhora pudesse compreendê-lo.

---

[1] Naquela época, como o papel era caro, era muito comum as pessoas usarem a frente e o verso da folha e, caso necessário, escreviam em diagonal para conseguirem escrever todo o assunto.

Enquanto isso, ponderava se seria possível evitar a leitura da carta de Jane Fairfax sem parecer descortês, e já estava quase decidida a sair dali, com uma desculpa qualquer, quando a srta. Bates olhou na sua direção e falou:

— A surdez da minha mãe é insignificante, como pode ver... não é quase nada. Basta apenas eu falar um pouco mais alto, repetir as frases duas ou três vezes; é bem verdade que já está acostumada com a minha voz. Mas, é interessantíssimo como ela costuma ouvir Jane com muito mais facilidade do que a mim. Jane tem a fala tão distinta! Apesar de tudo, ela não encontrará a avó mais surda do que há dois anos, o que já é muito, principalmente em relação à idade da minha mãe... Sim, já faz dois anos, desde a última vez que Jane esteve aqui. Nunca estivemos separadas por tanto tempo e, como eu dizia à sra. Cole, não sei como faremos para agradar-lhe agora.

— Vocês esperam a chegada da srta. Fairfax em breve?

— Oh, sim! Na próxima semana.

— Que ótimo! Deve mesmo ser um grande prazer.

— Obrigada. A srta. é sempre muito gentil. Sim, na próxima semana. Todos estão surpresos e muito animados. Tenho certeza de que ela ficará feliz ao encontrar seus amigos de Highbury, assim como nós teremos prazer em revê-la. Ela deverá chegar na sexta-feira ou no sábado, não pôde confirmar ainda porque o Coronel Campbell precisará da carruagem em um desses dias. Foram tão bondosos ao enviá-la diretamente! Como sabe, eles sempre agem dessa forma. Sim... não deve passar de sexta ou sábado. Foi o que ela escreveu. Por esse motivo ela nos escreveu antes do tempo, pois, se tudo tivesse ocorrido normalmente, não teríamos notícias de Jane até a próxima terça ou quarta-feira.

— Sim, foi o que imaginei. Temia que hoje eu tivesse poucas chances de ter notícias da srta. Fairfax.

— Fico tão agradecida! É verdade, não teríamos notícias de Jane se não fosse por causa dessa notícia tão especial, a de que chegará em breve. Minha mãe está tão contente! Jane deverá ficar conosco por pelo menos três meses, foi o que ela gentilmente escreveu, como tenho prazer de ler para a srta.. Os Campbell viajarão para a Irlanda. A sra. Dixon acabou convencendo os pais a visitá-la imediatamente. Eles não tinham a menor intenção de ir antes do começo do verão, mas ela está tão impaciente para vê-los de novo... Desde seu casamento, em outubro passado, ela nunca se separou deles por mais de uma semana. Além disso, deve ser muito difícil viver em outro reino, quero dizer, em um país diferente... então, ela escreveu para a mãe... ou para o pai... confesso que não me lembro para quem escreveu, mas agora poderemos confirmar na carta de Jane... bem, a sra. Dixon escreveu, em seu nome e no do marido, com o objetivo de pressionar seus pais a viajarem o mais rápido possível, dizendo que os buscaria em Dublin e, em seguida, os levaria para sua casa no campo, Balycraig, um lugar maravilhoso, imagino eu. Jane já ouviu falarem muito das belezas do lugar. O sr. Dixon foi quem lhe contou... não sei se mais alguém elogiou, mas é muito natural. Você sabia que ele gostava de falar de sua casa enquanto cortejava a futura sra. Dixon? E como Jane sempre os acompanhava em suas caminhadas, uma vez que o Coronel Campbell e sua esposa eram muito rigorosos quanto ao fato de sua filha caminhar sozinha com o sr. Dixon, e eu mesma não os censuro por pensar assim. Desse modo, Jane ouvia tudo que ele contava à srta. Campbell a respeito da Irlanda, e me parece que Jane nos esceveu contando que ele fizera alguns desenhos do lugar, algumas imagens que guardara na memória. Imagino que deva ser um homem muito agradável e encantador. Depois de ouvi-lo falar do seu país, Jane ficou muito interessada em visitar a Irlanda.

Nesse momento, surgiu na mente de Emma uma suspeita criativa e engraçada a respeito de Jane Fairfax, do encantador sr. Dixon e de ela não ter ido à Irlanda, fatos que precisariam de uma investigação mais aprofundada.

— Devem estar muito contentes por Jane poder visitá-los nesta época do ano. Considerando a grande amizade entre ela e a sra. Dixon, era de se esperar que não fosse dispensada da companhia do Coronel Campbell e sua esposa.

— Certamente, é verdade! Era nosso maior temor, porque não gostamos quando ela fica longe por tantos meses... a não ser que tivesse acontecido algo muito grave. Como pode ver, no fim, tudo acaba bem. Eles, refiro-me ao sr. Dixon e à esposa, estavam empenhados para que Jane acompanhasse o Coronel e a sra. Campbell. E pode ter certeza de que nada poderia ser mais gentil e persuasivo do que um convite deles, como Jane diz, e você ouvirá em seguida, pois o sr. Dixon não parece ser uma pessoa descuidada ou desatenta em relação a esses detalhes. É um jovem realmente encantador. Desde que salvou a vida de Jane em Weymouth, quando estavam em grupo, passeando de barco, e a embarcação deu uma guinada repentina, se ela tivesse caído no mar com certeza teria se afogado, mas ele, com grande presença de espírito, agarrou-a pelo vestido... tremo só de pensar no assunto... desde que ouvimos essa história, passamos a sentir um forte apreço pelo sr. Dixon!

— Mas, apesar de toda a insistência de seus amigos, e seu imenso desejo de conhecer a Irlanda, a srta. Fairfax preferiu dedicar seu tempo à srta. e à senhora Bates?

— Sim... foi ela mesma quem decidiu, seu livre-arbítrio. Além disso, o Coronel Campbell e a esposa pensam que ela está corretíssima, é exatamente o que eles recomendariam, pois, de fato, têm interesse particular em que ela passe uma temporada em nossa companhia, pois ultimamente nossa Jane não anda bem de saúde.

— Entendo... acredito que tomaram uma sábia decisão. Porém, creio que a sra. Dixon deve estar muito desapontada, uma vez que não é de uma beleza muito marcante, isto é, que possa ser comparada à beleza da srta. Fairfax.

— Oh! É muito amável comentar a beleza de Jane... mas a verdade é que a srta. tem razão. Não há comparação possível entre as duas. A srta. Campbell sempre foi muito simples, sem uma grande beleza, de fato. Entretanto, é extremamente elegante e amável.

— Sim, com certeza.

— Jane pegou um resfriado muito forte, probrezinha! Desde o último dia sete de novembro, como lerei para confirmarem e, de lá para cá, não se recuperou mais. Não é um tempo muito longo para um resfriado? Ela não comentara sobre isso antes para que não ficássemos alarmadas. Sempre foi assim: tem uma grande consideração por nós! No entanto, ela está tão longe de se curar que seus gentis amigos, os Campbell, acreditam que seria melhor se ela voltasse para casa para respirar um ar que sempre lhe fez bem. Além disso, não duvidam que, depois de três ou quatro meses em Highbury, Jane se recuperará por completo. E, como não se encontra bem de saúde, é melhor que venha para casa do que vá para a Irlanda. Ninguém cuidará melhor de Jane do que nós.

— Sem dúvida, é a decisão mais correta.

— Creio que ela chegará na próxima sexta-feira ou no sábado, depois os Campbell partirão em direção a Holyhead, na próxima segunda-feira... Poderá confirmar na carta de Jane. Foi tudo tão repentino! Deve imaginar como ficamos surpresas, srta. Woodhouse! Se não fosse por sua doença... receio que a veremos bem fraca e muito abatida. A propósito, devo dizer o que me aconteceu esta manhã e que me fez lamentar tanto... sempre tenho o costume de ler as cartas de Jane antes de lê-las para minha mãe, como bem imagina, por medo de que haja algo que possa preocupá-la. Jane faz questão que eu aja dessa maneira, então, faço isso: começo o dia com o cuidado de sempre; mas, assim que li a respeito da doença de Jane, não consegui evitar, fiquei corada e exclamei assustada: "Meu Deus! Jane está doente!". E minha mãe, que prestava atenção em mim, acabou ouvindo e ficou muito preocupada. Entretanto, à medida que li a carta, descobri que não era tão ruim quanto imaginava. Assim, consegui tranquilizar mamãe e ela mal pensa no assunto. Mas não sei como pude me distrair tanto! Se Jane não melhorar imediamente, pediremos que o sr. Perry venha vê-la. Não devemos pensar nos gastos, embora conheça sua generosidade, além de gostar muito de Jane. Creio que não nos cobrará a consulta, mas não posso aceitar isso; afinal, ele tem esposa e família para sustentar e não pode perder seu tempo. Bem, agora que já a coloquei a par das notícias de Jane, vamos ler sua carta: estou convencida de que ela lhe contará a história bem melhor do que eu.

— Sinto muito, mas precisamos ir embora — disse Emma, olhando para Harriet e já se levantando. — Meu pai espera por nós. Não tinha a intenção de ficar mais de cinco minutos. Entrei apenas porque não passaria por aqui sem ter notícias da sra. Bates, mas acabei me distraindo com o horário! Desejo à srta. e à sua adorável mãe uma ótima manhã.

Por mais que tentassem, não conseguiriam que Emma permanecesse por mais tempo. Ela saiu feliz... apesar de ter sido forçada a fazer algo que não lhe agradava, e de ter ouvido todo o conteúdo da carta de Jane Fairfax, conseguira evitar que lessem a carta.

Capítulo 20

Jane Fairfax era órfã. O casamento entre o Tenente Fairfax, do regimento de infantaria, e a srta. Jane Bates teve sua época de esplendor e prazer, esperança e interesse. Agora, entretanto, nada mais restava disso a não ser a melancólica recordação de que ele morrera em uma missão no exterior, e que sua viúva, consumida por uma profunda tristeza, falecera logo depois, deixando aquela menina.

Por nascimento, ela pertencia a Highbury; e, ao perder a mãe aos três anos, a criança se tornou responsabilidade e consolo da avó e da tia. Tudo parecia indicar que viveria ali pelo resto de seus dias, receberia uma educação conforme os rendimentos da sua família, e cresceria sem frequentar a boa sociedade[1] e sem aperfeiçoar os dotes com os quais a natureza a presenteara, tais como ser uma pessoa agradável, compreensiva e de bom coração.

Entretanto a compaixão de um amigo do seu pai mudou o destino de Jane. O coronel Campbell estimava muito o Tenente Fairfax, considerando-o um excelente oficial e um jovem de grandes qualidades. Além disso, era muito grato por ter recebido os cuidados do amigo durante uma grave febre, e a ele

---

[1] Naquela época, uma moça proveniente de uma família humilde não teria boas relações sociais, ou seja, não teria a chance de conhecer pessoas de um nível social elevado, por isso teria grande dificuldade em conseguir fazer um bom casamento.

creditava o mérito de ter salvado sua vida. Essas eram alegações que ele não poderia ignorar — e, embora se tivessem passado muitos anos desde a morte de Fairfax, assim que retornou à Inglaterra colocou seus planos em prática. Quando ele voltou, teve notícias da órfã. Já era um homem casado, com apenas uma filha, da mesma idade de Jane. Assim, Jane tornou-se a convidada da família, visitando-os diversas vezes e vindo a ser a favorita de todos. E, antes que completasse nove anos, por causa do grande afeto que sua filha sentia por Jane e também pelo seu desejo de que fossem grandes amigas, o Coronel Campbell fez a proposta de se encarregar da educação da menina. A família de Jane aceitou e, desde então, a moça pertencia à família Campbell, vivendo com eles e apenas visitando a avó e a tia de vez em quando.

Decidiu-se que Jane deveria preparar-se para ser tutora porque as poucas centenas de libras que herdara do pai não a deixariam em uma situação confortável. O Coronel Campbell não dispunha de meios para garantir uma fonte de renda para Jane, pois, apesar de seus rendimentos, sua fortuna era moderada e deveria ficar para sua filha. Entretanto, ao oferecer uma boa educação a Jane, ele esperava destinar-lhe meios para viver com respeito e dignidade.

Essa era a história de Jane Fairfax, uma menina que caiu em boas mãos porque não podia haver pessoas gentis como os Campbell, além do que lhe ofereceram uma ótima educação. Ao conviver com pessoas inteligentes e bem informadas, seu coração e sua mente receberam uma boa dose de disciplina e cultura. E uma vez que o Coronel Campbell residia em Londres, suas aptidões mais corriqueiras foram amplamente cultivadas graças aos melhores mestres. Suas habilidades e inteligência também eram dignas de tudo que aquela amizade poderia oferecer-lhe. E, por volta de dezoito para dezenove anos, já era muito competente em questões educacionais, observando que, embora tão jovem, aquela moça poderia estar capacitadada a lecionar para crianças. Entretanto, os Campbell gostavam tanto de Jane que nem sequer imaginavam a possibilidade de viver sem ela. Não poderiam pensar sobre isso, muito menos a filha conseguiria suportar tal separação. Assim, o temeroso dia da partida foi protelado facilmente com a desculpa de que ainda era muito jovem, e Jane permaneceu com a família compartilhando, assim como a filha verdadeira, a deliciosa mistura de lar e diversão, apenas com a única preocupação e o entendimento de que um dia tudo isso pudesse terminar.

O carinho de todos e, em particular, o apego da srta. Campbell, contava muitos pontos a favor da família, uma vez que Jane era reconhecidamente superior tanto em beleza como em inteligência. Seus encantos naturais não passavam despercebidos pela jovem amiga, e seus pais também observavam claramente quanto Jane era mais inteligente do que a própria filha. Entretanto, permaneceram unidos por um profundo afeto até o casamento da srta. Campbell, que teve a sorte de conquistar o jovem sr. Dixon, desafiando qualquer antecipação relativa às questões matrimoniais, preferindo a moderação à superioridade. O sr. Dixon era um jovem agradável e rico e, tão logo se conheceram, o compromisso foi imediatamente acertado, enquanto Jane Fairfax precisaria pensar em seu futuro como tutora.

O casamento fora celebrado havia pouco tempo, tempo insuficiente para que a menos afortunada das amigas pudesse dedicar-se ao seu dever, embora já tivesse idade suficiente para tomar suas próprias decisões. Contudo, Jane decidira que vinte e um anos seria a idade correta, da mesma forma que uma noviça devota se decide por completar seu sacrifício, renunciando aos prazeres da vida e a todo tipo de vida social, paz e esperança, a fim de cumprir sua penitência para sempre.

Embora tivessem sentimentos opostos, o bom-senso tanto do Coronel Campbell como de sua esposa não permitiu que fossem contrários a essa decisão. Enquanto vivessem, nenhum esforço seria necessário e sua casa sempre estaria aberta a Jane. Seria um conforto para o casal, no entanto poderia parecer egoísmo: afinal, se tivesse de assim acontecer, que fosse em breve. Talvez tenham começado a pensar que seria mais gentil e mais sábio ter resistido à tentação de atrasar aquele momento e ter evitado que Jane conhecesse e desfrutasse das vantagens dos prazeres do ócio e do lazer, que agora se via obrigada a abandonar. Todavia, era mais fácil se apegar a qualquer desculpa para não apressar aquele momento infeliz. Jane não estava bem desde o casamento da srta. Campbell e, até que se recuperasse por completo, os Campbell não permitiriam que ela começasse nenhum tipo de trabalho porque era incompatível com uma pessoa de saúde tão delicada e ânimo debilitado, e que parecia exigir mais do que a perfeição de corpo e de espírito para que fosse executado de maneira tolerável.

Era verdadeiro o relato que Jane fez à tia a respeito da sua impossiblidade de acompanhar os Campbell à Irlanda, embora alguns outros fatos não tivessem sido mencionados. Foi escolha de Jane se afastar dos Campbell e seguir para Highbury e, talvez, passar os últimos meses de liberdade ao lado das pessoas de quem mais gostava; e os Campbell, por qualquer motivo que fosse, se apressaram a aprovar o plano e tinham a certeza de que passar alguns meses em sua terra natal seria o suficiente para melhorar sua saúde, muito mais do que qualquer outro remédio. Era certo que estava para chegar a Highbury, a qual, em vez de boas-vindas para uma novidade que havia tempos prometia uma visita, no caso, o sr. Frank Churchill, deveria conformar-se com a presença de Jane Fairfax, que traria as novidades de apenas dois anos de ausência.

Emma não estava satisfeita... por um período de três meses teria de ser cortês com uma pessoa que lhe desagradava! Precisaria fazer algo que não desejava, e não estava disposta a isso! A razão pela qual ela não gostava de Jane Fairfax era uma pergunta difícil de responder. O sr. Knightley uma vez lhe dissera que o motivo seria porque Emma percebia quanto Jane era uma moça talentosa, assim como ela mesma desejava ser reconhecida; e, embora a acusação tenha sido refutada, em alguns momentos refletia que sua consciência não estava completamente certa daquilo. Por outro lado, vivia repetindo que "não poderia ser sua amiga, não sabia o motivo, mas percebia em Jane uma frieza e uma reserva... uma aparente indiferença para gostar ou não gostar... e, além disso, sua tia era uma faladeira descontrolada! Fazia tanto alvoroço a respeito de Jane! Sempre imaginando que as duas deveriam ser amigas e, porque tinham a mesma idade, todos pensavam que deveriam ter interesse uma pela outra". Essas eram suas razões... não havia melhores.

Seus motivos eram tão pouco justificados... cada falta imputada estava tão ampliada por sua imaginação que sempre que via Jane Fairfax pela primeira vez, após uma ausência considerável da moça, Emma tinha a impressão de ser injusta com ela. E agora, após visitá-la, assim que chegou, depois de não se verem por dois anos, estava intimamente surpreendida ao notar os modos daquela moça que por anos ela fizera questão de menosprezar. Jane era muito elegante, notavelmente requintada, além de possuir gosto muito refinado. Todos a consideravam uma moça alta, porém não alta demais; tinha uma boa estatura. Era uma figura graciosa, de medidas proporcionais, nem magra nem gorda, apesar de uma aparência um tanto frágil, e parecia descartar a possibilidade do mais provável dos dois perigos. Emma não pôde deixar de observar tudo isso, e percebeu no rosto de Jane mais beleza do que conseguia recordar: apesar de suas feições não serem simétricas, eram de uma agradável beleza. Nunca admirara aqueles olhos, de um tom cinza bem escuro, com cílios e sobrancelhas negros; mas a pele, que ela sempre criticou, afirmando necessitar de um pouco de cor, agora apresentava uma clara delicadeza que certamente não precisaria de retoques. Jane tinha o tipo de beleza cuja principal característica era a elegância e, portanto, Emma, conforme seus princípios, não poderia senão admirá-la... Jane Fairfax possuía uma elegância que, tanto exterior como interiormente, era difícil de encontrar em Highbury. A moça, em vez de comum, era distinta e merecia todos os méritos por sua beleza.

Enfim, durante sua primeira visita, Emma contemplava Jane Fairfax com redobrada complacência; sentia um enorme prazer ao vê-la, além de uma grande necessidade de fazer-lhe justiça. Assim, decidiu abandonar sua atitude hostil em relação à jovem. E, quando pensava em sua triste história, sua situação impressionava tanto quanto sua beleza; ao refletir sobre o destino reservado a tal elegância, sobre como teria de se rebaixar, como viveria, parecia-lhe impossível sentir algo que não fosse compaixão e respeito pela moça. Sobretudo, se às circunstâncias bem conhecidas da sua vida que a fizeram merecedora de tanto interesse, somasse o fato mais do que provável de que se haveria sentido atraída pelo sr. Dixon, o que Emma espontaneamente imaginara. Nesse caso, nada mais digno de compaixão e mais nobre do que os sacrifícios que ela estava disposta a aceitar. Agora Emma não acreditava que a jovem tivesse tentado seduzir o sr. Dixon, rivalizando com sua melhor amiga, ou que fosse capaz de qualquer outra atitude maliciosa que sua mente fértil havia imaginado. Se fosse amor, seria um sentimento singelo e único, unilateral e não correspondido. Inconscientemente, devia sugar com lentidão aquele triste veneno enquanto a amiga lhe fazia confidências sobre o rapaz; e, agora, deveria ser o melhor e mais puro motivo para se recusar a visitar a Irlanda, decidindo separar-se dele e de suas amizades e logo iniciar sua carreira como governanta e enfrentar seu laborioso dever.

Despediu-se de Jane sentindo tanta simpatia e tanto afeto pela moça que, ao retornar à sua casa, viu-se forçada a pensar na possibilidade de arranjar-lhe um bom pretendente, e a lamentar que em Highbury não houvesse nenhum rapaz que lhe pudesse oferecer uma situação independente; ali não havia ninguém para se casar com Jane.

Emma possuía sentimentos admiráveis... que não duraram muito tempo. Antes de afirmar publicamente sua amizade por Jane Fairfax, antes que pudesse consertar seus erros e preconceitos do passado, teria de dizer ao sr. Knightley: "Ela é realmente bonita, muito mais do que bonita!".

Jane passou uma tarde em Hartfield, na companhia da avó e da tia, e tudo voltou ao normal. As antigas provocações reapareceram. A tia estava tão cansativa como sempre; aliás, ainda mais cansativa porque agora, além de se preocupar com a saúde de Jane, seguia enaltecendo seus talentos naturais, e foram obrigados a ouvir a minuciosa descrição a respeito do pedacinho de pão com manteiga que Jane comera no café da manhã, ou da pequena fatia de carne ao jantar, além de mostrar os novos gorros e cestos de costura que ela e a mãe receberam de presente. Bastou a tia começar a falar e seus ressentimentos por Jane ressurgiram. Naquela noite, Emma foi obrigada a tocar piano; e os agradecimentos e elogios recebidos pareceram-lhe afetados, pairando um ar de superioridade destinado apenas a demonstrar a todos que Jane possuía um estilo e uma *performance* muito superiores aos dela. Além disso, a moça era a pior de todas elas, tão fria, tão cautelosa! Não era possível saber sua real e verdadeira opinião sobre qualquer assunto. Protegida por uma capa de cortesia, ela parecia determinada a não se arriscar de modo nenhum. Era desagradavelmente reservada.

Como se fosse possível algo mais, mostrou-se ainda muito mais reticente quando o assunto era Weymouth ou os Dixon. Ela parecia determinada a não fazer nenhum tipo de comentário a respeito do caráter do sr. Dixon, não valorizar a companhia dele nem tecer nenhuma obsevação sobre o casamento. Agia sempre do mesmo modo; em suas palavras não se ouvia nada relevante. Entretanto, essa atitude não teve serventia; foi um cuidado inútil. Emma percebeu quanto isso era dissimulado e todas as suas suspeitas voltaram à tona.

Provavelmente, a moça ocultava algo além de suas simples preferências. Talvez o sr. Dixon estivesse a ponto de deixar sua amiga por ela, ou talvez pensasse na srta. Campbell apenas por causa da sua fortuna de doze mil libras.

Manteve a mesma reserva em outros assuntos. Ela e o sr. Frank Churchill tinham estado em Weymouth na mesma época. Todos sabiam que eles se conheciam, mas Emma não conseguiu sequer saber qual era a aparência do rapaz. "Ele é bonito?"... "Creio que todos o consideram um homem bem jovem." "Ele é agradável?"... "Bem, todos pensam que é."... "É um jovem sensível e inteligente?"... "Seja em um balneário ou na casa de algum amigo em comum de Londres, é difícil definir tais questões. Suas maneiras são as primeiras características que se pode apreciar, mas, apesar de tudo, é necessário conhecer melhor uma pessoa como o sr. Churchill para poder falar a seu respeito." Jane tinha a impressão de que todas as pessoas o achavam muito agradável. E Emma não pôde perdoá-la por essa atitude.

Capítulo 21

Emma não poderia perdoá-la. Contudo, como o sr. Knightley, que também havia participado da reunião, não mencionou nenhum motivo de provocação ou ressentimento, apenas percebeu que as duas moças se comportaram de forma adequada e agradável. Na manhã seguinte, ele afirmou que costumava pensar que Emma era muito injusta com Jane, e agora estava muito satisfeito ao ver que a situação estava bem melhor.

Assim que o sr. Knightley conversou com o sr. Woodhouse explicando-lhe o necessário, guardaram os documentos, e, ele comentou:

— Foi uma noite muito agradável, particularmente agradável. Você e a srta. Fairfax nos proporcionaram uma música maravilhosa. Não conheço maior prazer, meu caro sr. Woodhouse, do que sentar e passar toda a noite ao lado de agradáveis moças que nos presenteiam com belas músicas e ótimas conversas. Emma, tenho certeza de que a srta. Fairfax também achou a noite muito agradável. Você não deixou nada a desejar. Fiquei feliz ao perceber que a deixou tocar bastante, uma vez que não possui um instrumento na casa da avó; ela deve estar muito agradecida.

— Fico feliz que tenha aprovado — disse Emma, sorrindo. — Mas não creio que eu seja descortês com as pessoas que visitam Hartfield.

— Não, minha querida! — concordou seu pai, imediatamente. — Disso não tenho a menor dúvida. Não há ninguém mais educada ou atenciosa do que você. Às vezes, é atenciosa demais. Por exemplo, os bolinhos que foram servidos ontem, se tivesse oferecido apenas uma única vez, já teria sido suficiente.

— Não — respondeu o sr. Knightley, quase ao mesmo tempo que seu pai. — Você raramente apresenta falhas, seja em boas maneiras ou em atenções. Creio que sabe do que estou falando.

Emma arqueou a sobrancelha, como se dissesse: "Entendo você perfeitamente". Porém, limitou-se a comentar:

— A srta. Fairfax é muito reservada.

— Eu sempre lhe disse que ela é um pouco reticente, mas você logo perdoará essa reserva, que é proveniente da timidez. O fruto da discrição é algo que deve ser valorizado.

— Então o senhor acredita em sua timidez. Eu não penso assim.

— Minha querida Emma — disse ele, trocando de lugar e sentando-se em uma cadeira mais próxima à dela. — Por favor, não vá dizer-me que não desfrutou a noite.

— Oh, imagine! Eu fico muito contente quando me empenho nas perguntas e não recebo nenhuma resposta.

— Estou desapontado — foi a única resposta do sr. Knightley.

— Espero que todos tenham aproveitado a ótima noite — disse o sr. Woodhouse, com sua habitual tranquilidade. — Pelo menos para mim, foi perfeita. Apenas achei que o fogo estava forte demais, mas bastou eu afastar um pouco a minha cadeira, só um pouquinho, e não me incomodou mais. A srta. Bates estava muito falante e bem-humorada, como sempre. Às vezes, ela fala muito rápido. Entretanto, é sempre agradável. A mãe também é muito agradável, de um modo diferente. Gosto muito das minhas antigas amigas! E a srta. Fairfax é uma jovem muito bonita, elegante e educada. Sr. Knightley, acredito que ela tenha apreciado a noite, graças aos esforços de Emma.

— É verdade, senhor. Do mesmo modo que Emma ficou agradecida com a presença da srta. Fairfax.

Emma percebeu a ansiedade do sr. Knightley e, desejando tranquilizá-lo, pelo menos momentaneamente, comentou com tanta sinceridade que ninguém jamais ousaria duvidar:

— Ela é muito elegante, jamais encontrei uma moça igual a Jane. Estou sempre a admirá-la, e me compadeço dela de todo o meu coração.

O sr. Knightley voltou-lhe o olhar como se estivesse mais agradecido do que poderia demonstrar e, antes que pudesse responder, o sr. Woodhouse, ainda pensando nas Bates, comentou:

— É uma grande lástima a situação em que elas vivem! De fato, são dignas de compaixão! Muitas vezes desejei enviar-lhes um presente, algo simples. Agora mesmo, que abatemos um porco, Emma pensou em enviar-lhes um lombo ou um pernil, o que é muito gentil e delicado de sua parte. Os porcos que criamos aqui em Hartfield não podem ser comparados com os de outros criadores... e, minha querida, se não temos a certeza de que elas irão cortá-lo em fatias e fritá-los sem gordura como nós fazemos, creio que o melhor é enviar-lhes um pernil, o que me diz?

— Fique tranquilo, papai. Eu enviei para as Bates o pernil e o lombo. Sabia que o senhor concordaria. Assim, poderão prepará-los da maneira que mais apreciarem.

— Boa ideia, minha querida, você agiu corretamente. Eu não tinha pensado nisso, mas essa foi a melhor decisão. Se elas preferirem, não precisarão salgar demais o pernil e, se ele for bem cozido, como Serle faz aqui em casa, poderão apreciá-lo melhor se acompanhado de nabos, cenouras ou *parsnip*.[1] Muito bem! Foi melhor assim, se prepararem o pernil dessa forma, não fará mal à saúde de nenhuma delas.

— Emma — chamou o sr. Knightley. — Tenho uma notícia para você. Sei que adora novidades... então, quando eu estava vindo para sua casa, ouvi algo que muito lhe interessará.

---

[1] Tubérculo comum na Europa, pertencente à família das batatas.

— Novidades! Oh, sempre gosto de saber das novidades. Conte logo! Por que está sorrindo? O que você ouviu? Foi em Randalls?

Ele teve tempo apenas de dizer:

— Não, não foi em Randalls, há tempos não passo perto de Randalls.

Nesse momento, a porta se abriu e a srta. Bates e a srta. Fairfax entraram na sala, muito agradecidas e com várias novidades para contar. A srta. Bates não sabia o que fazer primeiro. Assim, o sr. Knightley logo percebeu que perdera a oportunidade e não conseguiria dizer sequer mais uma palavra.

— Oh, meu caro senhor, como está hoje? Minha cara srta. Woodhouse... estou muito feliz! Que maravilhoso presente nos enviaram! São muito generosos! Já souberam das novidades? O sr. Elton vai casar-se.

Emma, que nem tivera tempo de pensar no jovem pastor, ficou tão surpresa que não conseguiu evitar um pequeno sobressalto e um ligeiro rubor ao ouvir a novidade.

— Essas eram as minhas notícias... pensei que fosse interessar-lhe — disse o sr. Knightley, com um sorriso que implicava certa convicção de que ambos sabiam que haviam participado do acontecido, ainda que indiretamente.

— Mas, quem lhe contou? — perguntou a srta. Bates. — Onde poderia ter ouvido isso, sr. Knightley? Não faz nem bem cinco minutos, recebi um bilhete da sra. Cole... não, não faz nem cinco minutos... ou talvez dez... pois tive tempo de pegar meu chapéu e minha capa, antes de sair. Parei apenas alguns instantes para contar novamente a Patty sobre o pernil... Jane ficou esperando no corredor, não foi, Jane? Minha mãe ficou preocupada com o fato de não termos uma vasilha grande o suficiente para salgá-lo. Então, eu disse que iria à cozinha, para ver se encontrava uma panela maior e, logo em seguida, Jane perguntou se não deveria ir no meu lugar porque eu estava com frio e Patty estava lavando a cozinha. Oh, minha querida, foi o que eu disse... logo depois chegou o bilhete. Tudo que sei é que a moça, srta. Hawkins, mora em Bath. Mas, sr. Knightley, como soube da notícia? Quando o sr. Cole contou à esposa, ela rapidamente escreveu o bilhete e me enviou. Bem... só sei que se trata de uma tal de srta. Hawkins...

— Há mais ou menos trinta minutos, eu tratava de negócios com o sr. Cole. Quando o encontrei, ele terminava de ler a carta enviada pelo sr. Elton e mostrou-me logo em seguida.

— Bem, isso é o bastante... creio que é a notícia mais interessante dos últimos dias. Meu caro sr. Woodhouse, o senhor é muito bondoso. Minha mãe lhe deseja os votos mais afetuosos, ela está muito agradecida e pediu para lhe dizer que o senhor sempre a deixa embaraçada com sua generosidade.

— Na verdade — respondeu o sr. Woodhouse — consideramos nossos porcos os melhores da região. Emma e eu somos muito orgulhosos disso.

— Oh! Meu caro senhor, como minha mãe sempre nos diz: "Nossos amigos são sempre generosos conosco". Se há pessoas que, mesmo sem ter muitos recursos, possuem tudo que desejam, essas somos nós. Costumamos dizer que vivemos em um lugar abençoado. Bem, sr. Knightley, quer dizer que o senhor já leu a carta... muito bem...

— É uma carta muito objetiva, apenas um anúncio, porém muito alegre e exultante, claro — ao dizer isso, olhou discretamente para Emma. — Dizia que foi muito afortunado... bem, não me recordo exatamente das palavras escritas... tampouco me dei ao trabalho de memorizá-las. Como a senhora disse, a notícia era de que ele vai casar-se com a srta. Hawkins. Pelo modo como escreveu, creio que já devem ter-se casado.

— O sr. Elton vai casar-se! — disse Emma, assim que pôde falar. — Todos certamente lhe desejarão muitas felicidades.

— Ele é muito jovem para se casar — observou o sr. Woodhouse. — Não precisava apressar-se. Parecia estar muito bem solteiro. Sempre ficamos felizes com sua presença em Hartfield.

— Teremos uma nova vizinha, srta. Woodhouse! — disse a srta. Bates, alegremente. — Minha mãe está muito contente! Ela sempre disse que não conseguia ver o pobre pastor sem uma esposa. De fato, é uma grande notícia. Jane, você ainda não conhece o sr. Elton! Aposto que deve estar muito curiosa sobre ele.

A curiosidade de Jane Fairfax não pareceu suficiente a ponto de emocioná-la. Em seguida respondeu:

— De fato, nunca vi o sr. Elton. É um homem alto?

— Quem poderia responder a essa pergunta? — refletiu Emma. — Meu pai diria que ele é alto, já o sr. Knightley diria que não. Eu e a srta. Bates diríamos que ele tem uma altura mediana. Quando passar um tempo conosco, srta. Fairfax, poderá entender que o sr. Elton é o padrão de perfeição aqui em Highbury, tanto em beleza como em inteligência.

— É verdade, srta. Woodhouse, ela entenderá. Ele é o melhor jovem da região... mas, minha querida Jane, se você não se esqueceu, eu lhe disse ontem que ele tem a mesma altura que o sr. Perry. Ouso dizer que a srta. Hawkins é uma excelente jovem. Ele é extremamente gentil com minha mãe, insiste para que ela se sente nos primeiros bancos da igreja para que possa ouvir claramente os sermões, pois, como sabem, minha mãe está um pouco surda... bem, não está tão surda, mas já não consegue ouvir com clareza. Jane me disse que o Coronel Campbell também está um pouco surdo. Ele acreditava que os banhos lhe fariam bem... os banhos termais... e o sr. Dixon parece ser um jovem muito charmoso e muito digno. Fico tão feliz quando boas pessoas se unem, assim como eles o fazem. Agora, teremos aqui pessoas felizes como o sr. Elton e sua esposa, os Cole e os Perry. Suponho que jamais tenha existido um casal tão bom e feliz quanto os Perry. Eu disse uma vez, senhor — voltou-se para o sr. Woodhouse —, creio que haja poucos lugares como Highbury. Sempre digo que somos muito abençoados por termos vizinhos assim. Meu caro senhor, se há algo que minha mãe adora é uma boa carne suína, um lombo de porco bem assado...

— Quanto a quem ou como a srta. Hawkins é, ou há quanto tempo o sr. Elton a conhece — comentou Emma —, nada sabemos. Creio que não se conhecem há muito tempo. Ele viajou há apenas quatro semanas.

Ninguém tinha nenhuma informação a dar e, após algumas divagações, ela continuou:

— Está muito calada, srta. Fairfax... mas espero que tenha algum interesse pela notícia. A srta., que sempre ouviu e presenciou os últimos acontecimentos, e deve conhecer a fundo os assuntos da srta. Campbell... não terá desculpas para se mostrar indiferente com o sr. Elton e a srta. Hawkins.

— Quando eu conhecer o sr. Elton — respondeu Jane — tenho certeza de que ficarei interessada... mas, parece-me que, para que eu fique interessada, é necessário que o conheça primeiro. E como já faz alguns meses desde que a srta. Campbell se casou, talvez as impressões que tive já estejam um pouco desgastadas.

— Sim, ele partiu há apenas quatro semanas, como bem observou a srta. Woodhouse, fez um mês ontem. É uma surpresa que haja uma srta. Hawkins... bem, sempre imaginei que seria uma moça das redondezas, mas essa situação eu nunca imaginei... certa vez, a sra. Cole confessou para mim... mas logo em seguida eu disse: "Não, o sr. Elton é um jovem muito precioso... Merece algo mais...". Mas, em resumo, não acho que sou muito esperta para esse tipo de descobertas. Nem sequer pretendo ser. Vejo apenas o que está diante dos meus olhos. Ao mesmo tempo, ninguém poderia imaginar o que o sr. Elton almejava... A srta. Woodhouse permite conversas assim, tão bem-humoradas. Ela sabe que eu jamais desejaria magoar alguém. Como tem passado a srta. Smith? Ela parece estar recuperada agora. Têm notícias da sra. John Knightley? Oh, e aquelas adoráveis crianças... Jane, você acredita que eu sempre imaginei o sr. Dixon muito parecido com o sr. John Knightley? Quero dizer... em relação ao aspecto físico... alto, com o mesmo tipo de olhar... e bastante sério.

— Minha querida tia, a senhora está muito enganada, eles não se parecem em nada.

— Que estranho! Nunca é possível formar uma ideia exata a respeito de alguém sem antes conhecer a pessoa. Imaginamos uma coisa e logo mudamos de ideia. Você não disse uma vez, de maneira bem resumida, que o sr. Dixon é bonito?

— Bonito?! Oh, não... longe disso... ele é muito comum. Já lhe disse que ele é um rapaz simples.

— Minha querida, você me disse que a srta. Campbell não permitiria que ele fosse simples e comum, e que você mesma...

— Oh! Quanto a mim, minha opinião não vale nada. Quando gosto de uma pessoa, sempre penso que ela é bonita. Quando disse que ele era comum, estava referindo-me apenas à opinião da maioria.

— Bem, minha querida Jane, creio que já está na hora de irmos. O tempo parece que vai piorar, e sua avó não ficará sossegada até chegarmos. Foi tão amável conosco, minha querida srta. Woodhouse, mas devemos ir. De fato, a notícia do casamento do sr. Elton foi algo extraordinário. Passarei na casa da sra. Cole, mas não ficarei mais de três minutos. E você, Jane, deve ir para casa imediatamente... eu não gostaria que você apanhasse chuva! O melhor que fez para a sua saúde foi vir para uma temporada em Highbury. Obrigada de verdade, mas devemos ir. Não devo convidar a sra. Goddard tão cedo, pois acredito que ela não gosta muito de cozido de porco, mas quando fizermos o pernil, aí sim, poderemos convidá-la. Bom-dia para o senhor, meu caro sr. Woodhouse. Oh! Sr. Knightley, vejo que também está de partida. Isso é tão conveniente! Tenho certeza de que Jane está cansada e é tanta gentileza sua oferecer-lhe o braço. Oh, o sr. Elton e a srta. Hawkins! Bom-dia para todos!

Emma, sozinha com o pai, precisou dedicar parte da sua atenção às lamentações dele a respeito de quanto os jovens se apressam em casar... além de se casarem com pessoas completamente desconhecidas. Além disso, Emma também refletia sobre o assunto. Para ela, era uma notícia interessante e bem-vinda e provava que o sr. Elton não sofrera por muito tempo. Ela apenas sentia pena de Harriet, a amiga ficaria muito magoada ao ouvir a notícia. E tudo que Emma esperava era que fosse ela a dar a notícia para a amiga, evitando que soubesse pelos outros, que poderiam contar-lhe sobre o casamento com bem menos delicadeza. Aproximava-se justamente da hora que Harriet deveria chegar a Hartfield para fazer sua costumeira visita. E se encontrasse com a srta. Bates pelo caminho? Além disso, começou a chover, e assim foi obrigada a acreditar que a amiga, detida pelo mau tempo, fosse ouvir a novidade sem ao menos estar preparada.

A chuva foi intensa, mas não longa nem passaram cinco minutos quando Harriet chegou, agitada e ofegante, por ter corrido... estava com o coração angustiado. Ao chegar, uma vez que era impossível controlar toda sua perturbação, logo exclamou:

— Oh, srta. Woodhouse! Nem pode imaginar o que aconteceu!

Emma percebeu que a amiga já recebera a triste notícia, e o melhor que poderia fazer era escutá-la. Assim, Harriet contou tudo que sentia sem ser interrompida.

Ela disse que estava na casa da sra. Goddard, esperando a chuva cair a qualquer momento... porém, pensou que conseguiria chegar a Hartfield antes; assim, tratou de andar o mais rápido que pôde, mas, ao passar diante da casa de uma senhora que costurava um vestido para ela, resolveu parar para ver como estava o modelo. Embora não tivesse a intenção de permanecer nem um minuto, seus planos foram desfeitos porque logo começou a chover e ela ficou sem saber o que fazer, mas logo teve a ideia de correr o mais rápido possível e se refugiar no armarinho Ford — a loja mais importante de Highbury, especializada em linhas, lãs e aviamentos. E lá estava Harriet, sentada havia mais de dez minutos, sem imaginar o que lhe aconteceria em seguida. Quando, de repente, entraram duas pessoas! Algo muito incomum, uma verdadeira coincidência... A srta. Elizabeth Martin e o irmão entraram na loja! Harriet disse para Emma:

— Querida srta. Woodhouse, consegue imaginar? Eu pensei que fosse desmaiar, não sabia o que fazer. Como estava sentada bem perto da porta, Elizabeth me viu imediatamente, mas Robert não, porque fechava o guarda-chuva. Tenho certeza de que ela me viu, mas desviou o olhar logo em seguida e agiu como se não me conhecesse. Os dois foram para o outro lado da loja e eu permaneci sentada perto da porta... Oh, minha amiga! Estava tão aborrecida! Acho que fiquei tão pálida quanto meu vestido. Eu não podia sair por causa da chuva, mas desejei estar em qualquer lugar que não fosse ali. Oh, querida Emma! Bem, por fim, creio que ele se virou e me viu porque, em vez de partirem, após terminarem suas compras, começaram a sussurrar um para o outro. Tenho certeza de que falavam a meu respeito e não pude deixar de pensar que ele estava convencendo a irmã a conversar comigo. Você acredita que ele seria capaz disso, srta. Woodhouse? Bem, depois, ela caminhou até onde eu estava... e me perguntou como tenho passado e parecia disposta a apertar minha mão caso eu também demonstrasse interesse. Ela não agiu da mesma forma que costumava agir comigo, percebi que estava nervosa, mas parecia disposta a conversar amigavelmente, então, nos cumprimentamos e ficamos conversando por alguns minutos. Entretanto, não me lembro mais o que disse, estava tremendo muito! Lembro-me de ela dizer que lamentava muito o fato de não nos encontrarmos mais como antes, achei tão gentil da parte dela! Querida srta. Woodhouse, fiquei tão triste! E então, o tempo começou a melhorar... e pensei que já não havia motivo que me obrigasse a permanecer ali... mas imagine o que aconteceu! Percebi que Robert caminhava na minha direção, muito lentamente, como se não soubesse o que fazer. Ao chegar, conversamos um pouco... e ficamos assim, por mais ou menos um minuto, e me senti tão miserável, ninguém pode imaginar como me senti! Tomei coragem e disse que já não estava mais chovendo e que deveria ir. Ao sair, nem sequer andei três metros e ele veio até mim, e apenas me disse que, se eu estivesse dirigindo-me a Hartfield, seria melhor dar a volta pelos estábulos do sr. Cole porque se eu fosse pelo caminho mais fácil, o encontraria todo encharcado. Oh, minha amiga, pensei que fosse morrer! Então, disse-lhe que estava muito agradecida, ele voltou à loja e eu segui meu caminho pelos estábulos... bem, me parece que foi por ali que passei, mas agora não fazia ideia de onde eu estava. Oh, srta. Woodhouse, daria qualquer coisa para que isso não tivesse acontecido. Mas, apesar de tudo, acredito que fiquei feliz ao ver como ele se comportou de maneira tão amável e gentil! E Elizabeth também foi muito cortês. Oh, Emma, fale alguma coisa para me tranquilizar.

Emma desejava isso mais do que tudo, porém não tinha condição de tranquilizar a amiga. Foi obrigada a parar e pensar. Também se sentia desconfortável. A conduta do jovem rapaz e de sua irmã parecia resultado de sentimentos sinceros, e ela não podia deixar de lamentar por isso. A forma como Harriet comentou o modo como se portaram era uma mescla de afeição e genuína delicadeza. Antes, ela os considerava pessoas de boas maneiras e dignas, mas que diferença fariam essas qualidades se Harriet fizesse um péssimo casamento? Era tolice se preocupar com isso. É claro que o jovem rapaz deveria sentir muito ao perdê-la... todos sentiriam muito. Ambição, assim como o amor, era motivo de pudor. Todos da família devem ter cobiçado a elevação social quando pensaram no casamento entre Robert e Harriet. E, além disso, qual consideração fazer da descrição de Harriet? Justo ela, tão fácil de agradar... que tem tão pouco discernimento das coisas... O que signifcava um elogio de Harriet?

Ela fez um esforço para se controlar e tentou consolar a amiga, procurando convencê-la a acreditar que esse encontro não tinha a menor importância e que não valia a pena se preocupar.

— Foi uma situação desagradável — disse. — Mas parece que você se comportou extremamente bem; agora já passou... e como esse primeiro encontro não vai repetir-se, não é necessário que pense mais nisso.

Harriet concordou. Entretanto, continuou o assunto... não podia falar de outra coisa. E Emma, na tentativa de tirar os Martin do pensamento de Harriet, foi obrigada a anunciar a novidade que antes planejara contar com muita cautela e delicadeza, quase sem saber se ficaria alegre ou indignada, se sentiria vergonha ou apenas se divertiria, tal era o estado de ânimo de Harriet... uma vez que ela parecia ter perdido todo o interesse pelo sr. Elton.

No entanto, o interesse pelo jovem pastor foi gradualmente ganhando importância, embora não fosse o mesmo de uma hora atrás ou do dia anterior. E, antes de terminarem a conversa, Harriet expressou todas as sensações — da curiosidade ao assombro, do pesar à ilusão — a respeito da afortunada srta. Hawkins, de modo que acabou relegando os Martin a segundo plano.

Emma chegou a ficar muito satisfeita com o encontro de Harriet com os irmãos Martin, pois serviu para amenizar o primeiro choque sem produzir nenhuma consequência alarmante. Do modo como Harriet vivia agora, não seria possível para os Martin se aproximarem dela, a não ser que tomassem a iniciativa e fossem Condescendentes, pois, desde o dia em que ela recusou o sr. Martin, as irmãs do rapaz não voltaram à casa da sra. Goddard e, provavelmente, passaria quase um ano sem que se encontrassem por acaso novamente, sem que houvesse necessidade ou um motivo para conversarem.

Capítulo 22

A natureza humana é tão bem disposta para com aqueles que se encontram em uma situação interessante, que uma jovem que se casa ou morre pode ter certeza de que falarão muito bem dela. Ainda não se passara uma semana desde que o nome da srta. Hawkins fora mencionado em Highbury, quando, de um modo ou outro, as pessoas descobriram todo tipo de qualidades físicas e intelectuais: era bonita, elegante, muito talentosa e muito agradável. E quando o sr. Elton retornou para aproveitar o triunfo de sua felicidade e espalhar a fama dos méritos de sua futura esposa, havia muito pouco que falar além do seu nome de batismo ou sua música favorita.

O sr. Elton retornou muito feliz a Highbury. Partira sentindo-se rejeitado, com o orgulho ferido e as esperanças completamente frustradas. Depois de uma série de atos que julgou serem motivos de encorajamento, não conquistara a moça que lhe interessava e foi rebaixado ao nível de outra por quem não sentia o menor interesse. Saiu de Highbury muito ofendido, mas retornou comprometido com outra moça. E esta, é claro, muito superior a Emma, ao comparar o que conquistou com o que perdeu. Ele retornou muito alegre e satisfeito consigo mesmo, ativo e muito ocupado, sem se preocupar com a srta. Woodhouse e desafiando a srta. Smith.

A encantadora Augusta Hawkins, além de todas as vantagens de uma beleza perfeita e de suas qualidades, possuía uma grande fortuna, questão que afetava tanto sua dignidade como seus interesses. E seus feitos demonstravam perfeitamente que ele não se rebaixara... tinha conseguido uma esposa de dez mil libras ou mais. E a conquistara com uma rapidez assombrosa. Depois da primeira hora, do momento em que se conheceram, simpatizaram um com o outro. A história que ele contara ao sr. Cole sobre o surgimento e o progresso daquele caso de amor era muito gloriosa. Os passos rápidos desde o encontro acidental no jantar do sr. Green e a festa na casa da sra. Brown, sorrisos e rubores cada vez mais frequentes, percepção e agitação ricamente provocadas, a moça tão facilmente impressionável, tão bem-disposta em pouco tempo para resumir e usar a frase mais direta, tão determinada a aceitá-lo que a vaidade e a prudência eram igualmente satisfeitas.

Ele conseguira tudo, fortuna e afeto, e era exatamente o homem feliz que sempre sonhou ser, falando apenas de si mesmo e de seus interesses, sempre à espera de elogios e, agora, distribuindo sorrisos amáveis, dirigindo-se às jovens do lugar, com quem falava de modo tão cauteloso havia poucas semanas.

O casamento aconteceria em breve, pois ambos não precisavam dar satisfações e não havia a necessidade de grandes preparativos nem uma longa espera. E, quando ele retornou a Bath, havia uma grande expectativa; as atitudes da sra. Cole não pareciam contradizer as suposições de que, ao retornar a Highbury, ele estaria acompanhado da esposa.

Durante essa breve permanência do pastor, Emma mal o tinha visto, só o tempo suficiente para perceber que a sensação do último encontro se dissipara e saber que agora, em sua expressão, havia uma intensa mistura de pretensão e ressentimento. De fato, ela começava a imaginar se alguma vez pôde acreditar que ele fosse um homem agradável. E sua pessoa estava tão intimamente ligada a sentimentos desagradáveis que se sentiria grata se não precisasse mais vê-lo, a não ser em circunstâncias morais, ou como uma penitência, uma lição, uma fonte de constante humilhação. Emma desejava que ele fosse muito feliz; entretanto, sua presença causava dor e seria melhor se ele morasse a mais de trinta quilômetros de distância deles.

Contudo, certamente, a dor causada pelo fato de ele permanecer em Highbury seria amenizada por seu casamento. Muitos favores inúteis seriam evitados e muitas situações embaraçosas, amenizadas. A presença da esposa do sr. Elton seria um pretexto para qualquer mudança de comportamento entre eles; a intimidade de antes poderia desaparecer sem que ninguém notasse. Seria como um recomeço em sua vida social.

Emma não sabia o que pensar a respeito da esposa do pastor. Sem dúvida, era uma moça boa demais para ele; muito sofisticada para Highbury, e bonita demais, mas não tanto se comparada a Harriet. E, quanto à posição social, ela estava muito tranquila, convencida de que, apesar de todo o desdém por Harriet, ele não faria mais nada. Essa questão parecia muito clara. Não sabia exatamente o que era; mas quem era ela, parecia ser algo possível de descobrir e, a não ser pela renda de dez mil libras, a moça não parecia ser superior a Harriet. Augusta Hawkins não tinha um nome na sociedade, linhagem ou alianças. Ela era a mais nova de duas filhas de um comerciante de Bristol — assim podia-se chamá-lo; mas, no geral, os benefícios do seu comércio não poderiam ser elevados; era de se esperar, sem ser injusto, que os negócios aos quais se havia dedicado não fossem de grande importância também. Entretanto, apesar de a cada inverno Augusta passar uma temporada em Bath, Bristol era seu lar e lá estava seu coração. Apesar da morte dos pais havia alguns anos, restava o tio, sobre o qual não se tinha nenhuma informação, apenas que estava no ramo do Direito e tinha uma filha que morava com ele. Emma supôs que fosse apenas um assistente de um advogado e que fosse muito inapto para subir na carreira. Toda a grandeza da família parecia depender da irmã mais velha, que fizera um excelente casamento com um cavalheiro de grandes posses nas redondezas de Bristol e possuía duas carruagens![1] Essa era toda a história e toda a glória da srta. Hawkins.

Se ao menos Emma pudesse passar para Harriet tudo que sentia diante dessa situação! Conduzira a amiga ao amor, porém não era fácil desviá-la dele. Era quase impossível tirar da mente de Harriet todos aqueles pensamentos que ocupavam suas horas de ócio. Só seria possível esquecer tais pensamentos se ela começasse a cultivar outros. Nada poderia ser tão claro: até mesmo Robert Martin seria capaz de conseguir fazê-la esquecer o sr. Elton.

No entanto, temia que nada curasse a amiga. Harriet era aquele tipo de pessoa que, ao amar uma vez, amaria para sempre. Pobre moça! Ficava cada vez pior após receber a notícia do retorno do jovem pastor: ela sempre o encontrava, de um modo ou de outro. Emma, por sua vez, só o viu uma vez. Harriet, no entanto, quase o encontrara duas ou três vezes, estava sempre prestes a ouvir sua voz, a ver seu ombro, a vivenciar algo que o mantivesse vivo em sua imaginação, sempre conjecturando esperanças. Além disso, falavam dele constantemente, pois, com exceção de Hartfield, sempre havia pessoas dispostas a discorrer sobre o pastor e suas qualidades. Assim, com frequência, chegava aos ouvidos de Harriet alguma notícia sobre ele: algum fato ocorrido, todo tipo de negócio que poderia fazer, sua renda anual, os empregados e até mesmo sua mobília. Seus sentimentos aumentavam, cada vez que o nome do rapaz era mencionado, bem como aumentava seu pesar, e sentia-se magoada ao fazerem inúmeras ponderações a respeito da srta. Hawkins e do quanto o sr. Elton parecia apaixonado! O jeito como ele andava pela casa, até mesmo o modo como colocava o chapéu eram demonstrações do seu amor por Augusta!

---

[1] Naquela época, a família que possuísse uma carruagem tinha uma boa condição financeira para manter os cavalos e o cocheiro; e ainda mais dinheiro e respeito quando possuía duas carruagens.

Se não fosse pelo sofrimento da amiga ou a culpa que sentia, Emma se divertiria com todas as divagações da mente de Harriet. Às vezes, era o sr. Elton que predominava, outras vezes eram os Martin, e um servia de comparação para o outro. O noivado do sr. Elton serviu para curar toda a agitação que a amiga sentiu ao se encontrar com o sr. Martin e diminuir a importância da visita que Elizabeth Martin fez alguns dias depois à casa da sra. Goddard. Harriet não estava, mas Elizabeth deixara um bilhete, muito bem escrito, uma mistura de censura e gentileza. Até que o sr. Elton voltasse a Highbury, a amiga ocupava sua mente ponderando a respeito do que deveria ser feito em relação ao bilhete e desejando fazer muito mais do que ousava confessar. Contudo, a visão do jovem pastor a fazia esquecer todo o resto. Enquanto ele permanecesse ali, os Martin seriam ignorados; porém, na mesma manhã em que o sr. Elton partiu para Bath, Emma, na tentativa de dissipar todas as amarguras da amiga, julgou que seria melhor se Harriet devolvesse a gentileza e fizesse uma visita a Elizabeth Martin.

O que deveria pensar sobre aquela visita, o que seria necessário fazer, e o que seria mais seguro dizer eram as considerações que pairavam em suas mentes. Negligenciar o convite da mãe e das irmãs do sr. Martin seria um ato de ingratidão. Obviamente, não deveria agir dessa maneira, mas decerto seria uma renovação da amizade!

Depois de muito pensar, Emma julgou que a melhor decisão seria Harriet retribuir a visita, mas de modo a convencê-los de que era apenas uma formalidade. Ela decidiu acompanhar a amiga em sua carruagem, deixá-la-ia em Abbey Mill enquanto faria um pequeno passeio e, após alguns minutos, voltaria à casa dos Martin para apanhá-la. Dessa forma não haveria tempo suficiente para traiçoeiras e perigosas lembranças, e também para provar, definitivamente, que qualquer tipo de amizade íntima entre eles estava descartada no futuro.

Ela não conseguia pensar em nada melhor e, embora houvesse algo em seu coração que não aprovava, algo como uma ingratidão apenas dissimulada, sabia que era o que deveria ser feito; senão, o que seria de Harriet?

Capítulo 23

Harriet estava angustiada e sem ânimo para essa visita. Apenas meia hora após a amiga apanhá-la na casa da sra. Goddard, sua má sorte a conduziu ao lugar onde precisamente um baú endereçado ao pastor Philip Elton, White-Hart, em Bath, era colocado na carroça do açougueiro, para ser transportado até a diligência. Nesse momento, tudo desapareceu ao seu redor e apenas a visão daquele baú permaneceu diante de seus olhos.

Entretanto, Harriet decidiu fazer a visita e, quando chegaram à fazenda, ao descer da carruagem e seguir pelo caminho de cascalho, cercado de macieiras até chegar à porta da casa, sentiu um prazer ainda maior do que no último outono. A visão do lugar onde fora tão feliz reviveu uma agitação em seu peito e, quando se despediram, Emma percebeu que a amiga olhava ao seu redor com uma espécie de curiosidade temerosa, o que a fez decidir que a visita não demoraria mais do que quinze minutos, como havia planejado. Emma seguiu sozinha para visitar uma antiga empregada, agora casada e que morava em Donwell.

Exatamente quinze minutos depois, já estava diante do portão branco e a srta. Smith, ao ser avisada, saiu desacompanhada. Voltou sozinha pelo caminho de cascalho, e uma das irmãs do sr. Martin apareceu na porta da casa apenas para se despedir de modo aparentemente formal.

Harriet não disse nada; seus sentimentos eram profundamente intensos. Porém, no fim, Emma conseguiu que ela lhe contasse que tipo de visita havia sido e quanta dor causara à amiga. Na casa, estavam apenas a mãe e as filhas, e elas a receberam de modo receoso, um tanto distante. Não falaram nada além de coisas triviais... até o último momento, quando, inesperadamente, a sra. Martin disse ter a impressão de que a srta. Smith crescera, tornando a conversa um pouco mais calorosa. Em setembro passado, Harriet e as amigas tinham medido suas alturas naquela mesma sala. Ainda restavam as marcas feitas a lápis na moldura da janela. Robert Martin as riscara. Todas se lembravam daquele dia, do momento exato e de quem estava na casa... sentiam o mesmo pesar... Haviam crescido na mesma proporção, como Emma suspeitara, Harriet parecia ser a mais feliz e cordial de todas. Porém, a carruagem chegou e tudo terminou. O estilo da visita e sua brevidade pareciam ser decisivos. Apenas quatorze minutos para visitar aquelas com as quais convivera seis semanas havia quase seis meses! Emma não conseguia imaginar tal cena e entender o motivo para se sentirem ofendidos; e o natural é que Harriet sofreria por tudo isso. No fim, fora uma péssima ideia. Ela faria qualquer coisa para que os Martin fossem de um *status* mais elevado. Eram pessoas muito dignas, e apenas um pouco mais de destaque na sociedade seria o bastante; mas, do jeito que estava a situação, como poderia ajudar a amiga? Impossível... não poderia arrepender-se. Eles deveriam manter-se separados e, obviamente, seria muito doloroso. Emma também sofria e, então, decidiu ir até Randalls antes de voltarem a Hartfield, para se consolar um pouco. Estava farta de pensar no pastor e nos Martin. Era absolutamente necessário passar alguns momentos de refúgio em Randalls.

Foi uma boa ideia, mas, ao chegarem à porta de Randalls, descobriram que os Weston não estavam. Foram informadas de que haviam saído havia algum tempo e que provavelmente estariam em Hartfield.

— Que falta de sorte! — exclamou Emma enquanto voltavam à carruagem. — Certamente vamos nos desencontrar. Que chato! Há tempos não fico tão desapontada.

Assim, jogou-se no banco da carruagem para continuar resmungando ou se calar de vez, provavelmente ambos, exatamente como deveria ser o comportamento de uma pessoa desapontada. Em seguida, a carruagem parou e, ao olhar pela janela, percebeu que os Weston estavam ali para conversarem com ela. Assim que os viu, sentiu uma súbita alegria e ficou ainda mais satisfeita quando o sr. Weston se dirigiu a ela:

— Como está? Estivemos com seu pai e ficamos felizes por vê-lo tão bem. Frank chega amanhã, recebi uma carta dele hoje cedo. É certo que o veremos até a hora do jantar, uma vez que hoje ele já está em Oxford. Ficará aqui por duas semanas, tenho certeza. Se viesse no Natal, não poderia ficar mais do que três dias. Fiquei muito contente quando descobri que não poderia vir naquela época. Agora, ele nos visitará na melhor das estações, o clima estará firme e seco. Vamos aproveitar sua companhia o máximo possível, e tudo aconteceu exatamente como desejamos.

Não havia modo de resistir a essas notícias, nem a possibilidade de evitar um rosto tão feliz quanto o do sr. Weston, confirmado pelo semblante da sua esposa, mas ela o fez de modo mais silencioso e reservado, porém não menos satisfeito. Saber que ela considerava garantida a vinda de Frank foi o suficiente para que Emma acreditasse e também se alegrasse. Foi uma reabilitação para sua mente exausta. O passado se dissipava diante das felizes expectativas do que estava por vir. E, naquele momento, teve a esperança de que o nome do sr. Elton não fosse mais pronunciado.

O sr. Weston contou-lhe a respeito dos compromissos do filho em Enscombe, o que lhe permitiria visitar o pai por duas semanas, além de explicar qual seria o caminho que seguiria e como conduziria a viagem. Enquanto isso, Emma escutava, sorria e se alegrava por ele.

— Devo levá-lo em breve a Hartfield — avisou o sr. Weston.

Emma teve a impressão de que a sra. Weston tocou-lhe o braço enquanto dizia:

— É melhor nos apressarmos, querido. Estamos detendo as jovens por muito tempo.

— Bem, bem, eu já terminei. — e, virando-se para Emma, completou —: Mas não espere um rapaz refinado demais, você o conhece apenas por tudo que lhe contei; ouso dizer que, na verdade, ele não é nada tão extraordinário.

No entanto, os olhos do sr. Weston brilhavam de modo que deixavam transparecer exatamente o contrário.

Emma conseguiu parecer tranquila e inocente, e responder de modo que não a comprometesse.

— Emma, minha querida, pense em mim por volta das quatro horas da tarde — foi o pedido da sra. Weston enquanto se despediam, e suas palavras demonstravam um pouco da sua inquietação.

— Quatro horas! Certamente ele estará aqui por volta das três! — o sr. Weston corrigiu a esposa rapidamente.

Assim terminou aquele feliz encontro. Emma sentia-se completamente feliz; tudo parecia diferente, até mesmo os cavalos pareciam mais ágeis do que antes. Quando olhou para as sebes, pensou que o melhor estaria por vir e, ao se voltar para Harriet, percebeu que seu rosto estava mais alegre e ela até sorria timidamente. Mas a pergunta que fez foi um tanto comprometedora:

— Será que o sr. Frank Churchill passará por Bath além de Oxford?

Nem os conhecimentos de geografia nem a tranquilidade de Harriet poderiam vir de uma só vez. Emma estava tão bem-humorada que decidiu pensar que ambos viriam com o tempo.

Chegou a manhã do tão esperado dia e a fiel amiga da sra. Weston não se esqueceu disso às dez, nem às onze ou ao meio-dia, uma vez que só encontraria a amiga às quatro horas da tarde.

"Minha querida, minha ansiosa amiga", dizia a si mesma, enquanto saía do quarto e descia as escadas. "Sempre tão preocupada com o bem-estar dos outros, nem sequer pensa em si mesma. Imagino como, neste exato momento, deve estar tão fatigada, entrando e saindo do quarto que o rapaz ocupará, para ter certeza de que tudo está perfeito." O relógio marcou meio-dia enquanto ela atravessava o *hall*, e continuava a pensar: "já é meio-dia, não deixarei de pensar em você nem um minuto sequer, até chegar o horário marcado. E amanhã, talvez por volta desse mesmo horário, ou um pouco mais tarde, já posso imaginar que nos fará uma visita. Tenho certeza de que eles acabarão por trazê-lo o mais rápido possível".

Ela abriu a porta da sala e viu dois homens sentados ao lado do seu pai: o sr. Weston e seu filho. Eles acabavam de se acomodar, e o sr. Weston terminava de contar que Frank chegara a Highbury um dia antes do planejado. O sr. Woodhouse os recebia de maneira educada e cortês, dando ao rapaz as boas-vindas e cumprimentando-o, quando Emma entrou para participar da surpresa, do espanto, das apresentações e do prazer daquele momento.

Frank Churchill, de quem tanto haviam falado, que tanta expectativa suscitara, estava bem à sua frente... Eles foram apresentados e ela percebeu que os elogios que lhe fizeram não haviam sido exagerados. Frank era um rapaz muito bonito; sua altura e sua elegância eram irrepreensíveis. Ele se parecia muito com o pai, tanto em aparência como em energia. Aparentava ser um rapaz sensível e esperto. Emma logo percebeu que poderia vir a gostar dele. Seus modos eram delicados e ele conversava bem, o que indicava uma boa educação. Todas essas qualidades a convenceram de que gostaria de conhecê-lo melhor e que logo seriam bons amigos.

O jovem chegara a Randalls na noite anterior. Ela ficou satisfeita ao perceber quanto ele teve pressa para chegar a Highbury e, por esse motivo, alterou seus planos e saiu o quanto antes para que ganhasse metade do dia.

— Eu lhes disse ontem! — exclamou o sr. Weston, com grande alegria. — Disse-lhes que ele estaria aqui antes mesmo do combinado. Lembrei-me de como eu costumava ser. Não conseguia arrastar uma viagem, só planejava ser mais rápido do que pensara, e o prazer de chegar antes do que me esperavam era tão grande que valia a pena qualquer esforço de minha parte.

— É um grande prazer fazer uma surpresa como esta — disse o jovem — embora eu não faça isso em todos os lugares que visito. Aqui, que é o meu lar, pensei que não haveria problemas.

A palavra "lar" fez seu pai mais alegre ainda. Emma teve a certeza de que Frank sabia ser agradável, e essa convicção aumentou ainda mais enquanto conversaram. Ele estava muito satisfeito com Randalls, comentou que a casa era admiravelmente organizada, recusava-se a dizer que era pequena, admirava sua localização, o caminho até Highbury, a vila, além de considerar Hartfield um lugar muito aprazível. Frank confessou que sentia pela região algo que só pode ser despertado quando pensamos em nossa terra natal, e que sentia uma enorme curiosidade em visitá-la. Em um momento de desconfiança, ela pensou quanto era estranho o fato de ele visitar Highbury tão tardiamente. Não parecia ser um rapaz afetado ou exagerado, agia e falava como se estivesse completamente deslumbrado.

De modo geral, foi uma conversa tranquila entre pessoas que acabaram de se conhecer. O jovem fez muitas perguntas: "Ela cavalga?"... "Gosta de passear?", "Os vizinhos são bons?", "Highbury tem uma boa sociedade?", "Há muitas coisas bonitas?", "E bailes... Há muitos bailes?", "As pessoas gostam de música?"...

Uma vez satisfeita sua curiosidade e quando a conversa ficou um pouco mais íntima, o jovem tentou encontrar uma oportunidade, enquanto seus pais estavam entretidos, para comentar sobre sua madrasta, falando dela de modo muito amável, com grande admiração e gratidão por ela fazer o pai tão feliz, além de recebê-lo tão bem. Emma novamente percebeu como o jovem rapaz sabia agradar às pessoas e, de certa maneira, como se esforçava para agradar a ela. A verdade é que ele não disse nada além da verdade a respeito da sra. Weston, e o fez mesmo sem conhecê-la profundamente. Ele sabia até onde poderia ir para agradar, mas não podia ter certeza de muitas outras coisas.

— O casamento do meu pai — comentou — foi uma de suas mais sábias decisões; todos os seus amigos devem alegrar-se. E a família da qual ela recebeu tamanha bênção deve ser eternamente grata.

Ele elogiou os méritos da srta. Taylor o máximo que pôde, apesar de não se dar conta de que, pela lógica, era mais natural supor que fora a srta. Taylor quem moldara o caráter de Emma e não o contrário. Por fim, como se quisesse demonstrar sua opinião mais completamente, contou como ficara surpreso pela juventude e a beleza da nova esposa do pai.

— Eu esperava uma mulher elegante e de maneiras agradáveis — disse ele —, mas confesso que não esperava mais do que isso, ou seja, uma mulher de certa idade. Não esperava que fosse jovem e bonita.

— Você não pode ver na sra. Weston mais perfeições do que eu — respondeu Emma. — Até posso ouvi-lo dizer que parece ter dezoito anos, mas ela jamais aceitaria tal afirmação. Não deixe sequer que imagine você dizendo que é bonita e jovem.

— Espero aprender com o tempo — respondeu ele inclinando a cabeça de maneira bastante galante —, quando falar com a sra. Weston, como elogiá-la sem correr o risco de ser exagerado.

Emma se perguntou se as mesmas suposições e expectativas que passavam pela cabeça das pessoas a respeito das consequências do encontro entre os dois já teriam passado pela cabeça de Frank. E se seus modos tão agradáveis seriam interpretados apenas como boas maneiras ou como uma espécie de desafio. Ela precisaria conhecê-lo melhor para compreender o modo como ele de fato se comportava; no momento, a única coisa que poderia afirmar era o rapaz ser muito agradável.

Ela não tinha dúvida a respeito do que o sr. Weston pensava. Percebeu, enquanto conversavam, quanto ele olhava para os dois com felicidade; e, mesmo quando não os observava, podia ouvi-los claramente.

Seu pai estava completamente isento de todo pensamento desse tipo, além de ser absolutamente incapaz de fazer tais suposições ou de ter essas suspeitas, o que mais a tranquilizava. Felizmente, o sr. Woodhouse estava tão longe de aprovar seu casamento como de prevê-lo... embora fosse contrário a todo tipo de bodas, nunca sofria antecipadamente com o temor de que esse dia chegasse. Parecia não ser capaz de pensar tão mal de duas pessoas, supondo que pretendiam casar-se, até que houvesse provas contra elas. Emma abençoava essa cegueira favorável. Agora, sem querer preocupar-se com qualquer conjectura, nem tentar adivinhar uma futura traição por parte do convidado, mantinha seus modos espontâneos e cordiais, interessando-se pelos problemas de alojamento que Frank Churchill tivera durante a viagem, embora achasse horrível dormir duas noites na estrada, perguntando constantemente se não se resfriara... E que, apesar de tudo, não estaria a salvo se dormisse mais uma noite fora de casa.

Já se havia passado um tempo razoável da visita quando o sr. Weston se levantou:

— Devemos ir, tenho negócios a tratar em Crown, algumas encomendas da minha esposa para pegar na loja Ford, e tenho certa pressa...

Seu filho, muito educado, ao perceber o recado, levantou-se imediatamente e disse:

— Como o senhor vai tratar de negócios, devo aproveitar a oportunidade para fazer uma visita que precisarei fazer um dia ou outro e, por isso, posso ir hoje mesmo. Tenho a honra de conhecer vizinhos tão bons quanto os seus — comentou, olhando para Emma. — Uma senhora que mora em Highbury, pertencente à família Fairfax. Suponho que não terei dificuldades em encontrar a casa, embora acredite que o sobrenome Fairfax não seja o sobrenome correto... Penso que deve ser Barnes ou Bates. Conhece alguma família com esse sobrenome?

— Claro que sim! — respondeu o sr. Weston. — Passamos em frente à casa da sra. Bates. Vi sua filha na janela. É verdade, você conhece a srta. Fairfax, comentou que a conheceu em Weymouth, ela é uma jovem muito educada. Não deixe de visitá-las.

— Não há necessidade de que eu as visite ainda hoje — disse o jovem rapaz. — Poderá ser qualquer outro dia, mas em Weymouth ficamos tão amigos que...

— Oh! Vá hoje, não deixe de ir. Se tem de fazer algo, faça logo. Além disso, devo adverti-lo, Frank: é necessário dedicar toda atenção possível àquela moça. Quando a conheceu, vivia com os Campbell e estava no mesmo nível dos demais, mas aqui ela vive ao lado da pobre avó, que tem muito pouco para viver. Se não as visitar logo, será considerado falta de consideração.

O filho olhou para ele, convencido.

— Eu ouvi sobre a amizade entre vocês — comentou Emma. — Ela é uma moça muito elegante.

Ele concordou apenas dizendo um "sim" quase impossível de se ouvir, o que fez Emma duvidar da sua verdadeira opinião. Além disso, era de se esperar que a alta sociedade tivesse uma noção bem diferente de mulher elegante quando Jane Fairfax era aceita entre eles.

— Se você nunca se impressionou pelas boas maneiras da moça — continuou Emma — tenho certeza de que, hoje, se impressionará. Poderá ver sua mudança, observar como está diferente e conversar com ela. Ah, não! Pensando bem, tenho certeza de que não conseguirá conversar com ela, pois tem uma tia que jamais consegue segurar a língua.

— Senhor, você conhece a srta. Jane Fairfax, não? — perguntou o sr. Woodhouse, sempre o último a entrar na conversa. — Deixe-me garantir-lhe que encontrará uma jovem muito agradável. Ela está em Highbury para visitar a avó e a tia, pessoas muito dignas. Conheço-as há muito tempo. Ficarão muito contentes pela visita, tenho certeza. Enviarei um de meus empregados para mostrar-lhe o caminho.

— Meu caro senhor, não é preciso preocupar-se. Meu pai me ensinará.

— Mas seu pai não está indo para o mesmo lugar, vai em direção a Crown, praticamente do outro lado da rua. Há muitas casas parecidas, você poderá perder-se. Além disso, o caminho está cheio de lama, a não ser que pegue a trilha para pedestres. Mas o meu cocheiro poderá mostrar-lhe o melhor caminho.

O sr. Frank Churchill recusou, olhou muito seriamente, e seu pai, tentando ajudá-lo, exclamou:

— Meu bom amigo, isso é desnecessário. Frank pode reconhecer uma poça de lama ao vê-la e, de Crown até a casa da sra. Bates, poderá chegar em um instante.

O sr. Woodhouse permitiu que fossem sozinhos. Com um cordial aceno de cabeça de um e uma graciosa reverência do outro, os dois cavalheiros se despediram. Emma ficou muito contente com o começo dessa amizade e, a partir daquela dia, todas as vezes que pensasse na família em Randalls, teria a plena certeza de que eram felizes.

Capítulo 24

Na manhã seguinte, o sr. Frank Churchill visitou-os novamente, acompanhado da sra. Weston, e pareciam muito cordiais um com o outro. Permanecera ao lado da madrasta durante toda a manhã até que chegasse o horário rotineiro de sua caminhada. Ao escolherem o caminho, decidiram-se logo por Highbury.

— Ele não tem dúvida de que haveria diversos caminhos bons para uma caminhada, mas, se lhe deixar a escolha, todas as vezes certamente será o mesmo lugar. Highbury, arejada, alegre e tão boa de se olhar, e sua constante atração.

Para a sra. Weston, Highbury significava Hartfield, e tinha certeza de que seu acompanhante pensava o mesmo. Assim, dirigiram-se rapidamente para lá.

Emma não tinha esperança de vê-los, uma vez que o sr. Weston, ao fazer-lhes uma breve visita, teve tempo apenas de ouvir quanto seu filho era bonito e avisá-los que não sabia nada a respeito de seus planos para o dia. Para Emma foi uma agradável surpresa vê-los chegar em sua casa de braços dados. Gostaria de reencontrar o jovem, especialmente na companhia da sra. Weston, a fim de poder observar-lhe o comportamento e tirar suas próprias conclusões. Se ele falhasse com a madrasta, não seria capaz de perdoá-lo. Mas, ao vê-los juntos, ficou muito satisfeita. Não eram apenas com boas palavras ou exagerados elogios que cumpria com seu dever; nada poderia ser mais adequado e agradável do que seu comportamento em relação à sra. Weston... nada poderia demonstrar mais seu desejo de agradar-lhe e torná-la sua amiga e receber seu afeto. Emma teve tempo suficiente para formar uma opinião completa, já que a visita dos dois durou toda a manhã. Os três fizeram um passeio de aproximadamente duas horas, primeiro pelos jardins de Hartfield, depois em Highbury. Ele ficou encantado com tudo, admirou bastante a propriedade, para alegria do sr. Woodhouse. E, quando caminharam por mais algum tempo, Frank confessou seu desejo de fazer amizade com todos da vila, e encontrou assuntos tão interessantes que Emma jamais poderia imaginar.

Algumas coisas que despertavam sua curiosidade demonstravam que ele era um jovem de bons sentimentos. Ele pediu para que o levassem até a casa onde o pai morara durante muitos anos, e que também fora a casa de seu avô paterno. Ao saber que uma velha senhora, sua antiga ama de leite, ainda estava viva, procurou por sua residência, de rua em rua. Apesar de algumas de suas perguntas e seus comentários não terem nenhum mérito especial, de modo geral, representavam boa vontade em relação a Highbury, o que muito impressionou as mulheres que o acompanhavam.

Emma, que tanto o observava, concluiu que, com os sentimentos que ele demonstrava, não poderia supor que ficasse tanto tempo longe de sua terra natal por vontade própria, e não estava fingindo nem dizendo frases dissimuladas, ou que o sr. Knightley não lhe tinha feito justiça.

A primeira parada foi a Pousada Crown, um lugar sem muita importância, apesar de ser o principal do seu ramo, onde havia um par de cavalos — mais para a conveniência da vila do que para o movimento de carruagens. Suas acompanhantes não esperavam que o jovem se sentisse particularmente interessado pelo lugar. Entretanto, contaram-lhe que lá havia um grande salão, construído para grandes eventos. No entanto, apesar de a população de Highbury ser numerosa, o local não era usado para bailes ou reuniões. Os anos dourados tinham passado e, agora, o local servia apenas para reuniões de cavalheiros que jogavam uíste.[1] Imediatamente, ele ficou interessado. O fato de o lugar comportar um baile chamou sua atenção. E, em vez de apenas passarem pelo local, ficaram ali por muitos minutos. Com as janelas abertas, foi possível ver o tamanho do salão, e ele só lamentou que não fosse utilizado como deveria. Frank não encontrou nenhum defeito no recinto e se recusou a aceitar as falhas apontadas pelos demais. Não, o salão era largo, amplo e bonito o suficiente. Tinha capacidade para acomodar confortavelmente um bom número de pessoas. Ele sugeriu que os moradores organizassem bailes ali a cada quinze dias, até a chegada do inverno.

Por que a srta. Woodhouse não poderia reviver os bons tempos do local? Ela poderia fazer o que quisesse em Highbury!

Alegaram que faltavam famílias da boa sociedade na região e que as pessoas que moravam longe não se sentiriam tentadas a participar. Mas Frank não se deu por vencido. Não acreditava que as casas tão lindas que viu pelo caminho não fossem capazes de reunir pessoas para um baile. E, quando contaram os detalhes a respeito das famílias, ainda assim se recusava a admitir que a mistura entre as diferentes classes sociais fosse considerada um obstáculo, e que, na manhã seguinte ao baile, fosse difícil para cada um retornar à sua real condição. Ele argumentou tal qual um jovem boêmio, e Emma ficou ainda mais surpresa ao perceber que o caráter dos Weston prevalecia de modo bastante evidente sobre os costumes dos Churchill. Parecia que Frank tinha toda a vitalidade, a animação, a alegria e as inclinações sociais do pai, e nada do orgulho ou da reserva dos Churchill. A verdade é que era muito pouco orgulhoso; sua indiferença

---

[1] Em inglês, *whist*: jogo de cartas de duas duplas, com parceiros frente a frente. Considerado ancestral do bridge e similar ao copas, o objetivo é vencer a maioria de treze jogos e marcas pontos. Jogo popular na Inglaterra dos séculos XVIII e XIX.

em relação à mistura de classes tornava-o quase deselegante. De fato, não era possível dar-se conta do grande perigo, uma vez que não dava muita importância ao fato. Aquilo era mais que uma efusão de entusiasmo.

Por fim, convenceram-no a deixar a Pousada Crown; em seguida, encontraram-se diante da casa das Bates. Emma se lembrou de que ele prometera uma visita às senhoras e perguntou se cumprira a promessa.

— Oh, sim! Com certeza! — respondeu ele. — Estava para comentar sobre isso. Foi uma visita muito boa, encontrei as três e fiquei muito agradecido por você ter-me avisado a respeito da tia. Se a senhora falante me tivesse apanhado de surpresa, teria sido o meu fim. E, apesar de tudo, a visita se estendeu bem mais do que eu planejara. Dez minutos seriam suficientes... e eu disse ao meu pai que estaria em casa muito antes dele, mas não houve uma pausa para que eu pudesse ir embora. Para o meu espanto, ao me procurar em todos os lugares, meu pai acabou encontrando-me na casa das Bates e juntou-se a mim, transformando uma visita de dez minutos em uma reunião de quase uma hora. A boa senhora não me deu chances de escapar.

— E o que achou da aparência da srta. Fairfax?

— Parecia doente, muito doente... isto é, se for possível falar mal da aparência de uma moça. Mas seu aspecto era realmente inadmissível, não é mesmo, sra. Weston? Uma jovem moça não pode ter uma aparência assim, tão adoentada. Falando seriamente, a srta. Fairfax pareceu tão pálida que chego a pensar que está sempre doente. Uma lamentável falta de vigor.

Emma não concordava com tais afirmações e logo começou a falar a respeito da beleza de Jane Fairfax:

— Com certeza, não se trata de uma pele maravilhosa, mas não se pode chegar ao extremo de afirmar que é doentia. A pele de Jane é de uma suavidade e delicadeza que lhe dá uma elegância especial às feições.

Ele ouviu com toda a deferência; reconheceu que outras pessoas tinham dito o mesmo... mas, apesar de tudo, devia confessar que, em sua opinião, nada compensava a falta de um aspecto saudável. Onde faltava beleza, a saúde se encarregava do resto; e, quando os traços eram bonitos, os efeitos eram... infelizmente ele não fez muito esforço para dizer quais efeitos seriam esses.

— Bem — disse Emma —, não vamos discutir a respeito de gosto. Pelo menos, você a admira, com exceção da aparência, é claro.

Ele balançou a cabeça e riu.

— Não posso separar a srta. Fairfax de sua aparência.

— Você a viu muitas vezes em Weymouth? Frequentavam o mesmo círculo de amizades?

Nesse momento, aproximavam-se da loja Ford, e ele exclamou:

— Ah! Essa deve ser a loja visitada diariamente por todos da vila, de acordo com meu pai. Ele me disse que vem a Highbury seis dias por semana e sempre tem negócios para tratar ali. Se não for inconveniente, peço-lhes que venham comigo para que eu possa provar que sou um verdadeiro morador de Highbury. Devo fazer algumas compras na loja. Isso vai garantir minha liberdade... Creio que vendam luvas, não?

— Oh! Sim, luvas e tudo o mais. Admiro seu patriotismo. Todos em Highbury admiram. O senhor já era bem popular antes de chegar, principalmente porque é filho do sr. Weston. Mas, se gastar meio guinéu na loja, sua popularidade irá firmar-se, independentemente de suas virtudes.

Entraram na loja e, enquanto mostravam os pacotes de "pele de castor para homens" e de "pelica castanha", Frank disse:

— Desculpe-me, srta. Woodhouse, mas você falava do meu patriotismo? Por favor, não me deixe perder nem um só momento dessa conversa. Asseguro-lhe que nem mesmo a fama pública compensaria a perda da felicidade de minha vida particular.

— Eu apenas perguntei se você conheceu bem a srta. Fairfax e seu círculo de amigos enquanto esteve em Weymouth.

— Agora entendi sua pergunta e devo dizer que me parece muito injusta. É direito de uma jovem moça decidir qual é o nível de amizade que terá com um cavalheiro. A srta. Fairfax já deve ter-lhe contado a respeito de nossa amizade. Não serei tão indiscreto a ponto de acrescentar algo além do que ela decidiu contar-lhe.

— Incrível! Os dois agem com a mesma discrição. Entretanto, o modo como ela fala é tão ambíguo, é tão reservada, não gosta de informações sobre nenhuma pessoa, assim, acredito que poderia contar-nos algo a respeito de sua amizade com ela.

— Posso, realmente? Então, falarei a verdade e nada me parece mais justo do que isso. Encontrava-me com ela regularmente em Weymouth. Conheci um pouco a família Campbell enquanto estive lá, pois frequentávamos os mesmos círculos de amizade. O Coronel Campbell é um homem muito agradável, e a sra. Campbell é uma dama muito cordial e de bom coração. Gosto muito deles.

— Presumo que conhece a situação finaceira da srta. Fairfax e o que lhe está reservado, não?

— Sim — respondeu um tanto hesitante —, creio que sim.

— Emma — disse a sra. Weston, sorrindo —, esses assuntos são muito delicados. Lembre-se de que eu ainda estou aqui. O sr. Frank Churchill dificilmente saberá o que dizer quando comenta a respeito da situação financeira da srta. Fairfax. Vou me afastar um pouco.

— Na verdade, não me lembrei disso — disse Emma —, pois hoje é mais do que uma amiga, é minha melhor amiga.

Ele pareceu compreender os sentimentos da jovem e ficou muito honrado.

Assim que terminaram as compras e deixaram a loja, Frank disse:

— Já ouviu a jovem moça de quem tanto falamos tocar piano?

— É claro que sim! — respondeu Emma. — Você se esquece de que ela vem sempre a Highbury? Desde que começamos a estudar música, sempre a ouvi tocar. E toca de maneira encantadora.

— Você acha? Gostaria de ter a opinião de alguém que realmente possa fazer uma avaliação correta. Para mim, parece que ela toca bem, tem um bom gosto musical, mas como não sei muito sobre o assunto, não tenho condição de avaliar corretamente. Sou extremamente apaixonado por música, mas não tenho o menor talento e não me julgo no direito de emitir uma opinião. Sempre me admirei ao ouvi-la tocar, e lembro-me da ocasião em que a consideraram uma ótima intérprete: um homem que entendia muito de música, já comprometido com outra moça. Aliás, estava noivo e prestes a se casar. Jamais pediu à noiva que tocasse algo caso a moça em questão estivesse apresentando-se. Parecia que não gostava de ouvir a noiva tocar se pudesse ouvir a referida moça. Logo pensei que essa era uma grande prova do talento da srta. Fairfax, pois um homem de tanto gosto musical apreciava demais a sua música.

— De fato, é uma grande prova! — concordou Emma, divertindo-se muito. — O sr. Dixon é muito musical, não? O senhor é capaz de nos contar muito mais a respeito de todos em meia hora de conversa do que a srta. Fairfax seria capaz de nos dizer em seis meses.

— Sim, o sr. Dixon e a srta. Campbell são as pessoas de quem falávamos. É uma prova de grande valor.

— Claro que sim. Uma prova extremamente contundente e, se eu fosse a srta. Campbell, não a teria aceitado de bom grado. Não perdoaria um homem que dá mais atenção à música do que ao amor... Que tem mais ouvido do que olhos... Que tivesse uma sensibilidade mais aguçada para os sons do que os meus sentimentos. Qual foi a reação da srta. Campbell?

— Elas eram amigas muito próximas, você sabe.

— Grande consolo! — disse Emma, sorrindo. — Creio que seria melhor ser uma moça preterida do que sua amiga íntima... Com uma estranha, isso não se repetiria. Deve ser terrível ter uma amiga por perto que faz tudo melhor do que nós mesmas! Pobre sra. Dixon! Bem, estou feliz que ela agora esteja na Irlanda.

— Você está certa. Não foi muito confortável para a srta. Campbell, mas ela não pareceu ofendida.

— O que é muito bom... Ou muito ruim... Não sei dizer qual dos dois. Mas, se foi por doçura de caráter ou por estupidez, força da amizade ou meiguice de sentimentos... Creio que há uma pessoa que deveria ter notado isso: a própria srta. Fairfax. Ela deveria ter percebido quanto era imprópria e perigosa tal distinção.

— Quanto a isso, eu não...

— Oh! Não espero que você ou outra pessoa qualquer seja capaz de me falar dos sentimentos de Jane Fairfax. Creio que ninguém pode conhecê-los a não ser ela própria. Mas, se aceitasse tocar toda vez que o sr. Dixon pedisse, cada qual poderia pensar o que bem entendesse.

— Aparentemente, todos viviam em harmonia. — Frank começou dizendo rapidamente, mas, logo depois, acrescentou algo como se estivesse corrigindo-se: — Entretanto, para mim, é impossível dizer o que eles realmente sentiam... O que acontecia por trás dos bastidores. A única coisa que posso dizer é que, exteriormente, não parecia haver dificuldades. Mas você que conhece a srta. Fairfax desde a infância deve ter uma opinião mais aprofundada do que eu a respeito do seu caráter e de como deve comportar-se em situações críticas.

— Eu a conheço desde menina, crescemos juntas e é natural supor que somos íntimas... Que sempre nos encontramos, todas as vezes em que ela visitou as amigas. Mas nunca fomos assim. Eu nem saberia explicar-lhe como isso ocorreu. Talvez eu tenha sido um pouco perversa ao sentir aversão por uma moça tão idolatrada e tão bem comentada como sempre foi pela tia e a avó. Além disso, é muito reservada... Eu jamais conseguiria ser amiga de alguém tão reservada como ela.

— De fato, é uma qualidade muito repulsiva — concordou ele. — Algumas vezes pode até ser conveniente, mas nunca é agradável. A reserva oferece segurança, mas não é atraente. Ninguém gosta de pessoas reservadas.

— Não, até que a reserva deixe de existir para determinada pessoa; e, então, a atração pode ser maior. Mas eu deveria precisar muito de uma companhia agradável para, quem sabe, dar-me ao trabalho de conquistar a reserva de alguém para que se tornasse minha amiga. Qualquer intimidade entre mim e a srta. Fairfax está quase fora de questão. Não tenho motivos para pensar mal dela, nem sequer um motivo, mas essa eterna e intensa cautela no falar e no agir, como se tivesse receio de dar uma opinião clara sobre qualquer coisa, só serve para despertar a suspeita de que tem algo a esconder.

Ele estava plenamente de acordo com ela e, depois de passearem por um bom tempo e de perceberem que se pareciam em muitos aspectos, Emma sentiu-se tão familiarizada com seu acompanhante que mal acreditava que aquele era apenas o segundo encontro entre os dois. Frank não era nada parecido com o que ela imaginara; era menos mundano em algumas de suas ideias, menos mimado e muito melhor do que ela esperava. O rapaz parecia ter ideias moderadas e sentimentos mais calorosos. Ela estava particularmente impressionada por sua atitude em relação à casa do pastor a cujo respeito, assim como a igreja, após alguns momentos de contemplação, não concordou com suas acompanhantes e não conseguiu concordar com nenhum tipo de defeito. Não, ele não concordava que aquela casa fosse horrível, não era motivo para que as pessoas tivessem pena do proprietário. Se tivesse de ser compartilhada com a mulher amada, em sua opinião, nenhum homem poderia sentir-se compadecido de viver ali. Certamente, os cômodos eram amplos o suficiente para oferecer conforto. O homem que precisasse de mais alguma coisa além disso deveria ser considerado insano.

A sra. Weston riu e disse que ele não sabia do que estava falando. Ele não era a pessoa mais indicada para opinar sobre as limitações de uma casa pequena, pois acostumara-se a viver em uma casa grande, sem nunca pensar nas vantagens e nas comodidades que representava ter muito espaço. Emma, seguindo sua intuição, acreditou que o jovem sabia muito bem o que dizia e demonstrava uma grande disposição de se estabelecer na vida e se casar por motivos elevados. Era provável que não estivesse consciente dos estragos na paz doméstica quando não se tinha um quarto para uma governanta ou uma despensa para o mordomo, mas não duvidou de que Enscombe não poderia fazê-lo feliz e que, ao se apaixonar, seria capaz de renunciar a qualquer luxo para poder casar-se.

Capítulo 25

A ótima opinião que Emma havia formado a respeito de Frank Churchill recebeu um duro golpe no dia seguinte quando ouviu que o jovem rapaz tinha ido para Londres apenas para cortar o cabelo. Subitamente, na hora do café da manhã, ele teve essa ideia caprichosa e, logo em seguida, mandou preparar sua carruagem e disse que retornaria para o jantar, sem nenhum objetivo importante para resolver na cidade, apenas cortar o cabelo. Certamente, não havia nada de errado em percorrer duas vezes a distância de quase vinte e seis quilômetros para essa finalidade; entretanto, era algo de uma afetação tão exagerada e incabível que Emma não poderia aprovar. Essa atitude não combinava com a racionalidade, a moderação, ou mesmo com o generoso coração que acreditava ter enxergado nele no dia anterior. Aquilo representava vaidade, extravagância, afeição às mudanças bruscas, instabilidade de caráter e a inquietação de pessoas que sempre devem fazer algo, bom ou ruim. Falta de atenção para com o próprio pai, a sra. Weston, e indiferença sobre como sua conduta poderia ser avaliada pelos demais. Frank Churchill colocava-se à mercê de todas essas acusações. O pai limitou-se a chamá-lo de vaidoso e acreditou na história do filho. A sra. Weston não gostou disso, pensou que os reais motivos dessa viagem não estavam muito claros, porém fez apenas um breve comentário dizendo que "todos os jovens têm suas manias".

Com exceção desse pequeno incidente, Emma considerava que, até aquele momento, só poderia julgar o comportamento do rapaz de modo favorável. A sra. Weston não se cansava de repetir quanto era atencioso e amável, além de suas inúmeras qualidades. Frank parecia ter um temperamento muito franco, alegre e vivaz; ela não conseguia observar nada de errado em seu modo de agir, parecia um rapaz muito ajuizado. Falava do tio com grande afeto, e gostava muito de citá-lo em suas conversas. Dizia que seria o melhor homem do mundo se o deixassem agir a seu modo; e, apesar de não demonstrar o mesmo carinho pela tia, não deixava de reconhecer sua bondade e gratidão sempre falando dela com muito respeito. Tudo isso era muito promissor, mas a infeliz decisão de ir a Londres para cortar o cabelo não seria motivo para desmerecer a honra que a imaginação de Emma lhe concedia, a honra que, apesar de não significar amor, chegava bem próximo disso e cujo único obstáculo era sua indiferença, assim como a resolução que ela tinha de nunca se casar. Enfim, a honra que, resumidamente, se traduzia em algo que considerava acima de todas aquelas pessoas que conhecia.

O sr. Weston, por sua vez, acrescentou uma virtude que também tinha certo peso. Ele induziu Emma a pensar que Frank a admirava demasiadamente, que a considerava muito bonita e charmosa e, portanto, com tantos elementos a seu favor, Emma acreditava que não deveria julgá-lo duramente. Como a própria sra. Weston comentou certa vez: “Todos os jovens devem ter seus caprichos”.

Em Surrey, entre os conhecidos de Frank, não havia uma só pessoa que tivesse a mesma benevolência em relação a ele. De modo geral, entre as paróquias de Donwell e Highbury, ele foi julgado com grande sinceridade; não davam muita importância às pequenas extravagâncias de um jovem rapaz como ele, sempre sorridente e amável com todos, mas havia alguém que não se deixava ser seduzido pelo poder de seus sorrisos e suas gentilezas: o sr. Knightley. Contaram o fato a ele, em Hartfield, e, por um momento, ele ficou em silêncio. No entanto, Emma escutou-o dizer a si mesmo logo em seguida, enquanto segurava o jornal: "Hum, é exatamente o rapaz tolo e brincalhão que imaginei". Emma estava prestes a discutir com ele, mas percebeu que aquelas palavras tinham sido ditas apenas para aliviar seus próprios sentimentos e não para provocar, por isso deixou-o sem resposta.

Apesar de não trazerem boas notícias, a visita do casal Weston foi oportuna. Enquanto estavam em Hartfield, Emma pediu que a ajudassem e, por coincidência, necessitava exatamente do conselho que eles lhe deram.

Tudo aconteceu da seguinte maneira: os Cole moravam havia anos em Highbury e eram excelentes, cordiais, generosos e despretensiosos, mas, por outro lado, eram de uma origem modesta, de uma família de comerciantes, e possuíam uma educação simples e não muito refinada. Quando chegaram pela primeira vez ao condado, viveram conforme suas rendas, com tranquilidade, sem muitas amizades e sem grandes gastos. Mas, nos últimos dois anos, a fortuna da família aumentara consideravelmente. Os negócios em Londres tiveram ótimos resultados e, no geral, podia-se dizer que a sorte sorrira para eles. Com a riqueza, tiveram necessidade de aumentar a casa e fazer novas amizades. Reformaram a propriedade, aumentaram o número de criados e, em todos os aspectos, seus gastos se multiplicaram; por fim, alcançaram uma fortuna e um estilo de vida que só eram superados pela família de Hartfield. O amor deles pela sociedade e a nova sala de jantar levou todos a acreditar que em breve teriam convidados. De fato, alguns convites foram enviados, principalmente aos jovens solteiros. Entretanto, Emma não acreditava que os Cole fossem tão audaciosos a ponto de convidar as famílias mais antigas e de elevada posição social, como os moradores de Donwell, Hartfield e Randalls. Se fosse convidada, nada a seduziria.

Apenas lamentava que os hábitos conhecidos de seu pai fossem o motivo de sua recusa. A família Cole era muito respeitável, porém deveriam entender que não era função da família estabelecer as condições para que as pessoas de melhor posição social fossem visitá-los. Essa lição só poderiam receber dela mesma, não poderia esperar muito do sr. Knightley ou até mesmo do sr. Weston.

No entanto, ela já havia se preparado há muito tempo antes para esse tipo de insulto dos Cole, de modo que, quando a ofensa aconteceu, pareceu algo sem muita importância. Donwell e Randalls também receberam o convite, porém, nada chegara em nome de seu pai ou mesmo no dela. A sra. Weston encarou o fato da seguinte maneira: "Suponho que os Cole não tomarão essa liberdade com você, sabem que você não gosta de jantares fora de casa". Entretanto, a fala da sra. Weston não foi suficiente para acalmá-la. Emma queria ter o poder da recusa. Em seguida, como todas as pessoas que iriam reunir-se na casa dos Cole eram precisamente seus amigos mais íntimos, começou a pensar nessa ideia repetidas vezes, e terminou sem estar certa se não se sentiria tentada a aceitar o convite. Harriet e as Bates também estariam lá, conforme disseram, enquanto caminhavam em direção a Highbury, no dia anterior. E Frank Churchill lamentou profundamente sua ausência. "Será que a noite não terminará em um baile?", perguntou o jovem. A simples possibilidade de que tal coisa acontecesse irritou Emma ainda mais e era um pobre consolo ficar solitária com seu orgulho, apesar de que deveria entender que a omissão do convite poderia ser considerada um elogio.

Assim, a chegada do convite enquanto os Weston estavam em Hartfield foi providencial, pois, apesar de lê-lo e dizer "é claro que deve ser recusado", em seguida, tratou de pedir a opinião do casal e eles afirmaram que deveria aceitá-lo imediatamente.

Emma reconheceu que, em virtude das circunstâncias, não deixava de sentir certo desejo em aceitar o convite. Os Cole expressaram-se com tamanha delicadeza, escreveram o convite com tanto respeito, demonstraram tanta consideração com seu pai — "Teríamos solicitado essa honra com mais antecedência, mas aguardávamos vir de Londres um protetor de lareira, o qual, esperamos, mantenha o sr. Woodhouse afastado da corrente de ar, e, se assim fosse possível, que ele prontamente lhes desse a honra de sua companhia". De modo geral, ela estava convencida; e, depois de discutirem o que deveria ser feito para que o conforto do sr. Woodhouse não fosse negligenciado, pois, sem dúvida, poderiam contar com a presença da sra. Goddard ou até mesmo da sra. Bates para lhe fazer companhia, o pai foi convencido a deixar a filha sair para esse jantar e a passar uma noite inteira longe dele. Emma preferia que o pai recusasse o convite, pois a reunião terminaria muito tarde e o grupo seria muito grande. O sr. Woodhouse logo se resignou.

— Eu não gosto muito de jantares — disse ele. — Jamais gostei. Emma tampouco. Não gostamos de ficar fora de casa até tarde da noite. Sinto muito por terem os Cole tido tal ideia. Seria muito melhor se viessem passar a tarde conosco no próximo verão, para tomarem um chá... em seguida, poderíamos fazer uma caminhada. Creio que eles poderão fazê-lo, uma vez que nosso horário é bastante regular e todos poderemos voltar às nossas casas antes mesmo do cair da noite. Não desejo ninguém se expondo ao orvalho de uma noite de verão. No entanto, como desejam sua companhia, você deseja muito ir, e o sr. Knightley estará lá para cuidar de você, não posso impedi-la, desde que o tempo esteja perfeito, nem muito úmido, frio ou com ventos. — Então, voltando-se para a sra. Weston, com um olhar de gentil reprovação, disse: — Ah, srta. Taylor, se não tivesse se casado, ficaria em casa comigo.

— Pois bem, senhor — interferiu o sr. Weston —, uma vez que fui eu o responsável por levar a srta. Taylor para longe daqui, é minha incumbência substituí-la; e, se o senhor desejar, eu poderia chamar a sra. Goddard para lhe fazer companhia.

Entretanto, a ideia de que algo poderia ser feito a qualquer momento só aumentou a agitação do sr. Woodhouse. Emma e a sra. Weston sabiam qual seria a melhor decisão a ser tomada. O sr. Weston deveria ficar quieto e tudo seria deliberadamente arranjado.

Quando o sr. Woodhouse se tranquilizou, logo voltou a falar com naturalidade:

— Gostaria muito de conversar com a sra. Goddard, sinto um grande carinho por ela. Emma poderia escrever um bilhete e convidá-la. James poderia entregar-lhe o bilhete. Mas, antes de tudo, você deve escrever uma resposta para a sra. Cole. Minha querida, deve enviar minhas sinceras desculpas, da maneira mais gentil possível. Diga que sou um verdadeiro inválido, que não vou a parte alguma e, por isso, vejo-me forçado a declinar do amável convite; comece apresentando meus respeitos. Precisamos avisar James para preparar a carruagem para a próxima terça-feira. Não tenho nenhum medo de que lhe aconteça algo. Desde que abriram o novo caminho, creio que nunca passamos por ali mais de uma vez. Mas, apesar de tudo, estou certo de que, ao ser levada por James, nada lhe acontecerá. E, quando chegar lá, deve dizer-lhe a que horas quer voltar para casa; e seria melhor se não fosse muito tarde. Certamente, ficará cansada assim que tomar o chá.

— Mas, papai, o senhor não deseja que eu retorne antes de estar cansada, não é?

— Oh, não, minha querida, mas creio que logo ficará cansada. Será um grupo muito grande de pessoas conversando e você não vai gostar do barulho.

— Mas, meu caro senhor — interferiu novamente o sr. Weston —, se Emma for embora cedo, acabará com a festa.

— Mas não será tão ruim assim — disse o sr. Woodhouse. — Quanto antes o jantar terminar, melhor.

— O senhor não leva em consideração o que os Cole poderão pensar. A partida de Emma logo depois do chá poderá ser considerada uma ofensa. Eles são pessoas bem-humoradas e pensam pouco em seus próprios direitos; mas, ainda assim, creio que a saída apressada de algumas pessoas não será considerada um grande elogio, e, se srta. Woodhouse fizer isso, será mais notado do que se outra pessoa qualquer o fizesse. Tenho certeza de que o senhor não deseja desapontar nem mortificar os Cole; eles sempre foram boas pessoas, muito cordiais, e nos últimos dez anos foram seus vizinhos.

— Não, não faria isso por nada neste mundo, sr. Weston. Fico muito agradecido por me lembrar. Eu me sentiria muito mal se lhes desse um desgosto desses. Sei quanto são dignos. Perry me disse que o sr. Cole nunca experimentou nenhum tipo de bebida alcoólica, como o malte.... ele sofre do fígado. Não, de forma nenhuma farei que passem por qualquer tipo de sofrimento. Minha querida Emma, devemos levar isso em conta. É melhor que fique até um pouco mais tarde do que correr o risco de ofender o senhor e a senhora Cole. Procure não se cansar e estará perfeitamente segura, como sabe, entre seus amigos.

— Oh, sim, papai. Não tenho receio e, para mim, não seria incômodo nenhum ficar até mais tarde com a sra. Weston, a não ser por sua causa. Só me preocupa se o senhor ficará esperando-me. Sei que ficará confortável na companhia da sra. Goddard. Ela adora jogar *piquet*,[1] o senhor bem sabe. E, quando ela for embora, ficarei preocupada se o senhor permanecerá sentado em vez de ir para a cama, no horário de costume... só de pensar nisso, já fico muito incomodada. O senhor vai prometer-me que não ficará à minha espera.

[1] Antigo jogo de baralho, também conhecido como "jogo dos centos".

Ele concordou, sob a condição de que ela também fizesse algumas promessas, como, ao retornar, se estivesse fazendo frio, Emma se aqueceria convenientemente; se tivesse fome, comeria algo, e a criada ficaria à sua espera; e que Serle e o mordomo deixassem a casa em ordem como de costume.

Capítulo 26

Frank Churchill voltou. E, se por acaso deixou o pai esperando por ele para o jantar, o fato não foi mencionado em Hartfield, uma vez que a sra. Weston tinha grande interesse em que o sr. Woodhouse tivesse uma boa impressão do jovem rapaz para revelar imperfeições que pudessem ser ocultadas. Ele retornou com o cabelo cortado, divertindo-se consigo mesmo, mas sem dar a menor impressão de que lamentava a fútil viagem. Não tinha a intenção de deixar o cabelo crescer a ponto de incomodá-lo e nenhuma razão para poupar dinheiro, a não ser que isso melhorasse sua disposição. Estava tão destemido e alegre como sempre. E, depois de vê-lo, Emma, na tentativa de uma lição sobre moralidade, disse a si mesma:

"Eu não sei como isso acontece, mas a verdade é que as coisas tolas deixam de sê-las quando cometidas por pessoas sensatas e prudentes. A maldade será sempre maldade, mas tolices não serão tolices para sempre. Tudo depende do caráter de cada um. O sr. Knightley não é um jovem irresponsável e vaidoso. Porém, se por acaso assim fosse, agiria de modo muito distinto. Ele teria orgulho na realização ou se envergonharia dela. Caso fosse assim, seu comportamento seria a combinação da ostentação de um esnobe com a debilidade de uma mente incapaz de se defender de suas próprias vaidades. Não, estou completamente segura de que Frank não é nem vaidoso nem irresponsável".

A terça-feira chegou com a agradável perspectiva de tornar a vê-lo e poderia ficar ao seu lado por mais tempo do que antes. Assim, avaliaria sua conduta e poderia deduzir o significado de suas atitudes em relação a ela. Adivinharia quando seria necesssário adotar uma postura mais distante e imaginaria quais seriam os comentários dos demais ao vê-los juntos pela primeira vez.

Ela pretendia ficar feliz, ainda que o cenário não fosse muito bonito na casa dos Cole. Além de não ser capaz de se esquecer das inúmeras falhas do sr. Elton, mesmo nos dias em que lhe agradara a companhia, nada a havia inquietado mais do que o jantar dos Cole.

O conforto do seu pai estava garantido: tanto a sra. Bates como a sra. Goddard estavam dispostas a fazer-lhe companhia. Antes de sair de casa, seu dever mais agradável foi despedir-se delas; e, enquanto seu pai apreciava seu maravilhoso vestido, esforçou-se para atender as senhoras da melhor maneira possível, servindo-lhes grandes fatias de bolo e taças cheias de vinho, a fim de compensar as possíveis e involuntárias recusas motivadas pelos comentários de seu pai sobre a saúde das convidadas durante o jantar. Emma havia planejado um excelente cardápio e desejou que as senhoras pudessem degustá-lo.

Ao chegar à casa do sr. Cole, percebeu que uma carruagem chegara antes da sua, e ficou muito satisfeita ao perceber que o veículo pertencia ao sr. Knightley. Ele não prossuía cavalos extras e não desejava gastar dinheiro com isso, pois tinha uma ótima saúde e era muito independente, assim poderia, na opinião de Emma, ir aonde quisesse sem precisar do veículo, o que não era o comportamento esperado do proprietário de Donwell Abbey. Emma teve a oportunidade de elogiá-lo calorosamente quando ele lhe ofereceu a mão para ajudá-la a descer de sua carruagem.

— É exatamente isso que eu espero de um cavalheiro — disse ela. — Estou muito contente ao vê-lo usando sua carruagem.

Ele agradeceu e comentou:

— Que feliz coincidência chegarmos juntos! Caso contrário, se nos tivéssemos encontrado dentro da casa, não seria possível você comentar quanto estou agindo diferente do que de costume. Não seria possível você descobrir o meu meio de transporte apenas olhando para a minha aparência.

— Ah, mas eu teria descoberto! Com certeza, teria. Sempre há um ar de indiferença afetada ou de desafio quando uma pessoa chega a um ambiente que é inferior ao seu. O senhor pensa que consegue disfarçar muito bem, mas ouso dizer que exibe uma espécie de audácia, um ar de afetada despreocupação; sempre percebo que está diferente diante de tais circunstâncias. Porém, o senhor não tem nada a provar. Não precisa temer nenhum embaraço, nem precisa tentar parecer mais alto que os demais. Agora, ficarei muito feliz ao entrar na sala de estar em sua companhia.

— Garota desatinada! — foi a resposta, mas não parecia estar aborricido.

Emma tinha muitos motivos para ficar satisfeita com os demais convidados assim como estava com o sr. Knightley. Foi recebida com um respeito cordial que não podia deixar de agradá-lhe, além de lhe darem toda a atenção que pudesse desejar. Quando os Weston chegaram, os olhares mais afetuosos e a maior admiração foram para ela, tanto por parte do sr. Weston como por parte de sua esposa. Frank a cumprimentou com uma jovial desenvoltura que parecia distingui-la das demais moças presentes. Ao sentar-se à mesa, percebeu que o rapaz estava justamente ao seu lado e, como ela acreditava, sem precisar grande esforço por parte dele.

O grupo era bem numeroso e entre eles incluía-se outra família — muito digna e da qual não se poderia fazer nenhum tipo de questionamento, que os Cole tinham a honra de considerar seus amigos — e a parte masculina da família do sr. Cox, o advogado de Highbury. As damas de outro nível social chegariam mais tarde, junto com as srta.s Bates, Fairfax e Smith; mas, na hora do jantar, a casa estava tão cheia que era impossível manter uma conversa única, da qual todos pudessem participar. Enquanto uns falavam a respeito de política e do sr. Elton, Emma pôde dedicar toda a sua atenção aos galanteios do seu acompanhante. Somente quando ouviu o nome de Jane Fairfax é que se deu ao trabalho de prestar atenção à conversa dos outros. A sra. Cole comentava algo a respeito da moça, que parecia ser muito interessante. Emma escutou e se deu conta de que era algo muito valioso de se ouvir. Era muito divertido receber o máximo de informações possíveis para alimentar sua fértil imaginação. A anfitriã contava que, ao fazer uma visita à srta. Bates, assim que entrou na sala viu um piano muito elegante, não muito grande, mas de formato quadrado. O resumo da história, após detalhar todo o diálogo entre ela e a srta. Bates, foi que o instrumento chegara de Broadwood, no dia anterior, para o grande assombro tanto da tia como da sobrinha. Algo inteiramente inesperado. Em princípio, de acordo com a srta. Bates, a sobrinha ficara completamente surpresa, quase pasma, ao tentar descobrir quem poderia ter enviado o instrumento, mas, agora, estavam ambas satisfeitas com a ideia de que só poderia ser o presente de uma única pessoa: o Coronel Campbell.

— Ninguém conseguiria imaginar outra pessoa — acrescentou a sra. Cole. — Fiquei muito surpresa ao perceber que ainda tinham dúvidas sobre quem teria enviado tal presente. Entretanto, Jane recebeu uma carta dos Campbell e não mencionaram o piano. Ela conhece muito bem os hábitos da família, por isso não considerou o silêncio deles um motivo para desconfiar de não terem sido eles que enviaram o presente. Aposto que queriam surpreendê-la.

Muitos concordaram com a sra. Cole, todos que comentaram sobre o assunto estavam convencidos de que o piano fora enviado pelo Coronel Campbell, e se alegraram pela moça.

Emma aproveitou a oportunidade para refletir e formar sua opinião enquanto ainda escutava a anfitriã:

— Garanto a vocês que faz muito tempo que não ouço uma notícia tão boa! Sempre me entristecia ao perceber que Jane não tinha um piano, justo ela que toca tão bem! É uma vergonha, principalmente se levarmos em consideração que há muitas casas com instrumentos que nem sequer são apreciados. Parece uma irônica indireta, com certeza! Ainda ontem eu dizia ao meu marido quanto me sentia envergonhada ao ver nosso grande piano na sala de estar, sem poder tocá-lo, pois não sei uma nota sequer, e as nossas pobres filhas, que ainda estão aprendendo a tocar, possivelmente não farão grande uso dele. E aqui temos a pobre Jane, uma *expert* que não tem nada parecido, nem mesmo algo que lembre um piano ou uma velha espineta para se divertir. E ele concordou comigo; meu marido é apaixonado por música e não pôde deixar de comprar o instrumento, na esperança de que um de nossos vizinhos nos contemplasse com uma apresentação durante uma visita, o que nos é impossível. Na verdade, esse foi o principal motivo pelo qual compramos o piano... se não fosse por isso, tenho certeza de que estaríamos envergonhados de tê-lo. Temos a esperança de que a srta. Woodhouse possa tocar para nós esta noite.

Emma concordou educadamente e, ao perceber que não precisava mais prestar atenção na conversa da sra. Cole, virou-se em direção a Frank Churchill e indagou:

— Por que o sorriso?

— Eu? E você, por que está sorrindo?

— Creio que estou sorrindo de alegria ao perceber quanto o Coronel Campbell é rico e generoso... é um presente muito bonito.

— É verdade.

— Chego a pensar por que não o fez antes.

— Talvez porque a srta. Fairfax nunca tenha permanecido tanto tempo em Highbury antes.

— Ou porque não quiseram presenteá-la com o antigo piano que agora deve estar em Londres, sem ser tocado por ninguém.

— Mas esse é um grande piano, principalmente se considerarmos o tamanho da casa da sra. Bates.

— Você pode dizer o que bem entender, mas, pelo seu olhar, sei que seus pensamentos são parecidos com os meus.

— Não sei... prefiro acreditar que está dando-me mais crédito do que mereço. Sorrio porque a vejo sorrir e, provavelmente, devo suspeitar de algo, pois acredito que você também suspeita. Mas, no momento, não vejo nada que possa ser questionável. Se não foi o Coronel Campbell quem enviou o piano, quem poderia ter sido?

— O que acha da sra. Dixon?

— A adorável sra. Dixon! É verdade! Não pensei nessa possibilidade. Ela, assim como o pai, deve valorizar muito um bom instrumento. E, talvez, o modo de agir, o mistério, a surpresa, tudo pareça mais a ideia de uma jovem do que de um respeitável senhor. Agora tenho certeza de que foi um presente da sra. Dixon. Viu? Eu disse que seriam as suas suspeitas que guiariam as minhas.

— Então, deve estender suas suspeitas e acrescentar o sr. Dixon a elas.

— O sr. Dixon... muito bem, concordo. Percebo agora que só poderia ser um presente do casal. Outro dia mesmo falávamos sobre quanto ele é encantado pelos dotes musicais de Jane Fairfax.

— Sim, e o que você me disse naquele momento confirmou algo que eu já pensava antes. Não duvido das boas intenções do sr. Dixon e da srta. Fairfax, mas não posso deixar de suspeitar que, após fazer o pedido de casamento à srta. Campbell, apaixonou-se pela melhor amiga, ou então percebeu que Jane sentia por ele algo mais do que afeto. É claro que é possível imaginar mil coisas antes de se encontrar a verdade, mas estou certa de que deve haver um motivo concreto para que ela prefira vir a Highbury em vez de viajar para a Irlanda na companhia dos Campbell. Aqui tem de viver uma rotina cheia de privações e aborrecimentos; lá teria somente alegrias. Quanto ao fato de que precisava respirar os ares de sua terra natal, vejo isso apenas como uma desculpa. Se ao menos fosse no verão... mas que importância pode ter para alguém respirar os ares de sua terra natal no inverno? Boas lareiras e carruagens são mais indicadas na maioria dos casos de saúde debilitada, principalmente no dela. Não lhe peço que me acompanhe em todas as suspeitas, apesar de ser amável para entendê-las, pois digo honestamente o que penso.

— E dou-lhe minha palavra de que suas suspeitas parecem ter uma grande probabilidade de serem verdadeiras. A preferência do sr. Dixon pela música de Jane é algo muito comprometedor.

— E, além disso, ele salvou a vida de Jane! Ouviu falar disso? Em um passeio de barco, houve um acidente e ela iria cair no mar, quando ele a segurou.

— É verdade. Eu estava lá, junto com o grupo.

— Verdade? Bem! É claro que não percebeu nada de estranho, uma vez que essa é uma ideia nova para você. Se eu estivesse lá, com certeza teria feito algumas descobertas.

— Ouso dizer que sim. Mas eu não vi nada demais, além do fato em si: a srta. Fairfax estava prestes a cair do barco, quando o sr. Dixon a salvou. Aconteceu tudo muito rápido, o susto e a surpresa duraram muito mais tempo. Na verdade, creio que se passou cerca de meia hora até que todos pudessem se acalmar novamente; tudo foi muito rápido para que pudéssemos ater-nos aos detalhes. Entretanto, isso não quer dizer que você não poderia ter feito descobertas.

Interromperam a conversa nesse momento. Foram obrigados a participar daquela espécie de embaraço quando há um longo intervalo entre os pratos. Assim, foram obrigados a ser formais e corteses com os outros, porém, quando a comida foi novamente servida, quando cada travessa foi colocada à mesa, Emma continuou:

— A chegada desse piano foi decisiva para mim. Eu desejava saber um pouco mais e isso já me revela tudo. Você pode estar certo, não vai demorar muito tempo até ouvirmos que foi um presente dos Dixon.

— E se os Dixon afirmarem que não sabem nada sobre o assunto, concluiremos que foi um presente dos Campbell.

— Não, tenho certeza de que não é um presente dos Campbell. A srta. Fairfax saberia que fora enviado pelos Campbell, ou teria adivinhado logo no princípio. Ela não teria ficado confusa, teria logo pensado neles. Talvez você não esteja muito convencido, mas estou inteiramente convicta de que o sr. Dixon tem o papel principal nessa questão.

— Você realmente me ofende ao pensar que não conseguiu me convencer. Seus questionamentos me fizeram concordar inteiramente com você. Em princípio, enquanto eu acreditava que você pensava ser um presente do coronel Campbell, imaginei apenas que fosse uma gentileza paternal, a coisa mais natural do mundo. Mas, quando mencionou o nome da sra. Dixon, percebi que seria muito mais provável que se tratasse de um tributo da amizade entre ambas as mulheres. E, agora, só posso vê-lo como prova de amor.

Não houve mais oportunidade para que pudessem aprofundar o assunto. O rapaz parecia convencido. Emma não disse mais nada, outros assuntos vieram à baila, e o restante do jantar decorreu normalmente; serviram a sobremesa, as crianças vieram à sala, foram admiradas e algumas pessoas lhes fizeram perguntas; pôde-se ouvir algumas conversas inteligentes, outras nem tanto, mas nada em grandes proporções, nada além de comentários cotidianos, repetições maçantes, notícias velhas e anedotas sem graça.

As senhoras estavam na sala de estar havia pouco tempo, quando as outras se uniram a elas. Emma observou a entrada de sua amiga Harriet e, apesar de sua elegância e sua distinção não serem motivos para entusiasmá-la demasiadamente, não deixou de admirar sua doçura e espontaneidade de movimentos e de se alegrar de todo o coração com a luminosidade, a alegria e a tranquila disposição que demonstravam que a jovem conseguiria encontrar alívio em meio à agonia de um amor perdido. Ela se sentou e quem poderia adivinhar quantas lágrimas havia derramado tão pouco tempo antes? Ao ver-se cercada de pessoas muito bem-vestidas, ela também trajada com um lindo vestido, poder sentar, sorrir e se mostrar atraente, silenciosamente, bastava para aquele momento. Jane Fairfax parecia superior e tinha modos também muito distintos, mas Emma suspeitava que ela gostaria de trocar confidências com Harriet e que deveria estar muito feliz por ver-se recompensada diante dela — sim, por ter amado o sr. Elton em vão — por se privar do perigoso prazer de saber-se amada pelo marido da sua melhor amiga.

Em uma reunião tão concorrida, não havia necessidade de Emma se aproximar de Jane. Ela não desejava falar a respeito do piano, sentia-se como se guardasse um segredo e não lhe parecia adequado demonstrar curiosidade ou interesse e, portanto, permaneceu afastada propositadamente. Entretanto, os demais imediatamente trouxeram esse tema, e Emma notou o rubor no rosto de Jane ao receber as felicitações, o rubor de culpa que acompanhou a menção "meu excelente amigo, o Coronel Campbell".

A sra. Weston, sempre bondosa e apaixonada por música, estava particularmente interessada pelo assunto, e Emma não pôde senão deixar de achar divertida sua insistência em manter a conversa. Como havia muito a comentar sobre tom, toque e pedal, foi impossível deixar de falar sobre a questão, o que ela percebeu claramente no rosto da heroína da noite.

Não tardou para os cavalheiros se reunirem às damas, e o primeiro de todos foi Frank Churchill. Ele entrou, era o mais belo, e, após dizer algumas frases de cortesia para a srta. Bates e sua sobrinha, foi para o lado oposto do grupo, onde estava a srta. Woodhouse. Ele não quis sentar-se até que encontrou um lugar ao lado de Emma. Ela, por sua vez, adivinhava o que os outros convidados estariam pensando. Ela era a preferida de Frank e ninguém poderia deixar de percebê-lo. Apresentou a ele sua amiga, a srta. Smith e, no momento oportuno, ouviu o que cada um pensava do outro: "Ele nunca tinha visto um rosto tão adorável, e estava muito satisfeito com sua ingenuidade". Por sua vez, Harriet disse: "Não que estivesse fazendo um grande elogio ao jovem rapaz, mas achava que ele se parecia com o sr. Elton". Emma conteve sua indignação e limitou-se a ficar em silêncio.

Ela e Frank trocavam sorrisos quando olhavam para a srta. Fairfax, mas era prudente que evitassem a conversa. Ele lhe disse que estava impaciente para deixar a sala de jantar, odiava ficar sentado por tanto tempo, era sempre o primeiro a se levantar, tão logo pudesse. Disse também que seu pai, o sr. Knightley, o sr. Cox e o sr. Cole tratavam de negócios da paróquia e que, apesar de ter sentado ao lado deles por tanto tempo, ficou por prazer, e pôde perceber que eram cavalheiros distintos e de bom caráter. Começou a fazer elogios às pessoas de Highbury, considerando o lugar rico em famílias agradáveis, o que fez Emma refletir que jamais pensara dessa forma a respeito dos moradores da vila. Ela fez perguntas a Frank a respeito da sociedade no condado de York, sobre os vizinhos que tinham em Enscombe e outras coisas do gênero. As respostas de Frank fizeram-na deduzir que, em Enscombe, a vida social era muito limitada, tinha amizade apenas com algumas poucas famílias de grande posição, nenhuma das quais vivia ali; e, inclusive, quando as viagens eram marcadas e os convites aceitos, sempre havia a possibilidade de a sra. Churchill não estar disposta ou bem de saúde para ir. Consideravam uma questão de honra não visitar pessoas que acabavam de conhecer, e isso, apesar de terem amizades distintas, causava uma grande dificuldade em sair. Via-se obrigado a vencer uma grande resistência, e precisava de uma grande habilidade para viajar de vez em quando, ou para conseguir apresentar um novo amigo.

Emma percebeu que Enscombe não era capaz de satisfazê-lo e que Highbury, vista com bons olhos, atrairia um jovem que vivia de uma forma reclusa muito mais do que gostaria. Era evidente que ele era uma figura importante no lugar. Apesar de não se gabar disso, traiu-se ao contar que conseguia persudiar a tia quando o tio já não tinha mais o que fazer; e, diante da risada de Emma ao ouvir tal declaração, ele pôde perceber, com exceção de uma ou duas questões, que conseguiria convencer a tia a aceitar qualquer outra coisa. Frank mencionou os dois pontos nos quais falhara. Ele desejava muito viajar para o exterior — fizera de tudo para convencê-la —, mas a tia não lhe dera ouvidos. Isso acontecera no ano anterior. Agora, já não sentia o mesmo desejo de antes.

O ponto inflexível, que ele não mencionou, Emma desconfiou que se referia ao seu pai, o sr. Weston.

— Acabo de descobrir algo desagradável — disse ele, após uma breve pausa. — Amanhã fará uma semana que estou aqui, a metade do meu tempo disponível. Nunca acreditei que os dias poderiam passar tão rapidamente. Pense, uma semana! Justo agora que comecei a desfrutar Highbury. O tempo justo para conhecer a sra. Weston e os demais! Detesto lembrar-me disso.

— Talvez agora você se arrependa de ter passado o dia todo fora apenas para cortar o cabelo.

— Não — respondeu ele, sorrindo. — Não tenho motivos para me arrepender. Não tenho prazer em estar entre os meus amigos se não tenho certeza de que minha aparência agradará a todos.

Os demais convidados já estavam na sala de estar nesse momento, e Emma viu-se obrigada a voltar-se para um deles e escutar a conversa do sr. Cole. Quando o anfitrião se afastou, e ela pôde dar atenção novamente ao amigo, observou que Frank Churchill olhava atentamente para o outro lado da sala, para Jane Fairfax.

— Qual é o problema? — disse ela.

Ele começou dizendo:

— Obrigado por chamar minha atenção. Creio que tenho sido muito rude, mas, realmente, a srta. Fairfax fez um penteado tão estranho que não consegui deixar de olhá-lo. Jamais vi algo tão ultrapassado! E os cachos? Devem ser uma criação própria, nunca vi ninguém com um penteado como esse! Acho que vou perguntar se é um penteado irlandês! Devo? Bem, acho que vou até lá e você verá como ela se comporta, se ao menos vai ruborizar-se...

Imediatamente se levantou e Emma pôde observá-lo ao lado de Jane, conversando. Quanto à reação da moça, nada reparou, pois, sem querer, Frank estava parado bem à frente, e ela não conseguiu enxergar absolutamete nada.

Antes que ele pudesse voltar ao seu lugar, a sra. Weston sentou-se ao seu lado.

— Uma festa grande e luxuosa — comentou ela. — Podemos conversar com todos os nossos conhecidos. Minha querida Emma, mal pude esperar o momento de conversar com você. Descobri algumas coisas e tenho feito planos, assim como você, mas devo contar-lhe enquanto as ideias ainda são novas. Você sabe como a srta. Bates e a sobrinha chegaram até aqui?

— Elas foram convidadas, não?

— Oh, sim! Mas como vieram? Quem as trouxe?

— Suponho que vieram a pé. De que outro modo poderiam vir?

— É verdade. Bem, há alguns instantes eu pensei como seria perigoso para Jane voltar para casa tão tarde da noite, e em uma noite tão fria como esta. Enquanto eu olhava para ela, e pude perceber que está muito bem de saúde, dei-me conta de que a sala está um pouco abafada e que quando saísse daqui iria resfriar-se. Pobre moça! Não pude suportar tal ideia e, assim que pude falar com meu marido, aproximei-me dele e falei a respeito da nossa carruagem. Você pode imaginar quanto ele concordou comigo e, tão logo deu sua aprovação, fui em direção à srta. Bates a fim de garantir que nossa carruagem estaria à disposição das duas para que pudessem voltar para casa com segurança e conforto. Pensei que ficariam mais tranquilas durante a nossa reunião. Boa alma! Ela ficou muito agradecida, pode ter certeza. Ainda me disse que "ninguém é mais afortunada do que ela!". Mas, após agradecer meu convite, contou-me que a carruagem do sr. Knightley as trouxera e estava à disposição delas para seu retorno. Fiquei bastante contente. Mas, para falar a verdade, fiquei muito surpresa. Como ele foi atencioso! Extremamente generoso! É o tipo de coisa que poucos homens são capazes de fazer. E, conhecendo-o tão bem, creio que só solicitou uma carruagem com o objetivo de acomodá-las. Suspeito que, se fosse apenas para seu uso, o sr. Knightley jamais teria solicitado dois cavalos, e se o fez foi para fazer-lhes um favor.

— Com certeza! — concordou Emma. — Isso é o mais provável de ter acontecido. Não conheço nenhum homem, além do sr. Knightley, capaz de tal atitude, de fazer algo que seja realmente amável, útil, cheio de boas intenções e tão benevolente. Ele não é um homem muito galante, mas tem bons sentimentos, é muito humano. Deve ter pensando na delicada saúde de Jane Fairfax e decidiu ajudá-la por pura gentileza. Era o mínimo que se poderia esperar de um cavalheiro como o sr. Knightley. Eu já sabia que ele viera com uma carruagem. Chegamos juntos e até brinquei com ele, porém não me disse nada que o pudesse trair.

— Bem... — disse a sra. Weston, sorrindo. — Vejo que, nesse caso, você concede a ele uma benevolência mais desinteressada do que eu, pois, assim que a srta. Bates me contou sobre a carruagem, comecei a suspeitar de algo e não consegui mais parar de pensar. Quanto mais pensava no assunto, mais chegava à conclusão de que minhas suspeitas são corretas. Enfim, para resumir, prevejo uma união entre o sr. Knightley e Jane Fairfax. Viu o que me aconteceu por estar sempre ao seu lado? O que acha da ideia?

— O sr. Knightley e Jane Fairfax!? — surpreendeu-se Emma. — Minha amiga querida, como foi capaz de pensar tal absurdo? O sr. Knightley! Ele não vai casar-se! Você quer que Henry perca a herança de Donwell? Oh, não! Henry deve ser o herdeiro. Não posso aprovar o casamento do sr. Knightley e tenho certeza de que é quase improvável. Fico muito espantada com o fato de ter cogitado tal situação.

— Minha querida Emma, eu lhe expliquei o que me levou a ter essa ideia... não tenho a intenção de prejudicar o pequeno Henry.[1] Mas as circunstâncias me levaram a pensar. E se o sr. Knightley tivesse a intenção de se casar, não seria você que o faria desistir do intuito com o argumento de que Henry ficaria sem sua herança. Afinal, ele é apenas uma criança e não sabe nada sobre o assunto.

— Aí é que se engana! Eu posso, sim, demovê-lo. Não permitirei uma humilhação desse tipo a Henry. O sr. Knightley se casar! Não, eu jamais tive tal ideia e não posso sequer pensar nisso agora. Ainda mais para se casar com Jane Fairfax!

— Ora, você bem sabe que ela sempre foi a favorita dele.

— Mas esse casamento seria uma imprudência.

---

[1] A herança do sr. Knightley iria para o sobrinho Henry, caso o tio não se casasse.

— Eu não estou falando de prudência, falo apenas de possibilidades.

— Não vejo nenhuma probabilidade de isso vir a acontecer, a menos que tenha outros argumentos. Sua bondade, seus bons sentimentos, como já disse antes, bastam para que usasse a carruagem. Como você bem sabe, ele tem grande consideração pelas Bates, independentemente de Jane. E está sempre disposto a fazer-lhes um favor. Minha amiga, não tente dar uma de casamenteira. Você não tem talento para isso. Jane Fairfax, a dona de Donwell Abbey! Oh, não! Não posso nem imaginar. Pelo bem do sr. Knightley, não posso sequer imaginá-lo cometendo tal loucura.

— Pode até parecer uma imprudência, mas não loucura. Com exceção da diferença de fortuna, e talvez uma pequena diferença de idade, não vejo mais nada que se oponha.

— O sr. Knightley não deseja casar-se. Posso garantir que ele nem sequer pensa no assunto. Não vá colocar caraminholas na cabeça dele. Por que deveria casar-se? Ele é muito feliz sozinho, tem uma fazenda, gado, uma biblioteca e toda a paróquia para administrar. Além disso, é apaixonado pelos sobrinhos. Não tem nenhum motivo para se casar, não vá ocupar seu tempo e seu coração com tolices.

— Minha querida Emma, enquanto ele pensar assim, assim será... Porém, se ele realmente ama Jane Fairfax...

— Tolice! Ele apenas se preocupa com a saúde de Jane Fairfax. Tenho certeza de que não está apaixonado. Ele fará todo tipo de bondade para ela e sua família, mas...

— Então — disse a sra. Weston, sorrindo —, talvez a melhor coisa que ele possa fazer por elas seja oferecer a Jane um lar respeitável.

— Se, por um lado, faria um bem enorme para elas, seria péssimo para ele; uma união muito embaraçosa e degradante. Como suportaria ser parente da srta. Bates? Ela atormentaria a todos na casa, agradeceria a ele todos os dias por ter sido tão bom e ter-se casado com Jane! Tão gentil e amável! Sempre foi um bom vizinho! E sempre faria algumas interrupções para falar da anágua da mãe. Talvez dissesse algo do tipo: "Não é uma anágua tão velha assim, quem sabe dure mais algum tempo", e, por fim, diria que são anáguas muito resistentes.

— Que horror, Emma! Não imite a pobre mulher. Mas você me diverte, apesar de eu não concordar com você. E, para dizer a verdade, não creio que o sr. Knightley irá incomodar-se com a srta. Bates. As pequenas coisas não o irritam. Pode até ser que ela fale muito, mas, se quiser interrompê-la, basta falar mais alto do que ela. A questão aqui não é se fará uma péssima união, mas se quer casar-se com ela, e creio que ele deseja isso. Tanto eu como você já o ouvimos falar muito bem de Jane! Observe como ele fala sobre a moça com interesse, como se preocupa com sua saúde, como deseja que ela tenha felizes e promissoras perspectivas! Já o ouvi falar muito e calorosamente sobre tudo isso! Ele admira muito o talento de Jane para tocar piano e sempre observa como sua voz é linda! Também o ouvi dizer que poderia ouvi-la para sempre! Oh, já ia me esquecendo de uma ideia que me ocorreu... O piano que alguém enviou como presente. Embora todos estejam satisfeitos com a afirmação de que foi enviado pelos Campbell, será que não teria sido um presente do sr. Knightley? Não consigo evitar de pensar que foi um presente dele. Creio que é a pessoa mais propensa a ter feito a surpresa, mesmo sem estar apaixonado.

— Então, esse não é um argumento capaz de provar que ele pode estar apaixonado. Mas acredito que não seja algo do perfil do sr. Knightley, ele não é tão misterioso assim.

— Já o ouvi dizer inúmeras vezes quanto era lamentável o fato de Jane não possuir um piano. Ouvi-o repetir isso tantas vezes que poderia suspeitar de uma circunstância como esta, se tudo fosse normal, que ele tivesse preocupado.

— Muito bem, se tivesse a intenção de presenteá-la, teria dito isso a ela.

— Minha querida Emma, pode ter havido certos escrúpulos de delicadeza. Porém, observei algo nele que me chamou muito mais a atenção. Estou certa de que, no momento em que a sra. Cole nos contava sobre o presente, na sala de jantar, o silêncio dele foi muito significativo.

— Minha querida sra. Weston, quando cisma com uma ideia, não há ninguém que a faça mudar de opinião, tanto quanto me reprovou diversas vezes. Não vejo nenhum sinal de paixão, nem acredito nessa história do piano... e não há nenhum indício de que o sr. Knightley deseje casar-se com Jane Fairfax.

Elas continuaram discutindo sobre o assunto por mais um tempo e era Emma que parecia tentar convencer a amiga porque, das duas, a sra. Weston era a que estava mais acostumada a ceder. Até que uma leve agitação na sala demonstrou que a hora do chá terminara e que estavam preparando o piano para ser tocado. Naquele exato momento, o sr. Cole se aproximou de Emma e pediu a ela que lhes desse a honra de ouvi-la tocar. O sr. Frank Churchill, a quem, no calor da conversa com a sra. Weston, havia perdido de vista, estava sentado ao lado da srta. Fairfax. Logo veio a sra. Cole para reforçar o pedido, respeitosamente, para que ela fosse a primeira a tocar. Assim, Emma concordou imediatamente.

Ela conhecia bem suas próprias limitações para tentar uma peça que não pudesse executar com êxito. Não lhe faltavam bom gosto nem talento para a música, sobretudo para escolher composições que eram geralmente bem aceitas e que ela poderia cantar sem a menor dificuldade. Enquanto cantava uma das músicas escolhidas, teve a grata surpresa de ser acompanhada pelo sr. Frank Churchill. Assim que ela tocou a última nota, pediu perdão, como de costume, e todos a cumprimentaram, afirmando que o jovem rapaz tinha uma voz muito bonita e um ótimo conhecimento musical, qualidades que ele negou, como era de se esperar, afirmando que era completamente leigo no assunto, e que mal sabia cantar. Os dois começaram uma nova canção. No entanto, logo em seguida, Emma cedeu seu lugar a Jane, cuja interpretação, tanto do ponto de vista vocal como instrumental, era infinitamente superior, e nem mesmo ela conseguiria esconder isso de si mesma.

Com uma mistura de sentimentos contraditórios, Emma sentou-se a certa distância do piano com o objetivo de escutar melhor. Frank Churchill cantou novamente. Ouvira dizer que os dois cantaram juntos uma ou duas vezes em Weymouth. Mas, ao observar o olhar atencioso do sr. Knightley, Emma imediatamente parou de pensar nos dois jovens. Ela começou a pensar nas suposições da sra. Weston, pensamentos esses que só eram interrompidos pelos sons harmoniosos das duas vozes unidas. Suas objeções ao casamento do sr. Knightley não diminuíram. Não conseguia enxergar nenhum benefício nisso, a não ser o mal que faria ao sobrinho. Seria uma grande decepção para o sr. John Knightley e, consequentemente, para sua esposa, Isabella. Seria uma grande injúria para as crianças... uma mudança muito desagradável, além de uma perda material para todos. O sr. Woodhouse seria uma das pessoas que mais sentiria, além de alterar completamente seu ritmo de vida. E quanto a si mesma, não conseguia suportar a ideia de Jane Fairfax vir a ser a senhora de Donwell Abbey. A esposa do sr. Knightley, diante da qual todos deveriam inclinar-se! O sr. Knightley nunca deveria casar-se. O pequeno Henry deveria permanecer como o único herdeiro de Donwell.

Naquele momento, o sr. Knightley olhou para trás e sentou-se ao seu lado. Em princípio, falaram apenas da *performance* da moça. Ele realmente a admirava, porém Emma pensou que, se não fosse pela ideia da sra. Weston, o amigo a teria enganado. Como quem não quer nada, ela começou a falar da gentileza dele, ao oferecer a carruagem à tia e à sobrinha e, embora a resposta tenha sido muito breve, apenas para encurtar o assunto, ela acreditou que indicava apenas uma desculpa para evitar falar dos atos de caridade que fizera.

— Muitas vezes — ela continuou — penso que é uma lástima que nossa carruagem não seja útil aos demais em ocasiões como esta. Não é que eu não queira, mas bem sabe quão impossível é para meu pai concordar que James saia de casa para tal finalidade.

— Completamente fora de questão, certamente — respondeu ele. — Mas tenho certeza de que você sempre desejou isso.

Ele sorriu como se estivesse muito satisfeito por ter essa convicção, e Emma pôde ir um pouco mais além, ao dizer:

— O presente dos Campbell, o piano, foi uma ótima ideia.

— Sim — respondeu ele, aparentemente sem o menor embaraço. — Mas eles teriam sido mais prudentes se ao menos avisassem Jane sobre o presente. Surpresas são tolices. A alegria que proporcionam não é tanta se comparada aos inconvenientes que devem ser considerados. Eu pensava que o Coronel Campbell fosse um homem mais ajuizado.

A partir desse momento, Emma poderia jurar que o sr. Knightley não fora o responsável pelo presente. Mas, se ele de fato estivesse apaixonado, se Jane fosse sua preferida, essas dúvidas perduraram por mais algum tempo. Ao final da segunda música, a voz de Jane ficou ainda mais grave.

— Já basta! — Disse ele, em voz alta. — Você já cantou o suficiente para uma noite inteira; agora deve descansar.

Entretanto, as outras pessoas pediram-lhe que tocasse outra canção:

— Só mais uma, ela não ficará tão cansada. Srta. Fairfax, não lhe pediremos mais nada.

Em seguida, Frank Churchill disse:

— Creio que poderá tocar sem grande esforço, a primeira parte é minúscula. A segunda parte da música é mais complexa.

O sr. Knightley ficou bastante irritado.

— Esse sujeito — disse indignado — só pensa em mostrar sua voz. Isso não pode continuar.

Tocou o braço da srta. Bates, que passava perto deles e comentou:

— Srta. Bates, está louca deixando sua sobrinha cantar, do jeito que a garganta dela está? Vá lá e interfira. Eles não têm piedade da moça.

A srta. Bates, realmente preocupada com a saúde de Jane, sem tempo para agradecer a observação do amigo, rapidamente se dirigiu ao piano e impediu que a sobrinha continuasse cantando. Assim, o concerto da noite acabou, uma vez que as srta.s Woodhouse e Fairfax eram as únicas que sabiam tocar, mas, em menos de cinco minutos, alguém — sem que se soubesse exatamente de quem partira o convite — propôs uma dança. O sr. Cole e sua esposa aceitaram a ideia com muito entusiasmo e rapidamente começaram a abrir espaço para o baile. A sra. Weston, especialista em contradanças, sentou-se ao piano e começou a tocar uma irresistível valsa. Frank Churchill, muito galante, convidou Emma para dançar, segurando sua mão.

Enquanto esperavam os demais se prepararem, Emma, apesar dos cumprimentos que recebia por sua bela voz e seu bom gosto, teve de olhar ao redor e ver o que o sr. Knightley fazia. Aquela seria sua prova decisiva. Geralmente, ele não gostava de dançar. Se ele se mostrasse muito disposto a convidar Jane para a dança, certamente significaria alguma coisa. Mas Emma não conseguiu encontrá-lo. Na verdade, ele conversava com o sr. Cole e parecia muito despreocupado, e Jane foi convidada para dançar por outra pessoa.

Emma não estava mais preocupada com Henry, o futuro do menino estava a salvo. Ela se entregou ao prazer da dança com uma alegria jovial e espontânea. Apenas cinco pares se formaram. Mas, como foi algo tão inesperado, tudo ficou ainda mais maravilhoso, mesmo porque ela combinava perfeitamente com seu parceiro de dança. Os dois formavam um casal que valia a pena observar.

Infelizmente, apenas duas danças foram permitidas. Já estava tarde, e a srta. Bates começou a ficar ansiosa para voltar para casa porque estava preocupada com a mãe. No entanto, após algumas tentativas para continuarem o baile um pouco mais, agradeceram à sra. Weston e partiram.

— Talvez tenha sido melhor assim — disse Frank Churchill, ao conduzir Emma até sua carruagem. — Quando terminássemos nossa dança, eu teria de convidar a srta. Fairfax para uma dança e não conseguiria adaptar-me ao seu jeito lânguido de dançar.

Capítulo 27

Emma não se arrependera de ter ido à casa dos Cole. No dia seguinte, tinha agradáveis lembranças para recordar, e tudo que poderia ter perdido em altivez parecia recompensado pelo esplendor da sua popularidade. Ela deve ter encantado os Cole — pessoas tão distintas, que mereciam ser felizes! E deixou para trás uma fama que dificilmente esqueceriam.

A felicidade perfeita não é comum, nem mesmo nas lembranças; além disso, havia dois pontos nos quais ela ainda não estava tranquila. Estava segura de que não infringira o dever de lealdade que toda mulher sente pelas outras ao revelar suas suspeitas a respeito de Jane Fairfax para o sr. Frank Churchill. Dificilmente suas suposições seriam verdade, mas sua convicção era tão forte que ela não poderia evitar ouvir a opinião dele. Ao concordar com tudo que Emma disse, ele parecia fazer um elogio à sua inteligência, o que a impediu de frear a própria língua.

O outro motivo era a própria Jane Fairfax; e, neste caso, não havia nenhuma dúvida. Emma admitia com sinceridade e sem receio que Jane era muito superior a ela, tanto no canto como no piano. O que mais lamentava era a preguiça que tivera quando criança... sentava-se ao piano e praticava vigorosamente apenas por cerca de uma hora e meia.

Seus pensamentos foram interrompidos pela chegada de Harriet Smith, e, se os elogios da amiga fossem capazes de confortá-la, ter-se-ia se consolado rapidamente.

— Oh! Se ao menos eu pudesse tocar tão bem quanto você e a srta. Fairfax!

— Por favor, não nos coloque no mesmo nível, Harriet. Comparar-me a ela seria como comparar uma lâmpada ao Sol.

— Oh, minha querida! Eu acho que é a melhor das duas. Penso que toca tão bem quanto ela e garanto-lhe que prefiro escutar você. Ontem à noite, todos comentaram quanto você toca bem.

— Aqueles que conhecem alguma coisa de música certamente perceberam a diferença. Harriet, a verdade é que a maneira como eu toco é boa o bastante para ser elogiada, porém Jane Fairfax está muito além disso.

— Eu sempre pensarei que você toca tão bem quanto ela, pois, se existe alguma diferença, ninguém é capaz de notar. O sr. Cole disse que você é muito talentosa, e o sr. Frank Churchill falou durante um bom tempo a respeito do seu bom gosto musical e acrescentou que, para ele, o bom gosto vale mais do que uma execução.

— Ah! Mas Jane Fairfax possui as duas características, Harriet.

— Tem certeza? Pude observar quanto ela toca bem, mas não tenho certeza se tem bom gosto. Ninguém comentou a respeito disso. Odeio música italiana. Não é possível entender sequer uma palavra. Além disso, se ela toca tão bem como você diz, não é mais do que sua obrigação, porque terá de ensinar música. Ontem à noite, os Cox comentavam que ela poderia ser apresentada a uma boa família. O que pensa dos Cox?

— O de sempre... são muito simples.

— Eles me contaram algo — disse Harriet, um tanto hesitante —, mas não é nada importante.

Emma foi obrigada a perguntar o que disseram, embora receasse que se referia ao pastor.

— Eles me contaram que o sr. Martin jantou com eles no sábado passado.

— Oh!

— Ele fez uma visita de negócios e, então, os Cox convidaram-no para o jantar.

— É mesmo?

— Eles falaram durante muito tempo sobre Robert Martin, especialmente Anne Cox. Não sei quais eram suas intenções, mas ela me perguntou se este ano eu passaria o verão novamente na companhia dos Martin.

— Parece que agiu de maneira impertinente e curiosa, como sempre é o costume de Anne Cox.

— Ela me disse que o senhor Robert Martin foi muito gentil na noite em que jantou com sua família e que se sentou ao lado dela. A srta. Nash acredita que qualquer uma das Cox ficaria feliz por se casar com ele.

— É bem provável. Eu penso que elas são, sem exceção, as moças mais simplórias de Highbury.

Harriet faria compras na loja Ford, assim, Emma pensou ser prudente acompanhar a amiga. Poderia encontrar com os Martin, acidentalmente, e, no estado de ânimo em que a amiga se encontrava, isso seria perigoso.

Encantada por tudo, Harriet não se decidia por nada, e sempre demorava muito para fazer suas compras. Dessa forma, enquanto se decidia sobre qual tecido comprar, Emma foi até a janela para se distrair um pouco. Não se podia esperar muito do movimento da rua, inclusive nas partes mais agitadas de Highbury. O sr. Perry caminhava apressadamente, o sr. William Cox chegava à porta do seu escritório, os cavalos do sr. Cole retornavam de um passeio, um dos meninos que entregavam cartas montava uma mula teimosa, esses eram os únicos interesses que podia esperar encontrar. Porém, seus olhos pousaram sobre o açougueiro; depois viram uma senhora voltando para casa carregando sua cesta cheia de compras; viram também dois vira-latas disputando um osso, e um grupo de crianças com o rosto colado na janela da padaria; e ela percebeu que não tinha motivos para reclamar, divertira-se bastante, o suficiente para ficar próxima da porta. Uma mente vivaz e equilibrada não precisava contemplar grandes feitos nem encontrar respostas para tudo que via.

Ela voltou o olhar para a direção de Randalls. A cena se ampliou e pôde ver duas pessoas: a sra. Weston e Frank Churchill, que vinham para Highbury, com certeza, a caminho de Hartfield. Entretanto, fizeram uma breve visita à casa das Bates, a mais próxima de Randalls do que a loja Ford. Já iam bater na porta quando avistaram Emma. Imediatamente atravessaram a rua e se aproximaram; a agradável noite tornou o encontro de hoje ainda mais alegre. A sra. Weston disse a Emma que ia fazer uma visita às Bates para ouvir Jane tocar o novo instrumento.

— Frank disse que, na noite passada, eu prometi uma visita às Bates e que seria logo pela manhã. Não me lembrava da promessa, nem sabia que já tinha marcado uma data, mas, como ele me lembrou, estamos indo lá agora.

— E, enquanto a sra. Weston faz sua visita — disse ele —, se me permite, tenho a esperança de lhe fazer companhia e aguardar por ela em Hartfield... Isso se estiver indo para casa.

Ao ouvi-lo, a sra. Weston ficou decepcionada.

— Pensei que você fosse comigo. Elas ficariam muito contentes...

— Eu!? Eu atrapalharia vocês. Mas, talvez... eu acabe atrapalhando aqui também. A srta. Woodhouse parece não desejar a minha companhia. Minha tia não gosta que eu a acompanhe quando vai às compras. Ela diz que sou muito cansativo, e a srta. Woodhouse pode concordar com isso. O que devo fazer?

— Não vim aqui para fazer compras — respondeu Emma. — Estou apenas esperando minha amiga. Creio que ela não irá demorar, então, poderemos seguir para minha casa. Mas acredito que seja melhor você acompanhar a sra. Weston e ouvir Jane tocar no novo piano.

— Bem, se você diz... mas — ele continuou, sorrindo —, e se o Coronel Campbell encarregou um amigo descuidado de comprar o piano, e o instrumento não estiver afinado, o que direi? Não poderei apoiar a sra. Weston. Ela ficará muito bem sozinha. Uma verdade desagradável seria bem-vinda de seus lábios, mas sou incapaz de mentir por educação.

— Não acredito em nada do que diz — contradisse Emma. — Estou convencida de que, quando necessário, poderá ser tão insincero quanto seus vizinhos; mas não há motivos para supor que o instrumento não seja bom. Ao contário, se bem entendi o que a srta. Fairfax nos disse ontem à noite.

— Venha comigo — pediu a sra. Weston. — Isso, se não for muito desagradável para você. Não ficaremos muito tempo. Depois iremos a Hartfield. Chegaremos lá alguns minutos depois de Emma. Eu realmente desejo que me acompanhe. Elas irão considerar uma grande gentileza de sua parte! Além disso, eu estava completamente certa de que você me faria companhia.

Ele não pôde dizer mais nada e, na expectativa de que Hartfield fosse a sua recompensa, acompanhou a sra. Weston até a casa das Bates. Emma os observou entrar na residência, e então foi ao encontro de Harriet, que ainda estava indecisa diante do balcão. Tentou a todo custo convecê-la de que, se desejava comprar a musselina de cor lisa, não precisava olhar a estampada; e a fita azul, apesar de ser muito bonita, não combinaria com o tecido amarelo. Por fim, resolveram todas as dúvidas, até mesmo o lugar para onde deveriam enviar os pacotes.

— Devo enviar os embrulhos para a casa da sra. Goddard? — perguntou a sra. Ford.

— Sim... não... sim, para a casa da sra. Goddard. Apenas o molde do vestido deve ser entregue em Hartfield... não, a senhora pode enviar tudo para Hartfield, por favor. Mas, então, a sra. Goddard gostaria de vê-lo... é claro que eu poderia levar o molde do vestido para casa em qualquer dia. Mas desejo que a fita siga para Hartfield... Pelo menos a fita. Sra. Ford, a senhora poderia embrulhar em dois pacotes, por favor?

— Harriet, não é necessário dar todo esse trabalho à sra. Ford.

— Não precisa fazer...

— Não há problema nenhum, srta. — respondeu a gentil senhora.

— Oh! A verdade é que eu preferiria apenas um pacote. Então, por favor, pode enviar tudo para a casa da sra. Goddard... Bem, na verdade, eu já não sei mais o que fazer... não... srta. Woodhouse, eu acho que seria melhor enviar para Hartfield e depois eu mesma levar para casa. O que me aconselha?

— Aconselho a não pensar nem mais um segundo sobre o assunto. Sra. Ford, envie tudo para Hartfield, por favor.

— Sim, é a melhor decisão — concordou Harriet, muito satisfeita. — Eu não ficaria contente se tivessem enviado para a casa da sra. Goddard.

Ouviram algumas vozes perto da porta, eram duas mulheres: a sra. Weston e a srta. Bates acabavam de entrar.

— Minha querida srta. Woodhouse — saudou a última —, atravessei rapidamente a rua a fim de convidá-la a se juntar a nós por alguns minutos e dar sua opinião a respeito do novo piano; e a srta. Smith também, claro. Como tem passado, srta. Smith? Eu estou muito bem, obrigada. Implorei à sra. Weston que me acompanhasse para ter certeza de que seria bem-sucedida.

— Espero que a sra. Bates e a srta. Fairfax estejam bem...

— Muito obrigada... sabe quanto aprecio o seu interesse. Minha mãe está muito bem, e Jane acabou pegando um resfriado ontem à noite. Como está seu pai? Fico feliz ao saber que ele está bem de saúde. A sra. Weston me disse que estavam aqui... Oh! Então, disse a mim mesma, "vou até lá antes que elas saiam, tenho certeza de que a srta. Woodhouse não se incomodará em passar alguns minutos na minha casa; minha mãe ficará tão feliz ao vê-la...". E agora que somos um grupo maior, tenho certeza de que não recusará o meu pedido. O sr. Frank Churchill me disse que era uma ótima ideia e seria muito conveniente conhecer a opinião da srta. Woodhouse a respeito do piano... Mas eu disse que seria mais provável que aceitasse o meu convite se um deles viesse comigo... Oh! Ele me disse para esperar apenas um pouco, até conseguir terminar o trabalho... isso tudo é verdade, pode acreditar, srta. Woodhouse, porque ele está apertando o parafusinho dos óculos da minha mãe... acredita que o parafuso caiu hoje cedo? Ele foi tão gentil! Se a minha mãe ficar sem os óculos, não conseguirá fazer nada. A propósito, penso que todo mundo deveria ter um par de óculos, sim, deveria. Jane concorda comigo. Hoje pela manhã, a primeira coisa que eu gostaria de ter feito era levar os óculos da minha mãe até John Saunders, mas me distraí com outras coisas; primeiro uma, depois outra, e assim nunca consigo um tempo livre, bem sabe. Primeiro, Patty veio dizer-me que precisávamos limpar a chaminé da cozinha. Então, eu disse: "Oh! Patty, não me venha com más notícias. Justo hoje, que os óculos da sua patroa quebraram". Em seguida, chegaram as maçãs assadas que a sra. Wallis enviou por um dos seus meninos; eles sempre foram muito educados e bondosos conosco... já ouvi algumas pessoas dizerem que os Wallis são mal-educados e sempre respondem bruscamente, mas nós nunca observamos tal comportamento. Não pode ser apenas porque somos fregueses ou pelos pães que consumimos, não é? Somos apenas três, e isso porque Jane veio morar conosco... ainda assim, ela não come quase nada. Seu desjejum é muito simples, a srta. ficaria muito assustada se pudesse vê-la comendo. Também não permito que a minha mãe a veja à mesa... então, conto uma história, depois outra, e a minha mãe nem percebe. Mas, quando chega o meio-dia e ela sente fome, não há nada que ela aprecie mais do que maçãs assadas; são frutas muito saudáveis. Outro dia mesmo tive oportunidade de perguntar ao sr. Perry sobre isso; nós nos encontramos por acaso. Não que eu tivesse qualquer dúvida a respeito das boas qualidades da fruta... frequentemente ouvi o sr. Woodhouse recomendá-las dessa forma. Creio ser o único modo que seu pai considera o mais saudável. Algumas vezes, fazemos torta de maçã. Patty é uma ótima cozinheira. Bem, sra. Weston, espero que as moças nos acompanhem.

Emma ficaria muito feliz em esperá-los na casa das Bates. Por fim, saíram da loja sem mais demora, e a srta. Bates teve tempo apenas de dizer:

— Como tem passado, sra. Ford? Peço-lhe desculpas. Não a tinha visto até agora. Ouvi dizer que a senhora recebeu lindas fitas de Londres. Quando chegou em casa ontem, Jane estava encantada com elas. Ah! As luvas também são lindas... só um pouquinho largas no pulso, mas Jane irá usá-las mesmo assim... o que eu dizia mesmo? — perguntou ela enquanto caminhavam pela rua.

Emma se perguntou qual seria o assunto em meio a tantos outros.

— Confesso que não consigo lembrar-me do que falávamos... oh! Os óculos da minha mãe. O sr. Frank Churchill foi tão amável! Oh! Ele me disse que conseguiria consertá-los e que gostava muito desse tipo de trabalho manual... o que demonstra que é um jovem muito... na verdade, devo dizer-lhes que mesmo antes de conhecê-lo já ouvira muito a seu respeito e o tinha em grande consideração, de fato, é muito mais do que... sra. Weston, felicito a senhora de todo o meu coração. Ele parece que é o filho que todo pai deseja... Oh! Ele repetiu que conseguiria consertar os óculos e quanto gostava desse tipo de trabalho. Jamais me esquecerei de tamanha bondade. Quando peguei as maçãs assadas de dentro do armário, na esperança de que um dos nossos amigos as provassem, ele foi logo dizendo: "Não há fruta melhor do que essa, jamais vi maçãs assadas tão bonitas". Achei isso tão... tenho certeza, pelo modo como falou, de que não foi apenas por educação. De fato, as frutas estavam deliciosas, deve-se fazer justiça à sra. Wallis... Apesar de termos assado as maçãs apenas duas vezes e não três, como recomendou o sr. Woodhouse. Por favor, srta. Woodhouse, não conte para ele. As maçãs são as melhores frutas para se assar, sem dúvida nenhuma; todas vieram de Donwell... o sr. Knightley gentilmente nos mandou de presente. Todos os anos ele nos envia um saco; e certamente não reserva para si mais do que a produção de duas ou três de suas macieiras... Creio que sejam apenas duas macieiras. Mamãe ainda nos disse que, quando era jovem, as macieiras de Donwell já eram famosas. Mas, outro dia, fiquei bastante chocada... o sr. Knightley veio visitar-nos pela manhã, Jane comia uma dessas maçãs, falávamos sobre a fruta e eu disse quanto minha sobrinha gostava delas, então, ele perguntou se nosso estoque já estava no fim. Ele mesmo afirmou que nosso estoque já deveria estar no fim e nos disse que enviaria mais, pois estava com mais maçãs do que poderia consumir. Este ano, William Larkins lhe enviou uma quantidade maior do que a de costume e muitas estragariam. Eu supliquei para que não enviasse mais nenhuma... mas, como nosso estoque já estava no fim e jamais poderia dizer que algumas até já estavam murchas... A verdade é que só restava meia dúzia, e todas seriam reservadas para Jane. Eu não poderia tolerar que ele nos enviasse mais, após ter sido tão generoso conosco. Jane disse o mesmo. Depois que ele foi embora, Jane quase brigou comigo. Não, não devo dizer quase brigou, pois nunca tivemos uma briga sequer, mas ela estava muito chateada por eu ter dito que as nossas maçãs já estavam acabando. Ela desejava que ele acreditasse que estávamos bem. Porém, naquela mesma noite, William Larkins nos trouxe um grande cesto cheio daquelas maçãs excelentes e fiquei tão agradecida que fui ao seu encontro e disse-lhe todo tipo de agradecimento possível. Conhecemos William há tanto tempo! Sempre fico feliz ao vê-lo. Porém, Patty me disse que William contou-lhe que aquelas eram as últimas maçãs que seu patrão tinha em estoque; ele nos enviou tudo que tinha. E agora o sr. Knightley não tem sequer uma maçã para assar ou cozinhar. William parecia não estar preocupado. Na verdade, estava muito satisfeito, pois o patrão vendeu toda a produção. No entanto, a sra. Hodges ficou muito chateada. Ela não suporta a ideia de o patrão não poder comer mais uma torta de maçã sequer durante esta primavera. William contou tudo isso a Patty, mas disse-lhe que não se incomodasse e não contasse nada a ninguém, pois a sra. Hodges podia ser um pouco mal-humorada às vezes, porém, uma vez que tantos sacos tinham sido vendidos, não importava quem comeria as últimas maçãs. Patty veio contar-me tudo isso e fiquei muito chocada! Prefiro que o sr. Knightley nem desconfie de tudo que eu sei. Ele ficaria tão... gostaria que Jane também não soubesse disso, mas, quando percebi, eu mesma já contara tudo.

Ela terminava o assunto quando Patty abriu a porta para que os visitantes pudessem entrar tranquilamente, seguidos apenas pelas frases tão atenciosas da srta. Bates:

— Sra. Weston, por favor, tenha cuidado: há um degrau aí, bem nessa curva. Por favor, tenha cuidado com nossa escada, srta. Woodhouse... é mais estreita do que gostaríamos. Srta. Smith, também peço que tenha cuidado. Tenho certeza de que a srta. tropeçou, srta. Woodhouse. Srta. Smith, há um degrau bem aí, onde a escada faz uma curva.

Capítulo 28

Quando entraram na pequena sala de estar, tudo parecia bem tranquilo; a sra. Bates, privada do seu habitual entretenimento, cochilava sentada ao lado da lareira. Frank Churchill estava sentado a uma mesa próximo dela, muito ocupado com os óculos da velha senhora. E Jane Fairfax, de costas para eles, contemplava seu piano.

Apesar de muito ocupado, o jovem rapaz ficou radiante de felicidade ao ver Emma novamente.

— É um grande prazer. — Disse ele bem baixinho. — Chegaram cerca de dez minutos mais cedo do que eu imaginei. Como vê, estou tentando ser útil; diga-me se acredita que conseguirei consertar o par de óculos.

— O quê! — exclamou a sra. Weston. — Ainda não terminou? Você não conseguiria sustentar-se trabalhando nessa lentidão.

— Eu também fiz outras coisas — respondeu ele. — Ajudei a srta. Fairfax a tentar nivelar o piano, não estava muito firme; creio que é por causa do desnível do piso. Como vê, colocamos um pedaço de papel debaixo de um dos pés. Foi muita gentileza sua ter deixado convencer-se a vir. Temi que tivesse vontade de ir diretamente para sua casa.

Ele se moveu de modo que acabou conseguindo que Emma sentasse ao seu lado e se mostrou tão solícito que escolheu a melhor maçã assada para ela, com o objetivo de que ela o ajudasse ou lhe desse algum conselho a respeito do trabalho que fazia, até que Jane Fairfax ficou pronta para voltar ao piano. Na verdade, ela não estava pronta tão rapidamente e Emma suspeitou que a pausa era consequência do seu nervosismo. Possuía o instrumento havia pouco tempo e não podia deixar de tocá-lo sem sentir certa emoção; precisava dominar seu nervosismo antes que começasse a tocar normalmente. Emma não deixou de sentir pena da moça e compreender seus motivos, fossem eles quais fossem. Tomou a decisão de não falar mais a respeito de suas suspeitas com o amigo.

Por fim, Jane começou a tocar e, embora os primeiros compassos fossem um tanto débeis, gradualmente as qualidades do instrumento foram observadas. A sra. Weston já se encantara anteriormente com aquela sonoridade e experimentava novamente a mesma sensação. Os calorosos elogios de Emma se uniram aos da amiga. O piano foi considerado por todos um magnífico instrumento.

— Quem quer que seja o responsável pelo presente — disse Frank Churchill, sorrindo para Emma — tem muito bom gosto. Quando estive em Weymouth, sempre ouvi falar do bom gosto do Coronel Campbell, e estou certo de que a suavidade das notas mais altas é exatamente o que todos os seus amigos haveriam de mais apreciar. Atrever-me-ia a dizer, srta. Fairfax, que ele próprio deu instruções bem detalhadas ao seu amigo ou escreveu um bilhete diretamente para Broadwood. Você não acha?

Jane não olhou para trás. Ela não era obrigada a escutar o que falavam. A sra. Weston conversava com ela naquele exato momento.

— Não é justo — repreendeu Emma, sussurando. — O que eu lhe disse foi apenas uma suspeita. Não a incomode com isso.

Ele concordou com um aceno de cabeça, enquanto sorria, e seus olhos demonstravam um pouco de dúvida e compaixão. Logo em seguida, continuou:

— Imagino, srta. Fairfax, quanto seus amigos na Irlanda estão pensando a respeito da sua surpresa ao receber um presente como este. Ouso dizer que pensam muito em você, e devem ter-se perguntado quando seria o dia, o dia exato, em que o instrumento lhe seria entregue. Acredita que o Coronel Campbell já sabe que o piano está em suas mãos? Imagina que o presente tenha sido uma consequência de instruções vindas diretamente dele, ou apenas foi enviado como de praxe, sem pensar no tempo gasto e dependendo de algumas contingências e conveniências?

Ele fez uma pausa. Como ela não deixou de ouvi-lo, não conseguiu evitar a resposta:

— Até que eu receba uma carta do coronel — disse ela tranquilamente — não posso ter certeza de nada. Só posso fazer conjecturas.

— Conjecturas... sim, às vezes, as conjecturas estão certas, outras vezes, erradas. O que eu mais gostaria de conjecturar é quanto tempo mais gastarei para apertar este parafuso. Quantas tolices dizemos quando envolvidos em um trabalho se temos a oportunidade de falar! Não é mesmo, srta. Woodhouse? Acredito que os trabalhadores de verdade conseguem ficar calados; mas nós, cavalheiros que trabalhamos apenas por afeição, se ao menos pudéssemos conter as palavras... A srta. Fairfax disse algo a respeito de conjecturas. Pronto, terminei. Tive o prazer, madame — disse dirigindo-se à sra. Bates —, de consertar seus óculos.

Tanto a mãe como a filha agradeceram calorosamente. Para escapar da srta. Bates, ele foi em direção ao piano e implorou a Jane, que ainda estava sentada, que tocasse mais uma música.

— Se você for amável — disse ele — tocará uma das valsas da noite passada. Permita-me relembrar aqueles deliciosos momentos. Sei que não apreciou a valsa tanto quanto eu, pois parecia cansada. Penso que você ficou muito satisfeita quando paramos de dançar. Mas eu teria dado tudo que tinha por pelo menos mais meia hora de dança.

Ela tocou.

— Que felicidade poder ouvir a melodia que nos fez tão felizes! Se não estou enganado, dançamos essa música em Weymouth.

Ela olhou para ele por alguns segundos, corou e voltou a tocar. Ele pegou algumas partituras sobre a cadeira próxima ao piano, virou em direção a Emma e disse:

— Isto é algo novo para mim. Você conhece? Cramer... e esta é uma nova coleção de canções irlandesas. Obviamente, era de se esperar que houvesse canções da Irlanda. Enviaram todas essas partituras junto com o piano. Foi muita gentileza do Coronel Campbell, não é mesmo? Ele imaginou que a srta. Fairfax não teria sequer uma partitura aqui. Aprecio esses detalhes tão atenciosos; logo se vê que é algo do fundo do coração. Tudo foi feito sem pressa e muito bem planejado. Só pode ter vindo de alguém que sente um grande afeto.

Emma desejava que ele fosse menos direto, mas não deixava de se divertir. E, quando olhou para Jane, percebeu que a moça sorria timidamente e viu o intenso rubor que denotava certa consciência do assunto. Emma sorriu, ocultando um prazer secreto; tinha menos receios em se divertir do que compaixão pela moça... a amável, justa e perfeita Jane Fairfax aparentemente ocultava sentimentos muito repreensíveis.

Frank trouxe as partituras para perto dela e ambos começaram a analisá-las... Emma aproveitou a oportunidade para sussurrar:

— Você é muito direto. Ela vai acabar entendendo o que você fala.

— Espero que sim. Espero que ela entenda o que eu digo. Não tenho vergonha dos meus atos.

— Mesmo? Eu estou um pouco envergonhada, gostaria de nem sequer ter pensado nessa ideia.

— Estou muito feliz que tenha pensado e me contado. Agora tenho uma pista para os olhares e o jeito estranho de Jane. Deixe que ela sinta vergonha. Se fez algo errado, precisa mesmo se envergonhar.

— Penso que ela não se dê conta do que está acontecendo.

— Receio que esteja enganada. Ela está tocando "Robin Adair"[1] neste exato momento... é a música favorita dele.

Pouco tempo depois, enquanto a srta. Bates passava perto da janela, descobriu que o sr. Knightley passava a cavalo bem na frente da casa.

— É o sr. Knightley! Preciso falar com ele, se possível, apenas para agradecer-lhe. Não vou abrir a janela, senão você ficará ainda mais resfriada, Jane; mas posso chamá-lo da janela do quarto da minha mãe. Que honra tê-lo aqui conosco! Será uma honra para nossa casa!

Mal acabou de falar e já estava no quarto ao lado; abriu a janela e imediatamente chamou o cavalheiro. Cada sílaba do que disse foi ouvida por todos os vizinhos, como se morassem na mesma casa.

— Como vai? Como tem passado? Muito bem, obrigada. Estou muito agradecida por ter nos oferecido sua carruagem. Chegamos bem na hora, minha mãe estava esperando-nos. Por favor, entre só um pouquinho. Encontrará muitos amigos aqui.

A srta. Bates começou assim, e o sr. Knightley também parecia muito determinado a ser ouvido, pois de forma resoluta respondeu:

— Como está sua sobrinha, srta. Bates? Desejo ter notícias de todas vocês, particularmente da sua sobrinha. Como está a saúde de Jane? Espero que não tenha-se resfriado ontem à noite. Como está hoje?

A srta. Bates foi obrigada a dar uma resposta direta antes mesmo que ele pudesse ouvi-la. Os espectadores divertiam-se; a sra. Weston lançou um olhar significativo para Emma. Porém, esta apenas balançou a cabeça negativamente, confirmando seu ceticismo.

---

[1] *Folk* tradicional irlandês, própria para ser executada ao piano e muito romântica.

— Estamos muito agradecidas! Muito agradecidas por ter nos enviado sua carruagem — repetiu a srta. Bates.

Ele a interrompeu, dizendo:

— Vou até Kingston. Deseja alguma coisa?

— Oh! Está indo mesmo a Kingston? Outro dia mesmo a sra. Cole me dizia que desejava algo de lá.

— A sra. Cole pode enviar um de seus empregados. Posso ser-lhe útil em alguma coisa?

— Não, muito obrigada. Mas, por favor, entre um pouquinho. Quem imagina que está aqui conosco? A srta. Woodhouse e a srta. Smith; foram tão gentis em nos visitar apenas para conhecer o novo piano. Deixe seu cavalo na hospedaria Crown e entre um pouco.

— Bem — disse ele de maneira bem decidida —, talvez por apenas cinco minutos.

— A sra. Weston e o sr. Frank Churchill também estão aqui! Quanta felicidade ver tantos amigos reunidos!

— Não, não agora, eu agradeço. Não posso ficar nem dois minutos. Preciso chegar a Kingston o mais rápido possível.

— Oh! Entre. Eles ficarão muito felizes em vê-lo.

— Não, de modo nenhum! Sua casa já está cheia o bastante. Farei uma visita em outro dia, e assim poderei ouvir Jane tocar.

— Bem, eu sinto muito! Oh, sr. Knightley, que festa deliciosa tivemos na noite passada, foi extremamente agradável. Já viu um baile tão lindo? Não foi maravilhoso? A srta. Woodhouse e o sr. Frank Churchill... nunca vi um par tão lindo.

— Sim, de fato, foi muito agradável. Não posso dizer mais nada, pois suponho que ambos estejam ouvindo tudo que falamos. E — continuou, aumentando ainda mais o tom da voz — não vejo motivos pelos quais a srta. Jane Fairfax também não possa ser mencionada. Acredito que ela dança muito bem; e a sra. Weston, sem exceção, é a melhor pianista de contradanças de toda a Inglaterra. Agora, se seus amigos forem um pouco atenciosos em tocar, deveriam fazer alguns elogios em voz alta a meu respeito, mas não posso esperar para ouvir.

— Oh! Sr. Knightley, espere um momento. É algo importante... tão chocante! Jane e eu ficamos tão chocadas com as maçãs!

— Qual é o problema com elas?

— Pensar que nos enviou todas as suas maçãs! O senhor nos disse que tinha muitas maçãs em estoque, e agora ficou sem nenhuma. Ficamos muito chocadas! Creio que a sra. Hodges também está zangada. William Larkins nos contou. O senhor não deveria ter feito isso, com certeza não deveria. Ah! Ele se foi. Não pôde esperar nem por um elogio. Creio que não entraria mesmo e seria uma lástima se eu não pudesse agradecer-lhe... bem — continuou, voltando à sala —, não tive êxito. O sr. Knightley não podia atrasar-se, estava a caminho de Kingston. Ele me perguntou se poderia fazer-me algum favor...

— Sim — disse Jane —, ouvimos suas gentilezas e tudo o mais que conversaram.

— Oh! Sim, minha querida, acho que ouviram tudo, pois a porta e a janela estavam abertas, e o sr. Knightley fala muito alto. Certamente, ouviram cada sílaba da nossa conversa. Posso ser-lhe útil? Foi o que ele disse. Mas acabei de mencionar isso. Oh! Srta. Woodhouse, já está de saída? Mal chegaram... estou muito agradecida a todos pela visita adorável.

Emma decidiu que era hora de voltar para casa; a visita já estava prolongando-se demais e, ao examinarem os relógios, perceberam que boa parte da manhã já se passara, de modo que a sra. Weston e Frank Churchill também se levantaram para sair e se dispuseram a acompanhar as duas moças até os portões de Hartfield, antes de voltarem a Randalls.

Capítulo 29

É possível ficar totalmente sem dançar. São conhecidos os casos em que os jovens ficaram meses e meses sem bailes, sem que nada de errado lhes ocorresse, tanto mental quanto fisicamente. Mas, quando há um ponto de partida, quando os movimentos de uma dança são sentidos por todos, é difícil resistir à tentação de insistir para que se repita.

Frank Churchill dançara em Highbury e agora desejava fazer isso novamente. Quando o sr. Woodhouse foi persuadido a ficar cerca de trinta minutos junto com a filha em Randalls, Emma e Frank Churchill passaram todo o tempo fazendo projetos sobre o assunto. A ideia partira de Frank, e ele a perseguiu com o maior interesse. Emma prestava atenção às dificuldades, e considerava que deveria ser um evento digno e adequado às circunstâncias. Mas, apesar de tudo, tinha um grande interesse em mostrar aos outros quanto ela e Frank eram excelentes dançarinos — algo que não caberia fazer comparação com Jane Fairfax. E, mesmo que fosse pelo simples prazer da dança, sem nenhum tipo de vaidade, começou a ajudá-lo a fazer a medição da sala onde se encontravam, na esperança de descobrir, apesar de o sr. Weston lhe dizer o tamanho exato da sala, que era um pouco maior.

Sua primeira sugestão foi que o baile começado na casa dos Cole terminasse ali — o mesmo grupo deveria ser reunido e os mesmos músicos deveriam ser convidados, o mais rápido possível. O sr. Weston se interessou muito pela ideia, a sra.

Weston, com grande boa vontade, comprometeu-se a tocar enquanto eles conseguissem dançar. Em seguida, começaram a pensar quem convidariam, assim poderiam oferecer a cada convidado o maior espaço possível.

— Você, as srta.s Smith e Fairfax serão três; contando com as filhas dos Cox, teremos cinco moças — foi repetido inúmeras vezes por Frank Churchill. — Podemos convidar os filhos dos Gilbert, o jovem Cox, meu pai, eu mesmo e o sr. Knightley. Bem, já temos um número suficiente de pessoas para nos divertir. Você, as srta.s Smith e Fairfax, são três, acrescentando as duas filhas dos Cox teremos cinco casais e haverá muito espaço para os outros.

Contudo, logo mudou de opinião.

— Mas haverá espaço suficiente para cinco casais? Creio que não.

Ou, então:

— Além disso, não compensa planejar nada se tivermos apenas cinco casais. Se pensarmos melhor, cinco casais não são nada. Não é prudente convidar apenas cinco casais. Foi uma ideia sem fundamento.

Alguém disse que a srta. Gilbert era esperada na casa do irmão, então poderiam convidá-la também. Outra pessoa disse que a moça teria dançado no baile que houve na casa dos Cole se tivesse sido convidada. Falaram também no filho mais novo dos Cox, então a sra. Weston acrescentou um grupo de primos que também deveria ser incluído. Havia também a família de um velho conhecido que não poderia ser deixada de fora. Aos poucos, perceberam que já podiam contar com cinco casais, talvez chegassem a dez, então começaram a fazer cálculos sobre as possibilidades de acomodar todas aquelas pessoas na sala de estar.

As portas das salas ficavam diante uma da outra. "Não poderíamos usar as duas salas, e aproveitar o espaço da porta para dançar?" Parecia a melhor opção e ainda assim não era uma ótima ideia; muitos deles desejaram planejar algo melhor. Emma disse que seria estranho; a sra. Weston ficou preocupada com o jantar, e o sr. Woodhouse foi totalmente contrário à ideia por motivos de saúde. De fato, ele ficou tão triste que não havia como colocar os planos em prática.

— Oh, não! — disse ele. — Seria muito imprudente. Não posso permitir que Emma participe disso! Ela não é muito forte. Poderia pegar um resfriado horrível. Até mesmo Harriet poderia adoecer. Na verdade, todos vocês poderiam ficar doentes. Sra. Weston, você deveria repousar, deveria evitar disparates como esse. Por favor, não permita que continuem com tais planos. Esse rapaz — disse, baixando a voz — é muito inconsequente. Não diga nada ao pai, mas o rapaz não é muito responsável. Nesta tarde, ele abriu as portas da casa diversas vezes e permaneceram abertas por muito tempo. Ele não pensa nas correntes de ar. Não quero indispô-la com ele, mas, de fato, não é um rapaz ajuizado.

A sra. Weston ficou muito aborrecida ao ouvir isso. Sabia a importância de cada palavra e fez de tudo para que as apreensões do sr. Woodhouse fossem dissipadas. Fecharam todas as portas, abandonaram a ideia de usar as duas salas e voltaram ao planejamento original, a sala de estar. E, com toda boa vontade, Frank Churchill, que havia menos de quinze minutos afirmava que o lugar não acomodaria cinco casais, agora já dizia que seria suficiente até para dez.

— Nós exageramos muito — disse ele —, calculamos um espaço maior do que o necessário. Cabem perfeitamente dez casais aqui.

Emma hesitou e disse:

— Seria uma multidão.... não há nada pior do que dançar sem espaço para se mover.

— É verdade — respondeu ele, seriamente. — Foi uma péssima ideia.

Mesmo assim, continuou tomando medidas e, por fim, disse:

— Acho que haverá espaço considerável para dez casais.

— Não, tenho certeza que não — contradisse ela. — Seja razoável. Seria terrível ficarmos tão apertados. Não há nada mais desagradável do que dançar cercado por muitas pessoas... uma multidão em um espaço tão pequeno!

— Não há como negar isso — respondeu ele. — Concordo plenamente com você. Uma multidão em uma sala tão pequena. Srta. Woodhouse, tem o dom de descrever maravilhosamente bem as situações com tão poucas palavras. Requintado, muito requintado! Ainda assim, já fomos longe demais para deixarmos nossos planos irem por água abaixo. Seria uma decepção para meu pai... além disso... Não estou certo se sou da opinião de que dez casais caberiam aqui tranquilamente.

Emma percebeu que a natureza de seus galanteios não era muito natural e que ele se oporia a essa opinião para manter o prazer de dançar com ela, mas aceitou o elogio e se esqueceu do resto. Se alguma vez chegou a pensar em se casar com ele, poderia valer a pena pensar com calma no assunto, tentar compreender o valor da sua preferência e o caráter do seu temperamento. Mas, para todos os efeitos da sua amizade, o jovem era amável o suficiente.

Antes da metade do dia seguinte, ele já estava de volta a Hartfield. Entrou na sala com um sorriso nos lábios que parecia que ainda estava envolvido no projeto do baile e pronto para anunciar uma nova ideia.

— Bem, srta. Woodhouse — ele começou quase imediatamente —, espero que sua inclinação por bailes não esteja perdida por causa dos temores do seu pai. Tive uma nova ideia. Conversei com meu pai e só esperamos por sua aprovação para levarmos nosso plano adiante. Espero que me dê a honra de conceder as suas duas primeiras danças do nosso pequeno baile, que não será dado em Randalls, mas sim na hospedaria Crown!

— Na hospedaria Crown?!

— Sim, se a srta. e seu pai não fizerem nenhuma objeção, e creio que você não verá nenhum impedimento, meu pai espera que seus amigos o honrem com uma visita à hospedaria. Ali ele poderá oferecer mais comodidades e uma acolhida não menos cordial do que em Randalls. Foi ideia do meu pai. A sra. Weston não viu nenhum inconveniente, contanto que a srta. esteja de acordo. E essa é nossa opinião também. Oh! Tem toda razão, como sempre. Dez casais em qualquer uma das salas de Randalls teria sido um sofrimento. Horrível! Percebo agora quanto você estava certa todo esse tempo, mas eu estava tão ansioso que me agarraria a qualquer oportunidade. Não é uma boa troca? Você concorda? Espero que sim.

— Parece-me um plano ao qual ninguém poderá ser contra, uma vez que seu pai e a sra. Weston não façam objeção. Acho admirável! E, quanto a mim, ficarei muito feliz em concordar... Parece-me a decisão mais acertada. Papai, o senhor não acha uma excelente ideia?

Ela foi obrigada a repetir a pergunta e explicá-la, antes que ele pudesse compreender completamente. E então, como era uma ideia nova, seria necessário fazerem algumas considerações para que fosse um plano aceitável.

— Não, eu acho uma péssima ideia... uma ideia horrível... muito pior do que a outra. A sala de uma hospedaria é sempre úmida e perigosa; não é arejada e não está apta a ser ocupada. Se vocês desejam dançar, melhor seria em Randalls. Eu nunca entrei na hospedaria Crown em toda a minha vida... nem sequer conheço as pessoas que trabalham lá. Com certeza é uma péssima ideia. Terão uma probabilidade ainda maior de se resfriarem lá do que em qualquer outro lugar.

— Eu já ia comentar, senhor — contemporizou Frank —, que uma das grandes vantagens desse novo projeto é justamente o menor perigo de se resfriar... em Crown, o perigo é muito menor do que em Randalls! Talvez o sr. Perry tenha motivos para lamentar essa troca, mas ninguém mais os tem.

— Meu jovem rapaz — disse o sr. Woodhouse calorosamente —, você está muito enganado se pensa que o sr. Perry é esse tipo de pessoa. Ele é extremamente preocupado com a nossa saúde. Mas o que não entendo é como a sala da hospedaria pode ser um lugar mais seguro do que a casa do seu pai.

— Pelo simples fato de ser maior, meu caro senhor. Não precisaremos abrir as janelas... nem sequer uma única janela durante toda a noite. Acho horrível esse costume de abrir as janelas, deixando o ar frio atingir os corpos quentes; como o senhor sabe, isso faz muito mal à saúde.

— Abrir as janelas! Mas, certamente, sr. Churchill, ninguém pensaria em abrir as janelas em Randalls. Ninguém poderia ser tão imprudente! Eu nunca ouvi algo parecido. Dançar com as janelas abertas! Tenho certeza de que nem seu pai nem a sra. Weston — pobre srta. Taylor — fariam isso.

— Ah, senhor, sempre há um jovem que entra por trás das cortinas, abre as janelas e deixa entrar uma corrente de ar, sem que ninguém perceba. Eu mesmo já vi muitos jovens fazerem isso.

— Viu mesmo? Deus do céu! Nunca suspeitei disso. Mas como vivo fora do mundo, muitas vezes fico assombrado com o que me dizem. No entanto, isso faz uma diferença, mas mesmo assim requer muita consideração. Não é algo que deva ser decidido com pressa. Se o sr. e a sra. Weston forem tão gentis em nos fazer uma visita pela manhã, poderemos conversar sobre o assunto e ver o que pode ser feito.

— Mas, infelizmente, meu caro senhor, meu tempo é tão limitado.

— Oh! — interrompeu Emma. — Haverá tempo de sobra para falarmos sobre outras coisas. Não é preciso ter pressa. Se decidirmos pela hospedaria, papai, seria muito conveniente para os cavalos. Eles ficarão bem próximos de suas cocheiras.

— Com certeza, minha querida. Isso será um grande arranjo. Não que James tenha reclamado alguma vez, mas é correto pouparmos nossos cavalos a qualquer custo. Se eu tivesse certeza de que a cocheira é arejada... mas... A sra. Stokes é confiável? Tenho minhas dúvidas. Não a conheço muito bem, apenas de vista.

— Eu posso responder por todas as coisas dessa natureza, senhor, porque a sra. Weston ficará encarregada desses cuidados. E meu pai se comprometeu a organizar tudo.

— Agora sim, papai! Você deve estar satisfeito. Nossa querida sra. Weston, que é tão cuidadosa. O senhor não se lembra do que o sr. Perry disse, há muitos anos, quando tive sarampo? "Se a srta. Taylor se encarrega da saúde de Emma, o senhor não tem com o que se preocupar." Já ouvi o senhor dizer isso inúmeras vezes como um elogio a ela!

— Sim, é verdade. O sr. Perry disse isso, sim! Nunca me esquecerei. Pobre Emma! Você estava muito mal por causa do sarampo; bem, quero dizer que ficaria muito mal se não fossem os cuidados de Perry. Ele a visitou quatro vezes por dia, durante uma semana. Em princípio, disse que o sarampo era uma enfermidade terrível. Quando os filhinhos de Isabella tiverem sarampo, espero que ela o chame.

— Meu pai e a sra. Weston estão na hospedaria Crown neste exato momento, examinando a capacidade do salão — disse Frank Churchill. — Deixei-os lá e vim a Hartfield, ansioso por ouvir a sua opinião e também porque esperava convencê-lo a ir até lá para que pudesse dar sua opinião sobre o local. Tenho certeza de que eles sentiriam uma enorme alegria se me acompanhasse até lá. Sem você não podemos tomar nenhuma decisão satisfatória.

Emma sentiu-se muito feliz ao ser convidada para tal conselho; e seu pai, tentando refletir sobre tudo aquilo, pediu aos dois jovens que fossem até o local. Ali, à sua espera os Weston, muito contentes em vê-la e ansiosos por receber sua aprovação, estavam ambos muito ocupados e muito felizes, cada qual de modo diferente. A sra. Weston, um pouco ansiosa, enquanto o sr. Weston achava tudo perfeito.

— Emma — disse ela —, este papel de parede está pior do que pensei. Veja! Em alguns lugares é possível ver como está sujo. E os painéis estão mais amarelados do que imaginei.

— Minha querida, você é muito detalhista — comentou o sr. Weston. — O que importa o papel de parede? Não perceberemos nada disso à luz de velas. Verá que ficará tão limpo quanto Randalls quando acendemos as velas. Nunca prestamos atenção nessas coisas quando vamos aos clubes.

Nesse momento, Emma e a sra. Weston trocaram olhares como se dissessem: "Os homens nunca percebem quando as coisas estão limpas ou não". E os homens provavelmente pensaram cada qual consigo mesmo: "As mulheres sempre se preocupam com detalhes e com coisas desnecessárias".

No entanto, surgiu uma dificuldade com que até mesmo os homens se preocuparam. Precisavam de um lugar para o jantar. Na época em que o salão de baile foi construído, não se preocupavam com os jantares; acrescentaram apenas uma sala para o carteado e isso bastou. O que fariam? A sala de carteado tinha sua função; ou, se o jogo de cartas fosse considerado desnecessário, mesmo assim o recinto não era espaçoso o suficiente para um jantar. Precisariam de outro local que tivesse o tamanho ideal para servirem o jantar. Mas a outra sala maior ficava do outro lado do prédio e, para alcançá-la, seria necessário passar por um corredor muito longo. Isso era um empecilho. A sra. Weston temia que, ao passarem pelo corredor, os jovens ficassem expostos a correntes de ar, e nem Emma nem os cavalheiros poderiam tolerar a perspectiva de jantarem em um lugar muito cheio.

A sra. Weston propôs que não se fizesse um jantar completo: serviriam apenas sanduíches e outros lanches em uma sala íntima, mas a ideia foi logo descartada. Um baile particular, sem lugar para um bom jantar, seria considerado uma ofensa por cavalheiros e damas. A sra. Weston não disse mais nada. Contudo, logo em seguida, encontrou a solução, olhou novamente para a sala de carteado e comentou:

— Não acho que a sala seja tão pequena. Não seremos um grupo muito grande.

Ao mesmo tempo, o sr. Weston, medindo a distância a passos largos, anunciou:

— Você exagerou um pouco, minha querida. O corredor é muito longo... e não se nota a corrente de ar vinda da escada.

— Eu gostaria — disse a sra. Weston — de saber que tipo de arranjo nossos convidados poderão preferir. Devemos fazer o melhor para todos, se é que alguém pode dizer o que eles preferem.

— Sim, é verdade! — exaltou Frank. — Quer saber qual é a opinião de seus vizinhos... É uma ideia que só poderia partir de você. Se pudermos acertar qual é o gosto deles... dos Cole, por exemplo. Eles não moram muito longe daqui. Devo chamá-los? Ou quem sabe a srta. Bates? Ela mora mais próximo da hospedaria. Apesar de não estar seguro se a srta. Bates poderia representar a opinião dos outros convidados... penso que devemos consultar mais pessoas. O que acha de eu ir até a casa da srta. Bates e convidá-la para se juntar a nós?

— Bem... se você insiste... se acha que poderá ser útil — disse a sra. Weston, um pouco hesitante.

— Você não conseguirá nada da srta. Bates — disse Emma. — Ela ficará muito agradecida, mas não decidirá nada. Nem sequer ouvirá nossas perguntas. Não vejo nenhuma vantagem em pedir-lhe uma opinião.

— Mas ela é tão divertida, extremamente divertida! Gosto muito de ouvi-la falar. Além disso, não preciso trazer toda a família.

Nesse momento, o sr. Weston se aproximou dele e aprovou a decisão do filho.

— Sim, faça isso, Frank. Vá buscar a srta. Bates e vamos terminar de uma vez por todas com essa questão. Estou certo de que ela ficará entusiasmada com a ideia e não vejo uma pessoa mais adequada para nos ajudar a resolver as dificuldades. Estamos sendo um pouco gentis demais. Ela é um exemplo de como ser feliz. Vá e busque todas. Convide todas.

— Todas, meu pai! E a pobre senhora...

— A sra. Bates, não! Convide Jane, com certeza. Eu o consideraria um tolo se trouxesse apenas a tia sem a sobrinha.

— Oh! Perdão, meu pai. Eu não me lembrei de Jane imediatamente. Pois bem, se prefere assim, convidarei as duas para que venham.

Então ele saiu.

Muito antes de reaparecer, acompanhado pela tia e a elegante sobrinha, a sra. Weston, agindo como uma mulher de bom temperamento e boa esposa, voltou a examinar o corredor e percebeu que estivera alarmada à toa. De fato, era uma brisa quase insignificante. Assim, terminaram as dúvidas a respeito da questão. Os outros assuntos, pelo menos em tese, estavam resolvidos: os arranjos de mesas e as cadeiras, as velas e as músicas, o chá e o jantar. As únicas coisas que restaram para as senhoras Weston e Stokes decidir eram detalhes. Todos que fossem convidados certamente viriam ao baile. Frank até enviara um bilhete a Enscombe sugerindo ficar mais alguns dias além da quinzena planejada, o que não poderia ser recusado. Certamente o baile seria magnífico.

Quando a srta. Bates chegou, concordou cordialmente com tudo que planejaram. Já não era mais necessária para dar ideias, porém era bem-vinda para aprová-las, algo até muito mais seguro. Sua aprovação, que foi total e imediata, calorosa e incessante, só serviu para animá-los. Por cerca de trinta minutos, caminharam de um cômodo a outro, alguns fazendo sugestões, outros concordando com elas e, por fim, todos estavam felizes por organizarem um baile tão alegre. O grupo não se separou sem que Emma aceitasse dançar suas duas primeiras danças com o herói do dia, nem sem que ouvissem o sr. Weston sussurrar para a esposa:

— Ele a convidou, minha querida. Sabia que o faria!

Capítulo 30

Para Emma, faltava apenas uma coisa para que o projeto do baile fosse completamente satisfatório a data marcada deveria coincidir com o período de estadia de Frank Churchill em Highbury, pois, apesar da confiança da sra. Weston, ela não considerava que os Churchill permitissem que o sobrinho permanecesse além das duas semanas combinadas. No entanto, não era algo viável. As preparações exigiriam tempo, e não poderiam preparar nada antes do fim da estadia do rapaz. Planejariam tudo, porém a permanência dele ainda era algo incerto e isso seria um grande risco, pois todo o trabalho seria em vão.

Os tios de Enscombe, no entanto, mostraram-se generosos, não necessariamente no sentido da palavra, e sim nos atos. Ficaram contrariados com o desejo de Frank em permanecer mais tempo em Highbury, mas não fizeram oposição ao pedido do sobrinho. Agora tudo estava bem. No entanto, ao se resolver um problema, outro se apresentou logo em seguida. Emma, confiante de que o baile aconteceria, começou a pensar com certa inquietação a respeito da indiferença do sr. Knightley em relação ao evento. Tudo isso porque ele não costumava dançar e, provavelmente, porque não havia sido consultado. Decidiu que não seria seduzido pelo baile, não sentiria nenhum tipo de curiosidade a respeito dos detalhes e pensava que a festa não lhe proporcionaria nenhum tipo de diversão. Emma, entusiasmada, explicou-lhe o motivo do evento, e conseguiu a seguinte resposta:

— Muito bem. Se os Weston consideram que vale a pena todo esse trabalho por apenas algumas horas de diversão barulhenta, não serei contra, mas não esperem que eu sinta um grande prazer em participar do baile. Oh, sim! Estarei lá, não posso recusar tal convite. Tentarei animar-me o máximo que puder. Mas, confesso, preferiria ficar em casa, repassando as contas da semana com William. Prazer em ir a um baile? Não, não vejo a menor graça... Nem conheço alguém que, de fato, aprecie isso. Na minha opinião, dançar bem, assim como a virtude, não necessita de espectadores e é recompensa suficiente para quem pratica. Mas as pessoas ao redor dos dançarinos devem pensar de maneira bem diferente.

Emma percebeu que ele se referia a ela, o que muito a irritou. Mas não era pela atenção dada a Jane Fairfax que ele se mostrava tão indiferente e indignado. Não pensava na moça ao censurar o baile, uma vez que Jane se mostrava muito entusiasmada com o projeto. Ela parecia mais animada, mais franca e mais participativa do que nunca.

— Srta. Woodhouse, espero que nada impeça o baile. Seria uma grande decepção! Confesso que espero por essa noite com grande prazer.

Não era para agradar a Jane Fairfax que ele preferia a companhia do secretário. Não! Emma estava cada vez mais convencida de que a sra. Weston estava bastante equivocada. Ele demonstrava uma grande amizade e compaixão, mas não estava apaixonado.

Não havia nenhuma diversão em discutir com o sr. Knightley. Dois dias de alegria foram seguidos imediatamente por uma desilusão. O sr. Churchill enviara uma carta pedindo ao sobrinho que retornasse imediatamente, pois a sra. Churchill não estava sentido-se bem... passava tão mal que não conseguiria ficar sem a presença do rapaz. Quando escreveu para o sobrinho, dois dias antes, já não estava muito bem, segundo seu marido, embora estivesse resistindo como de costume. Mas agora estava tão doente que solicitava seu retorno a Enscombe sem demora.

A sra. Weston imediatamete enviou um bilhete a Emma, contando todo o conteúdo da carta. A partida do jovem era inevitável, em apenas poucas horas, embora ele não sentisse em relação à saúde da tia nenhuma preocupação que fosse motivo para sair com tanta pressa. Ele sabia que as doenças da tia sempre ocorriam quando lhe era conveniente. A sra. Weston acrescentou ainda "que ele só terá tempo de passar rapidamente por Highbury, após o café da manhã, para despedir-se dos poucos amigos que, acredita, sentirão sua falta; então, chegaria a Hartfield a qualquer momento".

Esse infeliz bilhete foi o fim para o café da manhã de Emma. Depois de ler, não fez outra coisa senão lamentar. Perder o baile, não ter mais a companhia do jovem, nem conseguia imaginar como ele devia estar sentindo-se! Era triste demais. Seria uma noite maravilhosa! Todos ficariam felizes! Ela e o parceiro de dança seriam os mais felizes! Emma apenas refletiu para se consolar: "Tenho certeza de que seria assim".

Os sentimentos do pai, por sua vez, eram completamente diferentes. Ele pensou apenas na saúde da sra. Churchill e queria saber como era seu tratamento médico. Quanto ao baile, era muito triste ver a filha tão decepcionada, mas a verdade é que todos estariam melhor em casa.

Emma já estava à espera do seu visitante antes mesmo de ele aparecer. No entanto, se já estava impaciente por causa do seu atraso, o olhar dele de absoluto desânimo quando chegou permitiu que o perdoasse. Ele estava tão aborrecido que mal conseguia falar. Seu abatimento era visível. Ficou sentado, por alguns minutos, perdido em seus pensamentos. Em seguida, levantou-se e disse apenas:

— De todas as coisas ruins que podem acontecer, a pior é uma despedida.

— Em breve estará de volta — disse Emma. — Esta não será sua única visita a Randalls.

— Eu sei... — concordou, sinalizando com a cabeça. — Contudo, nem sei quando poderei retornar! Farei tudo que estiver ao meu alcance para que seja muito em breve! Será a única preocupação em meus pensamentos! E se meus tios forem a Londres nesta primavera.... mas receio que decidam permanecer em Enscombe... temo que seja um hábito que já se tornou eterno.

— Precisaremos esquecer de vez nosso pobre baile.

— Ah! O baile... colocamos nossas esperanças em algo que não acontecerá? Por que não aproveitar o momento? Quantas vezes a felicidade é destruída pelos preparativos, os tolos preparativos! A verdade é que a srta. comentou que isso poderia acontecer. Srta. Woodhouse, por que está sempre certa?

— Na verdade, estou muito triste por ter razão desta vez. Preferia ser feliz a estar com razão.

— Se eu puder voltar, certamente teremos nosso baile. Meu pai conta com isso. Não se esqueça de que me prometeu as duas primeiras danças.

Emma sorriu graciosamente e ele continuou:

— Foram os melhores quinze dias da minha vida! Cada um mais precioso do que o outro! Cada dia me fez incapaz de suportar a vida em qualquer outro lugar. Felizes aqueles que podem permanecer em Highbury!

— Já que nos exalta tanto — comentou Emma, sorrindo —, atrevo-me a perguntar... em princípio, nunca teve dúvidas? Superamos suas expectativas? Tenho certeza de que sim. Sei que não esperava muito de nós. Você não teria demorado tanto a vir se tivesse uma ideia agradável a respeito de Highbury.

Ele riu forçadamente e, embora negasse tais sentimentos, Emma estava convencida de que ele assim pensara.

— Precisa partir ainda pela manhã?

— Sim, meu pai me fará companhia. Voltaremos juntos para Randalls e, logo depois, seguirei para Enscombe. Receio que a qualquer momento ele esteja aqui.

— Mas você não teve sequer cinco minutos para se despedir das srta.s Fairfax e Bates? Que falta de sorte! Os argumentos otimistas da srta. Bates talvez lhe trouxessem algum consolo.

— Eu lhes fiz uma visita. Ao passar diante da casa das Bates, achei melhor entrar. Tinha de fazê-lo. Entrei apenas para ficar poucos minutos, mas acabei detendo-me mais porque a srta. Bates não estava e pensei que seria educado esperar por ela. Ela é uma mulher de quem se pode, de quem se tem de rir, mas que ninguém considera sem importância. O melhor seria que eu fosse me despedir delas, então...

O rapaz hesitou, levantou-se e caminhou até uma janela.

— Enfim, srta. Woodhouse — ele continuou —, talvez já tenha suspeitado...

Voltou-se para Emma, como se quisesse ler seus pensamentos. Por sua vez, ela não sabia o que dizer. Parecia que ele anunciaria algo muito sério e que ela desejava muito saber. Tentando ajudá-lo a dizer algo, ela interferiu, calmamente:

— Você está muito certo, era o mais natural aproveitar a oportunidade para visitá-las...

Frank ficou em silêncio. Ela acreditava que ele a observava, provavelmente refletindo sobre o que ela havia dito, tentando entendê-la. Ouviu-o suspirar. Era natural que estivesse com motivos para suspirar. Ele não acreditava que ela estivesse encorajando-o. Após esse estranho momento, Frank sentou-se, e de maneira muito determinada, disse:

— Senti que todo o tempo que me resta aqui deveria ser dedicado a Hartfield. Tenho uma grande consideração por todos aqui.

Ele parou e se levantou novamente, parecia muito embaraçado. Estava muito mais apaixonado por Emma, mais do que ela imaginava. E, se o sr. Weston não tivesse entrado na sala, quem poderia dizer o que aconteceria em seguida? O sr. Woodhouse também o acompanhava e, com grande esforço, Frank foi obrigado a se recompor.

No entanto, passaram-se alguns minutos mais até que aquela situação embaraçosa pudesse ter fim. O sr. Weston, sempre muito ativo quando tinha algo a fazer, e incapaz de impedir qualquer mal que fosse inevitável, bem como incapaz de prever o que era duvidoso, sentenciou:

— Precisamos partir.

O jovem rapaz concordou, apenas suspirou e disse:

— Quero ter notícias de todos, é isso que me consola! Quero saber de todas as novidades. Fiz a sra. Weston me prometer que me enviará cartas. Ela tem sido tão boa comigo que tenho certeza de que não se esquecerá de me escrever. É muito bom ter uma mulher para nos contar as novidades quando se está realmente interessado por alguém ausente! Ela prometeu contar-me todos os detalhes. Por suas cartas, tenho certeza de que estarei em Highbury novamente.

Trocaram um forte aperto de mãos e um cordialíssimo "adeus", encerraram a conversa, e a porta foi fechada atrás de pai e filho. A conversa fora breve e o encontro, mais breve ainda. Ele partira. E Emma sentiu-se tão triste já antevendo que sua ausência seria uma enorme perda para seu círculo de amizades.

Foi uma triste mudança de rotina. Eles se haviam encontrado todos os dias desde a sua chegada. Haviam tido muitos momentos felizes desde que ele se hospedara em Randalls, nas últimas duas semanas. A ideia, a expectativa de Emma em vê-lo todas as manhãs, a segurança de saber que seria alvo de suas atenções... sua alegria e suas boas maneiras! Tinham sido quinze dias felizes e seria muito difícil voltar à antiga rotina de Hartfield. E, para completar, ele quase dissera que a amava. A firmeza, a constância de sua afeição, isso era outra questão. Mas, no momento, ela não poderia duvidar de que ele tinha uma grande admiração e que havia uma preferência consciente por ela. Essa convicção, somada a todo o resto, tudo a fez pensar que também poderia estar um pouco apaixonada por ele, apesar de no início ser totalmente contrária a tal pensamento.

"Devo estar mesmo apaixonada", pensou. "Esta sensação de desânimo, de cansaço, esta indisposição de me dedicar a qualquer outra coisa, a sensação de que é monótono e insípido aqui em casa! Devo estar apaixonada! Serei a criatura mais estranha do mundo se não estiver... pelo menos por algumas semanas. Bem! O que para algumas pessoas é o mal, para outras é o bem. Muitos lamentarão por causa do baile, se não pela partida de Frank Churchill. Mas o sr. Knightley ficará feliz. Agora poderá passar toda a noite na companhia de William Larkins se assim o desejar."

O sr. Knightley, entretanto, não poderia demonstrar uma alegria triunfante. Não podia dizer que lamentava, pois seu olhar o desmentiria. Mas ele disse, com grande convicção, que sentia pela decepção dos outros e amavelmente acrescentou:

— Emma, você tem tão poucas oportunidades para dançar, foi um grande infortúnio. Muita falta de sorte, mesmo!

Passaram-se alguns dias até que ela pudesse encontrar Jane Fairfax e avaliar quanto a moça estava triste. Porém, quando se encontraram, a frieza de Jane fez Emma odiá-la novamente. De fato, a moça ficara muito doente, com uma enxaqueca tão forte que dissera à tia que, se houvesse um baile, ela não seria capaz de acompanhá-la. Era mais caridoso atribuir aquela indiferença afetada a problemas de saúde.

Capítulo 31

Emma continuou convencida de que estava apaixonada. Suas ideias apenas variavam em relação à intensidade desse amor: no princípio, pensou estar muito apaixonada; em seguida, viu que não era tanto assim.

Sentia muito prazer ao ouvir as pessoas falarem de Frank Churchill e, por causa dele, era uma alegria enorme visitar os Weston. Pensava nele constantemente, estava muito impaciente por receber uma carta, para saber como ele estava, qual era seu estado de humor, se a saúde da tia havia melhorado e quais seriam as possibilidades de ele voltar a Randalls naquela primavera. Por outro lado, não conseguia admitir que estava infeliz e que, depois daquela primeira manhã, estava com menos disposição para as atividades habituais. Continuava ocupada e alegre e, apesar de ele ser tão agradável, não deixava de imaginar seus defeitos. E, mais adiante, além de pensar nele enquanto bordava ou desenhava, imaginava mil esquemas divertidos a respeito de como o relacionamento entre os dois poderia avançar ou terminar. Imaginava interessantes diálogos e diversas cartas elegantes. E, ao final de todas as imaginárias declarações que ele faria, ela o recusaria. O afeto que sentiam um pelo outro sempre se transformava em amizade. Tudo de agradável e encantador que ocorrera servia para marcar a separação e ainda estavam separados. Quando ela se deu conta disso, chegou à conclusão de que não estava tão apaixonada, pois, apesar de sua determinação de jamais deixar o pai sozinho e nunca se casar, um amor verdadeiro seria capaz de produzir um embate emocional muito maior do que seria capaz de prever.

"Não me vejo fazendo uso de qualquer palavra que esteja relacionada a sacrifício", refletia. "Em nenhuma de minhas mais prudentes réplicas, minhas mais delicadas negativas, há alguma alusão a um sacrifício. Suspeito que Frank não seja realmente importante para minha felicidade. Assim é melhor. Não vou convencer-me de que há algo mais do que sinto na verdade. Lamentaria muito se estivesse mais envolvida do que realmente estou."

De modo geral, estava muito contente com a visão que tinha dos sentimentos de Frank.

"Sem dúvida, deve estar muito apaixonado... tudo indica que sim... de fato, assim deve ser! E, quando ele voltar, se o seu sentimento ainda for o mesmo, devo ser prudente e não encorajá-lo. Seria imperdoável agir de outra forma, uma vez que já sei a minha decisão. Não, se ele acreditou que eu compartilhava seus sentimentos, teria agido de maneira diferente. Se ele se sentisse encorajado, teria agido e falado de maneira diferente quando partiu. Ainda assim, devo estar atenta. Suponho que seu afeto continuará o mesmo de agora, mas a verdade é que não sei se desejo que isso aconteça. Não creio que ele seja esse tipo de homem... não confio muito em seu caráter nem em sua perseverança... seus sentimentos são apaixonados, mas tenho a impressão de que são um tanto volúveis. Toda vez que penso no assunto, fico contente ao perceber que minha felicidade não depende dele. Em pouco tempo ficarei bem... então, pensarei melhor no assunto, pois dizem que todos se apaixonam pelo menos uma vez na vida; assim, devo permitir que meus sentimentos acabem facilmente."

Quando a carta de Frank para a sra. Weston chegou, Emma pôde lê-la e o fez com tanto prazer e tanta admiração que, em princípio, chegou a duvidar de seus próprios sentimentos e a pensar que não havia valorizado suficientemente sua importância. Era uma carta longa e bem escrita, contando detalhes de suas viagens e de seus sentimentos, expressando toda a sua gratidão e seu respeito, o que era natural e honrado. Descrevia cada exterior e cada local que pudesse considerar atrativo, com criatividade e precisão. Mas nada que denotasse um tom de desculpa ou preocupação; aquela era a linguagem de quem sentia verdadeiro afeto pela madrasta. E a transição de Highbury para Enscombe, o contraste entre os dois lugares em algumas das primeiras vantagens da vida social eram apenas esboçados para mostrar como seus sentimentos eram verdadeiros, e quantas coisas mais teria dito se não fosse impedido pela prudência. O charme do nome de Emma não foi perdido; "srta. Woodhouse" apareceu diversas vezes na carta, e nunca sem relacioná-la a algo agradável, um elogio ao seu bom gosto ou uma recordação de algo que ela havia dito. Na última vez que viu seu nome escrito, sem os adornos de seus galanteios, Emma pôde perceber os efeitos de sua influência e soube reconhecer que aquele era talvez o maior dos elogios que lhe fez em toda a carta. Espremidas entre um espaço livre no papel, bem em um de seus ângulos inferiores, era possível ler as palavras: "Na terça-feira passada, como sabe, não tive tempo de me despedir da nossa maravilhosa amiga, a srta. Woodhouse. Por favor, peça-lhe desculpas e apresente minha despedida a ela". Emma não tinha dúvidas de que essas palavras eram para ela. Pelo que dizia, a situação em Enscombe não mudara, não estava nem melhor nem pior. A sra. Churchill melhorava dia a dia, e Frank não se atrevia, nem em pensamento, a marcar uma data para seu retorno a Randalls.

A carta era divertida, estimulante, bem escrita e demonstrava os sentimentos de Frank. Ao dobrá-la e entregá-la de volta à sra. Weston, Emma descobriu que não acrescentara nenhum entusiasmo que significasse que não poderia viver sem o autor, e que ele deveria aprender a viver sem ela. Suas intenções não foram alteradas. Sua resolução de recusá-lo ficou mais forte ao começar a pensar que Frank poderia ser consolado logo e estimulado a encontrar a felicidade. O fato de ter mencionado Harriet, usando palavras como: "pequena amiguinha", sugeriram a ideia de que a amiga poderia sucedê-la no afeto de Frank. Seria impossível? Não. De fato, Harriet era muito inferior a ele quanto à inteligência, mas o jovem deveria estar muito impressionado pela beleza e pelos modos gentis da moça. Além disso, todas as probabilidades de circunstância e de relação estavam a favor dela... na verdade, para Harriet, seria muito vantajoso e agradável.

"Mas não devo ter ilusões quanto a isso", refletiu. "Não devo pensar nessas possibilidades. Sei quanto é perigoso me deixar levar por tais especulações. Porém, coisas estranhas têm acontecido e, quando deixamos de cuidar uns dos outros, como fazemos agora, pode ser o meio de afirmarmos nossa amizade desinteressada, que agora já posso prever com grande prazer."

Era melhor saber que existiria o consolo de fazer algo de bom por Harriet, apesar de ser mais prudente não deixar a imaginação solta porque, em questões como essas, o perigo estava sempre próximo. A chegada de Frank Churchill substituíra as conversas sobre o casamento do sr. Elton, porém, agora que o rapaz partira, o pastor voltou a ser o assunto mais comentando do momento. Já havia marcado a data do casamento e, em breve, ele e sua esposa estariam de volta a Highbury. Apenas houve tempo para falar da primeira carta que receberam de Enscombe, antes que o novo casal atraísse a atenção de todos e Frank Churchill fosse esquecido. Emma ficou irritada só de ouvir falar no assunto. Ela vivera três semanas sem lembrar da existência do pastor, e já começava a acreditar que Harriet se recuperara completamente. Com o baile do sr. Weston, ou melhor, com o projeto do baile, ela chegou a se esquecer por completo dos demais problemas, mas, agora, via-se obrigada a reconhecer que não havia alcançado serenidade suficiente para suportar o que teria de presenciar: a nova carruagem, os sinos badalando e tudo o mais.

A pobre Harriet estava tão agitada que exigia todos os raciocínios, incentivos e todas as atenções que ela pudesse oferecer-lhe. Emma percebeu que não poderia ajudar muito a amiga, mas tinha a obrigação de dedicar-lhe todo seu interesse e sua paciência. No entanto, já estava começando a se cansar de tentar convecê-la a superar, sem conseguir nenhum resultado. Harriet concordava com ela sem, no entanto, ter a mesma opinião. A amiga escutava de forma submissa, e dizia "é verdade, é exatamente como descreveu... Não vale a pena pensar neles... Jamais pensarei neles novamente". Contudo, não adiantava mudar de assunto e, na próxima meia hora, percebeu que a amiga estava ansiosa e inquieta por causa dos Elton tanto quanto antes. Por fim, Emma tentou outra abordagem:

— Harriet, você se preocupar e se sentir tão infeliz por causa do casamento do sr. Elton é a maior reprovação que poderia fazer-me. É o modo mais direto de me acusar do erro que cometi. Sei que foi minha culpa. Garanto que jamais me esquecerei... Ao me enganar, acabei enganando-a também e da forma mais dolorosa. Não pense que eu me esquecerei disso.

A amiga ficou tão emocionada com aquelas palavras que nem sequer conseguiu responder. Emma continuou:

— Harriet, não pedi que você se esforçasse por mim; pense menos e fale menos sobre o sr. Elton apenas para o seu próprio bem, minha querida. Para o seu único bem, desejo que isso aconteça; mais importante do que o meu conforto, desejo que adquira o hábito de controlar a si mesma, algo que precisa considerar seu dever, uma preocupação por sua própria dignidade, uma necessidade de evitar as suspeitas dos outros, para cuidar da sua saúde e do seu respeito, e de recuperar a sua tranquilidade e a sua paz de espírito. Esses são os motivos que me fazem insistir tanto no assunto. Eles são muito importantes... E me desculpe se eu não os senti o suficiente para agir a favor deles no momento mais oportuno. Evitar meu sofrimento não é importante agora. O que desejo é que você evite o seu próprio sofrimento. Às vezes, imagino que jamais me perdoará, apesar de todo o afeto que sente por mim.

Esse apelo a suas afeições teve mais efeito do que todo o resto. A ideia de que não cumpria com seus deveres de gratidão e consideração para com a srta. Woodhouse, a quem tanto amava e admirava, fez Harriet sentir-se mal por um tempo e, quando seu desespero diminuiu um pouco, ainda se encontrava suficientemente comovida para seguir os conselhos da amiga e apoiá-la de maneira bastante aceitável.

— Srta. Woodhouse, aquela que tem sido a melhor amiga de toda a minha vida, não há ninguém melhor! Eu me importo mais com a srta. do que com qualquer outra pessoa! Oh, srta., como tenho sido ingrata!

Tais exclamações, acompanhadas pelos olhares e pelos gestos mais convincentes, fizeram Emma sentir que jamais gostara tanto de Harriet e nunca apreciara tanto seu afeto como agora.

"Não há encanto maior do que a ternura", pensou consigo mesma mais tarde. "Não há nada que se compare. O calor e a ternura de um coração, somados a um temperamento aberto e carinhoso, valem mais e são mais atraentes do que qualquer mente privilegiada. Tenho certeza disso. É a ternura que faz meu pai ser tão querido; que dá a Isabella toda a sua popularidade... eu não possuo tais qualidades, mas sei muito bem valorizá-las e respeitá-las. Harriet é superior a mim pelo encanto e pela felicidade que irradia... minha querida Harriet! Eu não a trocaria pela mulher mais inteligente, mais ajuizada, e de maior senso de justiça deste mundo. Oh! A racionaliade de Jane Fairfax! Harriet vale cem vezes mais do que Jane. E para ser esposa, esposa de um homem justo, é algo muito valoroso. Não mencionarei nomes, mas feliz do homem que troca Emma por Harriet!"

Capítulo 32

A sra. Elton foi vista pela primeira vez na paróquia. Apesar de a devoção ter sido interrompida, a curiosidade não foi satisfeita pelo simples fato de a esposa do pastor estar sentada no banco da igreja.

Era de se esperar todo tipo de visitas e comentários para dicidirem se era bonita, se era um pouco bonita ou se não era bonita.

Emma, menos por curiosidade do que por orgulho e por senso de dignidade, decidiu não ser a última a fazer-lhe uma visita. Convenceu Harriet a acompanhá-la, com o objetivo de que todo o embaraço daquela situação se resolvesse o quanto antes.

Ela não poderia entrar naquela casa novamente, não conseguiria estar naquele mesmo cômodo onde, três meses antes, valera-se do artifício de amarrar a bota, e que, no fim, resultara em algo totalmente inútil. Mil pensamentos desagradáveis ocuparam sua mente. Cumprimentos, charadas, enganos horríveis, e era de se esperar que a pobre Harriet se lembrasse deles também. Mas ela se comportou tão bem, apenas um pouco pálida e silenciosa. A visita, é claro, foi breve; obviamente por causa de todo tipo de constrangimentos e pensamentos. Emma não pôde formar uma opinião completa a respeito da esposa do sr. Elton e apenas foi capaz de dizer que ela estava bem-vestida e que foi muito agradável.

Em verdade, não gostou dela. Não iria apressar-se para encontrar seus defeitos, mas suspeitava que não era muito elegante — tranquila, sim, mas não elegante. Tinha certeza de que, para uma jovem moça e uma estranha, enfim, uma noiva, era apenas uma moça tranquila. Ela parecia ser uma boa pessoa, mas o rosto não era tão belo; contudo nem mesmo sua aparência, seu jeito, sua voz e seus modos eram elegantes. Emma estava convencida de que nessa questão estava certa.

Quanto ao sr. Elton, suas atitudes não apareceram... mas não, Emma não desejava falar uma palavra sequer a respeito de suas atitudes. Receber esse tipo de visita depois de casado é uma situação um tanto quanto embaraçosa, e um homem precisa ter muita personalidade para passar por essa prova. Para uma mulher é mais fácil, ela pode usar um lindo vestido ou desfrutar o privilégio de alguma doença, mas o homem só pode contar com seu bom-senso. Por isso, ela considerou o jovem pastor muito desafortunado por estar na mesma sala que a mulher com quem se casou, com a que desejava casar-se com ele e com a que o rejeitou. Emma reconhecia que não lhe faltavam motivos para parecer menos sábio, tão afetado e tão pouco à vontade diante delas.

— Bem, srta. Woodhouse — disse Harriet suspirando gentilmente, quando elas deixaram a casa, depois de esperar, em vão, que a amiga começasse a conversa. — O que você achou? Pensa que é encantadora?

Houve uma breve hesitação na resposta de Emma.

— Oh, sim... muito... é uma jovem muito agradável.

— Eu acho que é muito bonita, bastante bonita.

— De fato, ela se veste muito bem. O vestido é muito elegante.

— Não me surpreendo que ele tenha se apaixonado por ela.

— Oh! Não... não fiquei surpresa de modo nenhum. Uma moça com uma fortuna tão grande, foi uma sorte ter aparecido no caminho dele.

— Ouso dizer — Harriet respondeu suspirando novamente — que ela gosta muito dele.

— Talvez goste, mas não é destino de todo homem se casar com um mulher que o ame. A srta. Hawkins talvez desejasse apenas um lar, e pensou que essa seria a melhor oferta que receberia.

— Sim — disse Harriet sinceramente. — É bem provável que tenha feito isso; afinal, não é toda hora que se recebe uma proposta como essa. Bem, desejo de todo o meu coração que sejam felizes. E agora, srta. Woodhouse, não preciso ter receio de encontrá-los novamente. Ele está tão bem quanto antes, mas, sabe, agora que está casado é algo bem diferente. De verdade, srta. Woodhouse, não precisa preocupar-se mais; posso sentar e admirá-lo sem me sentir miserável. Saber que ele está feliz é um grande conforto! Ela parece ser uma ótima pessoa, justo o que ele merece. Abençoado seja! Ele a chamou pelo prenome, "Augusta". Que bom!

Quando a visita foi retribuída, Emma pôde, então, decidir-se. Agora poderia observá-la e fazer um melhor julgamento. Como Harriet não estava em Hartfield e o sr. Woodhouse poderia entreter o sr. Elton, Emma teve cerca de quinze minutos de conversa particular com a jovem esposa. Ficou convencida de que a sra. Elton era uma mulher fútil, muito convencida e que superestimava sua importância. Ela queria brilhar e ser melhor do que todos, porém não fora bem educada no colégio e seus modos eram muito petulantes e afetados, e suas ideias procediam de um reduzido círculo de amizades e um único estilo de vida. Se não fosse insensata, seria ignorante e, sem sombra de dúvida, sua presença não faria nenhum bem ao sr. Elton.

Harriet teria sido uma escolha melhor. Ainda que não fosse tão sábia ou refinada, ela o teria introduzido a um convívio com pessoas que possuíam tais qualidades. No entanto, a srta. Hawkins, segundo se presumia por sua própria vaidade, era o melhor exemplar do seu grupo de amigos. O cunhado advogado e muito rico, que morava em Bristol, era o orgulho da família, e sua casa e suas carruagens eram o orgulho de todos.

O primeiro assunto sobre o qual conversaram foi Maple Grove, "a propriedade do meu cunhado, o sr. Suckling". Fizeram uma comparação entre Hartfield e Maple Grove. O terreno de Hartfield era pequeno, porém muito bem cuidado e bonito; a casa era moderna e muito bem construída. A sra. Elton parecia muito impressionada pelo tamanho da sala, pela entrada e por tudo o mais que pudesse imaginar.

— De fato, Hartfield se parece muito com Maple Grove! — ela estava muito impressionada com a semelhança! Aquela sala tinha o mesmo formato e tamanho que a sala de Maple Grove, a favorita de sua irmã...

O sr. Elton foi chamado, e a esposa o interrogou:

— As salas não são espantosamente parecidas? Quase tive a impressão de que estava em Maple Grove. E a escada... sabe que, ao entrar, percebi quanto são parecidas e localizadas na mesma parte da casa? Não pude deixar de mencionar! Garanto-lhe, srta. Woodhouse, é um prazer enorme poder recordar um lugar de que gosto tanto. Passei tantos meses felizes lá! — comentou suspirando levemente. — Ah, é um lugar encantador! Todos que conhecem a casa ficam maravilhados por sua beleza; mas, para mim, é como se fosse meu lar. Srta. Woodhouse, se algum dia precisar mudar de casa, como eu precisei, entenderá como é agradável encontrar algo tão semelhante quanto o lugar que deixamos para trás. Eu sempre digo que esse é um dos inconvenientes do casamento.

Ela deu apenas uma resposta rápida, e foi o suficiente para a sra. Elton, que apenas desejava continuar seu discurso.

— É extremamente parecida com Maple Grove! Asseguro-lhe que não é apenas a casa; o terreno, pelo que pude observar, também é muito parecido. Os louros nascem em Maple Grove na mesma proporção que aqui e estão distribuídos quase do mesmo modo... Exatamente na metade do gramado. Também vi uma árvore magnífica, com um banco ao redor, que me fez lembrar de outra idêntica! Meu cunhado e minha irmã ficarão encantados com este lugar. As pessoas que possuem grandes propriedades sempre apreciam outras no mesmo estilo.

Emma duvidou da veracidade desse sentimento. Estava convencida de que as pessoas que possuem grandes terrenos se preocupam muito pouco com os terrenos dos outros, mas não valia a pena discutir a respeito desse comentário tão grosseiro, e por isso limitou-se a contestar:

— Quando você conhecer melhor as redondezas, receio que concluirá que valorizou Hartfield demais. Surrey está cheio de grandes belezas.

— Oh! Sim, estou bastante consciente disso. Como bem sabe, é o jardim da Inglaterra! Surrey é o jardim da Inglaterra.

— Sim, mas não devemos acreditar em tal distinção. Creio que muitos condados são chamados de jardim da Inglaterra, assim como aqui.

— Não, eu não estou certa disso — respondeu a sra. Elton com um sorriso satisfeito. — O único condado do qual ouvi dizer isso é Surrey.

Emma preferiu calar.

— Meu cunhado e minha irmã prometeram visitar-nos na primavera ou, o mais tardar, no verão — prosseguiu a sra. Elton. — Aproveitaremos a ocasião para fazermos excursões. Tenho certeza de que farão excursões em nossa companhia e ouso dizer que vamos explorar muito bem a região. Certamente, virão com seu landau,[1] que acomoda perfeitamente quatro pessoas. Além disso, poderemos usar nossa carruagem para explorar as diferentes belezas naturais do condado. Não acredito que venham em sua *chaise*,[2] principalmente nesta época do ano. Na verdade, quando decidirem, e se o tempo estiver bom, vou recomendar a eles que venham no landau. Quando as pessoas visitam um condado tão lindo como este,

---

[1] Carruagem de quatro rodas com capota regulável.
[2] Carruagem aberta para duas pessoas.

srta. Woodhouse, desejam ver o máximo de suas maravilhas. Além disso, o sr. Suckling é extremamente apaixonado por excursões. No verão passado, fizemos uma viagem de King até Weston e foi maravilhoso! E, com certeza, foi a primeira vez que usaram o landau. Suponho que façam muitas excursões desse tipo, todos os verões, estou certa, srta. Woodhouse?

— Não, não temos esse costume. Não temos tantos lugares que possam atrair a atenção quanto os que nos contou. Somos pessoas muito tranquilas, mais dispostas a permanecer em casa e nos ocupar com outras formas de diversão.

— Ah! Não há nada como ficar em casa! Ninguém é mais devota ao lar do que eu. Era famosa por isso em Maple Grove. Muitas vezes, Selina, minha irmã, quando viajava para Bristol, comentava: "Não consigo convencer essa menina a sair de casa. Devo ir sozinha, embora goste muito da sua companhia, mas acredito que Augusta não iria além do jardim por sua própria vontade". Disse isso inúmeras vezes. Não que eu seja defensora da reclusão. Pelo contrário, na minha opinião, quando as pessoas têm esse hábito, e vivem completamente afastadas da sociedade, agem de maneira muito errada. Creio que é muito mais aconselhável socializar com os demais, moderadamente, desde que haja um equilíbrio. Entretanto, entendo perfeitamente a sua situação, srta. Woodhouse... — e voltou-se em direção ao pai de Emma. — O estado de sáude do seu pai deve ser um grande obstáculo. Por que ele não tenta morar em Bath? Creio que seria a melhor opção para ele. Permita-me que lhe recomende o balneário. Garanto-lhe que não há a menor dúvida de que faria bem a ele.

— Meu pai tentou mais de uma vez, anteriormente, mas sem notar nenhum benefício. E o sr. Perry, cujo nome não lhe deve ser estranho, não reconhece que Bath possa ser útil agora.

— Ah! É uma grande pena, srta. Woodhouse, para os casos em que se recomendam as águas medicinais, os benefícios que produzem são maravilhosos. Durante o tempo que vivi em

Bath, pude ver tantos exemplos! É um lugar tão alegre que certamente animaria o sr. Woodhouse, pois tenho a impressão de que, às vezes, ele está um pouco deprimido. E, quanto às vantagens para a srta., creio que não precisaria insistir muito para convencê-la. Ninguém duvida das vantagens que Bath oferece aos jovens. Seria encantador para você, que viveu uma vida tão isolada. Eu poderia assegurar-lhe uma apresentação na melhor sociedade do lugar. Bastaria escrever apenas uma linha, e eu lhe conseguiria uma ótima hospedagem na casa de uma das minhas amigas. Minha amiga íntima, a sra. Partridge, em cuja residência sempre me hospedei quando visitei Bath, ficaria muito feliz ao recebê-la e seria a pessoa mais indicada para acompanhá-la aos passeios.

Foi o máximo que Emma poderia suportar sem ser indelicada. A ideia de dever à sra. Elton qualquer coisa parecida com uma "apresentação à sociedade", de ser vista em público sob a proteção de uma amiga de suas amigas — provavelmente uma viúva arruinada, que conseguia viver com a ajuda de alguns hóspedes! A dignidade da srta. Woodhouse, de Hartfield, estaria arruinada!

Emma conseguiu conter-se, evitou qualquer repreensão e apenas agradeceu à sra. Elton friamente, dizendo que sua ida a Bath estava completamente fora de cogitação. E ela não estava inteiramente convencida de que o lugar poderia trazer algum benefício ao pai. E, assim, para evitar alguma indignação ou revolta, mudou de assunto rapidamente:

— Eu não lhe perguntei se gosta de música, sra. Elton. Em algumas ocasiões, a fama de uma mulher geralmente a precede, e já faz muito tempo que Highbury sabe que a senhora é uma grande pianista.

— Oh, não! Certamente, não! Devo protestar contra tal ideia. Grande pianista! Estou muito longe disso, posso garantir-lhe. Considere sua informação vinda de alguém muito parcial. Gosto muito de música, sou apaixonada. Meus amigos dizem que não sou inteiramente desprovida de talento, mas, quanto ao resto, posso garantir-lhe que sou apenas mediana. Você, sim, srta. Woodhouse, sei que toca maravilhosamente bem. Posso garantir-lhe que senti grande satisfação e conforto ao saber que as pessoas de Highbury apreciam a música. Não posso viver sem música, é algo muito importante na minha vida. Sempre fui acostumada a participar de uma sociedade muito musical, tanto em Maple Grove como em Bath. Se meus amigos não gostassem de música seria um sacrifício para mim. Eu disse isso com bastante honestidade ao sr. E., quando ele me contava a respeito da minha futura casa e expressava os receios que sentia ao me trazer para morar em um lugar tão afastado. Além de mencionar quanto sua residência era humilde, sabendo com o que eu estava acostumada, era evidente que estava bastante apreensivo. Quando me falou desse modo, eu, honestamente, disse a ele que não haveria nenhum inconveniente em abandonar o mundo, digo, festas, bailes, teatros, porque eu não temia viver uma vida reclusa. Ser abençoada com tantos dons interiores quanto os que tenho torna o mundo exterior desnecessário. Posso viver muito bem sem tudo isso. Para aqueles que não possuem esses recursos, aí, sim, faria uma grande diferença; contudo, minha fortuna me deixou muito independente. E, quanto a serem os cômodos menores do que estou acostumada, para mim não faz a menor diferença. Eu tinha certeza de que conseguiria me sair bem diante de qualquer sacrifício. Obviamente, estava muito acostumada aos luxos de Maple Grove, mas garanti ao meu marido que duas carruagens não eram fundamentais para a minha felicidade, nem mesmo aposentos maiores. No entanto, eu lhe disse, honestamente, que não poderia viver sem a companhia de pessoas que apreciem uma boa melodia. Antes de tudo, a vida seria um eterno vazio sem música.

— E não podemos supor — disse Emma, sorrindo — que o sr. Elton tenha tido alguma dúvida em lhe garantir que existia em Highbury uma sociedade muito musical, e espero que, ao deparar com a realidade, possa perdoá-lo, levando-se em consideração sua motivação.

— Não, na verdade, não tenho dúvida. Estou muito feliz em ter encontrado pessoas como vocês. Creio que, juntas, organizaremos muitos e maravilhosos concertos. Em minha opinião, srta. Woodhouse, deveríamos formar um clube musical e planejar reuniões regulares, samanalmente, em sua casa ou na minha. Não é uma boa ideia? Se nos empenharmos, creio que, em breve, teríamos seguidoras. Para mim seria proveitoso algo assim, como um estímulo para não deixar de praticar; pois as mulheres casadas, como deve saber... geralmente há muitas histórias tristes. Nunca deveriam abandonar a música.

— Mas não há nenhum perigo para você, que é tão apaixonada. Estou certa?

— Espero que não. Mas, quando olho para as minhas amigas, chego a tremer. Selina desistiu completamente da música, nunca mais tocou piano, embora tocasse lindamente. E o mesmo pode ser dito a respeito da sra. Jeffereys, conhecida como Clara Partridge, ou das duas irmãs Milman, agora senhoras Bird e Cooper... bem, são tantas que nem posso enumerá-las. Posso assegurar-lhe que isso já é o bastante para me assustar. Eu costumava ficar muito irritada com Selina, mas agora começo a perceber que uma mulher casada tem muitas obrigações. Creio que, hoje pela manhã, gastei cerca de meia hora conversando com a empregada.

— Mas esse tipo de situação, em breve, será uma rotina — disse Emma.

— Bem, veremos! — respondeu a sra. Elton, sorrindo.

Emma, ao perceber que Augusta não queria negligenciar seus dons musicais, não tinha mais nada a dizer. E, depois de uma pausa, a sra. Elton falou sobre outro assunto.

— Fizemos uma visita a Randalls e encontramos todos em casa; parecem ser ótimas pessoas. Gostei do casal. O sr. Weston parece ser um homem excelente... sem dúvida, já é um de meus favoritos, posso garantir-lhe. E a sra. Weston parece ser verdadeiramente bondosa, tem um jeito tão maternal e gentil, logo percebido por todos. Creio que ela foi sua governanta, não?

Emma estava muito atônita para responder, mas a sra. Elton nem sequer esperou uma resposta e continuou:

— Como já sabia disso, fiquei bastante surpresa ao ver que se parece muito com uma dama! É realmente muito refinada.

— Os modos da sra. Weston — disse Emma — são particularmente perfeitos. Sua dignidade, simplicidade e elegância são modelos para qualquer jovem.

— E quem imagina que chegou enquanto estávamos lá?

Agora, Emma realmente estava desconcertada, em virtude do tom íntimo com o qual a senhora se expressava. A quem seria possível referir-se assim?

— Knightley! — continuou a sra. Elton. — O próprio Knightley! Não foi uma sorte? Quando ele nos visitou, eu não estava em casa, ainda não o conhecia pessoalmente, mesmo sendo um amigo tão próximo do sr. E., e estava muito curiosa. "Meu amigo Knightley" foi tantas vezes mencionado que eu já estava impaciente para conhecê-lo.

E devo fazer justiça ao meu *caro sposo*,[3] ele não tem do que se envergonhar em seu amigo. Knightley realmente é um cavalheiro. De fato, eu o acho muito encantador, um verdadeiro cavalheiro.

Felizmente, era hora de partirem. Depois que saíssem, Emma poderia respirar tranquilamente.

"Que mulher insuportável!", foi sua reação imediata. "Muito pior do que eu poderia ter imaginado. absolutamente insuportável! Não posso acreditar nisso! Knightley! Nunca o vira em

---

[3] *Caro sposo*, no original, em italiano, significa "querido esposo". Jane Austen utiliza a expressão para dar um caráter ainda mais afetado à personagem.

toda a sua vida e já o chamava com intimidade! E descobriu que é um cavalheiro! Um homem simplório como "senhor E.", é seu *caro sposo*, e toda sua fortuna, toda aquela pretensão e falso refinamento. Descobrir que o sr. Knightley é um cavalheiro! Duvido que ele retribua o elogio e diga que ela é uma dama. Se me contassem, não conseguiria acreditar! E a ideia que teve de criarmos um clube musical! Alguém poderia pensar que somos amigas de infância! E a sra. Weston! Ela ficou assombrada que a pessoa que me deu educação seja uma grande dama! Isso é o pior de tudo. Nunca vi nada parecido em toda a minha vida. Está além do que nem sequer ousei imaginar. Não se pode compará-la a Harriet. Oh! O que Frank Churchill diria a respeito dela se estivesse aqui? Imagino quanto ficaria com raiva e quanto se divertiria. Ah! Aqui estou eu, pensando nele novamente. É sempre a primeira pessoa em que penso! Frank Churchill regularmente está em meus pensamentos."

Tudo isso passou por sua mente, enquanto seu pai se recuperava da inquietação que causara a visita dos Elton e se mostrava disposto a falar, e Emma podia prestar atenção.

— Bem, minha querida — ele disse, deliberadamente —, levando em consideração que nunca a vimos antes, parece ser uma jovem senhora muito bonita e ouso dizer que gostou muito de você. Ela fala muito rápido. Esse falar rápido, às vezes, confunde os ouvidos. Creio que me comportei bem. Não gosto de vozes estranhas. Além disso, ninguém fala como você e a srta. Taylor. Entretanto, a senhora Elton parece ser muito gentil, uma jovem muito comportada, e não tenho dúvida de que será uma excelente esposa. Embora eu acredite que seria melhor se ele não tivesse se casado. Procurei dar as melhores desculpas que pude por não ser capaz de visitá-los nessa ocasião tão feliz, dizendo que tinha esperança de fazer-lhes uma visita durante o verão, mas devia ter ido antes. Não visitar uma noiva é uma negligência muito grande. Ah! Como sou um triste inválido! Mas não gosto do lugar onde fica a casa do sr. Elton.

— Creio que suas desculpas foram aceitas, papai. O sr. Elton o conhece muito bem.

— Sim. Mas, a jovem esposa... eu deveria ter feito o possível para visitá-la e mostrar-lhe meus respeitos. Fui muito descortês.

— Mas, querido papai, o senhor não é um fã de casamentos e, portanto, por que o senhor ficaria ansioso para demonstrar seu respeito a uma jovem recém-casada? Especialmente para o senhor não seria algo recomendável. O senhor estaria encorajando as pessoas a casar se fosse visitá-los.

— Não, minha querida, nunca encorajei ninguém a se casar, mas sempre desejo fazer uma visita e dedicar minhas atenções a uma jovem recém-casada, que jamais deve ser negligenciada. Uma noiva, minha querida, é sempre a pessoa mais importante de um grupo de amigos, os demais não têm importância.

— Bem, papai, se isso não for incentivo para se casar, não sei o que é. E eu nunca imaginei que o senhor aprovasse tais vaidades nas pobres jovens.

— Minha querida, você não me entende. Essa é uma questão de educação e de boa criação, e não tem nada a ver com incentivar os outros a se casarem.

Emma ficou calada. Seu pai estava ficando nervoso e não a compreendia. Sua mente se ocupou de pensar nas ofensas da sra. Elton, por muito, muito tempo.

Capítulo 33

Nenhuma descoberta posterior mudou a péssima opinião que Emma tivera sobre a sra. Elton. Sua primeira impressão foi muito correta. Foi a mesma que teve no segundo encontro e nos seguintes. Ares de importância, presunção, ignorância, má educação. Possuía certa beleza e alguns conhecimentos, mas era tão insensata que se considerava alguém que conhece a perfeição do mundo e que poderia animar e enriquecer seus vizinhos do interior. Acreditava que, quando era solteira, havia alcançado um patamar muito elevado na sociedade e que só agora, como esposa do sr. Elton, conseguiria igualar essa situação.

Não havia nenhuma razão para supor que o pastor pensasse diferentemente de sua esposa. Ele não somente estava feliz com ela, mas também orgulhoso. Dava a impressão de que se felicitava o tempo todo por ter trazido a Highbury uma dama como aquela, a quem nem mesmo a srta. Woodhouse poderia igualar-se. E a maior parte das suas amizades, que não gostava de comentar ou não tinha o hábito de julgar, mostrava-se satisfeita, seguindo o bom juízo da srta. Bates, e dando como certo que a recém-casada deveria ser inteligente e agradável, assim como demonstrava ser. Todos estavam satisfeitos; as qualidades da sra. Elton eram de conhecimento geral, como era de se esperar, sem que Emma fizessse sequer um comentário negativo, limitando-se apenas a repetir que "ela é muito agradável e se veste muito bem".

Em um aspecto, a sra. Elton se mostrou muito pior do que parecia ser a princípio. Ela mudou seus sentimentos em relação a Emma. Ofendida provavelmente pelo pouco encorajamento de intimidade entre ambas, tornou-se mais reservada e, aos poucos, mais fria e distante. Apesar de ser muito agradável, a distância entre as duas só serviu para aumentar o desprezo que Emma sentia pela jovem senhora. Por outro lado, tanto o sr. Elton como a esposa adotaram um comportamento desagradável em relação a Harriet, sendo negligentes e zombando dela. Emma esperava que a amiga se curasse logo, mas a péssima impressão que tal atitude lhe causava só fez aumentar ainda mais o desprezo que sentia pelo casal. Não restava dúvida de que a paixão de Harriet fora motivo de confidências entre eles e que ele havia contado à esposa apenas coisas ruins sobre Harriet e boas sobre ele mesmo. A amiga era o objeto de desprezo dos dois. Quando não tinham nada mais a dizer, sempre havia algo para irritar a srta. Woodhouse, e essa inimizade, que não era manifestada abertamente, aumentava ainda mais cada vez que desdenhavam Harriet.

Desde o início, a sra. Elton demonstrou uma grande simpatia por Jane Fairfax, não somente quando a inimizade entre ela e a jovem Harriet servia para aumentar ainda mais o apreço por Jane. E ela não se satisfazia apenas em expressar sua admiração natural e razoável. Sem qualquer motivo, fundamento ou privilégio, queria ser amiga de Jane. Antes de Emma ter perdido sua confiança, quando se encontraram pela terceira vez, ouviu a sra. Elton comentar o assunto de maneira bastante fantasiosa:

— Srta. Woodhouse, Jane Fairfax é absolutamente encantadora. Gosto muito dela, é uma criatura doce e muito interessante. Ela é uma moça meiga e possui muitas qualidades. Tenho certeza de que Jane tem talentos extraordinários. Ouso dizer que toca muito bem. Conheço o suficiente de música para fazer tal afirmação. Oh! É absolutamente encantadora!

Você vai rir da minha animação... mas posso assegurar-lhe que não consigo falar de outra pessoa a não ser de Jane Fairfax. E a situação dela é tão triste, que afeta a todos! Srta. Woodhouse, devemos fazer algo, ajudá-la. Sim, devemos ajudá-la. Um talento como aquele não pode ficar no esquecimento. Creio que já escutou estes maravilhosos versos do poeta: "Muitas flores desabrocham sem serem vistas/E desperdiçam sua fragância no ar do deserto".[1] Não podemos deixar que isso aconteça com a doce Jane Fairfax.

— Não creio que haja tal perigo — foi a resposta calma de Emma. — Quando conhecer melhor a situação da srta. Fairfax, e entender que ela morou na casa do Coronel Campbell, tenho certeza de que não temerá que os talentos da moça sejam ignorados.

— Mas, querida srta. Woodhouse, ela vive tão isolada, na obscuridade, tão desperdiçada... todas as vantagens que poderia ter desfrutado com os Campbell é provável que tenham chegado ao fim! Eu penso que ela já percebeu isso. Tenho certeza que sim. Ela é muito tímida e quieta. Qualquer um pode ver que ela precisa de encorajamento. Gosto ainda mais dela por isso. Devo confessar que, para mim, é um mérito a mais. Sou uma grande defensora dos tímidos... e tenho certeza de que não é algo tão fácil de se encontrar. Mas, para as pessoas que são explicitamente inferiores a nós, é algo extremamente simpático. Oh, posso garantir-lhe que Jane Fairfax é uma pessoa maravilhosa; tenho mais interesse por ela do que sou capaz de expressar.

— A senhora parece sincera quanto aos seus sentimentos... mas não vejo como a senhora, ou qualquer outra conhecida da srta. Fairfax, nem mesmo aquelas que a conhecem há mais tempo, possam dar mais atenção do que...

[1] Poema de Thomas Gray (1716 – 1771), "Elegy written in a country churchyard" (Elegia escrita em um cemitério rural).

— Minha querida srta. Woodhouse, os que se atrevem a ajudar podem fazer muito. Você e eu não temos o que temer. Se dermos o exemplo, outras pessoas nos seguirão e farão o que puderem, dentro de suas possibilidades, ainda que a maioria não desfrute nossa posição social. Nós duas temos carruagens para buscá-la e depois levá-la para casa, e vivemos num estilo de vida no qual a adição de Jane Fairfax não será um inconveniente. Eu ficaria muito contrariada se tivesse de retribuir o convite de Wright para um jantar e não tivesse insistido em convidar Jane. Não faço a menor ideia desse tipo de situação. Não sei se deveria, considerando o meio ao qual estou acostumada. Meu maior perigo, talvez, ao cuidar de uma casa seja o oposto, isto é, exagerar em tudo, fazer demais por não saber preocupar-me com gastos. É provável que Maple Grove venha a ser meu modelo mais do que deveria ser, pois nossos rendimentos não se comparam aos do meu cunhado. Entretanto, já tomei a decisão de ajudar Jane Fairfax. Certamente, eu a convidarei mais vezes para visitar minha casa para poder apresentá-la a todo tipo de pessoas, faremos encontros musicais para prestigiar o talento dela, e sempre estarei à procura de uma situação que possa favorecê-la e proporcionar um bom casamento para ela. Tenho muitos amigos, e duvido que, em breve, não encontre alguém adequado para Jane. É claro que irei apresentá-la ao meu cunhado e à minha irmã quando eles nos fizerem uma visita. Tenho certeza de que gostarão muito dela; e, quando for amiga dos dois, seus receios desaparecerão por completo, pois são as pessoas mais cordiais e acolhedoras que existem. Enquanto estiverem hospedados na minha casa, certamente terei a companhia de Jane, e ouso dizer que, algumas vezes, ela será convidada a passear conosco no landau do meu cunhado, para que possamos explorar as redondezas.

"Pobre Jane Fairfax!", pensou Emma. "Ela não merecia isso. Pode ter sido imprudente em relação ao sr. Dixon, mas esse é um castigo maior do que merece! A gentileza e a proteção da sra. Elton! Jane, Jane... Santo Deus! Nem posso imaginá-la falando com todo o mundo como se fosse Emma Woodhouse! Agora, vejo que não há limites para a inconveniência dessa mulher!"

Emma não ouviria tais declarações outra vez... tão exclusivamente dirigidas a ela... tão exageramente adornadas com aqueles "minha querida srta. Woodhouse". A mudança de comportamento da sra. Elton ocorreu logo depois que Emma foi deixada em paz e não fez o menor esforço para ser amiga da jovem recém-casada, nem se tornou, sob a orientação dela, a defensora de Jane Fairfax. Passara a conviver com ela de maneira comum, sabendo o que era sentido, pensado e feito.

Ela observava os acontecimentos com alguma diversão. A gratidão da srta. Bates pelas atenções que a sra. Elton dispensava a Jane era completamente inocente, simples e cordial. Ela merecia todo o carinho, pois era uma mulher amável, afável e agradável, tão talentosa e Condescendente quanto a sra. Elton poderia ser considerada. Emma apenas duvidava se Jane aceitaria tais atenções e se conseguiria tolerar a sra. Elton, como parecia fazer. Ouviu falar de passeios que fizera com os Elton, que se sentara com eles, e passara um dia inteiro na companhia dos Elton! Aquilo era surpreendente! Emma não imaginava ser possível que o bom gosto e o orgulho da srta. Fairfax pudessem suportar os amigos e a amizade dos moradores da casa paroquial.

"Ela é um enigma, um verdadeiro enigma!", disse a si mesma. "Preferir ficar aqui, mês após mês, vivendo privações de todo tipo! E agora escolheu ser mortificada pela penúria da conversa da sra. Elton em vez de voltar aos seus amigos muito mais bem-educados, que sempre a trataram com carinho, amor e generosa afeição."

Jane viera a Highbury para passar um período de três meses, pois os Campbell viajaram para a Irlanda e ficariam lá por três meses também. Mas, agora, os Campbell prometeram à filha ficar até a metade do verão e convidaram Jane para se unir a eles. De acordo com a srta. Bates, de quem vinham todas as notícias, a senhora Dixon enviara o convite em termos muito insistentes. Jane deveria ir, encontrar um jeito de viajar, os empregados seriam enviados para ajudá-la, alguns amigos se mobilizariam... parecia não existir nenhum inconveniente para realizar aquela viagem, e, mesmo assim, Jane recusou o convite!

"Ela deve ter algum motivo, mais forte do que parece, para recusar tal convite", foi a conclusão de Emma. "Deve cumprir algum tipo de penitência infligida, tanto pelos Campbell como por ela mesma. Havia um grande medo, um grande cuidado, muita resolução em algum lugar. Ela não desejava estar com os Dixon. Alguém deve exigir-lhe que aja assim. Mas, por que, então, insiste em estar na presença dos Elton? Ela é um enigma muito complexo."

Quando Emma expressou seu assombro sobre a questão para algumas poucas pessoas que conhecia, a sra. Weston se aventurou a sair em defesa de Jane:

— Não podemos supor que ela tenha algum tipo de diversão na casa dos Elton, minha querida Emma. Mas é muito melhor do que ficar sempre em casa. A srta. Bates é uma boa pessoa, mas, como companheira constante, deve ser muito entediante. Devemos considerar o que a srta. Fairfax perde antes de criticar seu bom gosto pelas casas que frequenta.

— Você está certa, sra. Weston — concordou o sr. Knightley calorosamente. — A srta. Fairfax é tão capaz de formar uma opinião justa a respeito da sra. Elton quanto qualquer um de nós. Se pudesse escolher com quem se associar, não teria escolhido a companhia dessa senhora. Contudo — dirigiu um sorriso de reprovação para Emma — ela voltou sua atenção para a sra. Elton, uma vez que ninguém mais a procura.

Emma percebeu que a sra. Weston olhava-a de relance e ficou chocada com o que o sr. Knightley afirmou. Um pouco corada, respondeu:

— Atenções como as da sra. Elton imagino que mais desagradem do que interessem à srta. Fairfax. Os convites da sra. Elton me pareceriam pouco atraentes.

— Eu não estranharia — disse a sra. Weston — se Jane fizesse tudo isso contra sua vontade, forçada pela insistência da sua tia a aceitar as atenções que a sra. Elton tem para com ela. É muito provável que a srta. Bates obrigue a sobrinha a aceitar um grau de intimidade muito maior do que a moça desejaria, em vez do desejo muito natural de mudar um pouco de vida.

As duas estavam ansiosas por ouvir a opinião do sr. Knightley novamente e, após alguns minutos de silêncio, ele não as decepcionou:

— Outro ponto deve ser considerado... a sra. Elton não fala da srta. Fairfax enquanto fala de si mesma. Todos nós conhecemos a diferença entre os pronomes ele, ela ou você, que são os mais usados em qualquer tipo de conversa. No trato pessoal que temos uns com os outros, todos sentimos a influência de algo que foi previamente ensinado. Não podemos deixar transparecer a ninguém os indícios desagradáveis de que ficamos entediados desde a hora anterior. Nós sentimos as situações de forma diferente. E, além disso, como princípio geral, pode-se ter a certeza de que a srta. Fairfax impressiona a sra. Elton por sua superioridade, tanto de mente como de modos. E que, pessoalmente, a senhora a trata com todo o respeito que a moça merece. Uma moça como Jane Fairfax provavelmente nunca cruzou os caminhos da sra. Elton... e nenhum grau de vaidade poderá impedi-la de reconhecer e comparar sua própria pequenez, tanto em ações como em inteligência.

— Eu sei quanto você considera Jane Fairfax — disse Emma, que tinha o sobrinho Henry em mente e uma mistura de alarme e delicadeza a silenciou.

— É verdade — concordou ele. — Todos sabem quanto aprecio a moça.

— E, ainda assim... — começou Emma falando um tanto quanto rispidamente, mas logo se calou... era melhor, porém, saber logo do pior, e apressou-se em completar: — E, ainda assim, talvez você não tenha uma verdadeira noção de quanto a aprecia. Algum dia, ficará surpreso ao perceber a extensão da sua admiração por ela.

O sr. Knightley parecia dedicar-se intensamente aos botões inferiores de suas botas, tentando abotoá-los e, de algum modo, ficou muito corado enquanto respondia:

— Oh! Ainda estamos nessa conversa? Infelizmente, devo informá-la de que está atrasada. O sr. Cole já me fez essas insinuações há mais ou menos seis semanas.

Ele parou. Emma sentiu a sra. Weston pressionando seu pé e ficou sem saber o que pensar. Logo depois, ele continuou:

— Isso nunca vai acontecer, posso garantir-lhe. Receio que a srta. Fairfax não aceitaria meu pedido de casamento se eu o fizesse e estou muito seguro de que jamais faria tal proposta.

Emma pisou no pé da amiga delicadamente e imediamente exclamou:

— O senhor não é vaidoso, sr. Knightley, isso é o mínimo que posso dizer a seu respeito.

Ele parecia não ouvi-la, pensativo. E, parecendo estar um pouco incomodado, logo em seguida perguntou:

— Então, vocês pensaram que eu estava decidido a me casar com Jane Fairfax?

— Não, de fato eu nem pensei nisso. O senhor me repreendeu o bastante por tentar ser uma casamenteira para que eu pudesse tomar a liberdade e pensar tal coisa a seu respeito. O que acabei de dizer não significa nada. O senhor bem sabe que as pessoas dizem esse tipo de coisa sem segundas intenções. Oh, não! Juro que não tenho o menor interesse em que se case com Jane Fairfax, nem de que Jane se case com qualquer outra pessoa. Se o senhor fosse casado, não viria mais a Hartfield nem sentaria em nossa companhia de forma tão agradável.

O sr. Knightley ficou pensativo novamente. Após alguns momentos de silêncio, respondeu:

— Não, Emma! Eu não creio que a extensão dos meus sentimentos por ela possam surpreender-me algum dia. Posso garantir-lhe que nunca pensei nela desse modo. Em seguida, acrescentou: — Jane Fairfax é uma jovem encantadora.... mas nem mesmo ela é perfeita, tem alguns defeitos. Não possui o temperamento aberto que qualquer homem deseja em uma mulher.

Emma não podia deixar de se alegrar em saber que ela tinha uma falha.

— Então... — disse — o senhor não encontrou dificuldades em convencer o sr. Cole, estou certa?

— Sim. Ele fez apenas uma pequena insinuação, mas eu lhe disse que estava enganado. Então desculpou-se e não disse mais nada. Cole não deseja ser mais sábio ou espirituoso do que seus vizinhos.

— Nesse quesito, ele não se parece nada com a sra. Elton, que deseja ser sempre a mais sábia e espirituosa de todos! Eu gostaria de saber o que fala dos Cole. como os chama. Que fórmula deve ter encontrado para falar deles intimamente, dentro de sua insensatez? O senhor, ela chama simplesmente de Knightley... como deve tratar o sr. Cole? E já não me surpreendo que Jane Fairfax aceite suas atenções e consinta que ela seja presença constante. Sra. Weston, seus argumentos são muito importantes para mim. Eu poderia, com maior rapidez, concordar com o fato de me afastar da srta. Bates a acreditar no triunfo da mente da srta. Fairfax sobre a da sra. Elton. Não tenho a menor esperança de que a sra. Elton se reconheça inferior a ninguém em relação à sua inteligência, graça, ao modo de falar ou qualquer outra qualidade. Nem mesmo que admita outros valores além de seus rudimentares modos de cortesia. Não posso acreditar que não esteja ofendendo seus convidados continuamente com elogios descabidos, palavras de conforto e ofertas de ajuda; que não esteja detalhando continuamente suas magníficas intenções, as quais podem ser desde procurar uma situação permanente para ela até incluí-la em suas agradáveis excursões de landau.

— Jane Fairfax tem sentimentos — disse o sr. Knightley. — Não posso acusá-la de insensível. Suspeito que seja uma moça muito sensível, temperamento excelente, como se vê por sua resignação, sua paciência e seu autocontrole; no entanto, falta-lhe franqueza. É reservada, creio que está ainda mais reservada do que antes. Eu, particularmente, gosto de pessoas mais abertas. Não... antes de Cole ter suspeitado de meus sentimentos por ela, tal possibilidade jamais me passou pela cabeça. Sempre vi e conversei com Jane Fairfax com admiração e prazer... E nada além disso.

— Então, minha querida sra. Weston... — disse Emma, vitoriosamente, logo após a saída do sr. Knightley. — O que me diz agora a respeito do casamento do sr. Knightley com Jane Fairfax?

— Minha querida Emma, você verá que ele está tão preocupado em afirmar que não está apaixonado por ela que eu não me surpreenderia se, no fim, ele estiver realmente enamorado. Digo que você ainda não me convenceu.

Capítulo 34

Todos os moradores de Highbury e redondezas que conheciam o sr. Elton estavam dispostos a dar-lhe as devidas atenções em virtude do seu casamento. Convidavam o casal para jantares e festas; eram tantos os convites que a sra. Elton logo percebeu que não teriam nenhum dia de folga.

— Já percebi como será — disse ela. — Vejo que tipo de vida levarei ao lado de vocês. Tenho certeza de que estaremos sempre muito ocupados. Parece que somos mesmo o casal da moda. Se esse é o jeito de viver no campo, estou certa de que não é nem um pouco entediante. De segunda a sábado, tenho certeza de que não teremos um dia sequer de privacidade! Uma mulher com menos recursos teria dificuldades.

No entanto, nenhum dos convites pareceu-lhe inoportuno. Graças às temporadas que passara em Bath, já estava bastante acostumada a jantar fora de casa, e Maple Grove a familiarizara com jantares. Ela ficou um pouco chocada ao perceber que nas casas de Highbury havia apenas um salão, os bolos eram minúsculos, e que não eram servidas bebidas geladas durante os jogos de cartas. As senhoras Bates, Perry, Goddard e outras conheciam muito pouco do mundo, mas em breve Augusta poderia mostrar-lhes como proceder nas mais diversas ocasiões. Antes que a primavera terminasse, resolveria essa situação, convidando todas as senhoras para uma reunião em grande estilo... nela, em cada mesa de jogos haveria um candelabro, com caixas de baralho ainda fechadas, tudo muito elegante.

Além disso, haveria mais criados para atendê-los do que era realmente necessário, a fim de servir-lhes os refrescos na hora exata e na ordem adequada.

Emma, entretanto, não poderia ficar satisfeita até que oferecesse um jantar em Hartfield em homenagem aos Elton. Não poderia fazer menos do que os demais, ou ficaria exposta a suspeitas odiosas e imaginariam que ela seria capaz de um lamentável ressentimento. Tinha de ser um jantar. Após falar por cerca de dez minutos, o pai se mostrou disposto a concordar e apenas impôs a habitual condição de não ficar sentado à cabeceira da mesa, criando a dificuldade, também usual, de decidir quem se sentaria à cabeceira.

Não foi preciso pensar muito em quem convidar. Além dos Elton, deveriam convidar os Weston e o sr. Knightley. Até agora, estava tudo bem... mas foi inevitável sugerir que a pobre Harriet fosse convidada para completar oito pessoas. Contudo, o convite não foi feito com muita satisfação e, por diversos motivos, Emma ficou particularmente agradecida quando Harriet implorou que lhe permitisse recusar. "Preferia não estar na companhia daqueles que não conseguiria suportar. Não era capaz de vê-los felizes juntos sem se sentir desconfortável. Se a srta. Woodhouse não ficasse chateada, ela preferia ficar em casa." Era exatamente o que Emma teria desejado. Ela ficou encantada com a coragem da sua jovem amiga — pois sabia que uma prova da sua coragem era recusar um jantar e ficar em casa. Agora Emma poderia convidar a pessoa que mais desejava para completar o grupo: Jane Fairfax. Desde a última conversa que tivera com a sra. Weston e o sr. Knightley, Emma estava mais consciente a respeito de Jane Fairfax. As palavras do sr. Knightley não lhe saíam da cabeça. Ele dissera que Jane recebia da sra. Elton a atenção que ninguém jamais lhe havia concedido.

"É a mais pura verdade", pensou consigo mesma. "Pelo menos no que diz respeito a mim, é o que realmente me importa... é muito vergonhoso. Temos a mesma idade, nós nos conhecemos desde meninas, deveria ter sido mais amiga de Jane... agora ela não quer saber de mim. Já a negligenciei por muito tempo, mas vou dedicar-lhe mais tempo do que antes."

Todos os convites foram aceitos. Ninguém tinha outro compromisso e todos ficaram contentes. Todavia, surgiram alguns inconvenientes a respeito dos preparativos para o jantar. Uma situação um pouco delicada se apresentou. Os dois filhos mais velhos de John Knightley e Isabella prometeram fazer uma visita ao avô e à tia por algumas semanas na primavera, e John sugeriu que eles ficassem um dia inteiro em Hartfield — e esse dia era exatamente o do jantar. As responsabilidades de John Knightley não permitiram que ele mudasse a data e levasse os filhos em outra ocasião porque tanto o avô como a tia ficariam muito decepcionados. O sr. Woodhouse considerava oito o número máximo de pessoas que seus nervos poderiam aguentar e agora haveria uma nona, e Emma considerou que seria uma nona pessoa muito aborrecida, incapaz de ir a Hartfield nem por quarenta e oito horas sem ter de ir a uma noite de uma festa.

Ela consolou seu pai melhor do que poderia consolar a si mesma, dizendo que, embora fossem nove pessoas, ele era muito calado, nem haveria sequer aumento de ruído. Pensou que, no fim, foi uma mudança muito triste, principalmente para ela, pois o cunhado sempre a olhava seriamente e se mostrava relutante para qualquer tipo de conversa, bem diferente do irmão.

O evento foi mais favorável para o pai do que para Emma. John Knightley chegou, mas o sr. Weston foi chamado a Londres com urgência naquele mesmo dia. Ele deveria chegar tarde naquela noite, não a tempo para o jantar. O sr. Woodhouse ficou bastante satisfeito e, vendo-o assim, com a chegada dos netos e a filosófica postura do cunhado em aceitar seu próprio destino, ela ficou mais tranquila.

A noite finalmente chegou, o grupo estava pontualmente reunido e o sr. John Knightley parecia muito dedicado a se mostrar agradável aos demais. Em vez de levar o irmão até uma janela para conversarem, enquanto esperavam pelo jantar, ele conversou com a srta. Fairfax. Avaliou silenciosamente a sra. Elton, que estava tão elegante quanto possível com suas rendas e pérolas, interessado apenas em observá-la o necessário para depois fazer um breve relatório à esposa, Isabella. Porém, a srta. Faifax era antiga conhecida e uma moça muito quieta, e ele não pôde conversar muito com ela. Eles haviam-se encontrado mais cedo, logo após o café da manhã, enquanto ele fazia uma caminhada com os meninos, quando começou a chover. Era natural agir de maneira cortês, então ele comentou:

— Srta. Fairfax, espero que não tenha se aventurado e caminhado até muito longe hoje cedo, tenho certeza de que se molhou com a chuva. Mal conseguimos chegar em casa a tempo. Espero que tenha voltado para casa logo em seguida.

— Eu fui apenas ao correio — respondeu ela — e consegui voltar para casa bem antes de a chuva engrossar. É minha tarefa diária. Sempre busco as cartas quando estou aqui. Assim, evito inconvenientes e é um motivo a mais para sair um pouco. Um passeio antes do café da manhã sempre me faz bem.

— Suponho que não sejam passeios debaixo da chuva.

— Não, mas não estava caindo uma gota sequer quando saí de casa.

O sr. John Knightley sorriu e respondeu:

— Ou seja, você optou por dar sua caminhada, pois, quando a encontrei, não estava a mais de seis metros da porta da sua casa. Henry e John viram cair muito mais gotas do que conseguiram contar. O correio exerce um grande encanto em certo período de nossa vida. Quando tiver a minha idade, começará a pensar que não vale a pena se molhar apenas para buscar uma carta.

Ela ficou corada e depois respondeu:

— Eu não posso ter esperança de me ver tão bem estabelecida quanto o senhor, rodeado daqueles que mais ama, nem sequer posso esperar que a maturidade me torne indiferente às cartas.

— Indiferente! Oh, não! Eu nunca pensei nisso. Cartas não são uma questão de indiferença; em geral, elas são uma maldição necessária.

— O senhor deve referir-se às cartas de negócios; as minhas são cartas de amizade.

— Eu sempre as considerei a pior das duas — respondeu ele friamente. — Como você bem sabe, os negócios trazem dinheiro, mas amizade dificilmente o traz.

— Ah! Agora não está falando sério. Conheço o sr. John Knightley muito bem... Tenho certeza de que entende o valor de uma amizade, como todos. Compreendo perfeitamente que, em sua opinião, as cartas significam muito pouco, muito menos do que para mim, mas a diferença não é porque é dez anos mais velho do que eu, não é a idade, mas, sim, a situação. O senhor sempre tem ao seu lado as pessoas mais queridas, enquanto eu, talvez, jamais as verei novamente. E, portanto, até que eu tenha sobrevivido a todas as minhas afeições, creio que o correio sempre exercerá forte atração sobre mim, a ponto de me fazer sair de casa, mesmo em um dia como hoje.

— Quando lhe falei a respeito de ser alterado pelo tempo, pelo passar dos anos — disse John Knightley — eu me referia às mudanças que o tempo normalmente traz. Em minha opinião, são duas coisas que caminham juntas. O tempo quase sempre diminui o interesse das amizades que deixam de fazer parte do nosso cotidiano. Mas não é essa a mudança que tenho em mente para você. Como um velho amigo, permita-me esperar que, daqui a dez anos, tenha tantos amigos quantos os que eu tenho.

Essas palavras foram ditas de maneira bastante cordial e não pareciam uma ofensa. Um "muito obrigada" seria o bastante como resposta bem-humorada, mas sem rubor, tremor de lábios ou uma lágrima nos olhos, o que demonstrou que a moça levara o assunto a sério. Nesse momento, o sr. Woodhouse chamou a atenção de Jane, que, de acordo com seu costume nessas ocasiões, estava cumprimentando cada um dos seus convidados, elogiando especialmente as senhoras e com a jovem terminava a seção de cumprimentos. Bastante gentil, ele disse:

— Srta. Fairfax, fiquei muito triste ao ouvir que saiu de casa esta manhã e tomou um pouco de chuva. As jovens devem cuidar-se... moças são plantas delicadas. Devem cuidar de sua saúde e aparência. Minha querida, você trocou suas meias?

— Sim, senhor, eu as troquei. Fico muito contente por se preocupar comigo.

— Minha querida Jane, as moças devem sempre ser bem cuidadas. Espero que sua avó e sua tia estejam bem. Elas estão entre minhas amizades mais antigas. Oh, como eu gostaria que minha saúde me permitisse ser um vizinho melhor. Você nos dá uma grande honra hoje, pode ter certeza. Minha filha e eu apreciamos sua bondade e temos a maior satisfação em recebê-la em Hartfield.

O gentil e educado senhor pôde sentar-se e considerar cumprido seu dever de anfitrião, garantindo que cada jovem ou senhora recebesse as boas-vindas e ficasse à vontade em sua casa.

Enquanto isso, a notícia da caminhada na chuva chegou aos ouvidos da sra. Elton, que agora se dirigia a Jane:

— Minha querida, é verdade isso que ouvi? Você foi ao correio na chuva? Não pode fazer isso, tenho certeza. Pobre moça, como pôde fazer tal coisa? É um sinal de que eu não estava lá para tomar conta de você.

Jane, pacientemente, garantiu que não se resfriara.

— Oh! Não diga isso. Você é uma moça que não sabe cuidar de si mesma. Ir aos correios! Sra. Weston, já ouviu algo assim? A senhora e eu devemos exercer nossa autoridade.

— Certamente — disse a sra. Weston, de maneira persuasiva e gentil. — Sinto-me tentada a dar meu conselho. Srta. Fairfax, não deve correr tais riscos. Como é propensa a ter resfriados fortes, deveria ser particularmente cuidadosa, em especial nesta época do ano. Eu sempre acreditei que a primavera é uma estação que exige tomar mais precauções. É melhor esperar uma hora ou duas, ou talvez o meio-dia, para buscar as cartas do que se expor e correr o risco de se resfriar novamente. Agora, não lhe parece que deveria ter esperado o tempo melhorar? Sim, tenho certeza de que consegue pensar de modo mais racional e acredito que não fará isso novamente.

— Com certeza, ela não fará isso novamente! — afirmou a sra. Elton depressa. — Não permitiremos que cometa tal absurdo! — Balançando a cabeça significantemente, acrescentou: — Devemos fazer algo, não resta dúvida. Tenho de falar com o sr. E. O homem que busca as nossas cartas todas as manhãs, um dos nossos empregados, não me recordo seu nome agora, deverá buscar as suas também e entregar em suas mãos. Isso vai resolver qualquer dificuldade que tiver; e, em relação a nós, minha querida Jane, você não precisa ter vergonha de aceitar nossa ajuda.

— São extremamente gentis — disse Jane —, mas eu não posso desistir das minhas caminhadas matinais. Recebi a recomendação de tomar ar fresco o máximo que puder e caminhar, e ir ao correio é um modo de me exercitar. Posso assegurar-lhes que jamais tive uma manhã ruim antes.

— Minha querida Jane, não diga mais nada sobre isso. Já está decidido, quero dizer — riu de maneira afetada — até onde posso determinar algo sem o conhecimento do meu marido. Como a senhora sabe, sra. Weston, nós devemos ter muito cuidado com a maneira pela qual nos expressamos. Mas posso vangloriar-me, minha querida Jane, de ter certa influência sobre meu querido esposo. Portanto, se não encontrarmos nenhum obstáculo, considero tudo acertado.

— Perdoe-me — interferiu Jane, com firmeza. — De modo nenhum permitirei que seu criado sofra por minha causa. Se para mim não fosse um prazer ir ao correio, esse trabalho seria tarefa de uma criada da minha avó, como sempre foi.

— Oh! Minha querida, Patty tem muita coisa para fazer! Será uma gentileza de nossa parte!

Jane parecia que não desejava convencer-se; mas, em vez de responder, começou a conversar novamente com o sr. John Knightley.

— O correio é um lindo estabelecimento — disse ela. — Fico admirada com sua regularidade e prontidão! Se levarmos em conta tudo que é preciso fazer e que fazem tão bem, é de fato muito impressionante!

— De fato, é muito pontual.

— É tão raro acontecer qualquer tipo de negligência ou erro! É muito raro que uma carta se perca dentre as milhares que são enviadas para todo o reino! E quando se pensa na variedade de letras, também como a existência de péssimas caligrafias que precisam ser decifradas, só faz aumentar nosso espanto!

— Os funcionários tornam-se peritos pelo hábito. Eles precisam ter uma ótima visão e mãos ágeis, depois a prática se encarrega de melhorá-los. Se você precisar de uma explicação mais aprofundada — continuou ele, sorrindo — são pagos para essa finalidade. É a chave para a qualidade do serviço. O público paga e deve ser bem atendido.

Conversaram bastante sobre a variedade de caligrafias.

— Ouvi dizer — continuou John Knightley — que os membros de uma mesma família possuem a mesma caligrafia e, quando o professor é o mesmo, não há nada mais natural. Mas, por essa mesma razão, creio que as mulheres devem escrever de maneira mais parecida, pois os meninos deixam de estudar ao chegarem a determinada idade e acabam escrevendo com a caligrafia que podem. Acho que Isabella e Emma possuem a escrita bem parecida. Nunca fui capaz de distinguir a caligrafia das duas.

— De fato — comentou seu irmão, um pouco hesitante —, há uma semelhança. Eu sei o que quer dizer... Mas a letra de Emma é mais forte.

— Isabella e Emma têm letras lindas — disse o sr. Woodhouse. — Sempre achei isso. Bem como a sra. Weston — disse ele, com meio suspiro e meio sorriso para ela.

— Eu nunca vi a caligrafia de um cavalheiro — Emma começou a falar, olhando também para a sra. Weston, mas parou ao perceber que a amiga dava atenção a outra pessoa. A pausa a fez refletir: "Agora, como farei para introduzi-lo? Devo mencionar seu nome diante de tantas pessoas? Seria melhor um rodeio ou dizer diretamente? Seu amigo de Yorkshire... essa seria a melhor forma de rodear o assunto, se estiver mesmo mal. Não. Posso pronunciar perfeitamente o nome dele sem nenhuma inquietação. Já me sinto melhor...".

O sr. Weston voltou a prestar atenção, e Emma pôde começar novamente:

— O sr. Frank Churchill tem uma das caligrafias mais bonitas que já vi.

— Eu não concordo — disse o sr. Knightley. — A letra é muito pequena e lhe falta energia. Parece letra de mulher.

Nenhuma das damas presentes concordou com essa opinião. Todas protestaram contra aquela crítica: "Não, de modo nenhum lhe falta força... não é uma letra grande, porém é muito clara e forte. A sra. Weston não teria uma carta dele para nos mostrar?". Não, ela recebera notícias recentes de Frank, mas como já havia respondido a carta, guardou-a.

— Se estivéssemos na outra sala — comentou Emma — e eu tivesse aqui minha escrivaninha portátil,[1] tenho certeza de

---

[1] Como era costume as pessoas trocarem correspondência quase diariamente, algumas famílias, mas principalmente as mulheres, tinham uma escrivaninha portátil com papel, tinta e demais objetos para escreverem suas cartas.

que poderia mostrar-lhes uma carta dele. Tenho um bilhete que ele me escreveu. Você não se lembra, sra. Weston, ter pedido para ele escrever um bilhete para mim em seu lugar?

— Foi ele que se prontificou a escrever...

— Bem, eu tenho esse bilhete e poderei mostrá-lo depois do jantar, justamente para convencer o sr. Knightley.

— Ora! Quando um jovem galante como o sr. Frank Churchill — disse o sr. Knightley, secamente — escreve a uma dama como a srta. Woodhouse, é claro que procura escrever da melhor forma possível.

O jantar foi servido. A sra. Elton, antes mesmo de ser convidada, já estava pronta para se levantar; e, antes que o sr. Woodhouse pudesse alcançá-la e oferecer-lhe o braço para que ambos pudessem seguir à sala de jantar, ela disse:

— Devo ir primeiro? Eu sempre me envergonho de ser a primeira.

A insistência de Jane em ir buscar suas próprias cartas não passou em branco para Emma. Ouvira e vira toda a discussão; sentia certa curiosidade por saber se o passeio sob a chuva naquela manhã fora proveitoso. Ela suspeitava que sim; não haveria tanto empenho em sair sem ao menos ter a certeza de receber notícias de alguém muito querido. E, provavelmente, o passeio não fora em vão. Emma observou que Jane estava com um ar mais alegre do que de costume, além de um aspecto mais saudável e bem-disposto.

Poderia ter feito uma ou duas perguntas a respeito do envio de cartas e das despesas dos correios para a Irlanda. Estava na ponta da língua, mas conseguiu conter-se. Estava determinada a não dizer sequer uma palavra que pudesse ferir os sentimentos de Jane Fairfax; e, seguindo as outras senhoras, as duas jovens entraram na sala de jantar de braços dados, com uma aura de boa vontade que aumentava muito a beleza e a graça de ambas.

Capítulo 35

Quando as senhoras voltaram para a sala de estar depois do jantar, Emma percebeu ser quase impossível evitar que se formassem dois grupos. Com tanta perseverança no julgamento e agindo mal, a sra. Elton conversava muito com Jane Fairfax e pouco com Emma.

Ela e a sra. Weston eram obrigadas a conversar entre si, ou a ficar em silêncio. A sra. Elton não lhes deu outra escolha. Se Jane falava um pouco mais, ela não perdia tempo e começava a falar de novo; e, embora o que conversavam mais parecesse um sussurro, especialmente por parte da sra. Elton, não deixaram de escutar os principais temas da conversa: o correio... pegar um resfriado... apanhar as cartas... e amizade... conversaram por um bom tempo. E assim, um assunto sucedeu outro, o que deveria ser muito desagradável para Jane... perguntas sobre se ela já tinha tido notícia de alguma colocação que lhe fosse conveniente e afirmações por parte da sra. Elton de que não deixava de se ocupar daquele assunto.

— Já estamos em abril! — disse ela — Fico muito ansiosa por você! Junho logo chegará.

— Mas eu nunca fixei junho nem qualquer outro mês... apenas pensei no verão, de maneira generalizada.

— Mas você não teve sequer uma notícia?

— Não fiz nenhum tipo de busca, nem pretendo fazer no momento.

— Oh! Minha querida, nunca é cedo para começar a procurar. Você não se dá conta de como é difícil encontrar exatamente o que queremos.

— Eu não me dou conta? — questionou Jane, balançando a cabeça — Querida sra. Elton, quem poderia pensar mais sobre o assunto do que eu?

— Mas você não conhece o mundo como eu. Não faço ideia de quantas candidatas existem para as colocações mais vantajosas. Sei que são muitas na região de Maple Grove. Uma prima do sr. Suckling, a sra. Bragge, recebeu uma infinidade de propostas; todas as candidatas desejavam sua casa, pois ela pertence à classe mais alta da sociedade. Tem até velas de cera[1] na sala de aula! Pode bem imaginar quanto deve ser agradável! De todas as casas do reino, é na casa da sra. Bragge que eu mais desejo que você procure uma colocação.

— O Coronel e a sra. Campbell estarão de volta a Londres no meio do verão — disse Jane. — Devo passar algum tempo com eles; tenho certeza de que desejam isso também! Em seguida, provavelmente ficarei feliz em procurar algo para mim. Mas não desejo que você tenha o trabalho de procurar alguma colocação para mim neste momento.

— Trabalho! Ah, conheço seus temores. Você tem receio de me causar algum incômodo, mas eu lhe garanto, querida Jane, que os Campbell estão menos interessados em ajudá-la do que eu. Devo escrever uma carta à sra. Partridge, dentro de um ou dois dias e lhe solicitar que fique atenta a alguma oferta que possa interessar-nos.

— Obrigada, mas preferiria que não dissesse nada a respeito disso para ela. Até que chegue o momento, não quero causar nenhum transtorno a ninguém.

---

[1] Velas de cera eram um produto muito caro, as famílias menos abastadas usavam outro tipo de vela, mais barata, e tentavam economizá-la ao máximo.

— Mas, minha querida, o momento oportuno está aproximando-se, já estamos em abril, quase em junho, até mesmo julho está muito próximo, temos muitas coisas a fazer. Sua inexperiência me surpreende! Uma colocação como a que você merece, que seus amigos esperam que você consiga, não é algo que aconteça do dia para a noite. Na verdade, devemos começar a procurar imediatamente.

— Desculpe-me, senhora, mas essa não é minha intenção; ainda não procurei nenhuma colocação e ficaria muito triste se meus amigos o fizessem por mim. Quando eu estiver certa de que o momento oportuno chegou, não terei nenhum receio e tenho certeza de que não ficarei muito tempo desempregada. Há muitos lugares em Londres, escritórios, onde posso encontrar emprego... Escritórios de vendas, não de carne humana... de trabalho intelectual.

— Oh! Querida! Carne humana! Você me espanta! Se está referindo-se ao comércio de escravos, posso garantir-lhe que o sr. Suckling tem sido o maior partidário da abolição.

— Eu não quis dizer... eu não estava referindo-me ao comércio de escravos — respondeu Jane. — Eu me referia ao "comércio" de governantas que, posso assegurar-lhe, era a única coisa que eu tinha em mente. São comércios totalmente diferentes um do outro, mas, em relação à miséria,[2] não sei dizer qual das vítimas é a mais atingida, nem qual desgraça é pior. Eu só quis dizer que existem escritórios que fazem anúncios de empregos e que, se eu me candidatar em algum deles, não tenho a menor dúvida de que em breve poderei encontrar algo que me seja conveniente.

— Algo que lhe seja conveniente! — repetiu a sra. Elton. — Eu bem sei quanto você é modesta; mas são os seus amigos

---

[2] A governanta não era vista como alguém superior que poderia educar os filhos dos mais ricos; era vista como um mal necessário e, na maioria das vezes, era muito mal paga.

que não ficarão contentes se você aceitar o primeiro emprego que lhe oferecerem, um emprego inferior a suas possibilidades, vulgar, em uma família que não cultive boas relações ou nem sequer frequente os círculos elegantes.

— Você é muito amável, mas quanto a tudo isso sou totalmente indiferente. Não tenho o objetivo de viver entre os ricos; minha mortificação seria ainda maior, eu sofreria ainda mais com a comparação. A única condição que imponho é que seja a família de um cavalheiro.

— Eu a conheço, conheço muito bem; você aceitaria qualquer coisa. Serei um pouco mais exigente e tenho certeza de que os Campbell concordarão comigo. Uma vez que possui habilidades tão superiores, é de se esperar que frequente a alta sociedade. Apenas seu conhecimento musical poderá lhe proporcionar ótimas ofertas e poderá até escolher a família com quem irá trabalhar. Bem... eu não sei... se você tocar harpa, poderá fazer tais exigências, tenho certeza. Porém, como canta e toca tão bem, mesmo sem tocar harpa poderá fazer as exigências que quiser. Estará maravilhosamente bem colocada, honrada e confortável, antes mesmo que eu ou os Campbell possamos ter descanso.

— A senhora pode classificar um emprego como maravilhoso, honrado e confortável — disse Jane — e, sem dúvida, são coisas que devem andar juntas; mas estou decidida a não deixar que ninguém tome decisões por mim no momento. Sou-lhe extremamente grata, sra. Elton, estou agradecida a todos que se preocupam por mim, mas insisto para que não façam nada antes do verão. Nos próximos dois ou três meses, devo permanecer onde e como estou.

— E eu sou bastante séria, posso garantir-lhe — respondeu a sra. Elton. — Quando decido ajudar os amigos, faço minhas amigas me ajudarem também, a fim de que nada excepcional nos escape.

Continuou falando dessa maneira, sem que nada fosse capaz de detê-la até que o sr. Woodhouse entrou na sala; então, sua vaidade encontrou outro objeto de admiração, e Emma a ouviu dizer a Jane, quase sussurrando:

— Veja, aí vem meu querido e bom cavalheiro! Pense quanto foi galante ao chegar antes dos outros! Ele é uma criatura adorável. Tenho certeza de que você o estima muito. Tenho profunda admiração por seu jeito tão cortês e antigo! Aprecio muito mais do que a desenvoltura atual; os modos dos homens de hoje, muitas vezes, me enojam. Espero que tenha ouvido os galanteios do sr. Woodhouse para mim durante o jantar. Oh! Posso garantir-lhe que cheguei a pensar que meu *caro sposo* ficaria muito enciumado. Tenho a impressão de que sou sua favorita. Ele até elogiou meu vestido! Gosta do meu vestido? Foi escolha de Selina. É bonito, mas acho que tem muitos adornos; tenho horror a pessoas que se vestem exageradamente... é um sinal de péssimo gosto. Agora, devo usar alguns ornamentos porque é o que se espera de uma mulher casada. Uma recém-casada, como você bem sabe, deve vestir-se e se comportar como tal, porém meu gosto natural é muito mais simples; um estilo simples de se vestir é infinitamente preferível à elegância. Mas creio estar em minoria, poucas pessoas parecem valorizar a simplicidade no modo de se vestir; hoje em dia, mostrar elegância é o que todas desejam. Pensei em colocar alguns adornos como esses em meu vestido de popelina branca e prateada. Acha que ficará bom?

Assim que todos do grupo se reuniram na sala de estar, o sr. Weston chegou. Ele retornara para o fim do jantar e tentou chegar em Hartfield o mais rápido possível. Seus amigos já esperavam por ele havia algum tempo e por isso não ficaram surpresos ao vê-lo; além disso, todos ficaram felizes. O sr. Woodhouse estava tão contente ao vê-lo que lhe parecia esperar por ele havia horas. John Knightley emudeceu de espanto. Assombrou-se com o fato de um homem que poderia passar a noite tranquilamente em sua casa, após uma viagem de negócios a Londres, resolvesse sair e caminhar quase um quilômetro para chegar à casa de outro, apenas para se juntar aos amigos, para terminar seu dia entre demonstrações de civilidade e barulho. Um homem que já estava de pé às oito horas da manhã e que agora poderia estar tranquilo; que conversara durante horas, e que agora poderia estar em silêncio; que estivera entre muitas pessoas, e agora tinha a opção de estar só... Um homem que deixara a tranquilidade e o conforto da sua própria lareira e saíra em uma gelada noite de abril! Se ele, com um simples aviso, pudesse ir buscar a esposa, isso seria um motivo. Entretanto, sua chegada prolongaria ainda mais a festa do que o contrário. John Knightley olhou para o sr. Weston com bastante espanto, encolheu os ombros e disse:

— Eu não teria acreditado, mesmo vindo dele.

Enquanto isso, o sr. Weston — incapaz de suspeitar da indignação que suscitara, feliz e jovial como de costume e com todo o direito que lhe conferia ter passado um dia fora de casa e ser o centro das atenções — dirigia palavras amáveis a todos os convidados. E, depois de satisfazer às perguntas da esposa, referentes ao seu jantar, convencendo-a de que os empregados seguiram todas as instruções que ela lhes deixara, transmitiu aos demais as notícias da capital. Em seguida, começou a falar de uma notícia da família, que interessava particularmente à sra. Weston, mas que ele não tinha a menor dúvida de que todos os presentes ficariam interessados. Ele lhe deu uma carta, enviada por Frank, destinada a ela; ele a havia encontrado em sua casa e tomara a liberdade de abri-la.

— Leia, leia! — ele incentivava. — Você ficará muito contente. São apenas algumas linhas... não vai lhe tomar tempo. Leia para Emma.

As duas mulheres começaram a ler a carta juntas. E ele continuou sorrindo e conversando com os outros convidados durante todo o tempo, com a voz um pouco fraca, mas perfeitamente audível.

— Bem, ele está chegando, como pôde ler. São boas notícias, não? Bem, o que me diz disso? Eu sempre disse que ele voltaria logo, não é? Anne, minha querida, não é verdade que eu sempre lhe disse isso e você nunca acreditou em mim? Na próxima semana estará em Londres... se não chegar antes. Isso porque quando a sra. Churchill tem de fazer algo, fica muito impaciente. O mais provável é que ele chegue amanhã ou sábado. E quanto à enfermidade dela, posso garantir-lhe que não é nada demais. Mas é esplêndido poder ter Frank ao nosso lado, quero dizer, tão perto de nós, em Londres. Creio que os Churchill ficarão um bom tempo por lá e Frank poderá passar a metade do tempo conosco. Era exatamente o que eu desejava. Bem, são ótimas notícias, não são? Já terminaram de ler? Emma já leu tudo? Guarde a carta, e falaremos sobre isso mais tarde, não agora. Eu só vou informar aos outros, resumidamente.

A sra. Weston ficou muito satisfeita com a notícia. Seu olhar e suas palavras não a deixaram mentir. Estava muito feliz, sabia que era e que deveria sê-lo. Felicitou o marido de maneira calorosa e animada, mas Emma mal conseguiu dizer uma frase. Estava ocupada com seus próprios sentimentos, tentando entender sua própria agitação, que pensava ser bastante considerável.

O sr. Weston, no entanto, muito ansioso para perceber qualquer coisa, muito falante para desejar que os outros comentassem, ficou satisfeito com o que ela disse, e logo se retirou para contar a feliz novidade aos demais convidados, que já deveriam saber a essa altura.

Ele estava certo de que todos os convidados ficariam felizes com a notícia, pensou que até os senhores Woodhouse e Knightley estivessem completamente encantados. Eles foram os primeiros, após a sra. Weston e Emma, a quem ele desejou alegrar com a notícia. Em seguida, quis contar à srta. Fairfax, mas ela estava tão ocupada conversando com John Knightley que não era educado interrompê-los. Ao se aproximar da sra. Elton e perceber que ela não estava ocupada, começou a contar feliz a notícia para ela.

Capítulo 36

— Espero ter o prazer de apresentar-lhe meu filho em breve — disse o sr. Weston. A sra. Elton, disposta a acreditar ser esse um elogio particularmente destinado a ela, sorriu graciosamente. — Presumo que já tenha ouvido falar de um Frank Churchill — ele continuou. — E certamente sabe que é meu filho, embora não use o meu sobrenome.

— Oh! Sim, ficarei muito feliz em conhecê-lo. Tenho certeza de que o sr. Elton não perderá tempo e fará uma visita, assim ficaremos muito contentes em recebê-lo na casa paroquial.

— A senhora é muito amável. Tenho certeza de que Frank ficará extremamente feliz. Ele chegará a Londres na próxima semana, isso se não chegar antes. Ele nos contou em uma carta que recebemos hoje. Quando estava saindo de casa esta manhã, acabei encontrando a carta e, como vi que era a letra do meu filho, abri embora não fosse endereçada a mim, e sim à minha esposa. Posso garantir-lhe que ela é a principal correspondente dele. Eu raramente recebo uma carta.

— Então o senhor abriu uma carta que estava endereçada a ela! Oh, sr. Weston... — ela riu afetadamente. — Devo protestar... aí está um precedente muito perigoso! Confio que o senhor não espere que seus vizinhos sigam seu exemplo. Dou minha palavra, se é isso que pode acontecer: nós, mulheres casadas, devemos começar a nos defender! Sr. Weston, não esperava isso do senhor!

— Sim, nós, homens, somos péssimos companheiros. Deve tomar cuidado, sra. Elton. A carta nos conta, é uma carta bem curta, escrita às pressas, apenas para nos dar a notícia... Frank nos conta que ele e os Churchill virão a Londres, por causa da sra. Churchill, ela não passou bem durante todo o inverno e acha Enscombe um lugar muito frio para sua saúde. Então, todos deverão partir em direção ao sul o mais rápido possível.

— De fato! Presumo, então, que eles vivam em Yorkshire. Enscombe fica em Yorkshire?

— Sim, fica a aproximadamente trezentos quilômetros de Londres, uma viagem considerável.

— É verdade, uma viagem considerável. São cento e quatro quilômetros a mais do que de Maple Grove até Londres. Mas o que é a distância, sr. Weston, para as pessoas abastadas? O senhor ficará assombrado ao ouvir como meu cunhado praticamente voa quando faz esses percursos longos. Talvez nem vá acreditar em mim, mas duas vezes por semana ele e o sr. Bragge vão a Londres e voltam em uma carruagem puxada por quatro cavalos.

— O mal da distância de Enscombe — disse Weston — é que a sra. Churchill, como bem sabemos, não foi capaz de deixar o sofá por uma semana inteira. Frank nos contou, em sua última carta, que ela reclamou que não conseguiria ir até sua estufa sem o apoio do braço de Frank e do marido. Como pode ver, ela está muito debilitada... mas, agora, parece estar tão impaciente para ir a Londres que quer fazer a viagem sem pensar nas duras noites que passará no caminho. É o que diz a carta de Frank. Na verdade, sra. Elton, damas delicadas têm uma constituição bastante singular. Você deve concordar comigo.

— Não, de fato, não vou concordar com nada. Sempre fico do lado das mulheres. Como agora. Já vou adiantar-lhe... você encontrará em mim uma formidável antagonista sobre esse assunto. Eu sempre estarei do lado das mulheres, posso garantir-lhe. Garanto, também, que se soubesse quanto Selina acha desagradável dormir em hospedarias, não acharia estranhos os esforços da sra. Churchill em evitá-las. Selina diz que é horrível, e penso do mesmo modo que ela. Ela sempre carrega seus lençóis, realmente é uma excelente precaução! A sra. Churchill também faz isso?

— Dou minha palavra que a sra. Churchill age como qualquer outra. Ela não fica em segundo lugar perante uma dama no que diz respeito...

— Oh, sr. Weston, não interprete mal minhas palavras. Selina não é uma refinada senhora, posso garantir-lhe. Não venha com tal ideia — a sra. Elton ansiosamente o interrompeu.

— Ela não é? Então não pode ser comparada à sra. Churchill, que é a senhora mais digna que já conheci.

A sra. Elton começou a pensar que tinha agido erroneamente por ter feito aquela declaração de maneira tão calorosa. Não tinha a intenção de fazê-lo acreditar que sua irmã não era uma senhora refinada; talvez sido uma falta de presença de espírito e pretensão da sua parte. Ela já considerava um modo de se retratar quando ele continuou:

— Não sinto muita simpatia pela sra. Churchill, como bem imagina... Mas isso fica entre nós. Ela gosta muito de Frank, e não é educado falar mal dela. Além disso, está adoentada agora, apesar de que, na verdade, está sempre muito doente, como ela sempre diz. Não digo isso a qualquer pessoa, mas não acredito muito na sua doença.

— Se ela está realmente doente, por que não vai a Bath, sr. Weston? Por que não vai a Bath ou a Clifton?

— Ela já concluiu que Enscombe é muito frio para ela. Suponho que, na verdade, esteja é cansada do lugar. Já faz muito tempo que está lá, talvez seja a temporada mais longa, e agora deseja uma mudança. É um lugar afastado. Um bom lugar, mas muito isolado.

— Sim, ouso dizer que é muito parecido com Maple Grove. Nenhum lugar é tão distante quanto Maple Grove. Tem uma imensa plantação à sua volta! Ali é isolado de tudo, completamente isolado. E a sra. Churchill provavelmente não tem a saúde e a boa vontade de Selina para apreciar tamanha reclusão. Ou, talvez, ela não tenha recursos suficientes para viver no campo. Eu sempre digo que uma mulher nunca tem recursos suficientes... estou muito contente que eu tenha o necessário para ser bastante independente da sociedade.

— Frank esteve aqui em fevereiro e passou duas semanas conosco.

— Eu me lembro de ter ouvido algo a respeito. Quando ele voltar, encontrará a sociedade de Highbury acrescida de mais um membro, quer dizer, se eu posso ser chamada de uma adição. Talvez ele nunca tenha ouvido falar de mim.

Ela disse isso tão alto que foi necessário fazer um elogio, e o sr. Weston exclamou:

— Minha querida senhora! Ninguém, a não ser a senhora, seria capaz de pensar isso. Ninguém ter ouvido falar da senhora! Creio que as cartas mais recentes da minha esposa estavam repletas de assuntos relacionados à senhora.

Ele tinha feito sua obrigação e, em seguida, voltara a falar do filho.

— Quando Frank nos deixou, tínhamos certeza de que o veríamos novamente, o que torna hoje um dia muito feliz. Foi algo completamente inesperado. Quero dizer, eu tinha uma forte convicção de que ele viria em breve, tinha certeza de que algo bom aconteceria logo, porém ninguém acreditava em mim. Ele e minha esposa estavam completamente descrentes. Como ele inventaria uma desculpa para vir? Como esperar que os tios o liberassem novamente? E assim por diante... mas eu sempre esperei que algo a nosso favor acontecesse e agora, como pode ver, aconteceu. Eu tenho observado ao longo da minha vida, sra. Elton, que, se as coisas não vão muito bem em um mês, no mês seguinte tudo pode melhorar.

— Tem razão, senhor, é verdade. Era exatamente o que eu dizia a certo cavalheiro que me cortejava. Quando as coisas não iam de acordo com a vontade dele, não correspondiam aos seus sentimentos, logo se entregava ao desespero e exclamava que estava certo de que, desse jeito, chegaria ao mês de maio antes que fôssemos abençoados por Himeneu.[1] Oh! Quanto me custou tirar essas ideias sombrias da cabeça dele e fazê-lo ter pensamentos mais alegres! A carruagem... tivemos muitas dificuldades com a carruagem; lembro-me de que, em uma manhã, ele veio até mim desesperado.

Ela foi interrompida por um ligeiro acesso de tosse, e o sr. Weston aproveitou a oportunidade para continuar.

— A senhora falava de maio. Maio é justamente o mês que a sra. Churchill escolheu para ficar em um lugar mais quente do que Enscombe, em suma, para ficar em Londres. De modo que temos a agradável perspectiva de visitas regulares de Frank, durante toda a primavera, precisamente a estação do ano que ele deveria ter escolhido, se tivesse a oportunidade, uma vez que os dias são mais longos, o tempo é agradável, sempre convidativo para um passeio e não muito quente para algum exercício. Quando esteve aqui antes, fizemos o melhor, mas o clima estava muito úmido e triste. Como bem sabe, em fevereiro não há muito que fazer. Agora o clima está bom. Serão dias de diversão. Eu não sei, sra. Elton, quanto à regularidade de nossos encontros, se aquele tipo de expectativa constante se dá mais pela incerteza da vinda dele hoje ou amanhã, ou se a qualquer momento ele estará no nosso meio. Creio que, de fato, é assim. Penso que é esse estado da mente que nos dá felicidade e animação. Espero que goste do meu filho, mas não imagine um prodígio. Normalmente, é um bom rapaz, mas não imagine nada excepcional. Minha esposa não o vê com

---

[1] Deus grego do casamento, filho de Apolo e Afrodite.

bastante imparcialidade e, como a senhora imagina, é muito gratificante para mim. Ela acha que ninguém é igual a Frank.

— E posso garantir-lhe, sr. Weston, que minha opinião será favorável ao rapaz. Já ouvi muitos elogios a respeito de Frank Churchill. Ao mesmo tempo, é justo observar que eu sou aquele tipo de pessoa que julga melhor por si mesma e não depende muito da opinião dos outros. Posso garantir-lhe que a opinião que eu tiver do seu filho será inteiramente pessoal. Não gosto de ser bajuladora.

O sr. Weston permaneceu um momento em silêncio meditativo.

— Eu espero — disse ele — não ter sido demasiadamente severo ao julgar a sra. Churchill. Se ela está doente, devo pedir desculpas pela minha injustiça, mas há alguns traços no seu caráter que me impossibilitam de falar dela com a paciência que eu desejaria. Não pode ignorar, sra. Elton, as relações que tenho com essa família nem o tipo de tratamento que eles me dispensam. E, entre nós, toda a culpa só pode ser atribuída a ela. Ela foi a instigadora. A mãe de Frank jamais teria sido tão desprezada se não fosse por ela. O sr. Churchill é orgulhoso, mas seu orgulho não significa nada para sua esposa: ele é quieto, indolente como um cavalheiro orgulhoso que não quer prejudicar ninguém, e isso apenas o torna um pouco arrogante e insolente. E o que leva as pessoas a não aceitá-la é o fato de que ela não é de uma família muito rica nem possui sangue nobre. Ela não era ninguém quando se casou com ele, mal se podia dizer que era filha de um cavalheiro. E, desde que se casou e se tornou a sra. Churchill, passou a usar o nome com todo capricho e toda pretensão. Quanto a ela mesma, posso garantir-lhe que é apenas uma nova-rica.[2]

---

[2] Os novos-ricos, pessoas que conseguiam sua riqueza por meio do comércio, eram considerados inferiores pela classe mais alta da sociedade inglesa.

— Imagine! Bem, isso deve ser uma grande provocação! Tenho um grande horror aos novos-ricos. Enquanto morei em Maple Grove, passei a ter verdadeiro horror desse tipo de gente. Há uma família, lá na vizinhança, que é um aborrecimento para meu cunhado e minha irmã! A descrição que o senhor fez da sra. Churchill me fez lembrar deles, os Tupman; há pouco tempo se estabeleceram no lugar e têm péssimas relações de amizade, mas dão-se grandes ares de importância e agem como se estivesssem no mesmo patamar das famílias já estabelecidas. Devem morar em West Hall[3] há aproximadamente um ano e meio e ninguém sabe de onde veio a fortuna deles. Eles vieram de Birmingham, que não é um lugar muito promissor, como o senhor bem sabe. Birmingham não é o tipo de cidade de que se pode esperar muito. Eu sempre digo que esse nome soa de modo desagradável; mas isso é a única coisa que se sabe dos Tupman, apesar de que, posso garantir-lhe, são muito suspeitos. Até pelo meu cunhado, que é o vizinho mais próximo deles, a família é considerada estranha. Tudo é muito estranho. Meu cunhado reside há mais ou menos onze anos em Maple Grove, propriedade que pertenceu a seu pai... pelo menos é isso que eu sei... Estou quase certa de que o pai do sr. Suckling comprara a propriedade antes de morrer.

Eles foram interrompidos. O chá era servido e o sr. Weston, uma vez que teve a conversa que queria, ao perceber a oportunidade, afastou-se da sra. Elton.

Depois do chá, os Weston e o sr. Elton começaram a jogar cartas com o sr. Woodhouse. Os outros cinco convidados permaneceram juntos e Emma duvidou que eles pudessem ficar bem, pois o sr. Knightley parecia pouco disposto a conversar. A sra. Elton, que desejava atenção e ninguém desejava satisfazê-la, estava tão agitada que era melhor permanecer em silêncio.

---

[3] Nome da propriedade dos Tupman, localizada em Maple Grove.

O sr. John Knightley revelou-se mais falante do que o irmão. Partiria na manhã seguinte, e começou dizendo:

— Bem, Emma, não acredito que eu tenha algo mais a dizer sobre os meninos, mas você tem a carta da sua irmã, e estou certo de que ela já lhe explicou tudo detalhadamente. Minhas lembranças são muito mais concisas do que as dela e provavelmente não coincidirão com as de Isabella. Tudo que eu gostaria de lhe pedir é que não mime demais os meninos e não os force a nada.

— Eu tenho a esperança de satisfazer o desejo dos dois — respondeu Emma. — Farei tudo que estiver ao meu alcance para deixá-los felizes, o que será o suficiente para Isabella. E a felicidade exclui a falsa indulgência e o uso da força.

— E se você achar que estão sendo malcriados, deve enviá-los para casa.

— Isso é muito provável. Você pensa assim, não é?

— Eu sei que eles podem fazer muito barulho e incomodar seu pai... ou podem chegar a ser um estorvo para você, principalmente se suas visitas continuarem aumentando como tenho percebido ultimamente.

— Aumentando?

— Certamente, você deve ter percebido que os últimos seis meses fizeram uma grande diferença em sua vida.

— Diferença! De modo nenhum.

— Não há dúvida de que, agora, está muito mais interessada em ter companhia do que antes. Podemos tomar como exemplo esta noite. Estou aqui há apenas um dia e você já está participando de um jantar! Quando isso aconteceu antes? Sua vizinhança está crescendo e você está socializando-se. Há algum tempo, em todas as cartas enviadas a Isabella contava as novidades a respeito de festas e reuniões como esta, jantares na casa do sr. Cole ou bailes na hospedaria Crown. A diferença agora é que a casa dos Weston não é apenas o único lugar que você visita.

— É verdade. — concordou seu irmão rapidamente. — Tudo começou em Randalls.

— Muito bem, e como Randalls, suponho, exercerá mais influência do que antes, parece-me possível, Emma, que Henry e John possam atrapalhá-la em sua rotina. Se isso acontecer, eu lhe peço que os envie para casa.

— Não! — exclamou o sr. Knightley. — Não é necessário fazer isso. Deixe-os em minha casa. Certamente nos divertiremos muito.

— Meu Deus! — exclamou Emma. — O senhor é muito engraçado! Eu gostaria de saber em qual dos meus inúmeros compromissos, em qual das inúmeras festas a que compareci, o senhor não estava presente. E por que acredita que me faltará tempo para cuidar dos meninos? Quais são esses compromissos incríveis dos quais tanto fala? Jantei uma vez com os Cole, planejamos um baile que nunca aconteceu. Compreendo perfeitamente. — continuou, dirigindo-se ao cunhado — que a boa sorte que o fez encontrar tantos de seus amigos aqui, de uma só vez, o faz tão feliz que nem sequer tem o que dizer. Mas o senhor — voltou-se ao sr. Knightley — que sabe quanto é raro eu passar mais de duas horas longe de Hartfield, como pode acreditar que eu leve uma vida tão desregrada? E, quanto aos meus sobrinhos, ouso dizer que, se a tia Emma não tem tempo para eles, não creio que eles estarão melhor ao lado do tio Knightley, pois, para cada hora que fico fora de casa, ele fica pelo menos cinco. E, quando está em casa, ocupa-se de ler e repassar as contas, e dispõe de pouco tempo para os pobrezinhos.

O sr. Knightley parecia esforçar-se para não sorrir, porém não precisou de mais esforços quando a sra. Elton começou a falar.

Capítulo 37

Uma breve reflexão foi suficiente para tranquilizar Emma quanto à natureza da sua agitação ao ouvir a notícia a respeito de Frank Churchill. Logo se convenceu de que não era por si mesma que se sentia temerosa e confusa, mas sim por ele. A verdade é que seu afeto se convertera em algo tão tênue que quase não valia a pena pensar, mas se o jovem, que, sem sombra de dúvida, era o mais enamorado dos dois, regressasse com um sentimento tão intenso quanto o que sentia quando partiu, a situação seria muito triste. Se a separação de dois meses não esfriara seu coração, haveria problemas e, nesse caso, seria necessário cuidado para ambos. Ela não tinha a intenção de ver sua afeição confundida novamente, portanto, deveria evitar qualquer tipo de encorajamento.

Ela desejava impedir, a qualquer custo, que o rapaz se declarasse. Seria uma decisão muito dolorosa no relacionamento entre os dois! Emma não conseguia deixar de intuir que algo definitivo estava prestes a acontecer. Tinha a impressão de que a primavera não terminaria sem uma crise, um evento, algo que pudesse alterar sua atual paz de espírito.

Não demorou muito, apesar de ser mais tempo do que o sr. Weston previra, para que Emma tivesse a possibilidade de formar uma opinião sobre os sentimentos de Frank Churchill. A família de Enscombe não chegou a Londres tão cedo quanto imaginaram, porém, logo depois de se instalarem na capital, o jovem já estava em Highbury. Frank percorreu o caminho a cavalo em duas horas; não conseguiria cavalgar mais rápido do que isso, mas, como veio de Randalls diretamente para Hartfield, ela pôde exercer seus dons de observação e determinar com rapidez qual era a atitude que ele adotava e, portanto, como ela deveria agir. A conversa se deu no mais alto grau de cordialidade. Não restava nenhuma dúvida de que ele se alegrava muito ao voltar a vê-la. Emma, no entanto, teve a sensação de que ele já não se interessava por ela tanto quanto antes, que a intensidade do seu afeto diminuíra. Passou a estudá-lo atentamente. Era óbvio que não estava tão apaixonado como antes. A ausência, aliada à convicção da sua indiferença, produziram o efeito natural e tão desejado.

Ele estava muito animado, disposto a rir e a falar como sempre, parecia encantado ao comentar sua visita anterior e lembrar tempos passados; entretanto, não desejava se mostrar inquieto. Não foi sua serenidade que fez Emma acreditar que ele estava diferente. Ele não estava sereno; evidentemente, algo o incomodava. Apesar de mostrar-se alegre como sempre, sua animação parecia algo que não o deixava satisfeito. Mas o que confirmou essa opinião de Emma foi o fato de ele permanecer em sua casa apenas quinze minutos, e a desculpa que deu foi simplesmente que precisava visitar outras casas em Highbury. Ele vira um grupo de amigos quando passava pela cidade. Não parou porque não o faria por nada nesse mundo, entretanto, Frank era vaidoso ao pensar que os demais ficariam desapontados se não lhes fizesse uma visita e, apesar de querer ficar mais tempo em Hartfield, precisava partir. Emma já não duvidava mais de que sua afeição por ela esmorecera. Contudo, nem mesmo a agitação ou a pressa dele para ir embora pareciam demonstrar que ele estava curado. Ela considerou que aquele estado talvez fosse um indício de que ele voltaria a reacender seus antigos sentimentos e, sem confiar em si mesmo, não desejava ficar muito em sua presença.

Essa foi a única visita de Frank Churchill em dez dias. Sempre manifestava a intenção de visitá-los, porém era impedido. A tia não suportava a ideia de vê-lo partir. Ele tinha muita consideração por Randalls, mas, se tentasse sair de casa, a tia entenderia que a mudança para Londres não fora apenas para que ela cuidasse da sua saúde. Todos acreditavam que ela estava realmente doente. Até mesmo Frank se convenceu disso enquanto esteve em Randalls. Embora ela fosse um tanto exagerada, não poderia duvidar que a tia estava muito fraca em comparação com seis meses antes. Não que ele acreditasse ser uma doença incurável e que os remédios não pudessem curá-la; entretanto, apesar de todas as suspeitas do seu pai, ele não ousava dizer que todas as reclamações da sra. Churchill eram fruto da sua imaginação e que ela estava tão bem de saúde quanto antes.

Logo foi possível observar que Londres não era o lugar adequado para ela, que não suportava a barulhenta cidade. A sra. Churchill irritava-se constantemente e sofria muito; então, após dez dias de permanência na cidade, Frank enviou a Randalls uma carta comunicando a mudança de planos. Eles estavam de partida para Richmond. A sra. Churchill recebera uma recomendação de um médico muito prestigiado que morava naquele local e, além disso, desejava passar uma temporada por lá. Alugaram uma casa mobiliada em um lugar privilegiado, e todos esperavam que a mudança de ares lhe fosse benéfica.

Emma soube que Frank escrevera à sua família dizendo estar muito contente com a mudança; sentia-se abençoado por dispor de dois meses na companhia de vizinhos tão próximos e de amigos queridos, pois a casa fora alugada de maio a junho. Ela também soube que ele enviara outra carta contando, com grande confiança, que estava certo de poder estar ao lado deles em breve e que isso aconteceria tão cedo quanto desejavam.

Ela percebeu a quem estavam direcionadas aquelas felizes perspectivas. Ele a considerava a fonte de toda a felicidade. Emma, porém, confiava que não fosse assim. Os dois meses que estavam por vir comprovariam isso.

A alegria do sr. Weston era indescritível. Ele estava muito feliz. Era o que esperava havia muito tempo. Agora Frank estaria bem próximo deles. Afinal, o que são quinze quilômetros para um jovem rapaz? Uma hora a cavalo. Ele poderia visitá-los quando quisesse. Nessa questão, a distância entre Richmond e Londres era tão grande como vê-lo sempre ou não vê-lo nunca. Vinte e seis quilômetros... melhor dizendo, vinte e nove quilômetros eram um obstáculo considerável, vinte e nove quilômetros a mais até a Rua Manchester, em Londres.[1] Quando fosse possível sair da cidade, passaria o dia inteiro entre ida e volta. Não era nenhuma vantagem a permanência na capital; era como estar em Enscombe; porém, Richmond ficava a um distância que favorecia a visita regular de Frank. Era melhor tê-lo mais perto de Highbury.

Após a troca de cidades, de uma coisa eles tinham certeza: o baile na hospedaria Crown aconteceria. Obviamente, não haviam esquecido do baile, porém, tudo ficara tão indefinido antes que seria tolice marcar uma data. Agora, entretanto, o baile aconteceria; retomaram os preparativos e, logo após a mudança dos Churchill para Richmond, uma carta de Frank contando que a mudança de ares fora benéfica para sua tia e que ele não duvidava que poderia ir a Highbury juntar-se a eles a qualquer momento logo fez todos se decidirem quanto à data da festa.

O baile do sr. Weston seria uma realidade! Os jovens de Highbury estavam a poucos dias da felicidade prometida.

O sr. Woodhouse resignou-se. Aquela época do ano era a menos perigosa para ele. O mês de maio era sempre melhor para qualquer tipo de festa. Convidaram a senhora Bates para passar uma noite em Hartfield, James foi avisado com antecedência, e o sr. Woodhouse esperava ansiosamente que os pequenos Henry e John não o incomodassem enquanto Emma estivesse na festa.

---

[1] Endereço onde estava localizada a casa dos Churchill em Londres.

Capítulo 38

Nenhum contratempo impediu o baile. A data marcada finalmente chegara. Após uma manhã de ansiosa espera, Frank Churchill, muito seguro de si, chegou a Randalls antes do jantar e tudo correu bem. Ele não voltara a se encontrar com Emma.

O salão da hospedaria Crown seria o local para esse segundo encontro. Não era o ideal, mas seria melhor do que um encontro em meio a uma multidão. O sr. Weston e a esposa estavam muito empenhados que o filho chegasse logo ao salão com o intuito de pedir a opinião de Emma a respeito da conveniência e do conforto do lugar, antes mesmo que qualquer outro convidado chegasse, um convite que ela não poderia recusar. Além disso, passaria um tempo maior na companhia do jovem. Emma teria Harriet como companhia e as duas fizeram o percurso em direção à hospedaria Crown em pouco tempo, lá chegando logo depois do sr. Weston com a esposa e o filho.

Frank Churchill parecia esperar por elas; apesar das poucas palavras trocadas, seus olhos revelaram que ele esperava por uma noite fabulosa. Os três passearam pelo salão com o objetivo de verificar se tudo estava em seu devido lugar. Após alguns minutos, uma carruagem parou diante da hospedaria. Emma, ao ouvir o ruído dos cavalos, não pôde evitar o pensamento: "chegaram tão cedo!". Foi o que teria dito, mas logo percebeu que era uma família de velhos amigos que, assim como ela, tinham vindo mais cedo para ajudar o sr. Weston. Em seguida, chegaram mais alguns primos, também com o objetivo de ajudá-los, de modo que dava a impressão de que metade dos convidados se reuniria previamente com o objetivo de uma última inspeção.

Emma percebeu que seu bom-senso não era o único no qual o sr. Weston confiava, e pensou que ser a amiga favorita de um homem com tantos outros amigos íntimos e de confiança já não era mais algo que poderia enaltecer sua vaidade. Ela gostava do seu caráter aberto, mas um pouco menos de cordialidade com os demais talvez lhe conferisse mais consideração. Um homem deveria ser gentil com todos, porém não era preciso ser amigo de todos. Ela pensava em alguém exatamente assim. Todo o grupo percorreu o salão, todos conversaram e fizeram muitos elogios; e, então, sem mais nada a fazer, formaram um semicírculo diante da lareira, comentando, cada qual à sua maneira, até que outros assuntos surgissem, que, apesar de estarem em maio, uma lareira para aquecer o ambiente era algo muito agradável.

Emma descobriu que o grupo de conselheiros do sr. Weston ainda não estava completo. Eles pararam na porta da casa da sra. Bates para levar a tia e a sobrinha em suas carruagens, porém, os Elton as levariam ao baile.

Frank permanecia ao seu lado, mas não todo o tempo. Ele aparentava estar inquieto e pouco à vontade; olhava à sua volta, caminhava até a porta, ficava atento ao barulho das carruagens, parecia estar impaciente para que o baile começasse ou por estar sempre ao lado dela.

Ele mencionou a sra. Elton, dizendo:

— Creio que chegará em breve. Tenho grande curiosidade em conhecer a sra. Elton, pois tenho ouvido muito a seu respeito. Acredito que ela não tardará a chegar.

Uma carruagem parou. Ele logo se adiantou, porém voltou imediatamente:

— Esqueci que ainda não fui apresentado a ela. Nunca me encontrei com o sr. Elton e sua esposa. Não posso adiantar-me dessa forma.

O senhor e a senhora Elton entraram no salão, e todos sorriram e os cumprimentaram.

— E onde estão a srta. Bates e a srta. Fairfax? — perguntou o sr. Weston, enquanto olhava à sua volta. — Nós imaginamos que viriam com vocês.

A falha não fora muito grave. Enviaram uma carruagem para as duas mulheres. Emma ansiava por saber qual a opinião de Frank a respeito da sra. Elton; se ele ficara maravilhado pela beleza e a elegância do seu vestido, além dos seus sorrisos graciosos. Frank já contava com informações suficientes para elaborar uma opinião, pois ofereceu à senhora toda a atenção adequada assim que lhe foi apresentado.

Em poucos minutos, a carruagem voltou. Alguém mencionou que estava chovendo.

— Verei se há algum guarda-chuva, papai — disse Frank. — Devemos pensar na srta. Bates.

E lá foi ele. O sr. Weston ia acompanhá-lo, mas foi detido pela sra. Elton, que pretendia gratificá-lo com uma opinião a respeito do seu filho. E o fez tão rapidamente e tão alto que, apesar de andar depressa, Frank Churchill ainda conseguiu escutá-la quando disse:

— Um jovem encantador, sr. Weston. O senhor sabe, eu lhe dissera candidamente que seria capaz de formar minha própria opinião, e fico muito feliz em dizer-lhe que estou extremamente encantada com ele. O senhor deve acreditar em mim, não sou de fazer elogios. Vejo que é um jovem muito bonito e seus modos são exatamente como eu aprovo. Um verdadeiro cavalheiro, sem a menor vaidade ou presunção. O senhor já deve saber quanto detesto homens afetados; tenho verdadeiro horror. Eles nunca foram tolerados em Maple Grove. Nem o sr. Suckling nem eu jamais tivemos paciência com eles e, às vezes, costumamos dizer coisas realmente duras! Selina, bastante meiga, chega a ser exagerada, mas lida com eles muito melhor.

Enquanto ela elogiava seu filho, o sr. Weston atentava às suas palavras. Contudo, quando começou a falar de Maple Grove, ele acabou lembrando-se de que outras senhoras chegavam naquele momento, às quais deveria dar atenção e, com um sorriso, afastou-se depressa.

A sra. Elton voltou-se para a sra. Weston:

— Estou certa de que nossa carruagem com a srta. Bates e Jane acaba de chegar. Nosso cocheiro e nossos cavalos são muito rápidos. Ouso dizer que nossa carruagem é mais veloz do que qualquer outra. Que alegria é enviar um veículo a uma amiga necessitada! Sei quanto foram amáveis ao oferecer sua própria carruagem, mas, da próxima vez, não será necessário que se preocupem. Pode ter certeza de que eu sempre cuidarei delas.

A srta. Bates e a srta. Fairfax, acompanhadas por dois cavalheiros, entraram no salão e a sra. Elton acreditou ser sua obrigação, e não da sra. Weston, recebê-las. Seus gestos e movimentos poderiam ser facilmente percebidos por algum observador como Emma, mas suas palavras, assim como as das outras pessoas, acabaram perdendo-se sob as da srta. Bates, que já chegara conversando e não terminou sua fala mesmo muitos minutos após ter sido admitida no grupo diante da lareira. Assim que a porta se abriu, já era possível escutá-la.

— Foi muito amável de sua parte! Nem estava chovendo. Quer dizer, nada significante. Eu não me preocupo comigo mesma. Meus sapatos são muito grossos. E Jane diz... bem! — exclamou assim que esta passara o portal — Bem! Isso é brilhante! Admirável! Está tudo tão iluminado! Posso garantir-lhe. Não há nada mais a desejar. Eu jamais teria imaginado tal beleza. O salão está tão bem iluminado! Jane, veja, Jane! Você já viu algo tão lindo? Oh! Sr. Weston, tenho certeza de que o senhor possui a lâmpada do Aladim. A boa sra. Stokes não conseguiria reconhecer seu próprio salão. Eu a vi quando entrei, ela estava parada na entrada. "Oh! Sra. Stokes", disse eu, mas nem sequer tive tempo para dizer-lhe algo. Nesse momento, a sra. Weston se aproximou para recebê-la. Muito obrigada, senhora. Espero que esteja passando bem. Estou muito feliz por saber que está bem. Fiquei preocupada que tivesse uma enxaqueca ao vê-la andando por aí, e pensei também quanto trabalho teve. Fico muito contente ao ouvir que está bem. Ah! Querida sra. Elton, fico tão agradecida por ter enviado sua carruagem! Chegou na hora certa. Jane e eu já estávamos prontas para sair. Não fizemos o cocheiro esperar nem um momento. E que carruagem confortável! Oh! Também devo agradecer-lhe, sra. Weston. A sra. Elton foi tão amável, pois nos enviou um bilhete para nos prevenir, do contrário teríamos aceitado sua oferta. Imagine, duas ofertas no mesmo dia! Disse à minha mãe que jamais tivemos vizinhos tão amáveis. Posso garantir-lhe, senhora. Obrigada, minha mãe está muito bem. Ela foi até a casa do sr. Woodhouse. Pedi que ela levasse seu xale, uma vez que a noite não está tão quente, aquele xale longo e novo que a sra. Dixon lhe deu como presente antes de se casar. Foi tanta gentileza da parte dela pensar na minha mãe! Acredita que ela comprou em Weymouth? Foi escolha do senhor Dixon. Jane me disse que estavam em dúvida entre três opções e demoraram muito tempo para escolher. O Coronel Campbell preferia o lenço cor de oliva. Minha querida Jane, tem certeza de que não molhou os pés? Foi apenas um chuvisco, mas fiquei preocupada. Porém, o sr. Frank Churchill foi extremamente gentil e havia um tapete sobre o qual caminhar... Eu jamais me esquecerei quanto ele foi gentil. Oh! Sr. Frank Churchil, devo dizer-lhe que os óculos da minha mãe nunca mais quebraram, os parafusinhos nunca mais saíram. Minha mãe sempre se recorda da sua boa vontade. Não é verdade, Jane? Nós sempre falamos do sr. Frank Churchill, não é mesmo? Ah! Aqui está a srta. Woodhouse... Querida srta. Woodhouse, como está? Eu estou muito bem, obrigada. Muito bem. Este baile está um verdadeiro conto de fadas! Quanta diferença! Não deveria elogiar tanto, eu sei — disse olhando complacentemente para Emma. — Seria muito rude de minha parte. Mas, dou minha palavra, srta. Woodhouse, a srta.. parece... O que acha do cabelo de Jane? Você será nossa juíza. Ela mesma fez o penteado. É maravilhoso o jeito como penteou o cabelo! Acho que nem mesmo um cabeleireiro de Londres conseguiria fazer algo parecido. Ah! Que prazer em vê-los, dr. Hughes e sra. Hughes! Devo conversar um pouquinho com os dois. Como têm passado? Estou muito bem, obrigada. Este baile está adorável, não? Onde está nosso querido sr. Richard? Oh! Ali está. Não o incomode. Seu tempo estará mais bem empregado enquanto conversa com as jovens moças. Como tem passado, sr. Richard? Eu o vi outro dia, quando cavalgava pela cidade. Srta. Otway, que prazer em vê-la! Como estão, sr. Otway, srta. Otway e srta. Caroline?[1] Que grupo adorável de amigos! Veja, sr. George e sr. Arthur! Como têm passado? Vocês estão bem? Estou muito bem, fico agradecida por perguntarem. Nunca estive melhor. Será que ouvi outra carruagem chegar? Quem poderia ser? Devem ser os Cole. Posso garantir-lhes que sinto um enorme prazer por estar ao lado de amigos tão amáveis! E veja que esplêndida lareira! Tão quente! Obrigada, não posso aceitar o café... Não costumo beber café. Senhor, se puder servir-me um chá, mas não tenha pressa... Oh! Aí está ele. Tudo está tão maravilhoso!

Frank Churchill voltou e permaneceu ao lado de Emma. E, quando a srta. Bates ficou um pouco quieta, ela pôde ouvir a conversa da sra. Elton com Jane Fairfax, ambas estavam às suas costas. Frank parecia pensativo. Se ele também ouvia a

---

[1] Era costume a filha mais velha ser tratada pelo sobrenome da família. Se o casal tivesse outras filhas, estas seriam chamadas pelo prenome.

conversa, Emma não podia ter certeza. Após tecer muitos elogios ao vestido e à aparência de Jane, cumprimentos recebidos com muita calma, a sra. Elton evidentemente também desejava ouvir elogios. E assim começou: "Você gostou do meu vestido? E do meu penteado? Gostou do que Wright fez com meu cabelo? Continuou com inúmeras perguntas e todas foram respondidas com a maior paciência e educação. A sra. Elton voltou a falar:

— Não há mulher que se preocupe menos com um vestido do que eu, mas, em ocasiões como esta, quando todos os olhares estão voltados para mim, e em consideração aos Weston, que, sem sombra de dúvida, ofereceram este baile em minha homenagem, eu não poderia parecer inferior a ninguém. E vejo, na verdade, poucas pérolas no salão além das minhas. Tenho certeza de que Frank Churchill é um notável dançarino. Vamos ver se nossos estilos combinam. Com certeza, ele é um cavalheiro muito elegante. Gostei muito dele.

Nesse momento, Frank começou a falar tão alto que Emma só conseguiu imaginar que ele ouvira os elogios e agora não queria ouvir mais nada. Assim, as vozes das duas mulheres emudeceram por um tempo, até que novamente foi possível ouvir a voz da sra. Elton. O sr. Elton acabara de se juntar ao grupo e a esposa exclamava:

— Oh! Finalmente nos encontrou em nosso local de reclusão, não? Agora mesmo eu dizia a Jane que você deveria estar impaciente para ter notícias de nós.

— Jane! — repetiu Frank Churchill, com um olhar de surpresa e desgosto. — Isso é muito excesso de confiança. Imagino que a srta. Fairfax não se incomode, suponho.

— Gostou da sra. Elton? — perguntou Emma, sussurrando.

— De jeito nenhum.

— Você é um ingrato.

— Ingrato! O que quer dizer? — Então, a expressão séria dele transformou-se em um sorriso. — Não, não me diga.

Não quero saber o que significa. Onde está meu pai? Quando começaremos a dançar?

Emma mal podia entendê-lo, parecia estar um pouco mal-humorado. Ele saiu em busca do pai, e, quando retornou acompanhado dos Weston, eles estavam preocupados em resolver uma questão que desejavam compartilhar com Emma. Ocorrera à sra. Weston que deveria perguntar à sra. Elton se ela gostaria de abrir o baile. Certamente, ela ansiava por isso, o que contrariava o pensamento deles de convidar Emma para dar-lhes a honra de abrir o baile. Emma escutou a triste notícia corajosamente. — Como conseguiremos um par ideal para a sra. Elton? — perguntou o sr. Weston. — Suponho que ela pensará que Frank será o primeiro a convidá-la para dançar.

Frank virou-se instantaneamente para Emma para reivindicar sua antiga promessa, vangloriando-se por ser um homem já comprometido com duas danças, e seu pai aprovou a resposta do filho. Enfim, a sra. Weston convenceu o marido a abrir o baile com a sra. Elton, e o fez apressadamente. Em seguida, ele conduziu a jovem senhora, sendo seguidos pelo sr. Frank Churchill e pela srta. Woodhouse. Emma teve de aceitar ficar em segundo plano, em respeito à sra. Elton, apesar de sempre considerar aquele baile organizado para ela. Foi o que bastou para fazê-la pensar em seu casamento. Àquela altura, a sra. Elton estava em vantagem: sua vaidade estava completamente satisfeita. Embora ela tivesse a intenção de abrir o baile com Frank Churchill, nada perdera com a mudança. O sr. Weston parecia ser superior ao filho. Apesar desse pequeno desgosto, Emma sorria de felicidade, maravilhada ao perceber o tamanho da fila de dançarinos que se formava, além de imaginar que ela teria muitas horas de festa. Ficou mais perturbada pelo fato de o sr. Knightley não dançar do que por qualquer outra coisa. Ele estava ali, entre os observadores, onde não era seu lugar. Deveria estar dançando e não na companhia de maridos, pais e jogadores, que fingiam ter algum interesse pela dança até que as mesas de jogos estivessem prontas. Ele parecia tão jovem! Talvez não tivesse se sobressaído tanto em meio a qualquer outro grupo, mas, nesse momento, ele se destacava. Sua silhueta alta e incomum, em meio a tantos homens mais velhos, era tão impressionante que Emma percebeu que os outros também olhavam para ele. E, exceto por Frank, não poderia ser comparado a nenhum outro homem. Ele deu alguns passos adiante, e esses passos foram suficientes para demonstrar que como ele era um cavalheiro elegante poderia ter dançado com essa beleza natural se quisesse dar-se ao trabalho. Sempre que os olhos de Emma se encontravam com os dele, ela o fazia sorrir, mas, geralmente, a fisionomia dele parecia séria. Ela desejou que ele gostasse um pouco mais de festas e que pudesse gostar mais de Frank Churchill. Entretanto, ele parecia observá-la. Não era possível que estivesse prestando atenção à sua maneira de dançar, mas, se o que buscava eram motivos para censurar seu comportamento, ela não sentia o menor receio. Entre ela e seu parceiro de dança não havia nada além de um pequeno flerte. Eles pareciam mais amigos alegres do que jovens apaixonados. Não restava dúvida de que ele não pensava mais nela como antes.

O baile transcorria agradavelmente. As preocupações, os incessantes cuidados da sra. Weston não tinham sido em vão. Todos pareciam felizes, e os elogios — que só costumam ser ditos ao fim do evento — já eram repetidos desde o início da festa. Acontecimentos muito importantes, muitos dignos de serem recordados, ocorreram como se espera em festas desse tipo. Houve um que chamou a atenção de Emma. Começava a penúltima dança antes do jantar, e Harriet não tinha um par, era a única jovem que permanecia sentada; e, como o número de pares era muito justo, era pouco provável que houvesse um cavalheiro sem dançar. Emma, porém, ficou mais calma ao perceber que o sr. Elton se aproximava. Ele não convidaria Harriet para uma dança se isso pudesse ser evitado, tinha absoluta certeza. Emma esperava que a qualquer momento ele escapasse para a sala de jogos.

Escapar, no entanto, não parecia ser o plano do sr. Elton. Ele foi em direção a uma parte do salão onde se encontravam as pessoas que não estavam dançando, falou com algumas delas, deu algumas voltas por ali, como se quisesse mostrar sua liberdade e sua decisão de mantê-la. Não deixou de passar bem diante da srta. Smith, ou até mesmo não evitou falar com aqueles que estavam bem próximos a ela. Emma a tudo observou. Ainda não começara a dançar, caminhava em direção ao fundo do salão, e assim podia ver todos ao seu redor. Com apenas um leve girar da cabeça, conseguiu presenciar toda aquela situação. Na metade do caminho, o grupo ficou exatamente atrás dela, e ela não ousou virar-se para trás a fim de olhar para eles. No entanto, o sr. Elton estava tão próximo que era possível ouvir cada sílaba do que ele dizia à sra. Weston. Emma percebeu também que a sra. Elton estava ao seu lado e não apenas o ouvia, como também o encorajava com olhares significativos. A gentil sra. Weston se levantou do seu lugar e perguntou:

— O senhor não dança, sr. Elton?

Ele lhe respondeu de imediato:

— Prontamente, senhora, se me der a honra.

— Eu! Oh, não! Vou arranjar-lhe um par muito melhor. Não sou uma dançarina.

— Se a sra. Gilbert deseja dançar — disse ele —, terei grande prazer. Pois, apesar de me sentir um velho homem casado e que meus dias de dança estão contados, teria um enorme prazer em dançar com uma velha amiga como a sra. Gilbert.

— A sra. Gilbert não sabe dançar, mas há aqui uma jovem moça que eu sentiria um enorme prazer em ver dançando. A srta. Smith.

— Srta. Smith! Oh! Eu nem sequer a tinha visto. Seria uma gentileza, se eu não fosse um homem casado. Sra. Weston, meus dias de dança estão terminados. Queira desculpar-me.

Eu faria qualquer coisa que a senhora me pedisse, mas meus dias de dança acabaram.

A sra. Weston não disse mais nada, e Emma conseguiu imaginar quanto ela estava surpresa e mortificada ao retornar à sua cadeira. Assim era o sr. Elton! O amável, prestativo e gentil sr. Elton. Emma olhou ao redor por um momento, viu que ele se juntara ao sr. Knightley a alguma distância e que se preparava para puxar conversa, enquanto trocava olhares e sorrisos alegres com a esposa.

Ela não olhou novamente. Seu coração parecia arder e temia que seu rosto, igualmente quente, estivesse corado.

Logo em seguida, viu algo que fez seu coração pular de alegria. O sr. Knightley conduzia Harriet para uma dança! Ela nunca ficara tão supresa e tão grata quanto naquele momento. Sentia um misto de prazer e gratidão, tanto em relação a Harriet quanto por si mesma, e ansiava por agradecer ao querido amigo. Embora estivesse muito longe deles para conversarem, seu semblante disse muito assim que seus olhos se cruzaram novamente.

Emma viu que o sr. Knightley dançava tão bem quanto imaginara e Harriet talvez estivesse mais feliz, se não fosse pela cruel situação que passara momentos antes. Ainda assim, seu rosto demonstrava alegria. Aquela atitude do sr. Knightley não fora em vão; Harriet estava mais alegre do que nunca, dançava com leveza e sorria continuamente.

O sr. Elton retirara-se para a sala de jogos parecendo um tolo, pelo menos era o que Emma pensava dele. Ela não o considerava tão insensível quanto a esposa, apesar de estarem cada vez mais parecidos. Emma expressou sua opinião ao parceiro de dança em voz alta:

— O sr. Knightley teve pena da pobre srta. Smith. Que homem de bom coração!

O jantar foi anunciado. Desde aquele momento até a hora em que se sentou à mesa e pegou seu talher, a srta. Bates disparou a falar.

— Jane, Jane, minha querida, onde está você? Aqui está seu xale. A sra. Weston insiste para que você coloque seu xale. Ela diz que está preocupada que haja alguma corrente de ar no corredor, embora tudo tenha sido feito para evitar isso... uma porta foi pregada... colocaram fileiras de metal... Minha querida Jane, insisto para que coloque seu xale. Sr. Churchill, o senhor é tão gentil! Como me ajudou! É um excelente dançarino! Sim, minha querida, eu corri até nossa casa, como disse que faria, para ajudar mamãe a se acomodar na cama, em seguida voltei para cá e ninguém nem percebeu que estive fora. Eu saí sem dizer uma palavra, como lhe havia dito que faria. Mamãe está muito bem, teve uma adorável noite na companhia do sr. Woodhouse, conversaram bastante e jogaram gamão. O chá no salão, serviram biscoitos, maçãs assadas e vinho, antes de voltar para casa. Ela teve muita sorte no jogo e perguntou por você, se estava divertindo-se e quem foram os seus parceiros de dança. "Oh, mamãe!", disse eu. "Não vou antecipar os comentários, deixei Jane dançando com o sr. George Otway, ela irá adorar contar-lhe tudo amanhã: seu primeiro parceiro foi o sr. Elton, e não sei quem a convidará em seguida, talvez o sr. William Cox." Meu caro senhor, não há ninguém que queira acompanhar? Não sou de nenhuma serventia. É tão gentil! Jane em um braço e eu no outro! Pare, pare, não vamos continuar a andar, pois ali vem a sra. Elton! Querida sra. Elton, como está elegante esta noite! Rendas tão bonitas! Agora, podemos segui-la. Parece a rainha do baile! Bem, estamos aqui no corredor. Dois degraus, Jane, tome cuidado com os dois degraus. Oh, há apenas um. Bem, eu tinha quase certeza de que eram dois. Nunca vi nada tão confortável... temos velas em todos os lugares... eu estava contando-lhe a respeito da sua avó, Jane. Houve apenas uma leve decepção. Como bem sabe, as maçãs e os biscoitos são excelentes, mas antes serviram um delicado fricassê de vitela e aspargos, e o bom sr. Woodhouse, imaginando que os aspargos não tinham sido assados corretamente, pediu que retirassem o prato. Não há nada que mamãe mais aprecie no mundo que vitela e aspargos, e ela ficou muito desapontada, porém combinamos que não falaríamos a respeito disso com ninguém para que não chegue aos ouvidos da querida srta. Woodhouse, que sentiria um enorme desgosto se soubesse do ocorrido. Ela é tão preocupada! Bem, o baile está brilhante! Estou maravilhada! Eu jamais imaginaria que fosse assim. Quanta elegância e luxo! Não havia visto nada parecido desde... Bem, onde vamos sentar-nos? Onde nos sentaremos? Podemos sentar-nos em qualquer lugar desde que Jane não receba uma corrente de ar.

Para mim, tanto faz sentar em um lugar ou outro. Ah! Aconselha-me sentar aqui? Bem, assim está certo, sr. Churchill... apenas penso que é um lugar muito bom... pois bem, como queira... o que o senhor recomendar nesta casa não me parece errado. Querida Jane, como faremos para nos lembrar de pelo menos metade dos pratos para descrever para mamãe? Servirão sopa também! Como sou abençoada! O cheiro maravilhoso, não queria ser a primeira a tomá-la, mas não consegui evitar.

Emma não teve oportunidade de falar com o sr. Knightley até depois do jantar, mas, quando estavam todos de volta ao salão seus olhos o convidaram para que se aproximasse e recebesse sua gratidão. Ele censurou duramente a conduta do sr. Elton; foi de uma rudeza sem perdão, e os olhares da sra. Elton também receberam a mesma censura.

— Parece que desejam algo além de humilhar Harriet — disse ele. — Emma, por que são inimigos dela?

Ele se voltou para Emma, sorrindo, como se pretendesse ler sua mente e, como não recebeu nenhum tipo de resposta, acrescentou:

— Suponho que ela não tenha motivos para estar zangada com você, embora ele, sim, os tenha. A respeito disso você não dirá nada, é claro; mas confesse, Emma, que desejava casá-lo com Harriet.

— Sim, desejei. — ela respondeu. — E eles não podem perdoar-me por isso. Harriet tem qualidades que faltam à sra. Elton.

Ele balançou a cabeça, porém sorria indulgentemente, e apenas limitou-se a dizer:

— Não vou repreendê-la. Espero que reflita sobre o assunto.

— Você acredita mesmo nisso? Será que meu espírito fútil me dirá que estou errada?

— Não seu espírito fútil, mas seu espírito sério. Se um a conduziu ao erro, certamente o outro lhe dirá quanto está errada.

— Confesso que estava completamente equivocada em relação ao sr. Elton. Há certa mesquinhez nele que eu não sabia, mas da qual você me advertiu. Além disso, eu estava convencida de que ele estava apaixonado por Harriet. Foram vários erros estranhos!

— Em troca da sua sinceridade, para lhe fazer justiça, devo dizer-lhe que, certamente, você teria escolhido uma esposa melhor para ele, muito melhor do que a eleita. Harriet Smith possui excelentes qualidades das quais a sra. Elton está totalmente desprovida. É uma moça desprentensiosa, educada e ingênua, que deveria ser preferida por qualquer homem de bom-senso e bom gosto a uma mulher como a sra. Elton. Também descobri que Harriet é mais sociável do que eu esperava.

Emma ficou extremamente agradecida. Eles foram interrompidos pela agitação do sr. Weston convidando todos para uma nova dança.

— Venham, srta.s Woodhouse, Otway, Fairfax. O que estão esperando? Venha, Emma, Sirva de exemplo para suas amigas. Todos estão preguiçosos e quase adormecidos!

— Eu estou pronta — concordou Emma. — Assim que me convidarem.

— Com quem você irá dançar? — perguntou o sr. Knightley.

Ela hesitou por alguns momentos e logo respondeu:

— Com o senhor, se me convidar.

— Você me dá o prazer desta dança? — e ofereceu-lhe sua mão.

— Certamente. Você me provou que sabe dançar, e ambos sabemos que não somos irmãos, ou seja, não formamos um casal impróprio.

— Irmãos! É claro que não.

Capítulo 39

A pequena conversa com o sr. Knightley deixou Emma muito contente. Era uma das recordações mais agradáveis do baile, a qual relembrou na manhã seguinte, enquanto passeava pelo gramado. Ficou extremamente feliz ao perceber que os dois tinham a mesma opinião a respeito dos Elton. Além disso, o elogio que ele fizera a Harriet, sua concessão em favor dela, era algo realmente gratificante. A impertinência dos Elton — que por alguns minutos pareceria arruinar o resto da noite — acabou proporcionando-lhe uma de suas maiores satisfações e ela contemplava o futuro esperando mais um resultado feliz: a cura da paixão não correspondida da sua amiga. Emma tinha grandes esperanças pela maneira como Harriet falou do ocorrido antes de saírem do salão do baile. Dava a impressão de que abrira os olhos subitamente e já era capaz de perceber que o sr. Elton não era o homem que ela pensava. A febre terminara, e Emma não podia ter grandes receios de que sua pulsação acelerasse por causa de injúrias tão mal-educadas. Confiava que as más intenções dos Elton proporcionariam todas as situações de menosprezo voluntário que ela poderia usar contra eles no futuro. Harriet agindo de forma tão racional, Frank Churchill não mais tão apaixonado e o sr. Knightley não querendo brigar com ela eram previsões do feliz verão que ela esperava!

Emma não iria encontrar-se com Frank naquela manhã. Ele lhe disse que não poderia permanecer em Hartfield porque precisava estar de volta ao meio-dia. Ela não lamentava por isso.

Depois de refletir bastante e colocar em ordem suas ideias, dispôs-se a regressar à sua casa com o ânimo reavivado para atender às exigências dos sobrinhos e do avô deles, quando o imenso portão de ferro foi aberto e duas pessoas entraram. Duas pessoas que ela jamais esperava ver juntas: Frank Churchill de braços dados com Harriet Smith. Harriet! Em seguida, percebeu que havia acontecido algo anormal. Harriet estava muito pálida e assustada e seu acompanhante parecia tentar acalmá-la. O portão de ferro e a porta da entrada da casa não estavam separados por mais de dezoito metros; logo os três entraram na sala, e Harriet imediatamente se sentou numa cadeira... e desmaiou.

Uma moça desmaiada deve ser socorrida. Perguntas seriam feitas e surpresas deveriam ser explicadas. Tais eventos são muito interessantes, mas o suspense não pode durar muito tempo. Após alguns minutos, Emma soube de tudo.

As srta.s Smith e Bickerton, uma moça que frequentava a casa da sra. Goddard e que também esteve no baile, passeavam e acabaram entrando por um caminho... o caminho de Richmond, que, apesar de ser movimentado o suficiente para ser considerado seguro, levou-as a uma situação alarmante. Cerca de oitocentos metros depois de Highbury, formava-se uma curva sombria, pois era cercada de olmos,[1] e quando as jovens avançaram um pouco mais por esse trecho, logo avistaram um grupo de ciganos, a uma pequena distância delas, próximos uma clareira. Uma criança que estava à espreita veio pedir-lhes esmola. A srta. Bickerton, bastante assustada, deu um grito bem alto e chamou Harriet para segui-la, subiu em um barranco, abriu caminho e saiu correndo de volta a Highbury. Porém,

---

[1] Os olmos ou ulmeiros são árvores originárias da Europa e chegam a alcançar trinta metros.

a pobre Harriet não conseguiu acompanhar a amiga. Após o baile, sentia muitas cãibras e a primeira tentativa de subir no barranco fez suas cãibras voltarem e ela ficou sem forças. Dessa forma, foi obrigada a permanecer no local, mesmo aterrorizada.

Ninguém conseguiria dizer o que os vagabundos teriam feito se as jovens tivessem sido mais corajosas, mas aquele verdadeiro convite ao ataque foi prontamente obedecido e Harriet foi atacada por cerca de meia dúzia de crianças, chefiadas por uma mulher corpulenta e um menino mais velho que os demais; faziam muito barulho, tinham um olhar impertinente, porém não pronunciaram sequer uma palavra. Ainda mais assustada, ela lhes prometeu dinheiro, pegou um xelim[2] dentro da bolsa e implorou para que eles não pedissem mais nem lhe fizessem algum mal. Em seguida, ela conseguiu caminhar, embora lentamente, e começou a se afastar do grupo, mas seu medo e sua bolsa eram muito tentadores, e ela foi seguida, ou melhor, foi cercada por todo o grupo agora ainda mais exigente.

Foi nesse estado que Frank Churchill a encontrou, Harriet estava tremendo e amedrontada, e os ciganos eram insolentres e gritavam. Por sorte, a partida de Frank fora adiada e ele pôde socorrê-la nesse momento crítico. Como a manhã estava agradável, ele decidiu fazer uma caminhada, por isso deixara instruções para que seus cavalos o aguardassem mais adiante na estrada, a cerca de dois quilômetros de Highbury. Como ele pedira uma tesoura emprestada à srta. Bates e se esquecera de devolvê-la, foi obrigado a parar em sua casa e ficar lá por alguns minutos. Já mais atrasado do que esperava e como estava a pé, não foi visto pelo grupo de ciganos quando

---

[2] No Reino Unido, o xelim era uma moeda divisionária, usada antes da adoção do sistema decimal, em 1971. Um xelim equivalia a 12d (*pence* antigos) ou 1/20 de libra. O xelim foi substituído pela nova moeda de cinco *pence*, a qual inicialmente era de idêntico tamanho e peso.

se aproximou deles. O terror que a mulher e o menino mais velho infligiram a Harriet acabou voltando-se contra eles, pois ficaram completamente amedrontados pela presença de Frank. Harriet se agarrou a ele, quase incapaz de falar algo, e teve força suficiente apenas para chegar a Hartfield, antes de sofrer um colapso. Fora ideia de Frank levá-la a Hartfield, ele não pensou em nenhum outro lugar.

Essa era toda a história... que ele e Harriet, logo após ter recobrado os sentidos, contaram a Emma. Frank, vendo que Harriet estava melhor, disse que não poderia permanecer ali por muito tempo, estava muito atrasado e não podia perder sequer mais um minuto. Emma se prontificou a enviar notícias de Harriet à sra. Goddard e enviou ao sr. Knightley um aviso sobre a presença daqueles ciganos nos arredores de Highbury. Assim, Frank partiu depois de receber todo tipo de bênçãos de Emma e sua amiga.

Uma aventura como essa, um jovem rapaz e uma jovem moça reunidos de tal forma, poderia sugerir certas ideias até mesmo em corações petrificados e mentes menos fantasiosas. Pelo menos era isso que Emma pensava. Como era possível que um linguista, um gramático, ou até mesmo um matemático vissem o que ela vira, testemunhassem a chegada dos dois e ouvisse o relato de sua história, sem pensar que as circunstâncias fizessem os protagonistas se sentirem particularmente interessados um pelo outro? Quanto mais uma pessoa com a imaginação de Emma! Como deixaria de fazer especulações e previsões! Sem falar no terreno já preparado para isso pelas ideias a respeito que lhe haviam passado pela mente.

Foi algo extraordinário! Nunca acontecera fato semelhante com nenhuma outra jovem de Highbury, pelo menos que se pudesse recordar. Nunca houvera nenhum encontro como aquele, nem um susto daquela natureza. E, agora, acabara de acontecer com determinada jovem, na hora exata em que outro determinado jovem estava por ali para salvá-la. Era algo bastante extraordinário! E, percebendo quão favorável era o estado de ânimo dos dois naqueles dias, ela ficou ainda mais assombrada. Ele desejava dar o melhor de si a uma moça, e a moça, por sua vez, recuperava-se da sua fixação pelo pastor. Parecia um acaso do destino que prometia as mais interessantes consequências. Não era possível que aquele encontro não suscitasse em ambos uma atração mútua.

Durante a breve conversa que teve com ele, enquanto Harriet recobrava os sentidos, Frank falou do terror da moça, da sua ingenuidade, do fervor com que agarrou seu braço com uma sensibilidade que o encantou. E, depois que Harriet fez seu relato, ele falou de modo mais exaltado a respeito da sua indignação ante a incrível imprudência da srta. Bickerton. No entanto, tudo deveria seguir seu curso natural, sem ser impedido nem favorecido. Ela não daria um passo, não faria nenhuma insinuação. Não causaria transtorno a ninguém com suas previsões e projetos passivos. Aquilo não era mais do que um desejo. Ela não faria nenhuma interferência.

A primeira resolução de Emma foi impedir que o pai ficasse sabendo do acontecido, ciente de quanto ele ficaria ansioso e alarmado. Porém, logo percebeu que o segredo seria impossível. Em menos de trinta minutos, todos de Highbury já sabiam do caso. Era um evento que atraía todos os que amavam conversar, desde os jovens até os criados; e todos os jovens e criados do lugar não tardaram a desfrutar notícias emocionantes. O baile da noite anterior parecia ofuscado pela história dos ciganos. O pobre sr. Woodhouse começou a tremer enquanto se sentava e, como a filha bem imaginara, jamais ficaria satisfeito mesmo após ela ter jurado não passar nem perto do local. Foi de algum conforto para o sr. Woodhouse que ele e a filha, como também a srta. Smith, fossem obrigados a responder a inúmeras perguntas, durante todo o dia, uma vez que os vizinhos sabiam que ele adorava responder perguntas. Ele teve o prazer de respondê-las dizendo que todos ali estavam indiferentes, embora não fosse exatamente a verdade, pois ela estava perfeitamente bem e Harriet também sentia o mesmo. Emma resolveu não interferir. Geralmente, a saúde de Emma não condizia com a opinião do pai, pois ela mal sabia o que era uma indisposição, e, se ele não inventasse uma doença para ela, não poderia falar da filha.

Os ciganos não esperaram pela ação da justiça e trataram de partir rapidamente. As jovens moças de Highbury poderiam caminhar em segurança antes que o pânico se instalasse, e toda a história logo se transformou em algo sem importância. Apenas os meninos, Henry e John, perguntavam todos os dias sobre a história de Harriet e os ciganos e corrigiam tenazmente a tia, caso ela alterasse algum detalhe em relação ao relato que lhes haviam feito anteriormente.

Capítulo 40

Passaram-se alguns dias após essa aventura, quando Harriet foi até a casa de Emma, logo pela manhã, com um pequeno pote nas mãos. Após se sentar e hesitar um pouco, iniciou a conversa: — Srta. Woodhouse, se tiver tempo, gostaria de lhe dizer algo. Tenho de lhe fazer uma confissão e logo saberá do que se trata.

Emma ficou bastante surpresa e implorou para que ela lhe contasse. Havia uma seriedade nos modos e nas palavras da amiga que a prepararam para algo mais do que extraordinário.

— É meu dever e eu tenho certeza de que é o meu desejo, não que tenhamos mais segredos a esse respeito — continuou ela. — Como, de certo modo, meus sentimentos mudaram, parece-me prudente que tenha a satisfação de saber a verdade. Não desejo falar mais do que o necessário. Estou muito envergonhada por ter deixado as coisas tomarem esse rumo, mas acredito que você me entenderá.

— Sim, espero que sim — disse Emma.

— Como pude enganar-me por tanto tempo?! — exclamou Harriet, um pouco exaltada. — Parece loucura! Não consigo ver nada de extraordinário nele agora. Não me importo se o vejo ou não. Apesar de que preferiria não vê-lo. Na verdade, eu poderia ir a qualquer lugar só para evitá-lo. E, por fim, não tenho inveja da sua esposa. Não a admiro nem invejo, como há algum tempo. Ela é adorável, ouso dizer, além de possuir outras qualidades; no entanto, é muito mal-humorada e desagradável. Jamais me esquerecerei dos olhares que lançou na minha direção durante o baile. Entretanto, posso garantir-lhe, srta. Woodhouse, que não lhes desejo mal. Não. Deixem que vivam felizes juntos, jamais me sentirei rebaixada como me senti. E, para convencê-la de que digo a verdade, vou destruir agora o que deveria ter feito há tempos, o que jamais deveria ter guardado, sei disso muito bem — corou enquanto falava. — No entanto, vou destruir tudo e é meu desejo que seja testemunha e veja quanto cresci e me tornei mais racional. Você não imagina o que há dentro deste pacote? — perguntou Harriet, bastante séria.

— Não, não tenho a menor ideia. Ele lhe deu algo de presente?

— Não. Não posso dizer que são presentes; mas são objetos aos quais dei muito valor.

Harriet colocou o pacote na frente de Emma e ela pôde ler "Os tesouros mais preciosos", escrito na tampa. Agora estava muito curiosa.

A amiga desembrulhou o pacote e ela olhou com impaciência. No meio de uma abundância de papéis prateados havia uma bela e pequena caixa de marchetaria que Harriet abriu. A caixa era forrada com um algodão muito macio e, além do algodão, Emma viu um pedaço de emplastro.

— Agora deve lembrar-se — disse Harriet.

— Não, realmente eu não me lembro.

— Meu Deus! Não posso acreditar que se esqueceu do que se passou, aqui nesta sala, com o emplastro, em uma das últimas vezes que me encontrei com ele aqui. Foi alguns dias antes de ficar com aquela horrível dor de garganta, um pouco antes de o senhor e a senhora Knightley chegarem. Acho que foi na mesma noite. Não se lembra de que ele cortou o dedo com um canivete novo e você recomendou que usasse o emplastro? Mas, como não tinha para oferecê-lo, acabou pedindo-me que fizesse a gentileza; eu cortei um pedaço e o dei, porém, era muito grande e o corte muito pequeno. Ele acabou cortando um pedaço que sobrava e ficou brincando com ele até me devolver. Então, como eu estava tão cega em meus sentimentos, acabei guardando aquilo como se fosse um tesouro. E decidi jamais usar aquele pedaço de emplastro e também não permitiria que ninguém o visse e o guardei como se fosse uma relíquia.

— Minha querida Harriet! — exclamou Emma, colocando a mão no rosto e levantando como se desse um salto — Você me deixa mais envergonhada do que posso suportar. Lembrar-me disso? Sim, agora consigo recordar de tudo, exceto que você guardou essa relíquia. Não sabia de nada até este momento. Mas me lembro de ele ter cortado o dedo, da minha recomendação do emplastro e eu dizendo que não tinha sequer um pedacinho comigo. Oh, meus pecados, como errei! E eu tinha o bastante bem dentro do bolso! Meu erro! Um dos meus truques mais estúpidos! Mereço ficar envergonhada pelo resto da minha vida. Bem... — suspirou lentamente. — Prossiga... o que mais?

— Você estava com um pedaço no bolso? Posso garantir-lhe que nunca suspeitei, agiu tão naturalmente!

— Então você guardou esse pedaço de emplastro só por causa dele!

Foi o que Emma disse, recuperando-se do embaraço e sentindo-se dividida entre a admiração e a diversão. Secretamente, pensou consigo mesma: "Deus do céu! Quando é que eu pensaria em guardar um pedacinho de emplastro que Frank Churchill jogass fora! Eu nunca agiria assim!".

— Aqui — disse Harriet, mexendo na caixa novamente. — Há outra coisa ainda mais valiosa, quer dizer, que foi muito valiosa porque pertencia a ele, enquanto o emplastro nunca foi dele na verdade.

Emma estava muito ansiosa para ver esse tesouro ainda maior. Era um toco de lápis velho, que já estava sem grafite.

— Isto realmente pertenceu a ele — disse Harriet. — Lembra-se daquela manhã? Não ouse dizer que não se lembra. Mas, certa manhã... Não me lembro exatamente de que dia, talvez tenha sido na terça ou na quarta-feira antes daquela noite, ele queria fazer algumas anotações em sua caderneta, algo sobre cerveja *spruce*.[1] O sr. Knightley contou-lhe qualquer coisa a respeito desse tipo de cerveja, ele gostaria de tomar algumas notas, mas, quando pegou seu lápis, não havia grafite, então você emprestou um outro e ele deixou o toco de lápis em cima da mesa, já que não era útil para mais nada. Mas eu mantive meus olhos atentos e, assim que foi possível, peguei o pequeno lápis e nunca mais me separei dele desde aquele momento.

— Eu me lembro daquele dia! — exclamou Emma. — Lembro-me muito bem. Falaram mesmo a respeito da cerveja *spruce*. Oh, sim. O sr. Knightley e eu comentamos quanto gostamos dessa bebida, e o sr. Elton parecia decidido a apreciá-la também. Lembro-me muito bem! Espere. O sr. Knightley estava sentado justo ali, não é mesmo? Acho que estava sentado bem ali.

— Ah! Não sei. Não consigo lembrar-me. É muito estranho, mas não consigo lembrar-me. Lembro-me de que o sr. Elton estava aqui, bem onde estou agora.

— Bem, continue.

— Oh! Isso é tudo. Não tenho mais nada para lhe mostrar ou dizer, exceto que vou jogá-los diretamente no fogo e desejo que me veja fazendo isso.

— Minha pobre amiga Harriet! Você se sentia feliz por guardar esses tesouros?

---

[1] No original, *spruce beer*, cerveja feita com a seiva de abetos, útil para quem tem carência de vitamina C.

— Sim... como fui tola! Mas agora estou muito envergonhada e desejava poder esquecer tão facilmente como vou queimá-los. Agi muito mal ao guardar tais recordações, mesmo depois de ele ter-se casado. Eu sabia que era errado, mas não tinha coragem suficiente para me separar deles.

— Mas, Harriet, é necessário queimar até mesmo o emplastro? Não tenho nada a dizer do lápis, mas o emplastro pode ser-lhe útil.

— Ficarei mais feliz se queimá-lo — respondeu Harriet. — Isso me traz lembranças desagradáveis. Tenho de me livrar de tudo isso. Lá vão eles, graças a Deus, e este é o fim do sr. Elton.

"E quando começará a pensar no sr. Churchill?", pensou Emma.

Ela tinha motivos para acreditar que de fato já começara e alimentava uma grande esperança de que a cigana, embora não tivesse lido a mão de Harriet, acabasse contribuindo para a sorte da moça. Duas semanas após o susto, tivera uma explicação que deixou tudo muito mais claro, ainda que as duas não tivessem a intenção de fazê-la. Naquele momento, Emma pensava no assunto, tornando a informação recebida ainda mais valiosa. Ela quase conseguiu ficar em silêncio... quase:

— Bem, Harriet, quando você se casar, vou dar-lhe muitos conselhos.

E depois nem pensou mais no assunto. Após um minuto de silêncio, ouviu Harriet dizer em um tom bastante sério:

— Eu nunca vou casar-me.

Emma levantou os olhos e imediatamente viu o que ocorria. Após alguns momentos de reflexão, se deveria ou não deixar esse comentário cair no esquecimento, respondeu:

— Não vai casar-se! Essa é uma resolução nova.

— É uma decisão que jamais vou mudar.

Após certa hesitação, comentou:

— Espero que não seja por... espero que não seja por causa do sr. Elton.

— Sr. Elton?! — exclamou Harriet, indignada. — Oh, não! E murmurou algo que Emma só pôde distinguir as palavras "... um homem bem superior ao sr. Elton...". Então, passou alguns minutos em reflexão. Deveria falar mais alguma coisa? Deveria ficar em silêncio e aparentar não saber de nada? Talvez Harriet a julgasse fria e pensasse que ela estava zangada se o fizesse. Ou talvez, se permanecesse em silêncio, Harriet poderia insistir para que ouvisse mais. Embora estivesse disposta a evitar que de agora em diante houvesse uma confiança extrema entre elas, tanta franqueza e uma troca tão frequente de opiniões e esperanças... pareceu-lhe ser melhor para ela dizer e saber em seguida tudo que queria contar ou saber. Agir com sinceridade era a melhor opção. Já havia previsto como agir em situações como aquela. Seria mais seguro para ambas se Emma pudesse expor imediatamente seus sensatos pensamentos. Uma vez decidida, não hesitou mais:

— Harriet, não vou fingir que não sei do que está falando. Sua decisão, ou melhor, a probabilidade de nunca vir a se casar deve-se à crença de que a pessoa que você poderia preferir esteja em uma situação muito superior para sequer pensar em você, é isso?

— Oh, srta. Woodhouse, acredite que não tenho a presunção de supor... De fato, não sou tão louca... mas é um prazer para mim admirá-lo a distância. E pensar quanto ele é superior a todo o resto do mundo, tanto em gratidão como em admiração e veneração, que são tão próprios, especialmente em mim.

— Não estou surpresa, Harriet. O auxílio que ele lhe prestou certamente comoveu seu coração.

— Auxílio! Oh! Foi uma obrigação inexprimível! Só de me lembrar do ocorrido e de tudo que senti naquela momento... quando o vi caminhando na minha direção, de modo tão cavalheiresco, e o meu estado deplorável de antes... Que mudança! Foi uma questão de segundos! Passei de uma situação deplorável a um momento de perfeita felicidade.

— Naturalmente. É muito natural e honrado. Sim, creio que é muito honrado escolher tão bem e com tanta gratidão. Mas que isso venha a ser além de uma feliz preferência é mais do que posso prometer. Não a aconselho a alimentar tais sentimentos, Harriet. Não sei se poderia ser correspondida. Considere suas possibilidades. Talvez seja mais sábio sondar seus sentimentos enquanto pode: pelo menos não será levada pelo coração, a menos que tenha certeza de que ele gosta de você. Você deve observá-lo. Deixe que o comportamento dele seja o guia dos seus sentimentos. Estou dando-lhe este conselho agora porque não desejo falar mais sobre o assunto. Não vamos citar nomes. Agimos muito mal antes, então, vamos ser cuidadosas agora... Ele é superior a você, sem dúvida, e é provável que haja objeções e obstáculos de toda natureza; ainda assim, Harriet, coisas ainda mais maravilhosas do que essa aconteceram, há casais ainda mais díspares. Fique tranquila, não quero que você seja otimista demais. Porém, qualquer que seja o desfecho dessa história, saiba que o fato de ter pensando nele é um sinal do bom gosto que eu sempre valorizei.

Harriet beijou sua mão em silêncio, demonstrando uma submissa gratidão. Emma estava decidida a acreditar que tal apego não seria prejudicial à amiga. Era algo que só poderia conduzi-la ao refinamento de sua mente e por certo a deixaria a salvo de qualquer perigo de degradação.

Capítulo 41

Desse modo, no que se referem aos projetos, às esperanças e aos relacionamentos, começou o mês de junho em Hartfield. De modo geral, não houve nenhuma mudança concreta em Highbury. Os Elton continuavam falando a respeito da visita que os Suckling lhes fariam e como usariam seu landau. Jane Fairfax ainda estava na casa da avó, o retorno dos Campbell da Irlanda fora adiado mais uma vez, marcado agora para agosto, não mais para meados do verão. Assim, Jane deveria permanecer em Highbury por mais dois meses, desde que conseguisse escapar da sra. Elton e evitasse ser levada a aceitar uma situação deliciosa contra a sua vontade.

O sr. Knightley, por algum motivo que apenas ele conhecia, desde o primeiro momento demonstrou sentir uma grande aversão por Frank Churchill, que aumentava cada vez mais. Ele começou a suspeitar que o jovem, ao cortejar Emma, fazia um jogo duplo.

Era indiscutível sua corte a Emma. Demonstrava de todas as maneiras as atenções que lhe dedicava, as insinuações do seu pai, a reserva significativa da sua madrasta, tudo coincidia; palavras, condutas, discrição, indiscrição, tudo apontava para a mesma história.

Contudo, apesar de muitas pessoas considerarem Frank Churchill interessado em Emma e ela mesma acreditar que ele estava interessado em Harriet, o sr. Knightley começou a suspeitar dele em relação a Jane Fairfax. Não podia compreendê-lo, mas havia sinais de entendimento entre os dois, foi o que ele pensou. Sinais de admiração da parte de Frank que, após ter observado, não poderia convencer a si mesmo de que não tinha razão, embora desejasse não estar imaginando coisas como Emma costumava fazer.

Ela não estava presente quando ele teve a primeira suspeita, pois jantava na casa dos Elton, em companhia dos Weston e de Jane. Vira um olhar, nada mais do que um simples olhar, para a srta. Fairfax que, vindo do admirador da srta. Woodhouse, parecia um tanto sem sentido. Quando ele voltou a encontrá-los não deixou de se lembrar do que vira durante o jantar. Nem pôde evitar observar detalhes que, a não ser que fossem como Cowper[1] e seu fogo ao crepúsculo: "eu mesmo criei o que vi",[2] trouxe a suspeita ainda mais forte da existência de uma espécie de relação oculta, um secreto entendimento entre Frank Churchill e Jane Fairfax.

Um dia, após o jantar, decidiu sair para uma caminhada, como sempre fazia, a fim de passar a noite em Hartfield. Emma e Harriet saíam para caminhar; ele as acompanhou e, ao retornarem, encontraram um grande grupo que, como eles, decidira caminhar um pouco mais cedo, uma vez que o tempo ameaçava chuva. Reuniam-se os Weston, Frank, a srta. Bates e sua sobrinha, que se encontraram por acaso. Quando todos chegaram aos portões de Hartfield, Emma, que sabia agradar a seu pai esse tipo de visita, convidou-os para entrar e tomar chá com ele. A família de Randalls concordou imediatamente, e após um longo discurso da srta. Bates, ao qual poucas pessoas prestaram atenção, ela acreditou ser possível aceitar o convite da srta. Woodhouse.

---

[1] William Cowper, poeta inglês.

[2] No original, *Myself creating what I saw* – trecho de "The Task", 1775.

Quando entraram, avistaram o sr. Perry passar a cavalo e os cavalheiros começavam a comentar sobre o animal.

— A propósito — disse Frank Churchill à madrasta —, o que houve com o plano de o sr. Perry comprar uma carruagem?

A sra. Weston olhou-o surpresa e disse:

— Eu nunca soube de tal plano.

— Não? Como, se foi a senhora quem me disse? Contou-me em uma carta que me enviou há três meses.

— Eu? Impossível!

— Sim, é verdade. Lembro-me perfeitamente. Mencionou ser algo iminente. A sra. Perry contou a alguém e estava extremamente feliz. Parece que foi ela quem o convenceu, pois acreditava ser muito difícil para ele fazer visitas a cavalo, principalmente quando o tempo ficava ruim. Ainda assim não se lembra?

— Dou-lhe minha palavra que nunca ouvi tal história até este exato momento.

— Nunca? Deus do céu! Como pode ser? Talvez eu tenha sonhado, mas já estava completamente convencido. Srta. Smith, parece que está muito cansada. Creio que ficará muito contente quando chegarmos a casa.

— O que foi? O que está acontecendo? — perguntou o sr. Weston. — O que você falava a respeito de Perry e de sua carruagem, Frank? Fico muito feliz que ele tenha condição de comprá-la. Foi ele quem lhe contou?

— Não, senhor — respondeu o filho, sorrindo. — Creio que não ouvi a notícia de ninguém. É muito estranho! Estava convencido de que fora a sra. Weston quem me contou todos os detalhes em uma das cartas que enviou a Enscombe, há algumas semanas. Mas, como ela afirma que não tinha sequer ouvido uma palavra a respeito do assunto, obviamente devo ter sonhado com isso. Sou um grande sonhador. Quando estou longe daqui, sonho com todos de Highbury. E quando já sonhei com todos os meus amigos, acabo sonhando com os Perry.

— É estranho mesmo — observou o pai. — É muito estranho que tenha sonhado com pessoas nas quais você nem sequer pensa quando está em Enscombe. Imagine, Perry comprar uma carruagem! E sua esposa o persuadindo a comprá-la por causa da sua saúde! Exatamente o que acontecerá, um dia ou outro, não tenho a menor dúvida, só acho que é uma ideia um tanto prematura. Qual a probabilidade de um sonho se tornar realidade? Acontece cada absurdo nos sonhos! Bem, Frank, o seu só comprova quanto Highbury está em seus pensamentos quando está longe daqui. Emma, creio que você também é uma grande sonhadora, não?

Emma estava longe demais para ouvir a pergunta. Ela se adiantara aos convidados para avisar o pai de sua chegada, assim, estava distante do sr. Weston.

— Bem, para dizer a verdade — comentou a srta. Bates, que, em vão, tentava ser ouvida nos últimos dois minutos —, se posso falar a respeito do assunto, não há como negar que o sr. Frank Churchill deva ter sonhado. Não estou dizendo que não é possível, posso garantir-lhes que eu, às vezes, tenho os sonhos mais estranhos deste mundo. Mas, se querem mesmo saber a verdade, devo reconhecer que no verão passado essa ideia da carruagem surgiu; a própria sra. Perry mencionou à minha mãe, e os Cole também sabiam disso. Mas era um segredo que ninguém imaginaria, e só existiu por apenas três dias. A sra. Perry estava muito ansiosa para que ele comprasse a carruagem e veio até minha mãe certa manhã, com uma grande empolgação, pois imaginava que o marido acabaria comprando o veículo. Jane, você não se lembra de que mamãe contou para nós assim que chegamos em casa? Não me lembro aonde fomos... acho que a Randalls. Sim, acho que estávamos em Randalls. A sra. Perry sempre gostou muito da minha mãe. Na verdade não conheço ninguém de quem ela não goste. Ela contou a mamãe em segredo; não fazia a menor objeção que ela nos contasse, é claro, mas não deveríamos espalhar a notícia. Desde aquele dia, jamais mencionei a história a qualquer pessoa. Ao mesmo tempo, não posso garantir que eu mesma não tenha deixado escapar algo, pois não sei como segurar minha língua. Como sabem, sou uma pessoa muito falante, falo demais. De vez em quando, deixo escapar algo que não deveria dizer. Não sou como Jane, gostaria muito de ser como ela. Posso garantir que ela nunca traiu um segredo de ninguém. Onde ela está? Oh, bem atrás de mim. Posso lembrar-me exatamente do dia em que a sra. Perry veio visitar-nos. Que sonho extraordinário!

Eles entravam no *hall*. Os olhos do sr. Knightley precederam os da srta. Bates quando ela olhou para Jane. Do rosto de Frank Churchill, onde pôde ver uma confusão reprimida ou oculta sob uma risada, passou a olhar involuntariamente para Jane. Mas ela estava muito atrás e ocupada com seu xale. O sr. Weston já estava dentro da casa. Os dois jovens cavalheiros esperaram à porta para que ela pudesse passar. O sr. Knightley suspeitou que Frank Churchill estivesse tentando atrair o olhar de Jane. Parecia observá-la atentamente. Mas foi em vão, pois Jane passou pelo *hall* e nem sequer olhou para os dois.

Não havia tempo para nenhuma observação ou explicação. Foi obrigado a aceitar a ideia do sonho, e o sr. Knightley sentou-se ao redor da mesa grande e redonda que Emma acabara de comprar para Hartfield. Ninguém, além dela, teria o poder de persuadir o pai e convencê-lo a usar a mesa, em vez da pequena Pembroke,[3] na qual, durante quarenta anos, as refeições do velho senhor foram servidas. O chá foi servido e depois ninguém parecia ter pressa para ir embora.

— Srta. Woodhouse — disse Frank Churchill, depois de examinar uma mesa que estava atrás dele, da qual ele se aproximou para se sentar. — Seus sobrinhos levaram embora a caixa de letras deles? Costumava ficar aqui. Onde está? A tarde

[3] Mesa dobrável para pequenas refeições, também utilizada com aparador.

está um pouco triste e deveria ser tratada como uma noite de inverno e não de verão. Tivemos bons momentos de diversão com essas letras. Gostaria de voltar a jogar.

Emma gostou da ideia e, ao trazer a caixa, a mesa foi rapidamente coberta pelas letras do alfabeto. Exceto Frank e Emma, ninguém mais parecia disposto a brincar. Em seguida, começaram a formar palavras que se intercambiavam. Aquele jogo silencioso era particularmente interessante para o sr. Woodhouse, que costumava ter de suportar jogos muito mais animados, introduzidos pelo sr. Weston. Naquele momento, o pai de Emma dedicava-se a lamentar melancolicamente a partida dos "pobres meninos" ou a comentar, bastante animado, quando pegava uma das letras próximas a ele, quanto Emma tinha uma bela caligrafia.

Frank Churchill formou uma palavra bem diante da srta. Fairfax. Ela deu uma rápida olhada para a mesa e dedicou sua atenção à palavra. Frank estava próximo a Emma, Jane sentava-se do lado oposto a eles.

O sr. Knightley estava em um lugar estratégico, do qual poderia ver tudo de longe. Com um pouco de esforço, conseguiu ver as letras. A palavra foi decifrada e colocada de lado com um leve sorriso. As letras que se formavam deviam ser imediatamente misturadas com as outras, para impedir que os demais as vissem, porém as letras, já misturadas entre si, não foram integradas às demais.

Harriet, que seguia com atenção todas as novas palavras, ao perceber que não saía nenhuma outra naquele momento, voltou à última e começou a tentar decifrá-la. Sentava-se ao lado do sr. Knightley e pediu-lhe ajuda. A palavra era "engano"; e quando Harriet a pronunciou em voz alta, Jane ficou bastante ruborizada. O sr. Knightley relacionou aquilo com o sonho, mas qual relação teria, de fato, era algo que não conseguiria imaginar. Como era possível que a delicadeza e a intuição de Emma estivessem tão fracas a ponto de não perceber nada daquilo? Temia que algo estivesse oculto. A cada momento via indícios mais claros de que agiam com falta de sinceridade, que faziam jogo duplo. Aquelas letras só lhes serviam para um dissimulado galanteio. Era um jogo de criança que Frank Churchill elegeu para ocultar um outro, mais importante e secreto.

Com grande indignação, ele continuou observando Frank e, depois, com grande alarme e desconfiança, ao perceber até onde chegava a cegueira de seus amigos. Viu que ele preparava uma palavra para Emma e logo lhe entregou com um olhar astuto e recatado. Viu que Emma logo decifrou a palavra, considerando-a altamente divertida, apesar de ser algo que julgou ser inapropriado e censurável, pois ela comentou:

— Tolice! Pare com isso!

Ouviu Frank Churchill dizer-lhe em seguida:

— Devo entregar a ela ou não?

Ao que Emma respondeu imediatamente, soltando uma calorosa risada:

— De jeito nenhum! Não faça isso.

Entretanto, ele o fez. O jovem galante, que parecia amar sem sentimentos e recomendar-se sem complacência, imediatamente ofereceu a palavra à srta. Fairfax, implorando-lhe, com insistência particularmente cortês, para que a moça tentasse decifrar a palavra. A grande curiosidade do sr. Knightley para saber qual era a palavra foi favorecida por sua altura, assim, aproveitou todas as oportunidades para observar a mesa. E tão logo conseguiu ver, claramente percebeu que a palavra era Dixon. A percepção de Jane Fairfax pareceu ocorrer ao mesmo tempo que a dele. Só que a dela era mais assertiva, uma vez que conseguiria entender o significado oculto daquelas cinco letras dispostas daquele modo. Jane parecia contrariada; levantou os olhos e, ao se ver observada, ficou ainda mais ruborizada do que antes; percebendo o sr. Knightley, limitou-se a dizer:

— Eu não sabia que nomes próprios faziam parte da brincadeira.

Afastou as letras bastante irritada e parecia não querer decifrar nenhuma outra palavra que lhe oferecessem. Desviou o rosto daqueles que lhe dirigiram o ataque e olhou para a tia.

— Sim, minha querida, é verdade. — concordou esta, apesar de Jane não ter dito uma palavra. — Eu já estava para dizer a mesma coisa. De fato, já está na hora de irmos. A noite se aproxima e mamãe ficará à nossa espera. Meu caro senhor, é muito gentil, mas precisamos ir embora, tenha uma boa noite.

A rapidez com que Jane se levantou demonstrou tanta pressa para ir embora quanto sua tia havia imaginado. Imediatamente, colocou-se de pé e deixou a mesa; mas foram tantas outras pessoas que também se levantaram que ela não pôde fugir tão rápido. E o sr. Knightley acreditou ter visto um outro grupo de palavras empurrado na direção de Jane, que as afastou sem ao menos olhar. Em seguida, ela procurava seu xale e Frank Churchill também a ajudava. Já escurecia e havia uma grande confusão na sala; desse modo, não foi possível para o sr. Knightley observar como foi a despedida entre eles.

Ele permaneceu em Hartfield após a saída dos demais, pensando em tudo aquilo que vira. E, assim que acenderam as velas, procurou, como amigo, um amigo muito preocupado, insinuar algo a Emma e fazer-lhe algumas perguntas. Era seu dever.

— Por favor, Emma — disse ele. — Posso perguntar-lhe o motivo da brincadeira, da malícia, da última palavra que vocês entregaram para a srta. Fairfax decifrar? Eu vi a palavra e fiquei curioso por saber o que poderia ser tão divertido em algo tão sem graça.

Emma ficou bastante confusa. Não conseguiria dar-lhe uma explicação verdadeira. Pois, apesar de não ter suas suspeitas dissipadas, sentia-se realmente envergonhada por ter participado daquela brincadeira.

— Oh! — ela exclamou, bastante embaraçada. — Não queria dizer nada. Era apenas uma brincadeira entre nós.

— A brincadeira — respondeu ele com ar de seriedade — parecia algo reservado apenas a você e ao sr. Churchill.

Ele tinha a esperança de que Emma dissesse algo mais, mas ela não o fez. Preferia fazer qualquer outra coisa a falar. Ele continuou sentado e um pouco confuso. Passou por sua mente uma infinidade de maus pensamentos. Interferência... interferência infrutífera. A confusão de Emma e o reconhecimento de intimidade entre os dois parecia declarar o afeto que ela sentia por Frank. Ainda assim, o sr. Knightley devia falar. Preferia correr o risco de ser intrometido a ver a amiga prejudicada; preferia isso a ter a má impressão de que poderia evitar o dano, a ser negligente.

— Minha querida Emma... — disse ele finalmente, com bondade sincera. — Você consegue entender perfeitamente o grau de entendimento entre o cavalheiro e a dama dos quais falávamos?

— Entre o sr. Frank Churchill e a srta. Fairfax ? Oh, sim, perfeitamente. Por quê? Você tem alguma dúvida?

— Você nunca teve motivos para pensar quanto ele a admira ou quanto ela o admira?

— Não, nunca! — Emma exclamou bastante ansiosa. — Nunca, nem mesmo por um segundo essa ideia me ocorreu. Como chegou a pensar nisso?

— Ultimamente, tenho visto alguns sintomas de compromisso entre os dois... alguns olhares expressivos, os quais não acredito que deveriam tornar-se públicos.

— Oh! O senhor é muito divertido. Estou muito contente por descobrir que consegue deixar a imaginação voar livre, mas acho que está equivocado. Sinto muito ter se enganado justamente em sua primeira tentativa, mas é verdade que está enganado. Não há nada mais do que amizade entre os dois, posso garantir-lhe. As situações que lhe chamaram a atenção surgiram de circunstâncias muito peculiares, são sentimentos de uma natureza completamente diferente, é impossível explicar com clareza. Há uma boa dose de situações sem sentido, porém, a parte que posso contar-lhe, que não é um absurdo, é que estão longe de sentir algo um pelo outro. Quer dizer, eu presumo que seja assim por parte dela e posso garantir-lhe que é também da parte dele. Posso responder pela indiferença do cavalheiro.

Ela falou com muita segurança e uma satisfação que silenciou o sr. Knightley. Ela estava muito animada e até poderia ter prolongado a conversa, desejando ouvir as particularidades de suas suspeitas, cada olhar descrito e todos os promenores e circunstâncias pelos quais dizia sentir tanto interesse. Mas ele não estava tão animado quanto ela. Pensou que não seria útil e sentia-se bastante irritado para falar. Para que a irritação não se transformasse em verdadeira febre por causa da lareira que o sr. Woodhouse fazia questão de acender todas as noites do ano, logo em seguida ele se levantou apressadamente e foi embora em direção à frieza e à solidão de Donwell Abbey.

Capítulo 42

Após a esperança de uma visita dos Suckling ser longamente alimentada, o pequeno mundinho de Highbury foi obrigado a suportar a embaraçosa notícia de que eles não poderiam visitá-los até o próximo outono.

No momento, uma notícia como essa não poderia prevalecer com a importação de novidades de grande magnitude. E, no cotidiano intercâmbio de notícias, foram obrigados a limitar-se aos demais temas de conversa que, durante muito tempo, restringiram-se por causa da visita dos Suckling, tais como as novidades sobre a sra. Churchill, cuja saúde parecia oscilar a cada dia, e o estado da sra. Weston, cuja felicidade ela esperava que fosse ainda maior com a eventual notícia da chegada de um filho, acontecimento que também produziria um grande contentamento entre os vizinhos.

A sra. Elton ficou muito desapontada. Aquilo representava o atraso de uma grande ocasião para se divertir e se exibir. Suas apresentações e suas recomendações teriam de esperar, e todas as festas e passeios dos quais tanto falara, naquele momento não passavam de um simples projeto. Ao menos foi isso que pensou no começo. No entanto, após refletir um pouco, convenceu-se de que nem tudo estava perdido. Por que não explorar Box Hill mesmo sem a companhia dos Suckling? Quando viessem no outono, o grupo poderia visitar o lugar novamente. Já estava tudo programado para um passeio a Box Hill. Todos tomaram conhecimento do plano, inclusive tiveram outra ideia. Emma nunca visitara Box Hill, tinha curiosidade em conhecer o local que todos consideravam muito agradável. E ela e o sr. Weston concordaram que deveriam escolher uma manhã com bom tempo para visitar o lugar. Pensavam em convidar apenas três pessoas, escolhidas a dedo, e o passeio deveria ter um caráter tranquilo, despretensioso, elegante, infinitamente superior, sem a agitação e os barulhentos preparos, ou a exibição de comidas e bebidas dos Elton e dos Suckling.

Estava tudo tão bem acertado entre eles que Emma não pôde deixar de sentir certa surpresa e uma pequena contrariedade ao ouvir do sr. Weston que ele convidara a sra. Elton, uma vez que o cunhado e a irmã não viriam visitá-la — assim os dois grupos poderiam unir-se e ir juntos. A sra. Elton aceitara prontamente o convite e assim combinaram, se não fosse inconveniente para ninguém. Como seu único inconveniente era a aversão que sentia pela sra. Elton, da qual o sr. Weston devia estar perfeitamente ciente, não valia a pena trazê-lo à tona novamente. Emma não poderia agir sem reprová-lo, o que deixaria a sra. Weston muito sentida. Desse modo, sentiu-se obrigada a concordar com um arranjo que provavelmente a colocaria em uma situação de degradação ao ouvir dizer que fazia parte do grupo da sra. Elton! Sentia-se bastante ofendida, e o fato de ter de se resignar àquela aparente submissão levou-a a conjecturar as mais severas considerações a respeito da boa vontade incontrolável que caracterizava o temperamento do sr. Weston.

— Estou contente por aprovar o que eu fiz — disse ele, muito satisfeito. — Mas eu sabia que você aprovaria. Passeios dessa magnitude só estarão completos se forem liderados por um bom número de pessoas. Porém, não se deve organizar um grupo grande demais. Um grupo de tamanho razoável garantirá nossa diversão. Além disso, a sra. Elton é uma mulher de bom coração. Não poderíamos deixá-la de lado.

Emma não contestou em voz alta, porém, em seus pensamentos, não concordou com nada.

Agora estavam em meados de junho e o clima estava excelente. A sra. Elton se mostrava impaciente para marcar a data e combinar com o sr. Weston se levariam tortas de frango e carneiro frio, porém um dos cavalos torceu a pata, deixando todos os preparativos na mais completa indefinição. Antes que o cavalo se recuperasse, poderiam ter-se passado semanas ou talvez alguns dias, porém não poderiam aventurar-se a planejar nada, então, todos os planos foram adiados e tudo se transformou em uma melancólica estagnação. Os recursos da sra. Elton não estavam à altura para lidar com essa situação.

— Não lhe parece um grande aborrecimento, Knightley? — desabafou ela. — Um clima tão apropriado para um passeio! Esses atrasos e indecisões são odiosos. O que devemos fazer? Desse jeito, o ano vai passar-se em um piscar de olhos e não faremos nada interessante. Posso garantir-lhe que, nessa época, no ano passado, já tínhamos feito um delicioso passeio de Maple Grove até Kings Weston.

— Seria melhor uma excursão até Donwell — respondeu ele. — É um passeio que pode ser feito sem cavalos. Venham visitar-me, e todos poderão saborear os morangos de minhas terras. Eles estão amadurecendo bem rápido.

Se o sr. Knightley não estava falando sério antes, foi obrigado a proceder dessa maneira, pois, assim que ela ouviu o convite, aceitou-o prontamente e foi logo dizendo "Oh! Eu gostaria de fazer isso acima de qualquer outra coisa", sem ao menos ser discreta nos modos ou nas palavras. Donwell era famosa por suas plantações de morango que pareciam implorar por convites, mas não foi preciso implorar. Uma plantação de couves seria o suficiente para tentar aquela dama, que somente desejava fazer um passeio, aonde quer que fosse. Mais de uma vez ela lhe prometeu que iria visitá-lo, com mais insistência do que ele poderia supor, e ficou extremamente agradecida por aquela prova de grande amizade, de tão destacada deferência.

— Se apenas depender de mim, pode ter certeza de que irei — disse ela. — Sem a menor sombra de dúvida. Marque o dia e estarei lá. Você permitirá que eu leve Jane Fairfax?

— Não posso marcar uma data até que fale com os outros que eu gostaria que também viessem.

— Oh! Deixe tudo comigo. Apenas me dê carta branca. Eu sou ótima organizadora desse tipo de evento. É meu passeio, levarei meus amigos comigo.

— Eu espero que leve seu marido — respondeu ele —, porém não vou incomodá-la pedindo que faça os outros convites.

— Oh! Agora você parece muito desconfiado. Pode ficar tranquilo, não tenha receio de delegar poderes a mim. Eu não sou uma jovem senhora inexperiente. Mulheres casadas, como o senhor bem sabe, podem ser autorizadas com segurança. É o meu passeio. Deixe tudo comigo. Eu farei os convites de seus convidados.

— Não — ele respondeu calmamente. — Só há uma mulher casada que eu permitirei convidar quem bem entender para Donwell, e essa mulher é...

— Suponho que seja a sra. Weston — interrompeu a sra. Elton, bastante envergonhada.

— Não. É a sra. Knightley. Até que me case, eu mesmo cuidarei desses assuntos.

— Ah! Você é um homem ímpar! — exclamou ela, satisfeita ao ouvir que não seria preterida por outra. — É muito bem-humorado e da melhor qualidade. Ótimo senso de humor. Bem, vou levar Jane comigo... Jane e a tia. O resto eu deixo com você. Não tenho nenhuma objeção que a família de Hartfield venha. Não se preocupe, eu sei que é muito amigo deles.

— Você certamente irá encontrá-los se minha vontade prevalecer. Passarei na casa da srta. Bates quando estiver a caminho de casa.

— Isso é desnecessário, eu vejo Jane todos os dias. Mas faça como quiser, Knightley. Será um passeio matutino, algo muito simples. Vou usar um chapéu de abas largas e trarei um de meus pequenos cestos de mão. Aqui está, talvez eu leve este cesto com fita cor-de-rosa. Veja, não pode ser mais simples. Faço questão que Jane também leve um cesto igual. Não quero que haja nenhum tipo de exibição ou pompa, seremos como um grupo de ciganos. Vamos caminhar pelo seu quintal, nós mesmos faremos a colheita dos morangos e nos sentaremos debaixo das árvores. E, se quiser oferecer-nos mais alguma coisa, que seja ao ar livre. Basta colocar uma mesa debaixo de uma sombra. Tudo deve ser o mais natural e simples possível. Não é o que deseja?

— Não é bem assim. Minha ideia de algo simples e natural será ter uma mesa servida na sala de jantar. A natureza e a simplicidade de senhores e senhoras, com seus criados e móveis, creio que são mais bem observados em refeições dentro de casa. Quando vocês se cansarem de comer morangos no jardim, haverá uma refeição fria na sala de jantar.

— Bem, se insiste. Só lhe peço que não seja muito pomposo. E, por sinal, eu ou minha governanta seremos de alguma serventia? Knightley, por favor, seja sincero. Se quiser, posso falar com a sra. Hodges ou inspecionar alguma coisa...

— Muito obrigado, mas não haverá necessidade.

— Bem, mas se surgir qualquer dificuldade, posso garantir-lhe que minha governanta é muito competente.

— Devo responder-lhe dizendo que a minha governanta também é muito competente, e não precisará da assistência de ninguém.

— Eu gostaria de ter um burrinho. Todas nós poderíamos ir montadas em burrinhos, Jane, a srta. Bates e eu... e meu querido esposo nos acompanharia a pé. Devo falar com ele e insistir para que compre um burrinho. É essencial para uma vida no campo, pois, para uma mulher de tantos recursos, não é possível deixá-la trancada em casa. E caminhar tem seus aspectos negativos; no verão há poeira e no inverno os caminhos estão todos lamacentos.

— Você não encontrará nenhuma dessas situações entre Donwell e Highbury. Donwell Lane nunca fica empoeirada, e agora o tempo está bastante seco. Se preferir, venha de burrinho. Você pode pedir emprestado o da senhora Cole. Desejo que tudo esteja ao seu contento.

— Tenho certeza de que estará. Realmente, faço-lhe justiça, meu bom amigo. Sob seus modos secos e um tanto rudes, sei que há um bom coração. Como eu sempre digo ao sr. E., o senhor tem um grande senso de humor. Sim, acredite em mim, sr. Knightley, sempre notei quanta atenção me dá. Planejou tudo só para me agradar.

O sr. Knightley tinha outra razão para evitar uma mesa ao ar livre, à sombra de uma árvore. Queria persuadir o sr. Woodhouse, assim como Emma, para se unirem ao grupo. E ele sabia que daria ao velho sr. Woodhouse um desgosto muito grande se tivesse de fazer as refeições ao ar livre. O sr. Woodhouse jamais aceitaria isso, ficaria arrasado, nem sequer ficaria animado com a desculpa de um exercício matinal e de uma ou duas horas em Donwell.

Ele foi convidado de boa-fé. Nenhum tipo de penosos espetáculos estaria à espera da sua ingênua credulidade. Enfim, ele aceitou o convite. Fazia dois anos que não visitava Donwell.

"Em uma linda manhã, ele, Emma e Harriet poderiam ficar ali sem problemas. Poderia sentar-se com o amigo, o sr. Weston, enquanto as moças andavam pelos jardins. Não poderia supor que houvesse muita umidade naquela hora do dia. Ele gostaria de visitar a antiga mansão novamente, em cada um de seus detalhes, e ficaria muito feliz ao rever o senhor e a sra. Elton e outros vizinhos. Não tinha nada contra essa visita a Donwell. Achou uma excelente ideia o convite do sr. Knightley, muita gentileza de sua parte, muito mais inteligente do que jantar fora de casa. Ele não apreciava muito esses jantares fora de casa."

O sr. Knightley teve a boa sorte de todos aceitarem o convite prontamente. Todos o receberam tão bem, que parecia, assim como para a sra. Elton, que cada um pensava que o convite era uma espécie de homenagem particular. Emma e Harriet tinham grandes expectativas em relação ao evento; o sr. Weston, mesmo sem ser requisitado, prometeu que Frank se juntaria ao grupo se possível; seria uma prova de reconhecimento e gratidão que poderia ser dispensada, porém o sr. Knightley foi obrigado a dizer que ficaria muito contente ao vê-lo. Assim, o sr. Weston não perdeu tempo e logo enviou uma carta ao filho, sem poupar argumentos para induzi-lo a vir.

Enquanto isso, o cavalo manco se recuperou tão rapidamente que o passeio a Box Hill já era cogitado novamente. Assim, a visita a Donwell ficou marcada para um dia e o passeio a Box Hill para outro. O clima parecia perfeito.

Sob o Sol brilhante do meio-dia, quase na metade do verão, o sr. Woodhouse estava confortavelmente sentado em sua carruagem, com uma das janelas fechadas, partindo em direção ao passeio ao ar livre. Um dos cômodos mais confortáveis da casa fora preparado para que ele ficasse próximo da lareira durante toda a manhã. Ele ficou muito satisfeito com o lugar, muito à vontade, pronto para falar com prazer sobre qualquer assunto, convidou todos para se sentarem, mas que não se aquecessem demais. A sra. Weston, que parecia ter caminhado até lá só com o propósito de se cansar e para ficar ao lado dele, foi a única que permaneceu ali, como paciente ouvinte, mesmo quando os outros foram persuadidos a sair para apreciar os jardins.

Fazia tanto tempo que Emma não visitava Donwell Abbey que, assim que deixou seu pai confortavelmente sentado, ficou feliz ao sair da sala e fazer um passeio pela casa; estava ansiosa para relembrar e corrigir sua memória com observações mais atentas, formando uma ideia mais exata da casa e das terras que estariam tão intimamente ligadas à sua família.

Ela sentiu todo o orgulho e a complacência que seu parentesco com o atual e o futuro proprietário de Donwell podiam permitir-lhe, enquanto contemplava as consideráveis dimensões e o estilo de construção da casa, sua localização tão característica, situada em terreno baixo e protegido... Seus amplos jardins que se estendiam até planícies banhadas por um riacho, do qual, a perder de vista, podia-se ver a casa ao longe. Havia também uma abundância de árvores, formando fileiras e avenidas, árvores que nem as modas nem quaiquer extravagâncias conseguiram cortar... A casa era maior do que Hartfield e totalmente distinta. Ocupava boa parte do terreno, de forma irregular, com muitos aposentos confortáveis e mais dois quartos muito bonitos e bem decorados. Era exatamente o que devia ser e parecia o que era. Emma, ao contemplá-la, parecia aumentar ainda mais o respeito que sentia, como se a casa pertencesse a um autêntico membro da nobreza. John Knightley tinha alguns aspectos negativos em seu caráter, porém, ao se casar com Isabella, fizera uma ótima união. O sobrenome da família de Isabella ou suas propriedades não causaram nenhum tipo de vergonha na família de John. Emma sentia-se agradavelmente feliz, e continuou caminhando pela casa prestando atenção em cada detalhe e gastando o tempo necessário, assim como os demais fizeram; em seguida foi colher morangos. Todo o grupo estava reunido, com exceção de Frank Churchill, que era esperado a qualquer momento, vindo de Richmond. E a sra. Elton, extremamente feliz, com seu chapéu de abas largas e sua cesta, estava pronta para liderar o grupo, sem consentir que pensassem nem falassem de outra coisa que não fosse morangos, apenas morangos...

"É a melhor fruta da Inglaterra, a favorita de todos, sempre saborosa. Ali podiam-se encontrar os melhores morangos, da melhor variedade. A melhor maneira de saborear essa iguaria seria colher os morangos e degustá-los ali mesmo. A manhã era a melhor parte do dia para fazer a colheita, não era cansativo. Todos os tipos de morangos são bons, mas o Hautboy é infinitamente superior, não há comparação. Os demais quase não são comestíveis. Porém, o Hautboy é difícil de encontrar, assim, as pessoas preferem os do tipo Chili. Já os morangos brancos são os que possuem o maior perfume, os melhores preços em Londres e maior abundância em Bristol. Os do tipo de Maple Grove são de fácil cultivo quando os brotos precisam ser renovados, mas os jardineiros sempre têm uma opinião diferente, não há uma regra geral e não há nada que os faça mudar de opinião. Uma fruta deliciosa. Uma lástima que sejam demasiadamente doces para serem consumidos em exagero... não são tão bons quanto as cerejas... as groselhas são mais refrescantes... O único inconveniente de se colher morangos é que as pessoas devem agachar-se sob o sol escaldante, cansando-se muito, e, por não suportarem isso por muito tempo, devem levantar-se e procurar um lugar à sombra."

Essa, por cerca de meia hora, foi a conversa, interrompida apenas uma vez pela sra. Weston, que chegou, preocupada com seu enteado, perguntando se tinham notícias de Frank, pois estava um pouco apreensiva. Ela tinha temores em relação ao cavalo.

Encontraram um lugar para se sentarem à sombra, e então Emma foi obrigada a ouvir o que falavam a sra. Elton e Jane Fairfax. Um emprego, um magnífico emprego, era o tema da conversa. A sra. Elton recebera notícias naquela manhã e estava muito entusiasmada. Não era com a sra. Suckling, nem com a sra. Bragge, mas era em uma casa quase tão digna e conveniente quanto qualquer uma das duas; era uma prima da sra. Bragge, amiga da sra. Suckling, uma senhora muito conhecida em Maple Grove. Uma pessoa muito agradável, encantadora, de classe, frequentava as mais altas esferas da sociedade, conhecia pessoas importantes e dos mais diversos *status* sociais. A sra.

Elton estava ansiosa para que Jane aceitasse a oferta imediatamente. Mostrava-se exultante, enérgica, triunfal e se negou a aceitar a recusa da amiga, apesar de a srta. Fairfax continuar assegurando-lhe que, no momento, não queria comprometer-se com ninguém, repetindo os mesmos argumentos de antes. Entretanto, a sra. Elton insistiu para que ela autorizasse a escrever uma carta, logo pela manhã, aceitando. Emma se espantou ao ver quanto Jane podia suportar tudo aquilo. Parecia irritada e falava com um tom de voz bastante agressivo. Até que, enfim, com uma decisão que não lhe era natural, propôs que saíssem dali: "Não seria melhor caminharem? O sr. Knightley não vai mostrar os jardins? Todos os jardins? Ela gostaria de conhecer tudo". A teimosia da amiga parecia mais do que ela podia suportar.

Fazia calor, e depois de caminharem de maneira dispersa, cada grupo com cerca de três pessoas, foram um depois do outro para uma deliciosa sombra de uma larga avenida de limas, que ultrapassava o jardim em uma distância igual ao rio, parecendo demarcar o final da área propícia para passeios. Não levava a lugar nenhum e terminava em um muro de pedras baixo, com pilares altos, que parecia dar a sensação de que se ligava à casa, porém nunca teve essa finalidade. Sem dúvida, apesar do gosto discutível da construção, o passeio não deixou de ser encantador e a vista que se tinha dali era extraordinariamente bonita. A encosta considerável, ao pé da qual ficava a abadia, gradualmente adquiria uma forma acentuada, além da base, e a quase oitocentos metros dali via-se um penhasco abrupto e grandioso, coberto de árvores. Na encosta, estava a fazenda Abbey Mill, com os campos à frente e o rio fazendo uma curva bela e acentuada.

Era uma vista maravilhosa para os olhos e para a mente. A vegetação, a cultura e o conforto inglês, vistos sob um Sol brilhante, sem ser opressivo.

Nesse passeio, Emma e o sr. Weston perceberam que os outros se juntaram ao grupo e observaram imediatamente que o sr. Knightley e Harriet estavam separados dos outros, à frente do grupo. O sr. Knightley e Harriet! Seria um diálogo muito singular! Mas ela estava contente ao vê-los. Se fosse em outro tempo, ele a teria rejeitado como companhia e a teria tratado com pouca cerimônia. Mas agora pareciam desfrutar uma agradável conversa. Também já houvera um outro tempo em que Emma ficaria triste ao ver Harriet em um lugar tão favorável para observar a fazenda Abbey Mill, mas agora não tinha nenhum temor. Não havia perigo em observar todos os dsetalhes de prosperidade e beleza, seus ricos pastos, seus rebanhos espalhados por eles, as plantações floridas e a suave coluna de fumaça subindo ao céu. Emma aproximou-se deles, perto do muro, e descobriu que estavam mais envolvidos na conversa do que em olhar ao redor. O sr. Knightley falava a Harriet sobre questões de agricultura, etc., e Emma recebeu um sorriso que parecia dizer: "Estas são minhas preocupações. Tenho o direito de falar desses assuntos, sem que as pessoas desconfiem de que falamos de Robert Martin". Emma não suspeitava dele, pois isso era uma história antiga. Robert Martin provavelmente já deixara de pensar em Harriet. Caminharam juntos por algum tempo. A sombra era refrescante e Emma considerou aquela a parte mais agradável do dia.

Iriam agora em direção à casa e todos deveriam comer. Já estavam todos acomodados na sala de jantar e nada de Frank Churchill chegar. A sra. Weston olhava em direção à estrada, mas em vão. Seu esposo não queria reconhecer que estava inquieto e que tinha receios, mas ela não podia deixar de desejar que ele tivesse vindo em sua égua negra. Ele garantira que assim o faria. Sua tia já estava melhor, já não tinha a menor dúvida de que estaria com eles em breve. A saúde da sra. Churchill, porém, era propícia a qualquer variação inesperada que podia frustrar as esperanças mais racionais do seu sobrinho. E, por fim, convenceram a sra. Weston a acreditar que a tia impedira o sobrinho de participar do passeio. Emma olhou para Harriet enquanto discutiam o assunto, mas a moça parecia indiferente e não demonstrava nenhuma emoção.

Assim que terminaram a refeição, o grupo saiu novamente para visitar os lugares que faltavam, os antigos tanques de peixes da abadia, e talvez ir mais adiante, até o campo de trevos, que começariam a ser cortados no dia seguinte, ou, se não fossem até lá, para terem o prazer de sentir calor e se refrescarem novamente. O sr. Woodhouse, que já dera uma pequena volta na parte mais alta dos jardins, de onde nem sequer conseguiu notar a umidade do rio, decidiu permanecer dentro da casa, e sua filha decidiu ficar para fazer-lhe companhia, assim a sra. Weston poderia passear com o marido, fazer um pouco de exercício e ter a distração de que seu estado de ânimo carecia naqueles momentos.

O sr. Knightley fizera o possível para o bem-estar do sr. Woodhouse. Livros de gravuras, caixas com medalhas, camafeus, corais, conchas e todas as demais coleções familiares da casa, pediu que as separassem para que o velho amigo se distraísse pela manhã. O sr. Woodhouse divertiu-se muito. A sra. Weston mostrara tudo ao velho senhor e agora ele faria o mesmo com Emma. Felizmente, ele não se parecia com uma criança, além do fascínio que sentia por tudo que via, pois era lento, constante e metódico. Antes que ele começasse a olhar os objetos novamente, Emma foi até o *hall* e passou alguns momentos observando a entrada e os jardins da casa. Foi justo naquele momento que a srta. Jane Farifax apareceu, vindo apressada do jardim, e parecia fugir de alguém. Como não esperava encontrar ninguém, ao ver a srta. Woodhouse ficou paralisada. No entanto, a srta. Woodhouse era justamente a pessoa que Jane procurava.

— Emma, poderia fazer-me a gentileza — disse ela — de, quando procurarem por mim, informar que eu já fui embora?

Estou de saída neste momento. Minha tia não faz ideia de quanto está tarde, nem mesmo imagina quanto já ficamos fora de casa, mas tenho certeza de que precisam de nós e estou decidida a partir imediatamente. Não disse nada a ninguém. Só causaria transtornos e decepções. Alguns foram até os tanques de peixes, enquanto outros foram até as limeiras. Até que retornem, não sentirão a minha falta. E, quando perguntarem por mim, por favor, poderia dizer-lhes que já voltei para casa?

— Certamente, se é isso que deseja... mas vai voltar a pé até Highbury e sozinha?

— Sim... O que poderia acontecer? Eu caminho bem depressa. Devo chegar em casa em vinte minutos.

— Mas é muito longe, sim, é longe para você ir caminhando sozinha. Deixe que o empregado do meu pai a leve. Posso solicitar a carruagem, ela estará pronta em cinco minutos.

— Obrigada! Muito obriagada! Mas não precisa preocupar-se. Prefiro ir andando. E quanto ao fato de eu ter medo de andar sozinha... Serei eu que, em breve, terei de proteger os outros!

Ela estava bastante agitada, e Emma respondeu carinhosamente:

— Não há motivo para que se exponha ao perigo desse jeito agora, Jane. Vou pedir a carruagem. O calor lhe fará muito mal. Você já deve estar exausta.

— Estou — concordou ela. — Estou fatigada. Mas não é o tipo de fadiga... Bem, uma caminhada irá refrescar-me... Srta. Woodhouse, todos nós sabemos o que é ter, de vez em quando, um cansaço espiritual. Confesso que meu espírito está exausto. O maior favor que pode fazer-me é deixar que eu vá e apenas conte às pessoas sobre a minha saída quando for necessário.

Emma não tinha mais nada a lhe dizer. Entendeu tudo. E, compreendendo os sentimentos de Jane, ajudou-a a sair imediatamente e observou-a partir com o zelo de uma amiga. Jane ficou agradecida ao partir e disse-lhe as seguintes palavras:

— Oh, srta. Woodhouse, às vezes é um consolo poder ficar sozinha!

Jane tinha um olhar aflito, e suas palavras demonstravam quanto seu coração estava sobrecarregado, principalmente por aqueles que mais a amavam.

— Também, naquela casa e com aquela tia! — disse Emma ao entrar novamente no *hall*. — Tenho pena de você, Jane. E quanto mais se mostra sensível a esses horrores, mais gosto de você.

Jane partira havia uns quinze minutos. Emma e o pai observavam algumas imagens da praça São Marcos, em Veneza, quando Frank Churchill entrou na sala. Emma nem se lembrava mais dele, já o tinha esquecido por completo, porém estava feliz ao vê-lo. A sra. Weston ficaria tranquila. A culpa do atraso não era da égua negra e sim, como todos previram, da sra. Churchill. Ele se atrasou porque ela piorou de saúde, tendo sofrido um ataque de nervos que durou horas. Frank chegou até a pensar que não iria mais ao passeio até o último minuto. E, se ele soubesse que sentiria tanto calor com essa cavalgada e que chegaria tão tarde, não teria vindo. Fazia muito calor, nunca sentira tanto calor assim, quase desejou estar em casa. O calor era o que mais o incomodava, era capaz de resistir a qualquer frio, mas o calor era intolerável. Ele se sentou, bem longe da lareira acesa para o sr. Woodhouse, e se encontrava em um estado deplorável.

— Você logo se refrescará se permanecer sentado — disse Emma.

— Assim que me refrescar, terei de voltar. Eu poderia ter recusado o convite, mas fizeram tanta questão! Suponho que todos partirão em breve, e o grupo já está desfazendo-se, encontrei uma pessoa no caminho. Que loucura caminhar nesse tempo! Só pode estar louca!

Emma ouviu, observou e logo percebeu que o estado de ânimo de Frank Churchill só poderia ser explicado pelo seu mau humor. Algumas pessoas ficam intratáveis quando estão com calor. Ele devia ser uma dessas pessoas e, como sabia que comer e beber eram um alívio para esses estados acidentais de humor, Emma recomendou que ele tomasse um refresco e ofereceu-lhe uma variedade de alimentos na sala de jantar. Ela gentilmente apontou a direção da porta.

Não, ele não iria comer. Não estava com fome, apenas calor.

Em dois minutos, no entanto, agindo em seu favor, murmurou algo sobre cerveja e saiu da sala. Emma voltou sua atenção ao pai, pensando consigo mesma:

"Estou contente por não ter-me apaixonado por ele. Jamais gostaria de um homem que fica completamente transtornado por uma manhã quente de verão. O doce temperamento de Harriet nem vai reparar nesse defeito".

Assim que ele fez uma boa refeição, voltou à sala bastante animado, agindo do modo cortês de sempre. Pegou uma cadeira e juntou-se a eles, interessado pelo que faziam, mas, ao mesmo tempo, estava arrependido por ter chegado tão tarde. Ele não estava de bom humor, mas parecia esforçar-se para estar. Finalmente, conseguiu falar de modo mais agradável. Estavam contemplando algumas gravuras da Suíça.

— Assim que minha tia melhorar, devo fazer uma viagem ao exterior — disse ele. — Não ficarei tranquilo até ter visitado alguns desses lugares. De vez em quando, mandarei algumas gravuras para vocês verem, ou poderão ler as histórias de minhas viagens ou meus poemas. Farei algo para se lembrarem de mim.

— É bem possível que isso aconteça, mas, certamente, não serão desenhos da Suíça. Você nunca irá à Suíça. Seus tios jamais permitirão que deixe a Inglaterra.

— Posso induzi-los a me acompanhar também. Um clima ameno fará bem à minha tia. Tenho mais do que uma simples esperança de irmos juntos ao exterior. Posso garantir-lhe. Senti uma forte convicção esta manhã de que logo estarei no exterior.

Desejo viajar, já estou cansado de não fazer nada. Quero mudar de ares. Falo sério, srta. Woodhouse, mesmo que esses seus olhos penetrantes possam estar fantasiando outra coisa... estou farto da Inglaterra! E, se eu pudesse, sairia daqui amanhã.

— Você está cheio de prosperidade e indulgência. Não pode inventar algumas desculpas para si mesmo e se contentar em ficar?

— Eu? Cheio de prosperidade e indulgência? Está muito enganada. Não me vejo como uma pessoa próspera nem indulgente. Estou bastante frustrado com meus bens materiais. Não me considero uma pessoa afortunada.

— Embora não esteja tão miserável como quando chegou pela primeira vez. Vá, beba e coma um pouco mais, posso garantir-lhe que ficará bem. Mais uma fatia de carne fria, outra taça de vinho Madeira e um pouco mais de água lhe farão muito bem, você se sentirá tão bem quanto nós.

— Não. Prefiro não sair do meu lugar. Ficarei sentado ao seu lado, você é o meu melhor remédio.

— Iremos a Box Hill amanhã, junte-se a nós. Não é a Suíça, mas já é alguma coisa para um jovem rapaz que tanto deseja uma mudança de ares. Você ficará ou nos acompanhará?

— Não, não devo ir. Devo voltar para casa assim que anoitecer.

— Mas você poderá voltar amanhã bem cedinho.

— Não, não valerá a pena. Se eu vier, ficarei novamente de mau humor.

— Então, por favor, fique em Richmond.

— Mas, se eu ficar em Richmond, estarei ainda mais mal-humorado. Não consigo imaginar vocês em Box Hill sem a minha presença.

— Existem questões que você mesmo deve decidir. Escolha o que o aborrece menos. Não insistirei mais.

O resto do grupo regressava, e logo todos se reuniram. Alguns ficaram muito felizes ao ver Frank, outros cumprimentaram-no serenamente, mas houve certa confusão até que o sumiço da srta. Fairfax fosse explicado. Já estava na hora de todos irem embora, foi a conclusão à qual chegaram. E, assim que acertaram os detalhes do dia seguinte, partiram. A contrariedade de se sentir excluído do grupo era tão grande que Frank Churchill apenas disse a Emma:

— Bem, se você deseja que eu fique e me junte ao grupo, eu irei.

Ela sorriu, concordando. E nada, a não ser uma convocação urgente de Richmond, poderia fazê-lo mudar seus planos para o dia seguinte.

Capítulo 43

O dia estava excelente para um passeio a Box Hill e todas as preocupações com preparativos, comodidade e pontualidade pareciam anunciar um passeio muito agradável. O sr. Weston foi o responsável pela organização.

Ele reuniu o grupo entre Hartfield e a casa paroquial, e todos chegaram pontualmente. Emma e Harriet foram juntas. A srta. Bates e a sobrinha, com os Elton, e os cavalheiros foram a cavalo. A sra. Weston permaneceu em Hartfield, para fazer companhia ao sr. Woodhouse. Só faltava aproveitarem o passeio e se alegrarem ao chegarem ao local. Percorreram diversos quilômetros com o objetivo de se divertir, e ao chegarem a Box Hill todos estavam bastante entusiasmados, mas, no fim, o dia deixou muito a desejar. Houve uma apatia, uma falta de animação e de união que não foi possível superar. Eles se separaram em pequenos grupos. Os Elton caminharam sozinhos. O sr. Knightley acompanhou a srta. Bates e Jane, enquanto Emma e Harriet acompanharam Frank Churchill. O sr. Weston tentou, em vão, reunir todos. Em princípio, a divisão pareceu acidental, mas não houve uma variação entre os grupos. O sr. Elton e a esposa, sempre gentis, pareciam os mais interessados em se misturar aos demais grupos. Porém, durante as duas primeiras horas que passaram na colina, imperou um espírito de separação entre os demais, forte o suficiente para não ser superado por nenhuma boa intenção, comida ou nem mesmo o jeito alegre do sr. Weston.

No início, tudo pareceu entediante para Emma. Ela nunca vira Frank Churchill tão mudo e tão estúpido. Tudo que disse não valia a pena escutar, olhava sem ver, admirava sem nenhum motivo, ouvia sem saber o que os outros diziam. Enquanto ele era tão maçante, não era de se admirar que Harriet fosse ainda mais; por fim, ambos estavam insuportáveis.

Quando todos se sentaram foi um pouco melhor, principalmente na opinião de Emma, uma vez que Frank Churchill voltou a se comportar como sempre — comunicativo e alegre, dedicando-lhe todo tipo de atenção. Todas as atenções que ele poderia ter dedicou a Emma. Parecia que seu único propósito era diverti-la e agradar-lhe. E Emma, feliz por ser o centro dessas atenções, não lamentava a paparicação e se mostrava também alegre e espontânea, dando ao cavalheiro todo tipo de encorajamento e motivos para seus galanteios, da mesma forma que permitira que agisse nos tempos áureos do início da amizade entre os dois. Contudo, de acordo com seus sentimentos, aquilo não significava nada, apesar de que, na opinião da maioria das pessoas que os observavam, devia parecer algo mais como um flerte. "O sr. Frank Churchill e a srta. Woodhouse estão flertando de maneira excessiva." Eles mesmos davam motivos para que as pessoas pensassem isso e foram o assunto principal de duas cartas que aquelas senhoras enviaram para Maple Grove e para a Irlanda.

Emma não estava tão alegre e despreocupada; na verdade, sentia-se menos feliz do que esperara. Ria porque estava decepcionada, embora gostasse das atenções que ele lhe dirigia, mesmo que fosse por amizade, admiração, brincadeira ou que elas fossem extremamente criteriosas — mas não conseguiam ganhar terreno em seu coração. Emma só pensava em tê-lo apenas como amigo.

— Não imagina quanto sou grato — disse ele — por ter insistido para que eu viesse! Se não fosse por você, eu teria perdido todo o prazer de passear ao lado de um grupo formidável como este. Eu já estava decidido a ir embora ontem mesmo.

— Sim, você estava muito zangado, eu nem sequer sabia o motivo real, apenas sabia que você estava atrasado e não saboreou os melhores morangos. Eu fui uma amiga mais gentil do que você merecia. Mas você foi humilde quando eu insisti que viesse conosco.

— Não diga que eu estava zangado. Eu estava cansado. Não suporto calor.

— Mas hoje também está quente.

— Não para mim. Hoje estou bastante confortável.

— Você está confortável porque está mais controlado.

— Controlado? Sim.

— Talvez eu pretendesse dizer isso também, mas apenas estava referindo-me ao autocontrole. De um modo ou de outro, ontem você ultrapassou os limites e acabou ficando descontrolado. Mas hoje está com o humor de sempre e, como eu não posso estar sempre ao seu lado, é melhor acreditar que você consegue controlar-se mesmo sozinho.

— É a mesma coisa. Não posso controlar-me sem ter um motivo. Você me controla, quer seja por voz ou por pensamento. E sempre estará ao meu lado.

— Só comecei a influenciá-lo a partir das três horas da tarde de ontem. Minha influência perpétua não poderia ter começado mais cedo, ou você não estaria de péssimo humor.

— Às três da tarde de ontem! Para você, talvez essa seja a sua data. Eu acho que foi na primeira vez que a vi, em fevereiro.

— Não há como responder ao seu galanteio. Mas — ela sussurrou —, ninguém está conversando a não ser nós, e é um pouco demais ficar falando besteiras para entreter sete pessoas silenciosas.

— Eu não digo nada de que possa envergonhar-me — respondeu ele, bastante atrevido. — Eu a vi pela primeira vez em fevereiro. Não me importa que todos ouçam isso. Espero que minhas palavras cheguem até Mikleham e Dorking. Eu a vi pela primeira vez em fevereiro. — Com um sussurro, disse: — nossos companheiros são excessivamente estúpidos. O que devemos fazer para animá-los? Pode ser qualquer besteira. Eles precisam falar. Senhoras e senhores, a srta. Woodhouse ordenou que eu lhes perguntasse: o que estão pensando? Onde quer que ela esteja, é ela que me controla.

Alguns riram e responderam com bom humor. A srta. Bates falou bastante, a sra. Elton ficou irritada com o fato de a srta. Woodhouse comandar, porém a resposta mais distinta foi a do sr. Knightley:

— Srta. Woodhouse, tem certeza de que deseja ouvir o que todos nós estamos pensando?

—Não, não... — exclamou Emma, tentando sorrir despreocupadamente. — Por nada neste mundo desejo saber o que pensam. É a última coisa que eu desejaria. Deixe que eu escute qualquer outra coisa, menos o que estão pensando. Não me refiro a todos os presentes. Há talvez uma ou duas pessoas — comentou olhando para o sr. Weston e Harriet — das quais não temo saber o que pensam.

— É o tipo de coisa — exclamou a sra. Elton enfaticamente — que não me acho no direito de pedir. Apesar de ser uma das damas mais distintas do grupo, embora nunca tenha estado em nenhum círculo, nesses passeios de excursão com jovens moças ou mulheres casadas...

Ela estava dirigindo-se apenas ao marido e ele, em resposta, murmurou:

— É verdade, meu amor, a mais pura verdade. Eu nunca ouvi falar, mas algumas senhoras têm conhecimento do fato. Melhor deixar passar como uma anedota. Todos sabem quanto você é respeitável.

— Não deu certo — sussurrou Frank para Emma. — A maioria das pessoas se ofendeu. Eu os atacarei com mais malícia. Senhoras e senhores, a srta. Woodhouse me ordenou que vocês me digam exatamente o que estão pensando e exige que cada um de vocês diga algo ao menos interessante. Temos sete pessoas aqui, além de mim, que já entretive bastante o grupo; tudo que ela pede é que vocês digam algo inteligente, que pode ser em verso ou prosa, original ou copiado, duas coisas moderadamente inteligentes ou três completamente tolas. E ela promete rir de tudo que for dito.

— Oh! Muito bem — exclamou a srta. Bates. — Então eu não preciso incomodar-me. Eu posso dizer três coisas bastante tolas. Vai ser muito fácil para mim. Devo apenas dizer três coisas tolas, assim que abrir a boca, não é mesmo? — Olhou em volta como se dependesse do consentimento dos outros. — Você acha que não consigo?

Emma não conseguiu resistir.

— Ah! Minha cara senhora, acho que será difícil. Perdoe-me, mas temos de limitar o número máximo a três tolices por vez.

A srta. Bates, enganada pelos bons modos de Emma, não conseguiu entender prontamente a mensagem. Mas, quando o fez, não ficou zangada, apenas muito ruborizada, demonstrando quanto estava decepcionada.

— Ah! Bem, para ser sincera... o que ela deseja — respondeu, olhando para o sr. Knightley — é segurar a minha língua. Acho que já a incomodei o suficiente, ou então ela não teria dito tal coisa a uma velha amiga.

— Gostei da ideia — exclamou o sr. Weston. — Estou plenamente de acordo. Farei o que puder. Estou pensando em um jogo de adivinhação. Como podemos classificar um enigma?

— Baixo, sinto dizer, meu caro senhor, muito baixo — respondeu seu filho. — Mas seremos indulgentes, especialmente com alguém que lidera o nosso grupo.

— Não, não — disse Emma. — Não vamos classificar o enigma como de baixo valor. Um enigma, vindo do sr. Weston, servirá para ele e para a pessoa ao seu lado. Por favor, meu caro senhor, conte-nos seu enigma.

— Duvido que eu seja tão esperto — disse o sr. Weston. — Trata-se de algo relativamente fácil, mas aqui vai. Quais são as duas letras do alfabeto que expressam perfeição?

— Duas letras que expressam perfeição! Não sei o que dizer.

— Ah! Você nunca adivinhará. Você — respondeu para Emma — eu tenho certeza que nunca irá adivinhar. Vou contar-lhe. São as letras M e A. Em... ma. Entendeu?

Compreensão e gratificação vieram juntas. Como demonstração de inteligência, não era grande coisa. Mas Emma achou bastante divertido, assim como Harriet e Frank. Entretanto, parece que o restante do grupo não se divertiu, alguns pareciam bastante sérios, e o sr. Knightley disse gravemente:

— Isso é exatamente o tipo de coisa que ela desejava ouvir, e o senhor Weston saiu-se muito bem. Mas acabou com todas as chances dos outros. A perfeição não deveria vir logo no início.

— Oh! Por favor, excluam-me do jogo — disse a sra. Elton. — Eu não conseguiria acertar nenhum enigma. Não gosto desse tipo de coisa. Uma vez me enviaram um acróstico com meu próprio nome que não me trouxe nenhuma felicidade. Sei quem me enviou. Um pretendente abominável. Você sabe de quem estou falando — comentou para o marido. — Esse tipo de coisa é típico do Natal, quando todos estão reunidos em volta da lareira. Mas, na minha opinião, é algo completamente sem sentido quando estamos fazendo uma excursão em pleno verão. Srta. Woodhouse, queira me perdoar. Não sou o tipo de pessoa que faz improvisos apenas para agradar aos outros. Não tenho a intenção de dizer nenhum gracejo. Tenho muita vivacidade, ao meu modo, mas acho que sei quando devo falar e quando devo conter minha língua. Eu passo a oportunidade, sr. Churchill. Passo a vez do senhor E., de Knightley, de Jane e a minha. Nós não temos nada inteligente a dizer, nenhum de nós.

— Sim, passe a minha vez — acrescentou o esposo, com uma espécie de escárnio. — Não tenho nada a dizer para entreter a srta. Woodhouse, ou qualquer jovem moça. Sou um homem casado, não Sirvo para nada. Vamos caminhar, Augusta?

— Com todo prazer. Já estou cansada de observar o mesmo cenário por tanto tempo. Venha, Jane, dê-me seu braço.

Jane recusou, os Elton se levantaram e começaram a caminhar.

— Que casal feliz — disse Frank Churchill, quando estavam longe o suficiente para não conseguirem ouvi-lo. — Como combinam um com o outro! É muita sorte, já que se casaram tão rapidamente e se conheceram em um lugar público. Eles se conheciam apenas havia algumas semanas, em Bath! É muita sorte! Todos sabem que em Bath, assim como em qualquer outro lugar público, o conhecimento aprofundado que se pode ter de uma pessoa é quase nulo. Basta apenas observar as mulheres em suas casas, entre os seus familiares, do jeito que são, e você poderá formar uma opinião sobre suas personalidades. Se não for possível fazer isso, devemos depender da sorte e da intuição. E normalmente não somos felizardos. Quantos homens já se comprometeram sem conhecer direito uma moça e depois lamentaram isso pelo resto da vida!

A srta. Fairfax, que mal falara antes, agora comentou:

— Sem dúvida, tais coisas acontecem.

Foi interrompida por um acesso de tosse. Frank Churchill voltou-se em sua direção para escutá-la.

— Você dizia... — disse ele, gravemente.

Ela recuperou a voz e disse:

— Eu apenas fazia a observação de que, embora certas desgraças ocorram tanto para homens como para mulheres, não creio que sejam frequentes. Uma atração rápida e imprudente pode surgir, mas sempre há a possibilidade de se fazer uma reflexão. O que quero dizer é que, no fundo, apenas pessoas de caráter duvidoso e fraco, cuja felicidade sempre dependerá da sorte, permitem que um infeliz encontro seja um inconveniente ou uma opressão para o resto da vida.

Ele não respondeu, apenas olhou para ela e fez uma reverência em aprovação. Em seguida disse, em um tom bastante animado:

— Bem, tenho tão pouca confiança em meu próprio julgamento que, se eu me casar, espero que alguém escolha a minha esposa. E você? — voltou-se para Emma. — Escolherá uma esposa para mim? Tenho certeza de que gostarei de qualquer moça que escolher para mim. Você cuida da sua família, não? — voltou-se então para o pai. — Encontre alguém para mim. Não tenho pressa. Adote a moça e eduque-a.

— Para que fique parecida comigo.

— Se isso for possível.

— Muito bem. Eu aceito o encargo. Você terá uma esposa encantadora.

— Ela deve ser muito alegre e ter olhos amendoados. Não me importo com o resto. Eu devo morar fora do país por alguns anos e, quando retornar, virei em busca de uma esposa. Lembre-se disso.

Emma não corria o risco de se esquecer. Esse era o tipo de encargo que tocava cada um de seus sentimentos. Harriet não seria a moça descrita por ele? Com exceção dos olhos amendoados, dois anos seriam o suficiente para que ela se transformasse em tudo que ele desejava. Talvez ele até já pensasse em Harriet naquele momento, quem poderia saber? A referência à educação poderia muito bem indicar que se referia a ela.

— Agora, minha tia, vamos juntar-nos aos Elton?

— Como queira, minha querida. Vou de todo o coração. Estou muito disposta. Eu já estava pronta para ir ao encontro deles, mas podemos ir agora. Logo encontraremos a sra. Elton. Ali está ela! Não... é outra pessoa. É uma das senhoras do grupo irlandês, não se parece nada com ela. Bem, creio que...

Elas caminharam um pouco e, cerca de meio minuto depois, foram seguidas pelo sr. Knightley. Ficaram sentados apenas o sr. Weston, seu filho, Emma e Harriet. A animação do jovem rapaz chegou a um nível desagradável. Até mesmo Emma se cansou de tantos elogios e tanta alegria, e preferiu caminhar sozinha ou talvez se sentar só, apenas para observar as belas paisagens à sua volta. Ver os criados procurando por eles para dar notícias sobre as carruagens foi um alívio, e até mesmo a agitação da partida e a insistência da sra. Elton para que sua carruagem fosse a primeira a partir foram recebidas com alegria, diante da perspectiva de viajar com tranquilidade para casa, para encerrar com brilhantismo todos os prazeres desse dia. Emma esperava não participar de mais nenhum tipo de plano composto por gente tão mal escolhida.

Enquanto esperava pela carruagem, percebeu que o sr. Knightley estava ao seu lado. Ele olhou ao redor, como se avaliasse se havia alguém por perto, e então disse:

— Emma, devo falar com você, como de costume. Um privilégio que, suponho, além de me permitir, me sustenta, mas devo atuar como sempre. Não posso ver você agir incorretamente sem chamar sua atenção. Como pôde ter sido tão cruel com a srta. Bates? Como pôde ter sido tão insolente com uma mulher de caráter, na idade dela e na situação em que ela vive? Emma, nunca imaginei que você fosse capaz de algo desse tipo.

Emma procurou lembrar-se, ficou corada, arrependeu-se, mas tentou rir de tudo.

— Não consegui resistir. Ninguém conseguiria. Não acredito que agi tão errado assim. Acho até que ela nem entendeu o que eu disse.

— Posso garantir-lhe que ela entendeu, sim. Ficou muito magoada. Não parou de falar no assunto. Eu gostaria que você pudesse ouvi-la, para conhecer sua candura e generosidade. Gostaria que você a tivesse ouvido honrar seus antepassados, Emma, que sempre foram atenciosos com ela, assim como sempre recebeu toda paciência e atenção de sua parte e de seu pai, mesmo quando a companhia dela deve ser tão maçante.

— Oh! — exclamou Emma. — Eu sei que não há uma pessoa tão boa no mundo, mas, com o perdão da palavra, ela mescla o que há de mais de bondoso e mais ridículo que possa existir em uma pessoa.

— Eu sei disso — disse ele. — E se ela fosse uma mulher de posses, até poderia admitir que houvesse certo domínio do ridículo sobre o bom. Se ela fosse uma mulher de sorte, deixaria que todos os absurdos inofensivos dela seguissem seu curso, e não chamaria sua atenção por ter falado daquele jeito. Se ela estivesse no mesmo patamar que você... mas, Emma, considere quanto essa realidade é diferente. Ela é pobre, não tem mais os confortos que teve ao nascer e, quando for mais velha, provavelmente terá uma vida ainda pior. A situação dela deveria merecer sua compaixão. De fato, você agiu muito errado! Logo você, que ela conhece desde pequena, que ela viu crescer, justo em um período em que ela merecia toda honra, para que agora você agisse sem pensar, apenas por orgulho, para rir dela e humilhá-la. Além de fazer isso bem na frente da sobrinha e das outras pessoas, algumas até poderão imitar o modo como você agiu. Isso não é digno de você, Emma. E a mim não agradou de modo nenhum, mas creio que devo... sim, devo, já que posso, dizer-lhe estas verdades e ter o consolo de que agi como um amigo leal e que lhe dei um bom conselho. Só posso esperar que, em breve, você se dê conta de quanto eu tenho razão.

Enquanto conversavam, eles seguiam em direção à carruagem, que já estava pronta. E, antes que ela pudesse dizer algo, ele a ajudou a subir. Ele interpretou erroneamente as razões que a fizeram ficar calada e de cabeça baixa. Emma sentia um misto de raiva de si mesma, vergonha e arrependimento. Ela não conseguiu falar e, ao entrar na carruagem, jogou-se no assento e ficou paralisada por alguns momentos. Só depois começou a se reprovar por não ter se despedido, não ter reconhecido as verdades daquelas observações, ter se mostrado ofendida, e olhou pela janela com a intenção de demonstrar a ele que não era nada isso. Porém, era tarde demais. Ele partira, seus cavalos já estavam em movimento. Ela continuou a olhar para trás, mas foi em vão e, com uma velocidade incomum, já estavam no meio do caminho, e tudo foi deixado de lado. Ela estava mais envergonhada do que poderia dizer, muito mais do que deixava transparecer. Em toda a sua vida, Emma nunca se sentira tão agitada, envergonhada e entristecida. E como foi capaz de deixar o sr. Knightley sem uma palavra de gratidão, de concordância, de simples amizade!

O tempo não a consolou. Quanto mais refletia sobre o assunto, mais parecia sentir. Ela nunca estivera tão deprimida. Felizmente, não era preciso falar. Estava apenas na companhia de Harriet, que parecia cansada, sem querer conversar. E Emma sentiu as lágrimas correrem por seu rosto durante todo o caminho até sua casa, sem se dar ao trabalho de enxugá-las, de tão abundantes.

Capítulo 44

O fracassado passeio a Box Hill não saiu do pensamento de Emma. Ela não saberia dizer o que os demais do grupo estavam pensando. Cada qual em sua casa, com seus diferentes modos de pensar, eles poderiam lembrar-se do passeio com prazer. Contudo, para ela, fora uma manhã desperdiçada, totalmente desprovida de satisfação racional e parecia ainda pior cada vez que recordava. Uma tarde inteira jogando gamão com o pai foi motivo de felicidade para Emma. Aquele era o maior, o mais verdadeiro de seus prazeres, já que dedicava as melhores horas do seu dia a alegrar o pai. Pensava que, apesar de não ser merecedora do profundo afeto e da verdadeira estima do sr. Knightley, geralmente sua conduta não merecia uma reprovação tão severa. Como filha, tinha a esperança de não ser chamada de sem coração, esperava que ninguém pudesse censurá-la: "Como você pôde ter sido tão cruel com seu pai? Eu devo... eu lhe direi a verdade sempre que puder". A srta. Bates... oh! Não, nunca mais voltaria a fazer o que fez! Se as atenções que no futuro poderia ter com ela fizessem-na esquecer do passado. Ela fora negligente e sua consciência lhe dizia isso. Portara-se pior em pensamento do que pelo que realmente fizera; fora desrespeitosa, pouco amável. Mas jamais faria isso novamente. Em sinal de profundo arrependimento, visitaria a srta. Bates no dia seguinte e, de sua parte, aquele seria o começo de uma amizade regular, igualitária e amável.

Emma estava bastante determinada e, no dia seguinte, saiu de casa cedo: nada a deteria. Considerou a probabilidade de encontrar o sr. Knightley no caminho; ou, talvez, ele fizesse uma visita à sua casa enquanto ela estava na casa das Bates. Ela não fazia objeção. Não se envergonharia da sua penitência, tão merecida e imposta por ela mesma. Enquanto caminhava, olhou em direção a Donwell, mas não o viu.

"As senhoras estavam todas em casa." Emma nunca sentira tanta alegria ao ouvir essas palavras, nem entrara pelo corredor nem subira a escada com tanta vontade de proporcionar alegria. Antes, sempre entrara nessa casa como se fosse um espetáculo ridículo.

Houve um alvoroço com a sua chegada, passos e palavras rápidas. Ela ouviu a voz da srta. Bates, algo deveria ser feito com urgência. A empregada parecia assustada e confusa; pediu a Emma que esperasse um momento e logo a fez entrar. Tia e sobrinha pareciam estar no quarto ao lado e Emma teve a impressão de que Jane não passava bem e, antes de a porta se fechar, ouviu a srta. Bates dizer:

— Bem, querida, direi que está acamada e que não se encontra em condição para receber uma visita.

A pobre sra. Bates, gentil e humilde como de costume, não parecia entender o que acontecia.

— Receio que Jane não esteja muito bem — disse ela —, mas não sei, elas me dizem que está bem. Acho que minha filha virá em seguida, srta. Woodhouse. Escolha uma cadeira para se sentar. Se Hetty não tivesse ido embora... Já não sou de grande serventia... já pegou uma cadeira para se sentar, querida? Sente-se onde quiser. Tenho certeza de que ela logo virá.

Emma desejava que fosse assim. Por um momento, teve receio de que a srta. Bates estivesse evitando-a. Mas, finalmente, ela entrou na sala. Estava muito alegre e agradecida pela visita. Mas a consciência de Emma lhe disse que a srta. Bates não agia com a mesma desenvoltura alegre de antes; parecia menos feliz. Ela esperava que perguntar sobre Jane fosse o suficiente para restabelecer a cordialidade de antes. O efeito foi imediato.

— Ah! Srta. Woodhouse, como é gentil! Suponho que tenha ouvido... e veio trazer-nos um pouco de alegria. Pode parecer que não estou muito alegre — piscou rapidamente para se livrar de uma ou duas lágrimas. — Mas será muito difícil para nós nos separarmos de Jane, depois de ela ter ficado tanto tempo conosco, mas ela está com uma forte enxaqueca, justo agora, porque passou a manhã inteira escrevendo cartas. Eram cartas muito longas, destinadas ao Coronel Campbell e à sra. Dixon. Eu acabei dizendo a Jane que ela ficaria cega, pois estava com os olhos cheios d'água. Não é de estranhar... de fato, não. É uma grande mudança e, embora seja incrivelmente afortunada... com um emprego como esse... suponho que nenhuma jovem tenha encontrado algo parecido na primeira vez que buscou conseguir um emprego. Não pense que somos mal-agradecidas, srta. Woodhouse, diante de tamanha sorte — novamente, dispersou as lágrimas —, mas pobrezinha! Se visse a enxaqueca que ela está tendo! Quando alguém sente tamanha dor, não há nada que alivie. Ela está muito abatida. Se alguém olhar para ela, não conseguirá pensar quanto está encantada e feliz por ter garantido tal emprego. Você deverá perdoá-la por não estar aqui na sala, ela não tem condição para isso, foi para o quarto se deitar. "Minha querida", disse eu, "eu vou falar que você está acamada". Mas, ela não está deitada, está dando voltas pelo quarto. Contudo, agora que já escreveu as cartas, disse-me que ficará boa em breve. Ela ficará muito ressentida por não tê-la visto, srta. Woodhouse, mas tenho certeza de que a perdoará. A srta. ficou esperando na porta... fiquei muito envergonhada... houve uma certa confusão, pois não ouvimos quando você bateu. Até você subir as escadas, não sabíamos que alguém estava chegando. "É apenas a sra. Cole", disse eu, "tenho certeza". Ninguém aqui na vila faz visitas tão cedo. Mas, então, Patty entrou e avisou que era a srta.. "Oh, é a srta. Woodhouse", disse eu, "tenho certeza de que você ficará feliz em vê-la". "Bem", disse ela, "um dia ou outro poderei vê-la, mas agora não posso receber ninguém", disse, enquanto se levantava. E esse foi o motivo pelo qual a fizemos esperar, sentimos tanto, ficamos com tanta vergonha. "Se você tem de ir, querida", disse eu, "direi que está acamada".

Emma ficou bastante interessada. Fazia tempo que sentia um afeto cada vez maior por Jane, e a descrição das atribulações pelas quais passava naquele momento apagou da sua memória toda suspeita e todo receio, e somente inspirou-lhe compaixão. E, ao recordar impressões menos justas e gentis do passado, foi obrigada a admitir que, naturalmente, Jane havia-se decidido pela sra. Cole em vez de qualquer outra de suas amigas e não suportava a ideia de vê-la. Falou de acordo com seus sentimentos, lamentando imensamente a situação e mostrando-se interessada por ela, desejando sinceramente que as circunstâncias mencionadas pela srta. Bates representassem as melhores vantagens possíves para a srta. Fairfax. Disse que pensava ser uma difícil prova para todas elas, mas havia entendido que Jane esperaria para tomar uma decisão somente após o retorno do Coronel Campbell.

— Tão gentil — respondeu a srta. Bates. — Você é sempre muito gentil.

Emma não conseguiu suportar aquele "sempre" e, para se esquivar de tamanha gratidão, fez uma pergunta direta:

— Onde, posso perguntar? Para onde a srta. Fairfax vai?

— Para a casa da sra. Smallridge, uma senhora encantadora, de grande posição; cuidará de suas três filhas, meninas maravilhosas. É impossível imaginar um emprego mais repleto de conforto, com exceção, é claro, da família das senhoras Suckling e Bragge. Mas a sra. Smallridge é íntima das duas e moram na mesma região. Acho que moram a cerca de seis quilômetros de Maple Grove. Jane irá morar bem perto de Maple Grove.

— Suponho que a sra. Elton foi a pessoa que deve...

— Sim, a boa sra. Elton. A mais infatigável e verdadeira amiga. Ela não teria aceitado uma negativa. Ela não permitiria que Jane dissesse "não". Pois, ao ouvir a proposta anteontem, na manhã em que estivemos em Donwell, Jane estava disposta a recusá-la pelas razões que você já mencionou, exatamente como você disse, ela não mudaria de opinião até o retorno do Coronel Campbell. E nada a faria mudar de ideia. Foi o que ela disse à sra. Elton diversas vezes. Posso garantir-lhe que eu mesma não imaginava que ela poderia mudar de ideia! Mas a boa sra. Elton, cujo julgamento nunca falha, enxergou mais longe do que eu. Não é todo mundo que pode insistir de modo tão amável quanto ela ao não aceitar a recusa de Jane... Negou-se a escrever uma carta falando da recusa, como Jane insistira que ela fizesse. Disse que esperaria... até que no fim da tarde Jane aceitou. Foi uma grande surpresa para mim! Eu não imaginava! Jane conversou a sós com a sra. Elton e, depois de refletir sobre as vantagens do emprego, chegou à conclusão de que deveria aceitá-lo. Eu não sabia de nada até que tudo já estava acertado.

— Vocês passaram a noite na companhia da sra. Elton?

— Sim, todas nós. A sra. Elton veio visitar-nos. Combinamos logo após o passeio a Box Hill, enquanto caminhávamos na companhia do sr. Knightley. "Todos vocês devem passar a tarde na minha casa", disse ela.

— O sr. Knightley estava lá também, então?

— Não, o sr. Knightley recusou a princípio e, embora eu tivesse achado que ele aceitaria o convite, pois a sra. Elton afirmou que não o deixaria escapar, ele acabou não indo. Mas eu, mamãe e Jane estávamos lá, e tivemos uma noite agradável. Como você bem sabe, srta. Woodhouse, todos foram muito amáveis, mesmo após uma manhã fatigante. Até mesmo o prazer é fatigante... E não posso dizer que tive a impressão de que todos se divertiram muito com aquele passeio. Apesar de tudo, sempre pensarei que foi uma excursão muito agradável e me sinto muito agradecida aos bons amigos que me convidaram.

— Suponho que a srta. Fairfax, embora não estivesse ciente disso, tenha refletido o dia inteiro sobre o assunto.

— Eu creio que sim.

— Quando chegar a hora de ela partir, será um momento difícil, tanto para ela como para seus amigos... mas confio que seu emprego seja o mais agradável possível. E estou referindo-me ao caráter e aos modos da família.

— Obrigada, srta. Woodhouse. Sim, de fato, eu acredito que nada lhe faltará para que seja feliz. Com exceção dos Suckling e dos Bragge, não há outra família mais adequada, mais generosa e distinta. A sra. Smallridge é uma dama encantadora! Com um estilo de vida quase igual a Maple Grove... e quanto às crianças, excetuando-se os pequenos Suckling e os Bragge, não há crianças mais meigas e bem-educadas. Jane será tratada com muita gentileza! A vida dela será repleta de alegrias, nada mais do que alegrias. E o salário! Não ouso mencionar o salário que ela irá receber, srta. Woodhouse. Até mesmo a srta., que está acostumada a grandes quantias, dificilmente acreditaria quanto uma pessoa jovem como Jane irá ganhar.

— Ah, srta. Bates! — exclamou Emma. — Se as outras crianças forem como eu me lembro que fui um dia, creio que pagar cinco vezes mais o que as governantas ganham não é uma grande quantia em dinheiro.

— Você... sempre com ideias tão nobres!

— E quando a srta. Fairfax partirá?

— Será em breve, muito em breve. De fato, isso é o pior de tudo. Dentro de quinze dias. A sra. Smallridge tem um pouco de pressa. Não sei como minha mãe irá suportar. Eu faço o que posso para fazê-la esquecer e digo: "Vamos, mamãe, não pense mais nisso...".

— Todos os seus amigos sentirão muito sua partida. Será que o Coronel Campbell e a esposa não ficarão aborrecidos por ela ter firmado um compromisso antes que eles retornassem?

— Sim, Jane disse que eles certamente ficarão aborrecidos. Mas, é claro, esse é o tipo de emprego que ela não poderia recusar. Eu fiquei tão surpresa quando me contou o que acordara com a sra. Elton e quando, depois, a sra. Elton veio felicitar-me! Foi antes de tomarmos o chá... não, espere... não poderia ter sido antes do chá porque começamos a jogar cartas... mas, sim, sim... foi antes do chá, pelo que posso lembrar-me... Oh, não! Agora me lembro, aí está; antes do chá ocorreu algo, mas não foi isso. Chamaram o sr. Elton antes do chá porque o filho de John Abdy queria falar com ele. Pobre John! Sinto um grande afeto por ele. Trabalhou para meu pobre pai durante vinte e sete anos e agora o pobre John já é muito velho, não pode levantar-se da cama e está muito mal do reumatismo. Devo visitá-lo ainda hoje, tenho certeza de que Jane irá acompanhar-me se melhorar. E o pobre filho de John veio falar com o sr. Elton sobre um auxílio paroquial. O rapaz está muito bem, sabia? Ele recebe um bom salário na hospedaria Crown, cuida dos cavalos e todas essas tarefas, mas, apesar de tudo, precisa de ajuda para cuidar do pai. E quando o sr. Elton retornou, contou o que John lhe disse que enviara o cavalo até Randalls para que o sr. Churchill fosse para Richmond. Foi isso que aconteceu antes do chá. Portanto, foi logo após o chá que Jane conversou com a sra. Elton.

A srta. Bates dificilmente daria tempo para Emma comentar e dizer que tudo aquilo era novidade para ela. Mas, sem saber quanto Emma ignorava a partida do sr. Frank Churchill, contou tudo imediatamente, e ela não precisou perguntar nada.

O que o sr. Elton ouvira do jovem rapaz era um resumo do que ele e os criados de Randalls sabiam. Pouco depois da visita a Box Hill, uma mensagem de Richmond chegou e trouxe notícias que não causaram nenhuma surpresa. O sr. Churchill escrevera uma carta ao sobrinho, na qual comentava a respeito do estado de saúde da sra. Churchill, aparentemente normal, e apenas lhe implorava para que retornasse no máximo até a manhã seguinte. Porém, o sr. Frank Churchill decidiu retornar imediatamente, sem demorar nem mais um minuto e, como o cavalo de Frank parecia não estar muito bem, Tom fora chamado para trazer uma carruagem, que logo seguiu seu caminho.

Não havia nada nesse relato que fosse surpreendente ou interessante, apenas chamou a atenção de Emma porque tinha relação com outro caso sobre o qual já refletia. Ficou impressionada com os caprichos da sra. Churchill e a vida de Jane Fairfax. Uma tinha tudo e a outra, nada... ela pensou sobre o destino de certas mulheres, totalmente indiferente ao que tinha diante dos olhos, até que a srta. Bates a despertou, dizendo:

— Ah, sei o que está pensando a respeito do piano. O que faremos com ele? Sim, sim, é verdade. A pobre Jane falou sobre isso agorinha mesmo. "Ele irá embora. Ele e eu devemos partir. Não terá serventia aqui", disse ela. "Mas que fique aqui até o retorno do Coronel Campbell. Falarei com ele sobre o piano e tenho certeza de que ele dará um jeito por mim, e me ajudará em todas as minhas dificuldades." E até hoje não tenho certeza se o piano foi um presente do coronel ou de sua filha.

Agora, Emma foi obrigada a pensar no piano e a lembrança de todas as suas antigas, fantasiosas e injustas suposições foi tão desagradável, que logo percebeu que sua visita já estava longa demais. Após repetir tudo que acreditava ser adequado dizer sobre as coisas boas que desejava e quanto era sincera, despediu-se e foi embora.

Capítulo 45

Enquanto caminhava de volta para Hartfield, as meditações de Emma não foram interrompidas, mas, ao entrar na sala de estar, encontrou duas pessoas que deviam ouvi-las. O sr. Knightley e Harriet chegaram enquanto ela estava fora de casa e estavam sentados conversando com o sr. Woodhouse. O sr. Knightley levantou-se imediatamente e, em tom visivelmente mais grave do que de costume, disse:

— Eu não poderia partir sem deixar de vê-la, mas, como não tenho tempo a perder, devo ser direto. Estou de partida para Londres, ficarei alguns dias com John e Isabella. Você tem algo a dizer ou enviar para eles, além de amor, que é algo impossível para alguém entregar?

— Não, não tenho nada a lhe recomendar. Mas essa viagem não foi algo decidido de última hora?

— Bem... Na verdade... Eu tenho pensado nisso há algum tempo.

Emma tinha certeza de que ele não a perdoara, sua atitude era evidente. Mas confiava que o tempo o convenceria de que voltariam a ser amigos. Apesar de ele já estar de pé, disposto a sair a qualquer momento, seu pai começou a fazer perguntas.

— Bem, querida, não lhe aconteceu nada no caminho? Como estão minha boa amiga e sua filha? Estou certo de que ficaram muito contentes com sua visita. Emma fez uma visita à senhora Bates e à família, sr. Knightley, como lhe disse antes. Ela é sempre tão atenciosa com elas!

Emma corou diante de um elogio que não merecia. E, com um sorriso e um balançar de cabeça, que já dizia muita coisa, ela olhou para o sr. Knightley. Pareceu-lhe que isso provocou uma impressão instantânea a seu favor, como se os olhos dele captassem dos seus toda a verdade e todos aqueles bons sentimentos de Emma, que foram rapidamente compreendidos e honrados. Ele olhou para ela com respeito e certo brilho no olhar. E ela se sentiu grata. E, logo em seguida, com um movimento de pura simpatia, ele tomou sua mão. Na verdade, Emma não saberia dizer qual deles tomou a iniciativa. Talvez ela tenha oferecido a mão, mas ele a apertou e estava prestes a beijá-la, porém algo o fez mudar de ideia e a soltou bruscamente. Por que ele teve receio de beijar a sua mão? Por que mudou de ideia? Essas eram perguntas para as quais ela não tinha resposta. Talvez ele tivesse feito melhor, pensou ela, se não tivesse parado. Entretanto, que tivera a intenção de beijá-la era um fato incontestável. Talvez tenha desistido porque não tinha o hábito de fazer certos galanteios ou porque qualquer outro motivo o impedira. De modo geral, era um homem simples, porém muito digno. Emma apenas não podia deixar de pensar na tentativa de beijo com grande satisfação. Revelava uma grande amizade. Logo em seguida, ele partiu. O sr. Knightley sempre agia de forma segura e sem hesitação, mas, naqueles momentos de sua partida, sua atitude parecia mais brusca do que de costume.

Emma não lamentava a visita à srta. Bates, mas se pudesse ter saído de lá uns dez minutos antes gostaria muito de ter conversado com o sr. Knightley a respeito do emprego de Jane Fairfax. Tampouco lamentava a visita dele ao irmão, à cunhada e aos sobrinhos porque sabia quanto ficariam alegres. Apenas desejou que ele tivesse escolhido uma época melhor e que anunciasse sua viagem com um pouco mais de antecedência. De todo modo, despediram-se amigavelmente, e Emma não podia duvidar do significado da sua atitude e do seu galanteio interrompido. Tudo aquilo parecia garantir que ele voltara a ter melhor opinião a respeito dela. O sr. Knightley permaneceu em Hartfield por mais de meia hora. Foi o que ela pensou. Emma lamentou não ter voltado um pouco mais cedo!

Na esperança de desviar os pensamentos do pai da desagradável notícia da viagem do sr. Knightley a Londres de forma tão repentina, ainda mais a cavalo, o que geraria uma péssima repercussão, Emma contou as novidades a respeito de Jane Fairfax, e suas palavras produziram o efeito que esperava, pois o sr. Woodhouse passou a se interessar por algo completamente novo e que não o perturbava. Ele já havia decidido que o melhor para Jane Fairfax era se tornar uma governanta, e pôde falar do assunto com entusiasmo. Contudo, a viagem do sr. Knightley fora um golpe inesperado.

— Estou realmente muito feliz, minha querida, por saber que ela ficará confortavelmente instalada. A sra. Elton tem um bom coração e é muito agradável, ouso dizer que os conhecidos dela são exatamente o tipo de pessoas que ela diz serem. Espero que seja uma casa arejada e que Jane esteja bem de saúde. Creio que isso deveria ser a primeira coisa a se pensar, como eu sempre tive esse tipo de cuidado com a srta. Taylor enquanto ela morou conosco. Só espero que, em um aspecto, ela tenha mais sorte: que não a obriguem a se casar depois de ter morado tanto tempo na casa.

No dia seguinte, receberam notícias de Richmond, e os demais assuntos foram esquecidos. Uma carta entregue pela diligência chegou a Randalls anunciando a morte da sra. Churchill! Embora não tivessem dado motivos alarmantes para que Frank voltasse apressadamente, quando ele chegou, só restavam à pobre senhora cerca de trinta e seis horas de vida. Foi um ataque súbito, de uma natureza distinta do seu estado geral de saúde, que causou a sua morte depois de uma breve agonia. A grande sra. Churchill dera seu último suspiro.

Sua morte foi sentida como acontecimentos como esse devem ser lamentados. Todos se mostraram um pouco sérios e tristes, compassivos com a falecida, interessados pelos amigos e, após um tempo razoável, curiosos para saber onde ela seria enterrada. Como Goldsmith[1] nos diz em seu poema: quando uma mulher encantadora se entrega à loucura, nada lhe resta senão morrer; e quando ela passa a ser desagradável, é igualmente recomendável a morte para que não tenha má fama. A sra. Churchill, depois de ser antagonizada por pelo menos vinte e cinco anos, agora era exaltada com compassiva benevolência. Em um único aspecto a sra. Churchill tinha razão. As pessoas não acreditavam muito que ela estivesse realmente doente. A morte a livrara de todas as suas manias, de todos os males imaginários que inventava por puro egoísmo.

"Pobre sra. Churchill, sem dúvida, sofreu bastante! Muito mais do que as outras pessoas imaginaram, e o sofrimento contínuo sempre pode alterar o temperamento. Foi um acontecimento lamentável, um grande choque. Apesar de todas as suas faltas, o que o sr. Churchill fará sem ela? O marido sofrerá imensamente essa perda. Talvez jamais consiga recuperar-se."

Até mesmo o sr. Weston lamentou, balançou a cabeça de maneira solene, e disse:

— Ah! Pobre mulher, quem pensaria que isso fosse acontecer!

E decidiu que seu luto seria o mais sério possível, enquanto sua esposa ficou ali sentada, suspirando e fazendo comentários cheios de comiseração e bom-senso, verdade e firmeza. Como a morte da senhora afetaria Frank era uma das grandes preocupações de ambos. Emma também começou a pensar no assunto, assim que soube da notícia. A personalidade da sra. Churchill e o luto do marido eram motivos de respeito e compaixão entre eles e depois, com uma visão menos sombria,

---

[1] Poeta inglês (1724–1774). A citação original em inglês, *when lovely woman stops to folly*, pertence ao capítulo 24 do livro *The Vicar of Wakefield*.

perguntavam-se até que ponto aquele acontecimento podia afetar Frank, até que ponto poderia beneficiá-lo, libertá-lo. Em um instante, conseguiu perceber todas as vantagens possíveis. Agora, sua relação com Harriet Smith não encontraria nenhum tipo de obstáculo. O sr. Churchill, que já não sofria a influência negativa da esposa, não receberia motivos nem receios por parte de ninguém. Ele era um homem de bom caráter, dócil, a quem seu sobrinho poderia convencer a fazer qualquer coisa. Tudo que se poderia desejar era que o sobrinho estivesse realmente interessado por uma moça, e Emma, apesar da boa vontade com aquela causa, não tinha nenhuma certeza de que algo se concretizaria.

Harriet comportou-se muito bem na ocasião, com grande autocontrole. Fossem quais fossem as esperanças, não deixou transparecer seus sentimentos. Emma ficou agradecida ao observar tal prova de força e de caráter e evitou fazer qualquer comentário que pudesse levar a amiga a fraquejar. Portanto, conversaram sobre a morte da sra. Churchill com bastante indulgência.

Frank enviou breves cartas a Randalls, comunicando-lhes seu estado e seus planos mais importantes. O sr. Churchill estava melhor do que se poderia esperar, e a primeira decisão que tomaram, após o cortejo fúnebre partir para Yorkshire, foi visitar a casa de um amigo que vivia em Windsor e a quem o sr. Churchill prometera uma visita havia mais de dez anos. No momento não poderia fazer nada por Harriet. Emma só poderia desejar-lhe felicidades no futuro.

Era muito mais urgente dar atenção a Jane Fairfax, cujas perspectivas de um futuro melhor diminuíam enquanto as chances de Harriet aumentavam, e cujo compromisso de trabalho não permitia que ninguém em Highbury que tivesse intenção de demonstrar afeição por ela demorasse a fazê-lo, uma vez que a moça não tinha muito tempo antes de partir. E esse era o principal desejo de Emma no momento. Jamais lamentara tanto a frieza com a qual tratara Jane em outra época. E a mesma pessoa que por tantos meses lhe fora indiferente agora era a pessoa com quem considerava estar em débito, a quem devia afeto e simpatia. Ela queria ser útil a Jane, demonstrar-lhe que gostava da sua companhia, que Jane era digna de respeito e consideração.

Decidiu convencê-la a passar um dia em Hartfield e enviou um bilhete com o convite. No entanto, o convite foi recusado com uma simples resposta verbal: "a srta. Fairfax está tão mal de saúde que não consegue nem escrever". E quando o sr. Perry visitou Hartfield, naquela mesma manhã, contou-lhe que a moça estava tão indisposta que nem sequer poderia receber visitas e que sofria de uma febre nervosa que o fez acreditar ser impossível que se mudasse para a casa da sra. Smallridge na data prevista.

A saúde de Jane parecia abalada, perdera todo o apetite e, embora não houvesse sintomas alarmantes que a levassem à sua antiga infecção pulmonar, o que sua família mais temia, o sr. Perry estava muito preocupado. Segundo ele, a srta. Fairfax fizera mais esforços do que poderia suportar, embora soubesse disso, mas não tinha coragem de confessar a ninguém. Seu ânimo estava muito abatido. Pelo que ele pôde observar, a casa da avó não era o lugar mais favorável para uma pessoa num estado de nervos tão precário. Jane permanecia confinada em seu quarto, o que o sr. Perry não considerava adequado. E sua boa tia, apesar de uma amiga antiga, não era a melhor companhia para uma pessoa adoentada. Sua atenção e seus cuidados eram inquestionáveis; de fato, eram exagerados. Na verdade, ele temia que Jane piorasse em vez de melhorar.

Emma ouviu o relato bastante preocupada, ficou muito triste ao saber do estado de saúde de Jane e desejou descobrir uma forma de lhe ser útil. Ela desejava roubá-la, nem que fosse por uma ou duas horas, da companhia da tia para poder oferecer à moça a oportunidade de mudar de ares e ambiente, e conversar de forma racional. Na manhã seguinte escreveu outro bilhete, usando as melhores palavras possíveis, colocando-se à disposição de Jane para um passeio em sua carruagem, a qualquer hora do dia. Emma também mencionou a opinião favorável do sr. Perry de que a paciente fizesse algum tipo de exercício. A resposta foi apenas uma simples nota:

"A srta. Fairfax agradece, mas não se encontra em condição de fazer nenhum tipo de exercício".

Emma teve a impressão de que seu bilhete merecia algo melhor, mas era impossível rebelar-se contra aquelas palavras, em cujas letras trêmulas percebia-se a escrita de uma pessoa enferma, e só pensou qual seria a melhor maneira para vencer a resistência de Jane em querer ser ajudada. Portanto, apesar da resposta negativa, Emma mandou preparar a carruagem e foi até a casa da srta. Bates, com a esperança de que poderia convencer a moça a sair com ela. Mas foi em vão, a srta. Bates foi até a porta da carruagem, demonstrando muita gratidão e afirmando que concordava plenamente com ela, também pensava que tomar um pouco de ar fresco seria muito bom para Jane. A tia entrou em casa e tentou convencer Jane novamente. No entanto, foi obrigada a retornar sem sucesso; a sobrinha estava bastante decidida: a mera menção do passeio fazia Jane piorar. Emma queria tê-la visto, até tentou convencer a srta. Bates, mas ela parecia instruída a não deixar a srta. Woodhouse passar da porta da sala.

"A verdade é que a pobre Jane não seria capaz de suportar a visita de ninguém, ninguém mesmo. A sra. Elton, é claro, não poderia ser impedida de visitá-la... E a sra. Cole havia insistido tanto... E como a sra. Perry demonstrara tanto interesse... Mas, com exceção desses casos, Jane não receberia mais ninguém."

Emma não gostaria de ser classificada no mesmo nível que as senhoras Elton, Perry e Cole, que fazem tudo à força. Nem gostaria de ter algum tipo de preferência. Portanto, resignou-se e as demais perguntas que fez à srta. Bates referiam-se apenas ao apetite da sua sobrinha e ao que ela comia, apenas com o objetivo de ser útil. Sobre esse assunto, a pobre srta. Bates estava desolada e foi bastante direta: Jane não desejava comer nada. O sr. Perry havia recomendado que comesse alimentos mais nutritivos, mas tudo que lhe davam, e só Deus sabia quanto seus vizinhos eram bondosos, Jane recusava.

Ao retornar para casa, Emma chamou imediatamente a criada para que pudessem examinar a despensa. Enviaram, junto com um bilhete, a melhor qualidade de araruta para a casa das Bates. Meia hora depois, a araruta foi devolvida, com milhares de agradecimentos da srta. Bates, que escreveu a Emma: "A querida Jane não ficaria satisfeita até que eu devolvesse a araruta, é algo que ela não pode aceitar e, além disso, ela insiste em dizer que não precisa de nada".

Quando Emma soube, depois, que Jane Fairfax foi vista caminhando pelos campos a certa distância de Highbury, na tarde desse mesmo dia em que, com a desculpa de que não estava em condições de fazer nenhum tipo de exercício, havia recusado tão veementemente seu convite para passear com ela na sua carruagem, não teve a menor dúvida, levando em consideração todos aqueles indícios, de que Jane Fairfax estava decidida a não aceitar nenhum favor dela.

Ela sentiu o golpe e sentiu muito. Ficou muito triste ao se ver em uma situação como aquela, talvez a mais difícil de todas, sentindo-se bastante envergonhada, percebendo que tudo que fizesse seria inútil e que não poderia lutar contra aquilo. Sentia-se humilhada por ver que seus sentimentos não eram reconhecidos e que a consideravam tão pouco digna de amizade. No entanto, tinha o consolo de pensar que suas intenções eram boas e de poder dizer a si mesma que, se o sr. Knightley tivesse a oportunidade de saber de todas as suas tentativas de ajudar Jane Fairfax, se pudesse examinar seu coração, dessa vez não encontraria nenhum motivo para reprová-la.

Capítulo 46

Uma manhã, cerca de dez dias após a morte da sra. Churchill, Emma foi chamada até a porta para receber o sr. Weston, que não poderia ficar nem cinco minutos, mas gostaria de ter uma conversa particular com ela.

Ele a encontrou no *hall* e, nem bem perguntou como ela estava, foi logo dizendo, de maneira bastante incomum, para que o sr. Woodhouse não os ouvisse:

— Poderia acompanhar-me até Randalls? Venha, se for possível. Minha esposa deseja vê-la. Ela precisa vê-la.

— Ela está passando mal?

— Não, não... de forma nenhuma. Está um pouco agitada. Teria vindo de carruagem para visitá-la, mas desejava estar a sós com você — inclinando a cabeça na direção de sr. Woodhouse. — Bem... Será que pode me acompanhar?

— Certamente. Posso ir neste momento, se desejar. É impossível recusar o que me pede. Mas o que terá acontecido? Tem certeza de que ela não está doente?

— Confie em mim, mas não me faça mais perguntas. Você saberá a verdade quando chegar em minha casa. É algo extraordinário! Mas vamos, vamos!

Emma não conseguiu descobrir o assunto. Pelo jeito como ele agia, parecia algo muito importante. Mas, como sua amiga estava bem de saúde, ela se esforçou para não ficar preocupada. Depois de avisar ao pai que faria sua caminhada, ela e o sr. Weston partiram juntos em direção a Randalls.

— Agora — disse Emma, quando eles já estavam bem longe dos portões da casa —, sr. Weston, diga-me o que aconteceu, por favor.

— Não, não... — ele respondeu, seriamente. — Não me pergunte nada. Eu prometi à minha esposa que deixaria que ela lhe contasse. Ela poderá contar-lhe melhor do que eu. Não seja impaciente, Emma, logo saberá a verdade.

— Por favor, conte-me! — exclamou Emma, um pouco aterrorizada. — Deus do céu! Sr. Weston, diga-me de uma vez por todas. Aconteceu algo na casa de Isabella e John? Tenho certeza de que aconteceu algo. Diga-me, conte-me agora mesmo o que está acontecendo.

— Não... Na verdade você está enganada.

— Sr. Weston, não brinque comigo. Considere que muitos dos meus mais queridos amigos estão na Brunswick Square, neste momento. Qual deles é? Imploro ao senhor, pelo que há de mais sagrado, não tente esconder nada.

— Dou minha palavra, Emma.

— Sua palavra! Por que não jura? Por que não jura que está tudo bem com eles? Santo Deus! O que mais pode ser, se não está relacionado com minha família e não pode contar-me?

— Posso garantir-lhe — disse ele seriamente — que sua família não está envolvida no assunto. Não tem a menor ligação com qualquer coisa relacionada ao sobrenome Knightley.

Emma recobrou o ânimo e continuou a andar.

— Eu me expressei mal — continuou o sr. Weston — ao dizer-lhe que era algo que tínhamos de lhe contar. Não precisava ser dito assim. Na verdade, não está diretamente relacionado a você... somente a mim... bem, é o que esperamos... Sim, isto é.... em resumo, minha querida Emma, não há motivo para ficar preocupada. Não posso dizer que não é um assunto desagradável... Mas as coisas poderiam ser muito piores. Se caminharmos rapidamente, logo estaremos em Randalls.

Emma compreendeu que deveria esperar, agora já não precisava fazer muito esforço, então não fez mais perguntas, deixou que sua mente fantasiosa tomasse conta de seus pensamentos e logo começou a pensar que se tratava de uma questão relacionada a dinheiro... Alguma coisa desagradável que acabaram de descobrir na família... Algo que o recente luto em Richmond trouxera à tona. Emma pensou em diversas coisas. Talvez, meia dúzia de filhos naturais... e o pobre Frank Churchill seria deserdado! Embora fosse algo indesejável, não era motivo de agonia para ela. Ela ficou apenas curiosa.

— Quem é aquele cavalheiro a cavalo? — perguntou ela, enquanto caminhavam. Perguntou apenas para não ficarem em silêncio e ajudar o sr. Weston a manter seu segredo.

— Não sei. Acho que é um dos rapazes da família Otway. Não é Frank. Não... não é ele, posso garantir. Você não o verá. Neste momento, ele já está a meio caminho para Windsor.

— Então, o senhor o viu recentemente?

— Oh! Sim. Você não sabia? Bem, bem, não tem importância.

Ele ficou em silêncio por algum tempo e então acrescentou, de forma mais precavida e recatada:

— Sim, Frank veio esta manhã apenas para ter notícias nossas.

Caminharam rapidamente e logo chegaram a Randalls.

— Bem, minha querida — disse ele, enquanto entravam na sala, eu trouxe Emma comigo e espero que, em breve, você se sinta melhor. Vou deixá-las a sós. Não há necessidade de continuar adiando.

Emma escutou-o dizer, quase num sussurro, quando saía da sala:

— Eu fiz como prometi. Emma não tem a menor ideia do que se trata.

A sra. Weston parecia tão doente, tão perturbada, que Emma ficou preocupada. Assim que ficaram sozinhas, ela perguntou:

— O que houve, minha cara amiga? Acho que algo muito desagradável aconteceu. Por favor, diga-me de uma vez por todas o que aconteceu. Caminhei até aqui no mais completo suspense. Nós duas abominamos esse tipo de suspense. Não permita que eu continue assim. É melhor você me contar o que a angustia, seja lá o que for.

— Você realmente não faz ideia do que seja? — perguntou a sra. Weston, com a voz trêmula. — Não imagina, minha querida Emma? Não consegue adivinhar o que tenho para lhe contar?

— Suspeito que seja algo relacionado ao sr. Frank Churchill.

— Você está certa. É algo que se refere a ele e vou contar-lhe imediatamente — encostou o bordado e parecia olhar para cima. — Ele esteve aqui, logo pela manhã, para nos contar algo extraordinário. É impossível descrever quanto ficamos surpresos. Ele veio conversar com o pai sobre um assunto... anunciar um compromisso...

Ela parou para respirar. Emma pensou em si mesma e depois em Harriet.

— Bem, na verdade, é algo maior do que um compromisso — resumiu a sra. Weston — é um noivado. Ele está noivo. O que você dirá, Emma... O que todos dirão quando souberem que Frank Churchill está noivo de Jane Fairfax? Quero dizer, o que dirão quando souberem que eles estão noivos há bastante tempo?

Emma quase se sobressaltou, tamanha surpresa, e, estupefata, exclamou:

— Jane Fairfax! Santo Deus! Está falando sério? Não é uma brincadeira?

— Você deve estar muito surpresa — respondeu a sra. Weston, ainda sem levantar os olhos e falando com muita rapidez para que Emma tivesse tempo de se recuperar. — Você deve estar muito surpresa. Mas é verdade. Eles estão solenemente noivos desde outubro passado. Tudo ocorreu em

Weymouth e mantiveram em segredo. Ninguém mais sabia do noivado. Nem mesmo os Campbell, nem a família de Jane ou de Frank. É algo tão incomum que, apesar de estar convencida do fato, mal posso acreditar. É quase inacreditável. Pensei que conhecesse Frank.

Emma mal podia ouvir o que ela dizia. Sua mente estava dividida entre duas ideias... as conversas que os dois haviam tido sobre a srta. Fairfax e Harriet. E, por alguns momentos, só foi capaz de exclamar, confirmar as palavras da sra. Weston ou apenas repeti-las.

— Bem... — disse ela, finalmente, tentando recuperar-se. — É o tipo de notícia que levarei mais de um dia para tentar compreender. Pois, sim! Eles estiveram noivos durante todo o inverno, bem antes de virem para Highbury?

— Ficaram noivos em outubro passado, em segredo. Fiquei muito magoada, Emma, muito magoada. Meu marido também ficou muito triste. Não podemos perdoar o modo como ele agiu.

Emma ponderou por alguns momentos e, então, respondeu:

— Não vou fingir que não entendo e farei o que for possível para consolar você, porque garanto que as atenções de Frank por mim não surtiram o efeito que você imagina.

A sra. Weston levantou os olhos, com receio de acreditar. Mas o semblante de Emma refletia a firmeza das suas palavras.

— Para que você tenha mais facilidade em acreditar que essa situação é totalmente indiferente para mim — continuou —, eu direi algo mais: houve uma época, logo no início da nossa amizade, quando eu me sentia atraída por ele, quando estava muito disposta a me apaixonar por ele... melhor dizendo, quando estive apaixonada... E talvez o mais estranho foi como terminou essa paixão. Felizmente, terminou. E a verdade é que já faz muito tempo, pelo menos três meses, que já não sinto nenhuma atração por ele. Pode acreditar em mim, minha amiga. É a mais pura verdade.

A sra. Weston beijou-a, cheia de lágrimas de alegria. E, quando conseguiu falar, garantiu a Emma que suas palavras lhe causaram mais felicidade do que qualquer outra coisa no mundo.

— O sr. Weston ficará tão aliviado quanto eu — disse ela. — Nesse sentido, erramos feio. Era nosso maior desejo que vocês dois se sentissem atraídos um pelo outro. E estávamos convencidos disso. Imagine quanto sofremos ao saber da verdade e ao pensarmos em você.

— Acabei escapando, e o fato de ter-me salvado desse perigo é uma agradável surpresa para vocês e para mim. Mas isso não o livra da sua responsabilidade, sra. Weston. Devo dizer que o modo como ele agiu é bastante censurável. Que direito ele tinha de se apresentar aqui, do modo como o fez, agindo como se não fosse comprometido? Que direito ele tinha de agradar, pois foi isso o que ele fez, de tratar de modo distinto uma jovem com suas constantes atenções, como fez, quando, na verdade, já estava comprometido com outra moça? Como não pensou no mal que poderia fazer? Como não pensou que eu poderia apaixonar-me por ele? Tudo isso é tão errado, muito errado!

— Por algo que ele disse, minha querida Emma, eu posso imaginar...

— E como ela pôde comportar-se desse jeito! Como pôde agir tão friamente! Como pôde suportar vê-lo, repetidas vezes, oferecendo sua atenção a outra moça, bem na frente dela, sem ao menos se ressentir! Esse é o tipo de frieza que não posso compreender nem suportar.

— Aconteceram alguns mal-entendidos entre os dois, Emma. Ele me contou. Não teve tempo de contar tudo em detalhes, ficou aqui apenas meia hora, e estava tão agitado que não soube utilizar o tempo para se explicar. Mas é verdade que os dois se desentenderam. Parece que esse foi o motivo da crise atual e as desavenças surgiram em virtude da sua conduta imprópria.

— Imprópria! Oh, sra. Weston, é muito benevolente para censurar. Muito pior do que imprópria, muito pior! Ele colocou seu nome na lama, não posso mais ter a mesma opinião sobre ele. Agiu de um modo oposto ao que um cavalheiro deveria agir! É algo oposto à integridade, à fidelidade e à verdade dos bons princípios, àquele desprezo às baixarias e à pequenez que todo homem deve demonstrar em todas as situações da vida.

— Não, minha querida Emma, agora devo tomar o partido dele, pois, apesar de ter agido mal, conheço-o o suficiente para ter certeza de que possui muitas, muitas qualidades, e...

— Santo Deus! — exclamou Emma, interrompendo a amiga. — A sra. Smallridge, também! Jane estava a ponto de ir trabalhar como governanta! O que ele pretendia com essa horrível falta de delicadeza? Como pôde consentir que ela se comprometesse com o emprego... Como deixou que ela tomasse tal decisão!

— Ele não sabia nada sobre isso, Emma. Nessa questão, posso perdoá-lo. Foi uma decisão pessoal de Jane, ela não lhe disse nada. Ou, pelo menos, não lhe disse de um modo convincente. Ele me contou que, até ontem, não sabia dos planos de Jane. Não sei bem como descobriu... deve ter sido por alguma carta ou alguém que lhe contou. E, ao tomar conhecimento do que ela ia fazer, ao saber de seus planos, foi quando decidiu revelar toda a verdade ao tio, esperando contar com sua boa vontade. E, em resumo, tentou pôr um fim nessa lamentável situação de mentiras, que já durava tanto tempo.

Emma começou a ouvir com mais atenção.

— Espero ter notícias dele em breve — continuou a sra. Weston. — Ele me disse, quando partia, que me escreveria em breve. E falou de um jeito que parecia prometer contar-me os detalhes que, naquele momento, não poderia contar. Vamos esperar por essa carta. Talvez tenha alguns atenuantes. Talvez possamos entender e perdoar muitas coisas que agora são incompreensíveis. Não sejamos severas, não vamos ter tanta pressa em Condená-lo. Tenhamos paciência. Eu o amo muito e, agora que você me tranquilizou sobre uma questão que me preocupava, estou muito ansiosa para que tudo termine bem e estou disposta a esperar que isso aconteça. Os dois devem ter sofrido muito com tantos segredos.

— Os sofrimentos dele — respondeu Emma, secamente — não parecem ter-lhe causado muito mal. Bem, e como o sr. Churchill recebeu a notícia?

— Foi bem favorável ao sobrinho... deu seu consentimento, sem colocar nenhum obstáculo. Imagine quanto os acontecimentos de uma semana produziram mudanças na família! Enquanto a pobre sra. Churchill passou por algo pelo qual, eu acredito, não havia esperança, chance ou possibilidade. Assim que seus restos mortais foram colocados em repouso no jazigo da família, o marido foi persuadido a agir exatamente da forma oposta à que ela teria exigido. Que grande sorte quando as más influências não sobrevivem! Custou muito pouco para que ele se convencesse e desse seu consentimento.

"Ah!", pensou Emma, "ele deveria ter feito isso por Harriet".

— Eles acertaram tudo ontem à noite e hoje, bem cedinho, ele já estava aqui. Parou em Highbury, na casa das Bates, creio eu, por algum tempo... E então veio para cá, mas estava com tanta pressa para voltar à casa do tio, a quem ele agora é mais necessário do que nunca, que, como eu lhe disse, só pôde ficar conosco por meia hora. Ele estava muito agitado, muito agitado... Completamente diferente do que estamos acostumados a ver. Além de tudo isso, houve o choque de encontrar a srta. Fairfax tão enferma, o que ele não suspeitava... Parecia que ele estava sofrendo muito.

— E você realmente acredita que esse assunto foi mantido em segredo como disse? Os Campbell e os Dixon não sabiam do noivado?

Emma não consegiu deixar de ruborizar ao pronunciar o sobrenome Dixon.

— Não, ninguém sabia. Ele me disse, de maneira bastante firme e clara, que apenas os dois tinham conhecimento do noivado.

— Bem — disse Emma. — Suponho que todos nós vamos, gradualmente, nos acostumar com a ideia, e desejo que eles sejam muito felizes. Mas sempre pensarei que ele agiu de forma abominável. Foi algo mais do que uma rede de hipocrisias e de enganos... de intrigas e de falsidades! Apresentou-se aqui fingindo espontaneidade, sinceridade e manteve seu segredo para poder conhecer-nos e nos julgar! Durante todo o inverno e toda a primavera fomos enganados, imaginando que todos éramos sinceros e francos, enquanto havia entre nós duas pessoas que se comunicavam sem que ninguém soubesse, e comparavam e julgavam sentimentos e palavras que nunca deveriam ter visto ou ouvido. Precisarão arcar com as consequências de ouvirem falar um do outro de modo não tão agradável!

— Isso é o que menos me preocupa — respondeu a sra. Weston. — Tenho certeza de que nunca disse nada de um para o outro que ambos não pudessem ter ouvido.

— Você tem sorte. Seu único engano foi confinado aos meus ouvidos, quando imaginou que certo amigo nosso estava apaixonado por certa moça.

— É verdade. Mas, como sempre tive uma boa opinião a respeito de Jane Fairfax, nenhum erro me faria falar mal dela e, quanto a criticar a postura de Frank, jamais senti a menor tentação de fazê-lo.

Nesse momento, o sr. Weston apareceu a certa distância da janela, evidentemente para observá-las. Sua esposa o olhou de maneira a convidá-lo a entrar e, enquanto ele se dirigia à sala, acrescentou:

— Agora, minha querida Emma, suplico que diga ao meu marido tudo que possa para tranquilizá-lo e faça que ele veja essa união como algo vantajoso. Vamos fazer tudo que pudermos para convencê-lo... e, sem a necessidade de mentir, podemos fazer quase todos os elogios a ela. Não é uma união da qual ele possa sentir imensa satisfação, mas se o sr. Churchill não pode colocar obstáculos, por que nós vamos fazer isso? E, no fundo, talvez seja uma sorte para Frank... quero dizer, talvez seja muito proveitoso para ele ter-se apaixonado por uma moça de tanta firmeza de caráter e de bom juízo como Jane... E ainda estou disposta a aceitar essa opinião, apesar de ele ter-se desviado de tantas normas que regem a conduta leal, e, em uma situação como a dela, não seria difícil justificar um erro como esse!

— Sim, é verdade! — exclamou Emma, bastante comovida. — Se uma mulher pode ser perdoada por pensar em si própria, é em uma situação como a de Jane Fairfax. Em casos assim, quase posso dizer que "o mundo não é deles, nem a lei é do mundo".[1]

Ela encontrou o sr. Weston na entrada da casa e, sorrindo, exclamou:

— O senhor me pregou uma bela peça, pode ter certeza! Suponho que estava querendo despertar minha curiosidade e exercitar meu talento para adivinhar. Mas realmente me assustou. Cheguei a pensar que o senhor perdera pelo menos metade da sua propriedade! E aqui estou eu, em vez de apresentar minhas condolências, tudo acabou transformando-se em alegria. Eu lhe dou os parabéns, sr. Weston, de todo o meu coração, porque ganhará, como nora, uma das moças mais encantadoras e uma das melhores damas da Inglaterra.

Um olhar entre ele e a esposa convenceu-o de que tudo estava bem e ficou instantaneamente feliz. Ele voltou a agir e

---

[1] No original, em inglês: *the world is not theirs, nor the world's law*. Aí, Jane Austen faz uma adaptação da fala de Romeu ao boticário: *The world is not thy friend, nor the world's law* — do livro *Romeu e Julieta*, escrito por William Shakespeare (1564–1616).

a falar como de costume. Cheio de gratidão, estendeu cordialmente a mão à jovem e começou a falar do assunto de modo que demonstrava que, agora, só precisava de tempo para se convencer de que aquele casamento não seria de todo ruim. Elas apenas lhe sugeriram o que poderia prevenir a imprudência e suavizar as objeções. Depois de os três terem conversado, o sr. Weston pôde falar tudo novamente para Emma e, enquanto faziam o caminho de volta a Hartfield, ele passou a aceitar a ideia e não estava longe de acreditar que fora a melhor coisa que Frank poderia ter feito.

Capítulo 47

— Harriet, pobre Harriet! — Essas eram as tristes palavras das quais Emma não conseguia desvencilhar-se, as que significavam a pior parte de toda aquela situação. Frank Churchill se comportara muito mal, muito mal, em vários aspectos, mas o que a irritava era o modo como ele agira com ela. Tanto, que ficou muito sentida com a confusão que acabou trazendo para a vida de Harriet. Pobre Harriet! Ser vítima, pela segunda vez, de erros e bajulações. O sr. Knightley estava profetizando quando lhe disse, em certa ocasião: "Emma, você não é uma boa amiga para Harriet Smith". Agora, temia que só houvesse causado males à amiga. Obviamente, dessa vez não poderia acusar-se, como na vez anterior, de ser a única responsável pela desgraça. Então, enunciara a possibilidade de sentimentos que, de outro modo, Harriet nunca teria se atrevido a conceber. Apesar de que, agora, a amiga já reconhecera sua admiração e preferência por Frank Churchill antes que insinuasse qualquer coisa a respeito. No entanto, sentia-se totalmente culpada por ajudar a fomentar sentimentos que deveria ter contribuído para dissipar. Se apenas pudesse evitar que Harriet fosse menos indulgente e não permitisse que seus sentimentos aumentassem, sua influência teria sido o suficiente. Agora estava bastante consciente de que deveria ter impedido. Sentia que acabara arriscando a felicidade da amiga sem ter motivos suficientemente sólidos. Deveria ter tido bom-senso e aconselhado a amiga a não pensar em Frank Churchill, já que havia uma chance em quinhentas de ele vir a se interessar por ela.

"Mas receio que não há nada que eu possa fazer", admitiu.

Emma estava muito zangada consigo mesma. Se não estivesse também zangada com Frank Churchill, seu estado de ânimo seria pior. Quanto a Jane Fairfax, pelo menos não precisava preocupar-se com ela. Harriet já a preocupava o suficiente; então, não precisava ter mais preocupações com Jane, cujos problemas e falta de saúde, os quais supostamente teriam a mesma origem, certamente se resolveriam. Seus dias de insignificância e penúria em breve terminariam. Logo, estaria bem, feliz e próspera. Emma bem imaginava o porquê de suas atenções serem recusadas. Aquela descoberta respondera a muitas outras questões. Sem dúvida, fora por ciúme. Para Jane, ela era uma rival e obviamente tudo que quisera oferecer-lhe como ajuda ou atenções teria de ser recusado. Fazer um passeio na carruagem de Hartfield teria sido uma tortura, a araruta procedente de Hartfield teria sido um veneno. Agora compreendia tudo, e, à medida que tentava afastar-se da injustiça ou do egoísmo de seu orgulho ferido, reconhecia que Jane Fairfax teria a exaltação e a felicidade que merecia. Mas a pobre Harriet era um fardo muito pesado! Não podia dedicar suas atenções a nenhuma outra pessoa. Emma temia que esta segunda decepção fosse ainda maior do que a primeira. Certamente seria pior, considerando-se que, desta vez, suas aspirações eram maiores, a julgar pelos poderosos efeitos que aparentemente aquela paixão teria produzido na mente de Harriet, a ponto de deixá-la mais reservada e controlada. No entanto, precisaria comunicar a triste verdade à amiga o quanto antes. Ao se despedir do sr. Weston, ele lhe pediu segredo: "Até o momento, o noivado dos dois é segredo. O sr. Churchill exigiu que fosse assim, em respeito à esposa, falecida tão recentemente, e todos concordaram que seria a opção mais acertada". Emma prometeu, mas, apesar de tudo, Harriet deveria ser uma exceção. Era sua obrigação contar-lhe a verdade.

Apesar da vergonha, não podia evitar pensar que era quase ridículo que precisasse comunicar a Harriet a mais penosa e delicada notícia que a sra. Weston acabara de lhe dar. O segredo que lhe fora ansiosamente transmitido, agora, seria transmitido com bastante receio a outra pessoa.

Sentiu o coração bater mais forte ao ouvir os passos e a voz de Harriet. Pensou que a sra. Weston passara pela mesma reação quando ela entrara em Randalls. Quisera Deus que a sua conversa tivesse o mesmo final feliz! Mas, na verdade, infelizmente, não haveria a menor possibilidade de isso acontecer.

— Bem, srta. Woodhouse! — exclamou Harriet ao entrar rapidamente pela sala — Não lhe parece a notícia mais extraordinária de todos os tempos?

— A que notícia você se refere? — perguntou Emma, incapaz de adivinhar pela aparência ou pela voz que Harriet já soubesse da verdade.

— Sobre Jane Fairfax. Já ouviu algo tão estranho? Oh! Não precisa ter nenhum receio de me contar, porque o sr. Weston já me disse tudo. Acabo de encontrar com ele. Ele me avisou que era um segredo para todos e, portanto, não devo contar a mais ninguém. Além disso, falou que você já sabia.

— O que o sr. Weston lhe contou? — disse Emma, ainda perplexa.

— Oh! Ele me contou tudo: que Jane Fairfax e o sr. Frank Churchill vão casar-se e que ficaram noivos em segredo, sem que ninguém soubesse até o momento. Muito estranho!

De fato, muito estranho. O comportamento de Harriet era tão estranho que não conseguiu entender o que se passava. Parecia que seu caráter havia mudado completamente, como se não quisesse demonstrar nenhum tipo de emoção, nenhuma decepção, nenhum interesse especial pela notícia. Emma apenas olhava para a amiga, incapaz de dizer qualquer coisa.

— Você desconfiava que estavam apaixonados um pelo outro? — perguntou Harriet — Bem, acho que talvez você tenha suspeitado disso. Você — corou enquanto falava —, que consegue enxergar o que se passa no coração de todos, mas ninguém mais...

— Pois lhe digo: começo a duvidar de que tenha de fato tal talento — respondeu Emma. — Mas, Harriet, como pode perguntar-me seriamente se eu suspeitava que ele estava apaixonado por outra mulher, enquanto eu a encorajava, de maneira tácita e não abertamente, a se guiar por seus próprios sentimentos? Eu jamais suspeitei de alguma coisa, até o último instante, de que o sr. Frank Churchill tivesse algum interesse por Jane Fairfax. Você pode ter certeza de que, se eu suspeitasse de algo, eu a teria prevenido.

— A mim? — Harriet perguntou, bastante corada e assombrada. — Por que precisaria prevenir-me? Não está pensando que eu tenho algum interesse por Frank Churchill...

— Você não sabe quanto me alegra ao falar desse assunto com tanta serenidade — respondeu Emma, sorrindo —, mas não pode negar que houve uma época... não faz muito tempo... que me deu motivos para acreditar que você estaria interessada nele.

— Nele? Nunca, nunca. Minha querida srta. Woodhouse, como pôde ter-se confundido? — a amiga ficou bastante angustiada.

— Harriet! — exclamou Emma, após alguns segundos de pausa. — O que você quer dizer com isso? Deus do céu! O que quer dizer? Eu me confundi? Então, suponho que...

Ela não conseguiu dizer uma única palavra. Emudeceu, sentou-se e esperou, com grande aflição, até que a amiga lhe respondesse.

Harriet, que estava de pé, a certa distância, voltando o rosto em sua direção, não disse nada por algum tempo e, quando voltou a falar, sua voz estava tão alterada quanto a de Emma.

— Jamais imaginei ser possível — começou dizendo — você me entender tão mal! Eu sei que concordamos em não mencionar nomes, mas, considerando-o infinitamente superior aos outros cavalheiros, jamais imaginei que pudesse pensar que eu me referia a outra pessoa. O sr. Frank Churchill, realmente! Não sei quem poderia olhar para ele, estando na companhia de outro. Acho que não tenho mau gosto para pensar no sr. Frank Churchill, que não é nada perto dele. É incrível quanto você se enganou desta vez! Tenho certeza de que, se não acreditasse que aprovaria meus sentimentos e que me encorajaria, talvez considerasse muita presunção de minha parte atrever-me a pensar nele. A princípio, se não me tivesse dito que as coisas mais maravilhosas acontecem, que até mesmo os casais mais díspares se casam, essas foram as suas palavras; talvez eu não me atrevesse a... jamais teria imaginado ser possível... mas, se você, que sempre o conheceu tão bem...

— Harriet! — interrompeu Emma, tentando controlar-se. — Vamos esclarecer tudo agora, sem que haja a possiblidade de nos equivocar novamente. Você está falando do sr. Knightley?

— Para ser sincera, sim. Não poderia pensar em outra pessoa. Eu acreditei que você soubesse. Quando falamos dele, nada poderia ser mais claro.

— Não tão claro — respondeu Emma, tentando acalmar-se. — Por tudo que me disse, parecia referir-se a outra pessoa. Eu quase poderia garantir que citara o sr. Frank Churchill. Lembro-me de que você mencionou a gentileza que ele lhe fez ao salvá-la dos ciganos.

— Oh, srta. Woodhouse, como pôde esquecer?

— Minha querida Harriet, eu me lembro claramente das palavras que disse naquela ocasião. Eu lhe disse que não estava surpresa com o seu interesse e que, considerando a gentileza que ele lhe fez, era algo bastante natural. E você concordou comigo, expressando de maneira bastante calorosa quanto estava agradecida, inclusive mencionando as sensações que teve ao vê-lo aproximar-se para socorrê-la. Foi a impressão que guardei na memória.

— Oh, querida! — exclamou Harriet. — Agora lembro a que você se refere! Mas, naquele momento, eu pensava em algo completamente diferente. Não pensava nos ciganos... nem no sr. Frank Churchill. Não! — continuou, elevando o tom de voz. — Eu pensava em uma situação muito mais preciosa. Pensava no sr. Knightley, quando ele me convidou para dançar, depois que o sr. Elton se negou a dançar comigo quando não havia nenhum outro par no salão. Essa foi a grande gentileza que ele me fez, foi seu gesto nobre, sua generosidade, foi esse gesto que me fez perceber que ele estava acima de todos os outros homens da Terra.

— Santo Deus! — exclamou Emma. — Esse foi o mais infeliz, o mais deplorável engano! O que podemos fazer?

— Então, você não teria encorajado se tivesse compreendido o que eu falava? No entanto, eu não estaria melhor se o objeto do meu interesse fosse outro rapaz, e agora existe a possibilidade...

Ela fez uma pausa e Emma não conseguiu falar absolutamente nada.

— Não me admira, srta. Woodhouse — continuou dizendo —, que veja uma grande diferença entre nós dois, tanto no meu caso como em qualquer outro. Deve pensar que ele é milhões de vezes superior a mim. Contudo, tenho esperança, srta., por mais impossível que possa parecer. Mas você sabe que foram suas próprias palavras: as coisas mais maravilhosas acontecem e até mesmo os casais mais díspares do que o sr. Frank Churchill e eu se casam. Assim, pensei que algo parecido já acontecera. E, se eu tiver muita sorte, mais do que posso expressar... e, se o sr. Knightley realmente... se ele não se importar que a diferença entre nós dois... espero que você, srta. Woodhouse, não se oponha e não coloque dificuldades no meu caminho. Mas tenho certeza de que é muito boa para agir assim.

Harriet estava de pé, diante de uma das janelas. Emma olhou para ela, bastante consternada, e perguntou:

— Você sabe dizer se o sr. Knightley corresponde ao seu afeto?

— Sim — respondeu Harriet com muita humildade, mas sem temor. — Posso dizer que sim.

Emma imediatamente desviou o olhar e, por alguns minutos, permaneceu em silêncio, refletindo. Alguns minutos foram o suficiente para que soubesse o que ia no seu coração. Uma mente como a dela fazia progressos rapidamente quando suspeitava de algo. Ela percebeu... admitiu... reconheceu toda a verdade. Por que era tão terrível que Harriet estivesse apaixonada pelo sr. Knightley em vez do sr. Frank Churchill? Por que era tão terrível que tivesse tanta esperança de ser correspondida? Logo, num piscar de olhos, sabia, com certeza, que ninguém poderia casar-se com o sr. Knightley a não ser ela!

Naquele curto espaço de tempo, compreendeu qual fora a sua conduta e viu claramente o que se passava no seu coração. Pôde compreender tudo lucidamente. Como errara com Harriet! Como sua conduta fora indelicada, sem consideração, irracional e insensível! Como pôde deixar-se levar por tamanha cegueira e loucura? Pareceu-lhe algo terrível, e logo foi capaz de classificar sua atitude com os adjetivos mais duros do mundo. Entretanto, ainda lhe restava um pouco de amor-próprio, apesar de todas as suas culpas. A preocupação por manter as aparências e um forte senso de justiça com Harriet! Não havia necessidade de compaixão para com a jovem que se julgava amada pelo sr. Knightley, mas a justiça exigia que ela não se entristecesse naquele momento.

Emma decidiu permanecer sentada e suportar o restante da conversa com calma e aparente gentileza. Para seu próprio bem, era preciso avaliar até que ponto chegavam as esperanças da amiga. Além disso, Harriet não fizera nada para que lhe negasse o respeito ou que merecesse ser desprezada pela pessoa cujos conselhos a auxiliaram. Assim, abandonando suas reflexões e dominando sua emoção, olhou para a amiga e, com um tom de voz mais acolhedor, voltou a conversar, já que o tema que iniciara, a surpreendente história de Jane Fairfax, perdera todo o interesse. Nenhuma das duas voltou a pensar no sr. Knightley, nem em si mesmas.

Harriet, até então distraída em um devaneio infeliz, ficou feliz ao vê-lo interrompido pela maneira encorajadora de tão grande juíza e tão boa amiga como a srta. Woodhouse, e precisou apenas de um convite para falar de suas esperanças, embora tremesse de tanta emoção. Enquanto fazia perguntas e recebia respostas, Emma tentava ocultar suas emoções, que não eram menores do que as da amiga. Sua voz não era instável, porém seu espírito não poderia estar mais perturbado pela descoberta que acabava de fazer, uma novidade tão ameaçadora e capaz de produzir todas aquelas súbitas e perplexas emoções. Com profundo sofrimento interior, mas muito paciente, escutou o relato de Harriet. Contudo, não podia esperar que fosse metódico, ordenado, tampouco claro. Uma vez que conseguiu distinguir os equívocos e as debilidades da narrativa, seu espírito ficou muito abatido, especialmente por causa das circunstâncias que corroboravam e despertavam em sua memória a certeza de que o sr. Knightley tinha as opiniões mais favoráveis a respeito da amiga.

Harriet passou a reparar na mudança de comportamento do sr. Knightley em relação a ela desde a noite do baile. Naquela ocasião, Emma sabia que a opinião dele a respeito da amiga superara suas expectativas. Desde aquela noite, ou pelo menos desde o momento em que a srta. Woodhouse a encorajou a pensar nele, começou a fantasiar que seu amigo conversava com ela muito mais do que de costume e que a tratava de maneira completamente diferente. Ele agia de um modo amável, afetuoso! Aos poucos, ela tomava consciência disso. Quando passearam juntos, ele ficou muito tempo ao seu lado e conversou de maneira adorável! Parecia que desejava conhecê-la melhor.

Emma sabia que tudo se passara de maneira semelhante. Harriet repetia frases de aprovação e de elogios que ele lhe dissera. E Emma se dava conta de que concordavam com o que ele pensava a respeito de Harriet. Ele a elogiava por ser uma moça sem artifícios e sem afetação, por ser simples, honesta e possuir sentimentos generosos. Emma sabia que ele via todas as suas qualidades, ele falara delas mais de uma vez. Muitas coisas que Harriet guardava na memória, pequenos detalhes que revelavam a atenção que o sr. Knightley lhe dedicava, um olhar, uma frase, o levantar de uma cadeira para se sentar em outra mais próxima dela, um elogio implícito, uma preferência subentendida, passaram despercebidos de Emma, que não suspeitava de nada. Situações que preencheriam um relato de meia hora, com diversos indícios para quem os presenciara.

Ela não havia percebido e, agora, com o relato de Harriet, tomava conhecimento. Mas os últimos indícios que mencionou, os que constituíam as maiores esperanças de Harriet, estes ela percebeu até certo ponto. O primeiro fora quando o sr. Knightley caminhava ao lado de Harriet, em Donwell, separados das demais pessoas. Caminharam um bom tempo até a chegada de Emma, e disso ela estava convencida, quando pareceu que ele tinha muito interesse que ambos estivessem a sós.

A princípio, ele lhe falou de um modo muito particular, como jamais fizera, sim, de um modo bastante particular! Harriet, ao se recordar, não conseguiu evitar o rubor. Parecia que ele estava prestes a lhe perguntar se ela estava comprometida com alguém. Mas assim que a srta. Woodhouse chegou para se juntar a eles, ele mudou de assunto e começou a falar a respeito de plantações. O segundo foi quando eles conversaram por quase meia hora antes que Emma chegasse de sua visita, naquela última manhã que ele foi a Hartfield. Embora, ao entrar na casa, ele tenha dito que não poderia ficar mais do que cinco minutos. E lhe contara, enquanto conversavam, que, apesar de ele estar de partida para Londres, era com muito pesar que deixava a casa, o que era algo muito mais pessoal (como Emma também sentiu) do que ele confidenciara a ela própria. E, diante de uma demonstração tão grande de confidência em relação a Harriet, isso magoou Emma profundamente.

Depois de refletir sobre as duas circunstâncias, Emma se atreveu a fazer a seguinte pergunta:

— Será que ele... não seria possível que, ao tentar perguntar-lhe se estava comprometida com alguém, não se referia ao sr. Martin? Será que ele não estava pensando em Robert Martin?

Porém, Harriet rejeitou essa suspeita energicamente:

— O sr. Martin! Não... de fato, não. Não fez nenhuma menção a ele. Espero que agora eu já tenha bastante experiência para não pensar no sr. Martin ou para suspeitarem que penso nele.

Quando Harriet terminou seu relato, apelou para que a srta. Woodhouse lhe dissesse se tinha motivos ou não para alimentar esperanças.

— Eu nunca me atreveria a pensar nele — disse Harriet — se não fosse por seus encorajamentos. Você me disse para observá-lo cuidadosamente e que me guiasse por seu comportamento, então, segui seu conselho. E agora creio que tenho motivos para pensar que posso ser digna dele e que, se ele me escolher, não me parecerá uma coisa tão extraordinária.

A amargura, a terrível amargura que Emma sentiu no coração ao ouvir essas palavras obrigou-a a fazer um grande esforço para se conter e responder:

— Harriet, a única coisa que posso dizer é que o sr. Knightley é o último homem do mundo que daria intencionalmente a uma moça a ideia de que seus sentimentos por ela seriam mais fortes do que realmente são.

Harriet pareceu disposta a idolatrar a amiga por uma frase tão satisfatória, e Emma foi salva, pelos passos do seu pai, das manifestações de entusiasmo e carinho da amiga, os quais, naquele momento, seriam para ela uma terrível penitência. O pai caminhava no *hall*. Harriet ficou muito agitada ao se encontrar com ele. Uma vez que ela não conseguia manter a compostura, o sr. Woodhouse logo perceberia quanto estava alterada, então o ideal seria ir embora. E assim, após a amiga concordar, Harriet saiu por outra porta... e, no momento em que ela se foi, pôde expressar seus sentimentos dizendo: "Oh, Deus! Quisera eu nunca tê-la conhecido".

O restante do dia e a noite não foram suficiente para seus pensamentos. Emma estava atordoada pela confusão de tudo que havia descoberto naquelas últimas horas. Cada momento trouxera uma nova surpresa e cada nova surpresa fora uma humilhação para ela. Como poderia compreender tudo aquilo? Como conseguiria compreender que se enganara daquele modo, vivendo no mais absoluto engano? Aqueles erros, aquela cegueira da sua mente e do seu coração! Permaneceu sentada por um tempo, depois mudou de sala, e ainda tentou caminhar pelo jardim. Em todos esses lugares, em todas as situações, não podia deixar de pensar em quanto agira de maneira insensata, que se deixara enganar de maneira humilhante; sentia-se infeliz e considerava aquele dia como o início de suas desgraças.

Naquele momento, a primeira coisa a ser feita seria entender seu coração. Portanto, assim que as obrigações para com seu pai lhe permitissem algum tempo livre, deveria usá-lo para refletir.

Por quanto tempo sentiria aquele afeto pelo sr. Knightley, agora que seus sentimentos se revelavam com tanta evidência? Quando começou a exercer sua influência, aquele tipo de influência, sobre ela? Quando ele começou a ocupar em seu coração o lugar que Frank Churchill, por um breve espaço de tempo, havia ocupado? Tentou lembrar-se; comparou os dois. Tentou compará-los conforme a estima que sentia por ambos, desde a época em que conheceu Frank... E como teriam sido comparados por ela a qualquer tempo... e se tivessem... oh! Que feliz ocasião seria se ela pudesse ter feito essa comparação antes! Concluiu que, em todos os momentos, considerou o sr. Knightley infinitamente superior ao outro; todo o tempo sentira por ele um afeto muito maior. Percebia que, ao se convencer do contrário, ao imaginar que deveria agir daquela maneira, havia-se enganado, terminara por se enganar, ignorando completamente o que estava no seu coração. Em resumo, na realidade, nunca sentira a menor atração por Frank Churchill!

Essa foi a conclusão de suas primeiras reflexões. A primeira convicção a respeito de si mesma ao tentar responder a suas primeiras dúvidas, sem precisar de muito tempo para chegar a essa conclusão. Sentia-se tristemente indignada, envergonhada de todos os seus sentimentos, menos do que acabara de descobrir: seu afeto pelo sr. Knightley. Tudo mais que se encontrava em sua mente era motivo para desgosto.

Com uma imperdoável vaidade, acreditara ser capaz de desvendar os sentimentos dos outros! Com uma irremissível arrogância, propusera-se a criar o destino dos outros! Chegou à conclusão de que se havia equivocado em tudo e nem sequer fizera algo, porque havia provocado desgraças. Trouxera o mal a Harriet, a si mesma e, como muito temia, ao sr. Knightley. Se aquela união, a mais desigual de todas que podia imaginar, viesse a ser uma realidade, ela seria a responsável por incentivá-la porque podia apenas pensar que o afeto mútuo não nascera de outra fonte que não da atitude de Harriet. Se não fosse assim, ele jamais a notaria se não fosse por causa de sua loucura.

O sr. Knightley e Harriet Smith! Seria uma união para colocar a distância todas as maravilhas de um casamento. O noivado entre Frank Churchill e Jane Fairfax era uma coisa normal, simples, que não despertava nenhuma surpresa nem oferecia nenhuma disparidade, que não valia a pena comentar. O sr. Knightley e Harriet Smith! Tal exaltação da parte dela! Tal humilhação da parte dele! Emma ficava horrorizada ao pensar como essa união o degradaria ante a sociedade. Ele seria motivo de risos, escárnio e narizes torcidos. A humilhação e o desdém do seu irmão, as mil dificuldades que aquilo representaria. Seria possível? Não, não poderia ser.

Sem dúvida, estava muito longe de ser algo impossível de acontecer. Seria essa a primeira vez que um homem de classe se apaixonaria por uma moça de origem inferior? Seria essa a primeira vez que alguém, talvez extremamente ocupado com seus negócios, se permitiria ser seduzido por uma moça interessada em agradar-lhe? Seria algo sem precedentes neste mundo por ser desproporcional, inconsistente, incongruente, por acaso e pelas circunstâncias (como causas secundárias) que dirigisse o destino humano?

Oh! Antes ela nunca tivesse incentivado Harriet! Teria sido melhor se a tivesse deixado onde estava! Quisera nunca ter impedido, cometido a insensatez que não tinha nem palavras suficientes para expressar, que ela se casasse com um rapaz irrepreenssível que a teria feito feliz e respeitável na condição social à qual deveria pertencer; então, tudo estaria seguro e essa terrível situação não teria ocorrido.

Como Harriet poderia ter a pretensão de pensar no sr. Knightley? Como pôde imaginar ser a escolhida de um homem sem ao menos ter a certeza disso! Mas Harriet era menos humilde, tinha menos receios do que antes. Parecia sentir-se menos inferior, tanto intelectual como socialmente. Parecia ter-se admirado mais quando o sr. Elton se recusou a casar-se com ela do que se fosse o sr. Knightley que o fizesse.

Ai, não! Aquilo tudo não era também obra sua? Quem, senão ela, havia-se preocupado tanto em conseguir que Harriet tivesse confiança em si mesma? Quem, senão ela, tinha ensinado à amiga que deveria elevar-se o máximo possível e que suas pretensões eram dignas de um mundo superior? Se Harriet, que era humilde, ficou vaidosa, a responsabilidade também era sua.

Capítulo 48

Até aquele momento, quando se viu a ponto de perdê-lo, Emma nunca havia pensado que sua felicidade pudesse depender do fato de ela ser a favorita do sr. Knightley, a primeira em seu interesse e em seu afeto. Convencida de que era assim e acreditando ser um direito seu, havia desfrutado a amizade dele sem parar para refletir sobre isso, e apenas diante do temor de ver-se substituída é que percebeu quanto ele sempre fora importante para ela. Fazia tempo, muito tempo, que sabia ser a sua preferida pelo fato de ele não ter mulheres na família; apenas Isabella poderia aspirar a algum tipo de comparação com ela, e Emma sempre soube até que ponto ele apreciava a cunhada e gostava dela.

Por muitos anos, Emma sempre foi sua favorita. Ela não o merecia, algumas vezes fora negligente ou perversa, desdenhara seus conselhos e, em algumas ocasiões, fora contrária à opinião dele, sem reconhecer nem a metade de seus méritos, disputando com ele porque se negava a admitir a falsa e insolente ideia que tinha de si mesma. Mas, apesar de tudo, por força do hábito, pelos laços familiares e pela superioridade intelectual, ele a amava e a protegia desde pequena, com o propósito de que fosse uma pessoa melhor e com o empenho de que ninguém mais poderia ser capaz. Apesar de todos os seus defeitos, sabia que ele gostava dela — e, por que não dizer, gostava muito! Quando surgiram, no entanto, as propostas de felicidade para o futuro, não tinha pretensões de estar entre elas. Harriet Smith podia considerar-se muito digna de ser amada de modo especial, exclusiva e apaixonadamente, pelo sr. Knightley. Ela não. Não podia enganar a si mesma de que ele estava cego ao se interessar por Harriet.

Uma prova recente da sua imparcialidade foi o modo como o sr. Knightley ficou chocado com seu comportamento com a srta. Bates! De que modo tão claro e enérgico ele se expressara sobre aquele caso! Não tinha sido tão enérgico se levarmos em consideração o tamanho da ofensa. Mas enérgico o bastante para proceder com base em um sentimento mais suave do que a justiça e a boa vontade. Emma não tinha nenhuma esperança, nada que pudesse receber o nome de esperança em relação àquele tipo de afeto no qual ela agora pensava. Contudo, havia uma esperança, às vezes tênue, outras vezes mais forte, de que Harriet estivesse enganada e que exagerara o significado das atenções dele. Desejava isso também para o bem do seu amigo. Desejava que ela fosse a única a sofrer as consequências, e que continuasse solteira pelo resto da vida. Se Emma tivesse certeza disso, de que ele nunca iria casar-se, estava convencida de que ficaria totalmente satisfeita. Deixe que ele continue o mesmo sr. Knightley de sempre, para ela e para seu pai. O mesmo sr. Knightley para o resto do mundo, que Donwell e Hartfield não percam nada de seus modos amistosos e cordiais, e a paz de Emma ficaria assegurada para sempre.

Na verdade, o casamento era algo que não estava nos planos de Emma. Seria incompatível com seus deveres de filha e com o que sentia por seu pai. Nada podia separá-la dele. Não se casaria, nem mesmo se o sr. Knightley lhe propusesse.

Desejava ardentemente que Harriet se desapontasse e esperava que, quando os visse juntos novamente, pudesse avaliar quais as possibilidades de isso acontecer. E, por mais desastradamente que tivesse observado outras pessoas, não sabia como admitir que também naquela ocasião poderia equivocar-se. Esperava voltar a ver o sr. Knightley a qualquer momento. A oportunidade de observação lhe seria dada muito em breve. Espantosamente em breve, ao que parecia, quando pensava no rumo que as coisas poderiam tomar. Entretanto, decidiu não voltar a se encontrar com Harriet. Não seria bom para nenhuma das duas e não haveria nenhuma vantagem em falar sobre aquele assunto. Estava decidida a não se convencer, enquanto pudesse duvidar e, contudo, não tinha motivos para se opor às esperanças de Harriet. Falar sobre o assunto só a deixaria irritada.

Emma escreveu para Harriet pedindo que, nesse momento, não fizesse visitas a Hartfield, reconhecendo que estava convencida de que era melhor evitar toda nova conversa a respeito de determinado tema. E, dizendo que tinha esperança de que se passassem quatro dias sem se encontrarem, exceto na companhia de outras pessoas, opunha-se apenas às conversas particulares, assim, ambas seriam capazes de agir como se tivessem esquecido a conversa da véspera. Harriet respondeu, concordando e parecendo muito grata.

Acabara de tomar essa decisão quando recebeu uma visita que a distrairia um pouco daquele assunto que ocupara sua mente durante o dia e a noite, nas últimas vinte e quatro horas. A sra. Weston, que acabara de visitar a futura nora, ao regressar da sua casa, decidiu fazer uma visita a Hartfield, considerando um dever para com Emma e um prazer para ela mesma, com o objetivo de relatar os detalhes de tão interessante entrevista.

O sr. Weston a acompanhou à casa das Bates e ali desempenhou o papel que lhe era devido, com toda dignidade. Contudo, sua esposa logo convenceu a srta. Fairfax a passearem juntas e agora tinha muito mais a contar e contar com alegria, tanto que nem notou os quinze minutos que passou na sala da sra. Bates, na embaraçosa situação que se criara.

Emma estava um pouco curiosa e prestou atenção no relato da amiga. A sra. Weston fizera aquela visita com bastante agitação e, a princípio, não desejara fazê-la naquele momento;

ao contrário, gostaria de apenas ter escrito uma carta à srta. Fairfax adiando, assim, a visita cerimoniosa até que se passasse algum tempo. O sr. Churchill talvez se deixasse convencer a tornar o noivado público, pois, considerando tudo, ela achava que essa visita não passaria despercebida e despertaria alguns comentários. Mas o sr. Weston pensava de modo bem diferente. Estava extraordinariamente ansioso por demonstrar à futura nora e à sua família que aprovava a escolha do seu filho e não entendia que aquela visita pudesse levantar qualquer tipo de suspeita e, caso levantasse, não haveria consequências, pois "essas coisas", obsevara ele, "sempre acabam sendo descobertas". Emma sorriu e pensou que o sr. Weston tinha muitas razões para pensar desse modo.

Em resumo, eles decidiram fazer a visita, e a jovem moça ficou bastante perturbada e confusa. Foi incapaz de dizer uma única palavra, e todos os seus gestos e olhares demonstravam quanto estava profundamente afetada. A serena e cordial satisfação da avó e a entusiasmada alegria da tia foram tão intensas que nem sequer conseguia falar como de costume — uma cena gratificante e afetuosa. Era tão respeitável a felicidade das Bates, tão desinteressada em suas manifestações, pensavam tanto em Jane quanto nos outros e muito pouco em si mesmas, que despertavam os sentimentos mais amáveis. A recente doença da srta. Fairfax ofereceu um motivo para que a sra. Weston a convidasse para um passeio ao ar livre, que a princípio ela recusou, mas, depois de uma pequena insistência, terminou por aceitar. E, durante aquele passeio de carruagem, a sra. Weston a brindou com palavras repletas de afeto. Enfim, conseguiu vencer a reserva de Jane e conversaram sobre o assunto que interessava às duas. Jane começou pedindo desculpas por seu silêncio pouco amável, com o qual a havia recebido e ao esposo, e manifestou a enorme gratidão que sempre havia sentido por ela e pelo sr. Weston. Assim que essas efusões foram colocadas de lado, as duas conversaram sobre a atual e a futura situação do noivado. A sra. Weston estava convencida de que essa conversa seria motivo de grande alívio para Jane, que, durante muito tempo, estivera tão isolada em seus próprios sentimentos, e ficou muito feliz com tudo que a jovem moça lhe disse durante o passeio:

— Diante do sofrimento de tantos meses — continuou a sra. Weston —, Jane conversava com bastante energia. Uma das coisas que me disse foi: "Não vou dizer que, desde que noivamos, não tive sempre momentos felizes, mas posso dizer que, desde então, não tenho desfrutado um único momento de tranquilidade." E, ao dizer isso, seus lábios ficaram trêmulos, Emma, posso assegurar-lhe que ela falava de todo coração.

— Pobre moça! — disse Emma. — Ela acredita que agiu mal ao aceitar o noivado em segredo, não foi?

— Mal! Certamente ninguém estaria disposto a Condená-la mais do que ela própria. "As consequências", disse Jane, "para mim pareciam um estado perpétuo de sofrimento. Mas apesar de todo o castigo que podemos sofrer, depois de tomarmos uma atitude errada, a decisão não deixa de ser menos errada por isso. Sofrimento não é expiação. Eu nunca poderei ser perdoada. Agi contra o que acreditava ser justo. E o final feliz que agora estou prestes a viver e todas as atenções que estou recebendo são o que a minha consciência me diz que não sou merecedora. Minha cara senhora, por favor, não imagine que tive péssimos ensinamentos. Não deixe que qualquer erro meu se reflita nos amigos que cuidaram da minha educação. O erro foi somente meu e eu lhe garanto que, apesar de todas as desculpas que a atual situação aparentemente pode dar-me, espero com muito temor o momento em que terei de contá-la ao Coronel Campbell".

— Pobre moça! — repetiu Emma — Estou certa de que ela o ama muito. Só o amor é capaz de fazer alguém suportar uma situação como essa. Seus sentimentos certamente dominaram seu juízo.

— Sim, não tenho a menor dúvida de que está muito apaixonada por ele.

— Receio — respondeu Emma, suspirando — que eu tenha contribuído inúmeras vezes para que ela se sentisse humilhada.

— Oh, querida! Você não tem culpa, é inocente. Mas ela, provavelmente, pensava sobre isso quando se referia aos mal-entendidos que teve com Frank, os quais ele também mencionou. No entanto, dizia que era uma consequência natural dessa situação insustentável em que ela mesma se meteu, era algo que se tornou um tanto irracional. Ao perceber quanto agia errado, ficava exposta a todo tipo de inquietações e isso a deixava tão implicante e irritada que deve ter sido, e foi, muito difícil de suportar. Ela ainda acrescentou que não fez essas concessões por causa do delicioso e alegre temperamento de Frank, sempre disposto a fazer uma brincadeira; estou certa de que, para mim, também teria sido algo delicioso, como foi no início. Emma, Jane Fairfax logo começou a falar de você e de quanto você foi gentil durante a doença que ela teve e corou de um modo que demonstrou até que ponto uma coisa estava relacionada com a outra. Jane me suplicou que, quando eu tivesse a oportunidade, lhe dissesse quanto ela lhe agradecia. Disse que jamais conseguirá agradecer todos os desejos e os intentos que você teve de ajudá-la. Jane percebeu que nunca correspondeu à altura de suas boas intenções, Emma.

— Se eu não soubesse que agora ela está feliz — disse Emma, com seriedade — e deve ser assim, apesar das crises de consciência que possa ter neste momento, não poderia aceitar que Jane me agradecesse. Pois, se fôssemos levar em consideração todo o bem e todo o mal que fiz a ela... bem — procurou controlar-se e mostrar-se um pouco mais alegre —, devemos esquecer tudo isso. Minha querida, foi muito gentil ao me contar todos esses detalhes tão interessantes. É justo que a sorte esteja do lado dele, mas eu penso que o mérito é todo de Jane.

A sra. Weston não poderia deixar de responder a tal conclusão. Ela seguia pensando bem a respeito de Frank, em todos os aspectos. Além disso, gostava muito dele e sua defesa foi bastante apaixonada, impulsionada por seu grande afeto, porém suas palavras não cativaram a atenção de Emma, cuja mente vagava entre Brunswick Square e Donwell, então acabou não escutando a amiga. E quando a sra. Weston terminou dizendo: "nós ainda não recebemos a carta que aguardamos ansiosamente, mas espero que chegue logo", Emma foi obrigada a fazer uma pausa e a responder, ainda que de forma aleatória, antes que pudesse lembrar-se de qual carta esperavam com tanta ansiedade.

— Você está bem, minha querida? — foi a última pergunta da sra. Weston.

— Oh! Perfeitamente. Estou sempre bem, sabe disso. Avise-me do conteúdo da carta o mais rápido possível.

Os relatos da sra. Weston alimentaram ainda mais as desagradáveis reflexões de Emma, aumentando cada vez mais a estima e a compaixão que sentia por Jane Fairfax. Ela lamentou amargamente não ter procurado um contato mais próximo com a moça e ruborizou ao perceber que sentimentos de inveja eram os reais motivos para esse distanciamento. Se tivesse aceitado os conselhos do sr. Knightley, se tivesse dado a Jane a devida atenção que lhe era de direito, se tivesse tentado conhecê-la um pouco melhor, se tivesse se esforçado para ser também sua amiga, além de se concentrar apenas em Harriet Smith, certamente toda a dor que Emma sentia agora seria evitada. Em resumo, o berço, as habilidades e a educação eram motivos suficientes para que uma delas fosse sua amiga, recebida com gratidão; e a outra, quem era? Mesmo supondo que nunca chegassem a ser amigas íntimas, mesmo que a srta. Fairfax não lhe confiasse nenhum segredo importante — o que seria o mais provável — ainda assim, conhecendo-a como devia conhecer, poderia ter evitado conceber aquelas odiosas suspeitas sobre um romance impróprio com o sr. Dixon, suspeitas que não apenas havia concebido e alimentado em sua mente, como também, imperdoavelmente, transmitira a outras pessoas. Uma ideia que Emma temia ter sido um dos maiores motivos de aflição para os delicados sentimentos de Jane, em virtude da leviandade e do descuido de Frank Churchill. De tudo que poderia fazer mal a Jane desde a sua chegada a Highbury, estava convencida de que ela fora o pior. Fora uma inimiga perpétua. Os três nunca estiveram juntos sem que Emma houvesse perturbado a paz de Jane Fairfax em mil instâncias, e em Box Hill tinha conhecido uma agonia mental que não conseguiria mais suportar.

Aquele entardecer foi muito longo e melancólico em Hartfield. E o clima pareceu contribuir para aumentar a tristeza. Chuviscou brevemente, e ela só podia lembrar-se de que estavam em julho por causa do verde das árvores e dos arbustos, que o vento aos poucos desnudava, e pela longa duração do dia, que prolongava ainda mais aquele triste espetáculo.

Esse clima afetou o sr. Woodhouse, e o único modo de animá-lo foi receber atenções constantes da filha, para o que Emma precisou esforçar-se duas vezes mais do que de costume. Aquela tarde parecia a primeira vez em que pai e filha ficariam a sós, depois do casamento da srta. Taylor, a tarde em que o sr. Knightley foi visitá-los, logo após o chá, e dissipara todo resquício de tristeza. Contudo, aquelas gratas demonstrações dos atrativos de Hartfield, como aquelas visitas deixavam claro, não tardariam a ter um fim. As perspectivas de privações que Emma havia previsto para o inverno seguinte mostraram-se erradas. Nenhum amigo desertara, não perderam nenhuma distração. Agora temia que não fosse afortunada como antes em decorrência de suas sombrias previsões. As perspectivas à sua frente eram tão ameaçadoras que não podiam ser totalmente dispersadas, nem sequer parcialmente abrilhantadas. Hartfield deveria ficar praticamente abandonada e ela teria de alegrar seu pai apenas com o ânimo de uma felicidade em ruína.

A criança que nasceria em Randalls seria um vínculo muito mais forte do que o que ela própria representava, e o coração e o tempo da sra. Weston seriam completamente absorvidos. Com certeza perderia a companhia da amiga e, provavelmente, mesmo o marido a perderia também um pouco. Frank Churchill não voltaria mais, e a srta. Fairfax, como era de se esperar, em breve deixaria de pertencer a Highbury. Frank e Jane deveriam casar-se e fixar residência em Enscombe ou em outra localidade próxima à região. Emma perderia as pessoas que mais amava. E se a essas perdas tivesse de adicionar a perda de Donwell, o que restaria de convívio alegre ou racional ao seu alcance? O sr. Knightley já não faria suas visitas no fim da tarde para trazer-lhe conforto! Já não entraria em Hartfield a qualquer momento como se quisesse fazer dali a sua morada! Como suportaria tudo isso? E se tivessem de perdê-lo por causa de Harriet? Se ele começasse a pensar que a companhia de Harriet era tudo que ele necessitava, se Harriet fosse sua eleita, a primeira, a amiga mais querida, a esposa a quem ele agradeceria por todas as bênçãos deste mundo, isso aumentaria a infelicidade de Emma ainda mais do que a reflexão, nunca afastada, de que tudo aquilo era culpa sua?

Quando chegou a esse ponto, não conseguiu evitar um sobressalto, suspirou profundamente e andou pela sala por alguns breves segundos. O único pensamento do qual poderia extrair algo parecido com um consolo, uma resignação, era sua decisão de que, a partir de agora, melhoraria seu comportamento e a esperança de que, por mais inferiores em alegria e companhia que fossem os próximos invernos de sua vida em relação ao passado, eles haveriam de encontrá-la mais sensata, mais consciente de si mesma, e deixariam menos lamentações quando passassem.

Capítulo 49

Durante toda a manhã do dia seguinte, o tempo continuou praticamente igual e a mesma solidão e melancolia pareciam reinar em Hartfield. Contudo, logo nas primeiras horas da tarde, o céu ficou claro, o vento diminuiu e as nuvens se dissiparam. O Sol voltou a brilhar, era verão novamente. Com toda a ânsia que essa transição impôs, Emma decidiu sair de casa o mais rápido possível. Nunca o maravilhoso espetáculo de perfumes e a sensação da natureza tranquila, quente e brilhante após uma tempestade foram atrativos tão intensos para ela. Ela ansiava pela necessidade que gradualmente se instalaria em seu espírito e, com a visita do sr. Perry, logo após o jantar, com cerca de uma hora para dedicar ao seu pai, Emma aproveitou a ocasião para ir ao jardim. Lá, com o ânimo já refrescado e os pensamentos um pouco aliviados, deu algumas voltas, quando viu o sr. Knightley passar pelo portão do jardim e caminhar em sua direção.

Era a primeira vez que o via desde que ele voltara de Londres. Emma pensara nele alguns momentos antes e em quanto estava longe, a vinte e cinco quilômetros de distância. Ela teve tempo apenas para fazer uma rápida composição de pensamentos. Teria de se dominar e ficar calma. Em cerca de meio minuto já estavam juntos. Os "como vai" foram rápidos e constrangidos de ambas as partes. Emma perguntou por seus amigos mútuos e soube que estavam todos bem. Quando ele partiu de Londres? Naquela mesma manhã. Certamente, ele cavalgara na chuva. Sim. Emma percebeu que ele desejava caminhar com ela.

Passara pela sala de jantar e, como não havia nada para fazer ali, decidiu ir até o jardim. Ela percebeu que ele não falava nem agia de maneira alegre e, como Emma temia, talvez já tivesse comunicado seus planos para o irmão, e estava muito triste pela maneira como John recebera a notícia.

Caminharam juntos. O sr. Knightley permaneceu em silêncio. Emma teve a impressão de que ele, de vez em quando, olhava-a nos olhos, como se quisesse ver algo mais do que lhe era possível demonstrar. E isso a fez sentir outro tipo de receio. Talvez ele quisesse falar com ela a respeito de sua afeição por Harriet, talvez estivesse reunindo coragem para começar a falar. Ela não faria, não deveria fazê-lo, não se sentia com forças para conversar sobre aquele assunto. Ele teria de iniciá-lo por si mesmo. No entanto, não conseguia suportar o silêncio, que não era nada natural no sr. Knightley. Ela fez algumas ponderações, decidiu-se e, com um sorriso nos lábios, começou:

— Agora que retornou, você tem notícias sobre as quais ficará muito surpreso.

— Tenho? — perguntou ele calmamente, olhando para ela. — De que natureza?

— Oh! A melhor notícia do mundo: um casamento.

Após esperar alguns segundos, certo de que ela não tinha mais nada a falar, ele respondeu:

— Se você se refere à srta. Fairfax e a Frank Churchill, já ouvi toda a notícia.

— Como isso é possível? — Emma perguntou, voltando o rosto ruborizado em direção a ele.

Contudo, enquanto falava, ocorreu-lhe que ele poderia ter visitado a casa da sra. Goddard.

— Esta manhã, recebi um bilhete do sr. Weston e, ao fim do seu recado, contou, resumidamente, o que acontecera.

Emma ficou bastante aliviada e, já recomposta, conseguiu dizer:

— Provavelmente, ficou menos surpreso do que o resto de nós, pois tinha suas suspeitas. Não me esqueci de que tentou precaver-me. Eu gostaria de ter-lhe dado ouvidos — reconheceu, com a voz abatida e um forte suspiro. — Parece que fui Condenada à cegueira.

Por alguns segundos, ficaram em silêncio, e ela não percebeu que suas palavras causaram um interesse particular nele, até que sentiu que ele lhe tomava o braço e pousava a mão sobre o seu coração. Ela o ouviu dizer, num sussurro baixo e sensível:

— O tempo, minha querida Emma, o tempo irá curar a ferida. Você tem muito bom-senso. Precisa fazer um grande esforço por seu pai. Sei que permitirá a si mesma.

Ele apertou sua mão e acrescentou, com a voz ainda mais entrecortada:

— O sentimento da mais calorosa amizade... indignação... abominável canalha! — e, em um tom mais alto, concluiu: — Logo ele partirá. Logo estarão em Yorkshire.[1] Sinto muito por ela, pois merecia coisa melhor.

Emma o compreendeu e, assim que conseguiu recuperar-se da imensa sensação de prazer produzida por aquela prova de afeto da parte dele, respondeu:

— É muita gentileza de sua parte, mas está enganado. Devo contar-lhe a verdade. Não preciso desse tipo de compaixão. Minha cegueira diante de tudo que se passava me levou a agir de um modo pelo qual sempre me envergonhei e me vi tolamente tentada a dizer e fazer muitas coisas que poderiam ter dado lugar a suposições mais desagradáveis, mas essa é a única razão que tenho para lamentar não ter sabido desse segredo antes.

---

[1] O maior condado da Inglaterra, localizado no norte do país; possui grandes áreas verdes preservadas.

— Emma! — exclamou ele, olhando atentamente para ela. — Você está certa? — e logo em seguida, mais controlado: — Não, eu não entendo você... perdoe-me... alegro-me que possa dizer isso. Frank não é objeto de arrependimento, não mesmo! E espero que, em breve, não seja somente sua razão a reconhecer isso. Você tem sorte de seu coração não ter se envolvido ainda mais! Confesso que, por sua atitude, jamais pude ter certeza de até onde iam seus sentimentos. Eu só tinha certeza da sua preferência, a qual nunca acreditei que ele fosse merecer. Ele é uma vergonha aos homems. E será recompensado com uma doce e jovem mulher? Jane, Jane, ela será uma infeliz.

— Sr. Knightley — disse Emma, tentando animar-se, mas um pouco confusa. — Estou em uma situação extraordinária. Não posso permitir que você continue enganado e contudo, como as minhas atitudes lhe deram essa impressão, tenho tanta razão em me envergonhar confessando que nunca tive um sentimento mais profundo por esta pessoa da qual falamos, como seria natural para uma mulher confessar exatamente o oposto. Porém, eu nunca estive apaixonada por ele.

Ele ouviu em profundo silêncio. Emma desejava que dissesse algo, mas ele não disse. Ela supôs que deveria dizer algo mais, antes de ser merecedora de sua clemência, mas era difícil ser obrigada a se rebaixar ainda mais em sua opinião. No entanto, continuou:

— Tenho pouco a dizer a respeito da minha conduta. Fui seduzida pelas atenções dele, e me permiti parecer satisfeita com isso. Provavelmente, uma história antiga, um caso comum. E nada que não tenha acontecido com centenas de mulheres antes. Contudo, não é desculpa para alguém como eu, que exijo inteligência de todos. Diversas situações favoreceram a tentação. Ele era filho do sr. Weston, estava constantemente por aqui, era sempre agradável e, resumindo — continuou com um suspiro —, não vou ocultar-lhe com frases mirabolantes qual foi a causa mais importante de tudo isso: minha vaidade foi exaltada e permiti suas atenções. A verdade é que, durante um tempo, eu não podia pensar que aquilo pudesse significar algo. Considerava um costume, um jogo... nada que me comprometesse... ele se aproveitou de mim, mas não me feriu. Nunca estive apaixonada por ele. E, agora, posso compreender razoavelmente o comportamento dele. Ele nunca desejou envolver-se comigo. Era um simples truque para ocultar sua verdadeira situação com outra moça, queria cegar a todos, e eu, mais do que ninguém, seria mais iludida do que qualquer outra pessoa, exceto que eu não estava iludida, e essa foi a minha sorte. Então, foi isso que me salvou dele.

Ela esperava uma resposta, pelo menos algumas palavras que dissessem que sua conduta era compreensível, mas ele permaneceu em silêncio e, como ela acreditava, ainda refletia sobre o assunto. Pelo menos, de modo aceitável e tranquilo, ele disse:

— Nunca tive uma boa opinião a respeito de Frank Churchill. No entanto, suponho que o tenha subestimado. Meu relacionamento com ele foi muito superficial. E embora, até agora, acredite que o tenha julgado como merece, creio que ele pode ser uma pessoa muito melhor do que imagino. Ao se casar com Jane, ele terá a chance de melhorar. Não tenho motivo para lhe desejar nenhum mal, principalmente por causa de Jane, cuja felicidade dependerá de sua conduta e de seu bom caráter, por isso, eu certamente lhe desejo o bem.

— Não tenho dúvida de que os dois serão felizes — disse Emma. — Creio que os dois são mútua e sinceramente apaixonados um pelo outro.

— Ele é um homem de muita sorte! — respondeu o sr. Knightley enfaticamente. — Tem apenas vinte e três anos, tão jovem, justo em um período da vida em que os rapazes, ao escolherem uma esposa, não fazem boa escolha. Com apenas vinte e três anos ganhou o grande prêmio! Quantos anos de felicidade, segundo cálculos humanos, ele terá pela frente! Seguro do amor de uma mulher como Jane. Um amor desinteressado, pois o jeito de ser de Jane Fairfax é completamente desinteressado, tem tudo a seu favor... igualdade de situação. Refiro-me ao que diz respeito à sociedade, a todos os costumes e comportamentos que realmente importam; têm igualdade em todos os aspectos, com exceção de um... e é esse que, quando não se pode duvidar da pureza de intenções dela, o que mais contribui para a felicidade dele desaparecerá diante das vantagens de que ela necessita. Um homem sempre deseja poder oferecer à esposa uma casa melhor do que a de seus pais; e quem pode fazer isso sem duvidar dos sentimentos da moça deve ser, em minha opinião, o mais feliz dos homens. Frank Churchill é mesmo o mais afortunado dos homens. Tudo contribui para favorecê-lo. Ele conhece uma jovem moça em um balneário, conquista sua afeição, nem sequer consegue afastá-la com seu tratamento negligente. E, mesmo se a família de Frank tivesse procurado uma esposa para ele, não teria encontrado uma moça como Jane. Sua tia, que se opõe, morre... ele só precisava falar... apesar de ter abusado de todos, seus amigos estão dispostos a perdoá-lo e ajudá-lo a ser feliz... de fato, ele é um homem de muita sorte!

— Da maneira que fala, parece que o inveja.

— Eu o invejo, sim, Emma. Em um aspecto, ele é objeto da minha inveja.

Ela não conseguiu dizer mais nada. Parece que estavam a meio passo para começarem a falar de Harriet e, naquele momento, tudo o que ela desejava era evitar aquele assunto, se possível. Traçou um plano: falaria de algo completamente diferente, a respeito dos sobrinhos... e já tomava fôlego para começar quando o sr. Knightley a surpreendeu:

— Você não vai perguntar-me por que eu o invejo? Pelo que vejo, está determinada a não ter curiosidade. Você é sábia, mas eu não consigo sê-lo. Emma, tenho de lhe dizer o que você não se atreve a perguntar, embora, depois, eu possa desejar não ter dito nada.

— Então não fale, por favor, não fale! — exclamou Emma, rapidamente. — Pense melhor, não vá comprometer-se.

— Obrigado — ele agradeceu, com um tom de voz bastante envergonhado, e não disse mais nada.

Emma não podia suportar a ideia de lhe causar algum dano. Talvez ele quisesse fazer-lhe uma confidência ou consultá-la. Por muito que a magoasse, deveria ouvi-lo. Ela deveria ajudá-lo em sua resolução ou reconciliá-lo com esta; deveria fazer elogios a Harriet ou, lembrando-o da sua independência, aliviá-lo desse estado de indecisão, que deve ser mais do que intolerável para uma mente como a dele. Chegaram em frente à casa.

— Você vai entrar? — perguntou ele.

— Não — respondeu Emma, muito decidida, ao perceber quanto ele ficara abatido ao falar. — Gostaria de continuar o passeio. O senhor Perry ainda não foi embora.

E, após alguns passos, ela acrescentou:

— Eu o interrompi indelicadamente, agora há pouco, sr. Knightley, sinto muito se lhe causei alguma dor. Mas, se deseja falar abertamente como amigo, ou pedir minha opinião sobre qualquer coisa... Como uma amiga verdadeira, estou à sua disposição. Ouvirei tudo o que desejar contar-me. E direi exatamente o que penso.

— Como amiga! — repetiu o sr. Knightley. — Emma, o que eu temo é uma palavra... não, eu não tenho escolha... Fique, sim, por que devo hesitar? Já fui longe demais para desistir. Emma, eu aceito a sua oferta... por mais extraordinária que possa ser... aceito e confio a você, como amiga. Diga-me, então, posso ter alguma esperança?

Ele parou, a angústia por uma resposta e a expressão em seus olhos a dominaram.

— Minha querida Emma — disse ele —, pois querida você sempre será, seja qual for o resultado desta nossa conversa.

Minha querida e muito amada Emma... diga-me de uma vez. Diga "não" se assim for.

Ela não conseguiu dizer nada.

— Você ficou muda — disse ele, bastante animado. — Completamente muda! Não tenho mais nada a perguntar.

Emma estava quase prestes a desmaiar, tamanha era a agitação do momento. O medo de acordar de um sonho feliz era, talvez, o pior dos sentimentos.

— Eu não sou um homem de muitas palavras, Emma — ele resumiu, de modo bastante sincero, decidido, cheio de ternura, tanto quanto podia ser convincente. — Se eu amasse você menos, seria capaz de falar mais sobre isso. Mas você sabe como eu sou. Você não ouvirá de mim nada senão a verdade. Eu a culpei, a repreendi e você suportou tudo como nenhuma outra mulher na Inglaterra seria capaz de suportar. Suporte agora as verdades que tenho para lhe dizer, minha querida, como sempre suportou aquelas. Talvez a maneira como estou agindo seja pouco recomendável. Deus é testemunha de que tenho sido um apaixonado muito indiferente. Mas você me compreende. Sim, você sabe, você entende meus sentimentos... e irá corresponder a eles se puder. No momento, a única coisa que lhe peço é para ouvir, ouvir novamente a sua voz.

Enquanto ele falava, a mente de Emma estava em plena atividade e, com toda a maravilhosa velocidade do pensamento, conseguira, sem perder nenhuma palavra, captar e compreender qual era a verdade de tudo aquilo. Pôde perceber também quanto as esperanças de Harriet eram totalmente infundadas, um erro, um engano, um engano tão grande como qualquer um dos seus... Harriet não representava nada para ele e tudo que dissera relativo a Harriet representava seus próprios sentimentos; sua agitação, suas dúvidas, sua relutância, seu desencorajamento, tudo fora recebido como desencorajamento para ela mesma. E não só havia tempo para suas convicções, com todo o seu brilho de ansiosa felicidade, mas também era possível se alegrar por não ter revelado o segredo de Harriet e decidir que não era necessário e que não o faria... agora, isso era tudo que podia fazer por sua pobre amiga, uma vez que, no que se referia ao heroísmo do sentimento, podia tê-la impulsionado a tentar que ele transferisse o amor por Emma a Harriet, como a mais digna, infinitamente mais digna, das duas... ou ainda a mais simples e sublime atitude de decidir recusá-lo de uma vez por todas, sem lhe dar um motivo, visto que ele não poderia casar-se com ambas. Lamentou por Harriet, sentiu compaixão e arrependimento, mas, em seu espírito, o impulso de generosidade que não alcançou extremos de insensatez, opondo-se a tudo que podia ser provável ou racional, entrou em seu cérebro. Desencaminhou a amiga e esse seria sempre para ela um eterno desagrado; mas seu julgamento era tão forte quanto seus sentimentos e tão forte como fora antes, e não poderia aceitar para ele uma união como aquela, tão desigual e tão imprópria. O caminho que Emma via diante de si estava claro, mas não sem dificuldades...

Disse, então, após certa insistência. O que ela disse? Justamente o que deveria, é claro. Como uma dama sempre deve fazer. Ela disse o suficiente para demonstrar que não havia necessidade de se desesperar. Convidava-o a falar mais. Por um momento, o sr. Knightley havia perdido as esperanças, ao ver que o silêncio e a prudência reinavam, como se aquilo representasse uma negativa... como quando ela se recusara a ouvi-lo. A mudança, no entanto, talvez tenha sido muito súbita... sua proposta de caminhar um pouco mais, o modo como Emma reiniciou a conversa, que ele já acreditava haver terminado. Tudo parecia um tanto extraordinário! Ela sentiu a inconsistência de tudo aquilo. Mas o sr. Knightley foi obrigado a aceitar a situação e a não fazer mais perguntas.

É raro, muito raro, a completa verdade ser totalmente revelada. É muito raro que qualquer coisa aconteça sem que seja um pouco ocultada ou um pouco mal interpretada. No entanto, quando, como era esse o caso, há algo oculto na maneira de agir, mas não nos sentimentos, não tem grande importância. O sr. Knightley não podia exigir um coração mais apaixonado do que o de Emma ou um coração mais disposto a aceitar do que o dele.

Na verdade, ele não tinha a menor suspeita da influência que exercia sobre Emma. Ele a acompanhara pelo jardim sem intenção de colocá-la à prova. Viera a Hartfield com o propósito de ver como ela havia recebido a notícia do noivado de Frank Churchill, sem nenhum egoísmo, sem segundas intenções, exceto de tentar, se ela o permitisse, consolá-la ou aconselhá-la. O resto foi obra das circunstâncias, o efeito imediato do que ouviu e também de seus sentimentos. A grata certeza de que Emma só sentia indiferença por Frank Churchill, de que jamais entregara seu coração, renovou a esperança de que ele poderia conquistar sua afeição; mas não houve a esperança imaginada, houve apenas a momentânea conquista da impaciência sobre o julgamento, pretendendo que ela lhe dissesse que não se oporia à sua tentativa de conquistar seu amor. As enormes esperanças que gradualmente se apresentavam deixaram-no mais encantado. A afeição que ele suplicara já era sua! Em meia hora, passou de um estado de ânimo totalmente abatido a algo tão parecido com a mais perfeita felicidade que esse era o único nome que podia receber.

A mudança de Emma foi igual. Aquela meia hora dera a ambos a mesma certeza de serem amados, dissipara nos dois toda sombra de incompreensão, ciúmes, desconfiança. Da parte dele, havia um ciúme de longa data, tão antigo quanto a expectativa ou a chegada de Frank Churchill. Ele se apaixonara por Emma e sentira ciúmes de Frank desde aqueles dias, praticamente no mesmo período, provavelmente um sentimento fazendo o outro vir à tona. Foi o ciúme que sentia de Frank que o fez sair de Highbury. O passeio a Box Hill serviu para ele ter a certeza de que precisava afastar-se dali.

Considerou que, pelo menos, assim evitaria ser testemunha de todas aquelas atenções que ela permitia e alimentava. Ele partira para Londres com a intenção de ser indiferente. Mas foi ao lugar errado. Havia muita felicidade doméstica na casa do irmão. Lá, a mulher representava um papel bastante atrativo. Isabella se parecia muito com a irmã... diferenciando-se apenas em uma série de coisas nas quais era claramente inferior e o fazia lembrar-se ainda mais de Emma. Por mais que tivesse feito isso, ainda que ficasse em Londres por muito tempo, teria sido inútil. Entretanto, permaneceu ali dia após dia... até que, naquela mesma manhã, o correio entregara uma carta contendo notícias sobre o noivado de Jane Fairfax. Então, junto com a alegria que forçosamente deveria sentir e pela qual não sentia o menor receio, porque nunca havia acreditado que Frank Churchill merecesse Emma, surgiu uma afetuosa solicitude, interesse tão agudo por ela que não poderia demorar mais. Ele voltou para Highbury na chuva e imediatamente após o jantar foi até Hartfield para ver como a mais doce e a melhor das criaturas, perfeita, apesar de todas as suas falhas, teria suportado a descoberta.

Ele a encontrou agitada e deprimida. Frank Churchill era um vilão... Emma lhe disse que jamais estivera apaixonada por ele. No fim, Frank Churchill não era um assunto tão desesperador.

Emma seria sua agora, nos gestos e nas palavras, quando voltaram para casa. E, se naquele momento ele pudesse pensar em Frank Churchill, talvez o considerasse um bom homem.

Capítulo 50

Que enorme diferença havia entre os sentimentos de Emma ao sair de casa e ao retornar! Fora ao jardim com a esperança de apenas amenizar seu sofrimento. No entanto, agora, estava em completo estado de animação e requintada felicidade, que ela acreditava aumentar ainda mais depois que todo aquele turbilhão de sentimentos passasse.

Sentaram-se para tomar chá... as mesmas pessoas reunidas em torno da mesa. Quantas vezes os três se reuniram naquele mesmo lugar! E quantas vezes os olhos de Emma pousaram sobre os mesmos arbustos que cresciam no jardim e contemplaram o maravilhoso efeito do Sol! Mas nunca observou tais detalhes como hoje, com o estado de espírito tão elevado; e agora ficaria difícil controlar-se o suficiente para ser a exemplar dona de casa de sempre ou mesmo a filha carinhosa de sempre.

O pobre sr. Woodhouse estava longe de suspeitar dos sentimentos que conspiravam contra ele no peito daquele homem a quem fora tão cordial e lhe dera as boas-vindas, a quem perguntara com tanto interesse se não se resfriara ao retornar de Londres debaixo de chuva. Se ele pudesse ver o coração do sr. Knightley, ficaria menos preocupado com os pulmões do rapaz; porém, sem nem mesmo imaginar a mais remota possibilidade de que algo diferente estaria para acontecer, sem a mais leve percepção de qualquer coisa extraordinária em relação ao aspecto ou à atitude de nenhum dos dois, acabou por repetir para Emma e o sr. Knightley, muito feliz e tranquilo, todas as notícias que acabara de dar ao sr. Perry e continuou conversando com eles muito satisfeito, incapaz de suspeitar das notícias que eles, com o tempo, teriam de lhe contar.

Enquanto o sr. Knightley permaneceu com eles, a agitação de Emma não se acalmou; mas, assim que ele se foi, começou a se tranquilizar e se dominar, e passar a noite em claro foi o preço que teve de pagar por uma tarde como aquela. Percebeu que havia uma ou duas questões graves sobre as quais deveria refletir e que a fizeram lembrar-se de que até mesmo sua felicidade não deixaria de ter certas falhas.

Seu pai e Harriet. Ela não conseguia ficar sozinha sem sentir o peso da importância que os direitos de ambos tinham para ela. E o difícil era conseguir oferecer aos dois a máxima consideração. Em relação ao pai, o problema só tinha uma solução. Ela nem sequer sabia o que o sr. Knightley tinha em mente; mas, ao consultar seu coração, rapidamente percebeu que jamais desistiria do pai. Inclusive descartara a ideia de se separar dele, como se apenas pensar na questão já fosse motivo de culpa. Enquanto ele vivesse, devia prometer-lhe não se casar, mas disse a si mesma que, excluindo o perigo de perdê-la, o casamento até podia ser um benefício para ele. Sua maior preocupação, porém, era como agir com Harriet, porque essa era uma decisão difícil. Como evitar uma dor desnecessária? Como se sacrificar por ela dentro do que fosse possível? Como conseguir demonstrar-lhe que não era sua inimiga? Sobre essas questões, suas dúvidas e sua inquietação não podiam deixar de ser maiores. Sua mente teve de voltar a pensar novamente naquelas amargas censuras e nos tristes pesares que sempre a cercaram. Pelo menos, decidiu evitar encontrar-se com ela e, sim, escrever-lhe uma carta, contando tudo que desejava dizer. Pensou que, em virtude da situação, seria melhor para Harriet ausentar-se de Highbury por algum tempo e, passando a elaborar outro plano, quase concluiu que poderia conseguir que a amiga fosse convidada para passar algum tempo na Brunswick Square, na casa da irmã. Isabella ficaria encantada ao ter Harriet ao seu lado, e passar algumas semanas em Londres não deixaria de distraí-la. Por outro lado, não acreditava que Harriet fosse uma moça que se esqueceria de seus problemas distraindo-se com coisas novas e distintas, como ruas, lojas e crianças. Em todo caso, seria uma prova de atenção e carinho de Emma, que era a responsável por todo o desgosto da amiga; uma separação momentânea; um adiamento do terrível dia em que todos teriam de se reencontrar.

Emma levantou-se muito cedo e logo escreveu a carta para Harriet, uma tarefa que a deixou bastante séria e tão triste que o sr. Knightley, quando chegou a Hartfield para o café da manhã, ainda assim pareceu-lhe ter chegado bem tarde. Depois, saíram para o jardim e passearam por cerca de trinta minutos, mas foi o suficiente para que ela recuperasse a mesma sensação de felicidade da tarde anterior.

Momentos antes ele a deixara a sós, tão pouco tempo que de forma nenhuma Emma seria capaz de pensar em outra pessoa, quando lhe trouxeram uma carta vinda de Randalls... uma carta muito volumosa. Ela logo advinhou o que deveria conter e pensou que era necessário lê-la. Naquele momento, sentia-se muito benévola com Frank Churchill; ela não queria explicações, desejava ter apenas seus pensamentos para si mesma. E, quanto a compreender o que ele escrevera, estava certa de que seria incapaz disso. No entanto, precisava enfrentar aquilo, devia resolver aquela questão. Abriu o envelope, certa do conteúdo da carta. Era uma breve nota escrita pela sra. Weston, endereçada a ela, acompanhada de uma carta que Frank Churchill escrevera para a madrasta:

> Minha querida Emma, tenho o maior prazer em lhe enviar esta carta. Eu sei que você saberá apreciá-la e que não terá a menor dúvida da consequente felicidade que sentirá ao lê-la. Não acho que voltaremos a nos desentender gravemente a respeito de

quem a escreveu, mas não quero atrasá-la com uma introdução demorada. Estamos todos bem. Esta carta acabou sendo o melhor remédio para todos os pequenos transtornos nervosos que tive ultimamente. Não fiquei tranquila ao vê-la na terça-feira passada, mas aquela manhã não era uma das mais propícias e, apesar de você não reconhecer que o tempo exerce influência em seu estado de ânimo, acredito que todo mundo se ressente quando sopra o vento noroeste. Fiquei muito preocupada com seu querido pai durante a tempestade de terça-feira à tarde e de ontem de manhã, porém me tranquilizei ao saber, pelo sr. Perry, que ele não ficou doente. Sua sempre,

A. W.

A seguir, a carta enviada pelo sr. Frank Churchill:

À sra. Weston.

Windsor, julho.

Minha cara senhora,

Se eu soube expressar-me bem ontem, creio que esta carta já era esperada, mas, mesmo se não estiverem aguardando por ela, sei que será lida com boa vontade e com indulgência. Bondosa como é, acredito que necessitará recorrer a toda sua benevolência para desculpar certos aspectos da minha conduta no passado. Porém, já fui perdoado por alguém que teria mais motivos para sentir-se ofendida. À medida que escrevo, sinto mais coragem. É difícil para uma pessoa afortunada ser humilde. E eu já tive tanta sorte em ocasiões nas quais pedi perdão que corro o risco de estar extremamente seguro de seu perdão neste momento e, consequentemente, daqueles amigos que tenham algum motivo para considerar que me portei de maneira errada com eles.

Peço a todos vocês que tentem compreender qual era exatamente minha situação quando cheguei pela primeira vez a Randalls: eu guardava um segredo que devia permanecer oculto a todo custo. Essa era a verdade. O direito que eu tinha de me colocar em uma situação tão dissimulada é outra questão. Não vou discuti-lo nesta carta. Em relação à minha tentação de pensar que é um direito, transfiro cada ato meu a alguém que mora em uma casa de tijolos, em Highbury, uma casa simples, com janelas de guilhotina no térreo e janelas de caixilhos no andar superior. Não ouso mencionar diretamente o nome da casa; as situações que eu vivia em Enscombe já eram bastante conhecidas para que eu precise explicar mais; e fui tão afortunado, que consegui meu propósito antes de nos separarmos em Weymouth e convenci a mulher mais honesta do mundo que aceitasse, em virtude das circunstâncias, um compromisso matrimonial secreto. Se ela me rejeitasse, eu teria enlouquecido. Suponho que deva estar perguntando-se o que eu esperava com tudo isso, quais eram meus propósitos. Eu esperava qualquer coisa: que o tempo passasse, que surgisse uma possibilidade, que as circunstâncias fossem propícias, efeitos retardados, acontecimentos repentinos, perseverança, saúde e doença.

Eu tinha todas as possibilidades de felicidade diante de mim e assegurei as primeiras bênçãos quando consegui que ela me garantisse fidelidade e me correspondesse. Se precisar de mais explicações, minha gentil senhora, posso dizer-lhe da honra que sinto de ser filho de seu amado esposo e a vantagem de ter herdado de meu pai a esperança de que as coisas sempre terminem bem, herança que sempre será muito mais valiosa do que casas e terras. Suplico que pense em mim, em minhas circunstâncias ao visitar Randalls pela primeira vez; aqui, tenho a convicção de que agi erroneamente, pois eu deveria tê-los visitado muito antes. Se você se esforçar, conseguirá lembrar-se de que eu só cheguei a Randalls quando a srta. Fairfax se mudou para Highbury; e como você foi a pessoa contra quem cometi tão desonrada falta, rogo-lhe que me perdoe imediatamente. Mas direi, com o objetivo de conquistar o perdão do meu pai, lembrando-lhe que, quanto mais tempo passei afastado da sua casa, muitas bênçãos perdi por não tê-la conhecido antes.

Espero que meu comportamento, no período que passei com vocês, não seja motivo de reprovação, com exceção de um aspecto. Agora, começo a falar do principal, o principal motivo da minha conduta que lhes diz respeito, que aumenta minha ansiedade ou que requer uma explicação muito cuidadosa. Com o maior respeito e os sentimentos da maior amizade, devo mencionar o nome da srta. Woodhouse. Meu pai talvez pense que eu deveria fazê-lo com a mais profunda humilhação. As poucas palavras que ele me enviou ontem deixaram bem claro o que pensa e eu mesmo considero justas e devidas as suas censuras. Pelo que percebi, o modo como agi com a srta. Woodhouse produziu interpretações exageradas. A fim de guardar aquele segredo tão especial para mim, fui obrigado a usar indevidamente a amizade que imediatamente se estabeleceu entre nós. Não posso negar que a srta. Woodhouse foi o objeto ostensivo de todas as minhas atenções, mas estou seguro de que entenderá que, se eu não estivesse certo de que lhe era indiferente, não teria consentido que meus objetivos me levassem adiante.

A srta. Woodhouse, apesar de ser tão afetuosa, tão encantadora, nunca me deu a impressão de ser uma moça deslumbrada. E que estivesse totalmente livre de toda propensão a se apaixonar por mim era não somente a minha convicção como também o meu desejo. Ela recebeu minhas atenções de modo divertido, jovial e amistoso, o que era ainda mais conveniente para mim. Parecia que nos entendíamos muito bem. E, em nossas respectivas situações, tais atenções lhe eram devidas, e ela também as aceitava.

Não sei dizer-lhe se a srta. Woodhouse começou a realmente me entender antes que terminassem aquelas duas semanas; quando fui despedir-me, lembro-me de que estive prestes a confessar-lhe a verdade e então imaginei que ela já poderia desconfiar de algo. Mas não tenho a menor dúvida de que, a partir daquele momento, ela compreendeu o que ocorria, pelo menos em parte. Talvez não tenha compreendido toda a situação, porém, como é muito inteligente, certamente desconfiou de algo. Não me restam dúvidas. Você poderá comprovar, quando pudermos falar com mais liberdade sobre este assunto, que tenho certeza de que não se surpreenderá. Em muitas ocasiões, ela até me deu algumas pistas. Recordo-me de que, no baile, ela me disse que eu deveria ficar muito grato pelas atenções que a sra. Weston prestava à srta. Fairfax.

Confio que toda esta história da minha conduta com ela seja admitida por você e por meu pai como uma grande atenuante dos erros que me viram cometer. Enquanto considerarem que agi mal com Emma Woodhouse, não posso merecer nenhuma consideração de ambos. Perdoem-me neste ponto e, quando for possível, absolvam-me para que Emma Woodhouse me conceda seu perdão e devolva sua amizade. Diga a Emma que sinto por ela um profundo afeto de irmão e só desejo que se apaixone e seja tão feliz quanto eu sou agora. A respeito de qualquer coisa que eu tenha dito ou feito durante aquelas duas semanas, agora ela tem uma pista para melhor me entender.

Meu coração estava em Highbury e todo o meu esforço concentrava-se em impedir que despertasse suspeitas. Caso se lembre de qualquer estranheza, sabe agora a que deve atribuí-la. No que se refere ao misterioso piano, quando se falou, creio que é necessário dizer apenas que o comprei sem que a srta. Fairfax soubesse e, se ela tivesse alguma suspeita disso, jamais teria aceitado o presente. A delicadeza de sentimentos que a srta. Fairfax comprovou, durante todo esse tempo, vai muito mais além do que tudo que eu poderia explicar. Tenho um forte desejo de que não tarde em conhecê-la bem. Nada do que eu lhe disse servirá para conhecê-la. Ela mesma lhe demonstrará sua personalidade, porém não em palavras, pois existem pouquíssimas pessoas como ela, empenhadas em ocultar suas próprias qualidades.

Enquanto eu escrevia esta carta, que será mais longa do que imaginei, recebi notícias dela. Enviou-me boas-novas a respeito da sua saúde, porém, como nunca se queixa, não me atrevo a confiar. Desejo que você me dê uma opinião a respeito da aparência da srta. Fairfax. Sei que, em breve, irá visitá-la e ela teme essa visita. Talvez até já a tenha visitado. Diga-me o que pensa a respeito disso o quanto antes; estou impaciente para que me forneçam detalhes. Lembre-se de que estive apenas poucos minutos em Randalls e que meu estado de ânimo estava muito confuso e exaltado; e ainda não me encontro melhor. Ainda estou insano de felicidade e de dor. Quando penso na bondade e no afeto que ela me ofereceu, de sua magnitude e paciência, e da generosidade do meu tio, sinto-me louco de alegria. Contudo, quando me recordo de todos os transtornos que causei e quão pouco mereço o perdão de vocês, fico louco de raiva! Ah, se eu pudesse voltar a vê-la! Mas não posso sequer pensar nisso agora, meu tio tem sido muito bondoso comigo para que eu o abandone neste momento.

Todavia, ainda não terminei esta longa carta. Você ainda não leu tudo que tenho para lhe dizer. Ontem, não pude dar-lhe muitos detalhes, mas o inesperado e, por que não dizer, incômodo modo como foi revelado o segredo necessita de explicação. Pois, apesar de triste o acontecimento do último dia vinte e seis, como você deve ter concluído, significou para mim a possibilidade das mais felizes perspectivas, e não se podia esperar que eu tomasse certas medidas naquele exato momento, porém existiam algumas circunstâncias muito peculiares que me obrigaram a não perder nem mesmo uma hora. Eu gostaria de ter evitado toda essa pressa, e que ela tivesse compartilhado de todos os meus receios com muito mais intensidade e uma delicadeza maior do que a minha. Mas eu não tinha escolha. O compromisso apressado que ela assumira com aquela mulher.

Aqui, minha querida senhora, vi-me obrigado a interromper bruscamente esta carta, para me recompor um pouco. Fiz um passeio pelo jardim, e agora creio que estou bastante sossegado para escrever o restante, como devia fazê-lo. Na realidade, essas são recordações muito dolorosas para mim. Agi de modo bastante vergonhoso. E agora posso admitir que minha atitude com a srta. W., de querer ser desagradável para a srta. F., foi verdadeiramente indigna. Ela ficou muito contrariada e só isso já deveria ter sido o suficiente para perceber o erro que cometia; não considerou justificada minha desculpa de fazer todo o possível para ocultar a verdade. Ficou contrariada e eu achei que fosse sem fundamento; eu considerava que, em muitas ocasiões, era desnecessariamente cuidadosa e precavida; cheguei até a pensar que agia friamente. Mas ela sempre estava certa! Se eu seguisse seu julgamento e subjugasse meu espírito ao nível que ela considera adequado, poderia ter escapado da maior infelicidade que já conheci. Nós discutimos.

Lembra-se daquela manhã que passamos em Donwell? Ali todas as pequenas diferenças que até então tivéramos transformaram-se em uma verdadeira crise. Eu cheguei tarde; encontrei-a voltando para casa sozinha e quis fazer-lhe companhia, mas ela não aceitou. Negou-se, absolutamente, a permitir que eu a acompanhasse, o que me pareceu a coisa mais irracional do mundo. No entanto, só agora vejo que foi uma atitude de discrição muito natural e bastante fundamentada, enquanto eu, na tentativa de ocultar nosso segredo, dedicava todas as minhas atenções a outra mulher. Como aceitaria no dia seguinte uma proposta que poderia inutilizar todas as precauções anteriores? Se alguém nos tivesse visto, no caminho entre Donwell e Highbury, teria desconfiado da verdade. Porém, fui louco o suficiente para me mostrar ressentido.

Eu duvidei da afeição da minha noiva. Duvidei ainda mais no dia seguinte, quando fomos a Box Hill; quando, provocada por minha conduta, por aquela indiferença insolente e humilhante que eu lhe mostrava, e pela aparente predileção que demonstrava pela srta. W. de um modo extremo, o que nenhuma mulher sensível seria capaz de suportar, ela expressou seu ressentimento com palavras que não compreendi perfeitamente.

Em suma, minha cara senhora, foi uma desavença da qual ela não tinha a menor culpa e eu tinha toda a culpa do mundo. Regressei a Richmond naquela mesma noite, apesar de que poderia ter ficado em Randalls até a manhã seguinte, simplesmente porque estava extremamente irritado com ela. Ainda assim, não fui tolo o suficiente para não querer reconciliar-me com ela no tempo oportuno; mas eu me sentia ofendido, magoado por sua frieza, e parti decidido que ela teria de dar o primeiro passo. Sempre me alegrarei com o fato de que você não foi à excursão de Box Hill. Ainda bem que não presenciou minha conduta ali, pois duvido que jamais voltaria a ter a mesma boa opinião a meu respeito. Os efeitos que minhas atitudes erradas exerceram sobre ela foram fortes se levarmos em consideração a decisão imediata que ela tomou.

Assim que soube que eu realmente havia partido de Randalls, aceitou os conselhos da intrometida sra. Elton, cujo modo de tratá-la, a propósito, sempre me encheu de indignação e antipatia. Não posso falar agora contra o espírito de tolerância que essas pessoas tiveram comigo, mas, se não fosse assim, protestaria ardentemente contra o modo como toleram essa mulher... Jane! Santo Deus! Você já deve ter percebido que, até o momento, eu não me atrevera a chamá-la por seu nome de bastimo, nem mesmo ao falar com você. Pense, então, quanto me fazia sofrer ouvir o nome Jane ser continuamente citado pelos Elton, com toda aquela vulgaridade de repetições desnecessárias e toda a insolência de uma suposta superioridade.

Por favor, tenha paciência, logo terminarei... Jane aceitou a oferta da sra. Elton, decidida a romper definitivamente comigo e, no dia seguinte, escreveu dizendo-me que nunca mais voltaríamos a nos ver. Dizia que havia percebido que nosso compromisso só nos havia trazido dissabores e aflição, por isso queria desmanchar o noivado. Essa carta chegou a minhas mãos na mesma manhã em que minha tia morreu. Em menos de uma hora eu já havia respondido à carta. Porém, devido à confusão do meu espírito e das inúmeras questões que precisava resolver, a minha resposta, em vez de ser enviada junto com as cartas daquele dia, ficou trancada dentro da minha escrivaninha; e eu, confiando que escrevera o suficiente para tranquilizá-la, apesar de ter escrito apenas poucas linhas, fiquei despreocupado... fiquei decepcionado por não receber uma resposta imediata de Jane, mas desculpei-a e, além disso, estava por demais atarefado e, se me permite dizer, muito contente com as perspectivas de um futuro melhor para pensar em qualquer outra coisa.

Nós mudamos para Windsor e, dois dias depois, recebi um pacote enviado por ela: devolvera todas as minhas cartas! Recebi também um bilhete onde expressava a grande surpresa por não receber nenhuma resposta à última de suas cartas, e acrescentava que, como meu silêncio sobre aquela questão não podia ser interpretado de outra maneira, o melhor para ambos era que os detalhes secundários fossem resolvidos o quanto antes, assim devolvia-me todas as minhas cartas e pedia-me que, se eu não pudesse devolver as suas no prazo de uma semana, que as enviasse a um lugar... Bem, eu deveria enviar as cartas para o endereço da sra. Smallridge, em Bristol. Eu conhecia o nome, o lugar... e estava cansado de todo aquele assunto. Imediatamente compreendi a decisão que ela havia tomado. Algo totalmente compatível com um caráter resoluto como o de Jane; e o segredo que mantivera em sua última carta, a respeito desse propósito, revelava também sua extrema delicadeza... Não imagine, por nada deste mundo, que ela seria capaz de me ameaçar. Imagine quanto fiquei chocado, como fiquei contrariado, quanto xinguei os carteiros... o que eu deveria fazer? Apenas uma coisa. Deveria conversar com meu tio. Sem seu consentimento, não podia esperar que ela me escutasse novamente.

Então falei com ele... as circunstâncias me eram favoráveis, a morte recente de sua esposa suavizara seu orgulho, e muito antes do que eu havia previsto ele aceitou minhas justificativas e, por fim, acabou dizendo "pobre homem"! E, com um suspiro, desejou que eu tivesse mais felicidade no casamento do que ele tivera. Pensei que seria muito diferente do dele. Será que pode sentir-se inclinada a se compadecer de tudo que eu sofri, ao explicar ao meu tio todo o caso, pela aflição que devo ter sentido até que ele tomasse uma decisão? Não, não se compadeça por isso e sim pelo fato de que, quando cheguei a Highbury, dei-me conta de todo o dano que causara; não se compadeça senão pelo momento em que voltei a vê-la, pálida e enferma.

Cheguei a Highbury num momento em que, pelo que sabia de sua rotina para o café da manhã, tinha certeza de que a encontraria sozinha... e não me equivoquei, como também não me equivoquei ao decidir fazer aquela viagem. Eu precisava dissipar uma contrariedade muito justa e razóavel. Mas, agora, estamos reconciliados, nós nos amamos até muito mais do que antes e não haverá nenhum outro momento de inquietação que se coloque entre nós novamente. Agora, minha cara senhora, devo concluir esta carta, mas não podia terminá-la antes.

Agradeço mil vezes pela imensa bondade com a qual sempre me tratou e lhe dou infinitas graças por todas as atenções que seu coração dará a ela. Se pensar que sou mais feliz do que deveria, está completamente certa. A srta. Woodhouse diz que eu sou filho da boa sorte. Espero que tenha razão. Em apenas um aspecto, minha boa sorte é indiscutível: aquele de poder subscrever-me.

Seu agradecido e afetuoso filho,

F. C. Weston Churchill

Capítulo 51

Foi impossível para Emma não se comover com a carta. Apesar de estar disposta a fazer exatamente o contrário, foi obrigada a considerá-la, de modo um pouco estranho, mas benévolo, como a sra. Weston havia suposto. Quando chegou ao parágrafo onde ele citava seu nome, o efeito foi imediato; tudo relativo a ela era interessante e quase considerava agradável cada linha escrita. E, quando terminou seu motivo de encanto, no restante do conteúdo, continuou interessada pelo antigo afeto que sentia pelo rapaz e pelo poderoso atrativo que exercia uma bela história de amor. Não fez nenhuma interrupção até que terminasse a leitura; e, apesar de ser impossível não reconhecer que ele agira mal, sabia que, no fundo, seu proceder fora menos censurável do que havia imaginado. Sofreu tanto e estava tão arrependido... demonstrava tanta gratidão pela sra. Weston, tanto amor pela srta. Fairfax. Então, Emma ficou tão feliz que não podia ser severa; e, se ele entrasse por sua porta agora, estenderia sua mão e se cumprimentariam tão calorosamente como sempre.

Pensou tão bem a respeito da carta que, quando o sr. Knightley chegou, ela pediu que ele a lesse. Tinha certeza de que a sra. Weston não se oporia, sobretudo sendo alguém que, como o sr. Knightley, sempre o considerou tão merecedor de reprovações.

— Ficarei feliz ao lê-la — disse ele —, mas parece-me um tanto longa. Levarei para minha casa e poderei ler com calma à noite.

Contudo, isso não seria possível. A sra. Weston viria para o jantar e Emma precisaria devolvê-la.

— Eu preferiria conversar com você — disse ele —, mas como lhe parece uma questão de justiça, devemos ler a carta agora.

Ele começou... mas, logo em seguida, interrompeu a leitura para dizer:

— Se há alguns meses me oferecessem para ler as cartas deste jovem à sua madrasta, posso garantir-lhe, Emma, que não a teria tomado com tamanha indiferença.

Ele continuou a leitura, avançou um pouco mais e, com um sorriso, disse:

— Ora! Uma bela introdução, bem do jeito dele. Mas o estilo de um homem não pode ser o critério de outro. Bem, vamos ser menos severos.

— Seria natural para mim — observou ele, logo em seguida — dizer minha opinião em voz alta enquanto leio. Ao fazê-lo, ficarei ao seu lado. Não seria uma grande perda de tempo se você não gostar...

— De forma nenhuma, por favor, continue.

O sr. Knightley voltou à leitura, entusiasmado.

— Ele faz uma brincadeira aqui, em relação à tentação — disse ele. — Ele sabia que estava errado e não havia nada racional que pudesse ser usado em sua argumentação. Agiu mal. Não deveria ter se comprometido. "A disposição do seu pai." No entanto, ele é injusto com o pai. O temperamento otimista do sr. Weston sempre foi uma bênção em todos os seus dignos e honrosos empenhos, mas o sr. Weston sempre mereceu o conforto que ele conquistou. Sim, isso é verdade. Ele não veio a Highbury até ter certeza de que a srta. Fairfax estava aqui.

— E não me esqueci — disse Emma — como você estava certo de que ele podia visitar-nos o quanto antes, bastava querer. Você me disse isso de maneira muito elegante, mas estava corretíssimo.

— Emma, eu não era totalmente imparcial em meu julgamento. Mas, apesar de tudo, creio que, mesmo se você não estivesse envolvida no caso, eu desconfiaria dele.

Quando chegou ao trecho em que falava da srta. Woodhouse, viu-se obrigado a ler em voz alta tudo que fosse relativo a ela e com um sorriso nos lábios. Balançou a cabeça, disse uma ou duas palavras de assentimento ou de reprovação, ou simplesmente de amor, segundo exigia o assunto. Entretanto, após alguns momentos de reflexão, concluiu, muito seriamente:

— Muito ruim, mas poderia ser pior. Ele fez um jogo muito perigoso. Ter tanta confiança de que fosse absolvido. Não julga bem a conduta que teve com você. Na verdade, sempre se deixou enganar por seus próprios desejos sem ter a menor consideração por tudo que lhe fosse conveniente. Imaginar que você havia descoberto seu segredo! Bastante natural! Sua mente estava tão cheia de intrigas que seria natural suspeitar dos outros. Minha Emma, isso tudo não nos serve de exemplo para provar mais e mais a beleza da verdade e da sinceridade em todas as nossas relações uns com os outros?

Emma concordou, mas não conseguiu evitar o rubor ao pensar em Harriet, a quem não podia dar uma explicação sincera do ocorrido.

— É melhor que continue lendo — disse ela.

Ele continuou a leitura, mas, logo em seguida, fez nova pausa e disse:

— O piano! Isso é algo muito apropriado para um rapaz, um rapaz de pouca idade, para compreender que, às vezes, um presente assim é um inconveniente que excede toda alegria. De fato, é uma atitude muito infantil! Não consigo compreender um homem que deseja dar uma demonstração de afeto à mulher amada, porém sabe que ela dispensaria qualquer tipo de presente. Ele certamente sabia que ela teria recusado o instrumento se soubesse que a presentearia.

Depois disso, ele avançou um pouco mais sem fazer interrupções. A confissão de Frank Churchill de que se portou de um modo vergonhoso foi a primeira coisa que incitou a dedicar-lhe algo mais do que um simples comentário:

"Concordo plenamente com você, meu caro senhor", foi a observação de Emma ao comentário que ele fez. "Você se comportou de maneira vergonhosa. Jamais em sua vida escreveu algo tão verdadeiro."

E, chegando ao trecho seguinte, sobre os motivos do desentendimento e de sua persistência em agir de modo completamente oposto ao que Jane Fairfax considerava correto, ele fez uma pausa mais longa para dizer:

— Isso é muito ruim. Por causa dele, colocou-se em uma situação de extrema dificuldade e incômodo, e isso deveria ter sido o primeiro motivo para preveni-la de sofrer desnecessariamente. Ela deve ter sofrido dificuldades muito maiores do que as dele para manter a troca de correspondências. E ele deveria ter respeitado inclusive seus receios, ainda que os achasse sem fundamento, se esse fosse o caso, mas os dela eram todos racionais. Devemos atribuir um erro a Jane e nos lembrarmos de que agiu mal ao concordar com aquele compromisso, suportando todo tipo de situação que só lhe trouxe dissabores.

Emma sabia que ele estava chegando àquela passagem em que Frank falava de Box Hill e ficou bastante desconfortável. Seu comportamento fora tão impróprio! Sentia-se profundamente envergonhada e um pouco temerosa de que ele voltasse a olhar para ela. No entanto, ele leu todo o trecho de maneira firme, atenta e sem fazer a menor observação. E, com exceção de um olhar que instantaneamente fez questão de desviar, com receio de causar-lhe pena... nenhuma lembrança de Box Hill pareceu persistir.

— Em relação à delicadeza de nossos bons amigos, os Elton, não há muito que se possa falar — foi a observação do sr. Knightley. — O quê? Aqui ela decidiu romper o noivado com ele! Ela percebeu que o compromisso era motivo de dor para os dois... e acabou desmanchando o noivado... como podemos perceber o que ela pensa do comportamento de Frank! Bem, ele deve ser o mais extraordinário...

— Não, não pare... continue lendo. Você descobrirá quanto ele sofreu.

— Eu espero que sim — respondeu o sr. Knightley calmamente, retornando à carta. — Smallridge! O que significa isto? O que quer dizer?

— Jane havia prometido ser a governanta dos filhos da sra. Smallridge, uma grande amiga da sra. Elton, vizinha de Maple Grove. E, a propósito, imagino como a sra. Elton deve ter suportado tamanha decepção.

— Não diga nada, minha querida, já que me obriga a ler... não diga nada, nem a respeito da sra. Elton. Falta apenas uma página e em breve terminarei. Que novela este homem escreve!

— Eu gostaria que lesse essa carta com um espírito mais bondoso para com ele.

— Bem, parece que agora há um pouco de sentimento... Parece que sofreu ao vê-la tão doente. Não tenho a menor dúvida de que está apaixonado por ela. "Nós nos amamos, até muito mais do que antes." Espero que ele possa sentir o valor dessa reconciliação. Ele é muito liberal ao agradecer, com seus milhares e milhares de obrigados. "Mais feliz do que mereço." Muito bem, ele se reconhece aqui. "A srta. Woodhouse diz que sou filho da boa sorte." Essas são as palavras da srta. Woodhouse, não são? E um belo final... e aqui está a carta. O filho da boa sorte! Era assim que o chamava?

— Você não parece tão satisfeito com a carta quanto eu, mas espero que ela lhe tenha oferecido uma opinião mais favorável sobre ele. Com certeza, agora, tem uma opinião melhor a respeito dele.

— Sim, é certo que sim. Ele tem graves falhas, de desconsideração e descaso; e estou totalmente de acordo com ele ao se considerar mais feliz do que deveria ser. Mas, apesar de tudo e sem sombra de dúvida, ele está apaixonado pela srta. Fairfax e, em breve, terá a vantagem de estar ao lado dela. Tenho certeza de que essa convivência só lhe fará bem, já que seu caráter poderá ser melhorado e ele poderá adquirir dela uma firmeza e uma delicadeza de sentimentos que, no momento, não possui. Vamos mudar de assunto. Neste momento, meu coração está tão interessado em outra pessoa que não posso dedicar mais tempo a Frank Churchill. Emma, desde que nos separamos esta manhã não consegui deixar de pensar em um assunto.

E o assunto prosseguiu, sem grande afetação, do modo simples e elegante como o que o sr. Knightley sempre usava com a mulher por quem estava apaixonado: pediu que se casasse com ele, sem prejudicar a felicidade do seu pai.

Emma já sabia sua resposta desde o momento em que ele pronunciou a primeira palavra. "Enquanto seu querido pai vivesse, ela jamais seria capaz de se casar. Não poderia deixá-lo." Porém, só uma parte dessa resposta foi admitida. O sr. Knightley sabia que era impossível para ela abandonar o pai. Mas não podia aceitar que não houvesse outra saída. Havia pensado muito sobre aquele assunto; a princípio, tinha a esperança de convencer o sr. Woodhouse a se mudar para Donwell junto com Emma. Empenhara-se em considerar essa ideia algo viável, mas conhecia muito bem o velho senhor para se iludir desse modo por muito tempo. Agora, confessava que estava convencido de que essa mudança de casa repercutiria no bem-estar do pai dela e também em sua vida, que de modo algum deveria arriscar-se. O sr. Woodhouse sair de Hartfield! Não, pensou que essa ideia nem deveria ser sugerida. Mas confiava que o plano que havia traçado, após descartar o outro, seria aceito por Emma, sem nenhuma censura: ele deveria mudar-se para Hartfield. Assim, enquanto a felicidade do seu pai, em outras palavras, sua vida, exigisse que Hartfield continuasse a ser o lar de Emma, também deveria ser o seu.

Emma também pensara na possibilidade de se mudarem para Donwell. Mas, após alguns momentos de reflexão, acabou desistindo da ideia, porém a nova alternativa não lhe havia ocorrido. Dava-se conta do amor que ele demonstrava; entendia que, ao deixar Donwell, o sr. Knightley sacrificaria uma boa parte da independência de suas horas e hábitos, e que viver constantemente com seu pai, em uma casa que não era a sua, seria algo difícil, muito difícil para ele suportar. Ela prometeu pensar no assunto e aconselhou-o a pensar um pouco mais na proposta que lhe apresentava, porém ele estava completamente convencido de que nenhum tipo de reflexão poderia alterar seu desejo nem sua opinião a respeito do assunto. Ele já refletira por um longo período e com bastante calma: durante toda a manhã afastara-se de William Larkins apenas para poder pensar a sós.

— Ah! Encontramos uma dificuldade! — exclamou ela. — Tenho certeza de que William não concordará com isso. Você deve pedir seu consentimento antes de pedir minha mão.

Entretanto, ela prometeu pensar no assunto e se mostrou muito interessada em tentar encontrar um bom plano para resolver esse impasse.

É importante salientar que Emma, ao considerar os inúmeros pontos de vista a respeito da possibilidade de morar em Donwell, em nenhum momento teve a intenção de prejudicar o sobrinho, Henry, cujos direitos de herança a deixaram muito preocupada tempos atrás. Era difícil pensar na possível diferença que isso representaria para o pobre menino. E, ao refletir sobre o assunto, só pôde sorrir de modo atrevido, e divertia-se ao descobrir quais eram os verdadeiros motivos da sua violenta oposição a querer impedir que o sr. Knightley se casasse com Jane Fairfax ou qualquer outra moça, reação que, naquela época, atribuíra exclusivamente à sua amável postura de tia e irmã.

E quanto àquela proposta, aquele plano de se casar e continuar vivendo em Hartfield... quanto mais pensava a respeito, mais agradável a ideia lhe parecia. Os inconvenientes pareciam diminuir, as vantagens aumentavam, e o bem-estar que proporcionaria a ambos parecia solucionar todas as dificuldades. Poder ter ao seu lado um companheiro como aquele nos momentos de inquietação e desalento! Um marido para dividir todos os deveres e cuidados quando o tempo, certamente, trouxesse os momentos de tristeza!

Sua felicidade seria completa se não fosse pela pobre Harriet, e cada bênção que surgia em sua vida parecia aumentar ainda mais os sofrimentos da amiga, que agora devia ser excluída de Hartfield. A deliciosa família que Emma constituía, por prudência deveria ser afastada de Harriet. Em todos os aspectos, ela estaria em desvantagem. Não podia lamentar sua ausência como algo que diminuiria seu próprio bem-estar. Naquela nova família, Harriet seria sempre um peso morto, mas, em relação à pobre moça, parecia uma necessidade muito cruel ser colocada na situação de um castigo injusto.

Com o tempo, é claro, o sr. Knightley seria esquecido, isto é, superado, mas não se esperava que isso acontecesse tão cedo. O próprio sr. Knightley não faria nada para contribuir com a cura; não agiria como o jovem e imprudente pastor. O sr. Knightley, sempre tão amável, compreensivo e afetuoso com todas as pessoas, nunca mereceria ser menos venerado do que agora, e era realmente esperar muito, mesmo de Harriet, que ela pudesse apaixonar-se mais de três vezes no curto espaço de um ano.

Capítulo 52

Foi um alívio muito grande para Emma descobrir que Harriet também desejava evitar o encontro entre ambas. Seu relacionamento já era bastante sofrido por carta. Seria muito pior se tivessem de se encontrar!

Como era de se esperar, Harriet se expressou praticamente sem nenhuma reclamação, sem dar a impressão de que se considerava ofendida. No entanto, Emma acreditava ter percebido nas atitudes dela certo ressentimento, ou algo muito próximo a isso, o que aumentava seu desejo de separação. Talvez fosse apenas uma impressão, mas nem mesmo um anjo teria deixado de se ressentir diante de um golpe como aquele.

Não houve dificuldade no convite de Isabella, e ela teve a sorte de encontrar um pretexto convincente para fazê-lo sem que precisasse inventar uma desculpa. Harriet tinha um problema dentário. Ela realmente desejava, havia bastante tempo, consultar um dentista. A sra. John Knightley teve muito prazer em ser-lhe útil porque qualquer questão relacionada à saúde era uma recomendação para ela e, embora não estivesse tão empolgada em ver um dentista que não fosse o sr. Wingfield, Emma desejava que Harriet recebesse seus cuidados. Quando tudo já estava acertado, ela fez a proposta à amiga e encontrou-a muito disposta a aceitar. Ela ficaria em Londres por, pelo menos, duas semanas, e a viagem seria feita na carruagem do sr. Woodhouse. Organizaram todos os preparativos, resolveram todas as dificuldades e a moça não demorou a chegar sã e salva à Brunswick Square.

Agora, Emma podia ficar tranquila quanto às visitas do sr. Knightley; podia conversar e ouvi-lo sentindo-se verdadeiramente feliz, sem aquele sentimento de injustiça, de culpa, de estar fazendo algo doloroso que sempre a assombrava ao se lembrar de que perto dela havia um coração despedaçado, sofrendo pacientemente os sentimentos que ela própria desencadeara.

Não fazia a menor diferença, para os sentimentos de Emma, Harriet estar na casa da sra. Goddard ou em Londres; ela não conseguia deixar de pensar na amiga sem vê-la distraída pela curiosidade, ocupada, sem pensar no passado, sem perder o controle de si mesma.

Emma não queria permitir que nenhuma outra preocupação viesse imediatamente substituir o que sentira por Harriet. Precisava fazer uma confissão, que só ela seria capaz de fazer: teria de confessar ao pai o seu compromisso com o sr. Knightley. Mas, quanto a isso, não havia nada a fazer no momento. Decidira adiar a confissão até que a sra. Weston estivesse sã e salva.[1] Não queria causar nenhum tipo de preocupação às pessoas que tanto amava, justamente naquele momento. E, até que chegasse a hora, não sofreria por antecipação. Desfrutaria pelo menos duas semanas de tranquilidade e de paz de espírito para coroar toda a felicidade que merecia.

Decidira, também com a mesma dose de prazer, durante essa quinzena, empregar meia hora de seus dias para visitar a srta. Fairfax. Era um dever. E sentia um forte desejo de vê-la: a semelhança de situações em que as duas se encontravam naquele momento favorecia ainda mais todos os motivos para que fossem boas amigas. Seria como uma felicidade secreta, mas o conhecimento da semelhança de perspectivas certamente aumentaria o interesse com que ela receberia qualquer confidência que Jane pudesse fazer.

[1] A sra. Weston estava a poucos dias do parto.

Ela fora até a casa das Bates, batera na porta sem sucesso, entrara na casa delas desde a manhã seguinte ao passeio a Box Hill, quando a pobre Jane adoecera de maneira tão lastimável que Emma se encheu de compaixão, apesar de seus piores sofrimentos não serem do conhecimento de ninguém. O receio de não ser bem recebida, embora certa de que estavam em casa, levou-a a aguardar no corredor, enquanto esperava ser anunciada no andar superior. Ela escutou Patty anunciá-la. No entanto, não ouviu nenhum rebuliço como da outra vez, quando a pobre srta. Bates se agitara de maneira tão clara. Não, ela não ouviu nada senão: "Faça o favor de pedir para que entre". E, logo em seguida, a própria Jane, adiantando-se às demais, como se não esperasse nenhum outro tipo de acolhida. Emma nunca a tinha visto com um aspecto mais saudável; ela estava muito atraente, bela. Tudo nela estava equilibrado, alegria e ânimo, tudo que em sua atitude ou maneira sempre lhe faltara antes. Avançou em sua direção com a mão estendida e disse, em voz baixa, porém bastante firme:

— Quanta gentileza! Srta. Woodhouse, é impossível para mim exprimir... espero que entenda... e me perdoe por não ser capaz de falar.

Emma ficou grata e logo demonstraria quanto as palavras não eram necessárias, quando a voz da sra. Elton, que estava na sala de estar, levou-a a resumir todos os seus sentimentos de amizade e de gratidão em um carinhoso aperto de mão.

A sra. Bates e a sra. Elton conversavam. A srta. Bates saíra, o que explicava a falta de barulho com à chegada. Emma teria preferido que a sra. Elton estivesse em qualquer outro lugar, menos ali; mas estava disposta a ter paciência com todos, e, como a sra. Elton a recebeu de modo bastante diferente, acreditou que a conversa poderia transcorrer sem grandes dificuldades.

Emma logo percebeu o que a sra. Elton pensava e compreendeu o motivo pelo qual estava tão bem-humorada. O motivo era que ela se considerava confidente da srta. Fairfax e acreditava que era a única que sabia de algo que as outras pessoas desconheciam. Emma descobriu imediatamente indícios dessa suposição ao observar a expressão no rosto da sra. Elton. E, enquanto prestava atenção à sra. Bates e aparentemente escutava as respostas da boa senhora, viu quando ela, com uma espécie de gesto misterioso, dobrou uma carta que, aparentemente, lia em voz alta para a srta. Fairfax, e logo em seguida guardou em sua bolsa púrpura e dourada, dizendo com movimentos significativos de cabeça:

— Poderemos terminar isto outro dia. Não nos faltará oportunidade. E, de fato, você ouviu tudo o que era realmente necessário. Eu só queria provar-lhe que a sra. S. aceitou seu pedido de desculpas e não está ofendida. Você viu como ela escreve deliciosamente. Oh! Ela é um doce de pessoa! Você teria ficado muito bem em sua casa se tivesse ido morar com ela. Mas não vamos dizer mais nada. Sejamos discretas... é o melhor que devemos fazer... ah! Lembra-se daqueles versos? Acabo de me esquecer de que poema são:

Pois quando uma dama está em jogo[2]
Você sabe que todas as outras coisas acontecem.

— Agora lhe digo, minha querida, em nosso caso, em lugar de "dama", leia... "muu"! Para quem sabe ler, um pingo é uma letra. Estou muito bem-humorada, não? Mas o que desejo é tranquilizá-la em relação à sra. S... e, como posso ver, minha mediação tranquilizou-a bastante.

---

[2] No original, em inglês: *And when a Lady's in the case, You know, all other things give place.* Trecho do poema "The Hare and Many Friends", escrito por John Gay (1685 – 1732). Como o poema fala da atração de um búfalo por sua vaca favorita, essa alusão a Frank Churchill e Jane Fairfax feita pela sra. Elton é bastante inapropriada.

E novamente, enquanto Emma voltava a cabeça para olhar o crochê da sra. Bates, ouviu-a sussurrar:

— E não mencionei nomes, percebeu? Oh! Sou tão cautelosa quanto um ministro do Estado. Consigo lidar muito bem com essas situações.

Emma não teve dúvida. Aquela era uma exibição exagerada de que conhecia um segredo e repetia isso de todas as formas possíveis. Quando todas finalmente falaram um pouco a respeito do tempo e sobre a sra. Weston, ela se dirigiu abruptamente a Emma dizendo:

— Não lhe parece, srta. Woodhouse, que nossa amiga melhorou de modo prodigioso? Não lhe parece que o sr. Perry é totalmente responsável pela cura? — e olhou intensamente para Jane nesse momento. — Estou maravilhada, Perry conseguiu restabelecer Jane em tão pouco tempo! Oh! Se você a tivesse visto, como eu a vi, do jeito que estava prostrada!

E quando a sra. Bates ia dizer algo a Emma, ouviu a sra. Elton sussurrar:

— Não falaremos sequer uma palavra em relação à assistência de Perry; nem mencionaremos o nome de certo médico de Windsor. Oh! Não... Perry deve levar todo o crédito.

— Não tive o prazer de encontrá-la, srta. Woodhouse, desde o nosso passeio a Box Hill. Que passeio mais agradável! Apesar de que, em minha opinião, faltou algo. Parecia que... bem, parecia que havia alguém mal-humorado. Pelo menos foi isso que me pareceu, mas posso muito bem estar equivocada. Entretanto, acho que fomos bem-sucedidos nessa excursão e deveríamos repeti-la. O que acha de nos reunirmos novamente e fazermos um novo passeio a Box Hill, enquanto o tempo ainda está bom? É preciso que seja o mesmo grupo, exatamente as mesmas pessoas, sem exceção.

Logo depois, chegou a srta. Bates, e Emma não pôde evitar de se distrair pela perplexidade da resposta dela à sua pergunta, sem saber o que dizer. Emma julgou que a srta. Bates estava impaciente para dizer algo.

— Obrigada, srta. Woodhouse, é muito gentil. Eu não sei como me expressar... sim, sim, compreendo perfeitamente. As perspectivas da nossa querida Jane... isto é, não estou querendo dizer... a verdade é que ela está adoravelmente recuperada. Como tem passado o sr. Woodhouse? Estou tão contente. Quase não posso suportar tamanha felicidade. Veja que grupo maravilhoso temos aqui. Sim, é verdade. Adorável rapaz! Quero dizer, tão amigável... quero dizer, o sr. Perry... tão atencioso com Jane!

E, por sua enorme demonstração, seu grande prazer ao agradecer a presença da sra. Elton, Emma deduziu que os Elton ficaram um tanto quanto ressentidos com a decisão de Jane e que agora as diferenças haviam sido graciosamente superadas. Depois de alguns sussurros, dos quais Emma não conseguiu ouvir nada, a sra. Elton começou a falar num tom de voz bastante alto:

— Sim, estou aqui, minha boa amiga! E estou aqui há tanto tempo que não é necessário dar qualquer tipo de explicação. Mas a verdade é que espero meu amo e senhor. Ele prometeu juntar-se a nós e aproveitar a ocasião para cumprimentá-las.

— O quê? Teremos o prazer de receber a visita do sr. Elton? Certamente será um grande prazer! Eu sei que os cavalheiros não gostam de visitas matinais e, além disso, o sr. Elton tem tantos compromissos...

— Dou-lhe minha palavra, srta. Bates. Ele tem compromissos durante o dia e à noite. Não há limites para as pessoas visitarem meu marido, qualquer que seja o motivo. Desde os magistrados, superintendentes, até os curadores de igreja, sempre estão em busca dele, à procura de sua boa opinião. Parece que não sabem fazer nada sem a sua ajuda. Eu sempre digo ao meu marido: "Pode estar certo, sr. E., é melhor eles buscarem sua opinião do que a minha". Eu não sei dizer o que seria das minhas tintas e do meu piano se eu tivesse tantas obrigações. Apesar de que acredito que as coisas não poderiam ser piores, pois abandonei completamente, de modo imperdoável, meus desenhos e meu piano. Creio que nas últimas duas semanas nem sequer toquei uma nota. Entretanto, posso lhe assegurar que ele está chegando. Sim, é verdade!

E como se quisesse esconder seus lábios de Emma, continuou:

— Fará uma visita parabenizando todas vocês. Oh, sim! Essa visita é indispensável.

A srta. Bates olhou para ela, muito feliz!

— Ele prometeu vir assim que terminasse o compromisso com Knightley. Porém, ele e Knightley estavam bastante ocupados. O sr. E. é o braço direito de Knightley.

Emma não sorriria por nada neste mundo e apenas se limitou a dizer:

— O sr. Elton foi a pé até Donwell? Ele fará uma caminhada sob o Sol.

— Oh! Não... é apenas um encontro na hospedaria Crown, um encontro regular. Weston e Cole também estarão lá, mas ele certamente só falará com quem comanda a conversa. Creio que o sr. E. e Knightley resolverão tudo a seu modo.

— A senhora não confundiu o dia? — disse Emma — Tenho quase certeza de que o encontro na hospedaria será amanhã. O sr. Knightley esteve em Hartfield ontem e nos disse que seria no sábado.

— Oh! Não, o encontro é hoje, com certeza — foi a resposta brusca, que denotava a impossibilidade de qualquer erro da parte da sra. Elton. — Eu acredito — continuou ela — que essa seja a paróquia mais problemática que já se viu. Nós nunca ouvimos esse tipo de coisa em Maple Grove.

— A paróquia de lá é menor — disse Jane.

— Posso dar-lhe minha palavra, minha querida, que jamais ouvi falar sobre tal assunto.

— Mas pode-se ver pela pequena escola, que, segundo dizem, é dirigida por sua irmã e pela sra. Bragge; é a única escola e não tem mais do que vinte e cinco alunos.

— Ah! Você é muito inteligente, é verdade! Que mente brilhante você tem! Eu sempre digo, Jane, que caráter perfeito teríamos se eu e você fôssemos misturadas. Minha vivacidade e sua sobriedade produziriam a mulher perfeita. Mas... não diga mais nenhuma palavra, por favor.

Parecia uma precaução desnecessária. Jane parecia desejar conversar com a srta. Woodhouse e não com a sra. Elton. O desejo de lhe dar atenção, dentro do que lhe permitia a cortesia, não podia ser mais evidente, apesar de que, na maioria das vezes, não podia manisfestar-se além dos olhares.

O sr. Elton chegou. Sua esposa o recebeu com seu modo característico e vivaz.

— Muito bem, senhor! Deixa-me vir incomodar minhas amigas e você me aparece aqui muito mais tarde do que prometeu! Mas você sabe a esposa que tem. Sabe que eu jamais arredaria o pé de onde me deixou antes que meu amo e senhor aparecesse. Estive sentada aqui, na última hora, oferecendo às minhas amigas exemplos de feliz obediência conjugal. Pois quem poderá dizer, você sabe, se não precisarão dos meus conselhos em breve?

O sr. Elton estava tão acalorado e cansado que toda essa sagacidade parecia desnecessária. Ele deveria cumprimentar as outras damas, mas logo em seguida lamentaria o calor que estava sentindo e a caminhada que fizera em vão.

— Quando cheguei a Donwell — disse ele — Knightley não estava. Muito estranho! Depois do bilhete que lhe enviei esta manhã e da resposta que ele me mandou, deveria estar em casa até uma da tarde.

— Donwell! — exclamou sua esposa — Meu querido sr. E., você não foi até Donwell! Você está referindo-se à hospedaria Crown, você participou de um encontro lá.

— Não, não, isso é amanhã e eu, particularmente, queria ver Knightley hoje para tratar de outro assunto. Que manhã infernal! Passei pelos campos — falando em um tom de voz muito contrariado — e senti muito calor. Fui lá e não o encontrei! Posso garantir que estou muito aborrecido. E sem deixar nenhuma desculpa, nem mesmo um bilhete. A governanta me disse que ele não sabia da minha visita. Muito estranho! E ninguém sabia que direção ele tomara. Talvez tenha ido a Hartfield, talvez tenha ido a Abbey Mill, talvez aos bosques... srta. Woodhouse, isso não é próprio de nosso amigo Knightley. Consegue encontrar uma explicação?

Emma se divertia, assegurando que realmente era muito raro e que não tinha nada a dizer sobre o assunto.

— Eu não posso compreender — disse a sra. Elton, sentindo a indignidade como qualquer boa esposa. — Não posso imaginar como ele pôde fazer uma coisas dessas com você! Ele é a última pessoa que eu esperava esquecer-se de um compromisso! Meu querido sr. E., ele deveria ter deixado uma mensagem para você, tenho certeza de que deveria. Nem mesmo o sr. Knightley poderia ser tão excêntrico. Os empregados devem ter se esquecido. Tenho certeza de que foi isso que aconteceu, deve ser algo muito comum de acontecer com os empregados de Donwell, pois, como eu já pude observar, são extremamente débeis e descuidados. Tenho certeza de que não teria, por nada deste mundo, empregados como Harry. E quanto à sra. Hodges, Wright a tem em grande consideração. Ela prometeu uma receita a Wright e nunca enviou.

— Encontrei William Larkins — continuou o sr. Elton — quando estava perto da casa, e ele me disse que eu não encontraria seu patrão em casa, mas não acreditei nele. William parecia muito mal-humorado. Ele diz não saber o que aconteceu com o patrão recentemente, disse isso, mas não consegui que ele explicasse mais nada. Não me interessa a opinião de William, mas, na verdade, é muito importante que eu me encontre com

Knightley ainda hoje, além de ter sido um grande inconveniente para mim enfrentar todo esse calor por nada.

Emma pensou que o melhor seria ir para casa imediatamente. De qualquer modo, ela já era esperada e talvez pudesse pedir ao sr. Knightley que fosse mais atencioso com o sr. Elton, senão com William Larkins.

Ao se despedir, ficou muito alegre ao encontrar a srta. Fairfax tão determinada a acompanhá-la até a porta e descer as escadas com ela. Surgiu ali uma oportunidade que não poderia ser desperdiçada, então disse:

— Bem, talvez tenha sido melhor assim, que eu não tenha tido oportunidade. Se você não estivesse rodeada de amigas, eu seria tentada a começar um assunto, fazer perguntas, a falar tão abertamente quanto seria correto. Sinto que teria sido muito impertinente.

— Oh! — exclamou Jane, com o rosto corado e uma hesitação que Emma achou infinitamente mais adequada a ela do que toda a elegância de sua habitual compostura. — Não haveria perigo. O perigo seria eu entediá-la. Você não ter-me-ia agradado mais ao demonstrar seu interesse. De fato, srta. Woodhouse — comentou agora mais controladamente —, tenho plena ciência da minha péssima conduta, e é particularmente consolador para mim saber que meus amigos, cuja opinião tenho o maior prazer em preservar, não estão aborrecidos comigo. Não tenho tempo para dizer nem a metade do que gostaria. Há muito desejo pedir desculpas e dizer algo em meu favor. Creio que é meu dever. Mas, infelizmente... em suma, se sua compaixão permitir que sejamos amigas...

— Oh! Você está com muitos receios, está sim! — exclamou Emma, efusivamente, pegando sua mão. — Não me deve nenhum pedido de desculpas e todas aquelas pessoas às quais você acha que precisa pedir perdão estão completamente contentes, até mesmo maravilhadas...

— É muito gentil, mas sei como me comportei com você. Tão fria e artificial! Estava sempre representando um papel... era uma vida de dissimulações! Já sei que devo ter-lhe causado muito desgosto.

— Por favor, não diga mais nada. Eu sinto que todos os pedidos de desculpas deveriam partir de minha parte. Vamos nos desculpar de uma vez por todas, logo, e não perderemos mais tempo com essas coisas. Espero que você tenha ótimas notícias de Windsor!

— Sim, muitas.

— E as próximas notícias, creio eu, serão que em breve a perderemos, justo quando começo a conhecê-la melhor.

— Oh! Quanto a este assunto, nada podemos decidir no momento. Ficarei aqui até que o Coronel ou a sra. Campbell solicitem minha presença.

— Talvez ainda não esteja acertado — respondeu Emma, sorrindo. — Mas com o perdão da palavra, creio que já deve ter pensado no assunto.

Jane sorriu e respondeu:

— Você está muito certa, temos pensado muito sobre o assunto. E confio-lhe, certa de sua discrição, que já está decidido que eu e o sr. Churchill viveremos em Enscombe. Haverá pelo menos três meses de luto fechado; mas, quando passarem, creio que não haverá nada mais que nos faça esperar.

— Muito obrigada, muito obrigada. Era tudo o que eu gostaria de ter certeza. Oh! Se soubesse quanto adoro tudo o que está decidido e acertado! Até logo, Jane, adeus!

Capítulo 53

Os amigos da sra. Weston estavam todos satisfeitos e felizes por seu pronto restabelecimento e, para Emma, a satisfação de saber que tudo estava bem só aumentou quando ela soube que a amiga agora era mãe de uma menina. Ela já havia manifestado sua preferência por uma srta. Weston. Não queria reconhecer que tinha em vista um casamento para a menina com um dos filhos de Isabella, apenas estava convencida de que uma menina seria muito melhor para o pai e para a mãe. Seria um grande conforto para o sr. Weston, que já estava envelhecendo. E, em dez anos, quando o sr. Weston estiver com uma idade avançada, ficaria encantado com os jogos, os acontecimentos, os caprichos e as fantasias daquela criança que jamais seria banida de casa. E quanto à sra. Weston, ninguém poderia duvidar que uma filha lhe faria muito bem; e seria uma lástima para uma pessoa, que sabia ensinar tão bem, não ter condição de exercer suas funções novamente.

— Ela teve a vantagem, você sabe, de praticar comigo — continuou ela. — Como a Baronesa d'Almane ou a Condessa d'Ostalis, no livro *Adelaide e Theodore*,[1] de Madame Genlis,

[1] No original em inglês, o livro se chama *Adelaide and Theodore – Letters of Education* (Adelaide e Teodoro – cartas sobre educação), escrito por Madame Genlis (1746 – 1830), autora francesa que se dedicava a escrever sobre educação. A primeira tradução para o inglês de que se tem notícia é de 1783.

e agora devemos observar sua própria Adelaide educada da melhor maneira possível.

— Ou seja — respondeu o sr. Knightley —, ela irá empenhar-se com a criança mais do que com você, acreditando não estar dando o máximo de si. Será essa a única diferença.

— Pobre criança! — exclamou Emma. — Então, o que será dela?

— Não acontecerá nada de mal. É o destino de muitas crianças. Durante sua infância será muito desagradável, mas com o passar do tempo, quando crescer, corrigirá a si mesma. Estou perdendo todas as minhas amarguras com crianças mimadas, minha querida Emma. Eu, que devo a você toda a minha felicidade, não seria imensamente ingrato ser severo demais com os meninos mimados?

Emma riu e respondeu:

— Mas eu tive a ajuda de todos os seus esforços para combater a paciência das outras pessoas. Tenho minhas dúvidas se o meu próprio senso comum me corrigiria sem eles.

— Vocês tem dúvida? Eu não tenho a menor dúvida. A natureza lhe deu compreensão; a srta. Taylor lhe deu princípios. Você tinha de terminar bem. Minha intervenção tanto podia causar-lhe danos como benefícios. Era a coisa mais natural do mundo que você dissesse: "Que direito ele tem de me repreender?". E receio que tenha sido mais do que natural que eu tenha agido de modo desagradável. Não penso que lhe fiz nenhum bem. O bem que fiz foi a mim mesmo quando tornei você o centro das minhas mais ternas atenções. Não podia pensar em você como sempre pensei sem tentar corrigir seus defeitos; e, mesmo observando tantos enganos, comecei a me apaixonar por você desde os seus treze anos pelo menos.

— Eu tenho certeza de que você foi útil para mim — exclamou Emma. — Fui diretamente influenciada por você... mais do que merecia. Sei que você me fez bem. E se a pobre Anna Weston for realmente mimada, será um gesto muito humano se você se comportar com ela do mesmo modo que agiu comigo, exceto se apaixonar por ela quando completar treze anos.

— Quantas vezes, quando menina, você me dizia, com um dos seus olhares arrogantes: "sr. Knightley, vou fazer isto e aquilo, papai deixou" ou então: "srta. Taylor me deu permissão". Era algo que você mesma sabia que eu não aprovaria. Nesses casos, minha interferência significava dois maus sentimentos em vez de apenas um.

— Que amável criatura eu devo ter sido! Não me estranha que você se lembre das minhas palavras de um modo tão carinhoso.

— Sr. Knightley. Você sempre me chamou de sr. Knightley, e como esse hábito não me parecia muito formal, embora fosse formal. Quero que me chame de outro modo, mas não sei qual.

— Eu me lembro de uma vez tê-lo chamado de George, em um dos meus amáveis impulsos, há dez anos. Fiz isso porque pensei que o ofenderia, mas como você não fez nenhuma objeção, nunca mais o chamei assim.

— E agora não irá me chamar de George?

— Impossível! Jamais conseguirei chamá-lo por outro nome que não seja sr. Knightley. Não vou nem tentar ser elegante como a sra. Elton, e chamá-lo de sr. K. Mas prometo — acrescentou, sorrindo e ficando corada —, eu lhe prometo chamá-lo uma vez pelo seu nome de batismo. Não sei exatamente quando, mas talvez você possa adivinhar onde... naquele lugar onde fulano aceita fulana, na saúde e na doença.

Emma lamentava não poder falar com mais franqueza de um dos favores mais importantes que ele, com seu bom-senso, poderia tê-la aconselhado de modo que tivesse evitado o pior de todos os seus devaneios femininos: seu empenho em se tornar amiga de Harriet Smith. Porém, era uma questão bastante delicada; não podia falar sobre ela. Em suas conversas, raramente mencionava Harriet. Ele poderia pensar que ela simplesmente não pensava na moça, mas Emma estava inclinada a atribuí-lo a uma delicadeza dele e à suspeita que devia ter, por certos detalhes, de que a amizade entre as duas começava a declinar. Dava-se conta de que, em qualquer outra circunstância, era lógico pensar que tivessem trocado mais correspondências e que as notícias que recebia de Harriet não fossem exclusivamente quando Isabella as relatava em suas cartas. Ele devia observar que isso estava acontecendo. A angústia de ocultar algo dele era um pouco menor do que a dor de ter feito Harriet infeliz.

As notícias que Isabella escrevia sobre sua convidada eram as que se esperava. Quando chegou a Londres parecia um pouco mal-humorada, o que era completamente natural tendo em vista que iria ao dentista. Mas, ao resolver aquele problema, Harriet não parecia diferente de quando a conhecera. Isabella, para falar a verdade, não era uma boa observadora; contudo, se Harriet não estivesse em condição de brincar com as crianças, isso não lhe passaria despercebido. Os confortos e as esperanças de Emma aumentaram quando ela descobriu que a estadia de Harriet se estenderia por, pelo menos, um mês. O sr. John Knightley e sua esposa visitariam Highbury em agosto, e ela fora convidada a permanecer com eles até que a trouxessem de volta.

— John nem menciona sua amiga — disse o sr. Knightley. — Aqui está a resposta dele se você desejar vê-la.

Era uma resposta à carta na qual ele anunciava sua intenção de se casar. Emma a aceitou rapidamente, cheia de curiosidade por saber o que John pensava a respeito daquilo, sem ao menos se preocupar com o fato de que a amiga nem sequer fora mencionada.

— John compartilha a minha felicidade como um bom irmão — continuou o sr. Knightley —, mas ele não é de fazer cumprimentos; e, apesar de saber que sente por você uma afeição totalmente fraternal, está tão longe de falar ou escrever qualquer tipo de floreio que talvez outra moça pensaria que ele está sendo frio em seus elogios. Mas não temo que você veja o que ele escreveu.

— Ele escreve como um homem sensível — respondeu Emma, quando terminou de ler a carta. — Eu aprecio a sinceridade dele. Está claro que ele me julga a mais afortunada neste casamento, mas tem esperança de que, com o tempo, eu possa crescer e ser merecedora de sua afeição, assim como você acha que sou agora. Se ele tivesse escrito algo diferente, eu não teria acreditado nele.

— Minha Emma, ele não quis dizer isso. Apenas disse...

— Ele e eu devemos diferir muito pouco em nosso afeto um pelo outro — interrompeu ela, com um sorriso pensativo —, talvez muito menos do que ele acredita, se pudermos discutir a questão, sem reserva ou cerimônia.

— Emma, minha querida Emma...

— Oh! — ela exclamou, mostrando-se um pouco mais alegre. — Se você pensa que seu irmão está sendo injusto comigo, espere até que meu querido pai conheça nosso segredo e me dê sua opinião. Pode estar certo de que ele será ainda mais injusto com você. Parecerá que todas as vantagens estão apenas do seu lado e que eu tenho todas as qualidades. Espero que ele não diga sequer uma vez "pobre Emma". Sua terna compaixão para com os oprimidos não precisa ir tão longe.

— Ah, por favor! — exclamou ele. — Só espero que seu pai se convença, nem que seja pela metade, tão facilmente quanto John se convencerá de que temos todos os direitos que a igualdade de qualidades pode proporcionar para sermos felizes juntos. Há uma coisa na carta de John que me pareceu divertida. Você não notou? Aqui, onde ele diz que minha notícia não o surpreendeu, que já estava quase esperando que eu anunciasse algo dessa natureza.

— Mas, se não estou interpretando mal seu irmão, ele apenas se refere ao fato de você ter planos de se casar. Acredito que nem remotamente pensava em mim. Parece que essa ideia não lhe ocorreu.

— Sim, pode ser... mas me divirto ao saber que ele entende tão bem os meus sentimentos. Em que se baseou para fazer tal julgamento? Estou certo de que não houve nenhuma alteração no meu ânimo, ou no meu modo de falar, que poderia ter-lhe indicado que eu estivesse propenso a me casar em qualquer época da minha vida... mas suponho que sim. Ouso dizer que havia uma diferença em meu comportamento quando estive hospedado na casa deles. Penso que não brinquei com as crianças como costumo fazer. Lembro-me de que, uma noite, os pobrezinhos disseram: "O titio parece sempre cansado agora".

Aproximava-se o momento em que a notícia deveria ser dada e em que se deveria ver como seria recebida pelas pessoas. Assim que a sra. Weston se recuperou o suficiente do parto para receber uma visita do sr. Woodhouse, Emma, pensando que os persuasivos argumentos da sua amiga poderiam influenciar favoravelmente seu pai, decidiu dar primeiro a notícia em casa e depois em Randalls. Mas, como faria aquela confissão ao pai? Decidira fazê-la enquanto o sr. Knightley estivesse ausente, ou quando seu coração não pudesse guardar por mais tempo o segredo e fosse obrigada a revelá-lo, mas o sr. Knightley era esperado a qualquer momento, e ele poderia encarregar-se de completar o que ela começara. Ela foi forçada a falar e precisava falar de modo alegre. Não devia empregar um tom melancólico, dando a impressão de que seria uma desgraça para ele. Não devia parecer que considerava um mal para seu pai. Tentando ser forte, preparou-o para ouvir algo que soaria bastante estranho e então, em poucas palavras, disse que, se pudesse ter sua aprovação, que ela acreditava não haver nenhum tipo de objeção, já que seria um plano que promoveria a felicidade de todos, ela e o sr. Knightley desejavam casar-se. De modo que Hartfield receberia a adição de uma pessoa que ela, certamente, consideraria a mais amada, com exceção da sua filha e da sra. Weston.

Pobre homem! A princípio, ele ficou bastante chocado e tentou convencê-la a desistir do casamento. Ele fez a filha se lembrar de que, por diversas vezes, havia prometido jamais se casar e que seria um grande benefício permanecer solteira; além disso, mencionou a pobre Isabella e a pobre srta. Taylor. Mas não conseguiu convencê-la.

Emma o abraçou carinhosamente, sorrindo, repetia que tinha de ser assim, e que não podia considerar seu caso como o de Isabella e o da sra. Weston, cujas bodas obrigaram-nas a se mudarem de Hartfield e certamente significaram uma mudança muito triste. Ela não iria sair de Hartfield; eles ficariam sempre ali; se decidissem fazer alguma mudança, seria apenas em consideração ao seu bem-estar. Ela tinha certeza de que seria uma grande alegria ter o sr. Knightley sempre à disposição quando ele se acostumasse com a ideia. Ele não gostava tanto do sr. Knightley? Não podia negá-lo. Emma tinha certeza disso. A quem faria consultas a respeito de questões relacionadas aos negócios da propriedade, senão ao sr. Knightley? Quem era tão útil a ele, tão disposto a escrever suas cartas, quem era tão feliz em lhe prestar um favor? Quem era tão feliz, tão atencioso e tão apegado a ele? Ele não gostaria de tê-lo sempre ao seu lado? Sim. Era verdade. No dia a dia, o sr. Knightley não podia estar em Hartfield o tempo todo, então, não seria bom se ele estivesse ali todos os dias? Por que não poderiam viver dessa forma?

O sr. Woodhouse não poderia ser convencido tão rapidamente, mas o pior já passara; o tempo e a repetição contínua se encarregariam do resto. Os persuasivos argumentos de Emma foram acompanhados pelos do próprio sr. Knightley, cujos grandes elogios a ela contribuíram para uma perspectiva mais favorável à proposta de casamento, e o sr. Woodhouse logo se acostumou que um ou outro falasse do assunto em todas as ocasiões propícias. Ambos contaram com todo o apoio que Isasbella podia prestar-lhes mediante cartas nas quais expressava sua mais sincera aprovação; e, na primeira ocasião que a sra. Weston teve para falar do assunto, não deixou de considerar o projeto como um dos mais favoráveis. Em primeiro lugar, como uma união bem decidida e, em segundo, como algo benéfico. Uma vez que considerava que ambos os argumentos tinham o mesmo valor para o sr. Woodhouse, chegou a se convencer de que não havia outra maneira, e todos a quem ele pedia conselhos lhe asseguravam que aquele casamento só aumentaria sua felicidade; e, tendo ele próprio alguns sentimentos que quase o admitiam, começou a pensar que, mais cedo ou mais tarde, dentro de um ano ou dois talvez, não seria tão mau que o casamento se realizasse.

A sra. Weston dizia o que pensava, não precisava fingir ao declarar sua aprovação. Ficara muito surpresa, poucas vezes se sentira assim, quando Emma lhe contou a verdade. Mas ela apenas observou que seria um acréscimo de felicidade à vida de todos e não teve receios em apressá-lo ao máximo. Sentia tanto afeto pelo sr. Knightley que acreditava que ele era merecedor de se casar com sua querida Emma; e, em todos os aspectos, era uma união muito adequada, muito conveniente, tão irrepreensível e, em um aspecto bem concreto, talvez o mais importante: era uma união particularmente desejada, uma escolha afortunada, que parecia como se Emma não pudesse sentir-se atraída por nenhum outro homem, e que se comportaria como a mais tola das mulheres se não pensasse nem desejasse casar-se com ele havia muito tempo. Que homem seria capaz de renunciar à sua própria casa para morar em Hartfield? E quem, senão o sr. Knightley, poderia conhecer e suportar o sr. Woodhouse a ponto de transformar esse convívio em um arranjo agradável? O que fazer com o sr. Woodhouse sempre foi motivo de preocupação para os Weston, principalmente quando ainda pensavam em um casamento entre Emma e Frank. Como conciliar os interesses de Enscombe e de Hartfield fora sempre um inconveniente para eles, menos perceptível para o sr. Weston do que para sua esposa. Mas ele nunca pôde encerrar o assunto de melhor maneira como quando dizia: "Esses assuntos se resolverão sozinhos, os jovens sempre encontram uma saída". Já naquele caso não era necessário apaziguar nenhuma especulação para o futuro. Tudo estava bem, tranquilo. Nenhum sacrifício que valesse a pena ser mencionado. Era uma união que prometia as maiores felicidades, sem nenhuma dificuldade real ou racional que se opusesse ou que a impedisse.

A sra. Weston, com sua bebê no colo, entregando-se a reflexões como essas, era uma das mulheres mais felizes do mundo. E se existisse algo que pudesse aumentar ainda mais seu prazer, era prever que o primeiro jogo de gorrinhos não tardaria muito a ficar pequeno para a menina.

A notícia foi uma surpresa generalizada por onde se espalhou e o sr. Weston teve seus cinco minutos de participação nisso, mas cinco minutos foram o suficiente para que sua mente vivaz se familiarizasse com a ideia. Ele viu as vantagens da união e sua alegria não foi inferior à de sua esposa. O espanto não durou muito tempo, porém. Ao final de uma hora, ele já havia se convencido de que tinha previsto o casamento.

— Deve ser um segredo, concluo. — Disse ele. — Essas questões são sempre secretas, até que se perceba que todos já sabiam da novidade. Só peço que me digam quando poderei falar a respeito do assunto. Será que Jane tem alguma suspeita?

Ele se dirigiu a Highbury na manhã seguinte e pôde satisfazer-se sobre aquela questão. Ele contou a Jane a novidade. Ela não era agora sua filha,[2] sua filha mais velha? Ele devia contar a ela; e, como a srta. Bates estava presente, imediatamente a notícia foi transmitida às senhoras Cole, Perry e Elton. Agora já não eram apenas os protagonistas que estavam envolvidos; eles calcularam que, pelo tempo que passara, desde que Emma

---

[2] Naquela época era comum chamar a nora e o genro de filha e filho, respectivamente.

contara a novidade em Randalls, em breve a notícia estaria espalhada em toda Highbury, e com grande intuição havia previsto que naquela noite falariam só deles em todas as casas da vizinhança.

Em geral, concordaram que era uma ótima união. Alguns talvez tenham pensado que a sorte teria sido dele ou dela, dependendo dos motivos. Algumas pessoas recomendariam a mudança de Donwell, deixando, assim, a casa para John Knightley e a família; outros iriam prever desentendimentos entre os empregados; mas, de modo geral, ninguém fez uma séria objeção, exceto uma família: a da casa paroquial.

Ali, a surpresa não foi amenizada por nenhum tipo de satisfação. O sr. Elton não se importava nem um pouco com a notícia, ao contrário da esposa; ele apenas comentava que "o orgulho da jovem moça agora estaria satisfeito", e tinha suposto que "ela sempre desejara fisgar o sr. Knightley para si mesma" e, a respeito de viverem em Hartfield, exclamou ousadamente: "antes ele do que eu!". Mas, na verdade, a sra. Elton estava muito desapontada: "Pobre Knightley! Meu pobre amigo! Fez uma péssima escolha". Ela estava extremamente preocupada, pois, embora muito excêntrico, ele tinha milhares de qualidades. Como pôde ter-se deixado levar assim? Não conseguia imaginar que estivesse apaixonado. Não, de forma nenhuma. Pobre Knightley! Seria o fim de uma agradável amizade. Ficava tão contente de jantar em sua casa sempre que o convidavam! Mas, agora, estava tudo acabado. Pobre homem! Não aconteceriam mais reuniões em Donwell organizadas por ela... oh, não! Agora haveria uma sra. Knightley para estragar tudo. Extremamente desagradável! Mas ela não estava de modo nenhum arrependida de ter falado mal da governanta no outro dia. Era um plano chocante morarem juntos. Não daria certo. Conhecia uma família que vivia perto de Maple Grove que já havia tentado e acabaram separando-se antes do fim do primeiro trimestre.

Capítulo 54

O tempo passou. Alguns dias mais e a família de Londres chegaria a Hartfield. Era algo que assustava Emma. Em certa manhã, quando pensava a respeito das complicações que poderia trazer o retorno da amiga, a chegada do noivo fez desaparecerem todas as ideias desagradáveis. Depois das palavras alegres que trocaram ao se cumprimentar, ele ficou em silêncio e então, com um tom grave de voz, disse:

— Tenho algo a lhe contar, Emma... algumas novidades.

— Boas ou ruins? — perguntou ela, rapidamente, enquanto olhava para ele.

— Não sei como devo considerá-las.

— Oh! Tenho certeza de que são boas notícias. Posso ver em seu semblante. Você está se esforçando para não sorrir.

— Temo... — respondeu ele, ficando um pouco mais sério. — Tenho muito receio, minha querida, de que você não irá sorrir quando ouvi-las.

— Será? Por que não? Não consigo imaginar nada que não lhe agrade ou lhe dê prazer que não tenha o mesmo efeito sobre mim.

— É um assunto sobre o qual pensamos de maneiras diferentes — respondeu ele. Fez uma pausa, sorrindo novamente, com os olhos fixos nos dela, e acrescentou: — Você não imagina o que pode ser? Não se recorda? Não se lembra de Harriet Smith?

Ao ouvir esse nome, ela ficou paralisada e teve medo de algo, apesar de não saber exatamente do quê.

— Você teve notícias dela esta manhã? — perguntou ele. — Eu creio que sim e acho que já sabe de tudo.

— Não, não recebi notícia nenhuma. Não sei de nada, por favor, diga-me o que se passa.

— Avalie se está preparada para o pior... pois, de fato, é: Harriet Smith vai casar-se com Robert Martin.

Emma teve um sobressalto, demonstrando não estar preparada, e seus olhos abertos diziam: "Não, isso é impossível!". Mas seus lábios permaneceram selados.

— Pois foi isso que aconteceu — continuou o sr. Knightley. — Foi o próprio Robert Martin quem me disse. Estive com ele não faz meia hora.

Ela ainda olhava para ele, bastante surpresa.

— Como eu esperava, a notícia a deixou contrariada. Gostaria que nossas opiniões fossem iguais. Mas creio que, com o tempo, poderão ser. Você pode ter certeza de que o tempo nos fará pensar de modo diferente; até lá, não precisamos tocar no assunto.

— Você está enganado, muito enganado — respondeu Emma, tentando controlar-se. — Não é que esteja contrariada com a notícia, só não posso acreditar. Parece ser algo impossível! Você está me dizendo que Harriet Smith aceitou Robert Martin? Não quer dizer que ele apenas pediu a mão da moça novamente? Ou não quer dizer que ele apenas tem a intenção de pedi-la em casamento?

— Eu quero dizer que ele já fez a proposta — respondeu o sr. Knightley, sorrindo, porém bastante determinado. — E que foi aceito.

— Santo Deus! — exclamou Emma. — Bem! — Recorrendo ao cesto de costura, com a desculpa para inclinar o rosto e esconder todos os sentimentos de prazer e diversão que ela sabia que deveria expressar, acrescentou: — Agora, diga-me tudo, conte-me em detalhes. Como, onde e quando isso ocorreu!?

Conte-me tudo. Nunca estive tão surpresa... mas não fico triste, posso garantir-lhe. Como... como isso foi possível?

— É uma história muito simples. Há três dias, ele foi a Londres para tratar de negócios, e eu passei uns documentos que ele deveria entregar a John. Ele entregou os papéis em seu escritório, e meu irmão lhe perguntou se ele não gostaria de se reunir a um grupo que iria a Astley. Eles levariam os dois meninos para o passeio. O grupo era composto por John, Isabella, os dois meninos e a srta. Smith. Meu amigo Robert não conseguiu resistir. Passaram para pegá-lo e se divertiram muito. John convidou-o para jantar no dia seguinte... ele aceitou... e durante essa visita, ao que parece, ele encontrou uma oportundiade para falar com Harriet; e certamente não foi em vão. Ao aceitar seu pedido, Harriet fez dele o homem mais feliz do mundo. Ele chegou na diligência de ontem, e hoje cedo, logo após o café da manhã, veio até minha casa para me informar primeiro a respeito dos meus negócios e depois a respeito dos seus. Isso é tudo que tenho a dizer sobre como, onde e quando. Sua amiga Harriet certamente lhe contará toda a história assim que se encontrarem. Ela lhe dirá todos os detalhes que somente a linguagem de uma mulher pode tornar interessante. Em nossas conversas, falamos apenas do essencial. Entretanto, devo dizer que o coração de Robert Martin parece estar transbordando e que ele mencionou, mesmo sem parecer que tinha a intenção, que, ao saírem de Astley, meu irmão seguiu com a esposa e o filho John, enquanto ele acompanhou a srta. Smith e Henry; e havia uma grande multidão, o que deixou a srta. Smith muito inquieta.

Ele parou... Emma não se atreveu a responder tão rapidamente. Se falasse, certamente deixaria escapar o mais irracional grau de felicidade. Ela deveria esperar o momento ou ele pensaria que ela estava enlouquecendo. Seu silêncio o incomodou e, após observá-la por alguns momentos, acrescentou:

— Emma, meu amor, você disse que essa situação não lhe traria infelicidade agora; mas receio que lhe tenha causado mais do que você esperava. A situação dele é inferior... mas você deve levar em consideração que é o que satifaz a sua amiga; e tenho certeza de que você passará a gostar dele quando conhecê-lo melhor. Você ficará encantada ao perceber quanto ele tem de bom-senso e de bons princípios. No que diz respeito à pessoa, sua amiga não poderia estar em melhores mãos. Se pudesse, eu melhoraria a posição social dele e o faria se ele me pedisse. Posso assegurar-lhe, querida, que de minha parte já é o bastante. Você zomba de mim em relação a William Larkins, mas eu posso muito bem dispensar Robert Martin.

Ele queria que ela levantasse os olhos e sorrisse; e conseguindo fazê-la sorrir, embora não fosse tão abertamente, escutou-a dizer, muito alegre:

— Você não precisa preocupar-se tanto em fazer-me enxergar os pontos positivos desse casamento. Em minha opinião, Harriet agiu muito bem. As relações dela talvez sejam piores do que as dele; em respeitabilidade, sem dúvida são. Fiquei em silêncio apenas por estar surpresa, muito surpresa. Você não pode imaginar como fui pega de surpresa! Estava tão desprevenida... pois acreditei que, nesses últimos tempos, ela estivesse menos predisposta a se casar do que tempos atrás.

— Você deveria conhecer melhor sua amiga — replicou o sr. Knightley. — Mas devo dizer que ela é uma moça de muito bom caráter, coração terno, que dificilmente recusaria qualquer jovem que lhe dissesse que a ama.

Emma não pôde deixar de rir, enquanto respondia:

— Dou-lhe minha palavra de que acredito que você a conhece tão bem quanto eu. Mas, meu querido sr. Knightley, tem certeza absoluta de que ela o aceitou imediatamente?

Poderia admitir que ela aceitasse com o tempo, mas já o aceitou? Você o compreendeu bem? Estavam falando sobre outros assuntos, sobre negócios, exposições de gado, novos tipos de arados... não é possível que ao falarem de tantas coisas distintas não fizessem alguma confusão? Era a mão de Harriet a que ele se referia? Não eram as dimensões de um boi famoso?

Naquele momento, o contraste entre o rosto e a elegância do sr. Knightley e as de Robert Martin era tão evidente para Emma, tão forte foi a lembrança de tudo que se passara com Harriet, tão vivo o som de suas palavras ao dizer com tanta ênfase "Não, creio que já tenho muita experiência para pensar em Robert Martin", que Emma esperava que, no fundo, essa reconciliação fosse um tanto prematura. Não podia ser de outro modo.

— Você ousa dizer isso?! — exclamou o sr. Knightley. — Tem coragem de dizer que sou tão tolo a ponto de não entender o que um homem está falando? Sabe o que merece?

— Oh! Eu sempre mereci o melhor tratamento, pois não aceitaria nenhum outro. E, além disso, você deve dar-me uma resposta clara e direta. Tem certeza de que entendeu a situação real de Robert Martin e Harriet, nesse momento?

— Tenho certeza. — respondeu ele, de maneira muito distinta. — Ele me disse que ela o aceitara, e não havia nada obscuro e nenhuma incerteza nas palavras que utilizou. Penso que já dei provas suficientes. Ele pediu minha opinião a respeito do que deveria fazer. Não conhecia ninguém mais, a não ser a sra. Goddard, que pudesse dar informações a respeito das relações ou dos amigos de Harriet. Eu poderia sugerir outra pessoa senão a sra. Goddard? Garanti-lhe que não. Então, ele me disse que a encontraria ainda hoje.

— Estou bastante satisfeita — respondeu Emma, muito sorridente. — E desejo aos dois os mais sinceros votos de felicidade.

— Você está visivelmente mudada desde a nossa última conversa a respeito desse assunto.

— Espero que sim, pois naquela época eu era uma tola.

— Eu também mudei, pois hoje sou capaz de enumerar todas as boas qualidades de Harriet. Por você e também por Robert Martin, que sempre tive razões para acreditar que continuava gostando dela como antes, para me aproximar um pouco mais e conhecê-la melhor. Em muitas ocasiões, conversei bastante com ela. Creio que você já percebera. A verdade é que, às vezes, tenho a impressão de que você quase suspeitava que eu estava intercedendo pelo pobre Robert, o que não foi o caso. Mas, pelas minhas observações, estou convencido de que ela é uma moça simples, muito amável e com boas ideias e princípios firmes, colocando sua felicidade no afeto e na utilidade da vida doméstica. Sem dúvida, muitas dessas qualidades ela as deve a você.

— A mim! — exclamou Emma, sacudindo a cabeça — Ah! Pobre Harriet!

Entretanto, tentou controlar-se e se resignou que ele a elogiasse muito mais do que merecia.

A conversa entre os dois logo foi interrompida pela entrada do sr. Woodhouse. Ela não lamentou. Queria ficar sozinha. Sua mente oscilava entre um estado de exaltação e assombro que não lhe permitia permanecer na companhia de outras pessoas. Queria dançar, cantar e gritar, mas, enquanto ela não ficasse a sós, não poderia falar sozinha, rir e refletir, e não estava disposta a fazer nada racional.

O assunto do pai era informar que James saíra para preparar a carruagem para que pudessem fazer a visita diária a Randalls; e então Emma teve a desculpa imediata para desaparecer.

A alegria, a gratidão, o extraordinário prazer a dominavam. Com aquelas perspectivas que se abriam para Harriet, sua única preocupação, o único obstáculo para sua felicidade estava vencido, e Emma sentiu que corria o risco de ser extremamente feliz. O que mais podia desejar? Nada, exceto se esforçar para, a cada dia, ser digna dele, cujas intenções e critério sempre haviam sido tão superiores aos seus. Nada, senão esperar que as lições de loucura do passado pudessem ensinar-lhe humildade e prudência no futuro.

Ela estava séria, muito séria na gratidão que sentia e nas decisões que tomara, mas não conseguia evitar uma risada, às vezes. Agora devia rir de tal desfecho! Que final esplêndido para todas aquelas suas atribulações de cinco semanas antes! Que coração o de Harriet!

Agora sentiria alegria com o retorno da amiga. Tudo seria um deleite. Teria um grande prazer em conhecer Robert Martin.

Uma das coisas que contribuíam para sua felicidade era pensar que, em breve, não precisaria ocultar nada do sr. Knightley. Logo poderia encerrar todas aquelas coisas que tanto detestava: os disfarces, os equívocos, o mistério, tudo tão odioso para ela praticar. Emma poderia dar ao amado aquela inteira e perfeita confiança que o seu caráter considerava um dever.

Assim, saiu de casa na companhia do pai, mais feliz e alegre. Não o escutava sempre, mas sempre concordava com o que ele dizia; e, quer fosse em silêncio ou conversando, aceitava a grata convicção que seu pai tinha de que era obrigado a ir até Randalls todos os dias, uma vez que, se não fosse, a sra. Weston ficaria muito desapontada.

Quando chegaram, a sra. Weston estava sozinha na sala de estar. Mal falaram do bebê, e o sr. Woodhouse recebeu os agradecimentos por ter vindo e pelos quais já esperava. Ao olhar de relance, pôde ver duas pessoas passando perto da janela.

— São Frank e a srta. Fairfax — disse a sra. Weston. — Eu já ia lhes contar quanto ficamos surpresos pela chegada de Frank hoje pela manhã. Ele ficará até amanhã, e a srta. Fairfax foi convencida a passar o dia conosco. Espero que eles já entrem.

Em menos de um minuto, ambos estavam na sala. Emma estava extremamente feliz ao vê-lo, mas houve certo constrangimento quando ambos se lembraram dos momentos embaraçosos do passado. Estenderam as mãos sorrindo, porém, com a consciência desse embaraço, o que não permitiu que falassem muito. Logo que todos se sentaram, ficaram um pouco calados, e Emma começou a duvidar que o desejo que havia sentido durante tantos dias, de voltar a se encontrar com Frank Churchill e de vê-lo na companhia de Jane, lhe proporcionaria algum prazer. Mas quando o sr. Weston se juntou a eles e trouxeram o bebê, já não havia necessidade de procurar um assunto ou objeto de animação... ou coragem e oportunidade para Frank Churchill se aproximar de Emma e dizer:

— Devo agradecer-lhe, srta. Woodhouse, por ter enviado seu gentil perdão em uma das cartas que a sra. Weston me enviou. Espero que o tempo não a tenha deixado menos benevolente e que não retire o que disse antes.

— Não, de modo nenhum! — exclamou Emma, muito animada. — Estou muito satisfeita por poder cumprimentá-lo e felicitá-lo pessoalmente.

Ele agradeceu de todo o coração e continuou a falar seriamente a respeito de seus sentimentos de gratidão e felicidade.

— Veja como ela está bem! — disse ele olhando para Jane. — Não está melhor do que de costume? Você precisa ver como meu pai e a sra. Weston a têm mimado.

No entanto, seus ânimos logo se alegraram, com um sorriso nos olhos, ao mencionar o esperado regresso dos Campbell e citar o nome de Dixon... Emma corou e o proibiu de mencionar novamente aquele nome na sua presença.

— Não consigo pensar nesse assunto sem me envergonhar profundamente! — exclamou Emma.

— A vergonha é toda minha, ou deveria ser — respondeu ele. — Mas é possível que você não tenha tido nenhuma suspeita? Refiro-me às últimas semanas, pois sei que, no início, você não suspeitava de nada.

— Eu nunca tive a menor suspeita, posso garantir-lhe.

— Isso é maravilhoso. Certa vez, eu estive muito próximo... e quem me dera o tivesse feito... teria sido melhor. Mas, apesar de estar continuamente portando-me mal e de modo indigno, o que não me trazia nenhum benefício, teria sido uma transgressão mais aceitável se eu tivesse revelado o segredo e contado tudo.

— Agora não vale a pena lamentar. — disse Emma.

— Eu tinha esperança — retomou ele — de que meu tio fosse persuadido a visitar Randalls; ele quer ser apresentado a Jane. Quando os Campbell retornarem, devemos encontrar-nos em Londres e permanecer lá, espero, até que possamos levá-la até o norte. Mas, agora, estou tão longe dela... não é um sofrimento, srta. Woodhouse? Até esta manhã, não nos havíamos encontrado desde o dia da nossa reconciliação. Não sente pena de mim?

Emma disse que sim, de maneira muito gentil, e em um súbito acesso de alegria, ele exclamou:

— Ah, a propósito! — e então baixou a voz e ficou sério por alguns instantes. — Espero que o sr. Knightley esteja bem.

Ele fez um pausa. Emma ficou ruborizada e sorriu.

— Já sei que leu a minha carta e suponho que se lembre dos votos que lhe desejei. Permita que agora eu a parabenize. Posso garantir-lhe que, ao receber a notícia, senti um grande interesse e muita alegria. Ele é um homem a quem eu não posso deixar de agradecer.

E as próximas palavras sobre Jane foram:

— Você já viu uma pele assim? Tão macia! Tão delicada! E, embora não seja a cor ideal, é um tipo de beleza especial, com esses cílios e esses olhos negros... um tipo de beleza tão peculiar. Tem a cor exata para ser chamada de linda!

— Eu sempre admirei a beleza de Jane — replicou Emma intencionalmente. — Mas, se não estou enganada, houve um tempo em que considerava sua palidez um defeito. Na primeira vez em que falamos dela, você se esqueceu?

— Oh, não! Que canalha insolente eu fui! Como pude ousar...

Mas ele sorriu ao se lembrar de que Emma não conseguiu deixar de dizer:

— Suspeito que, em meio a todos os conflitos que teve naquela época, acabava divertindo-se muito enganando os outros. Estou certo que sim, era um consolo para você.

— Oh! Não, não, não... como você pode suspeitar de uma coisa assim? Eu era o homem mais infeliz do mundo!

— Não tão miserável a ponto de ser insensível à alegria. Tenho certeza de que era uma fonte de entretenimento muito grande para você pensar que estava enganando a todos... e, talvez, se tenho essa suspeita, é porque, para lhe ser franca, me parece que, se estivesse na mesma situação, também achasse divertido. Vejo que somos parecidos.

Ele lhe fez uma breve reverência.

— Se não em nossos modos de agir — acrescentou Emma, bastante sensibilizada —, há uma semelhança em nossos destinos. Esse destino que nos conduzirá a casamentos com pessoas muito superiores a nós.

— É verdade, é verdade — respondeu ele calorosamente. — Não, mas não é verdade no que diz respeito a você. Não há ninguém que possa estar acima de você, mas quanto a mim, é fato... Jane é um verdadeiro anjo. Olhe para ela. Não é um verdadeiro anjo em todos os seus gestos? Observe a curva do seu pescoço, os olhos, enquanto ela olha para meu pai. Você ficará contente de saber — inclinando-se em sua direção e baixando a voz, bastante sério — que meu tio pensa em dar a Jane todas as joias que perteceram à minha tia. Mandarei fazer um conjunto. E estou decidido a mandar fazer também uma tiara. Ela não ficará linda com uma tiara naqueles cabelos negros?

— Muito bonita, realmente — replicou Emma, e falou de modo tão gentil que ele explodiu de gratidão:

— Como estou contente ao vê-la outra vez! E poder observar que tem um bom aspecto! Por nada neste mundo eu gostaria de perder este encontro. E, se você não tivesse vindo a Randalls, eu teria visitado Hartfield.

Os outros estavam falando da pequena Anna. A sra. Weston contou o pequeno susto que passara, na noite anterior, quando a criança não parecia muito bem. Ela acreditava ter sido tola, mas, no fundo, aquilo a alarmou e já estava prestes a chamar o sr. Perry. Talvez ela devesse ter vergonha, mas o sr. Weston tinha ficado tão alarmado quanto ela. No entanto, transcorridos dez minutos, a criança estava bem novamente. Essa era sua história e particularmente interessante para o sr. Woodhouse, que a elogiou muito por ter pensado em chamar o sr. Perry e apenas lamentou que ela não o tivesse chamado de fato. "Ela deveria sempre mandar chamar o sr. Perry quando a criança não parecesse bem, ainda que não fosse nada, mesmo que por um breve momento. Ela não deveria ficar alarmada, deveria apenas mandar chamar o sr. Perry. Era uma pena, talvez, que ele não tenha vindo visitá-la na noite passada; pois, embora a criança estivesse bem agora, teria sido melhor se Perry tivesse examinado a menina."

Frank Churchill reconheceu o nome.

— Perry! — disse ele a Emma, tentando, enquanto falava, chamar a atenção da srta. Fairfax. — Meu amigo, o sr. Perry! O que estão dizendo a respeito dele? Ele esteve aqui hoje pela manhã? Qual é o seu meio de transporte agora? Ele comprou a carruagem?

Emma logo se lembrou e o compreendeu; e, enquanto começava a gargalhar, era evidente, pelo rosto de Jane, que ela também o tinha ouvido, embora tentasse parecer surda.

— Que sonho mais estranho tive naquele dia! — exclamou — Cada vez que me lembro daquilo não posso pensar nele sem rir. Ela está ouvindo-nos, srta. Woodhouse. Posso notar no seu rosto, no seu sorriso... Em vão tenta franzir a testa. Olhe para ela. Você não vê que, neste instante, o próprio trecho da sua carta, em que me mandou a notícia, está passando por sua mente, pensando em meu erro, não podendo prestar atenção em mais nada, apesar de fingir que ouve os outros?

Jane foi forçada a sorrir por um momento; e o sorriso se manteve, em parte, quando olhou na direção dele e disse, em voz baixa, porém cheia de convicção e de firmeza:

— Não compreendo como você suporta lembrar-se de uma coisa dessas! Às vezes, elas surgem do nada, mas como você pode atraí-las!

Ele tinha muito a dizer em troca e de maneira muito divertida, mas os sentimentos de Emma estavam principalmente do lado de Jane nessa questão. E, ao deixar Randalls, inevitavelmente fez uma comparação entre os dois homens e compreendeu que, apesar de ter se alegrado muito ao reencontrar Frank Churchill, o que sentia por ele era uma grande amizade e nunca se dera conta de quão superior era o sr. Knightley. E a felicidade daquele maravilhoso dia se completou com a satisfatória comprovação das qualidades do seu amado.

Capítulo 55

Se em alguns momentos Emma ainda sentia certa ansiedade em relação a Harriet, e duvidava se seria possível que esta chegasse a esquecer seu amor pelo sr. Knightley e aceitar outro homem com um sincero afeto, não demorou muito tempo para se ver livre desses pensamentos.Alguns dias depois chegou a família de Londres, e ela teve a oportunidade de ficar a sós com Harriet apenas por uma hora e ficou convencida, apesar de lhe parecer inverossímil, que Robert Martin suplantara totalmente o sr. Knightley, e sua amiga voltava a ter todos os seus sonhos de felicidade.

Harriet estava um pouco receosa. A princípio, parecia um tanto abatida, mas uma vez que reconheceu ter sido presunçosa e tola, e que estivera enganando-se, sua dor e sua confusão sumiram junto com suas palavras, deixando-a sem nenhuma inquietação pelo passado, e exultante de esperança pelo presente e o futuro, pois, em relação à aprovação da amiga, Emma dissipara, até o momento, todos os seus temores, com as mais sinceras congratulações. Harriet ficou muito satisfeita ao contar todos os detalhes daquela noite em Astley e do jantar na noite seguinte, e narrava com o maior prazer. Mas o que significavam aqueles detalhes? Na verdade, como Emma agora podia perceber, Harriet sempre gostara de Robert Martin, e o fato de ele seguir amando-a tornava-o irresistível. Além disso, o resto era incompreensível para Emma.

O evento, entretanto, era alegre e cada dia que se passava ela tinha novas razões para acreditar nisso. As origens de Harriet foram conhecidas. Ela era filha de um homem de negócios, rico o bastante para mantê-la confortável, em uma situação suficientemente decente para querer sempre ocultar seu nascimento. Levava, pois, o sangue de pessoas distintas, como Emma havia suposto tempos atrás. Provavelmente, seria um sangue tão nobre como o de muitos cavalheiros, mas que parentesco estaria destinado ao sr. Knightley, ou ao sr. Churchill, ou até mesmo ao sr. Elton? A mancha da ilegitimidade, se não fosse lavada pela nobreza ou pela fortuna, seria sempre uma mancha.

O pai da moça não fez nenhuma objeção, o jovem rapaz foi tratado com liberalidade, e tudo foi como devia ser. Quando Emma conheceu Robert Martin, apresentado a ela em Hartfield, reconheceu nele todas as qualidades de um bom caráter e de grandeza, que eram as mais desejáveis para sua amiga. Não tinha a menor dúvida de que Harriet seria feliz com qualquer homem de bom caráter; mas com ele, e com o que lhe oferecia, podia esperar mais segurança, estabilidade e melhora em todos os aspectos. Ela estaria em meio àqueles que a amavam e que tiveram mais bom-senso do que ela própria, afastada o suficiente da sociedade para se sentir segura e alegre. Nunca poderia cair em tentação, nem teria a oportunidade de ir ao seu encontro. Seria respeitada e feliz; e Emma admitia que ela era a pessoa mais feliz do mundo por ter despertado em um homem como aquele um afeto tão sólido e perseverante; e, se não fosse a mais feliz do mundo, seria a segunda mais feliz, logo depois dela.

Harriet, necessariamente atraída por seus compromissos com os Martin, ficava cada vez menos em Hartfield, o que não causou nenhum lamento. A intimidade entre ela e Emma declinaria; a amizade entre as duas deveria converter-se em uma espécie de afeto mútuo, mais tranquilo e, felizmente, o que devia ser e o que tinha de ser pareciam já começar e de maneira gradual e natural.

Antes do fim de setembro, Emma acompanhou Harriet à igreja e viu sua mão ser concedida a Robert Martin, com uma satisfação tão completa que nenhuma recordação, nem sequer as lembranças relativas ao sr. Elton, que naquele momento estava bem à frente do casal, poderiam prejudicar. Talvez, naquela hora, não visse no sr. Elton nada além de um clérigo, cuja bênção diante do altar deveria em breve recair sobre ela. Robert Martin e Harriet Smith, o último dos três casais a ficar noivo, foram os primeiros a se casar.

Jane Fairfax já se havia mudado de Highbury e voltara às comodidades da sua amada casa com os Campbell. Os Churchill também estavam em Londres; e só esperavam que chegasse o mês de novembro.

Outubro fora o mês para o qual Emma e o sr. Knightley se atreveram a marcar o casamento. Decidiram que a cerimônia ocorreria enquanto John e Isabella estivessem em Hartfield, com o objetivo de viajarem ao litoral por duas semanas, como planejaram. John e Isabella, e todos os demais amigos aprovaram o plano. Mas o sr. Woodhouse... como convenceriam o sr. Woodhouse? Justo ele, que sempre fez alusões ao casamento como um evento distante.

Na primeira vez que falaram sobre o assunto, ele ficou tão abatido que quase perderam as esperanças. Mas uma segunda tentativa de convencê-lo pareceu afetá-lo menos. Começou a pensar que o casamento ocorreria e não seria possível evitá-lo. Era um progresso muito respeitável em direção à resignação. Entretanto, não parecia feliz. Não, ele parecia tão triste que a coragem da sua filha quase caiu por terra. Ela não podia suportar vê-lo sofrer, não conseguia saber que ele se sentia negligenciado, embora os irmãos Knightley tivessem certeza de que, passado o casamento, seu abatimento não demoraria a passar. Emma duvidava e não conseguiria seguir com o plano.

Nesse estado de expectativa, foram favorecidos, não por uma súbita iluminação de mente do sr. Woodhouse nem por alguma mudança espetacular em seu sistema nervoso, mas pela operação do mesmo sistema de forma diferente. Certa noite, o galinheiro da sra. Weston foi assaltado e levaram todos os perus, evidentemente pela engenhosidade do homem. Outros galinheiros da vizinhança também sofreram perdas. Nos temores do sr. Woodhouse, um pequeno furto se converteria em um roubo de grande escala, como o arrombamento de uma casa. Estava muito inquieto e, se não se sentisse protegido por seu genro, teria passado todas as noites bastante assustado. A força, a decisão e a presença de espírito dos irmãos Knightley deixaram-no completamente à mercê deles... Porém, o sr. John Knightley teria de voltar a Londres no final da primeira semana de novembro.

O resultado dessa angústia foi que, de forma mais voluntária, deu seu consentimento mais alegre e mais espontâneo do que sua filha teria imaginado naquele momento, e Emma, enfim, pôde marcar a data do casamento. Um mês após o casamento de Robert Martin com Harriet, fizeram o pedido ao sr. Elton para unir em matrimônio o sr. Knightley e a srta. Woodhouse.

"Pouco cetim, poucos enfeites no véu; um casamento lamentável! Selina ficará chocada quando souber." Mas, apesar dessas deficiências, os desejos, as esperanças, a confiança, as previsões do pequeno grupo de verdadeiros amigos que testemunharam a cerimônia se viram plenamente correspondidos pela perfeita felicidade do casal.

Título original em inglês: *Emma* (1815).

direção MARTIN CLARET

produção editorial CAROLINA MARANI LIMA
MAYARA ZUCHELI

direção de arte JOSÉ DUARTE T. DE CASTRO

ilustração de capa MSDE / MANU SANTOS DESIGN

diagramação GIOVANA GATTI QUADROTTI

revisão WALDIR MORAES

impressão e acabamento CROMOSETE GRÁFICA

Este livro segue o novo Acordo Ortográfico da Língua Portuguesa.

Dados Internacionais de Catalogação na Publicação (CIP)
(Câmara Brasileira do Livro, SP, Brasil)

Austen, Jane, 1775-1817.
Emma / Jane Austen; tradução e notas Adriana Sales Zardini. —
São Paulo: Martin Claret, 2012.

Título original: Emma
ISBN 978-85-7232-877-7

1. Ficção Inglesa I. Título

12-09569 CDD-823

Índices para catálogo sistemático:

1. Ficção: Literatura inglesa 823

EDITORA MARTIN CLARET LTDA.
Rua Alegrete, 62 – Bairro Sumaré – CEP: 01254-010 – São Paulo, SP
Tel.: (11) 3672-8144 – www.martinclaret.com.br
2ª reimpressão - 2022